BASTEI
LÜBBE

Klassiker des historischen Romans
Herausgegeben von Edgar Bracht

WILLIAM M. THACKERAY

DIE GESCHICHTE DES HENRY ESMOND

OBERST IM DIENSTE SEINER MAJESTÄT,
KÖNIGIN ANNA. VON IHM SELBST VERFASST

Aus dem Englischen von Else von Schorn
vollständig überarbeitet, mit Anmerkungen und
einem Nachwort versehen von Brigitta Hügel

BASTEI
LÜBBE

BASTEI-LÜBBE-TASCHENBUCH
Band 13742

Erste Auflage
Dezember 1995

Taschenbuchausgabe 1995 by
Bastei-Verlag Gustav H. Lübbe
GmbH & Co., Bergisch Gladbach
Titelbild:
Archiv für Kunst und Geschichte
Umschlaggestaltung:
Karl Kochlowski
Satz: KCS GmbH,
Buchholz/Hamburg
Druck und Verarbeitung:
Cox & Wyman
Printed in Great Britain

ISBN 3-404-13742-6

Der Preis dieses Bandes
versteht sich einschließlich der
gesetzlichen Mehrwertsteuer

Der STAMMBAUM der ESMONDS

EDWARD, Graf und Marquis von Esmond und Lord von Castlewood

DOROTHEA heiratete, nachdem sie mit ihm durchbrannte, den Edelmann HENRY POYNS, Page im Haus Castlewood

FRANCIS, der den mütterlichen Namen Esmond annimmt, Ritter und Freiherr und 1. Graf von Esmond

GEORGE ESMOND
2. Graf
heiratet
eine
Topham

THOMAS
Oberst im königl.
Heer, später
mit Cromwell

EDWARD
Geistlicher, fiel bei
der Verteidigung von
Castlewood

EUSTACE
fällt in
Worcester

ISABELL

heiratet THOMAS
3. Graf von Castlewood
der heimlich, und vorher,
mit GERTRUDE MAES
verheiratet ist

Oberst
FRANCIS ESMOND
4. Graf von Castlewood
verlobt mit
ISABEL
heiratet dann
RACHEL ARMSTRONG

ein Sohn,
stirbt als Kind

HENRY ESMOND

BEATRIX

FRANCIS JAMES (Frank)
5. Graf

Henry und Rachels Enkelkinder, Harry und George Warrington, sind die Helden von *The Virginians*, und George Warrington ist der Großvater seines Namensvetters in *Pendennis*.

ERSTES BUCH

Die frühe Jugend des Henry Esmond bis zu der Zeit, da er das Trinity College in Cambridge verläßt.

Erstes Kapitel

Berichtet, wie Francis, der vierte Graf, in Castlewood einzieht

Als Francis, der vierte Graf Castlewood, im Jahre 1691 die Erbschaft seines Titels antrat und bald darauf das Stammschloß der Castlewoods in der Grafschaft Hants in Besitz nahm, da war außer der Dienerschaft der fast einzige Bewohner des Hauses ein Junge von zwölf Jahren. Um den schien sich niemand zu kümmern, bis die Frau Gräfin am Tage ihrer Ankunft auf ihn stieß, als sie mit der Haushälterin das Schloß durchwanderte. Der Knabe saß in dem Raum, den man die Bibliothek oder die gelbe Galerie nannte. Da hingen die Familienbilder; darunter das schöne Bildnis Georgs, des zweiten Grafen, von Herrn Antonio van Dyck gemalt, und das Bild des dritten Grafen, des jüngst Verstorbenen, von Dobson gemalt, das seine Witwe nicht für nötig befunden hatte mitzunehmen, während sie ihr eigenes Konterfei, auf dem Herr Peter Lely[1] Ihro Gnaden als Jägerin in Dianas Gefolge dargestellt hatte, auf ihren Witwensitz zu Chelsea bei London kommen ließ.

Die neue, schöne Gräfin von Castlewood fand den traurigen, einsamen Insassen dieser Galerie vertieft in ein großes Buch, das er aus der Hand legte, als er merkte, daß eine Fremde sich ihm näherte. Da er wußte, wer diese Fremde war, erhob sich der Junge und machte eine schüchterne Verbeugung vor der Herrin seines Hauses.

Sie streckte ihre Hand aus – ja wahrlich, wann würde diese Hand sich nicht ausstrecken, wo sie Freundlichkeit erweisen, Kummer lindern und Unglück beschützen kann! »Das ist unser Verwandter«, sagte sie; »wie heißt du, Vetter?«

»Ich heiße Henry Esmond«, sagte der Knabe und sah zu ihr in einer Art Verzückung auf, denn sie hatte ihn überrascht wie ein göttliches Wunder und erschien ihm das reizendste Geschöpf, das er je gesehen hatte. Ihr goldenes Haar schimmerte im Sonnenlicht, ihre Haut war von strahlender Frische, ihre Lippen lächelten, und aus ihren Augen strahlte eine Güte, die Henry Esmonds Herz vor Überraschung klopfen ließ.

»Er heißt Henry Esmond, freilich, Mylady«, sagte Frau Worksop, die Haushälterin, eine alte Tyrannin, und sah bedeutungsvoll auf das Bildnis des verstorbenen Herrn, das noch jetzt in der Familie ist, wo er edel und streng dasteht, mit der Hand auf dem Schwertgriff, auf dem Mantel den Orden, den ihm der Kaiser an der Donau im Krieg gegen die Türken verliehen hatte.

Als sie die große und unleugbare Ähnlichkeit zwischen dem Bild und dem Knaben sah, errötete die junge Gräfin, ließ rasch seine Hand fahren, die sie noch in der ihren hielt, als sie zu dem Bild aufsah, und ging die Galerie hinunter, gefolgt von der Haushälterin.

Als sie zurückkam, stand Henry Esmond noch genauso auf demselben Fleck, die Hand lag, wie er sie hatte fallen lassen, auf dem schwarzen Rock.

Ihr Herz wurde weich, glaube ich, – und das hat sie später auch zugegeben – bei dem Gedanken, sie tue irgendeinem Sterblichen, groß oder klein, etwas Böses an. Als sie zurückkehrte, hatte sie die Haushälterin mit einem Auftrag durch die Tür am hinteren Ende der Galerie davongeschickt; wie sie nun zu dem Jungen zurückkam, nahm sie mit einem Ausdruck unendlichen und zärtlichen Mitleids in ihren Augen seine Hand wieder auf, legte die andere schöne Hand auf seinen Scheitel und sprach zu ihm ein paar Worte, so freundlich und mit so süßer Stimme, daß der Knabe, der noch nie so viel Schönheit erblickt hatte; meinte, die Berührung eines höheren Wesens oder eines Engels drücke ihn zur Erde nieder; er beugte das Knie und küßte die schöne schützende Hand. Bis zur letzten Stunde seines Lebens wird Esmond die Gräfin im Gedächtnis tragen, wie sie damals sprach und aussah – die Ringe an ihren schönen Händen, den Duft ihres Kleides, den Glanz ihrer Augen, der in Überraschung und Güte aufstrahlte, ihre Lippen, die sich im Lächeln öffneten, die Sonne, die einen goldenen Schein rund um ihr Haar wob.

Während der Knabe noch in dieser demütigen Stellung verharrte, trat hinter ihm ein stattlicher Herr mit einem vierjährigen Mädchen an der Hand herein. Der Herr brach in lautes Gelächter aus über die Dame und ihren Verehrer mit der kleinen wunderlichen Gestalt, dem blassen Gesicht und dem langen schwarzen Haar. Die Gräfin wurde rot und schien durch einen flehenden Blick die Heiterkeit ihres Gatten unterdrücken zu wollen; denn es war Mylord, der Graf, der da hereinkam und den der Knabe kannte, da er ihn schon einmal zu Lebzeiten des verstorbenen Lords gesehen hatte.

»Das also ist der kleine Priester!« sagte Mylord und sah zu dem Jungen nieder, »willkommen, Vetter!«

»Er sagt Mama seine Gebete auf«, meinte das kleine Mädchen, das sich an die Beine des Vaters schmiegte. Darüber brach Mylord in ein neues gewaltiges Gelächter aus, und Vetter Henry blickte sehr töricht drein. Es fielen ihm wohl ein halbes Dutzend Antworten ein, aber das war Monate später, wenn er das Abenteuer überdachte. Im Augenblick fand er keine Worte.

»Le pauvre enfant, il n'a que nous«, sagte Mylady mit einem Blick auf ihren Herrn; und der Knabe, der sie verstand, obwohl sie sich sicher nicht von ihm verstanden glaubte, dankte ihr mit seinem ganzen Herzen für ihre gütigen Worte.

»Und es soll ihm hier nicht an Freunden fehlen«, sagte Mylord mit freundlicher Stimme, »nicht wahr, kleine Trix?«

Das kleine Mädchen, das Beatrix hieß und das ihr Vater mit diesem Kosenamen anredete, sah Henry Esmond mit einem Paar großer Augen feierlich an; dann stahl sich ein Lächeln über ihr Gesicht, das so schön war wie das eines Cherubs, und sie kam auf ihn zu und streckte ihm ihre kleine Hand hin. Ein heftiges und köstliches Gefühl der Dankbarkeit, des Glücks und der Liebe erfüllte das Herz des verwaisten Knaben, als die Beschützer, die der Himmel ihm gesandt hatte, ihm mit so rührenden Worten und Zeichen der Freundlichkeit und Güte entgegenkamen. Noch eine Stunde vorher hatte er sich ganz allein auf der Welt gefühlt. Als an jenem Morgen das große Geläut der Kirche von Castlewood an sein Ohr klang, das den neuen Herrn und die Herrin willkommen hieß, da hatten die Glocken ihm nur Angst und Schrecken geläutet; denn er wußte ja nicht, wie der neue Gebieter mit ihm verfahren würde, und die, bei denen er früher Schutz gesucht hatte, waren vergessen oder tot. Stolz und Zweifel hatten ihn auch im Schloß zurückgehalten, als der Pfarrer, die Dorfbewohner und die Dienerschaft des Hauses hinauszogen, um Lord Castlewood zu begrüßen – denn Henry Esmond war kein Diener, wenn auch ein Abhängiger, kein Mitglied der Familie, wenn er auch ihren Namen trug und von ihrem Blute war; und inmitten des Lärmens und Rufens bei der Ankunft des neuen Herrn, für den ein kostbares Festmahl bereit stand, für den Freudenschüsse tönten und das Hurrageschrei der Pächter und Bedienten, als sein Wagen sich näherte und in den Schloßhof rollte, in all diesem Taumel dachte keiner an den jungen Harry Esmond, der unbemerkt und allein in der Bibliothek saß, bis sich der Tag neigte und seine neuen Freunde ihn fanden.

Als Mylord und Mylady gehen wollten, bat sie das kleine Mädchen, das den Vetter noch an der Hand hielt, er solle mit ihnen kommen. »Du wirst immer die alten Freunde um der neuen willen verlassen, Trix«, sagte der Vater gutmütig und ging, die Gräfin am Arm, die Galerie hinunter. Sie wanderten durch den jetzt längst verödeten und ausgeräumten Musiksaal, durch die Zimmer der Königin Elisabeth im Uhrturm und hinaus auf die Terrasse, wo man in den schönen Sonnenuntergang sah, auf die großen dämmernden Wälder, über denen eine Wolke heimkehrender Krähen zog, auf die Ebene und den Fluß und jenseits das Dorf Castlewood und auf purpurne herrliche Hügel. Der kleine Erbe von Castlewood, ein Kind von zwei Jahren, war schon auf der Terrasse in den Armen seiner Amme, von der er sofort, als er die Mutter erblickte, übers Gras auf sie zurannte.

»Wenn du hier nicht glücklich sein kannst, Rachel«, meinte Mylord, und blickte ins Land hinaus, »dann bist du schwer zufriedenzustellen.«

»Ich bin glücklich, wenn ich bin, wo du bist«, sagte sie, »aber am glücklichsten waren wir doch im Walde von Walcote.« Mylord fing an, seiner Frau zu erklären, was sie vor sich hatten und worüber der kleine Harry viel besser Bescheid wußte als er – nämlich die Geschichte des Hauses: wie durch jene Pforte der Page die Erbin von Castlewood entführte und so die Herrschaft an die jetzige Familie kam; wie die Puritaner den Uhrturm stürmten und bei der Verteidigung Mylords Vater erschlagen wurde. »Ich war damals erst zwei Jahre alt«, sagte er, »aber zieh sechsundvierzig von neunzig ab und wie alt werde ich wohl sein, Vetter Harry?«

»Dreißig«, sagte seine Frau und lachte.

»Viel zu alt für dich, Rachel«, gab Mylord zurück und sah zärtlich auf sie nieder. Wahrlich, sie war wie ein junges Mädchen und damals kaum zwanzig Jahre alt.

»Du weißt, Frank, ich tue alles, um dir zu gefallen«, sagte sie, »und ich verspreche dir, ich will älter werden mit jedem Tag.«

»Du mußt nicht Frank sagen zu Papa; du mußt Papa jetzt Mylord nennen«, sagte Fräulein Beatrix und warf das Köpfchen zurück. Die Mutter lächelte, der gutmütige Vater lachte, und auch der zappelnde kleine Junge lachte, ohne zu wissen, warum; wohl weil er glücklich war, wie sie alle so glücklich schienen. Wie fest blieben diese unbedeutenden Worte und Begebenheiten, die Landschaft und die Abendsonne, die lachende, sich unterhaltende Menschengruppe in Henrys Gedächtnis haften!

Als die Sonne untergegangen war, wurde der kleine Erbe auf den Armen der Dienerin ins Bett geschickt und verschwand brüllend vom Schauplatz. Aber der kleinen Trix wurde an diesem Tage erlaubt, beim Abendbrot zu bleiben. »Du kommst auch, Vetter, nicht wahr?« sagte sie.

Harry Esmond wurde dunkelrot. »Ich – ich esse Abendbrot mit Frau Worksop«, sagte er.

»Verflucht«, sagte Mylord, »du ißt mit uns, Harry. Einer Dame versagt man sich nicht, was Trix?« Sie alle staunten, als sie Harry essen sahen; denn darin leistete der arme Junge Fabelhaftes. Um die Wahrheit zu sagen, er hatte nichts zu Mittag bekommen. Niemand hatte an ihn gedacht im Trubel der Vorbereitungen für den neuen Herrn.

»Kein Mittagessen! Armes liebes Kind!« sagte Mylady und lud ihm Fleisch auf den Teller, und Mylord füllte einen Becher für ihn und sagte, er solle einen Toast ausbringen. »Der König!« rief Junker Harry und stürzte den Wein hinunter. Mylord war bereit, darauf zu trinken, und auf manch anderes auch – nur allzu bereit. Er duldete nicht, daß Doktor Tusher, der Pfarrer von Castlewood, der sich zum Abendbrot eingefunden hatte, beim Erscheinen des Desserts den Rückzug antrat. Er habe noch nicht lange genug einen Kaplan, meinte er, um seiner müde zu sein. So leistete Seine Hochwürden bei Tabak und Punsch Mylord noch etliche Stunden Gesellschaft und zog heim mit leise schwankenden Schritten, ein übers andere mal erklärend, daß Mylords Leutseligkeit alles übertreffe, was ihm je von der huldreichen gräflichen Familie an Güte erwiesen worden sei.

Dem jungen Esmond aber, als er in sein kleines Zimmer trat, war das Herz voll von Staunen und Dankbarkeit gegen die neuen Freunde, die ihm dieser glückliche Tag gebracht hatte. Er stand auf und wartete, lange ehe das Haus sich rührte, voll Verlangen, die schöne Frau und ihre Kinder zu sehen und den gütigen Beschützer und Herrn. Seine einzige Angst war, der Empfang von gestern könnte in irgendeiner Weise zurückgenommen oder verändert werden. Aber da kam die kleine Beatrix in den Garten gelaufen, und ihre Mutter folgte und grüßte Harry so freundlich wie zuvor. Er erzählte ihr ausführlicher über die Geschichten des Hauses, die man ihn zu des alten Lords Zeiten gelehrt hatte, und sie hörte ihm interessiert zu. Dann sagte er ihr in Gedanken an den Abend vorher, daß er Französisch verstünde, und dankte ihr, daß sie ihn in Schutz genommen hatte.

»Du sprichst Französisch?« sagte sie errötend, »dann mußt du es uns lehren, mich und Beatrix.« Sie fragte ihn noch mancherlei, was ihn selbst betraf; aber es ist wohl gut, das genauer und ausführlicher zu erzählen als durch die kurzen Antworten, die der Knabe seiner Herrin gab.

Zweites Kapitel

Bericht über die Familie der Esmond von Castlewood

Es ist bekannt, daß der Name Esmond und das Gut Castlewood in den Besitz der jetzigen Familie durch Dorothea kam, die Tochter und Erbin von Edward, Grafen von Esmond, Herrn auf Castlewood. Diese Dame heiratete den Edelmann Henry Poyns, der damals Page im Haushalt ihres Vaters war. Francis, Sohn und Erbe besagten Henrys und Dorotheas, der den mütterlichen Namen annahm, den die Familie seitdem behalten hat, wurde von König Jakob dem Ersten zum Ritter und Freiherrn gemacht. Da er militärische Neigungen hatte, blieb er lange in Deutschland beim Kurfürsten von der Pfalz, in dessen Dienst Herr Francis viel Geld verlor und viele Gefahren bestand; denn er lieh dem unseligen Fürsten große Summen und trug manche Wunden davon in den Schlachten gegen die Kaiserlichen.

Bei seiner Heimkehr wurde Sir Francis für seine Dienste und vielfachen Opfer belohnt. Der inzwischen verstorbene König Jakob der Erste ernannte den geprüften Diener gnadenvoll zum Oberbuttermeister und Aufseher der königlichen Speisekammern, welches hohe und vertrauensvolle Amt er während Jakobs und seines unglücklichen Nachfolgers Regierung ausübte.

Sein Alter, seine vielen Wunden und Krankheiten nötigten Herrn Francis, manche seiner Pflichten durch einen Vertreter ausführen zu lassen, und so versah sein Sohn Sir Georg Esmond erst als Helfer seines Vaters, dann als Erbe seiner Titel und Würden das Amt fast während der ganzen Regierung König Karls des Ersten und der beiden Söhne, die ihm auf dem Thron folgten.

Herr Georg Esmond vermählte sich etwas unter dem Stande, den ein Mann seines Namens und Ranges hätte wählen können, mit der Tochter des Thomas Topham in London, eines Ratsherrn und Goldschmieds, der sich bei den ausbrechenden Kämpfen auf die Seite des Parlaments schlug und dann Sir Georg um die erhoffte Erbschaft betrog; denn er vermachte sein Geld seiner zweiten Tochter Barbara, einer alten Jungfrau.

Herr Georg Esmond seinerseits zeichnete sich durch seine Anhänglichkeit und Treue an des Königs Sache und Person aus. Als sich der König 1642 in Oxford aufhielt, ließ er mit Einwilligung seines Vaters, der sich damals uralt und krank auf seinem Schlosse Castlewood aufhielt, das ganze Familiensilber für die Dienste Seiner Majestät einschmelzen.

Für dieses und andere Opfer und Verdienste hatte Seine Majestät die Gnade, Herrn Francis Esmond durch Patent mit königlichem Siegel, datiert Oxford, Januar 1643, in den Grafenstand zu erheben. Und da die Herrschaft des Grafen sehr heruntergekommen war durch Darlehen an den König, die Seine Majestät in diesen verdrießlichen Zeiten nicht zurückzahlen konnte, wurden ihm Besitzungen in Virginia verliehen, die zum Teil bis zum heutigen Tage im Besitz der Nachkommen seiner Familie sind.

Der erste Graf Castlewood starb hochbetagt und wenige Monate nachdem er zu seiner neuen Würde erhoben worden war. Titel und Besitz erbte sein ältester Sohn, der schon genannte Georg. Ein zweiter Sohn war Thomas, Oberst im königlichen Heer und später Anhänger des Usurpators. Der jüngste, Edward, war Geistlicher und fiel bei der Verteidigung von Castlewood gegen das Parlamentsheer Anno 1647.

Lord Georg Castlewood, der zweite Graf, der zur Zeit Karls des Ersten lebte, hatte nur einen Sohn, Eustace Esmond, der mit der Hälfte aller seiner Leute in der Schlacht bei Worcester fiel. Die Ländereien um Castlewood wurden verkauft und an Puritaner vergeben; denn Castlewood war an fast allen Verschwörungen beteiligt, die nach dem Tod des Königs und bis zu Karls des Zweiten Wiedereinsetzung gegen den Protektor geschmiedet wurden. Mylord zog mit dem Hof des Königs in der Verbannung umher. Er hatte nur eine Tochter; aber die war kein großer Trost für ihren Vater; denn Besonnenheit hatte das Unglück diesen Verbannten nicht gelehrt. Man sagt, daß der Herzog von York und sein Bruder, der König, sich um Isabel Esmond stritten. Sie war Hofdame der Königin Henrietta Maria. Sie trat jung zur römischen Kirche über, und ihr schwacher Vater folgte ihr.

Nach dem Tode von Eustace Esmond bei Worcester wurde Thomas Esmond, der Neffe des Grafen und damals ein Knäblein, Erbfolger des Titels. Sein Vater hatte sich auf die Seite des Parlaments geschlagen, und war dadurch dem Haupt der Familie entfremdet. Lord Castlewood war denn auch anfangs so wütend über die Aussicht, sein Titel, an dem zwar nur noch wenige irdische Güter hingen, könne auf einen schurkischen Puritaner übergehen, daß er daran dachte, sich wieder zu verheiraten. Er war in der Tat auch nahe daran, die Tochter eines Weinküfers in Brügge, dem er vom Aufenthalt des Königs her die Miete schuldig war, zu heiraten. Nur die Angst vor dem Gelächter des Hofes und vor dem Zorn seiner Tochter hielten ihn zurück. Vor der Tochter hatte er gewaltigen Respekt; denn so schwach Seine Gnaden durch Wunden und Trinken geworden war, so herrisch und heftig war sie.

Lord Castlewood wünschte eine Heirat zwischen seiner Tochter und ihrem Vetter, dem Sohn jenes Edward Esmond, der bei der Verteidigung von Castlewood fiel. Man sagte, die Dame habe eine Neigung zu dem jungen Mann gefaßt, und sah es nicht als Fehler an, daß er ein paar Jahre jünger war als sie; aber nachdem er ihr eine Weile den Hof gemacht und in die Vertraulichkeit des Hauses zugelassen war, gab er seine Werbung plötzlich in dem Augenblick auf, als sie erfolgreich schien, ohne einen Grund für sein Benehmen zu geben. Seine Freunde neckten ihn lachend mit seiner Untreue. Jack Churchill, sein Leutnant bei der königlichen Fußgarde, bekam seine Kompagnie, als er den Hof verließ, wütend über die Entdeckung, daß seine Beförderung von der Gefälligkeit seiner ältlichen Braut abhing. Er und Churchill waren in der St. Paulsschule Klassengenossen gewesen; er hatte einen Wortwechsel über die Sache mit ihm und sagte zu ihm mit einem Fluch: »Jack, mag deine Schwester immerhin so – so sein; bei Gott, meine Frau soll es nicht!« Die Schwerter wurden gezogen, und Blut floß über dem Streit, bis Freunde kamen und sie trennten. Es gab nicht viele Männer zu jener Zeit, die so eifersüchtig waren auf ihre Ehre; und manchem Edelmann von guter Geburt und alter Herkunft schien ein königlicher Fleck ein Schmuck auf seinem Wappen. Frank Esmond zog sich schmollend zurück und ließ sich auf einer kleinen Besitzung seiner Mutter bei Winchester nieder. Er wurde ein Landedelmann, hielt sich eine Koppel Spürhunde und ging nie wieder an den Hof, solange König Karl lebte. Aber sein Onkel Castlewood hat sich nie mit ihm versöhnt, und die Cousine, die er verschmäht, zürnte ihm noch lange.

Ämter, Pensionen, die Freigebigkeit Frankreichs und Geschenke des Königs, solange seine Tochter in Gunst war, machten es Lord Castlewood möglich, ein gutes Haus zu führen, bei Hofe standesgemäß aufzutreten und eine beträchtliche Summe Bargeld zu sparen. Freilich, das Vermögen, das er im königlichen Dienste geopfert, konnte er nicht ganz wieder ersetzen. Auch dachte er seit dem Tode seines Sohnes nie daran, Castlewood aufzusuchen oder wieder herzurichten.

Inzwischen fing sein Erbe und Neffe Thomas Esmond an, sich um des Onkels Gunst zu bemühen. Thomas hatte dem Kaiser gedient und den Holländern, als König Karl sich gezwungen sah, den Generalstaaten Truppen zu leihen, und gegen die Holländer, als Seine Majestät mit dem französischen König ein Bündnis schloß. In diesen Feldzügen zeichnete sich Thomas Esmond mehr durch Duelle, Gezänk, Laster und Spiel aus als durch irgendwelche sichtliche Tapferkeit in der Schlacht. Wie mancher andere englische Herr, der auf Reisen gegangen ist, kehrte er nach England zurück mit einem Charakter, der durch seine Erfahrungen im Ausland keineswegs verbessert war. Er hatte seine kleine väterliche Erbschaft verschleudert und war, um der Wahrheit die Ehre zu geben, nichts Besseres als ein Schreier und Schmarotzer an Wirtstischen, als er anfing, auf ein Mittel zu sinnen, wie er seinem Glück aufhelfen könne.

Isabel war bereits über das mittlere Alter hinaus, und der einzige Beweis ihrer Schönheit war ihre eigene Überzeugung davon. Sie war dürr und gelb und hatte lange Zähne; und alle roten und weißen Schminken sämtlicher Kramläden Londons konnten keine Schönheit mehr aus ihr machen. Herr Killigrew nannte sie die Sibylle, den Totenkopf, der die Rolle eines *Memento mori* an des Königs Tafel spielt – kurz ein Frauenzimmer, das wohl leicht zu erobern war, das zu erobern aber nur ein sehr kühner Mann unternehmen konnte. Dieser kühne Mann war Thomas Esmond.

Ihn gelüstete nach seines Onkels Ersparnissen, deren Betrag durch Gerüchte stark übertrieben wurde. Man behauptete von Isabel, sie besäße königliche Juwelen von großem Wert, während der vorletzte Rock des armen Thomas im Pfandhaus war.

Mylord hatte um diese Zeit ein schönes Haus in London, nahe beim Theater des Herzogs und bei der Kapelle der Portugiesischen Gesandtschaft. Tom Esmond, der das Theater besucht hatte, solange er Geld mit den Schauspielerinnen vergeuden konnte, wanderte nun mit ebensolchem Eifer in die Kirche. Er sah so mager und schäbig aus, daß er ohne Schwierigkeiten als reuiger Sünder auftreten konnte. Nachdem er bekehrt war, nahm er natürlich seines Onkels Priester zum Beichtvater.

Dieser nachsichtige Pater versöhnte ihn mit seinem Onkel, dem alten Grafen, der ihn noch kurz vorher verleugnet hatte, als Tom an seinem Wagenschlag vorüberging. Mylord fuhr in Staatsgewändern zu Hofe; sein Neffe schlich mit zerzaustem Federhut in seine Volksküche, und die Spitze seines Degens sah unten aus der Scheide heraus.

Nach dieser Versöhnung mit seinem Onkel fing Thomas Esmond alsbald an, geschniegelter zu werden, und in seiner Erscheinung zeigte sich die wohltätige Wirkung guten Essens und reiner Wäsche. Sicherlich, er fastete gewissenhaft zweimal die Woche; aber er entschädigte sich an den anderen Tagen. Um zu zeigen, wie groß sein Appetit war, pflegte Herr Wycherley zu sagen: »Zu guter Letzt verschlang er noch den fliegenbeschmutzten, ranzigen alten Bissen, seine Cousine Isabel.« Endlose Witze und Schmähschriften liefen über diese Heirat bei Hofe um. Aber Tom fuhr jetzt in des Onkels Kutsche zu Hof, nannte ihn Schwiegervater und lachte sich ins Fäustchen. Die Hochzeit fand kurz vor dem Tode König Karls statt, dem der Graf von Castlewood schleunigst ins Jenseits folgte.

Der Verbindung entsprang ein Sohn, über den die Eltern mit gespannter Sorge und heftigem Eifer wachten. Aber trotz Ammen und Ärzten war seine Lebensfrist nur kurz bemessen; sein verdorbenes Blut rann nicht lange durch den schwachen kleinen Körper. Folgen des väterlichen Lasters brachen früh bei ihm aus; und teils aus Schmeichelei, teils aus Aberglauben bestanden Mylord und Mylady darauf, besonders die letztere, daß der arme kleine Krüppel in der Kirche von Seiner Majestät berührt werde. Sie waren anfangs geneigt, ein Wunder zu verkünden. Denn sei es, daß die Doktoren und Quacksalber, die beständig und mit allen erdenklichen Mitteln an dem armseligen kleinen Körper herumkurierten, einmal Glück hatten – aus irgendeinem Grunde zeigte sich nach der Berührung Seiner Majestät eine merkwürdige Besserung im Zustande des Kindes. Aber ein paar Wochen später starb das arme Geschöpf, und die Witzbolde am Hofe sagten, der König habe mit dem Leiden das Leben des Kindes ausgetrieben; denn das sei nichts gewesen als Leiden.

Den natürlichen Schmerz der Mutter um ihren armen kleinen Sprößling muß noch der Gedanke an ihre Rivalin verschärft haben, die Frau des Frank Esmond, einen Liebling des Hofes, an dem die bedauernswerte Lady Castlewood vernachlässigt wurde. Sie war Mutter eines Kindes, einer schönen, blühenden Tochter, und sah einem zweiten Kinde in Kürze entgegen.

Der Hof lachte nur noch lauter, als die arme Dame, die das Alter, wo Frauen Kinder zu bekommen pflegen, eigentlich hinter sich hatte, doch die Hoffnung nicht aufgab und noch, als sie längst in Castlewood residierte, beständig nach Hexton zum Doktor schickte und ihren Freunden die Ankunft eines Erben verkündete. Diese Geschmacklosigkeit war nur eine von vielen, welche die Spaßvögel zu Witzen über sie herausforderten. Bis ans Ende ihrer Tage genoß die Gräfin den Trost, sich für schön zu halten, und bestand darauf, bis tief in den Winter hinein zu blühen, indem sie Rosen auf ihre Wangen malte, lange nachdem die natürlichen Rosen vergangen, und Sommergewänder trug, als ihr Haupt längst mit Schnee bedeckt war.

Herren vom Hofstaate König Karls und König Jakobs haben dem Schreiber dieses Buches eine Menge Geschichten erzählt über die schnurrige alte Dame, mit denen man die Nachwelt nicht unbedingt unterhalten muß. Man sagt, sie sei groß in Anzüglichkeiten gewesen; und wenn sie mit all ihren Rivalinnen um König Jakobs Gunst gefochten hat, so hat sie gewiß eine gehörige Menge von Fehden im Gange gehabt. Sie war eine Frau von unerschrockenem Geist, und es scheint, daß sie Seine Majestät mit ihren Ansprüchen und Klagen verfolgte und herzlich ermüdete. Manche behaupten, sie habe den Hof aus Eifersucht auf Frank Esmonds Frau verlassen; andere, sie habe sich zurückziehen müssen nach einer großen Schlacht zwischen ihr und Lady Dorchester, Thomas Killigrews Tochter, die der König mit seiner Gunst beehrte. Die Schlacht spielte sich in Whitehall ab, und unsere ältliche Vashti[2] zog den kürzeren gegen die begünstigte Esther. Aber Ihro Gnaden ihrerseits behauptete immer, es sei ein Streit ihres Gemahls gewesen, der ihre Verbannung aufs Land zur Folge hatte; und die grausame Undankbarkeit des Herrschers, der das Amt eines Oberbuttermeisters und Aufsehers der königlichen Speisekammern, das die beiden letzten Grafen Castlewood so rühmlich ausgeübt hatten, der Familie nahm, um es einem hergelaufenen Kerl zu übertragen, einen Schmarotzer jener verhaßten Dorchesterkreatur, Mylord Bergamot. »Ich hätte es niemals über mich gebracht«, sagte die Gräfin, »des Königs Molken von einer anderen Hand getragen zu sehen als von der eines Esmond. Ich würde den Teller dem Lord Bergamot aus der Hand geschlagen haben, wenn ich ihm damit begegnet wäre.« Und Leute, die Mylady kannten, sind überzeugt, daß sie die Frau war, dieses Kunststück zu vollbringen, wenn sie sich nicht weise ferngehalten hätte.

Da sie über ihren Gatten das Regiment führte, wie über alle Menschen, die ihr nahe kamen, so konnte sie über ihn verfügen, gab ihren Haushalt in London auf – sie war nach Chelsea umgezogen, in ein hübsches, neues Haus, das sie dort gekauft hatte – und brachte ihre Einrichtung, ihre Zofen, ihre Schoßhunde und ihre Gesellschaftsdamen, ihren Hauskaplan und Seine Gnaden, ihren Gemahl, nach Schloß Castlewood, das sie nicht wiedergesehen hatte, seit sie es als Kind während der Kämpfe unter König Karl dem Ersten in Begleitung ihres Vaters verließ. Die Wände des alten Hauses waren noch durchlöchert, so wie die Geschütze des Parlaments sie zugerichtet hatten. Einen Teil des Herrensitzes hatte man mit dem Silber, den Wandteppichen und Möbeln aus dem Hause in London wieder hergerichtet und ausstaffiert. Mylady gedachte einen triumphierenden Einzug in das Dorf

Castlewood zu halten und erwartete, das Volk würde sie mit Hochrufen begrüßen, als sie in ihrer großen sechsspännigen Kutsche über den Rasenplatz fuhr, neben sich Mylord, auf dem Rücksitz ihre Gesellschaftsdamen, Schoßhunde und Kakadus, vor und hinter dem Wagen bewaffnete und berittene Diener. Aber es war damals die Zeit des Losungswortes: »Nieder mit dem Papsttum!« Die Leute im Dorf und in der benachbarten Stadt wurden vom Anblick des gräflichen Angesichtes verscheucht, mit seinen gemalten Wangen und Augenlidern, als sie ihren Kopf aus dem Wagenfenster herausstreckte, ohne Zweifel in der Absicht, sehr huldvoll zu sein. Und eine alte Frau rief: »Gräfin Isabel! Gott bewahr uns, das ist die böse Königin Jezebel!« – ein Name, mit dem die Feinde der erlauchten Gräfin sie später immer zu bezeichnen pflegten. Das Land war damals in großer Hitze gegen die Päpstlichen. Myladys wohlbekannter Übertritt und der ihres Gatten dazu, der Priester, den sie mit sich führten, und die Messen, die in der Kapelle von Castlewood gelesen wurden, machten sie vorerst nicht beliebt in Grafschaft und Dorf; obwohl ja die Kapelle von Katholiken erbaut war zu einer Zeit, da man von einem anderen Glauben im Lande noch nichts wußte, und obwohl der Gottesdienst in aller Stille ausgeübt wurde. Bei weitem der größte Teil der Güter von Castlewood war eingezogen und unter die Soldaten des Parlaments verteilt worden. Ein oder zwei dieser alten Kämpen Cromwells lebten noch im Dorfe und schauten anfangs grimmig auf die Frau Gräfin, als sie sich dort häuslich niederließ.

Sie erschien auf dem Grafschaftsball in Hexton, ihren Grafen hinter sich, und verstörte die Landbevölkerung mit der Pracht ihrer Diamanten, die sie in Öffentlichkeit immer zu tragen pflegte. Man sagte, sie habe sie auch im Hause getragen und sei mit ihnen schlafen gegangen; aber der Verfasser kann sein Wort dafür verpfänden, daß solches eine Verleumdung war. »Wenn sie die Steine ablegte«, sagte Lady Sark, »dann würde ihr Gatte, Thomas Esmond, damit durchbrennen und sie versetzen.« Noch eine Verleumdung! Mylady Sark war auch eine Verbannte des Hofes, und die beiden Damen hatten schon früher Schlachten geschlagen.

Die Leute im Dorf fingen alsbald an, sich mit ihrer Herrin auszusöhnen, denn sie war freigiebig und in ihrer Art freundlich, wenn auch wunderlich und hochnäsig. Doktor Tusher, der Pfarrer, sang laut ihr Lob in der Gemeinde. Was Mylord betrifft, so erregte er nicht viel Anstoß. Man betrachtete ihn eigentlich nur als ein Anhängsel der Gräfin, die als Tochter der alten Herren von Castlewood und Besitzerin großer Reichtümer, wie die Leute meinten – obwohl neun Zehntel dieser Reichtümer nur gerüchtweise vorhanden waren –, als die eigentliche Königin des Schlosses und Herrin über alles, was es enthielt, angesehen wurde.

Drittes Kapitel

Wie ich unter Thomas, dem dritten Grafen, als Page der Isabel nach Castlewood kam

Als Lord Castlewood kurze Zeit nach dieser Übersiedlung wieder einmal nach London kam, sandte er einen seiner Getreuen zu einem Häuschen in dem Dorfe Ealing in der Nähe von London. Dort wohnte seit einiger Zeit ein alter französischer Flüchtling mit Namen Monsieur Pastoureau, einer von denen, welche die Verfolgung der Hugenotten durch den König von Frankreich nach England hinübergetrieben hatte. Bei diesem alten Mann lebte ein kleiner Junge, den man Henry Thomas nannte. Er konnte sich daran erinnern, daß er kurze Zeit zuvor an einem andern Orte gelebt hatte, auch in der Nähe von London, in einer ganzen Kolonie[3] von Franzosen, zwischen Webstühlen und Spinnrädern und viel Psalmsingerei und Kirchgang.

Dort hatte er eine liebe, liebe Freundin gehabt, die er Tante nannte. Aber sie starb. Sie erschien ihm manchmal in seinen Träumen; und ihr Gesicht, auch wenn es reizlos war, war ihm viel tausendmal lieber als das der Madame Pastoureau, Bon Papa Pastoureaus neuer Frau, die zu ihm zog, nachdem die Tante wegging. Dort in Spittlefields, wie sie es nannten, wohnte Onkel Georg, auch ein Weber. Der pflegte Henry zu erzählen, er sei ein kleiner Edelmann und sein Vater ein Hauptmann und seine Mutter ein Engel.

Wenn der Onkel das sagte, pflegte Bon Papa von dem Webstuhl aufzusehen, wo er köstliche seidene Blumen wob. »Engel!« rief er, »sie dient der babylonischen Hure.« Bon Papa sprach immer von der babylonischen Hure. Er hatte ein kleines Stübchen, wo er sehr viel predigte und durch seine große alte Nase Hymnen sang. Der kleine Harry machte sich nichts aus den Predigten. Er hatte die schönen Geschichten lieber, die ihm die Tante zu erzählen pflegte. Bon Papas Frau erzählte ihm niemals schöne Geschichten. Sie zankte sich mit Onkel Georg, und der ging weg.

Danach siedelten sie nach Ealing über, Bon Papa und seine Frau und die zwei Kinder, die sie mitgebracht hatte. Die neue Frau gab ihren Kindern von allem das Beste und Harry viele Prügel; er wußte nicht, warum. Zu den Schlägen gab sie ihm noch viele böse Worte, die wir hier nicht aufzeichnen wollen um des alten Bon Papa wegen, der noch manchmal freundlich war. Das Elend jener Tage ist längst vergeben, wenn es auch einen Schatten der Melancholie über die Kindheit des Knaben warf, der ihn wohl begleiten wird bis ans Ende seiner Tage. Wie man die zarten Triebe bindet, so wächst später der Baum; und wer als Kind gelitten hat und nicht ganz in der der frühen Schule des Unglücks verdorben wurde, der lernt wenigstens freundlich und langmütig mit kleinen Kindern zu sein.

Harry war sehr froh, als ein schwarzgekleideter Herr zu Pferde mit einem berittenen Lakaien hinter sich nach Ealing kam, um ihn fortzuholen. Die ungerechte Stiefmutter, die ihn über ihren eigenen zwei Kindern vernachlässigt hatte, gab ihm genug zum Abendbrot zu essen an dem Tag, ehe er fortging, und am Morgen sogar überflüssig viel. Sie schlug ihn nicht ein einziges Mal und befahl den Kindern, ihn in Ruhe zu lassen. Das eine war ein Mädchen, und Harry konnte es niemals über sich bringen, ein Mädchen zu schlagen. Das andere war ein Knabe, den er gern geschlagen hätte. Aber der schrie immer im voraus, und dann kam Madame Pastoureau angesegelt, die Arme zur Rettung erhoben wie zwei Dreschflegel. An dem Tag, als er fortging, wusch sie Harry das Gesicht und gab ihm nicht einmal eine einzige Ohrfeige. Sie winselte ein bißchen, als der Herr in Schwarz den Knaben holte; und der alte Monsieur Pastoureau, als er das Kind zum Abschied segnete, machte dem Fremden hinter dem Rücken ein finsteres Gesicht und brummte etwas über Babylon und die Hure. Er war ganz alt geworden und beinahe wie ein Kind. Madame Pastoureau pflegte ihm die Nase zu putzen wie ihren beiden Sprößlingen. Sie war eine große, dicke, hübsche junge Frau. Aber als sie tat, als ob sie weinte, dachte Harry nur: »Pfui, das ist abscheulich«, und sprang ganz glücklich auf das Pferd, auf das ihm der Lakai hinaufhalf.

Der war ein Franzose und hieß Blaise. Der Knabe konnte sich sehr gut mit ihm in seiner Muttersprache unterhalten. Französisch war ihm geläufiger als Englisch, hatte er doch bisher fast nur unter Franzosen gelebt und hatten ihn doch die anderen Jungen auf dem Dorfplatz von Ealing einen kleinen Franzosen genannt. Er lernte bald fließend Englisch sprechen und vergaß sein Französisch etwas; Kinder vergessen schnell. Ein paar frühe, dämmrige Erinnerungen hatte das Kind an ein anderes Land, an eine Stadt mit großen weißen Häusern und an ein Schiff. Aber das alles war ganz undeutlich in des Knaben Seele, und undeutlich wurde ihm auch bald Ealing, wenigstens manches, was er dort gelitten hatte.

Der Lakai, vor dem er zu Pferde saß, war sehr lebhaft und gesprächig. Er erzählte dem Knaben, der Herr vor ihnen sei des Grafen Kaplan, Pater Holt – dann, daß er von nun an Junker Harry Esmond genannt werde – Mylord Castlewood sei sein Pate – er werde künftig in dem großen Schlosse von Castlewood wohnen und werde in kurzem die Frau Gräfin zu sehen bekommen, die eine große Dame sei. So, auf einer Decke sitzend vor dem Sattel des Monsieur Blaise, wurde Harry Esmond nach London gebracht, zu einem schönen Platz, der Covent Garden hieß und an dem sein Gönner wohnte.

Herr Holt, der Priester, nahm das Kind bei der Hand und führte es zum Grafen, einem erhabenen, schläfrigen Herrn, der Apfelsinen kaute, in einer großen Mütze und einem geblümten

Morgenrock. Er klopfte Harry auf den Kopf und gab ihm eine Apfelsine.

»C'est bien, ça«, sagte er zu dem Priester, nachdem er das Kind betrachtet hatte, und der Herr in Schwarz zuckte die Achseln.

»Blaise mag mit ihm spazierengehen.« Knabe und Diener zogen zusammen aus; Harry sprang und hüpfte den ganzen Weg, er war nur zu froh, daß er hatte gehen dürfen.

Bis an sein Lebensende wird er sich der Wonne dieser Tage erinnern. Monsieur Blaise führte ihn in ein Theater, ein Haus, das viel tausendmal größer und schöner als die Bude auf dem Jahrmarkt in Ealing war. Am zweiten glückseligen Tag fuhren sie im Schiff auf dem Fluß, und Harry sah die große Brücke von London mit den Häusern und Buchläden darauf, die wie eine Straße aussah, und den Tower von London mit der Rüstkammer und den großen Bären und Löwen im Zwinger – und das alles unter der Führung von Monsieur Blaise.

Dann, an einem frühen Morgen, zog die ganze Gesellschaft aus – das heißt Mylord und der andere Herr; Monsieur Blaise und Harry, auf einem Reitkissen, hinter ihm; und zwei oder drei Leute, mit Pistolen bewaffnet, welche die Saumpferde führten. Den ganzen Weg lang erzählte der Franzose dem kleinen Harry Räubergeschichten, die das Kind entsetzten und ihm die Haare zu Berge stehen ließen, so daß er in dem großen düsteren Gasthof an der Landstraße, wo sie übernachteten, darum bat, man möge ihn bei einem der Diener schlafen lassen. Herr Holt aber, der Herr, der mit Mylord reiste, erbarmte sich seiner und ließ das Kind in einem kleinen Bett in seinem Zimmer schlafen.

Des Knaben einfältiges Plaudern und Antworten erwarben ihm, so scheint es, die Gunst dieses Herrn. Denn am nächsten Morgen erklärte Herr Holt, Harry solle heute mit ihm reiten und nicht mit dem französischen Lakaien. Unterwegs richtete er tausend Fragen an das Kind – über seinen Stiefbruder und seine Verwandten in Ealing; was sein alter Großvater ihn gelehrt habe; was für Sprachen er spreche; ob er lesen, schreiben und singen könne, und vieles mehr. Herr Holt erfuhr, daß Harry lesen und schreiben konnte und sehr gut Französisch und Englisch sprach, und als er nach dem Singen fragte, da stimmte der Knabe einen lutherischen Choral an. Da lachte Herr Holt; und selbst der erlauchte Pate mit der Perücke und dem betreßten Hut lachte, als Holt ihm erklärte, was das Kind da sang. Es schien, daß Dr. Martin Luthers Weisen nicht in der Kirche gesungen wurden, wo Herr Holt predigte.

»Das Lied mußt du niemals wieder singen, hörst du, kleines Männchen!« sagte Mylord mit erhobenem Finger.

»Aber wir wollen versuchen, dich ein besseres zu lehren, Harry«, sagte Herr Holt, und das Kind antwortete – denn es war ein gelehriges Kind und liebevollen Gemütes –, daß es hübsche Lieder gern habe und versuchen wolle, alles zu lernen, was der Herr ihm sage. Er gefiel den Herren so gut mit seinem Geplauder, daß sie ihn mittags im Gasthof an ihrem Tisch essen ließen und ihn zum Schwatzen ermutigten. Monsieur Blaise, mit dem er tags zuvor ritt und speiste, mußte ihn heute bedienen.

»Schon gut, schon gut!« sagte Blaise am Abend in seiner Muttersprache, als sie wieder in einem Gasthof schlafen gingen. »Hier sind wir ein kleiner Lord; ein kleiner Lord, ja: wir wollen einmal sehen, was wir in Castlewood sind, wo Mylady ist.«

»Wann kommen wir nach Castlewood, Monsieur Blaise?« fragte Harry.

»Parbleu! Mylord übereilen sich nicht!« sagte Blaise und grinste, und wirklich, es schien, als ob Seine Gnaden keine große Eile habe. Denn man brachte drei Tage auf der Reise zu, die Harry Esmond später oft in zwölf Stunden bewältigt hat. Die letzten zwei Tage ritt Harry mit dem Priester; der war so freundlich zu ihm, daß das Kind am Ende der Reise ganz von ihm eingenommen war und ganz vertraulich mit ihm. Da war kaum ein Gedanke in seinem kleinen Herzen, den er dem neuen Freunde bis dahin nicht anvertraut hatte.

Endlich, am dritten Tage abends, kamen sie an ein Dorf in grünen Wiesen mit Ulmen ringsherum; das war sehr hübsch anzusehen. Die Leute dort zogen alle die Mützen und machten Knickse vor dem Grafen, der sich lässig verneigte. Da gab es auch einen gewichtigen Herrn, der trug einen Priesterrock und einen breitkrempigen Hut und beugte sich tiefer als alle die andern. Mit dem wechselten Mylord und Herr Holt ein paar Worte. »Dort ist die Kirche von Castlewood, Harry«, sagte Herr Holt, »und hier ist ihre Säule, der gelehrte Doktor Tusher. Zieh den Hut, Junge, und grüße Doktor Tusher.«

»Kommen Sie zum Abendessen, Doktor«, sagte Mylord. Der Doktor machte wieder eine tiefe Verbeugung, und die Gesellschaft ritt weiter einem mächtigen Hause zu, das vor ihnen lag, mit grauen Türmen und Wetterfahnen darauf und Fenstern, die in der Sonne flammten. Ein ganzes Heer von Krähen flatterte über ihren Köpfen und flog auf und davon, wie Harry sah, den Wäldern zu, die hinter dem Hause lagen. Diese Krähen, erzählte Herr Holt, lebten auch in Castlewood.

Sie kamen zum Hause und ritten durch einen Torweg in einen Hof hinein, mit einem Springbrunnen in der Mitte. Da waren viele Diener, die kamen und hielten Mylords Steigbügel, als er vom Pferde stieg, und bedienten auch Herrn Holt mit großer Ehrfurcht. Das Kind fand, daß die Diener ihn neugierig ansahen und einander zulächelten, und es dachte daran, was Blaise ihm in London gesagt hatte, als Harry von seinem Patenvater sprach. Da hatte der Franzose gebrummt: »Parbleu! Das kann man sehen, daß Mylord dein Patenvater ist«, – Worte, deren Sinn der arme Junge damals nicht verstand, wenn ihm die Wahrheit auch nur allzubald aufging und ihn mit nicht geringer Scham erfüllte.

Herr Holt nahm Harry bei der Hand, als sie vom Pferd gestiegen waren, und führte ihn über den Hof und durch eine niedrige Tür in zwei Zimmer hinein, die zu ebener Erde lagen. Eins davon, sagte Herr Holt, solle Harrys Zimmer sein; das auf der anderen Seite des Ganges sei seines. Sobald das Gesicht des kleinen Mannes gewaschen war und des Priesters Gewand in Ordnung gebracht, nahm Harrys Führer ihn noch einmal bei der Hand, ging mit ihm zu der Tür, durch die Mylord das Schloß betreten hatte, eine Treppe hinauf, durch ein Vorzimmer in das Empfangsgemach der Gräfin, einen Raum, wie ihn Harry so großartig noch nie gesehen, auch nicht im Tower von London, wo er gerade erst gewesen war. Das Zimmer war wirklich reich verziert im Königin-Elisabeth-Stil, mit großen bunten Fenstern an beiden Enden und Wandteppichen, auf denen die Sonne tausend Farben malte, wenn sie durch das bunte Glas hindurchschien. Hier saß beim Kaminfeuer in großer Feierlichkeit eine Dame. Auf die führte der Priester den Knaben zu, der über ihren Anblick entsetzt war.

Das Gesicht der Frau Gräfin war bis an die Augen rot und weiß geschminkt, und die Augen hatten durch die Schminke einen ganz unnatürlichen Glanz. Sie hatte einen Turm von Spitzen auf dem Kopf, unter denen ein Bündel schwarzer Locken hervorquoll – falscher Locken –, kein Wunder also, daß der kleine Harry Esmond verstört war, als er ihr zum ersten Male von dem freundlichen Priester vorgeführt wurde, der bei dieser feierlichen Vorstellung den Zeremonienmeister spielte. Er starrte sie an mit Augen, die beinahe so groß wie die ihren waren; wie er die Komödiantin angestarrt hatte, welche die böse Königin im Trauerspiel spielte, als die Schauspieler auf den Jahrmarkt von Ealing kamen. Sie saß auf einem großen Stuhl in der Kaminecke, im Schoß ein Wachtelhündchen, das wütend bellte. Auf einem Tischchen daneben stand Ihro Gnaden Schnupftabaksdose und Bonbonschachtel. Sie trug ein Überkleid aus schwarzem Samt und einen Rock von feuerfarbenem Brokat. Sie hatte so viele Ringe an ihren Fingern wie das alte Weib von Banbury Kreuz, und hübsche kleine Füße, die sie gerne zeigte, mit großen goldenen Zwickeln in den Strümpfen und weißen Pantoffeln mit roten Absätzen. Eine Duftwolke von Moschus stieg aus ihren Gewändern auf, wenn sie sich bewegte oder aus dem Zimmer schritt, auf ihren Schildpattstock gestützt, die kleine Furia bellend zu ihren Füßen.

Bei der Gräfin war Frau Tusher, des Pfarrers Gattin. Sie war zu Lebzeiten des alten Grafen Kammerfrau bei Mylady gewesen, und da sie mit ganzer Seele bei ihrem Berufe war, so kehrte sie ganz natürlich dazu zurück, als die Gräfin sich wieder in ihres Vaters Haus niederließ.

»Ich stelle Euer Gnaden Euren Verwandten und Pagen vor, Junker Henry Esmond«, sagte Herr Holt und verbeugte sich tief mit einer Art komischer Demut. »Mach Mylady eine schöne Verbeugung, kleiner Herr, und dann eine andere kleine Verbeugung, nicht ganz so tief, vor Frau Tusher, der schönen Priesterin von Castlewood.«

»Wo ich gelebt habe und zu sterben hoffe, mein Herr«, sagte Frau Tusher und warf einen scharfen Blick auf das Kind und dann auf Mylady.

Die aber nahm für eine Zeitlang des Knaben ganze Aufmerksamkeit gefangen. Er konnte seine großen Augen nicht von ihr wenden. Seit der Kaiserin von Ealing hatte er so Furchtbares nicht geschaut.

»Gefalle ich dir, kleiner Page?« fragte die Gräfin.

»Das müßte schwer sein, ihm zu gefallen, wenn Mylady ihm nicht gefielen!« rief Frau Tusher.

»Laß gut sein, du dumme Maria«, sagte Lady Castlewood.

»Wem ich ergeben bin, dem bin ich ergeben, gnädige Frau, und ich würde lieber sterben, als meine Meinung nicht sagen.«

»Je meurs ou je m'attache«, sagte Herr Holt mit höflichem Grinsen. »So sagt der Efeu auf dem Bilde und klammert sich an die Eiche als der vernarrte Schmarotzer, der er ist.«

»Vatermörder, Herr!« rief Frau Tusher.

»Still, Tusher! Immer mußt du dich zanken mit Pater Holt«, rief Mylady. »Komm und küß meine Hand, Kind!« Und die Eiche streckte einen Zweig nach dem kleinen Harry Esmond aus, der pflichtschuldigst die magere alte Hand nahm und küßte, auf deren knochigen Gelenken an die hundert Ringe funkelten.

»Diese Hand zu küssen würde manchen schönen jungen Mann beglücken!« rief Frau Tusher; worauf Mylady ihr mit einem: »Scher dich weg, du närrische Tusher!« einen Schlag mit ihrem großen Fächer versetzte. Tusher stürzte sich auf ihre Hand und küßte sie. Furia sprang auf und kläffte die Tusher wütend an, und Pater Holt sah mit schalkhaft-ernsten Blicken auf diese wunderliche Szene.

Das ehrfürchtige Staunen des kleinen Jungen gefiel wohl der Dame, der diese ungekünstelte Huldigung dargebracht wurde. Denn als er seine Verbeugung gemacht hatte und sich aufs Knie niederließ, wie es damals Sitte war und wie Pater Holt es ihm gesagt hatte, da sagte sie: »Page Esmond, mein Kammerdiener wird dir sagen, was deine Pflichten sind, wenn du mir und Mylord aufwartest. Der gute Pater Holt wird dich unterrichten, wie es einem Edelmann unseres Namens zukommt. Du wirst ihm in allen Dingen gehorchen, und ich hoffe, du wirst ebenso gelehrt und ebenso gut werden wie dein Lehrer.«

Die Dame schien die größte Ehrerbietung für Herrn Holt zu fühlen und schien mehr Angst vor ihm zu haben, als vor irgend etwas anderem auf der Welt. Wenn sie noch so zornig war, machte ein Wort oder Blick von Pater Holt sie ruhig. Er übte in der Tat einen mächtigen Einfluß über alle aus, die ihm nahekamen; und wie die andern, so gab sich ihm auch sein neuer Schüler mit Anhänglichkeit und unbegrenztem Vertrauen hin und wurde sein williger Sklave fast vom ersten Augenblick an, da er ihn sah.

Er legte seine kleine Hand in die des Paters, als sie nach dieser ersten Aufwartung von seiner Herrin gingen. Manches hatte er ihn zu fragen in seiner arglosen kindlichen Art. »Wie heißt die andere Frau?« fragte er, »sie ist fett und rund. Sie ist hübscher als Mylady Castlewood.«

»Sie heißt Frau Tusher und ist des Pfarrers Frau. Sie hat einen Sohn, der so alt ist wie du, aber größer.«

»Warum küßt sie so gern Myladys Hand? Sie küßt sich gar nicht gut.«

»Der Geschmack ist verschieden, kleiner Mann. Frau Tusher ist Mylady ergeben. Sie war ihre Kammerfrau, ehe sie heiratete, zu des alten Grafen Zeit. Sie nahm Doktor Tusher zum Manne, den Kaplan. Die englischen Hausgeistlichen heiraten oft Kammerfrauen.«

»Du heiratest die französische Frau nicht, oder? Ich habe sie mit Blaise in der Speisekammer lachen sehen.«

»Ich gehöre einer Kirche an, die älter und besser ist als die englische Kirche«, sagte Herr Holt und machte ein Zeichen über Brust und Stirn, das Esmond damals noch nicht verstand. »In unserer Kirche heiraten die Priester nicht. Du wirst all diese Dinge bald besser verstehen.«

»War nicht Sankt Peter das Haupt eurer Kirche? Doktor Rabbits in Ealing hat es uns so erzählt.«

Der Pater sagte: »Ja, das war er.«

»Aber Sankt Peter war verheiratet; wir haben erst letzten Sonntag in der Kirche gehört, daß die Mutter seines Weibes krank am Fieber lag.« Da lachte der Pater wieder und sagte, auch das werde er bald besser verstehen. Dann redete er von anderen Dingen und zeigte Harry Esmond das ganze große Haus, wo er von jetzt an leben sollte.

Es stand auf einem sanften grünen Hügel, mit Wäldern dahinter, in denen Krähen nisteten, die morgens, wenn sie ausflogen, und abends, wenn sie heimkehrten, ein großes Krächzen erhoben. Am Fuße des Hügels war ein Fluß mit einer steilen alten Brücke darüber. Jenseits der Brücke dehnte sich eine weite und anmutige grüne Niederung, wo das Dorf Castlewood lag, mit der Kirche in der Mitte und dem Pfarrhaus dicht dabei, mit dem Gasthof zu den ›Drei Schlössern‹ und der Hufschmiede daneben. Die Landstraße nach London zog weit hinaus der aufgehenden Sonne zu; nach Westen stiegen Hügel und Berge an, hinter denen Harry Esmond manches Mal dieselbe Sonne versinken sah, die ihm jetzt drüben über dem großen Meer scheint, wohl tausend Meilen weit entfernt, in einem neuen Castlewood[4], an einem andern Fluß, aber umgeben von den geliebten Namen des Jugendlandes wie der wandernde Äneas in seiner neuen Heimat.

Schloß Castlewood hatte zwei Höfe. Um den einen herum, den Hof mit dem Springbrunnen, lagen die bewohnten Teile; die Flügel um den andern Hof waren von den Kriegen Cromwells her arg zerschossen. Am Brunnenhof lagen noch gut erhalten die große Halle nach Westen zu, neben Küche und Vorratskammern etwa ein Dutzend Wohnräume nach Norden, verbunden mit der kleinen Kapelle, die ostwärts schaute. Von da streckten sich die Gebäude zum großen Torweg und zum zerstörten Hof. Dieser Hof war der prächtigere von den beiden gewesen, bis des Protektors Kanonen die eine Seite zerstörten, ehe das Schloß gestürmt und genommen wurde. Die Belagerer drangen über die Terrasse am Uhrturm herein und erschlugen die ganze Besatzung, an ihrer Spitze den Bruder des Grafen, Edward Esmond.

Die Restauration brachte Lord Castlewood nicht genug Geld, um das Zerstörte wieder aufzubauen. Aber auf der Gartenterrasse am Ende der langen Musikgalerie blühten die Blumen wieder, welche die Tritte der Puritaner beim Angriff niedergetrampelt hatten. Ohne viele Kosten und nur mit ein wenig Mühe wurde sie von den beiden Frauen wieder hergerichtet, die dem zweiten Grafen im Regiment dieses Hauses folgten. Rund um den Terrassengarten zog sich eine niedrige Mauer mit einem Pförtchen zur waldigen Höhe, die bis zum heutigen Tag Cromwells Batterie genannt wird.

Der kleine Harry Esmond lernte den häuslichen Teil seiner Pflichten, die leicht genug waren, von Ihro Gnaden Kammerdiener. Er bediente die Gräfin, wie es zu seiner Knabenzeit üblich war, als Page, stand an ihrem Stuhle, reichte ihr nach dem Essen die silberne Schale mit dem duftenden Wasser, saß bei feierlichen Gelegenheiten auf dem Trittbrett ihres Wagens und meldete ihr an Empfangstagen die Besucher an. Diese gehörten meist zu den katholischen Honoratioren, deren es auf dem Lande und in der benachbarten Stadt eine ganze Menge gab und die gar oft nach Castlewood kamen, um seine Gastfreundschaft zu genießen. Im zweiten Jahr ihres Aufenthalts schien sich die Gesellschaft besonders zu vermehren. Mylord und Mylady waren selten ohne Besucher. Merkwürdig war es, zu beobachten, wie verschieden sich Pater Holt, der Familienkaplan, und Doktor Tusher, der Pfarrer des Kirchspiels, unter ihnen bewegten. Herr Holt verkehrte mit den Vornehmsten wie mit seinesgleichen, als ob er sie alle beherrsche; der arme Doktor Tusher hingegen, dessen Stellung als einstiger Schloßkaplan und gegenwärtiger Seelsorger der protestantischen Dienerschaft freilich eine recht schwierige war, schien mehr ein Türsteher als ein Gleichberechtigter und drückte sich immer nach dem ersten Gang.

In diesen Zeiten kamen auch viele Privatbesucher zu Pater Holt, die Henry Esmond alsbald ohne Schwierigkeit als Geistliche von der Glaubensrichtung des Paters erkannte, in was für Kostümen sie auch erscheinen mochten. Und sie erschienen in allen erdenklichen Gewändern. Sie schlossen sich mit dem Pater ein und kamen und gingen oft, ohne Mylord und Mylady die schuldige Aufwartung zu machen – oder besser gesagt, Mylady und Mylord; denn Seine Gnaden war nicht viel mehr als eine Nummer im Hause und gänzlich unter der Fuchtel seiner herrschaftsbegabten Ehehälfte. Ein wenig Vogelfang, ein wenig Jagd, eine gute Menge Schlaf und viel Zeitaufwand beim Essen und beim Kartenspiel brachten den Herrn Grafen durch einen Tag um den andern. Wenn während dieses zweiten Jahres Versammlungen stattfanden, was oft genug bei verschlossenen Türen geschah, so fand der Page auf Mylords Platz das Schreibpapier mit Hunden und Pferden bekritzelt, und man sagte, er habe große Mühe, sich bei diesen Beratungen wach zu halten, welche die Gräfin führte, während er nicht viel mehr war als ihr Sekretär.

Pater Holt war bald so von all diesen Zusammenkünften in Anspruch genommen, daß er darüber die Erziehung des kleinen Jungen, der sich so freudig des gütigen Priesters Befehlen fügte, ziemlich vernachlässigte. Anfangs lasen sie viel und regelmäßig, sowohl Lateinisch als auch Französisch. Der Pater versäumte keine Gelegenheit, seinem Schüler seinen Glauben einzuprägen; aber er zwang ihn nicht gewaltsam und behandelte ihn mit einer Zartheit und Sanftmut, die das Kind überraschte und ihm gewann. Denn Kinder sind immer leichter auf solche Art gewonnen, als durch strenge Ausübung der Autorität. Er liebte es, auf ihren Spaziergängen Harry von den Herrlichkeiten seines Ordens zu erzählen, von seinen Märtyrern und Helden, von den Brüdern, die Myriaden von Heiden bekehrten, die Wüsten durchkreuzten, den Pranger nicht scheuten, über Höfe und hohe Räte herrschten und den Torturen der Könige trotzten. Bald meinte Harry, es sei der höchste Preis des Lebens und das köstlichste Ziel des Ehrgeizes, dem Orden der Jesuiten anzugehören – die größte Laufbahn auf Erden und die sicherste Gewähr für den Himmel. Er fing an, sich zu sehnen, nicht nur nach dem Tage, wo er in die alleinseligmachende Kirche aufgenommen und seine erste Kommunion empfangen würde; nein, auch nach dem Tage, wo er in diese wundervolle Brüderschaft würde eintreten dürfen, die in aller Welt gegenwärtig war und welche die weisesten, tapfersten, vornehmsten und beredtesten aller Männer zu den Ihrigen zählte. Pater Holt befahl ihm, seine Ansichten geheimzuhalten und sie zu hüten wie einen großen Schatz, den er verlieren würde, wenn er ihn enthüllte; und der Knabe, stolz auf das Geheimnis, das man ihm anvertraute, gewann den Meister herzlich lieb, der ihn in ein so wunderbares und ehrwürdiges Mysterium einführte. Als der kleine Tom Tusher, sein Nachbar, in den

Ferien kam und sagte, daß auch er zum englischen Priester aufgezogen werde und von seiner Schule ein Stipendium bekommen werde, und dann ein Stipendium an der Universität, und dann eine gute Pfarre, da kam es dem jungen Harry Esmond hart an, nicht zu seinem Gespielen zu sagen: »Kirche! Priesterschaft! Fette Pfarre! Mein lieber Tommy, das nennst du Kirche und Priesterschaft? Was ist eine fette Pfarre verglichen mit der Bekehrung von hunderttausend Heiden durch die Kraft einer einzigen Predigt? Was ist ein Stipendium am Trinity College neben einer Märtyrerkrone, mit Engeln, die auf dich warten, wenn man dir das Haupt abschlägt? Kann der Lehrer deiner Schule auf seinem Amtskleid über die Themse schiffen? Habt ihr Statuen in euren Kirchen, die bluten, sprechen, gehen und weinen können? Mein guter Tommy, in des lieben Pater Holts Kirche geschehen alle Tage solche Dinge. Du weißt, Sankt Philipp von den Weiden erschien dem Grafen Castlewood und bekehrte ihn zur alleinseligmachenden Kirche. Zu euch kommen niemals Heilige.« Aber eingedenk seines Versprechens an Pater Holt verbarg Harry Esmond diese Schätze des Glaubens vor Tom Tusher; nur vor Pater Holt redete er sie sich einfältig von der Seele. Der streichelte ihm dann den Kopf, lächelte ihn an mit seinem unerforschlichen Blick und sagte ihm, er tue gut, über diese hohen Dinge nachzudenken, aber nur unter seiner Leitung davon zu sprechen.

Viertes Kapitel

Ich bin bei einem römischen Priester in der Lehre und werde zum katholischen Glauben erzogen. – Gräfin Castlewood

Wäre die Zeit nicht so kurz bemessen gewesen und hätte man seine kindlichen Neigungen genährt, so wäre Harry Esmond ein Jesuit geworden, ehe zwölf Jahre vorbei waren, und hätte sein Leben vielleicht als Märtyrer in China oder auf Tower Hill beschlossen. Denn in den wenigen Monaten, die sie zusammen in Castlewood verlebten, hatte Herr Holt eine vollständige Herrschaft über den Geist und das Herz des Knaben gewonnen und hatte ihn dahin gebracht, daß ihm kein Leben so edel erschien wie das der Brüder dieses berühmten Ordens, kein Tod so wünschenswert wie der, den so viele von ihnen zu leiden bereit waren. Freilich war Pater Holt mit ganzer Seele desselben Glaubens. Durch Liebe, durch den Glanz seines Witzes und seiner guten Laune, der alle entzückte, durch die Autorität, die er auszuüben verstand, durch das Geheimnisvolle und Verschwiegene seiner Art, das die Ehrfurcht des Kindes steigerte, hatte er sich Harry zu unbedingter Treue erzogen und würde sich diese Treue ohne Zweifel erhalten haben, wenn ihn nicht größere und wichtigere Pläne als die Einführung eines armen kleinen Knaben in den Orden fortgerufen hätten.

Nach ein paar ruhigen Monaten zu Hause (wenn man diesen Zustand Ruhe nennen konnte, denn er war eine ununterbrochene Zänkerei) gingen Mylord und Mylady nach London und nahmen ihren Beichtvater mit sich. Sein kleiner Schüler hat kaum je in seinem Leben so heiße Tränen vergossen wie damals nach der ersten Trennung von seinem lieben Freunde, und nächtelang lag er weinend in dem einsamen Zimmer neben den verlassenen Wohnräumen des Paters. Der Knabe war mit ein paar Dienern allein in dem großen Haus zurückgeblieben, und wenn er auch alle Aufgaben, die sein Lehrer ihm gestellt hatte, emsig ausarbeitete, so blieben ihm doch freie Stunden genug, und er saß in der Bibliothek und verwirrte sein kleines Gehirn mit den großen Büchern, die er dort fand.

Nach und nach gewöhnte er sich an die Einsamkeit des Hauses, und in der Erinnerung erschien ihm später diese Zeit nicht als unglücklich. Wenn die Herrschaft nach London ging, wanderte die ganze Dienerschaft mit ihr. Nur der Pförtner, der zugleich Brauer, Gärtner und Förster war, blieb mit Frau und Kindern zurück. Sie wohnten im Pförtnerhaus, aus dem eine Tür in den Schloßhof führte. Daneben lag Pater Holts Zimmer; dann kam der kleine Raum, wo seine Bücher standen, und dann Harry Esmonds Schlafkammer. Wenn Pater Holt da war, wirkte Harry als sein kleiner vertrauter Diener; er bürstete seine Kleider, verwahrte seine Meßgewänder, ging lange vor Tagesanbruch zum Brunnen Wasser holen und ließ sich im Dienste des geliebten geistlichen Herrn keinen Weg verdrießen. Wenn der Pater wegging, verschloß er sein Zimmer; aber der Raum mit den Büchern blieb Harry überlassen, der ja, abgesehen von der Gesellschaft des Priesters, nicht viel weniger einsam war, wenn Lord Castlewood im Schlosse residierte.

Ein französischer Witz sagt, daß vor seinem valet de chambre selbst ein Held kein Held ist, und auch weniger scharfe Augen als die, mit denen die Natur Myladys kleinen Pagen beschenkt hatte, würden bemerkt haben, daß sie mancherlei Eigenschaften besaß, die keineswegs heroisch waren, mochte Frau Tusher ihr auch noch so sehr schmeicheln. Wenn Pater Holt, der eine unbedingte Autorität über die Eheleute ausübte, nicht in der Nähe war, dann zankten sich Mylord und Mylady so miteinander, daß die Diener lachten und der kleine Page in Angst verging. Der arme Junge zitterte vor seiner Herrin; sie gab ihm häßliche Namen, ohrfeigte ihn und warf ihm das silberne Becken ins Gesicht, das er ihr nach dem Essen reichen mußte. Sie hat durch spätere Freundlichkeit diese Härten wieder gutgemacht, aber seine Kindheit haben sie sehr verbittert. Freilich war sie selbst damals verbittert, die arme Seele, und ließ wohl ihre Untergebenen nur ihr eigenes trauriges Leben fühlen. Ich glaube, Mylord fürchtete sich ebenso vor ihr wie der Page, und der einzige Mensch im Hause, der ihrer Herr wurde, war Pater Holt. Harry war nur zu froh, wenn der Pater mit bei Tisch aß und wenn er sich nach dem Essen davonschleichen durfte, um mit ihm zu schwatzen, zu lesen oder spazierenzugehen. Glücklicherweise stand Mylady nie vor Mittag auf. Der Himmel sei der armen Zofe gnädig, die ihr beim Ankleiden helfen mußte. Ich habe das arme Geschöpf oft mit rotgeweinten Augen aus der Tür kommen sehen, hinter der sich die langen und geheimnisvollen Zeremonien von Myladys Toilette vollzogen, und das Damebrett sah ich oft mit einem derben Klaps auf Frau Tushers Finger zuschlagen, wenn Mylady das Spiel nicht glücken wollte.

Gesegnet sei der König, der das Kartenspiel einführte; denn mindestens sechs Stunden ihres Tages wurden damit zugebracht. Unterdes hatte ihre Familie Ruhe vor ihr. Ohne diese Zerstreuung wäre sie des Todes, pflegte Mylady oft zu erklären. Ihre Untergebenen lösten sich einer nach dem anderen auf dem Posten ab – ein gefährlicher Posten war es –, mit Ihro Gnaden Karten zu spielen. Herr Holt saß stundenlang mit ihr beim Pikett, und vor ihm betrug sie sich anständig. Was Doktor Tusher anbetrifft, so glaube ich, er würde sich am Sterbebett eines Pfarrkindes nicht haben halten lassen, wenn seine Gönnerin ihn zu einer Partie Whist befohlen hätte. Manchmal, wenn sie leidlich versöhnt waren, machte wohl auch Mylord ein Spiel mit ihr. Dann hatte sie noch ihre arme treue Tusher und ein, zwei, drei Gesellschaftsdamen, nur die gerechnet, an die sich Harry aus seiner Zeit erinnerte. Lange hielt keine den vornehmen Dienst aus; eine nach der andern mühte sich und versagte. Die Gesellschaftsdamen, die Haushälterin und Harry Esmond nahmen ihre Mahlzeiten zusammen ein. Die armen Damen! Ihr Los war viel härter als das des Pagen. Er schlief fest und sicher in seinem kleinen Bett, wenn sie bei Ihro Gnaden saßen, um sie mit dem Grand Cyrus in Schlaf zu lesen. Mylady pflegte Pakete mit neuen Theaterstücken aus London zu bekommen, und es war Harry bei Prügelstrafe verboten hineinzusehen. Ich fürchte, er hat diese Strafe oft verdient, und manchmal hat er sie auch bekommen. Pater Holt hat sie zwei- oder dreimal vollzogen, wenn er unter dem Kopfkissen des jungen Sünders eine herrliche, gottlose Komödie von Herrn Shadewell oder Herrn Wicherley erwischte.

Diese waren Mylords Lieblingslektüre, wenn er sich überhaupt zum Lesen aufraffte. Er war jedem Studium abgeneigt und, wie es dem kleinen Pagen schien, überhaupt jeder Beschäftigung.

Es kam dem kleinen Harry immer vor, als behandele Mylord ihn viel freundlicher, wenn seine Frau nicht zugegen war, und Lord Castlewood nahm ihn manchmal auf seinen kleinen Jagdreisen und zum Vogelfang mit. Er liebte es, Karten und Tricktrack mit ihm zu spielen, und der Knabe lernte die Spiele, um seinem Herrn zu gefallen. Er gewann Harry von Tag zu Tag lieber, zeigte eine ganz besondere Freude, wenn Pater Holt Gutes über ihn berichtete, streichelte ihm dann wohl den Kopf und versprach, er werde für ihn sorgen. In Myladys Gegenwart aber zeigte sich Mylord nicht so freundlich, gab vor, ihn streng zu behandeln, und tadelte ihn scharf für kleine Vergehen, wofür er den jungen Esmond in gewisser Weise um Verzeihung bat, wenn sie allein waren. Er meinte dann, wenn er nicht grob würde, so werde sie es, und seine Zunge sei nicht so scharf wie ihre – eine Behauptung, an deren Richtigkeit der Knabe, jung wie er war, nicht einen Augenblick zweifelte.

Während dieser ganzen Zeit spielten sich große öffentliche Ereignisse ab, von denen der einfältige kleine Page nicht viel mitbekam. Aber eines Tages, als man in die benachbarte kleine Stadt fuhr, er auf dem Trittbrett von Myladys Kutsche und sie drinnen mit Mylord und Pater Holt, umringte eine schreiende, spottende Volksmenge den Wagen und brüllte: »Heil den Bischöfen![5]« »Nieder mit dem Papst!« »Keine Papisterei, keine Papisterei! Isebel, Isebel!« Mylord fing an zu lachen; Myladys Augen rollten zornig, denn sie war kühn wie eine Löwin und fürchtete niemand. Herr Holt aber, wie Esmond von seinem Platz aus sehen konnte, sank mit sehr beunruhigter Miene zurück und rief ihr zu: »Um Gottes willen, gnädige Frau, sprechen Sie nicht und sehen Sie nicht aus dem Fenster; sitzen Sie still!« Aber sie gehorchte diesem weisen Ratschlag nicht. Sie steckte den Kopf aus dem Wagenschlag und kreischte dem Kutscher zu: »Schlag dich durch, durch die Bestien, Jakob; brauch deine Peitsche!«

Die Menge antwortete mit einem brüllenden Gelächter, und

neue Rufe: »Isebel, Isebel!« ertönten. Mylord lachte immer lauter. Er war ein schläfriger Herr; gewöhnlich konnte ihn nichts aufregen, obwohl ich ihn lebhaft genug den Hunden zurufen hörte auf der Jagd hinter den Hasen her und sein Gesicht, das sonst gelb und unbeweglich war, ganz rot und munter werden sah. Auch konnte er lachen, schwören und jauchzen beim Hahnenkampf, einem Sport, den er sehr liebte; und jetzt, wo der Pöbel seine Gräfin verhöhnte, war ein schadenfroher Klang in seinem Gelächter, so, als freue er sich auf den Sport und fände, daß sie und die Menge sich gewachsen seien.

Der Kutscher hatte wohl mehr Angst vor seiner Herrin als vor dem Pöbel, denn er schlug auf seine Pferde los, wie sie ihm befohlen hatte, und der Reitknecht, der neben dem ersten Paare ritt (Mylady fuhr nie anders als sechsspännig), hieb mit seiner Peitsche einem Kerl über die Schulter, der Miene machte, dem Leitpferd in die Zügel zu fallen.

Es war Markttag, und die Landleute waren alle versammelt mit ihren Geflügelkörben, Eiern und anderen schönen Dingen. Die Peitsche des Reitknechts hatte kaum die Schulter des Burschen berührt, da sauste schon ein großer Kohlkopf wie eine Bombe in die Kutsche hinein. Mylord lachte noch lauter, denn das Geschoß hatte Mylady den Fächer aus der Hand geschlagen und war Pater Holt auf den Leib geflogen. Dem Kohlkopf folgte ein Hagel von Rüben und Kartoffeln.

»Um Himmels willen, verhalten Sie sich ruhig!« sagte Herr Holt; »wir sind keine zehn Schritt von der Einfahrt des Gasthofs entfernt. Dort können sie die Tore hinter uns schließen, und die Canaille bleibt draußen.«

Nach dem kleinen Pagen draußen auf dem Trittbrett zielte ein Kerl mit einer Kartoffel. Sie traf ihn ins Auge, und der arme kleine Wicht erhob ein Schmerzensgeheul. Der Flegel, ein großer, plumper Sattlergeselle aus der Stadt, lachte. »Ho, du verfluchter kleiner, brüllender Papistenbastard du!« rief er und bückte sich nach einer anderen Kartoffel. Die Menge hatte sich jetzt so zwischen Pferde und Toreinfahrt geschoben, daß die Kutsche zu völligem Stillstand kam. Mylord sprang behende wie ein Jüngling an die Tür, schob den kleinen Harry hinein und packte den Kartoffelwerfer im Handumdrehen am Kragen. Im nächsten Augenblick lag der rohe Kerl auf der Nase.

»Du plumper Feigling!« rief der Graf, »ihr Pack von kreischenden Gassenbuben! Wie könnt ihr euch unterstehen, Kinder anzugreifen und Frauen zu beschimpfen! Noch ein Wurf nach der Kutsche, du Duckmäuser, du schweinslederner Pfuscher du, und, bei Gott, ich renne dir meine Klinge durch den Leib!«

Einige aus dem Haufen schrien: »Hallo, Mylord!« denn sie kannten ihn, und des Sattlers Geselle war ein berüchtigter Draufgänger und beinah zweimal so breit wie der Herr Graf.

Der aber rief: »Platz da!« mit hoher, gellender Stimme, doch mit gebieterischem Ausdruck. »Macht Platz da und laßt Ihro Gnaden Kutsche vorbei.« Die Leute zwischen dem Wagen und der Einfahrt drückten sich wirklich beiseite, die Pferde zogen an und die Kutsche rollte hinein. Mylord ging bedeckten Hauptes hinter ihr her.

Als er den Torweg betrat, erhob sich wieder eine Stimme: »Keine Papisterei, keine Papisten!« Mylord wendete sich um und bot der Menge noch einmal Trotz.

»Gott erhalte den König!« rief er in der höchsten Tonart. »Wer wagt es, des Königs Glauben zu beschimpfen? Du verfluchter psalmodierender Schuhflicker du, so wahr ich deine Obrigkeit bin, ich werde dich vor Gericht stellen!« Der Kerl schreckte zurück und Mylord verließ das Feld als Sieger. Aber als die kleine Aufwallung, in die der Auftritt ihn versetzt, vorüber und die Röte von seinem Gesicht verschwunden war, da verfiel er wieder in seine alte Schläfrigkeit, tändelte mit seinem Hündchen und gähnte, wenn Mylady etwas zu ihm sagte.

Dieser Pöbelhaufen war einer von Tausenden, die damals das Land durchzogen und nach Freilassung der sieben verurteilten Bischöfe schrien, von denen der kleine Harry Esmond zu jener Zeit so gut wie gar nichts wußte. In Hexton tagte das Schwurgericht, und eine große Zusammenkunft von Gutsbesitzern fand im Gasthof ›Zur Glocke‹ statt. Mylords Diener hatten ihre neuen Livreen an und Harry einen blauen Anzug mit silbernen Tressen, den er bei festlichen Gelegenheiten trug. Die feinen Herren unterhielten sich mit Mylord, und besonders ein Richter in rotem Talar, der eine wichtige Persönlichkeit zu sein schien, begrüßte ihn und die Gräfin eifrig. Mylady trat großartig auf, und Harry kann sich erinnern, daß das Kammerfräulein ihr die Schleppe trug. Es gab eine Versammlung und einen Ball im großen Saal der ›Glocke‹, und er sah mit anderen kleinen Herren aus der Gesellschaft dem festlichen Treiben zu. Einer verspottete ihn wegen seines blauen Auges, das von der Kartoffel her geschwollen war, und ein anderer nannte ihn Bastard, worüber sich zwischen Harry und ihm ein Faustkampf entspann. Mylords Vetter, Oberst Esmond von Walcote, war da und trennte die beiden Jungen. Er war ein stattlicher Herr mit einem hübschen, gutmütigen Gesicht. Der Knabe ahnte nicht, in wie nahe Beziehungen er später zu Oberst Esmond treten und wieviel Gutes er ihm einst verdanken sollte.

Die Liebe zwischen den beiden Familien war nicht heftig. Mylady pflegte Oberst Esmond nicht zu schonen, wenn sie von ihm sprach; aus Gründen, die wir schon erwähnten, die aber Harry Esmond in seinem zarten Alter füglich noch nicht kannte.

Bald nach diesen Ereignissen gingen Mylord und Mylady mit Pater Holt nach London, und der Page blieb zurück. Der kleine Mann hatte das große Schloß für sich allein, oder besser, er teilte es nur mit Frau Worksop, der Haushälterin, einer alten Dame, die in irgendeiner entfernten Weise mit der Familie verwandt war, Protestantin, aber wie alle Esmonds standhafte Tory und Getreue des Königs. Harry ging zum Unterricht zu Doktor Tusher, wenn dieser zu Hause war. Denn auch der Doktor war sehr in Anspruch genommen. Überall herrschte Lärm und Aufruhr, selbst in dem stillen, kleinen Dorfe Castlewood. So erschien dort ein Haufen Volk aus der Stadt und machte Anstalten, die Fenster der Schloßkapelle einzuwerfen. Aber die Dorfbewohner verjagten sie, und selbst Sievewright, der alte republikanische Hufschmied, machte dabei mit. Denn wenn auch Mylady eine Papistin war und ein sonderbares Wesen hatte, erwies sie sich doch gütig gegen ihre Pächter, und die Armen fanden auf Schloß Castlewood immer reichlich Fleisch, Bettwäsche und Arzeneien.

Ein Königreich wechselte seinen Herrn, während Mylord und Mylady fort waren. König Jakob floh; die Holländer kamen. Die alte Frau Worksop erzählte dem müßigen kleinen Pagen schreckliche Geschichten von den Holländern und dem Prinzen von Oranien.

Er hatte die Einsamkeit des großen Hauses sehr gern. Er konnte alle Theaterstücke lesen, und kein Pater Holt prügelte ihn dafür. Er hatte hunderterlei Zeitvertreib und kindliche Geschäfte, im Haus und im Freien, die ihm diese Zeit sehr angenehm machten.

Fünftes Kapitel

Meine Vorgesetzten sind in Komplotte für die Wiedereinsetzung König Jakobs des Zweiten verwickelt

Schlaflos lag der Knabe in seinem kleinen Bett; der Gedanke an die Reusen, die er am Abend vorher zum Aalfang aufgestellt hatte, hielt ihn wach. Er wartete auf die Stunde, wo das Tor geöffnet wurde und er mit seinem Kameraden, John Lockwood, dem Sohn des Pförtners, zum Teich gehen konnte, um zu sehen, was das Glück ihnen gebracht hatte. Bei Tagesanbruch hatte John ihn wecken sollen; aber sein eigener Eifer für den Sport hatte schon lange den Wecker gespielt, so lange, daß es ihm schien, als werde es niemals Tag werden.

Es mochte vier Uhr sein, da hörte er die Tür des gegenüberliegenden Zimmers gehen und das Hüsteln eines Mannes auf dem Gang. Harry sprang auf; überzeugt, daß es ein Räuber sei, vielleicht auch in der Hoffnung auf ein Gespenst, riß er seine Tür auf, sah vor sich die geöffnete Tür vom Zimmer des Kaplans, drinnen ein Licht und auf der Schwelle eine Gestalt in dichten Rauch gehüllt, der aus der Stube herausquoll.

»Wer ist da?« rief der Knabe, der mutig war.

»Silentium!« flüsterte der andere, »ich bin's, mein Junge!« Er streckte seine Hand aus, und Harry erkannte seinen Meister und

Freund, Pater Holt. Das Fenster nach dem Hofe war mit einem Vorhang verhüllt, und Harry sah, daß der Rauch von einem Haufen brennender Papiere kam, die auf einem Kohlenbecken brannten. Nach einem flüchtigen Segensspruch und einer hastigen Begrüßung des Knaben, der glücklich war, seinen Lehrer wiederzusehen, fuhr der Pater fort, seine Papiere zu verbrennen. Er zog sie aus einem Schrank über dem Kaminsims hervor, den Harry noch nie zuvor bemerkt hatte.

Pater Holt lachte, als er seine erstaunten Augen auf das Loch in der Wand gerichtet sah. »So ist's recht, Harry«, sagte er, »treuer kleiner Famulus, sieh alles und sage nichts. Du bist treu, ich weiß es.«

»Ich würde für Euch zum Schafott gehen!« sagte Harry.

»Deinen Kopf brauche ich nicht«, sagte der Pater und streichelte ihn freundlich, »nur deinen Mund mußt du halten. Laß uns die Papiere verbrennen und erzähle niemand davon. Du möchtest sie wohl gern lesen?«

Harry Esmond wurde rot und ließ den Kopf hängen. Er hatte wirklich, wenn auch ganz gedankenlos, auf das Papier geguckt, das vor ihm lag. Er hatte nichts verstanden von dem, was er sah; die Buchstaben waren klar genug, aber ohne jeden Sinn. Sie verbrannten die Papiere und zerrührten die Asche in dem Kohlenbecken, so daß kaum eine Spur von ihnen zurückblieb.

Harry war daran gewöhnt, Pater Holt in den verschiedensten Gewändern zu sehen, denn es war für einen katholischen Geistlichen gefährlich, sein Ordenskleid zu tragen. Er war deshalb auch keineswegs erstaunt, ihn jetzt im Reitanzug zu sehen; mit mächtigen ledernen Reitstiefeln und einem Federhut – alles einfach, aber so, wie es die Edelleute trugen.

»Du kennst nun das Geheimnis des Schrankes«, sagte der Pater lachend, »und mußt dich auf andere Geheimnisse gefaßt machen«, und er öffnete – diesmal keinen Geheimschrank – nur seine Garderobe, die gewöhnlich verschlossen war. Er holte ein paar Kleider und Perücken von verschiedenen Farben heraus, ein paar schön gearbeitete Degen (Pater Holt war ein Meister der Fechtkunst, und wenn er zu Hause war, so übte er jeden Tag mit seinem Schüler, so daß Harry ein ausgezeichneter Fechter wurde), einen Soldatenrock und -mantel, die Jacke eines Pächters und verwahrte alles in dem großen Loch über dem Kaminsims, das die Papiere beherbergt hatte.

»Finden sie den Schrank nicht, so erwischen sie die Sachen nicht. Finden sie sie aber doch, so erzählen sie ihnen nur, daß Pater Holt verschiedene Kleider getragen hat. Das tun alle Jesuiten. Du weißt, was wir für Betrüger sind, Harry.«

Harry erschrak bei dem Gedanken, daß sein Freund ihn verlassen wolle. »Nein«, sagte der Priester, »höchstwahrscheinlich komme ich in ein paar Tagen mit Mylord zurück. Man wird uns dulden; wir werden nicht verfolgt. Aber man könnte den Einfall haben, Castlewood vor unserer Rückkehr einen Besuch abzustatten, und da Herren meines Tuches verdächtig sind, so könnte man meine Papiere untersuchen, die niemanden etwas angehen.« Ob die Papiere mit der Geheimschrift sich auf Politik bezogen oder auf die Angelegenheiten von Pater Holts Orden, das hat Harry Esmond bis zum heutigen Tag nicht erfahren.

Seine übrigen Habseligkeiten, seine wenigen Kleidungsstücke, ließ der Pater unberührt in Schubfächern und Garderobe. Nur ein paar theologische Abhandlungen, die er gegen die englischen Geistlichen geschrieben hatte, warf er lachend auf das Kohlenbecken und ließ sie nur halb verbrennen. »Nun«, sagte er, »Harry, mein Sohn, kannst du mit reinem Gewissen bezeugen, daß du mich lateinische Predigten verbrennen sahst, ehe ich das letztemal nach London ging. Aber der Morgen ist nah, ich muß fort sein, ehe Lockwood sich rührt.«

»Muß Lockwood Euch nicht hinauslassen, Herr?« fragte Esmond. Holt lachte. Er war niemals heiterer, als wenn Gefahr drohte.

»Lockwood ahnt nicht, daß ich hier bin, verstehst du«, sagte er, »du würdest auch nichts ahnen, kleiner Strick, wenn du fester geschlafen hättest. Du mußt vergessen, daß ich hier war, und nun leb wohl. Mach die Tür zu und geh in deine Schlafkammer, und komm nicht wieder heraus, ehe – warte, warum sollst du das nicht auch noch wissen? Ich weiß ja, daß du mich nie verraten wirst.«

Das Zimmer des Kaplans hatte zwei Fenster, das eine westwärts zum Hof, das andere schaute ostwärts auf die Wiesen vor dem Schloß. Es war klein und stark vergittert und zu hoch, um es vom Fußboden aus zu erreichen. Pater Holt stieg auf einen Tisch, der darunter stand, und zeigte Harry, wie man durch einen Druck auf das Fenstersims den bleiernen Rahmen, Glas und Eisengitter in einer Versenkung verschwinden lassen konnte, aus der das Ganze von außen wieder in seine alte Lage zurückzubringen war. Eine Scheibe war absichtlich zerbrochen, um von außen die Feder des Mechanismus erreichen zu können.

»Schieb den Tisch weg, wenn ich fort bin, damit niemand auf den Gedanken kommt, hier könne jemand hinausgeklettert sein. Verschließ die Tür. Leg den Schlüssel – ja, wo tun wir den Schlüssel hin? – unter den Chrysostomus auf dem Bücherbrett, und wenn jemand danach fragt, so sage, ich bewahre ihn dort immer auf und habe ihn dir gezeigt, für den Fall, daß du in mein Zimmer wolltest. Der Abstieg ist leicht, die Mauer hinunter in den Graben. Nun noch einmal, leb wohl, bis ich dich wiedersehe, mein lieber Sohn!« Damit stieg der unerschrockene Priester schnell und behend auf den Tisch, kroch durch das Fenster, zog es von außen wieder in die Höhe und ließ nur so viel Raum, daß Harry Esmond ihm, auf den Zehen stehend, die Hand küssen konnte. Dann schloß sich der Rahmen, und das Fenster schien, wie immer, fest in den Steinen verankert. Als Pater Holt das nächstemal nach Castlewood kam, war er zu Pferde und ritt durch den großen Torweg herein. Von dem Geheimnis des Fensters war nur die Rede, wenn er von drinnen her einen ungesehenen Boten brauchte, und darum hatte er wohl auch seinem kleinen Schüler den Ausweg gezeigt.

Esmond, so jung er war, hätte lieber den Tod erlitten, als seinen Freund und Meister verraten, und das wußte Herr Holt sehr wohl. Er hatte den Jungen mehr als einmal in Versuchung geführt, um zu sehen, ob er erliegen und es ihm nachher beichten, oder ob er widerstehen werde, was öfters geschah, oder ob er lügen werde, was er niemals tat. Über diesen Punkt indessen belehrte er ihn. Wenn Stillschweigen keine Lüge sei, was es doch sicher nicht wäre, so sei es doch wie eine Verneinung; und darum sei ein deutliches Nein auch keine Sünde, wenn es sich um die

Sache der Gerechtigkeit oder eines Freundes handle und um eine Frage, die einer von beiden verhängnisvoll werden könne. Ja, es sei sogar lobenswert und ein ebenso rechtlicher Weg wie der andere, um unbefugten Fragern auszuweichen. »Nimm«, so sagte er, »einen braven Bürger an, der Seine Majestät auf der Flucht auf einen Baum klettern sah. Man fragt ihn: ›Hält sich König Karl in dieser Eiche verborgen?‹ Seine Pflicht würde sein, nicht ›Ja‹ zu sagen, so daß die Puritaner den König, der gleich des Bürgers Vater ist, ergreifen und ermorden, sondern ›Nein‹; denn Seine Majestät ist inkognito auf dem Baum und darum für königstreue Augen nicht sichtbar.« All diese Belehrungen in Religion und Moral, ebenso wie die Anfangsgründe der Sprachen und Wissenschaften, nahm der Knabe eifrig und dankbar von seinem Lehrer an. Darum war es, als Pater Holt gegangen war und Harry befohlen hatte zu vergessen, daß er ihn gesehen habe, wirklich, als sei er nicht dagewesen, und Harry hatte die Antwort bereit, als man ihn ein paar Tage später ausfragte.

Der Prinz von Oranien war damals in Salisbury. Der kleine Esmond erfuhr das durch Doktor Tusher, dem er, obwohl die Straßen sehr schmutzig waren, in seinem besten Priesterrock begegnete, eine große orangefarbene Kokarde an dem breitkrempigen Hut, und Nahum, sein Küster, war ebenso dekoriert. Der Doktor stieg sonst nie im seidenen Rock zu Pferde, sondern immer nur im Tuchrock. Er ging vor dem Pfarrhaus auf und ab, als Esmond auf ihn stieß, und beim Besteigen des Pferdes sagte er, er wolle Seiner Hoheit dem Prinzen seine Aufwartung machen. Damit ritt er weg und Nahum hinterdrein. Die Leute im Dorf trugen auch orangefarbene Kokarden, und Harrys Freundin, des Grobschmieds lustige Tochter, steckte ihm lachend eine an seinen alten Hut. Er riß sie entrüstet herunter, als man ihm sagte, er müsse rufen: »Gott erhalte den Prinzen von Oranien und die protestantische Religion!« Aber die Leute lachten nur; denn sie hatten den Jungen gern, und im ganzen Dorf hatte man Mitleid mit seiner Einsamkeit, zeigte ihm freundliche Gesichter und hieß ihn in den Häusern herzlich willkommen. Auch Pater Holt hatte viele Freunde im Dorf. Er führte nicht nur theologische Wortgefechte mit dem Hufschmied, bei denen er nie seine lachende, angenehme Laune verlor, sondern er heilte ihn auch mit Fieberrinde von einem Wechselfieber und hatte für jedermann ein freundliches Wort bereit, so daß die Dorfleute sagten, es sei ein Jammer, daß die beiden Papisten wären.

Der Kaplan und der Pfarrer von Castlewood kamen sehr gut miteinander aus. Der eine war der vollendete vornehme Herr, und des andern Geschäft war es, sich mit allen Leuten gut zu stellen. Doktor Tusher und die Kammerfrau, seine Gattin, hatten einen Sohn in Esmonds Alter. Zwischen den Knaben bestand eine Freundschaft, wie sie die Nachbarschaft und leidliche Gutmütigkeit auf beiden Seiten erzeugt. Tom Tusher aber kam schon frühzeitig auf eine Schule in London, wohin er, mit einem Band Predigten ausgerüstet, im ersten Jahre der Regierung König Jakobs von seinem Vater selbst gebracht wurde. Er kam während der langen Zeit seiner Schul- und Studentenlaufbahn immer nur einmal im Jahr nach Castlewood, und so war weniger Gefahr, daß Tom von dem Kaplan bekehrt würde, der ihn kaum je zu Gesicht bekam, als Gefahr für Harry, der beständig in des Pfarrers Gesellschaft war. Der Doktor aber meinte ernst, es sei nicht seine Sache, Harry in seinem Glauben zu stören, solange es auch der Glaube Seiner Majestät und Mylords und Myladys sei. Es liege ihm fern zu behaupten, daß die Kirche Seiner Majestät kein Zweig der katholischen Kirche sei, und Pater Holt pflegte, wie es seine Gewohnheit war, zu lachen und zu sagen, die ganze heilige Kirche und das gesamte Heer der Märtyrer seien dem Doktor zu großen Dank verpflichtet.

Während Doktor Tusher in Salisbury war, kam ein Trupp Dragoner mit orangefarbenen Schärpen und bezog in Castlewood Quartier. Einige kamen auch aufs Schloß, belegten es, plünderten aber nichts, abgesehen vom Hühnerstall und vom Bierkeller. Aber sie bestanden darauf, das ganze Haus nach Papieren zu durchsuchen. Der erste Raum, den sie sehen wollten, war Pater Holts Zimmer, und Harry brachte den Schlüssel herbei. Sie öffneten Schubladen und Schränke, durchwühlten die Papiere, fanden aber nichts als Bücher und Kleider und in einer besondere Lade die Meßgewänder, mit denen sie zu Harrys Entsetzen allerlei Ulk trieben. Auf die Fragen, welche die Herren an ihn richteten, antwortete er, Pater Holt sei ein sehr guter und gelehrter Mann, und er würde ihm wohl keine von seinen Geheimnissen anvertraut haben, wenn er welche gehabt habe. Harry war damals elf Jahre alt und sah so unschuldig aus wie Knaben dieses Alters.

Mylord und Mylady blieben länger als sechs Monate fort, und als sie zurückkamen, waren sie im Zustand tiefster Niedergeschlagenheit; denn König Jakob war verbannt, und der Prinz von Oranien hatte den Thron bestiegen. Mylady fürchtete die gräßlichsten Verfolgungen für die katholische Religion und erklärte, an die Duldsamkeit, die das holländische Ungeheuer versprochen habe, glaube sie nicht; überhaupt glaube sie kein Wort, das dieses verruchte Scheusal von sich gebe. Mylord und Mylady waren in gewisser Weise Gefangene in ihrem eigenen Hause; so wenigstens gab Ihro Gnaden dem kleinen Pagen zu verstehen, der jetzt in ein Alter kam, wo er begreifen konnte, was um ihn her vorging und welcher Art die Menschen waren, mit denen er lebte.

»Wir sind Gefangene«, sagte sie, »wenn wir auch keine Ketten tragen. Mögen sie kommen, mögen sie mich einkerkern, mögen sie meinen Kopf von diesem armen kleinen Halse schlagen (und sie umfaßte ihn mit ihren langen Fingern). Das Blut der Esmonds wird immer willig für ihre Könige fließen. Wir sind nicht wie die Churchills – die Judasse[6], die ihren Herrn küssen und verraten. Wir wissen zu leiden; wir wissen selbst zu vergeben, wenn es die königliche Sache fordert.« Ohne Zweifel war es der unselige Fall mit dem Amt des Oberbuttermeisters, auf den Ihro Gnaden da anspielte und den sie täglich ein halbes Dutzend Mal zu erwähnen pflegte. »Laßt den Tyrannen von Oranien nur kommen mit seiner Folterbank und seinen scheußlichen holländischen Torturen – die Bestie! – der Elende! Ich speie ihn an; ich verhöhne ihn. Freudig werde ich dies Haupt auf den Block legen. Freudig werde ich mit Mylord zum Schafott gehen. Mit unserem letzten Atemzuge werden wir rufen: ›Gott erhalte König Jakob!‹ und dem Scharfrichter werden wir lächelnd ins Gesicht schauen«; und wohl an hundertmal erzählte sie ihrem Pagen von ihrer letzten Zusammenkunft mit Seiner Majestät.

»Ich warf mich meinem Herrn zu Füßen«, sagte sie, »in Salisbury. Mich, meinen Gatten, mein Haus verschwor ich seiner Sache. Vielleicht gedachte er alter Zeiten, wo Isebel Esmond jung und schön war; vielleicht erinnerte er sich des Tages, wo nicht ich kniete, sondern er – denn er sprach zu mir mit einer Stimme, die mir längst vergangene Stunden zurückrief. ›Zum Kuckuck!‹ sagte Seine Majestät, ›Sie sollten zum Prinzen von Oranien gehen, wenn Sie irgendwelche Wünsche haben!‹ ›Nein, Herr‹, erwiderte ich, ›ich würde nie vor einem Thronräuber knien. Der Esmond, der so willig Eurer Majestät gedient haben würde, wird niemals eines Verräters Oberbuttermeister werden!‹ Der vertriebene König lächelte; in all seinem Unglück lächelte er. Er geruhte, mich mit tröstlichen Worten aufzuheben. Selbst den Grafen, meinen Gatten, hätten die erhabenen Worte nicht verletzen können, mit denen er mich ehrte.«

Das allgemeine Unglück hatte die Wirkung, daß Mylord und Mylady bessere Freunde wurden, als sie seit ihrer Verlobung je gewesen. Der Graf hatte Treue und Mut gezeigt in einer Zeit, wo solche Tugenden in des Königs entnervter Umgebung selten waren, und das Lob, das man ihm spendete, erhob ihn nicht wenig in den Augen seiner Frau, vielleicht auch in seinen eigenen. Er erwachte aus dem gleichgültigen, trägen Dasein, das er geführt hatte und ritt stets umher, um bald mit diesem, bald mit jenem Freund des Königs zu verhandeln. Der Page erfuhr natürlich wenig von seinen Taten, doch bemerkte er seine ungewohnte Heiterkeit und sein verändertes Wesen.

Pater Holt ging beständig im Schlosse ein und aus, aber er las nicht mehr öffentlich die Messe. Er war ununterbrochen mit Herbeitragen und Fortschleppen beschäftigt. Harry erkannte die Geistlichen, obwohl sie in vielen Arten von Verkleidung kamen. Mylord war oft lange fort und kam plötzlich wieder, benutzte auch wohl den geheimen Ausgang von Pater Holt. Wie oft aber das kleine Fenster in des Kaplans Zimmer den Grafen und seine Freunde aus- und einließ, das wußte Freunde kamen und gingen, Offiziere und Geistliche. Harry nicht zu sagen. Er hatte dem Pater versprochen, nicht zu lauschen, und hielt sein Versprechen unbeirrbar. Wenn er um Mitternacht im Zimmer gegenüber Geräusche hörte, dann drehte er sich zur Wand um und vergrub seine Neugier im Kopfkissen, bis der Schlaf ihn wieder übermannte. Natürlich konnte er nicht umhin, des Priesters beständige Reisen zu bemerken, und hunderterlei Anzeichen sagten ihm auch, daß ein geheimnisvolles Unternehmen ihn so geschäftig machte. Welcher Art dies Unternehmen war, das ist leicht zu erraten aus dem, was sich alsbald mit Mylord ereignete.

Seit Mylord und Mylady zurückgekommen waren, wurde keinerlei Wache oder Garnison mehr ins Schloß gelegt. Im Dorf aber waren Soldaten, und einen oder den anderen von ihnen konnte man immer auf der Wiese sehen, wie er nach unserer großen Toreinfahrt und den Menschen, die hin und wieder gingen, ausspähte. Lockwood erzählte, daß besonders nachts jeder, der kam und ging, von den Posten draußen scharf beobachtet wurde. Ein Glück, daß wir eine Pforte hatten, von der die Guten nichts wußten; denn Mylord und Pater Holt haben viele nächtliche Reisen gemacht. Ein- oder zweimal wurde Harry auch als verschwiegener Bote benutzt. Er erinnert sich, daß man ihn mit seiner Angelrute ins Dorf schickte, daß er in gewisse Häuser gehen und um einen Trunk Wasser bitten mußte, und dann dem guten Bauern melden: »Nächsten Donnerstag ist Pferdemarkt in Newbury.« Dieselbe Botschaft mußte er in alle Häuser tragen, die auf seiner Liste standen.

Er wußte damals nicht, was die Botschaft bedeutete noch was man vorhatte. Der Klarheit halber aber wollen wir es lieber erzählen. Der Prinz von Oranien war nach Irland gegangen, und der König erwartete ihn dort mit einem großen Heer. Nun plante man für diese Zeit eine allgemeine Erhebung aller Anhänger des Königs, und Mylord sollte die Streitkräfte unserer Grafschaft führen. Er spielte neuerdings eine viel größere Rolle bei den Unternehmungen, weil er zum einen den unermüdlichen Pater Holt zur Seite hatte und zum anderen Mylady, die ihn vorwärts trieb, und dann saß Lord Sark im Tower gefangen, und Herr Wilmot Crawley war zum Prinzen von Oranien übergegangen. So wurde Mylord die herausragendste Persönlichkeit, welche die Sache des Königs in der Grafschaft vertrat.

Der Plan war, daß das Regiment Dragoner, welches in Newbury lag, sich an einem bestimmten Tage für den König erklären sollte, daß sich an demselben Tage alle königstreuen Gutsbesitzer mit ihren Pächtern und Angehörigen dort zusammenfinden sollten und daß man sich auf die holländischen Truppen werfen wollte, die unter Ginckel bei Reading standen. Hatte man diese überwältigt, so meinte man, müsse es ein leichtes sein, bis London vorzudringen. Der unerschrockene kleine Oranier war fern in Irland, und dem König wurde sicherer Sieg vorhergesagt.

Durch dieses große Vorhaben verlor Mylord seine schläfrige Art ganz und gar. Er wurde frischer und gesünder; Mylady zankte sich nicht mit ihm; Herr Holt ging geschäftig ab und zu, und Harry wünschte sich nichts sehnlicher, als ein paar Zoll größer zu sein, um auch ein Schwert für die gute Sache ziehen zu können.

Eines Tages (es muß im Juli des Jahres 1690 gewesen sein) rief Mylord den kleinen Harry zu sich. Er trug einen großen Reitermantel, unter dem der stählerne Brustpanzer funkelte. Er strich dem Knaben die Haare aus der Stirn, küßte ihn und segnete ihn so zärtlich, wie er es noch nie getan hatte. Pater Holt segnete ihn auch. Dann nahmen sie Abschied von Mylady, die mit dem Taschentuch vor den Augen aus ihrem Zimmer kam, von dem Kammerfräulein und Frau Tusher gestützt. »Ihr – ihr geht«, schluchzte sie. »Oh, könnte ich mit euch gehen! Aber in meinem Zustand darf man nicht reiten.«

»Wir küssen unserer Frau Gräfin die Hand«, sagte Herr Holt.

»Gott mit Euch, Mylord!« sagte sie und umarmte ihren Gatten mit majestätischer Gebärde. »Herr Holt, ich bitte Euch um Euren Segen«, und sie kniete nieder; Frau Tusher aber warf den Kopf zurück.

Der kleine Page ging in den Hof hinunter und hielt Mylords Steigbügel. Zwei Diener warteten da, und sie ritten alle zum Tor des Schlosses hinaus.

Als sie auf der Zugbrücke waren, konnte Harry sehen, wie ein berittener Offizier in Scharlach sich grüßend näherte und Mylord anredete.

Die Gesellschaft hielt an und man redete hin und her. Das Ende war, daß Mylord den Hut zog, sich verbeugte, seinem Pferde die Sporen gab und davonritt, den Offizier dicht neben sich. Der Reiter, der mit ihm gekommen war, folgte mit den Leuten des Grafen. Sie sprengten über die Wiese, unter den Ulmen durch und verschwanden. Harry meinte gesehen zu haben, daß Mylord mit der Hand winkte. Am Abend hatten wir einen großen Schrecken; denn der Milchjunge, als er zum Melken kam, saß auf einem unserer Pferde, das er an der äußeren Parkmauer grasend gefunden hatte.

Die ganze Nacht war die Gräfin in stiller, gedrückter Stimmung. Sie hatte an niemand etwas auszusetzen; sie spielte sechs Stunden lang Karten. Der kleine Page ging schlafen. Er betete für Mylord und die gute Sache, ehe er die Augen zumachte.

In der ersten Morgendämmerung hörte man die Glocke des Pförtners läuten. Der alte Lockwood erwachte und ließ einen von den Dienern ein, die am Morgen mit Mylord das Schloß verlassen hatten. Er erzählte eine betrübliche Geschichte. Der Offizier, der an Mylord herangeritten war, hatte ihm, so schien es, gesagt, es sei seine Pflicht, Seine Gnaden davon zu unterrichten, daß er zwar nicht gefangen, wohl aber unter Aufsicht sei. Er ersuche ihn, an diesem Tage nicht auszureiten.

Mylord erwiderte, das Reiten sei gut für seine Gesundheit; wenn der Herr Kapitän ihn begleiten wolle, so sei er willkommen. Da war es, daß er die Verbeugung machte und mit dem Offizier davonsprengte.

Als sie in die Gegend von Wansey kamen, hielt Mylord plötzlich das Pferd an, und die Gesellschaft kam an einem Kreuzweg zum Stillstand.

»Herr«, sagte er zu dem Offizier, »wir sind vier gegen zwei. Wollen Sie die Güte haben, jenen Weg einzuschlagen und mich den meinen gehen zu lassen?«

»Euer Weg ist der meine, Mylord«, sagte der Offizier.

»Dann –« sagte Mylord. Aber er hatte keine Zeit, mehr zu sagen; denn der Offizier zog eine Pistole und drückte sie auf den Grafen ab. Im selben Augenblick zog auch Pater Holt eine Pistole und schoß den Offizier durch den Kopf. Das war im Handumdrehen geschehen; der Mann war tot. Die Ordonnanz starrte einen Augenblick lang auf den gefallenen Vorgesetzten und ritt eiligst davon.

»Feuer! Feuer!« schrie Pater Holt und jagte eine Kugel hinter dem Reiter her. Die beiden Diener aber waren zu erschrocken, um ihre Waffen zu brauchen, und da Mylord ihnen auch noch zurief, sie sollten nicht schießen, so entkam der Bursche.

»Herr Holt, qui pensait à tout«, sagte Blaise, »springt vom Pferde, untersucht die Taschen des toten Offiziers nach Papieren, gibt uns beiden sein Geld und sagt: ›Der Wein ist verzapft, Herr Marquis‹ – warum sagte er Marquis zu dem Herrn Grafen? –, ›wir müssen ihn trinken!‹«

»Das Pferd des armen Offiziers war besser als meins«, fuhr Blaise fort. »Herr Holt befahl mir, es zu nehmen, und so gab ich Weißfuß einen Schlag und er trabte nach Hause. Wir ritten weiter nach Newbury. Gegen Mittag hörten wir Schüsse. Um zwei Uhr kommt ein Reiter auf uns zu, als wir gerade unsern Pferden an einem Wirtshaus Wasser geben, und sagt: ›Es ist alles vorbei! Die Dragoner haben sich eine Stunde zu früh erhoben – General Ginckel ist ihnen zuvorgekommen!‹ So war alle Hoffnung dahin.«

»›Und wir haben einen Offizier im Dienst erschossen und seine Ordonnanz entwischen lassen‹, sagte Mylord.«

»›Blaise‹, sagte Herr Holt zu mir und schrieb zwei Zeilen in sein Taschenbuch – eine für Mylady und die andre für Euch, Junker Harry –, ›du mußt nach Castlewood zurück und diese Botschaft überbringen!‹ und da bin ich.«

Er gab Harry die beiden Zettel. Auf dem, der für ihn bestimmt war, stand nur: »Verbrenn die Papiere im Geheimschrank, verbrenn diesen Zettel. Du weißt von nichts.« Harry las und rannte die Treppen hinauf zum Zimmer seiner Herrin. Das Kammerfräulein schlief dicht bei der Tür; er befahl ihr, Licht zu bringen und Mylady zu wecken, der er den zweiten Zettel überreichte. Sie war höchst wunderlich anzuschauen in ihrem Nachtgewand; Harry hatte Ähnliches noch nie gesehen.

Sobald sie den Zettel in Händen hatte, lief Harry zum Zimmer des Kaplans, öffnete den geheimen Schrank über dem Kamin, verbrannte alle Papiere, die darin waren, und nahm, wie er es den Priester hatte tun sehen, eins von den Predigtmanuskripten Seiner Hochwürden und ließ es nur halb auf dem Kohlenbecken verglimmen. Als alle Papiere zerstört waren, war es Tag geworden. Harry rannte zu seiner Herrin zurück, und das Kammerfräulein ließ ihn ein. Mylady befahl ihm (hinter den Vorhängen ihres ehelichen Bettes hervor), den Wagen anspannen zu lassen; sie wolle ausfahren.

Aber die Geheimnisse von Myladys Toilette nahmen an diesem Morgen ebenso erschreckend viel Zeit in Anspruch wie an jedem andern Tag, und der Wagen stand schon lange bereit, als sie noch immer beschäftigt war, sich herzurichten. Gerade als sie ihr Zimmer verließ, fertig zur Abreise, da kam der kleine John Lockwood gelaufen und brachte aus dem Dorfe die Nachricht, daß ein Richter, drei Offiziere und vierundzwanzig Soldaten nach dem Schlosse unterwegs seien. John kam ihnen nur zwei Minuten zuvor, und ehe er seine Geschichte ganz erzählt hatte, ritt der Trupp schon in den Schloßhof.

Sechstes Kapitel

Der Ausgang der Verschwörung. – Der Tod des Grafen Thomas von Castlewood und die Gefangenschaft der Gräfin

Anfangs meinte Mylady, sie würde geköpft werden wie die Königin Maria von Schottland, von der sie sich schmeichelte, ihr an Schönheit zu gleichen. Sie strich ihren mageren Hals und sagte: »Sie werden Isabel von Castlewood ihrem Schicksal gewachsen finden.« Ihre Kammerfrau Victoire überzeugte sie, da sie nicht fliehen könne, sei es das klügste, die Soldaten in ihrem Zimmer zu erwarten und sie dort zu empfangen, als wisse sie von nichts. So wurde denn die schwarze japanische Truhe, die Harry in den Wagen tragen sollte, wieder in ihr Zimmer gebracht, und Herrin und Dienerin zogen sich dorthin zurück. Victoire erschien alsbald wieder an der Tür und gab dem Pagen die Weisung, er möge sagen, Mylady sei krank und liege mit Rheumatismus zu Bett.

Unterdessen hatten die Soldaten Castlewood erreicht; Harry Esmond sah sie vom Fenster des Gobelinzimmers aus in den Hof reiten. Schildwachen wurden am Tor aufgestellt; ein halbes Dutzend Leute ging zu den Ställen. Ein paar andere, an der Spitze ihr Offizier und ein Herr in Schwarz, vielleicht eine Gerichtsperson, ließen sich von einem der Diener zu der Treppe vor Mylords und Myladys Gemächern führen.

So kam der Hauptmann, ein hübscher, freundlicher Herr, begleitet von dem Vertreter des Gesetzes, durch das Vorzimmer in das Gobelinzimmer, wo Harry Esmond, der Page, ganz allein am Fenster stand.

»Melde deiner Herrin, daß wir sie sprechen müssen, kleiner Mann«, sagte der Hauptmann freundlich.

»Meine Herrin liegt krank zu Bett«, sagte der Page.

»Was fehlt ihr?« fragte der Hauptmann.

Der Knabe sagte: »Rheumatismus.«

»Rheumatismus! Das ist ein böses Leiden«, meinte der gutmütige Hauptmann, »und der Wagen steht wohl im Hof, um den Doktor zu holen?«

»Das weiß ich nicht«, sagte der Knabe.

»Und seit wann ist Mylady krank?«

»Das weiß ich nicht«, sagte der Knabe.

»Wann ist Mylord fortgeritten?«

»Gestern abend.«

»Mit Pater Holt?«

»Ja.«

»Welchen Weg haben sie genommen?« fragte der Gerichtskommissar.

»Sie sind ohne mich fortgeritten«, sagte der Page.

»Wir müssen die Gräfin Castlewood sehen.«

»Ich habe Befehl, niemand bei Ihro Gnaden einzulassen – sie ist krank«, sagte der Page; aber in diesem Augenblick steckte Victoire den Kopf zur Tür heraus und befahl Ruhe, als ahne sie nicht, daß jemand da sei. »Was ist das für ein Lärm?« fuhr sie fort. »Ist dieser Herr der Arzt?«

»Unsinn! Wir müssen die Gräfin Castlewood sehen«, sagte der Gerichtskommissar und schob sie beiseite.

Die Vorhänge in Myladys Zimmer waren heruntergelassen; es war dunkel, und sie lag im Bett, von Kissen gestützt, die Nachtmütze auf dem Kopf.

»Ist das der Arzt?« fragte sie.

»Die Komödie nützt Ihnen nichts, Mylady«, sagte Hauptmann Westbury (denn so hieß er). »Meine Order ist, den Grafen Thomas von Castlewood zu verhaften, Robert Tusher, den Pfarrer von Castlewood, und Henry Holt, einen Jesuiten, den man auch unter anderen Namen kennt. Er ist Kaplan hier im Schlosse gewesen und ist jetzt das Oberhaupt der Verschwörung gegen Ihre Majestäten König Wilhelm und Königin Maria. Ich habe Befehl, das Haus nach Papieren und Spuren der Verschwörung zu durchsuchen. Sie werden die Güte haben, mir die Schlüssel zu geben, und es wird auch für Euer Gnaden das beste sein, uns in jeder Hinsicht beim Suchen zu helfen.«

»Sie sehen, daß ich Rheumatismus habe und mich nicht rühren kann«, sagte Mylady und sah ganz außergewöhnlich gespenstisch aus in ihren Kissen, obwohl sie ihre Wangen geschminkt und eine neue Nachtmütze aufgesetzt hatte, um den Herren wenigstens so schön wie möglich zu erscheinen.

»Ich werde mir erlauben, einen Posten in Ihrem Zimmer zu lassen, damit Sie einen Arm zur Stütze haben, falls Sie aufstehen möchten«, sagte Hauptmann Westbury, »die Kammerfrau wird mir alles zeigen.« Madame Victoire öffnete eine Lade nach der andern und schnatterte dabei in ihrem französisch-englischen Kauderwelsch. Der Hauptmann durchsuchte alles, aber recht sorglos, wie es Harry schien, und mit einem Lächeln um den Mund, als sei es nur um der Form willen.

Vor einer der Truhen warf sich Victoire nieder, breitete die Arme darüber und kreischte: »Non, jamais, Monsieur l'officier! Jamais! Lieber will ich sterben, als Sie sehen lassen, was in diesem Kasten ist!«

Aber Hauptmann Westbury bestand darauf, daß er geöffnet werde, immer mit demselben Lächeln; als der Deckel aufsprang, verwandelte sich sein Lächeln in schallendes Gelächter. Denn siehe da – keine geheimen Papiere waren darin, wohl aber Myladys Perücken, Puderbüchsen und Schminkentöpfe. Victoire erklärte, Männer seien Ungeheuer, während der Hauptmann fortfuhr, den Kasten zu untersuchen. Er beklopfte die Rückwand, um festzustellen, ob sie hohl wäre; als er anfing, mit den Händen in der Truhe zu wühlen, schrie Mylady aus ihrem Bett heraus mit einer Stimme, die keineswegs krank klang: »Sind Sie beauftragt, nicht nur Herren zu verhaften, sondern auch Damen zu mißhandeln, Herr Hauptmann?«

»Diese Gegenstände sind nur gefährlich, wenn Euer Gnaden sie tragen«, sagte der Hauptmann mit tiefer Verbeugung und spöttischem Lächeln. »Ich habe bisher noch nichts gefunden, was die Regierung interessiert; nur die Waffen, mit denen es der Schönheit erlaubt ist zu töten«, und er zeigte mit der Degenspitze auf eine der Perücken. »Wir müssen jetzt das übrige Haus durchsuchen.«

»Sie werden doch nicht diesen Elenden da in meinem Zimmer lassen?« schrie Mylady und zeigte auf den Posten.

»Was bleibt mir übrig, gnädige Frau? Jemand müssen Sie doch haben, der Ihre Kissen glättet und Ihnen die Medizin bringt. Erlauben Sie …«

»Mein Herr!« kreischte Mylady.

»Wenn Sie zu krank sind, das Bett zu verlassen«, sagte der Hauptmann streng, »dann muß ich vier von meinen Leuten kommen lassen, um Sie mit dem Bettuch in die Höhe zu heben. Mit einem Worte, ich muß das Bett untersuchen. Papiere können ebensogut in einem Bett verborgen sein wie anderswo; wir wissen das sehr wohl, und …«

Mylady schrie auf, denn der Hauptmann, der mit der Faust in die Kissen und Pfühle stieß, kam schließlich dahin, wo es brannte, wie man beim Pfänderspiel zu sagen pflegt. Er riß ein Kissen heraus und rief: »Siehe da, habe ich es Ihnen nicht gesagt? Da haben wir ein Kissen, das mit Papier vollgestopft ist.«

»Irgendein Schurke hat uns verraten!« rief Mylady und richtete sich auf. Unter ihrem Nachtgewand zeigte sich eine vollständige Toilette.

»Nun kann sich Euer Gnaden bewegen, nicht wahr; erlauben Sie mir, daß ich Ihnen die Hand zum Aufstehen reiche. Sie haben eine Reise von einiger Länge vor sich – heute abend bis Schloß

Hexton. Wollen Sie Ihre Kutsche nehmen? Ihre Kammerfrau kann Sie begleiten, wenn Sie es wünschen – und die japanische Truhe?«

»Mein Herr, Sie würden einen Mann nicht schlagen, wenn er am Boden liegt«, sagte Mylady mit einiger Würde, »können Sie dann eine Frau nicht schonen?«

»Euer Gnaden müssen die Güte haben aufzustehen; ich muß das Bett durchsuchen«, sagte der Hauptmann, »wir haben keine Zeit mehr mit Hin- und Herreden zu verlieren.«

Das dürre alte Weib erhob sich, ohne weitere Umstände zu machen. Harry Esmond hat diese Gestalt nie vergessen können, wie sie im Brokatkleid mit dem weißen Nachtgewand darüber, mit goldgestickten roten Strümpfen und weißen Schuhen mit roten Absätzen langsam aus dem Bett stieg. Die Koffer standen fertig gepackt in ihrem Vorzimmer, und die Pferde fertig gezäumt im Stall. Der Hauptmann schien das alles zu wissen. Er war wohl von irgend jemand unterrichtet worden, und Esmond konnte sich später sehr wohl denken, von wem; denn Doktor Tusher beklagte sich einmal darüber, daß König Wilhelms Regierung Dienste, die er ihr geleistet, sehr schlecht vergolten habe.

Wenn auch Harry damals zu jung war, um das Geschehene recht zu begreifen, und nur fühlte, daß sein Herr und seine Herrin in großer Bedrängnis waren, so sei hier doch noch gesagt, was die Papiere enthielten, die bei der Ankunft der Soldaten aus der japanischen Truhe in das Bett gewandert waren, und die Hauptmann Westbury mit Beschlag belegt hatte.

Da war eine Liste von Herren der Grafschaft in der Handschrift von Pater Holt – Herrn Freimanns (König Jakobs) Freunde. Eine gleiche Liste wurde unter den Papieren der Herren Fenwick und Coplestone gefunden, die ihre Teilnahme an der Verschwörung mit dem Tode büßten.

Ferner gab es ein Patent, das dem Grafen Castlewood den erblichen Titel eines Marquis von Esmond verlieh. Es war immer Myladys Ehrgeiz gewesen, der Familie diesen Titel zurückzugewinnen, und als damals ihre jungfräuliche Tante, die Goldschmiedstochter Barbara Topham, starb und ihr ganzes Vermögen der Gräfin Castlewood vermachte, hatte diese, wie man sagt, fast das ganze Geld an König Jakob geschickt. Graf Castlewood aber war so wütend darüber gewesen, daß er zu Doktor Tusher in die Kirche ging und nur durch den Marquistitel besänftigt werden konnte, den die verbannte Majestät dem treuen Untertanen zum Pfande für die geliehenen fünfzehntausend Pfund sandte. Die Papiere enthielten auch seine Ernennung zum Lord-Leutnant der Grafschaft und zum Generalmajor.

Dann waren da noch allerlei Briefe von Edelleuten und Gutsbesitzern, die sich teils eifrig, teils lau gegenüber der Sache des Königs zeigten, und zwei Briefe, die Oberst Francis Esmond betrafen und höchst vorteilhaft für ihn waren. Der eine, ein Brief von Pater Holt, lautete: »Ich habe diesen Oberst in seinem Hause in Walcote aufgesucht, wo er seit des Königs Weggang wohnt. Ich habe ihm in der Sache des Herrn Freimann eifrig zugesetzt, habe ihm die großen Vorteile einer Geschäftsverbindung mit dieser Firma vorgestellt und habe ihm unserer Verabredung gemäß große Handgelder versprochen. Aber er weigerte sich und erklärte, daß er zwar Herrn Freimann als das Haupt der Firma betrachte und sich niemals mit einer andern Handelsgesellschaft einlassen oder irgend etwas gegen ihn unternehmen werde, sich aber für seiner Pflichten entbunden ansehe, seit Herr Freimann England verlassen habe. Dieser Oberst scheint für seine Frau und seine Hunde mehr Sinn zu haben als für Politik. Er fragte mich allerlei über H. E., ›diesen Bastard‹, wie er ihn nannte, und schien an Mylords Absichten für ihn zu zweifeln. Ich beruhigte ihn über diesen Punkt, sagte ihm, was ich über den Jungen wußte und was für Absichten wir mit ihm hätten; trotzdem blieb er in Sachen des Herrn Freimann starrköpfig.«

Der andere Brief war von Oberst Esmond an seinen Vetter und machte diesen darauf aufmerksam, daß ein gewisser Hauptmann Holton bei ihm gewesen sei und ihm große Bestechungen angeboten habe, wenn er sich »Sie wissen, welcher Sache«, anschließen wolle. Er habe ihm auch gesagt, das Haupt des Hauses Castlewood sei dieser Sache ganz und gar ergeben. Er seinerseits aber wolle nicht für sie fechten. Der P. von O. sei zum mindesten ein Mann von Mut, und es sei seine und jedes

Engländers Pflicht, dem Lande Ruhe zu verschaffen und die Franzosen fernzuhalten. Kurz, er wolle mit dem Plan nichts zu schaffen haben.

Als Oberst Frank Esmond Graf von Castlewood geworden war, und man ihm die Papiere zeigte, erzählte er Henry Esmond von den beiden Briefen und dem Inhalt des Kissens. Er hatte freilich allen Grund, sich zu beglückwünschen, daß er der Verschwörung nicht beigetreten war, die für so viele ihrer Teilnehmer verhängnisvoll wurde.

Als sie die Papiere in Händen hatten, betrieben die Herren die weitere Durchsuchung des Schlosses weniger eifrig. Sie durchstöberten Herrn Holts Zimmer, das sie sich von seinem Schüler zeigen ließen. Er führte sie an die Stelle, wo der Schlüssel lag, und öffnete ihnen die Tür.

Als die Herren auf die halbverbrannten Papiere in dem Kohlenbecken stießen, untersuchten sie sie eifrig, und ihr kleiner Führer war im stillen über ihre Ratlosigkeit belustigt.

»Was ist das?« fragte der eine.

»Die Papiere sind in fremder Sprache«, sagte der Gerichtskommissar, und wie er Harry lächeln sah, fuhr er fort: »Worüber lachst du, kleiner Schelm?«

»Herr Holt sagte, es seien Predigten«, entgegnete Harry, »er hat mir befohlen, sie zu verbrennen.« Und das war in der Tat die Wahrheit über diese Papiere.

»Predigten, jawohl – ich wette, da steckt Verrat dahinter!« rief der Gerichtskommissar aus.

»Zum Teufel auch! Für mich ist es Griechisch«, sagte Hauptmann Westbury, »kannst du es lesen, kleiner Junge?«

»Ja, ein wenig«, sagte Harry.

»So lies es, aber auf englisch und auf deine Gefahr hin«, sagte der Gerichtskommissar, und Harry fing an zu übersetzen:

»Hat nicht einer eurer Schriftsteller gesagt, die Kinder Adams mühen sich heute so sehr wie Adam selbst um den Baum der Erkenntnis von Gut und Böse? Sie schütteln seine Zweige, suchen nach seinen Früchten und denken nicht an den Baum des Lebens. O blindes Geschlecht! Die Schlange ist es, die euch zu diesem Baum der Erkenntnis geführt hat –;« hier mußte der

Knabe innehalten, denn der Rest der Seite war versengt. »Soll ich weiterlesen?« fragte er den Gerichtskommissar.

Der aber meinte: »Hinter dem Knaben steckt mehr, als uns scheinen will. Wer weiß, ob er uns nicht zum besten hat.«

»So mag der gelehrte Dick[7] kommen«, sagte Hauptmann Westbury lachend und rief zum Fenster hinaus nach einem seiner Reiter. »Hallo Dick! Komm herein und übersetze.«

Ein vierschrötiger Soldat mit gutmütigem Gesicht trat herein und grüßte seinen Offizier.

»Sag uns, was das ist, Dick«, befahl der Gerichtskommissar.

»Ich heiße Steele, Herr«, sagte der Soldat. »Meine Freunde können mich Dick nennen; aber dazu rechne ich Herren Ihres Tuchs nicht.«

»Gut, also Steele.«

»Herr Steele, Sir, wenn ich bitten darf. Wenn Sie einen Herrn von Seiner Majestät reitender Garde anreden, so seien Sie bitte nicht so familiär.«

»Ich war mir dessen nicht bewußt, mein Herr«, antwortete der Mann des Gesetzes.

»Wie sollten Sie auch? Sie sind natürlich nicht an den Umgang mit Herren gewöhnt«, sagte der Reiter.

»Halt deine Schnauze und lies, was da steht!« unterbrach ihn Westbury.

Dick warf einen Blick auf das Papier. »Es ist Lateinisch«, und mit einer Verbeugung vor seinem Offizier: »Es ist aus einer Predigt des Herrn Cudworth«, und er übersetzte mit beinahe denselben Worten wie Harry Esmond.

»Was bist du für ein kleiner Gelehrter!« sagte der Hauptmann zu dem Knaben.

»Verlassen Sie sich darauf, er weiß mehr, als er sagt«, erklärte der Gerichtskommissar. »Ich bin der Meinung, wir packen ihn mit der alten Isabel in die Kutsche.«

»Weil er uns ein bißchen Lateinisch übersetzt hat?« fragte der Hauptmann gutmütig.

»Ich ginge ebenso gern in die Kutsche wie anderswohin«, sagte Harry Esmond einfältig, »hier kümmert sich doch niemand um mich.«

Es muß etwas Rührendes in der Stimme des einsamen Kindes gelegen haben, denn der Hauptmann sah ihn gütig an, und der Reiter, der sich Steele nannte, legte freundlich seine Hand auf den Kopf des Knaben und sagte ein paar lateinische Worte zu ihm.

»Was sagt er?« fragte der Gerichtskommissar.

»Zum Kuckuck, fragen Sie Dick selbst«, rief Hauptmann Westbury.

»Ich sagte, auch mir sei das Unglück nicht fremd und es habe mich gelehrt, den Unglücklichen zu helfen; und das ist Ihr Gewerbe nicht, Sie Schafskopf!« sagte der Reiter.

»Lassen Sie den gelehrten Dick lieber in Ruhe, Herr Corbet«, warf der Hauptmann dazwischen. Harry Esmond, den ein freundliches Wort immer rührte, war voller Dank für den gutmütigen Beschützer.

Die Pferde waren mittlerweile angespannt. Die Gräfin und Victoire erschienen im Hofe und wurden in der Kutsche untergebracht. Diese Kammerfrau, die Harry Esmond sonst den lieben langen Tag zu schelten pflegte, schmolz, als es an die Trennung ging. Sie nannte ihn ›lieber Engel‹ und ›armes Kind‹ und gab ihm hundert andere zärtliche Namen. Die Gräfin reichte ihm ihre dürre Hand zum Kuß und legte ihm ans Herz, dem Hause Esmond immer treu zu bleiben. »Ich weiß, wenn Mylord etwas zustoßen sollte«, sagte sie, »so wird sein Nachfolger vorhanden sein. Er wird dein Beschützer werden. Bei dem Zustande, in dem ich mich befinde, werden sie es nicht wagen, sich jetzt an mir zu rächen.« Sie küßte inbrünstig ein Amulett, das sie zu tragen pflegte. Harry begriff nicht im Entferntesten, was der Sinn ihrer Worte war; später aber hat er erfahren, daß sie, alt wie sie war, unermüdlich einen Erben erwartete, voll Zuversicht auf den Beistand der Heiligen und Reliquien.

So setzte sich denn die gräfliche Kutsche in Bewegung und fuhr, von Reitern geleitet, nach Hexton. Die Kammerfrau und der Gerichtskommissar leisteten Mylady im Wagen Gesellschaft. Harry blieb im Hause zurück, niemand zugehörig und ganz allein in der Welt. Der Hauptmann und eine militärische Wache hielten das Schloß besetzt, und die Soldaten, die sehr gutmütig und freundlich waren, aßen Mylords Hammel, tranken seinen

Wein und machten es sich gemütlich, was in so angenehmem Quartier keine Kunst war.

Die Offiziere ließen sich mittags in Mylords Gobelinzimmer servieren, und der arme kleine Harry hielt es für seine Pflicht, hinter Hauptmann Westburys Stuhl zu stehen und ihn zu bedienen, wie er Mylord bedient hatte, der sonst auf diesem Stuhl saß.

Der gelehrte Dick nahm nach der Abreise der Gräfin Harry Esmond unter seinen besonderen Schutz. Er prüfte seine Kenntnisse, fragte ihn über Französisch und Lateinisch aus, und es stellte sich heraus, was Dick auch willig zugab, daß der Knabe ihm darin sogar überlegen war. Als er hörte, daß sein Lehrer ein Jesuit gewesen war, dessen Lob zu singen und dessen Güte zu preisen Harry niemals müde wurde, da entfaltete Dick zur Überraschung des Knaben, der, wie alle allein aufwachsenden Kinder, sehr frühreif war, eine große Kenntnis in theologischen Dingen und Beschlagenheit in den Streitpunkten zwischen den beiden Kirchen. So kam es, daß Harry und er stundenlang diskutierten, wobei der Knabe gegen die Beweise dieses sonderbaren Reiters entschieden den kürzeren zog. »Ich bin kein gewöhnlich Soldat«, pflegte Dick zu sagen, und seine Kenntnisse, seine gute Lebensart und seine mancherlei Fähigkeiten waren der beste Beweis dafür. »Ich stamme aus einer der ältesten Familien des Landes; ich wurde auf einer berühmten Schule und auf einer berühmten Universität erzogen; ich habe die Anfangsgründe des Lateinischen in der Nähe von Smithfield in London gelernt, wo man die Märtyrer geröstet hat.«

»Ihr habt ebenso viele von den Unsern gehängt«, unterbrach ihn Harry, »und was Verfolgungen angeht, so hat mir Pater Holt erzählt, daß noch vor einem Jahre ein achtzehnjähriger Student in Edinburg als Ketzer gehängt wurde, obwohl er feierlich widerrufen und für seine Irrtümer um Verzeihung gebeten hatte.«

»Wahrlich! Es gab auf beiden Seiten zuviel Verfolgungen; aber von euch haben wir es gelernt.«

»Nein, die Heiden haben angefangen«, rief der Knabe und begann eine Reihe Märtyrer aufzuzählen – »unter dem ist das Feuer ausgegangen, bei jenem hat das Öl im Kessel aufgehört zu kochen, und des dritten heiliges Haupt wollte sich nicht vom

Rumpfe trennen, obwohl der Henker dreimal zuschlug. Zeigt uns Märtyrer in eurer Kirche, für die solche Wunder geschahen.«

»Nein«, sagte der Reiter ernst, »die Wunder der ersten drei Jahrhunderte gehören meiner Kirche so gut wie eurer, Papist«, und mit einem Anflug von Lächeln auf dem Gesicht und einem drolligen Blick auf Harry fügte er hinzu, »und dann, mein kleiner Katechet, hat es mir manchmal scheinen wollen, als ob an diesen Wundern nicht allzuviel wäre; denn des Opfers Haupt kam beim vierten oder fünften Schlag doch immer herunter, und wenn das Öl den einen Tag nicht kochte, so kochte es den nächsten. Wie dem auch sei, die Kirche hat heutzutage diese zweifelhafte Kraft des Aufschubs verloren. Kein Regenguß hat Ridleys Feuer gelöscht, kein Engel hat die Axt von Campions Haupt gewendet. Die Folterbank hat die Glieder von Southwell, dem Jesuiten, ebenso zerrissen wie die von Sympson, dem Protestanten. Überall sterben Mengen von Menschen willig für ihren Glauben. Ich habe in Ricauts Geschichte der Türken gelesen, daß Tausende von Anhängern Mohammeds sich in den Schlachtentod wie in ein sicheres Paradies stürzten, und in dem Reiche des Großmoguls werfen sich die Menschen zu Hunderten unter die Wagen ihrer Götzenbilder, und die Witwen lassen sich bekanntlich mit den Leichen ihrer Ehemänner verbrennen. Nicht der Tod für den Glauben ist das Schwerste, Junker Harry – Menschen aller Völker haben ihn erlitten –: seinem Glauben getreu zu leben, das ist schwer, und das habe ich zu meinem Schaden erfahren«, seufzte er. »Ach, mein armer Junge«, fuhr er fort, »mit der größten Freudigkeit würde ich für meinen Glauben sterben, aber dich durch mein Leben für ihn zu überzeugen, dazu bin ich nicht stark genug. Ich habe daran gedacht, den schwarzen Rock zu tragen, aber weil ich mich meines Lebens schämte, nahm ich, wie du siehst, den roten. Ich hatte einen lieben Freund in Oxford; ich möchte, Joe Addison wäre hier, dich zu überzeugen. Es würde ihm ein leichtes sein; denn ich glaube, er ist einem ganzen Kolleg von Jesuiten gewachsen, auch in seiner Lebensführung. In jener Predigt, die im Kohlenbecken den Märtyrertod erlitt, sagt Doktor Cudworth: ›Ein gutes Gewissen ist des Himmels reinster Spiegel.‹ In meines Freundes Antlitz ist eine Klarheit, die auch den

Himmel widerspiegelt. Ich möchte, du könntest ihn sehen, Harry.«

»Hat er dir viel Gutes getan?« fragte der Junge schlicht.

»Er hätte es tun können«, sagte der andere. »Er hat mich wenigstens gelehrt, das Gute zu sehen und anzuerkennen. Es ist meine eigene Schuld, deteriora sequor.«

»Du scheinst sehr gut zu sein«, sagte der Knabe.

»Ach, ich bin nicht, was ich scheine!« antwortete der Reiter. Es zeigte sich in der Tat, daß der arme Dick die Wahrheit gesprochen hatte; denn noch an jenem selben Tage beim Abendbrot in der Halle, wo die Herren Soldaten ihre Mahlzeiten einnahmen und den größten Teil des Tages würfelnd, rauchend, singend und fluchend beim Biere zubrachten, fand Harry Esmond den gelehrten Dick in einem jammervollen Zustand der Betrunkenheit. Er hielt rülpsend eine Predigt, und seine lachenden Kameraden riefen ihm zu, er solle ein Kirchenlied singen. Dick rannte nach seinem Säbel, der an der Wand hing, und schwor, er werde ihn dem Schuft, der seine Religion beschimpfte, durch den Leib rennen. Er fiel mitsamt seiner Waffe der Länge nach auf die Erde und sagte zu Harry, der ihm zu Hilfe eilte: »Ach, kleiner Papist, ich wünschte, Joseph Addison wäre hier!«

Wenn auch die Reiter von des Königs Garde alle Herren waren, schienen Harry Esmond diese Herren doch unwissende, plumpe Bären zu sein, ausgenommen der gutmütige Korporal Steele, der Hauptmann Westbury und der Leutnant Trant, die immer freundlich zu dem Knaben waren. Die Besatzung blieb ein paar Wochen oder Monate in Castlewood, und durch sie erfuhr Harry von Zeit zu Zeit, wie es Mylady in ihrer Gefangenschaft auf Schloß Hexton erging. Man weiß, daß König Wilhelm geneigt war, schonend mit den Edelleuten zu verfahren, die der Sache des alten Königs treu blieben. Kein Fürst, der sich eine Krone aneignete (widerrechtlich, wie seine Feinde behaupten, rechtlich, wie es jetzt meine Überzeugung ist), hat je so wenig Blut vergossen. Die weiblichen Verschwörer ließ er durch Spione beobachten, und die gefährlicheren setzte er hinter Schloß und Riegel. Gräfin Castlewood hatte die schönsten Zimmer in Schloß Hexton und durfte im Garten des Gefängniswärters spazierengehen, und wenn sie auch wiederholt verlangte, wie Königin Maria von Schottland zur Hinrichtung geführt zu werden, so dachte doch niemand daran, ihr altes, geschminktes Haupt herunterzuschlagen. Man hatte keinen andern Wunsch, als ihrer Person sicher zu sein.

Es zeigte sich, daß Menschen, die sie in den Zeiten ihres Glanzes für ihre schlimmsten Feinde gehalten, im Unglück ihre Freunde waren. Oberst Francis Esmond, Mylords und Myladys Vetter, der die Tochter des Dechanten von Winchester geheiratet hatte und seit König Jakobs Flucht aus England in der Nähe von Hexton lebte, hörte von der mißlichen Lage, in der sich seine Verwandte befand. Er kannte die kirchlichen Würdenträger der Stadt Hexton und Oberst Brice, den Kommandanten, suchte Mylady im Gefängnis auf und bot ihr seine Dienste an. Er brachte auch seine Frau und seine kleine Tochter zu ihr, und die alte Gräfin faßte zu dem kleinen Mädchen, das sehr schön und bezaubernd war, eine große Zuneigung, während die Gefühle zwischen Ihro Gnaden und der Mutter des Kindes so kühl blieben wie zuvor. Es gibt Kränkungen, die sich Frauen untereinander nie vergeben, und Frau Francis Esmond hatte der Gräfin Castlewood eine solche unverzeihliche Kränkung zugefügt, indem sie ihren Vetter heiratete. Aber da Mylady jetzt gedemütigt und im Unglück war, so gestattete sich Frau Francis einen Waffenstillstand und war für die Dauer des Unglücks freundlich gegenüber ihres Gatten abgesetzter Braut. Sie erlaubte der kleinen Beatrix, ihrer Tochter, oft die gefangene Gräfin zu besuchen, und soweit Kind und Vater im Spiel waren, ließ Myladys Groll gegen diesen Zweig der Familie Castlewood allmählich nach. Da die Briefe Oberst Esmonds dem geheimen Rat des Königs bekannt geworden waren, verlieh ihm die Regierung eine bessere Stellung, als er zuvor besessen hatte. Jedes Mißtrauen in seine Gesinnung war getilgt, und er konnte mehr für seine Verwandte tun, als ihm sonst möglich gewesen wäre.

Da geschah etwas, wodurch Mylady ihre Freiheit wiedergewann, Castlewood einen neuen Herrn bekam und der vaterlose kleine Harry Esmond einen gütigen Freund und Beschützer fand. Wir wollen kurz erzählen, was sich mit Mylord ereignete. Er war mit Pater Holt nach Chatteris geritten, wo sie bei einem Beichtkind des Jesuiten vorübergehende Zuflucht fanden. Aber die Verfolgung war heiß und der Lohn, der auf ihre Ergreifung gesetzt war, beträchtlich. Es wurde ratsam, sich zu trennen. Der Priester versteckte sich in einem seiner vielen Schlupfwinkel, und Mylord setzte von Bristol nach Irland über, wo König Jakob eine Hofhaltung und eine Armee hatte. Ein großer Zuwachs war der Graf nicht; er brachte nur sein Schwert und die paar Goldstücke in seiner Tasche. Der König empfing ihn trotzdem mit einiger Freundlichkeit und Auszeichnung, bestätigte seinen Marquistitel, gab ihm ein Regiment und versprach ihm weitere Beförderung. Aber Mylord sollte von Titeln und Beförderung nicht mehr viel haben. Er wurde in der unglücklichen Schlacht am Boyne verwundet, floh, lange nach seinem Herrn und König, vom Schlachtfeld, lag eine Weile auf sumpfigem Boden in der Nähe der Stadt Trim versteckt und ging mehr an Erkältung und Fieber als an den Wunden der Schlacht zugrunde. Möge die Erde nicht schwer auf Thomas Castlewood lasten! Menschenliebe läßt den, der dieses schreibt, so sprechen, denn ihm und den Seinen hat der Graf zweifach schweres Unrecht zugefügt. Vielleicht hätte er die eine Schuld wieder gutgemacht, wenn er länger am Leben geblieben wäre; für die andere einen Ausgleich zu finden lag nicht in seiner Gewalt. Wir wollen hoffen, daß eine höhere Macht als die des Priesters ihn von seinem Unrecht losgesprochen hat; die Absolution der Kirche blieb ihm nicht versagt. Der Pfarrer von Trim schrieb einen Brief an Mylady und gab ihr Kunde vom Tode ihres Mannes.

Aber in jenen Tagen gingen Briefe langsam; der des Priesters brauchte über zwei Monate, um von Irland nach England zu gelangen. Als er ankam, fand er Mylady nicht daheim; sie war in des Königs Schloß zu Hexton. Der befehlende Offizier in Castlewood öffnete das Schreiben.

Harry Esmond blieb die Ankunft dieses Briefes fest im Gedächtnis haften. Lockwood brachte ihn herein, als Hauptmann Westbury und Leutnant Trant gerade im Garten Kegel spielten. Esmond saß mit seinem Buch in der Laube und sah dem Spiel zu.

»Da haben wir eine Nachricht für Frank Esmond«, sagte Hauptmann Westbury. »Harry, hat du je den Oberst Esmond gesehen?« Er sah den Knaben scharf bei seiner Frage an.

Harry erwiderte, er habe ihn nur einmal gesehen, in Hexton, auf einem Ball.

»Und sagte er irgend etwas?«

»Er sagte etwas, was ich nicht wiederholen mag«, antwortete Harry; denn er war jetzt zwölf Jahre alt und wußte von dem Makel seiner Geburt. Er fühlte keine Liebe für den Mann, der höchstwahrscheinlich seine und seiner Mutter Ehre befleckt hatte.

»Hast du den Grafen Castlewood liebgehabt?«

»Ich muß warten, bis ich meine Mutter kenne, ehe ich darauf antworte«, sagte der Knabe, und seine Augen füllten sich mit Tränen.

»Dem Grafen ist etwas zugestoßen«, sagte Hauptmann Westbury ernst, »etwas, das uns allen einmal geschehen wird. Er ist im Kampf für König Jakob an einer Wunde gestorben.«

»Ich freue mich, daß Mylord für die rechte Sache focht«, sagte der Knabe.

»Es war besser, dem Tod auf dem Schlachtfeld zu begegnen, als ihm auf dem Hügel des Towers ins Auge zu schauen, wie es manchem von ihnen gehen mag«, fuhr Westbury fort. »Ich hoffe, er hat ein Testament gemacht oder irgendwie für dich gesorgt. In diesem Brief steht, daß er unicum filium suum dilectissimum seiner Gräfin ans Herz lege. Ich hoffe, er hat dir mehr als das hinterlassen.«

Harry sagte, er wisse von nichts. Er fühlte sich in der Hand des Himmels und des Schicksals und verlassener denn je zuvor. Als er nachts in dem kleinen Stübchen lag, das er noch immer bewohnte, dachte er mit Scham und Kummer über seine einsame, merkwürdige Lage nach. Er hatte einen Vater und hatte doch keinen Vater; und seine unbekannte Mutter war vielleicht zugrunde gerichtet von diesem selben Vater, zu dem sich Harry nur heimlich und errötend bekennen mochte, und den er weder lieben noch verehren konnte. Der Gedanke machte ihn elend, daß Pater Holt, ein Fremder und zwei oder drei Soldaten, mit denen er die letzten Wochen verkehrt hatte, seine einzigen Freunde in der großen weiten Welt waren. Des Knaben Herz war voll Liebe, und wie er da in der Dunkelheit lag, sehnte er sich nach jemand, dem er diese Liebe schenken könnte. Er wird bis an sein Lebensende der bittern Gedanken und Tränen dieser Nacht und ihrer langsam schleichenden Stunden gedenken. Wer war er, und was? Warum war er hier und nicht anderswo? Ich möchte, so sagte er sich, nach Trim zu jenem Priester gehen und ihn ausfragen, was mein Vater ihm auf dem Totenbett gebeichtet hat. Ist wohl irgendein Kind auf Erden so schutzlos wie ich? Soll ich aufstehen, aus dem Schloß entweichen und nach Irland gehen? Mit solchen Gedanken ging dem Knaben die Nacht dahin, bis er sich endlich in Schlaf weinte.

Als die Herren von der Garde am nächsten Morgen hörten, was dem Knaben widerfahren war, begegneten sie ihm noch freundlicher als sonst; besonders sein Freund, der gelehrte Dick. Er erzählte ihm von dem Tod seines eigenen Vaters, den er in Dublin verloren hatte, als er fünf Jahre alt war. »Damals habe ich zum ersten Male Schmerz empfunden«, sagte Dick. »Ich erinnere mich, daß ich in das Zimmer kam, wo seine Leiche lag, an der meine Mutter weinend saß. Ich hatte meinen Ballschlegel in der Hand, klopfte damit auf den Sarg und rief Papa. Da nahm mich meine Mutter in ihre Arme und sagte mir unter Tränenströmen, daß Papa mich nicht mehr hören könne und nie wieder mit mir spielen werde, denn sie würden ihn unter die Erde legen und er werde niemals zu uns zurückkommen. Darum habe ich Mitgefühl mit allen Kindern«, sagte Dick freundlich, »und habe dich lieb, mein armer, elternloser Junge; und wenn du je einen Freund brauchst, so komm zu Richard Steele.«

Harry Esmond war dankbar und sagte es ihm. Aber was konnte Korporal Steele für ihn tun? Ihn als Regimentsburschen auf einem überzähligen Pferd mitnehmen? Wenn auch ein Makel an Harrys Namen haftete, so war es doch ein adliger Name. Die beiden Freunde rieten, daß Harry bleibe, wo er war, und sein Schicksal auf sich nehme. So blieb er denn und wartete angstvollen Herzens auf das Los, das ihm beschieden war.

Siebtes Kapitel

Ich bleibe als Waise in Castlewood zurück und finde dort gütige Beschützer

Solange die Soldaten Castlewood besetzt hielten, war der ehrliche Dick der ständige Begleiter des kleinen verwaisten Harry Esmond. Sie lasen zusammen, sie kegelten zusammen, und wenn die anderen Soldaten und Offiziere über dem Wein recht unverblümte Gespräche führten und vor den Ohren des Kindes, wie es damals üblich war, da weder Männer noch Frauen überbedenklich waren, schlüpfrige Liebesabenteuer erzählten, so legte ihnen Dick das Handwerk mit einem maxima debetur pueris reverentia, und erregte damit allgemeines Gelächter. Einmal forderte er sogar im Scherz einen der Reiter, namens Hulking Tom, zu einem Säbelduell heraus, weil er an Harry eine zweideutige Frage stellen wollte.

Dick vertraute auch dem Kinde, das, wie er sagte, über seine Jahre verständig und verschwiegen war, seine Liebe zu einer Weinhändlerstochter in London an. Er hatte viele Gedichte auf sie gemacht und nannte sie darin Saccharissa. Er schwor wohl tausendmal am Tag, daß er nicht länger ohne sie leben könne; aber Harry lächelte dazu, denn er sah, daß der unglücklich liebende junge Mann ebensoviel aß und ebenso gesund war, wie die Reiter mit unverwundetem Herzen. Er ließ Harry Verschwiegenheit schwören, und der Knabe hielt den Schwur gewissenhaft, bis ihm klar wurde, daß noch viele andere, sowohl Soldaten als auch Privatpersonen, mit Dicks Vertrauen beehrt wurden und seine Verse genossen. Wir müssen auch gestehen, daß Dick, während er nach Saccharissa seufzte, sich unter den Töchtern des Landes Trost suchte; ein Mädchen aus dem Dorfe Castlewood, das ihm seine Wäsche gewaschen hatte, kam und weinte bitterlich, als es hörte, daß er fort sei. Er hatte ihr auch die Rechnung nicht bezahlt, und Harry Esmond machte das wieder gut. Er gab dem Mädchen ein Silberstück, das ihm der gelehrte Dick beim

Abschied unter Umarmungen und Segenswünschen geschenkt hatte. Dick erklärte, er werde seinen jungen Freund nie vergessen, und er hat Wort gehalten. Harry war traurig, als die freundlichen Soldaten Castlewood verließen, und sah voll Angst der Ankunft des neuen Herrn entgegen. Sein warmes Herz konnte nicht zur Ruhe kommen, ehe es einen Menschen gefunden hatte, dem etwas an seiner Liebe lag.

Das war die Vorgeschichte unseres jungen Helden gewesen.

Der Instinkt, der Harry Esmond trieb, die gütige Frau zu bewundern und zu verehren, deren Schönheit und Freundlichkeit ihn so bewegt hatte, als er sie zum ersten Male sah, wurde bald zu einem Gefühl hingebender Liebe und leidenschaftlicher Dankbarkeit, das sein junges Herz ganz erfüllte. Er hatte, ausgenommen in dem Fall des geliebten Pater Holt, noch nicht viel Güte erfahren, die ihn hätte dankbar stimmen können. In jedem Blick und jeder Bewegung dieses schönen Geschöpfs empfand der Knabe himmlische Sanftmut und strahlendes Mitleid; in Ruhe und Bewegung schien sie ihm gleich reizend. Der Ton ihrer Stimme, mochten ihre Worte auch noch so alltäglich sein, bereitete ihm eine Freude, die fast an Angst grenzte. Man kann es nicht Liebe nennen, was der Knabe von zwölf Jahren, der nicht viel mehr als ein Diener war, für eine so hochgestellte Dame, wie seine Herrin war, empfand; es war Heiligenverehrung. Ihren Blick zu erhaschen, ihre Wünsche zu erraten, sie zu erfüllen, ehe sie sie ausgesprochen, über ihr zu wachen, ihr zu folgen, sie anzubeten wurde der Zweck seines Leben. Indessen hatte, wie es oft zu sein pflegt, sein Götzenbild auch seine Abgötter und ahnte nichts von der Bewunderung des zwergenhaften Anbeters.

Mylady hatte ihrerseits drei Idole. Zuallererst und zuoberst stand als Jupiter und höchster Herrscher Mylord, Harrys Gönner, der gute Graf von Castlewood. Jeder seiner Wünsche war Gesetz für sie. Hatte er Kopfschmerzen, so war sie elend. Runzelte er die Stirn, so zitterte sie. Scherzte er, so lächelte sie und war beglückt. Wenn er auf die Jagd ging, so stand sie am Fenster, um ihn wegreiten zu sehen, und ihr kleiner Sohn jauchzte auf ihrem Arm. Sie bereitete ihm Speisen zum Mittagessen; sie würzte seinen Wein; sie röstete ihm Brot zum Frühstückstrank; sorgte für Ruhe im

Hause, wenn er in seinem Stuhl schlief, und suchte seinen Blick zu erhaschen, wenn er erwachte. War Mylord nicht wenig stolz auf seine Schönheit, so betete Mylady sie an. Sie klammerte sich an seinen Arm, wenn er die Terrasse auf und ab spazierte, und faltete ihre beiden schönen, kleinen Hände um seine große Hand. Ihre Augen wurden niemals müde, ihm ins Gesicht zu schauen und sich seiner Vollkommenheit zu freuen. Ihr kleiner Junge war seines Vaters Sohn, er hatte seinen Blick und sein braunes, lockiges Haar. Ihre Tochter Beatrix war ihres Vaters Tochter und hatte seine Augen – gab es je schönere Augen auf Erden? Das ganze Haus war ihm zur Freude und Bequemlichkeit geordnet. Sie liebte es, wenn die kleinen Gutsbesitzer der Umgegend kamen und ihm den Hof machten, und dachte nie daran, sich selbst bewundern zu lassen. Unbekümmert konnte sie ein Kleid bis zur Erschöpfung tragen, nur weil er einmal sein Gefallen daran geäußert hatte; und wenn er ihr eine Brosche oder ein Band schenkte, dann zog sie das den kostbarsten Schätzen ihrer Garderobe vor.

Mylord verlebte jedes Jahr sechs Wochen in London, und da die Familie zu arm war, um standesgemäß bei Hofe zu erscheinen, so ging er allein. Erst wenn er außer Sicht war, zeigte sich der Kummer auf ihrem Gesicht, und welche Freude, wenn er zurückkam! Was für Vorbereitungen zu seinem Empfang! Die zärtliche kleine Frau pflegte seinen Lehnstuhl an den Kamin zu rücken, die Kinder hineinzusetzen und sich so an ihrem Anblick zu erfreuen. Niemand durfte sich bei Tisch auf Mylords Stuhl setzen, und sein silberner Becher stand an seinem Platz, als würde er jeden Augenblick erscheinen.

Es war ein hübscher Anblick, wenn während Mylords Abwesenheit und an manchem Morgen, wo Schlaf oder Kopfschmerzen ihn noch im Bett festhielten, die schöne junge Herrin von Castlewood, ihre kleine Tochter neben sich, ihre Dienerschaft um sich, die Morgengebete der englischen Kirche verlas. Esmond erinnerte sich noch lange an ihre Stimme und ihr Gesicht, wie sie ehrfürchtig vor dem heiligen Buch kniete und die Sonne wie ein Heiligenschein um ihr goldiges Haar schimmerte. In einer Reihe ihr gegenüber knieten ein Dutzend Diener des Hauses. Zuerst hielt sich Esmond von diesen Mysterien fern; aber als Doktor

Tusher ihm bewies, daß die Gebete, die verlesen wurden, seit Alters her die allgemeinen Gebete der Kirche waren, und da die Neigung des Knaben ihn immer in die Nähe der geliebten Herrin trieb und ihm alles recht schien, was sie tat, so dauerte es nicht lange, bis er mit den übrigen Bewohnern des Hauses im Wohnzimmer kniete und nicht mehr vom Vorzimmer aus die Gebete anhörte. In weniger als zwei Jahren hatte ihn Mylady vollständig bekehrt. Der Knabe liebte seine Katechetin so, daß er alles unterschrieben hätte, was sie ihm befahl. Er wurde niemals müde, ihrer sanften Rede und ihren einfachen Erklärungen des Buches zu lauschen, aus dem sie ihm mit einer Stimme vorlas, deren einschmeichelnder Überzeugungskraft und zärtlich werbender Güte schwer zu widerstehen war. Diese freundschaftlichen Dispute und die Vertraulichkeit, die sie erzeugten, fesselten den Knaben immer fester an seine Herrin. Es war die glücklichste Zeit seines Lebens. Die junge Mutter las, arbeitete und spielte mit Tochter und Sohn und dem verwaisten Knaben, den sie beschützte, und sie waren alle wie Kinder zusammen. Wenn Mylady in die Zukunft schaute – und welche zärtlich sorgende Frau tut das nicht? –, so wurde Harry Esmond in ihren Plänen niemals vergessen. Wohl tausend- und abertausendmal schwur er in seiner leidenschaftlichen, stürmischen Art, daß ihn keine Gewalt von seiner Herrin trennen solle und daß er sich nur nach einer Gelegenheit sehne, ihr seine Treue zu beweisen. Jetzt, am Ende seines Lebens, wo er in Ruhe glücklicher und bewegter Stunden gedenkt, macht er sich dankbar klar, daß er diesem jugendlichen Schwur treu geblieben ist. Solch ein Leben ist so einfach, daß man Jahre in wenige Zeilen fassen kann. Aber die Lebensreise weniger Menschen ist ganz und gar vom Glück begünstigt, und das heitere Stilleben, von dem wir eben berichtet haben, nahm bald ein Ende.

Als Esmond älter wurde und anfing, selbständig zu beobachten, wurde es ihm Bedürfnis, manches zu lesen und zu denken, was über den freundlichen Kreis der Verwandten hinausging, die ihn in ihrer Mitte aufgenommen hatten. Er las mehr Bücher, als sie geneigt waren, mit ihm durchzustudieren, und war viel unter diesen Büchern allein. Er verbrachte manche Nacht über Arbeiten, die vielleicht wertlos waren, bei denen sie ihm aber nicht folgen konnten. Seine angebetete Herrin erriet seine Gedanken mit der eifrigen Wachsamkeit eines liebevollen Herzens. Sie sah eine Zeit kommen, wo er aus dem heimatlichen Nest entfliehen würde, und schüttelte bei seinen heftigen Beteuerungen vom Gegenteil seufzend den Kopf. Ehe Verhängnisvolles im Leben geschieht, pflegen geheime Vorgefühle und warnende Ahnungen vorauszugehen. Alles scheint ruhig, und doch fühlen wir den Sturm kommen. Noch dauerten die glücklichen Tage; aber zwei Menschen aus dem Familienkreise fühlten, daß sie zu Ende gingen, und schauten unruhig nach der Wolke aus, die ihre Heiterkeit verdüstern sollte.

Es war nicht schwer für Harry zu sehen, daß Mylord seines ruhigen Lebens müde wurde, und so eifrig auch seine Frau in Gehorsam und Bewunderung für ihren Gatten verharrte, so fingen doch die sanften Fesseln, mit denen sie ihn halten wollte, an, ihn reizbar zu machen. So, wie der große Lama in Tibet seines göttlichen Zustands herzlich müde sein soll und auf seinem Altar gähnt, wenn seine Bonzen vor ihm knien und ihn anbeten, so wird mancher Hausgott krank und elend über der Verehrung, mit der seine Familienanbeter ihn verfolgen. Er seufzt nach Freiheit und nach seinen früheren Gewohnheiten und sehnt sich von dem Piedestal herunter, wo seine Angehörigen ihn immer sitzen haben möchten, um ihn mit Blumen, Liedern, Weihrauch und Schmeichelei zu verehren. So wurde der brave Graf Castlewood wenige Jahre nach seiner Heirat seines Zustands überdrüssig. All die hochfliegende Begeisterung und die ehrfürchtigen Zeremonien, mit denen seine Gattin und Oberpriesterin ihn behandelte, machten ihn zuerst schläfrig, dann trieben sie ihn aus dem Haus. Denn um der Wahrheit die Ehre zu geben: Mylord war ein fröhlicher Herr, mit wenig Erhabenem oder Göttlichem in seiner Natur, wenn auch seine zärtliche Frau darauf bestand, ihn göttlich zu verehren. Dabei forderte auch diese Liebe eine Gegenleistung, zu der Menschen seiner Art selten geneigt sind – kurz, hatte er ein liebendes Weib, so hatte er auch ein sehr eifersüchtiges und anspruchsvolles. Er wurde dieser Eifersucht müde, er trotzte ihr; dann kamen, ohne Zweifel, Klagen und Vorwürfe;

dann vielleicht Versprechungen, daß man sich bessern wolle, die aber nicht gehalten wurden; dann tadelnde Mißbilligung, die dadurch nicht angenehmer wurde, daß sie stumm blieb und sich nur in traurigen Blicken und verweinten Augen äußerte. Dann gelangten die beiden wohl auf einen Punkt, der in der Ehe nicht ungewöhnlich ist, wo es der Frau klar wird, daß der Gott der Flitterwochen kein Gott mehr ist, sondern nur ein Sterblicher, wie alle andern Menschen auch. Sie schaut in ihr Herz, und wehe! *vacuae sedes et inania arcana*. Nehmen wir nun an, daß unsre Dame einen feinen Geist und glänzenden Verstand besitzt und daß der Zauber und die Verblendung von ihr abfallen, die sie verführt haben, einen gewöhnlichen Sterblichen als Gott zu verehren – was wird die Folge sein? Sie werden zusammenleben; sie werden zusammen essen; sie sagen ›mein Lieber‹ und ›meine Liebe‹ zueinander, alles wie einst. Aber der Mann ist er selbst, und die Frau ist sie selbst. Der Traum der Liebe ist vergangen, wie alles im Leben vergeht, wie Blumen und Freuden, wie Kummer und Haß.

Es ist wohl möglich, daß die Gräfin Castlewood schon lange aufgehört hatte, ihren Gatten zu verehren, als sie noch immer vor ihm auf den Knien lag und vom Hausstand verlangte, daß er ihm huldigte. Um gerecht zu sein, müssen wir sagen, daß Mylord diese Unterwürfigkeit niemals forderte. Er lachte und scherzte, trank seinen Wein, fluchte, wenn er ärgerlich war; und viel zu harmlos, um den Erhabenen zu spielen, tat er sein möglichstes, das Zeremoniell zu zerstören, mit dem seine Frau ihn umgab. Es bedurfte nicht viel Verstandes auf seiten des jungen Esmond, um zu bemerken, daß er klüger war als sein Herr, und dieser dachte auch niemals daran, dem Knaben oder irgendeinem Untergebenen gegenüber eine Miene der Überlegenheit anzunehmen. Im Gegenteil, er verwöhnte ›Pfarrer Harry‹, wie er den jungen Esmond nannte, nur allzusehr mit häufigem Lob und Bewunderung seines knabenhaften Wissens. Nur wenn man seinen Zorn erregte, pflegte er sich sehr deutlich in Flüchen zu äußern.

Es mag undankbar scheinen, daß ein Jüngerer, der so viel Gunst von einem Älteren erfuhr, nicht in ehrfürchtigem Ton von ihm spricht. Aber der dies schreibt, hat selbst Nachkommen gezeugt und hat sie zu möglichst wenig Unterwürfigkeit erzogen. Hinter der Maske der unbedingten Ergebenheit, die Eltern heutzutage von ihren Kindern fordern, steckt oft genug Gleichgültigkeit, Verachtung und Widerspruch, und da es des Schreibers Wunsch ist, daß seine Enkelkinder ihn nicht einen Zoll größer sehen, als die Natur ihn geschaffen hat, so will auch er in Hinsicht auf seine eigene Vergangenheit ohne Groll, aber mit Offenheit sprechen, dabei weder etwas gutmütig bemänteln noch etwas boshaft entstellen.

Solange die Welt sich nach Lord Castlewoods Wünschen drehte, war er ein höchst gutgelaunter Herr. Er hatte eine leichte, heitere Natur, liebte zu scherzen, besonders mit einfachen Leuten, und freute sich ihres Gelächters. Er beherrschte alle Sportarten, schoß nach festem und fliegendem Ziel, ritt Pferde ein und zeigte bei allen erdenklichen Spielen die größte Gewandtheit. Er war nicht nur geschickt in diesen Dingen, er glaubte auch unbedingt an seine Unfehlbarkeit. So kam es, daß er oft mit Pferden betrogen wurde, von denen er mehr zu verstehen meinte als sein Reitknecht. Falschspieler brachten ihn beim Billard um sein Geld, und er kam jedesmal bedeutend ärmer aus London zurück, als er hingegangen war. Davon zeugte der Stand seiner Verhältnisse, als ein plötzlicher Tod seiner Laufbahn ein Ende setzte.

Er liebte Aufwand in der Kleidung und verbrachte täglich Stunden bei seiner Toilette, wie eine ältliche Schöne. Ein Zehntel des Tags ging über dem Putzen seiner Zähne hin und über der Behandlung seines Haares, das braun und lockig war und das er nicht unter einer Perücke verstecken wollte, die damals allgemein getragen wurde. Die Freiheit unseres Haares ist uns mittlerweile zurückgegeben, aber dafür sind Puder und Pomade aufgetaucht. Ich möchte wohl wissen, wann diese ungeheuerliche Kopfsteuer unseres Zeitalters vom Schauplatz verschwinden wird und die Menschen ihre Haare wieder schwarz, rot oder grau tragen dürfen, wie die Natur sie ihnen gegeben hat.

Es war verwunderlich für den jungen Esmond, wenn er Mylord und Mylady als Page bediente, seinen Herrn Tag für Tag und vor jeder Gesellschaft dieselben unbändigen Geschichten erzählen zu hören. Mylady versäumte nie, zu lächeln oder den Kopf zu senken, und Doktor Tusher lachte an passenden Stellen laut oder rief: »Pfui, Mylord, denken Sie an den Rock, den ich trage!«, aber im Tone so milder Entrüstung, daß er Mylord nur anspornte. Graf Castlewoods Geschichten wurden von Gang zu Gang derber und erreichten ihren Höhepunkt bei der Flasche nach Tisch. Mylady ergriff nach dem ersten Glas auf Kirche und König die Flucht und ließ die Herren die übrigen Toaste alleine trinken.

Da Harry Esmond ihr Page war, so wurde auch er dann von seinem Dienst erlöst. »Mylord hat im Felde und mit Soldaten gelebt«, pflegte sie zu dem Knaben zu sagen, »da ist Zügellosigkeit erlaubt. Du bist anders erzogen, und ich hoffe, wenn du älter bist, wird sich das geändert haben. Nicht, daß Mylord irgendeinen Fehler hätte; er ist einer der besten und frömmsten Männer des Königreichs.« Das wird sie wohl auch geglaubt haben. Was kann ein Mann alles tun, und eine Frau hält ihn doch für einen Engel!

Esmond hat sich die Wahrheit zur Richtschnur genommen. Darum muß er auch ein Geständnis über jenen andern Engel, seine Herrin, machen. Sie hatte einen Fehler, der ihre Vollkommenheit befleckte. Sie war duldsam und gütig gegen das andre Geschlecht, gegen ihr eigenes aber war sie außerordentlich eifersüchtig. Ein Beweis, daß sie mit diesem Laster behaftet war, ist es, daß sie sich ungezählter Fehler zieh, die sie gar nicht besaß, diesen Fehler aber niemals zugeben wollte. Wenn eine Frau mit dem leisesten Anflug von Schönheit nach Castlewood kam, dann fand sie gewiß irgendeinen Makel an ihr, und Mylord lachte in seiner lustigen Art und neckte sie mit ihrer Schwäche. Es kamen wohl hübsche Mägde, um sich im Schlosse zu verdingen, aber keine von ihnen wurde genommen. Die Haushälterin war alt; Myladys Kammerfrau schielte und hatte Pockennarben; die Jungfern und Mägde waren gewöhnliche Bauernmädchen, die Lady Castlewood freundlich behandelte, wie es ihre Art mit fast allen Menschen war; nur wenn sie es mit einem hübschen Frauenzimmer zu tun hatte, war sie kalt, zurückhaltend und hochmütig. Die Damen der Gutsbesitzer hatten diese Kälte bald empfunden, und während alle Männer sie bewunderten, erklärten die Ehefrauen und Töchter, es sei zu Lady Isabels Zeiten (so nannte man die verwitwete Gräfin) gemütlicher in Castlewood gewesen. Einige wenige waren auf der Seite meiner Herrin. Die alte Lady Blenkinsop, die zu König Jakobs des Ersten Zeiten zu Hofe gegangen war, nahm immer ihre Partei, und mit ihr das alte Fräulein Crookshank aus Hexton, Bischof Crookshanks Tochter, die in Gemeinschaft mit ein paar anderen ihresgleichen Mylady für einen Engel erklärte. Aber die hübschen Frauen waren nicht ihrer Meinung, und es hieß in der Grafschaft, daß Mylord arg unter dem Pantoffel stehe.

Als Harry Esmond vierzehn Jahre alt war, focht er zum zweiten Male in seinem Leben einen Zweikampf aus, und zwar mit Bryan Hawkshaw, Baron Hawkshaws Sohn, der es wagte, der allgemeinen Ansicht, daß Mylady eifersüchtig sei und Mylord unter dem Pantoffel habe, Worte zu verleihen. Er versetzte Harry in eine solche Wut, daß er über ihn herfiel, und zwar so heftig, daß der andere Junge, der zwei Jahre älter und viel größer war als er, bedenklich den kürzeren zog. Der Kampf wurde durch Doktor Tusher unterbrochen, der gerade aus dem Eßzimmer kam.

Bryan Hawkshaw erhob sich mit blutender Nase. Die Wut des Angriffs hatte ihn überrascht; auch einem stärkeren Mann hätte es so gehen können.

»Du kleiner Bastardbettler!« sagte er, »dafür schlage ich dich tot!«

Groß genug dazu war er allerdings.

»Bastard oder nicht«, sagte der andere und knirschte mit den Zähnen, »ich habe ein paar Säbel, und wenn Sie sich mir stellen wollen, Mann gegen Mann, heute nacht auf der Terrasse ...«

Doktor Tusher hatte sich genähert, und das Zwiegespräch der beiden Kämpfer nahm ein Ende. Höchstwahrscheinlich brannte Hawkshaw, so groß er war, nicht auf die Fortsetzung des Kampfes mit einem so grimmigen Gegner.

Achtes Kapitel

Nach Glück kommt Unglück

Seit Lady Mary Wortley Montague den Brauch des Impfens[8] aus der Türkei nach England heimbrachte, was viele für eine gefährliche Sache halten und für eine unnütze Herausforderung der Gefahr, glaube ich, daß die Gewalt der schwarzen Pocken, dieser schrecklichen Geißel der Menschheit, in unseren Gegenden gebrochen ist. Ich erinnere mich aus meiner Zeit an Hunderte von jungen, schönen Geschöpfen, die diese Krankheit dahinraffte oder fürs Leben schrecklich entstellte. Als ich jung war, geschah es oft, daß die Seuche ein Dorf ergriff und die Hälfte seiner Bewohner vertilgte. Man kann sich denken, daß bei ihrer Annäherung nicht nur die Schönsten, sondern auch die Stärksten von Angst befallen wurden, und daß jeder, dem es möglich war, die Flucht ergriff. An einem Tag des Jahres 1694 (ich habe allen Grund, mich an diesen Tag zu erinnern) kam Doktor Tusher in großer Bestürzung aufs Schloß gerannt und erzählte, daß die Krankheit im Hause des Grobschmieds ausgebrochen sei und ein Knabe dort an den schwarzen Pocken darniederliege.

Der Grobschmied hatte außer seiner Schmiede und den Hufeisen für die Pferde auch eine Schenke für Menschen. Seine Gäste saßen auf Bänken vor der Tür, und während sie ihr Bier tranken, schauten sie der Arbeit des Schmieds zu. Nun war in der Schenke ein hübsches Mädchen, das des Grobschmieds Leute Nancy Sievewright nannten, ein frisches, fröhliches Ding, mit Wangen, so rot wie die Stockrosen über dem Gartenzaun hinter der Schenke. Damals war Harry Esmond sechzehn Jahre alt, und auf seinen Wanderungen traf es sich irgendwie, daß er oft auf die muntere Nancy Sievewright stieß. Wenn er nicht etwas in der Schmiede gemacht haben wollte, so trank er Bier in den ›Drei Schlössern‹ oder fand einen anderen Vorwand, das Mädchen zu sehen. Armes Ding! Harry hatte nichts Böses im Sinn und sie wohl ebensowenig; aber wir können nicht leugnen, daß sie sich überall trafen – in den Wiesen, am Bach, an den Gartenzäunen oder in der Nähe des Schlosses. Da hieß es: »Mein Gott, Junker Harry!« und: »Wie geht's, Nancy?« so manches liebe Mal in der Woche. Es ist doch etwas Sonderbares um die unwiderstehliche Anziehungskraft, die Menschen aus der Ferne zueinander zieht. Ich erröte jetzt, wenn ich an die arme Nancy denke, drall und mit knallroten Backen, im bunten Mieder und baumwollnen Rock; und wie ich Pläne schmiedete und Fallen stellte und mir Reden ausdachte, die ich selten den Mut hatte, vor der bescheidenen Zauberin laut werden zu lassen, deren Bildung nicht über das Melken der Kühe hinausging, und die ihre schwarzen Augen weit aufriß, wenn ich ihr eine meiner schönen Reden aus Waller oder Ovid zum besten gab. Arme Nancy! Durch den Nebel langer Jahre scheint dein ehrliches Bauerngesicht, und deine freundliche Stimme klingt mir im Ohr, als wäre es gestern gewesen.

Als Doktor Tusher die Nachricht brachte, daß die Pocken in den ›Drei Schlössern‹ seien, wohin sie ein Landstreicher eingeschleppt haben solle, da packte Harry Esmond zuerst die Angst um die arme Nancy. Dann wachte eine unruhige Besorgnis in ihm auf, er könne die Ansteckung ins Schloß gebracht haben; denn Junker Harry hatte an demselben Tag eine Stunde lang im Hinterzimmer der Schenke gesessen, wo Nancy Sievewright um einen kleinen Bruder bemüht war, der über Kopfschmerzen klagte. Er lag teilnahmslos da und weinte, bald in einem Stuhl am Kaminfeuer, bald auf Nancys, bald auf Esmonds Schoß.

Die kleine Lady Beatrix schrie laut auf bei Doktor Tushers Bericht, und Mylord rief: »Gott steh mir bei!« Er war ein tapferer Mann und fürchtete den Tod nur in solcher Form. Er war sehr stolz auf seine rosige Gesichtsfarbe und sein schönes Haar; aber der Gedanke an den Tod durch schwarze Pocken schreckte ihn doch vor allem andern. »Wir wollen morgen mit den Kindern nach Walcote fahren!« Das war Mylords kleine Besitzung bei Winchester, die er von seiner Mutter geerbt hatte.

»Das ist die beste Zuflucht, wenn die Krankheit sich verbreiten sollte«, sagte Doktor Tusher. »Wie schrecklich, daß sie gerade in der Schenke ausbricht; das halbe Dorf hat heute dort getrunken oder ist in der Schmiede gewesen, was auf dasselbe hinauskommt. Mein Küster Nahum wohnt dort; ich kann nicht amtieren mit dem Burschen dicht neben mir. Der Mensch soll mir nicht nahekommen.«

»Wenn jemand in der Gemeinde an den Pocken stirbt und nach Ihnen schickt, werden Sie dann nicht zu ihm gehen?« fragte Mylady und sah mit ihren ruhigen blauen Augen von ihrem Stickrahmen auf.

»Bei Gott, ich täte es nicht«, sagte Mylord.

»Wir sind keine Papisten, und bei uns braucht ein kranker Mann nicht unbedingt Beichte und Absolution«, sagte der Doktor. »Allerdings können sie ihm Trost und Hilfe bringen, wenn sie erreichbar sind. Aber in Zeiten, wo das Leben eines Geistlichen so wertvoll für seine Gemeinde ist, darf er es nicht um eines einzelnen Menschen willen aufs Spiel setzen, der nicht einmal imstande sein wird, die himmlische Botschaft des Priesters recht zu erfassen, ungebildet, wie er ist, und durch Krankheit und Fieber verdummt. Sollte Euer Gnaden oder Mylord, mein vortrefflicher Freund und Gönner, davon ergriffen werden …«

»Gott verhüte es!« rief Mylord.

»Amen«, fuhr Doktor Tusher fort. »Amen zu diesem Gebet, mein sehr geliebter Herr! Um Ihr Wohl würde ich mein Leben dahingeben.« Bei dem ängstlichen Ausdruck auf des Doktors purpurnem Antlitz hätte man meinen können, das Opfer würde noch zur Stunde von ihm gefordert werden.

Kinder zu lieben und sanft mit ihnen umzugehen, war eher eine natürliche Gabe bei Harry Esmond als ein Verdienst. Er schämte sich beinahe seiner Liebe zu ihnen und der Sanftmut, die sie bei ihm erzeugte. An diesem Tag hatte der arme Junge nicht nur den Bruder des Milchmädchens auf dem Schoß gehabt, sondern auch nach Tisch dem kleinen Frank Castlewood eine Stunde lang Geschichten erzählt und Pferde und Soldaten gezeichnet. Zum Glück hatte Beatrix an diesem Abend nicht auf ihres Lehrers Knien gesessen, ein Platz, den sie sonst nur allzugern einnahm. Aber Beatrix war von frühster Jugend an eifersüchtig auf jede Zärtlichkeit, die man ihrem kleinen Bruder erwies. Sie verschmähte selbst die mütterlichen Arme, wenn sie merkte, daß Frank ihr zuvorgekommen war, so daß Lady Esmond sich entschließen mußte, ihrem Sohn in Gegenwart des kleinen Mädchens keine Liebe zu zeigen und jedes der Kinder für sich allein zu liebkosen. Beatrix wurde rot vor Zorn, wenn sie Zeichen der Verständigung oder Zuneigung zwischen Frank und der Mutter bemerkte; sie setzte sich in eine Ecke und sprach einen ganzen Abend lang nicht, wenn sie meinte, daß der Knabe eine schönere Frucht oder einen größeren Kuchen bekommen hatte als sie, und schon, als sie noch ganz klein war, führte sie von ihrem Stühlchen am Kaminfeuer aus kindliche Spottreden gegen jede Gunst, welche Lady Castlewood, die gewöhnlich mit ihrer Stickerei an der anderen Kaminecke saß, ihrem Bruder bezeigte. Hörte Lord Castlewood diese Reden, so kitzelten und belustigten sie ihn. Er gab vor, Frank am meisten zu lieben, tändelte mit ihm und küßte ihn. Dann schüttelte er sich vor Lachen über die Eifersucht der kleinen Beatrix. Freilich war Mylord nicht oft ein Zeuge dieser Szenen, denn er störte nur selten die Ruhe am Kaminfeuer, wo seine Frau manchen langen Abend verbrachte. Er jagte von früh bis spät, wenn die Jahreszeit es erlaubte; er ging zu allen Hahnenkämpfen und Jahrmärkten im Lande und ritt meilenweit, um zwei Athleten sich im Ringkampf die Hälse brechen zu sehen. Er saß auch lieber in seiner Stube bei Bier und Punsch in Gesellschaft von Jack und Tom als im Wohnzimmer seiner Frau; und erschien er dort, so war es nur zu oft mit blutunterlaufenen Augen und schwankendem Gang. Die Verwaltung des Hauses und des Gutes, die Aufsicht über die wenigen Pächter, die Sorge für die Armen im Dorf lagen in den Händen seiner Frau und ihres jungen Sekretärs, Harry Esmond. Mylord sorgte für die Pferde, die Hunde und den Keller – er füllte ihn, aber leerte ihn auch.

So kam es, daß gerade an diesem Tag, wo der arme Harry Esmond den Grobschmieds- und den Herrensohn auf den Knien gehalten hatte, die kleine Beatrix diesen Platz ausschlug und nicht, wie sonst, mit Buch und Schreibheft zu ihrem Lehrer kam. Als sie den Bruder auf Harrys Schoß sah, zog sie sich zu ihrem Heil in die entfernteste Ecke des Zimmers zurück, spielte mit ihrem Wachtelhündchen, das sie je nach Laune mehr oder weniger zärtlich liebte, und sprach über ihre Schulter mit Harry Esmond, während sie vorgab, den Hund zu liebkosen. Fido werde sie immer lieben, sagte sie, und sie werde Fido lieben, nur Fido, ihr ganzes Leben lang.

Als man die Nachricht brachte, daß der kleine Junge in den ›Drei Schlössern‹ die Pocken habe, durchzuckte Harry die Angst, weniger seinetwegen, sondern wegen des Sohnes seiner Herrin, den er möglicherweise in Gefahr gebracht hatte. Beatrix hatte ausgeschmollt, und da ihr Bruder nun zu Bett gebracht wurde, war sie sehr geneigt, seinen Platz auf Esmonds Knien einzunehmen. Auch pflegte sie, von Kindheit an, vor Fremden immer kleine, anmutige Szenen aufzuführen, um ihre Aufmerksamkeit zu erregen. Freilich mochte sie den Doktor nicht, obwohl er sich vor ihr sehr unterwürfig benahm. Er trug grobe Stiefel und hatte schmutzige Hände, wie das schnippische Fräulein behauptete, und dann lernte sie auch nicht gern aus dem Katechismus.

Als sie aus ihrem Schmollwinkel hervorkam und sich Esmond näherte, schreckte er zurück und schob seinen großen Stuhl zwischen sich und das Kind. Dann sagte er auf französisch zu Lady Castlewood, mit der er viel gelesen und die große Fortschritte im Französischen gemacht hatte: »Das Kind darf mir nicht nahekommen, Mylady. Ich muß Ihnen gestehen, daß ich heute beim Hufschmied war und seinen kleinen Jungen auf dem Schoß gehabt habe.«

»Wo nach ihm mein Sohn gesessen hat«, sagte Lady Castlewood zornig und wurde rot. »Ich danke Ihnen, daß Sie ihm solche Gesellschaft gegeben haben. – Beatrix«, fuhr sie auf englisch fort, »ich verbiete dir, Esmond zu berühren. Geh, mein Kind, geh auf dein Zimmer. Ich wünsche Euer Hochwürden gute Nacht, und Sie, Esmond, sollten Sie nicht besser zu Ihren Freunden in die Schenke zurückkehren?« Ihre sonst so freundlichen Augen funkelten im Zorn, und sie warf den Kopf, den sie meist etwas geneigt trug, mit dem Ausdruck einer Fürstin in den Nacken zurück.

»Alle Wetter!« sagte Mylord, der in seiner gewohnten abendlichen Verfassung an den Kamin gelehnt stand. »Alle Wetter! Rachel, worüber regst du dich so auf? Damen sollten nie in Wut geraten, nicht wahr, Doktor Tusher? Aber es tut doch gut, Rachel einmal wütend zu sehen. Verflucht, Lady Castlewood ist höllisch schön im Zorne.«

»Ich bin zornig, Mylord, weil Harry Esmond, der hier mit seiner Zeit nichts anzufangen weiß und keinen Geschmack an unserer Gesellschaft findet, in die Dorfschenke gegangen ist, wo er allerlei Freunde hat.«

Mylord lachte laut und fluchte. »Ihr jungen Schlauköpfe, ihr! Bei Nancy Sievewright bist du gewesen. Verflucht, du junger Heuchler, wer hätte das von dir gedacht! Glauben Sie mir, Tusher, er ist hinter der ...«

»Genug, Mylord«, sagte Mylady, »beschmutzen Sie mich nicht mit solchem Gespräch.«

»Auf mein Wort«, sagte der arme Harry, der nahe daran war, vor Scham und Ärger zu weinen, »die Ehre des jungen Mädchens ist in meinen Augen unbefleckt.«

»Natürlich, natürlich«, sagte Mylord und lachte immer lauter in zunehmender Betrunkenheit. »Bei seiner Ehre, Doktor – Nancy Sieve ...«

»Bringt Fräulein Beatrix zu Bett«, rief Mylady ihrer Kammerfrau zu, die ihr in diesem Augenblick den Tee hereinbrachte, »in meinem Zimmer. Nein, in Eurem«, verbesserte sie sich rasch. »Geh, mein Kind, geh – ich sage dir, geh! Kein Wort mehr!« Beatrix, ganz verblüfft durch den befehlenden Ton ihrer Mutter, die sonst nie mit lauter Stimme sprach, verließ das Zimmer mit bestürzter Miene. Sie wartete sogar, bis sie mit Frau Tusher draußen war, ehe sie ein Geheul erhob.

Ihre Mutter schenkte ihrem Geschrei für diesmal wenig Beachtung und fuhr eifrig fort zu sprechen. »Mylord«, sagte sie, »dieser junge Mann – Ihr Untergebener – hat mir eben auf französisch gesagt – er schämte sich, es in seiner eigenen Sprache zu sagen –, daß er den ganzen Tag in der Dorfschenke gewesen ist und das kleine Wurm, das jetzt an den Pocken krank ist, auf dem Schoß gehabt hat. Er kommt nach Hause mit dem ganzen Bierdunst – ja, mit Bierdunst –, nimmt meinen Knaben auf seine Knie, setzt sich neben mich, ja, neben mich, und schämt sich nicht. Er kann Frank getötet haben, unser Kind getötet haben. Warum kam er in unsere Familie, unser Haus zu entehren? Warum ist er hier? Schick ihn fort – schick ihn fort, sage ich, noch heute abend, damit er unser Heim nicht länger beschmutzt!«

Sie hatte nie zuvor ein unfreundliches Wort zu Harry Esmond gesprochen, und ihre grausame Rede traf den armen Knaben so, daß er ein paar Augenblicke lang betäubt war von Kummer und Wut über die Ungerechtigkeit ihres Angriffs. Er war dunkelrot gewesen und wurde plötzlich leichenblaß.

»Ich kann nichts für meine Geburt, gnädige Frau«, sagte er, »noch für mein sonstiges unglückliches Geschick. Was Ihren Knaben anbetrifft, wenn – wenn meine Nähe ihn jetzt beschmutzt, so ist das nicht immer so gewesen. Gute Nacht, Mylord. Der Himmel segne Sie und die Ihren für all die Güte, die Sie mir erwiesen haben! Ich habe Myladys Güte erschöpft und will gehen.« Er kniete nieder und küßte die rauhe Hand seines Wohltäters.

»Es treibt ihn in die Dorfschenke – laß ihn gehen!« rief Mylady.

»Verflucht will ich sein, wenn ich das tue«, sagte Mylord. »Ich dachte nicht, daß du so verdammt undankbar sein könntest, Rachel!«

Ihre Antwort war eine Flut von Tränen, und sie verließ das Zimmer mit einem raschen Blick auf Harry Esmond. Mylord beachtete sie nicht und hob, noch immer gutgelaunt, seinen jungen Verwandten auf, der ihn zum Dank für seine tausend Freundlichkeiten wie einen Vater verehrte. Er legte seine breite Hand auf Harry Esmonds Schulter.

»So ist sie immer gewesen«, sagte er. »Wenn sie nur eine Frau wittert, wird sie toll. Darum habe ich mir auch das Trinken angewöhnt, bei Gott – nur darum. Denn auf Bierfässer und Rumflaschen kann sie doch nicht eifersüchtig sein, nicht wahr, Doktor? Verdammt, seht euch die Mägde im Hause an, seht sie euch nur an! Sie würden sich jetzt keine Frau aus dem Schlosse von Castlewood holen, was, Doktor?« und Mylord brach in lautes Lachen aus.

Der Doktor, der Lord Castlewood unter halbgeschlossenen Augenlidern hervor beobachtet hatte, sagte: »Spaß beiseite, Mylord; als ein Geistlicher kann ich den Fall nicht in so heiterem Licht sehen. Als Seelsorger meiner Gemeinde kann es mir nur Kummer bereiten, wenn ein junges Schaf sich verirren will.«

»Herr«, stieß der junge Esmond entrüstet hervor, »sie hat mir erzählt, daß Ihr selbst ein gräßlicher alter Mann seid und sie im Milchkeller habt küssen wollen!«

»Schäm dich, Harry!« rief Doktor Tusher und wurde rot wie ein Puter, während Mylord sich vor Lachen bog. »Wenn du auf die Lügen eines verlorenen Mädchens hörst …«

»Sie ist so anständig wie nur irgendeine Frau in England«, rief Harry, »und für mich ebenso rein wie freundlich und gut. Schmach über Euch, daß Ihr sie verleumdet!«

»So etwas liegt mir fern!« rief der Doktor. »Der Himmel gebe, daß ich im Irrtum bin über das Mädchen und auch über Euch, Herr, der Ihr etwas allzu frühreif seid. Aber das ist jetzt nicht der Punkt, auf den es ankommt. Der kleine Junge in den ›Drei Schlössern‹, bei dem die Pocken ausgebrochen sind, trug die Krankheit in sich, als Ihr die Schenke aus persönlichen Gründen besuchtet. Ihr habt Euch eine Weile mit dem Kind beschäftigt und gleich danach mit dem jungen Lord.« Der Doktor betonte diese Worte und sah auf Mylady, die zurückgekommen war, bleich und mit dem Taschentuch in der Hand.

»Das ist sehr wahr, Herr«, sagte Mylady Esmond und sah den jungen Mann an.

»Man muß befürchten, daß er die Ansteckung mit sich brachte.«

»Aus der Schenke – ja«, sagte Mylady.

»Verflucht, Junge; daran habe ich nicht gedacht, als ich dich anfaßte«, rief Mylord und trat ein paar Schritte zurück. »Halte dich fern, Harry, mein Junge. Es hat keinen Zweck, dem Wolf in den Rachen zu springen, nicht wahr?«

Mylady sah ihn etwas überrascht an, ging auf Harry Esmond zu und nahm seine Hand. »Ich bitte dich um Verzeihung, Harry«, sagte sie, »ich habe sehr häßliche Worte gesprochen. Ich habe kein Recht, mich in deine Sachen zu mischen – in deine …«

Mylord brach in einen Fluch aus. »Können Sie den Jungen nicht loslassen, Mylady?« Sie wurde etwas rot, drückte leise des Knaben Hand und ließ sie fallen.

»Das schadet nichts mehr, Mylord«, sagte sie, »Frank hat auf seinem Schoß gesessen und ist beständig zwischen mir und

Harry auf und ab gelaufen. Wenn Unheil geschehen soll, so ist es schon geschehen.«

»Mit mir noch nicht, zum Kuckuck!« rief Mylord. »Ich habe geraucht«, – und er steckte sich seine Pfeife wieder an – »Rauchen hält die Ansteckung fern; und da die Seuche im Dorf ist – hol sie die Pest! –, so wollen wir es verlassen. Wir gehen morgen nach Walcote, Mylady!«

»Ich fürchte mich nicht«, sagte Mylady, »es ist möglich, daß ich die Krankheit als Kind gehabt habe, denn sie war damals bei uns im Hause. Als zwei Jahre vor meiner Heirat meine vier Schwestern krank daran lagen, blieb ich verschont, und zwei von den lieben Schwestern starben.«

»Ich will die Gefahr vermeiden«, sagte Mylord, »ich bin so mutig wie irgendein Mann; aber dies geht über meine Kraft.«

»Nimm Beatrix mit dir und geh«, erwiderte Mylady. »An uns ist das Unglück geschehen; die Tucker kann uns pflegen, sie hat die Krankheit gehabt.«

»Du suchst sorgfältig die Häßlichen aus«, sagte Mylord, und Mylady ließ den Kopf hängen und sah sehr dumm aus. Mylord sagte zu Tusher, sie wollten ins Herrenzimmer gehen und eine Pfeife rauchen. Der Doktor machte eine tiefe Verbeugung vor Ihro Gnaden, eine Kunst, in der er groß war, und stelzte mit knarrenden Stiefeln hinter seinem Gönner her.

Als Mylady und der junge Mann allein waren, blieb es ein paar Augenblicke still. Er stand am Feuer und sah gedankenlos in die verlöschende Glut; sie machte sich an ihrem Stickrahmen zu schaffen.

»Es tut mir leid«, sagte sie nach einer Weile mit harter, trockener Stimme, »ich wiederhole, es tut mir leid, daß ich mich aus Sorge um meinen Sohn so undankbar zeigte. Es war durchaus nicht mein Wunsch, daß Sie uns verlassen sollten, es sei denn, daß Sie lieber anderswo wären. Aber Sie müssen begreifen, Esmond, daß Sie nicht länger auf so vertraulichem Fuße in dieser Familie bleiben können, wie bisher. Ihr Alter und Ihre Neigungen verbieten es. Sie haben den Wunsch, zur Universität zu gehen, und ich glaube, es wäre gut, man schickte Sie jetzt dorthin. Ich habe bis jetzt nicht darauf bestanden, weil ich Sie für ein Kind hielt, das Sie an Jahren ja auch noch sind. Ich hätte auch nie daran gedacht, Sie anders als ein Kind zu behandeln, wenn nicht diese – diese Umstände ans Licht gekommen wären. Ich werde Mylord bitten, Sie so schnell als möglich zur Universität zu bringen. Franks Unterricht führe ich selber so gut wie möglich weiter; ich verdanke ja meinem Vater allerlei Grundlagen und habe so viel von Ihnen gelernt, und – und ich wünsche Ihnen Gute Nacht, Esmond.«

Damit machte sie eine feierliche Verbeugung, ergriff eine Kerze und verschwand durch die Tapetentür, die in ihre Gemächer führte. Esmond stand am Kamin und starrte ihr ausdruckslos nach. Er schien wie blind, bis sie gegangen war, und dann prägte sich ihr Bild ihm ein und blieb fest in seinem Gedächtnis haften. Er sah sie verschwinden, das marmorbleiche Antlitz von der Kerze beschienen; ihre roten Lippen bebten, ihre goldenen Haare leuchteten. Er ging auf sein Zimmer und legte sich zu Bett. Er versuchte zu lesen, wie es seine Gewohnheit war, aber er wußte nicht, was er las. Die Ereignisse des Tages zogen an ihm vorüber, das heißt, die der letzten Stunden des Tages; denn an den Vormittag und das arme Dorfmädchen dachte er nicht mehr. Er fand erst bei Tagesanbruch Schlaf und erwachte zerschlagen und mit heftigen Kopfschmerzen.

Er hatte die Ansteckung aus den ›Drei Schlössern‹ mitgebracht; das war nur allzu klar. Er lag an den Pocken darnieder, die weder Schloß noch Hütte verschonten.

Neuntes Kapitel

Ich habe die schwarzen Pocken und bereite mich vor, Castlewood zu verlassen

Als Harry Esmond die Krisis der Krankheit überstanden hatte und langsam wieder gesund wurde, erfuhr er, daß der kleine Frank Esmond sie auch durchgemacht und überwunden hatte und daß Mylady noch krank lag und mit ihr mehrere Leute von der Dienerschaft. »Es war eine Fügung, für die wir alle dankbar sein sollten«, sagte Doktor Tusher, »daß Mylady und ihr Sohn uns erhalten blieben, während der Tod ein paar arme Diener dahinraffte.« Er tadelte Harry scharf, als dieser in seiner unbefangenen Art fragte, wofür wir dankbar sein sollten – für den Tod der Dienstboten oder für die Rettung der Edelleute? Harry konnte auch dem Doktor nicht beistimmen, als dieser bei seinen ersten Besuchen Mylady beteuerte, die Krankheit habe ihre Schönheit in keiner Weise zerstört und sei nicht so roh gewesen, die lieblichen Züge der Gräfin von Castlewood zu verheeren. Trotz dieser schönen Reden fand Harry, daß Myladys Schönheit durch die Pocken sehr gelitten hatte. Als die Spuren der Krankheit allmählich verschwanden, hinterließen sie zwar keine Furchen und Narben auf ihrem Gesicht – außer einer vielleicht, auf der Stirn über dem linken Auge –, aber die Zartheit ihrer rosigen Haut war verschwunden, die Augen hatten ihren Glanz verloren, ihre Haare gingen aus, und sie wirkte älter. Es war, als hätte eine grobe Hand die zarten Töne des lieblichen Gemäldes abgewischt, und, wie es beim ungeschickten Reinigen von Bildern geschieht, den Farben den Glanz genommen. Dann können wir auch nicht verschweigen, daß Myladys Nase die ersten zwei Jahre nach der Krankheit gerötet und geschwollen war.

Es wäre nicht nötig, diese Kleinigkeiten zu erwähnen, wenn sie nicht Einfluß auf das Geschick vieler Menschen gehabt hätten, wie es Kleinigkeiten auf Erden zu tun pflegen, wo eine Mücke oft eine größere Rolle spielt als ein Elefant. Als Tusher in seiner höflichen Art, die Harry Esmond immer zur Wut und zu spöttischen Reden reizte, schwor, daß Myladys Antlitz so schön sei wie je, da platzte der Junge heraus: »Es ist nicht mehr so schön; meine Herrin ist jetzt nicht mehr halb so hübsch, wie sie war.« Die arme Lady Castlewood lächelte traurig und warf einen Blick in ihren kleinen venezianischen Spiegel. Der zeigte ihr wohl, daß der dumme Junge nur allzu wahr sprach; denn sie wandte sich von dem Spiegel fort, und ihre Augen füllten sich mit Tränen.

Der Anblick ihrer Tränen erzeugte in Esmonds Herzen immer eine Art von rasendem Mitleid, und wie sie über das Gesicht der Dame rannen, die er am heißesten liebte, da sank der täppische Junge auf die Knie und bat sie um Verzeihung. Er sei ein Narr, ein Dummkopf; er hätte so rohe Worte nicht sprechen dürfen, er, der an ihrer Krankheit schuld sei; und Doktor Tusher erklärte, ein Bär sei er, und ein Bär werde er immer bleiben. Diese Worte machten den armen jungen Esmond stumm, so daß er nicht einmal brummte.

»Er ist mein Bär, und ich will nicht, daß man ihn hetzt, Doktor«, sagte Mylady und streichelte freundlich den Kopf des Knaben, der noch zu ihren Füßen kniete. »Wie dein Haar ausgegangen ist! Und meines auch!« fügte sie mit einem Seufzer hinzu.

»Es ist nicht wegen mir«, sagte Mylady zu Harry, als der Pfarrer gegangen war, »aber bin ich wirklich sehr verändert? Ach, ich fürchte, es ist so.«

»Ich finde, Sie haben das liebste, freundlichste und süßeste Gesicht auf der Welt«, sagte der Junge, und er fand das wirklich und findet es noch.

»Wird Mylord auch so denken, wenn er zurückkommt?« fragte sie mit einem Seufzer und einem Blick in ihren Spiegel. »Wenn er nun ebenso denkt wie Sie, wenn er findet, daß ich scheußlich bin – ja, Sie sagten scheußlich –, dann wird er aufhören, sich etwas aus mir zu machen. Die Männer lieben ja nur unser bißchen Schönheit. Warum wählte er mich und keine andere von meinen Schwestern? Nur wegen der Schönheit. Unsere Herrschaft dauert nur Tage; ich bin überzeugt, daß Vasthi es fühlte, als Esther nahe war.«

»Mylady«, sagte Esmond, »Ahasver war ein Sultan, und es

war die Sitte und das Gesetz seines Landes, in der Liebe zu wechseln.«

»In dem Punkt seid ihr alle Sultane«, sagte Mylady, »oder wärt es, wenn ihr könntet. Komm, Frank, komm, mein Kind. Dir wenigstens haben die schrecklichen Pocken nichts getan. Dein Gesicht hat keine Narben und deine Locken sind nicht dünner geworden, nicht wahr, mein Engel?«

Frank fing an zu wimmern beim Gedanken an ein solches Unglück. Von klein auf hatte der kleine Lord von seiner Mutter gelernt, seine Schönheit zu bewundern, und achtete sie hoch.

Eines Tages während seiner Genesung durchzuckte Esmond ein Gefühl der Scham, als es ihm einfiel, daß er während seiner Krankheit nicht ein einziges Mal an das arme Mädchen in der Schmiede gedacht hatte, deren rote Wangen ihn einen Monat zuvor so heftig angezogen. Arme Nancy! Ihre Wangen hatten das Schicksal der Rosen erlitten; sie waren verwelkt. Die Krankheit hatte sie am selben Tage wie Esmond ergriffen; sie und ihr Bruder waren gestorben und lagen unter den Taxusbäumen von Castlewood begraben. Esmond hätte sie gern in ihrem Leichentuch geküßt, wie in dem schönen Gedicht von Herrn Prior; aber sie lag viele Fuß tief unter dem Rasen, als Harry zum ersten Male nach seiner Krankheit wieder auf ihm wandelte.

Doktor Tusher war der Überbringer dieser traurigen Nachricht. Esmond hatte sich danach gesehnt zu fragen, aber hatte es nicht gewagt. Der Doktor erzählte, daß fast das ganze Dorf an der Seuche erkrankt gewesen sei; siebzehn Menschen waren gestorben; unter den Namen, die er erwähnte, waren auch Nancy und ihr kleiner Bruder. Er verfehlte nicht zu sagen, wie dankbar die Überlebenden sein müßten. Da es das Geschäft dieses Mannes war, zu schmeicheln und Predigten zu halten, so können wir nur sagen, daß er es nicht an Eifer fehlen ließ, denn er tat den lieben langen Tag sowohl das eine wie das andere.

So war Nancy tot. Harry Esmond schämte sich, daß er nicht um sie weinen konnte und nur darauf verfiel, eine lateinische Elegie auf die ländliche Schönheit zu verfassen. Er bot Dryaden und Flußnymphen auf, sie zu beklagen, und da ihr Vater das Gewerbe des Vulkan betrieb, so ließ er sie die Tochter der Venus sein, obwohl, wie er später erfuhr, die Gattin des Sievewright ein häßliches, zänkisches Weib gewesen war. Er trug ein trauriges Gesicht zur Schau, fühlte aber in Wahrheit nicht mehr Kummer als ein Leichenbitter. Die ersten Leidenschaften zwischen Mann und Frau pflegen Frühgeburten zu sein, die sterben, ehe sie recht ans Licht kommen. Esmond könnte noch jetzt Bruchstücke jener holprigen Verse aufsagen, mit denen seine Muse das hübsche Mädchen beklagte. Er denkt beschämt daran, wie schlecht die Verse waren und wie gut er sie fand; wie falsch sein Kummer war und wie er sich doch damit brüstete. Man sollte nicht von der Einfalt der Jugend sprechen. Ich glaube, daß kein Lebensalter heuchlerischer ist und ein unnatürlicheres Benehmen untereinander zur Schau trägt als die reifere Jugend. Wir kommen der Wahrheit näher und werden einfacher, je älter wir werden.

Als Mylady von dem Schicksal der armen Nancy hörte, sagte sie nichts; als aber Tusher gegangen war, nahm sie Harry Esmonds Hand und sprach:

»Harry, verzeih meine grausamen Worte, die ich in jener Nacht sprach, als du erkranktest. Ich bin erschüttert über das Schicksal des armen Geschöpfs und überzeugt, daß nichts von dem, was ich dir im Zorn vorwarf, je geschehen ist. Unser erster Ausgang soll zur Schmiede sein, und wir müssen sehen, ob wir irgend etwas tun können, um den armen alten Mann zu trösten. Armer Mann! Beide Kinder hat er verloren! Was würde ich ohne meine Kinder tun?«

Es war in der Tat der allererste Gang, den Mylady nach ihrer Krankheit unternahm. Sie stützte sich auf Esmonds Arm; aber der Besuch brachte dem alten Vater keinen Trost, und er zeigte keine Weichheit und kein Verlangen, über seinen Verlust zu sprechen. »Der Herr hat's gegeben, der Herr hat's genommen«, sagte er. Er brauche nichts, brauche jetzt weniger als früher; denn es seien weniger Münder zu füttern. Er wünsche Ihro Gnaden und Junker Esmond einen guten Morgen und zog sich, mürrisch grüßend, ins Haus zurück. Mylady stand stumm und beschämt vor der Tür. Er hatte seinen beiden Kindern einen schönen Grabstein setzen lassen, den man bis heutigen Tags auf dem Kirchhof von Castlewood sehen kann; und ehe ein Jahr um war, stand auch sein eigener Name auf dem Stein. In der Gegenwart des Todes verstummt die Gefallsucht des Weibes, und ihre Eifersucht reicht nicht ins Jenseits hinüber. Sie ist ganz von dieser Welt.

Als die Gefahr endlich ganz vorbei war, wurde verkündet, daß Mylord und seine Tochter zurückkommen würden. Esmond erinnert sich genau an diesen Tag. Seine Herrin war voll bebender Angst. Ehe Mylord kam, verschwand sie in ihrem Zimmer und kehrte mit geröteten Wangen zurück. Ihr Schicksal würde sich entscheiden. Ihre Schönheit war vergangen – war ihre Herrschaft auch vorüber? Mylord kam über die Brücke geritten; man konnte ihn aus dem großen Fenster sehen. Er war rotgekleidet und ritt ein graues Pferd; neben ihm ging im Paßgang eine glänzend braune Stute, auf der in hellem blauen Reitkleid seine kleine Tochter saß. Mylady stand an den großen Kamin gelehnt, schaute hinaus und preßte die Hand aufs Herz. Die roten Flecken auf beiden Wangen ließen sie noch bleicher erscheinen. Sie drückte das Taschentuch an die Augen und lachte hysterisch, denn als sie das Tuch wieder sinken ließ, war es rot von der Schminke. Sie rannte in ihr Zimmer zurück und kam mit bleichen Wangen und roten Augen wieder, ihren Sohn an der Hand, gerade als Mylord eintrat, begleitet von Esmond, der seinem Herrn entgegengegangen war und ihm beim Absteigen den Steigbügel gehalten hatte.

»Was, Harry, mein Junge«, sagte Mylord gutmütig, »du bist ja so dürr wie ein Windhund. Die Pocken haben dich nicht verschönert, und an Schönheit war dein Familienzweig ohnehin nicht reich.«

Er lachte und sprang behend vom Pferde. Er sah hübsch und munter aus, mit rotem Gesicht und braunem Haar, genau wie ein Leibgardist. Esmond begrüßte ihn kniend und sprang dann auf, der kleinen Beatrix vom Pferde zu helfen.

»Pfui, wie gelb du aussiehst«, sagte sie, »und du hast ein, zwei rote Löcher im Gesicht.« Da hatte sie freilich recht; Harry Esmonds rauhes Gesicht trägt noch heute die Spuren der Krankheit.

Mylord lachte wieder, er war in bester Laune.

»Verdammt!« sagte er mit einem seiner üblichen Flüche, »die kleine Kröte sieht alles. Neulich hat sie entdeckt, daß die Gräfin-

Witwe sich schminkt, und hat sie gefragt, wozu sie die rote Schmiere trägt, nicht wahr, Trix? Und der Tower, und das Theater, und Prinz Georg, und Prinzessin Anna, was Trix?«

»Sie sind beide sehr fett und riechen nach Schnaps«, antwortete das Kind.

Papa wollte sich ausschütten vor Lachen.

»Schnaps!« sagte er, »und woher weißt du das, Fräulein Naseweis?«

»Weil Euer Gnaden nach dem Abendbrot so riechen, wenn ich zum Gutenachtkuß komme«, erwiderte die junge Dame, die allerdings sehr naseweis und eine wunderhübsche kleine Hexe war.

»Nun wollen wir zu Mylady gehen«, sagte Mylord und ging die Treppe hinauf. Esmond erinnert sich der edlen Gestalt in feuerrotem Rock, wie sie unter dem Vorhang vor der Wohnzimmertür durchging. Er war selbst in diesen letzten Monaten vom Knaben zum Manne gereift, und mit seinem Körper waren auch seine Gedanken gewachsen und männlich geworden.

Wochenlang nach Mylords Rückkehr machte Mylady einen traurigen und gedrückten Eindruck. Harry Esmond hatte sich angewöhnt, ihren Ausdruck mit liebevoller Besorgnis zu beobachten und jedes Anzeichen von Kummer oder Freude zu deuten. Es schien, als wolle sie ihren Herrn durch Zärtlichkeiten und Bitten einer Verstimmung entreißen, die er durchaus nicht abwerfen wollte. Um ihm zu gefallen, ließ sie all die hundert kleinen Listen spielen, die früher immer wirkten, die aber jetzt ihre Kraft verloren hatten. Ihr Gesang erfreute ihn nicht mehr; sie ließ ihn verstummen und ermahnte die Kinder zur Ruhe, sobald er sich näherte. Mylord saß schweigend bei Tisch und trank gewaltig. Mylady saß ihm gegenüber, warf ab und zu einen verstohlenen Blick auf sein Gesicht und schwieg auch. Ihr Schweigen reizte ihn ebenso wie ihr Sprechen. Er fragte sie mürrisch und fluchend, warum sie den Mund nicht auftue und ein so finsteres Gesicht mache; sprach sie, so befahl er ihr unfreundlich, zu schweigen und keinen Unsinn zu reden. Es schien, als ob seit seiner Rückkehr nichts, was sie tat oder sagte, ihm gefallen konnte.

Harry Esmond fürchtete sich so vor Mylord, daß er, wenn

nötig, eine Meile barfuß gelaufen wäre, um eine Botschaft für ihn auszurichten. Seine dankbare Anhänglichkeit an Lady Esmond aber war so leidenschaftlich, daß er ihr zuliebe jederzeit sein Leben hingegeben hätte. Die Heftigkeit seiner Zuneigung war es, die ihn fühlen ließ, wie unglücklich sie war und daß eine geheime Sorge auf ihr lastete; denn sie sprach nie von ihren Kümmernissen.

Kann irgend jemand, der Welt und Menschen kennt, sich über den Grund ihres Kummers im unklaren sein? Gewiß, ich habe Menschen gesehen, deren Jugendliebe bis ins Greisenalter Blüten trug; aber ein Mann, der, wie Mylord, nur um der schönen Augen willen heiratet, fühlt sich seiner Pflicht entbunden, wenn die Frau die ihre nicht mehr erfüllt, und mit ihrer Schönheit hört auch seine Liebe auf.

Um diese Zeit übersetzte der junge Esmond, der eine Gabe für klingende Verse hatte, ein paar Ovidische Episteln in gereimte Strophen. Er brachte sie seiner Herrin, um sie zu erfreuen. Die, welche von verlassenen Frauen handelten, bewegten sie unsagbar, wie Harry bemerkte. Wenn Oenone nach Paris schmachtete oder Medea den Jason anflehte, zu ihr zurückzukehren, so seufzte Mylady und sagte, diese Verse finde sie am schönsten. Aber ihr schöner Jason hatte sie verlassen, wie schöne Jasons es zu tun pflegen, und die arme Zauberin hatte keinen Zauberspruch mehr, ihn zurückzurufen.

Mylord war nur so lange schlechter Laune, als seine Frau ihn mit ängstlichen, kummervollen Mienen reizte. Als sie so weit gekommen war, ihre Stimmung zu beherrschen und äußerlich ein heiteres Benehmen zu zeigen, kam ihres Gatten gute Laune wenigstens zeitweise wieder. Er fluchte und schalt nicht mehr bei Tisch, sondern lachte manchmal und gähnte ausgiebig. Er war viel von Hause fort, lud Gäste ein, brachte den größten Teil des Tages auf der Jagd oder beim Glase zu, alles wie sonst. Nur sah die arme Frau keine Liebe mehr in seine Augen aufleuchten; er lebte mit ihr, aber die Flamme war erloschen, deren Licht sie früher beglückt hatte.

Wie war es Mylady zumute, als es sich zeigte, daß ihr warnender Spiegel recht gehabt hatte, daß mit ihrer Schönheit auch ihre

Herrschaft zu Ende war und die Tage der Liebe nicht wiederkämen? Was tut der Seemann, dem der Sturm Mast und Segel entrissen hat? Er richtet einen Notmast auf und steuert mit dem Ruder. Wenn der Palast in Flammen steht, so rettet man sich in die Scheune. Welches Leben geht ohne solche Glückswechsel dahin, die den Menschen aus der Bahn werfen und ihn auf Felsen schleudern, wo er sich mühsam ein Obdach suchen muß?

Als Lady Castlewood nicht mehr zweifeln konnte, daß ihr großes Schiff untergegangen war, und sie sich von dem Verlust etwas erholt hatte, fing sie an, so gut es ihr gelingen wollte, neue kleine Glücksmöglichkeiten unter Segel zu setzen, auf bescheidene Gewinne hoffend, wie der Kaufmann, der Tausende verloren hat und auf dem nächsten Schiff den Wert von wenigen Guineen verfrachtet. Sie setzte alles auf ihre Kinder und war über alle Maßen nachsichtig gegen sie, wie es bei ihrer Sanftmut unvermeidlich war. Alle ihre Gedanken drehten sich um ihr Wohlergehen; sie lernte, um sie unterrichten zu können; sie pflegte ihre natürlichen Gaben und weiblichen Fertigkeiten, um sie ihren Kindern weiterzugeben. Irgend jemandem Gutes zu tun, ist der Lebensinhalt der meisten guten Frauen; sie haben einen Überfluß an Güte, der andere beglücken möchte. Sie vervollkommnete ihre Kenntnisse im Französischen, Italienischen und Lateinischen. Die Anfangsgründe hatte ihr Vater sie gelehrt; aber sie hatte ihr Wissen vor dem Gatten verborgen, wohl aus Angst, sie könnte ihn kränken. Denn Mylord war kein Freund von Büchern und schüttelte sich beim Gedanken an gelehrte Damen. Es würde ihn geärgert haben, hätte er bemerkt, daß seine Frau aus einem lateinischen Buche übersetzen konnte, von dem er keine zwei Worte verstand. Der junge Esmond war Hauslehrer unter Mylady oder über ihr, je nachdem, was vorlag. Während Mylords langen Abwesenheiten wurde der Unterricht regelmäßig betrieben. Mutter und Tochter lernten mit überraschender Geschwindigkeit, die letztere freilich nur ruckweise und wie die Laune sie trieb. Der kleine Lord aber, das können wir nicht verschweigen, schlug in Sachen der Gelehrsamkeit seinem Vater nach. Er liebte Murmeln und anderes Spielzeug und das kleine Pferd, das sein Vater ihm geschenkt hatte, und auf dem er ihn mit auf die Jagd nahm, unendlich viel mehr als Buttmann und Ploetz. Er regierte die Dorfjungen, die einen kleinen Hofstaat um ihn bildeten, prügelte sie und tyrannisierte sie mit so überlegenem Witz, daß sein Vater lachte, wenn er es sah, und seine Mutter ihn zärtlich warnte. Doktor Tusher erklärte, er sei ein junger Edelmann von ritterlichem Geist; und Harry Esmond, seinem Lehrer, der nur acht Jahre älter war, kam es manchmal hart an, nicht die Geduld zu verlieren und seinen rebellischen kleinen Herrn und Vetter in Respekt zu halten.

Ein paar Jahre nach dem Unglück, das Lady Castlewood ein wenig – ein ganz klein wenig – von ihrer Schönheit nahm und ihr das Herz ihres Gatten raubte, hatte sich durch innere Kämpfe, von denen niemand etwas ahnte, auch der Mann nicht, der die Ursache all ihres Kummers war, ein solcher Wandel in ihrer Natur vollzogen, daß sie ihn wohl selbst, zur Zeit, daß das Unglück über sie hereinbrach, nicht für möglich gehalten hätte.

Sie war älter geworden in dieser Zeit, wie es Menschen widerfährt, die im stillen große Schmerzen leiden, und hatte vieles gelernt, was sie sich früher nicht hatte träumen lassen. Das Unglück war ihr ein harter Lehrer gewesen. Vor wenigen Jahren noch, als sie, selbst ein Kind, die Mutter eigener Kinder wurde, war ihr Gemahl ihr Gott gewesen. Seine Worte waren ihr Gesetz, sein Lächeln Sonnenschein, seine faden Gemeinplätze Worte der Weisheit; all seinen Wünschen und Grillen hatte sie sich willig gefügt. Es gibt Frauen, die noch mehr geduldig ertragen, nicht nur Vernachlässigung, sondern auch Untreue; aber in diesem Punkt hatte Myladys Lehnstreue versagt. Um die Wahrheit zu gestehen, sie hatte herausgefunden, daß nicht nur ihre Herrschaft zu Ende, sondern daß auch eine Nachfolgerin ernannt war, eine Prinzessin aus einem gewissen edlen Haus in Drury Lane, die Mylord in der acht Meilen weit entfernten Stadt unterbrachte und fleißig besuchte. Ihre Natur empörte sich und wollte nicht mehr gehorchen. Zuerst mußte sie es erleiden, den Gegenstand ihrer Liebe zu verlieren; dann kam die Erkenntnis, daß der Angebetete ein plumpes Götzenbild war; dann wurde sie sich klar, daß sie selbst die Überlegene war und nicht ihr Herr und Meister, daß sie Gedanken hatte, die sein Hirn nicht fassen konnte, daß sie besser war als er und sehr verschieden von ihm war, wenn sie auch äußerlich an ihn gebunden war; gebunden, und mußte doch ihre Lebensarbeit allein verrichten, wie so viele Menschen; denn es gibt nur wenige glückliche Ausnahmen. Mylord saß in seinem Stuhl, lachte sein gewohntes Lachen und schleuderte seine Witze; sein Gesicht war vom Wein gerötet. Mylady saß ihm gegenüber, ruhig und kalt, mit niedergeschlagenen Augen; aber es kam ihm nie der Gedanke, daß dort seine Meisterin sitze. Wenn ihm der Wein zu Kopfe stieg, machte er Scherze über ihre Kälte, und wenn sie gegangen war, sagte er wohl: »Verdammt! Nun wollen wir noch eine Flasche trinken.« Er machte aus seinen Gedanken kein Hehl; seine Worte und Handlungen waren keine Geheimnisse. Seine schöne Rosamunde lebte nicht in einem Irrgarten wie die Dame in Herrn Addisons Oper, sondern machte sich in dem Landstädtchen breit mit ihren geschminkten Wangen und ihrem betrunkenen Gefolge. Hätte Lady Castlewood Verlangen nach Rache gehabt, so hätte sie den Weg zu ihrer Rivalin leicht genug gefunden; aber auch wenn sie mit Gift und Dolch gekommen wäre, hätte der Feind sie mit einer Flut gemeiner Schimpfwörter vertrieben, über welche die Holde in reichem Maße gebot.

Für Harry Esmond indessen hatte das liebe Gesicht seiner Wohltäterin, wie wir schon sagten, nichts von seinem Zauber verloren. Sie hatte immer einen freundlichen Blick und ein Lächeln für ihn bereit. Vielleicht war das Lächeln nicht mehr so heiter und harmlos wie früher, als sie, selbst noch ein Kind, mit ihren Kindern spielte und ihres Gatten Wunsch und Wille ihr einziger Gedanke war; aber wenn über gütige Herzen Prüfungen kommen, so wachsen aus Sorgen und Schmerzen Gedanken und Tugenden hervor, die nie erwacht wären, wenn Mißgeschick sie nicht geweckt hätte. Gelegenheit ist die Mutter von manchem Guten im Menschen. Sowie die ungeschickten Finger und plumpen Werkzeuge eines Gefangenen die zartesten kleinen Schnitzereien vollbringen, so erwachen im Unglück Scharfsinn, Kraft und Geduld bei Menschen, in denen diese Tugenden sonst ewig geschlummert hätten.

»Sicher geschah es erst, nachdem Jason sie verlassen hatte«, sagte Lady Castlewood einmal lächelnd zu dem jungen Esmond, der ihr gewisse Zeilen aus dem Euripides vorlas, »daß Medea eine gelehrte Frau und eine große Zauberin wurde.«

»Und sie konnte die Sterne vom Himmel herunterbeschwören«, erklärte der junge Lehrer, »aber Jason konnte sie nicht zurückzaubern.«

»Was willst du damit sagen?« fragte Mylady sehr ärgerlich.

»Ich will nichts damit sagen«, erwiderte er, »als was ich in Büchern gelesen habe. Was sollte ich über solche Dinge wissen? Die einzigen Frauen, die ich kenne, sind Sie, die kleine Beatrix, die Frau des Pfarrers, meine frühere Herrin und die Dienerinnen von Euer Gnaden.«

»Die Männer, die deine Bücher schrieben«, sagte Mylady, »Männer wie Horaz, Ovid und Virgil, haben alle, soweit ich sie kenne, schlecht von uns gedacht, denn ihre Helden behandeln uns niederträchtig. Wir sind stets zu Sklavinnen erzogen worden, und da ihr noch immer die Gesetzgeber seid, so scheinen mir auch unsere Predigten zu sagen, daß die Frau die beste ist, die die Ketten ihres Herrn am anmutigsten trägt. Es ist jammerschade, daß unsere Kirche keine Klöster erlaubt, sonst könnten Beatrix und ich uns in eines flüchten und fern von euch unsere Tage in Frieden beschließen.«

»Herrscht in Klöstern keine Sklaverei?« fragte Esmond.

»Wenn die Frauen dort Sklaven sind, sieht sie wenigstens keiner«, antwortete Mylady. »Wenn sie leiden, so leiden sie im Verborgenen. – Da kommt Mylord von der Jagd zurück. Nimm die Bücher weg; Mylord sieht sie nicht gern. Der Unterricht ist zu Ende für heute, Herr Lehrer.« Mit einem Knicks und einem Lächeln pflegte sie diese Art von Unterhaltung abzubrechen.

Der ›Herr Lehrer‹, wie Mylady Esmond nannte, hatte jetzt Arbeit genug in Castlewood. Er hatte drei Schüler, seine Herrin und ihre beiden Kinder; denn die Mutter war bei dem Unterricht immer zugegen. Außerdem schrieb er Mylords Briefe und führte seine Rechnungen, das heißt, wenn es ihm gelang, dem trägen Herrn die Rechnungsbücher zu entlocken.

Die beiden Kinder waren recht faule Schüler; und da Mylady die Disziplin, die damals gebräuchlich war, nicht wünschte, lernte der kleine Lord nur, was ihm Spaß machte. Das war recht wenig, und man hat ihn nie dazu gebracht, mehr als sechs Zeilen aus dem Virgil zu übersetzen. Fräulein Beatrix lernte sehr früh französisch plaudern und sang reizend; aber das brachte ihr die Mutter bei, denn Harry Esmond konnte kaum ›Lang, lang ist's her‹ von ›Lillibullero‹ unterscheiden, wenn es auch keine größere Wonne für ihn gab, als die Damen singen zu hören. Er sieht sie noch, wie sie an Sommerabenden zusammensaßen, die beiden Köpfe mit den goldigen Haaren über die Noten gebeugt, wie die kleine Hand des Kindes und die große der Mutter den Takt schlugen und die beiden Stimmen im Zwiegesang auf und nieder gingen.

Waren die Kinder nachlässig, so lernte die Mutter um so eifriger bei ihrem jungen Lehrer, und er lernte auch von ihr. Sie hatte eine glückliche Gabe, verborgene Schönheiten in Büchern zu entdecken, besonders in Gedichtbüchern, so wie sie auch auf Spaziergängen die verstecktesten Feldblumen erspähte und Sträuße aus ihnen band, wie keine andre Hand es konnte. Sie war ein guter Kritiker, nicht durch ihren Verstand, sondern durch ihr Gefühl, ein liebenswürdiger Kommentator der Bücher, die sie miteinander lasen. Vielleicht waren es die glücklichsten Stunden im Leben des jungen Esmond, die er so mit seiner freundlichen Herrin und ihren Kindern verbrachte.

Diese glücklichen Tage jedoch sollten nicht ewig dauern, und es geschah durch Lady Castlewoods eigenen Machtspruch, daß ihnen ein Ende gesetzt wurde. Es war um die Weihnachtszeit, und Harry Esmond damals mehr als sechzehn Jahre alt, als Tom Tusher, sein alter Kamerad, Gegner und Freund, aus der Schule in London als ein hübscher, gerade gewachsener, derber Bursche zurückkehrte, bewaffnet mit einem Abgangszeugnis seiner Schule und mit der Aussicht auf künftige Beförderung in der Kirche. Tom Tusher sprach jetzt von nichts als von Cambridge und seiner bevorstehenden Studienzeit, und die Knaben, die gute Freunde waren, fühlten sich gegenseitig eifrig auf den Zahn über ihre Fortschritte in den Wissenschaften. Tom hatte etwas Griechisch und Hebräisch gelernt, war im Lateinischen recht gut bewandert und hatte sich unter der Leitung seines Vaters mit Mathematik beschäftigt, von der Esmond gar nichts wußte. Er konnte auch nicht so gut lateinisch schreiben wie Tom, dafür konnte er es aber viel besser sprechen. Das hatte er bei seinem lieben Freund, dem Jesuiten, gelernt, dem er innigste Zuneigung bewahrte. Er las die Bücher des Paters, putzte seine Waffen und durchwachte manche Nacht in seinem Zimmer, das jetzt ihm gehörte, mit seinen Heften, seinen Versen und allerlei Unsinn beschäftigt. Dann schaute er wohl manchmal zu dem geheimnisvollen Fenster auf und wünschte, es möge sich öffnen und den geliebten Lehrer hereinlassen. Er war gekommen und gegangen wie ein Traum, und wären die Bücher und Säbel nicht gewesen und zwei Briefe, die aus dem Ausland kamen, so hätte Harry manchmal denken können, der Pater sei eine Schöpfung seiner Phantasie. Der erste Brief war voll liebevoller Ratschläge; der zweite, kurz nach seiner Konfirmation durch den Bischof von Hexton, beklagte Esmonds Abfall. Aber Harry war so voll Zuversicht, daß er jetzt im rechten Glauben sei, und so überzeugt von seinen theologischen Einsichten, daß er meinte, selbst dem Pater mit seinen Argumenten gewachsen zu sein und ihn möglicherweise bekehren zu können.

Um auf den Glauben ihres jungen Schülers einzuwirken, hatte Esmonds freundliche Herrin die Bibliothek ihres Vaters, des Dechanten, in Anspruch genommen. Der alte Herr hatte sich in den Disputationen unter dem vorigen König sehr hervorgetan, hatte aber jetzt, als alter Krieger, die Waffen der Polemik an die Wand gestellt. Er nahm sie willig von ihren Brettern herunter und ließ auch dem jungen Esmond persönliche Belehrung angedeihen. Es bedurfte keiner großen Überredungskraft, um den Knaben zum Glauben seiner Herrin zu bekehren, und der gute alte Dechant tat sich auf diese Konversion etwas zugute, die in Wahrheit einem anderen, sanfteren Lehrmeister zu verdanken war.

Unter Myladys freundlichen Augen (Mylords waren meist vom Schlafe versiegelt) las Esmond die Werke der berühmten englischen Geistlichen jener Zeit und wurde mit Wake und Sherlock, mit Stillingfleet und Patrick vertraut. Seine Herrin wurde niemals müde, vorzulesen oder zuzuhören, und betonte die Punkte, die ihr wichtig schienen und die ihre Gedanken besonders gefangennahmen, durch freundlich erklärende Worte. Nach dem Tode ihres Vaters trat eine gewisse Ungebundenheit in der Wahl der theologischen Lektüre ein, die der orthodoxe Dechant niemals zugelassen hätte. Seine Lieblingsschriftsteller hatten sich mehr an den Verstand des Lesers als an sein Gemüt und seine Phantasie gewandt; nun aber fanden die Werke von Bischof Taylor, selbst die von Herrn Baxter und Herrn Law, mehr Gnade vor Lady Castlewoods Augen als die strengeren Bücher unserer großen englischen Schriftgelehrten.

Später, auf der Universität, als seine Beschützer beschlossen hatten, er solle Geistlicher werden, nahm Esmond diese polemischen Interessen wieder auf und betrieb sie in ganz anderer Form. Aber wenn auch das Herz seiner Herrin am geistlichen Berufe hing, so drängte es ihn selbst nicht sehr heftig dazu. Nach der ersten Glut einfältiger Inbrunst, die der geliebte Jesuitenpriester in ihm entzündet hatte, konnte die theologische Spekulation keinen rechten Reiz mehr auf den Geist des jungen Mannes ausüben. Nachdem man seine kindliche Gläubigkeit aufgestört hatte und seine Heiligen und Jungfrauen im Range beinahe bis zu den Gottheiten des Olymp herabgesunken waren, wurde sein Glaube mehr Zustimmung als glühender Eifer. Weniger aus innerem Drang als aus Gehorsam und Notwendigkeit fand er sich mit dem Gedanken ab, Priesterrock und Beffchen zu tragen; so wie ein anderer Mann, um einen Lebensunterhalt zu haben, Panzer und Reiterstiefel anlegt oder ein Kaufmannspult besteigt. Es waren zu Esmonds Zeiten viele junge Leute auf der Universität, die kein ernsterer Ruf als dieser zur Kirche trieb.

Als Tom Tusher fort war, kam über den jungen Esmond eine gedrückte, unruhige Stimmung, über die er zwar nicht klagte, deren Ursache seine freundliche Herrin aber trotzdem erriet; denn sie ließ nicht nur merken, daß sie den Grund von Harrys Trübsinn verstand, sie verschaffte ihm auch ein Mittel dagegen. So war es ihre Art, alle zu beobachten, an die sie Pflicht oder Liebe banden, und ihnen zu helfen, ihre Pläne zu verwirklichen, wenn es irgend in ihrer Macht stand. Wir nehmen solche Güte meist hin, als wenn sie unser gutes Recht wäre. Manche von uns bemerken sie gar nicht und empfinden weder Dank noch Anerkennung. Andere werden sich erst Jahre später darüber klar und können ihre Dankesschuld nur noch mit ein paar verspäteten Tränen bezahlen. Dann kehren uns vergessene Worte der Liebe ins Gedächtnis zurück; freundliche Blicke tauchen aus der Vergangenheit auf; die Sehnsucht erwacht nach dem nicht mehr Erreichbaren, das uns köstlicher erscheint, weil die Gegenwart dunkel und einsam ist.

Scheinbar schenkte Lady Castlewood Harry Esmonds Schwermut keinerlei Beachtung; aber sie war von ungewöhnlicher Heiterkeit und versuchte dadurch seinen Trübsinn zu vertreiben. Sie hielt seine drei Schüler, von denen sie selbst der wichtigste war, zu Munterkeit und Lerneifer an; und sie lasen und lernten alle mehr als sonst gewohnt. »Denn wer weiß«, sagte Mylady, »was geschehen kann und wie lange wir einen so gelehrten Lehrer behalten.«

Frank Esmond erklärte, daß er für sein Teil vom Lernen genug habe und daß Vetter Harry, wenn er wolle, seine Bücher nur zumachen möge, damit sie zusammen fischen gehen könnten. Die kleine Beatrix sagte, sie würde nach Tom Tusher schicken, der würde froh genug sein, nach Castlewood zu kommen, wenn es Harry einfiele, wegzugehen.

Schließlich kam eines Tags ein Bote aus Winchester und brachte einen Brief mit einem großen schwarzen Siegel. Darin stand, daß Myladys Tante gestorben sei und ihr Vermögen, zweitausend Pfund, ihren Nichten, den Töchtern des Dechanten, hinterlassen habe. Harry Esmond sieht noch den eifrigen Blick, den seine gute Herrin ihm bei dieser Nachricht zuwarf. Sie heuchelte keinen Kummer über den Tod der Verwandten, die seit langen Jahren fern von ihr und ihrer Familie gelebt hatte.

Als Mylord die Nachricht hörte, machte er auch kein sehr betrübtes Gesicht. »Das Geld kommt gerade recht, um das Musikzimmer neu einzurichten und den Keller zu füllen, der recht leer wird. Dann könnten wir auch für Mylady eine Kutsche kaufen und ein Paar Pferde, die man sowohl zum Reiten als auch zum Fahren benutzen kann. Beatrix soll ein Spinett haben und Frank ein kleines Pferd vom Markt in Hexton. Harry, du bekommst fünf Pfund und kannst dir Bücher dafür kaufen«, sagte Mylord, der freigebig mit seinem eigenen, aber auch mit anderer Leute Geld war. »Ich möchte, deine Tante stürbe jedes Jahr einmal, Rachel; wir könnten das Geld gebrauchen, und deine Schwestern auch.«

»Ich habe nur eine Tante – und – und ich habe etwas andres mit dem Gelde vor, Mylord«, sagte Mylady und wurde sehr rot.

»Etwas anderes, meine Liebe? Was weißt du von Geld?« rief Mylord. »Was zum Teufel könntest du dir wünschen, was du noch nicht von mir bekamst?«

»Ich möchte mit dem Geld – können Sie nicht erraten, was, Mylord?«

Mylord stieß einen seiner langen Flüche aus und schwor, er habe keine Ahnung, was sie meine.

»Ich möchte es Harry Esmond zum Studieren geben. Vetter Harry«, sagte Mylady, »du sollst nicht länger in dieser Enge bleiben; du mußt dir einen Namen machen, und uns auch, Harry.«

»Verflucht, Harry hat es hier gut genug«, sagte Mylord und schaute für einen Augenblick recht mißgelaunt drein.

»Geht Harry weg? Du gehst doch nicht weg?« schrien Frank und Beatrix.

»Aber er wird zurückkommen, und bei uns wird immer seine Heimat sein«, rief Mylady, und ihre blauen Augen leuchteten in himmlischer Güte, »und seine Schüler werden ihn immer liebhaben, nicht wahr?«

»Donnerwetter, Rachel, du bist eine gute Frau!« sagte Mylord und ergriff ihre Hand. Sie wurde dunkelrot, schrak zurück und schob ihre Kinder vor sich. »Ich gratuliere, Vetter«, fuhr Mylord fort und schlug Harry Esmond herzhaft auf die Schulter. »Ich will deinem Glück nicht im Wege sein. Geh nach Cambridge, mein Junge, und wenn Tusher stirbt, sollst du seine Stelle haben, wenn du dann nicht schon besser versorgt bist. Wir richten das Musikzimmer in einem anderen Jahr ein, und die Pferde haben auch Zeit. Du kannst dir ein Pferd im Stall aussuchen – nimm nur nicht mein Rotbraunes oder die Kutschpferde – und Gott sei mit dir, mein Junge!«

»Nimm den Falben, Harry, der ist gut. Vater sagt, es ist der Beste im Stall«, sagte der kleine Frank, klatschte in die Hände und sprang auf. »Komm in den Stall, wir wollen ihn ansehen«, und Harry, in seinem Glück und Eifer, war sehr dafür, sich gleich in seine Reisevorbereitungen zu stürzen.

Lady Castlewood sah ihm mit traurigem, durchdringendem Blick nach. »Er wäre am liebsten schon fort, Mylord«, sagte sie zu ihrem Gatten.

Der junge Mann wandte sich bestürzt um. »Ich würde ewig bleiben, wenn Euer Gnaden es mir befehlen«, sagte er.

»Da wärst du ein rechter Narr, Vetter«, warf Mylord ein. »Geh, geh, Junge, und sieh dir die Welt an. Säe deinen wilden Hafer und nimm dein Glück wahr. Ich möchte, ich wäre wieder jung und könnte auch auf die Universität gehen und Trumpington-Bier kosten.«

»Unser Haus ist wirklich zu trübselig«, rief Mylady, mit etwas Traurigkeit und vielleicht auch etwas Spott in ihrer Stimme, »ein altes, düsteres Haus, die eine Hälfte in Ruinen und die andere nur notdürftig eingerichtet. Eine Frau und zwei Kinder sind nicht die rechte Gesellschaft für Männer, die an Besseres gewöhnt sind. Sie müssen sich ihre Freuden notwendigerweise woanders suchen als zu Hause.«

»Ich will doch verdammt sein, wenn ich weiß, ob du das im Ernst oder im Spaß meinst, Rachel«, sagte Mylord.

»Im Ernst, Mylord!« sagte Mylady und hielt sich noch immer hinter einem ihrer Kinder. »Habe ich viel Grund zum Scherzen?« Und sie machte ihm eine feierliche Verbeugung und warf Harry Esmond einen würdevollen Blick zu, der zu sagen schien: »Denke daran, du verstehst mich, und er versteht mich nicht«; dann verließ sie mit ihren Kindern das Zimmer.

»Seitdem sie den verfluchten Handel in Hexton ausfindig gemacht hat – hol der Teufel die Leute, die ihr davon erzählt haben –, ist sie nicht mehr dieselbe Frau. Sie, die so demütig wie ein Milchmädchen war, ist jetzt so stolz wie eine Fürstin«, sagte Mylord. »Laß dir einen Rat geben, Harry Esmond, halte dir die Weiber vom Leibe. Seit ich mich mit ihnen abgebe, habe ich nichts als Ärger und Ekel. Ich hatte eine Frau in Tanger; sie sprach kein Wort englisch, und man sollte meinen, ich hätte ein friedliches Leben mit ihr führen können. Aber sie wollte mich vergiften, weil sie auf ein Judenmädchen eifersüchtig war. Dann war da deine

Tante, denn deine Tante ist sie – die Lady Isabel. Ein schönes Leben hat dein Vater mit ihr geführt! Und hier ist nun Mylady. Als ich sie auf einem Reitkissen hinter dem Dechanten, ihrem Vater, zu Pferde sitzen sah, schaute sie so kindlich drein und war auch so kindlich, daß eine Sechspfennigpuppe ihr Vergnügen gemacht hätte. Du siehst, wie sie jetzt ist – rühr mich nicht an, eine Kaiserin könnte sich nicht großartiger gebärden. Reich mir den Krug, Harry, mein Junge. Ein Glas Bier und einen Trinkspruch am Morgen, sagt der Herr Wirt. Einen Trinkspruch und ein Glas Bier am Abend, sagt mein Liebchen. Beim Teufel, Polly liebt auch ein Glas Bier und Branntwein dazu!« Ich glaube wirklich, sie tranken beides durcheinander, denn Mylords Sprache war oft schon mittags unverständlich, und abends war er manchmal ganz sprachlos.

Als Harry Esmonds Fortgehen beschlossene Sache war, schien es, als sei Lady Castlewood auch froh, ihn ziehen zu sehen. Denn mehr als einmal, wenn der Knabe, beschämt über seinen Eifer, fortzukommen, und überwältigt vom Abschiedsschmerz versuchte, seiner Herrin seine Dankbarkeit auszudrücken und seine Trauer, die zu verlassen, von denen er so viel Liebe und Güte erfahren hatte, so ließ sie ihn nicht ausreden. Sie wollte nichts von Kummer hören, sondern wollte nur vorwärtsschauen auf Harrys künftigen Ruhm und seine Aussichten im Leben. »Von unserer kleinen Erbschaft kannst du vier Jahre lang wie ein Edelmann leben. Des Himmels Fürsorge, deine eigene Begabung, dein Fleiß und dein Ehrgefühl müssen das übrige tun. Castlewood wird immer eine Heimat für dich sein, und diese Kinder, die du unterrichtet und geliebt hast, werden nie vergessen, dich liebzuhaben; und, Harry«, sagte sie, und dies war das einzige Mal, daß sie Tränen in den Augen hatte und ihre Stimme zitterte, »es könnte sein, daß ich ihnen genommen würde und ihr Vater auch – dann – dann werden sie treue Freunde und Beschützer brauchen. Versprich mir, daß du ihnen dann beistehen willst, wie – wie ich glaube, daß ich es für dich getan habe. Das Gebet einer Mutter und ihr Segen werden mit dir sein.«

»Gott helfe mir, das will ich«, sagte Harry Esmond, fiel auf die Knie und küßte die Hand seiner geliebten Herrin. »Wenn Sie möchten, daß ich jetzt bleibe, so bleibe ich. Was macht es, ob ich vorwärtskomme im Leben oder nicht, ob ein armer Bastard unbekannt und ruhmlos stirbt? Es genügt, daß ich Ihre Liebe und Güte habe, und Sie glücklich zu machen ist Pflicht genug für mich.«

»Glücklich!« sagte sie. »Ja, ich sollte glücklich sein mit meinen Kindern und ...«

»Nicht glücklich!« rief Esmond, denn er wußte, wie ihr Leben war, auch wenn sie beide nie ein Wort darüber verloren hatten; »wenn auch nicht Glück, so doch Behagen. Lassen Sie mich bleiben und für Sie arbeiten. Lassen Sie mich bleiben und Ihr Diener sein!«

»Es ist besser für dich zu gehen«, sagte Mylady lachend, und ihre Hand ruhte einen Augenblick auf seinem Scheitel. »Du sollst nicht in diesem düsteren Schlosse bleiben. Du sollst auf die Universität gehen und dich auszeichnen, wie es deinem Namen zusteht. So wirst du mir die größte Freude machen, und – und wenn meine Kinder dich brauchen oder ich dich nötig habe, so kommst du zu uns. Ich weiß, daß wir auf dich zählen können.«

»Das können Sie, bei meiner Ehre!« sagte Harry und erhob sich von den Knien.

»Mein Ritter wünscht sich einen Drachen herbei, um kämpfen zu können«, sagte Mylady lachend, und Harry Esmond fuhr zusammen und wurde rot. Er hatte sich eben wirklich eine Gefahr herbeigewünscht, um seine Ergebenheit beweisen zu können. Es machte ihm Freude, daß Mylady ihn ihren ›Ritter‹ genannt hatte; er dachte oft an ihre Worte und betete um die Kraft, ihr ein wahrhaft treuer Ritter zu sein.

Das Fenster von Myladys Schlafzimmer sah ins Land hinaus; man hatte den Blick auf die blauen Hügel hinter dem Dorf, auf die grünen Wiesen zwischen Dorf und Schloß und auf die alte Brücke, die über den Fluß führte. Als Harry Esmond nach Cambridge aufbrach, rannte der kleine Frank bis zur Brücke hinunter neben seinem Pferde her. Harry ließ das Pferd einen Augenblick halten und sah zu dem Haus zurück, wo er die besten Jahre seines Lebens verbracht hatte. Da lag es vor ihm mit seinen grauen Türmen; hier und da leuchtete eine Zinne in der Sonne auf, die Mauern und Strebepfeiler warfen große blaue Schatten aufs Gras.

Und Harry erinnerte sich sein Leben lang daran, wie seine Herrin am Fenster stand und ihm nachsah; sie hatte ein weißes Kleid an, und dicht neben ihr schimmerten die goldigen Locken der kleinen Beatrix. Sie winkten ihm beide Lebewohl zu, und der kleine Frank schluchzte bitterlich. Ja, er wollte Myladys treuer Ritter sein, das gelobte er sich, und schwenkte zum Abschied seinen Hut. Die Leute im Dorf wollten ihm auch Lebewohl sagen. Sie wußten alle, daß Junker Harry zur Universität zog, und die meisten hatten ein freundliches Wort zum Abschied für ihn bereit. Ich will mich nicht damit aufhalten, all die Abenteuer aufzuzählen, die ihm seine Einbildungskraft vorgegaukelt hatte, ehe er drei Meilen weit geritten war. Er hatte noch nicht Gallands[9] Tausendundeine Nacht gelesen; aber der brave Alnaschar ist nicht der einzige Mensch, der sich Luftschlösser gebaut hat.

Zehntes Kapitel

Ich gehe nach Cambridge und tue dort nicht besonders gut

Mylord wollte die alten Stätten seiner Jugend wiedersehen und war so freundlich, Harry Esmond auf seiner ersten Reise nach Cambridge zu begleiten. Ihr Weg führte durch London, und dem Grafen gefiel es, Harry dort ein paar Tage festzuhalten und ihm die Herrlichkeiten der Stadt zu zeigen, ehe er sich in seine Studien vertiefte. Er führe den jungen Mann auch zu der Gräfin-Witwe in Chelsea bei London; denn es war der besondere Wunsch der gütigen Herrin von Castlewood, daß der junge und der alte Herr dort einen ehrerbietigen Besuch abstatteten.

Ihro Gnaden, die Gräfin-Witwe, bewohnte ein schönes neues Haus in Chelsea, mit einem Garten dahinter und dem Blick auf den Fluß, der mit seinen vielen Segeln, Barken und Booten immer einen heiteren, belebten Anblick bot. Harry mußte lachen, als er im Empfangszimmer das wohlbekannte alte Bild von Peter Lely wiedersah, auf dem seines Vaters Witwe als jungfräuliche Jägerin mit goldenem Pfeil und Bogen dargestellt war, verhüllt von sparsam fließenden Gewändern, wie sie bei den jungen Damen zu König Karls Zeiten Sitte gewesen sein mögen.

Die Gräfin-Witwe hatte das Jägerinnengewand seit ihrer Verheiratung nicht mehr getragen. Aber obwohl sie jetzt die Sechzig um ein beträchtliches überschritten hatte, so glaubte sie doch offenbar noch immer an die unverkennbare Ähnlichkeit der luftigen Nymphe des Bildes mit der ehrwürdigen Persönlichkeit, die Harry und seinem Herrn gnädige Audienz erteilte.

Sie empfing den jungen Mann mit mehr Auszeichnung als den älteren; denn sie führte die Unterhaltung auf französisch, und darin war Lord Castlewood nicht sehr sicher. Sie äußerte ihre Zufriedenheit darüber, daß Herr Esmond die Sprache so glänzend beherrschte. »Es ist die einzige, die sich zu feinerer Konversation eignet«, geruhte sie zu sagen, »und die einzig mögliche Sprache zwischen Menschen vornehmer Erziehung.«

Als sie weggingen, lachte Mylord über das Gehabe seiner Verwandten. Er sagte, er erinnere sich sehr wohl an die Zeit, wo sie höchst behende englisch plaudern konnte, und scherzte in seiner übermütigen Art über die Verblendung, daß er sich eine so liebliche Frau hatte entgehen lassen.

Die Gräfin ließ sich auch herab, Mylord nach seiner Frau und seinen Kindern zu fragen. Sie hatte gehört, daß Lady Castlewood an den Pocken krank gewesen war. Sie hoffte, sie wäre nicht ganz so sehr entstellt, wie die Leute behaupteten.

Bei dieser Bemerkung über die Krankheit seiner Frau zuckte der Graf zusammen und wurde rot; aber die Witwe sah in ihren Spiegel, als sie von der Entstellung der jungen Frau sprach, und prüfte ihr altes, verrunzeltes Gesicht mit einem solchen Grinsen der Zufriedenheit, daß ihre Gäste sich kaum das Lachen verbeißen konnten.

Sie fragte Harry, welchen Beruf er ergreifen wolle, und als Mylord sagte, der Junge würde Geistlicher werden und nach des alten Doktor Tusher Tode dessen Pfarre bekommen, schien sie sich zu freuen, daß für ihn gesorgt sein würde, und keinerlei

Ärger darüber zu empfinden, daß Harry Geistlicher der Hochkirche werden sollte. Sie bat Herrn Esmond, sie immer zu besuchen, wenn sein Weg ihn durch London führe, und trieb ihre Gnädigkeit so weit, ihm eine Börse mit zwanzig Guineen in den Gasthof zu senden, wo er mit Mylord abgestiegen war. Mit der Börse kam eine kleine Puppe für Mylords Tochter Beatrix, die eigentlich über das Alter der Puppen hinaus und beinahe so groß war wie ihre ehrwürdige Verwandte.

Nachdem sie die Stadt gesehen und verschiedene Theater besucht hatten, ritten Lord Castlewood und Esmond nach Cambridge weiter und verbrachten auf der Reise zwei angenehme Tage. Die Schnellkutschen, welche die ganze Entfernung zwischen London und der Universität in einem einzigen Tage zurücklegen, waren damals noch nicht eingerichtet. Der Weg aber erschien Harry Esmond angenehm und kurz genug, und er erinnerte sich immer dankbar der schönen Ferientage, die sein Herr ihm bereitete.

Herr Esmond wurde Schüler des Trinity College, dem auch Mylord in seiner Jugend angehört hatte. Doktor Montague war damals Lehrer dort und empfing den Grafen mit ausgesuchter Höflichkeit, ebenso Herr Bridge, der Harrys Tutor wurde. Tom Tusher, der im Emmanuel College studierte, machte Mylord seine Aufwartung und nahm Harry unter seinen Schutz. In dem großen Hof nahe beim Tor und dicht neben der Wohnung des berühmten Herrn Newton wurden behagliche Zimmer für Harry belegt, und sein Herr nahm Abschied von ihm mit freundlichen Worten und Segenswünschen und der Ermahnung, sich besser auf der Universität zu betragen, als Mylord selbst es getan.

Es hat keinen Zweck, in diesen Memoiren auf die Einzelheiten von Harry Esmonds Studienlaufbahn einzugehen. Sie verlief wie die der meisten jungen Herren jener Zeit. Aber er hatte das Mißgeschick, mehrere Jahre älter zu sein als seine Kameraden. Die Umstände seines Lebens und seine einsame Erziehung hatten eine merkwürdige Nachdenklichkeit und Schwermut in ihm erzeugt, die ihn von seinen viel jüngeren und frohgemuteren Studiengenossen trennte. Sein Lehrer, der sich bis zur Erde verneigte, als er mit Mylord über den Rasenplatz im Hof wandelte, veränderte sein Betragen, sobald der Graf den Rücken gekehrt hatte. Harry fand ihn rauh und herrisch. Wenn die jungen Leute sich in der Halle versammelten, so fühlte Harry sich inmitten all der Knaben allein. Sie brachen in lautes Gelächter aus, wenn er aufgerufen wurde, Latein zu lesen; denn er sprach es fremdländisch aus, wie er es bei seinem alten Lehrer, dem Jesuiten, gelernt hatte. Herr Bridge machte ihn zum Gegenstand plumper Witze, in denen er sich mit Vorliebe erging. Die Eitelkeit des jungen Mannes litt schwer, und die Wut kochte in ihm. Er fühlte sich einsamer, als er sich je in Castlewood gefühlt, und sehnte sich dorthin zurück. Seine Geburt war eine Quelle der Scham für ihn, und überall meinte er Hohn und Geringschätzung zu begegnen. Man hätte ihn gewiß besser behandelt, wenn er freier und unbefangener aufgetreten wäre. Wenn er jetzt in stilleren Tagen auf jene Zeit seines Lebens zurückblickt, die ihm damals so unglücklich erschien, so sieht er nur allzu gut, daß Stolz und Eitelkeit und nicht der böse Wille anderer Menschen die Hauptschuld an seinem Mißbehagen trugen. Die Welt pflegt gutmütigen Menschen gutmütig zu begegnen, und wo ich einen brummigen Misanthropen mit ihr im Streite sah, da war immer er der schuldige Teil. Tom Tusher gab Harry viele gute Lehren über diesen Punkt, denn Tom hatte Humor und gesunden Menschenverstand; aber Herr Harry behandelte seinen Senior mit recht überflüssiger Verachtung und albernem Spott und wollte sich durchaus nicht von dem geliebten Gedanken trennen, daß er beständige Kränkungen erlitt, an die wahrscheinlich niemand außer ihm selbst glaubte. Der wackere Doktor Bridge fand nach einigen Witzgefechten mit seinem Schüler heraus, daß er ein gefährlicher Gegner war und daß das Gelächter sich oft gegen ihn selbst kehrte. Das machte Lehrer und Schüler nicht gerade zu besseren Freunden, aber es hatte insofern einen Vorteil für Esmond, als es Herrn Bridge bewog, ihn in Ruhe zu lassen. Er war froh, wenn er Harrys mürrisches Gesicht nicht in der Klasse erblickte, und solange er pünktlich zu den Andachten kam und die Exerzitien machte, die man von ihm verlangte, ließ er ihn gern in seinem Zimmer lesen und schmollen.

Ein paar lateinische und englische Gedichte, die Anklang fanden, und eine lateinische Rede verschafften ihm einigen Ruf bei den Autoritäten von Cambridge und auch bei den jungen Leuten, die anfingen, ihn für bedeutender zu halten, als er war. Seine Siege über den gemeinsamen Feind, Herrn Bridge, machten sie ihm gewogen, und sie betrachteten ihn als ihren Vorkämpfer gegen die Ältesten der Universität. Die Knaben, mit denen er vertraulicher wurde, fanden ihn nicht so finster und hochmütig, wie es den Anschein gehabt hatte, und Don Dismallo, wie man ihn nannte, wurde mit der Zeit eine wichtige Persönlichkeit in seinem College und galt bei den Ältesten als ein etwas gefährlicher Charakter.

Don Dismallo war ein eifriger Parteigänger der Stuarts, wie seine übrige Familie auch. Er trug höchst alberne Mienen von Königstreue zur Schau, pflegte seine jungen Freunde an König Jakobs Geburtstag mit Burgunder zu bewirten und auf des Königs Gesundheit zu trinken, kleidete sich am Tage seiner Abdankung in tiefes Schwarz, fastete am Jahrestage von König Wilhelms Krönung und trieb eine Menge solcher Possen, über die er jetzt nur lächeln kann.

Diese Torheiten erregten heftigen Widerspruch bei Tom Tusher, der immer ein Freund der Macht war, die am Ruder saß, während Esmond immer zur Opposition gehörte. Tom war ein Whig, Esmond ein Tory. Tom versäumte nie eine Vorlesung und zog mit tiefem Bückling die Mütze vor dem Universitätsrichter. Kein Wunder, daß er über Harrys rebellisches Gebaren seufzte und zornig wurde, wenn die andern darüber lachten. Wäre Harry nicht der Schützling des Herrn Grafen gewesen, so hätte Tom gewiß ganz mit ihm gebrochen. Aber der Wackre gab nie einen Kameraden auf, solange er der Freund eines hochgestellten Mannes war. Das war bei Tom nicht niedrige Berechnung, sondern ein natürlicher Hang, sich den Großen der Erde zu nähern. Wenn er schmeichelte, so war es nicht Heuchelei, sondern angeborene Neigung, er war durch und durch heiter, gefällig und kriechend.

Harry wurde sehr freigebig mit Geld versorgt. Seine gute Herrin schickte ihm regelmäßige Summen, und die Witwe in Chelsea machte ihre Gabe zu einer jährlich wiederkehrenden. Sie lud auch Harry jede Weihnachten in ihr Haus ein. Aber trotz dieser Wohltaten war Esmond immer arm, während es Tom Tusher in der unerklärlichsten Weise fertig brachte, bei einem verschwindend kleinen Jahresgeld von seinem Vater immer anständig aufzutreten. Allerdings gab Esmond sein Geld immer mit offenen Händen aus, verschenkte und verlieh es, was Thomas niemals tat. Ich glaube, er war in diesem Punkte dem berühmten Herzog von Marlbourough ähnlich, dem ein verrücktes Frauenzimmer, das sich in ihn verliebte, fünfzig Dukaten schenkte. Nach Jahren zeigte er das Geld einem Freunde; es lag in einer Schublade. Damit will ich aber nicht sagen, daß Tom jemals seine Schönheit so zu Geld machte; denn mit außerordentlichem Zauber der Schönheit hatte ihn die Natur nicht ausgerüstet, und er war zudem ein Muster sittlichen Betragens. Er verlor keine Gelegenheit, dem jüngeren Kameraden über diesen Gegenstand gute Lehren zu geben; denn gute Lehren, das müssen wir ihm lassen, waren ein Artikel, in dem er freigebig war. Er war ja auch in seiner Art ein lustiger Bursche. Er liebte einen Witz, wenn er das Glück hatte, ihn zu verstehen. Er trank auch großzügig aus einer Flasche, wenn ein anderer sie bezahlte, und besonders, wenn ein junger Lord beim Trinkgelage war. In solchen Fällen gab es keinen hartnäckigeren Trinker auf der Universität als Herrn Tusher, und es war erbaulich zu erleben, wie er am nächsten Morgen frisch rasiert und mit schmuckem Antlitz sein ›Amen!‹ in der Kapelle sang. In seiner Lektüre schlenderte der arme Harry allen neun Musen nach und kam so bei keiner von ihnen in rechte Gunst. Tom Tusher hingegen, der nicht mehr Neigung zur Poesie hatte als ein Stalljunge, machte der göttlichen Kalliope mit so verbissener Ausdauer und Unterwürfigkeit den Hof, daß er schließlich einen Preis bekam. Sein Kredit bei der Universität stieg, und man gab ihm ein Stipendium in seinem College. In dieser Zeit seines Lebens erwarb sich Herr Esmond die ganze Belesenheit, deren er sich rühmen konnte. In dieser planlosen Weise gingen die Werke fast aller englischen, französischen und italienischen Dichter durch seine Hände, und er machte sogar die oberflächliche Bekanntschaft mit der spanischen Sprache.

Als er seine Studienzeit zur Hälfte hinter sich hatte, stürzte er sich in Fachlektüre, zur Vorbereitung auf den Beruf, den nicht Neigung, sondern weltliche Klugheit ihn hatte wählen lassen. Es dauerte nicht lange, so hatten ihn die theologischen Streitschriften gänzlich verwirrt, obwohl er sie weder mit dem Ernst noch mit der frommen Sammlung las, die solches Studium erfordert. Am Ende des ersten Monats war er ein überzeugter Papist und nahe daran, sich zum katholischen Glauben zu bekennen; am Ende des zweiten Monats war er Protestant und dachte ganz wie Chillingworth; der dritte Monat machte ihn mit Hobbes und Bayle zum Skeptiker. Der brave Tom Tusher erlaubte seinem Geist kein Abirren vom vorgeschriebenen Pfad der Universität. Er bekannte sich mit ganzem Herzen zu den neununddreißig Artikeln und würde, wenn nötig, noch weitere neununddreißig ohne Murren beschworen haben. Harrys Eigensinn in diesen Dingen und seine ungeordneten Gedanken und Unterhaltungen kränkten und betrübten seinen älteren Genossen so, daß Kälte und Entfremdung zwischen ihnen eintrat, und die einst vertrauten Freunde nicht viel anders als zufällige Bekannte miteinander verkehrten. Auf der Universität spielte auch die Politik eine große Rolle, und auch darin waren sich die jungen Leute nicht einig. Tom bekannte sich ganz zu König Wilhelm; Harry aber verband mit der Torypolitik seiner Familie eine höchst gefährliche Bewunderung für Oliver Cromwell. In den Wortgefechten, welche die jungen Herren in ihren Zimmern zu führen pflegten, vertrat er bald Cromwell, bald König Jakob. Da wurde über Staaten und Nationen das Urteil gefällt, Könige wurden gekrönt und abgesetzt, Helden und Schönheiten der Vergangenheit und Gegenwart in Trinksprüchen gefeiert und Kannen voll Cambridgebier getrunken.

Im ganzen führte Esmond ein sehr einsames Leben auf der Universität; sei es nun, daß die Umstände seiner Geburt oder seine schwermütige Veranlagung ihn von den anderen trennte: Er hatte keinerlei Ehrgeiz und keinen Trieb, an den Belustigungen und knabenhaften Streichen der Studenten teilzunehmen, die fast alle zwei oder drei Jahre jünger waren als er. Immerhin besaß er doch ein paar gute Freunde unter den Gefährten jener Tage.

Der eine war ein wunderlicher Herr, der in der Universität

wohnte, obwohl er eigentlich nicht dazu gehörte. Er lehrte eine Wissenschaft, die im gewöhnlichen Lauf der Erziehung wenig beachtet wird. Er war ein französischer Offizier, den angeblich die Verfolgungen der Protestanten aus seinem Vaterland getrieben und der in Cambridge einen Fechtboden eröffnet hatte. Man munkelte, er sei ein verkleideter Jesuit. Tatsächlich brachte er sehr nachdrückliche Empfehlungen an die Torypartei aus Frankreich mit, die an der Universität sehr stark vertreten war, und wird wohl einer von den vielen Agenten König Jakobs gewesen sein. Esmond fand die Unterhaltung dieses Herrn viel angenehmer als das Gerede seiner theologischen Kameraden. Er wurde niemals müde, den Erzählungen des Herrn Moreau über Turenne und Condé zu lauschen, an deren Kriegen der alte Herr teilgenommen hatte. Seine Kenntnis der französischen Sprache in einem Lande, wo so wenige sie verstanden, brachte ihn dem braven Fechtmeister nahe. Er wurde sein Lieblingsschüler, und Herr Moreau machte ihn zu einem sehr achtbaren Vertreter der edlen Fechtkunst.

Die Zeit kam heran, wo Esmond sich den Grad des Bakkalaureus erringen sollte; nach dem Examen drohten Priesterrock und Beffchen, mit denen seine geliebte Herrin ihn nun einmal bekleidet zu sehen wünschte. Tom Tusher war längst eingekleidet, und Harry hätte ihm von Herzen gern sein Recht auf die Pfarre in Castlewood abgetreten; denn er fühlte sich in keiner Weise zur Kanzel berufen. Aber da ihm das Wohlgefallen seiner Herrin über alles ging und er wußte, daß sein Rücktritt sie betrüben würde, beschloß er, sie von seinem Widerwillen gegen das geistliche Amt nichts merken zu lassen. In so unerfreulichem Gemütszustand machte er sich auf den Weg nach Castlewood, um dort die letzten Ferien vor seiner Ordination zu verleben.

Elftes Kapitel

Ich komme nach Castlewood, um dort die Ferien zu verleben, und finde ein Skelett im Hause

Zum dritten Male kam Esmond nach Castlewood, um dort die großen Ferien zu verleben, und wie immer durchfuhr ihn lebhafte Freude beim Betreten des Hauses, wo er so viele Jahre seines Lebens verbracht und wo die freundlichen Augen seiner Herrin so oft auf ihm geruht hatten. Sie kam ihm mit ihren Kindern, die sie fast immer um sich hatte, wenn sie mit Esmond zusammen war, entgegen, um ihn zu begrüßen. Fräulein Beatrix war so groß geworden, daß Harry nicht recht wußte, ob er sie küssen dürfe oder nicht. Sie wurde rot und bog den Kopf zurück, als er ihr einen Kuß zum Willkommen bot, aber sie nahm ihn; und wenn sie allein miteinander waren, dann warb sie sogar um seine Küsse. Der junge Lord fing an, seinem stattlichen Vater ähnlich zu werden; aber er hatte die guten Augen seiner Mutter. Die Herrin von Castlewood selbst schien auch gewachsen zu sein, seit Harry sie zum letzten Male gesehen hatte; sie war voller und stattlicher, und ihr Gesicht, so sanft und gütig wie immer, war doch in seinem Ausdruck entschlossener und überlegener geworden. Der Ton ihrer Stimme, als sie ihn begrüßte, war so tief und traurig, daß Edmond zusammenfuhr und sie überrascht ansah. Sie wich ihm mit ihren Augen aus und sah ihn auch später niemals an, wenn sie seinen Blick auf sich ruhen fühlte. Eine Ahnung von verstecktem Kummer kam über ihn und erfüllte ihn mit ungreifbarer Angst. Ihr Gruß war so kühl, daß es ihm beinahe wehe tat; am liebsten wäre er auf die Knie gefallen und hätte den Saum ihres Kleides geküßt, so feurig war seine Ehrfurcht und Liebe für sie. Er stammelte, als er die Fragen beantwortete, die sie zögernd an ihn richtete. Hatte er sich in Cambridge wohlgefühlt? Hatte er auch nicht zu eifrig studiert? Hoffentlich nicht. Er sei sehr groß geworden und sehe gut aus.

»Er hat einen Schnurrbart bekommen!« rief Junker Esmond.

»Warum trägt er nicht eine Perücke wie Lord Mohun?« fragte Fräulein Beatrix. »Mylord sagt, es trage jetzt niemand seine eignen Haare.«

»Ich glaube, man hat Ihnen Ihr altes Zimmer zurechtgemacht«, sagte Mylady. »Ich hoffe, die Haushälterin hat nichts vergessen.«

»Aber Mama, du bist doch in den letzten drei Tagen selber zehnmal dort gewesen!« rief Frank.

»Und sie hat die Blumen geschnitten, die du selbst in meinen Garten gepflanzt hast; weißt du noch, vor vielen Jahren, als ich ein ganz kleines Mädchen war?« rief Fräulein Beatrix ausgelassen. »Mama hat sie in dein Fenster gestellt.«

»Ich erinnere mich, daß Sie damals nach Ihrer Krankheit Rosen so gern hatten«, sagte Mylady und wurde rot wie eine Rose. Sie begleiteten Harry Esmond in sein Zimmer; die Kinder liefen voran, und Harry folgte Hand in Hand mit seiner Herrin.

Der alte Raum war zu seinem Empfang verschönert und geschmückt worden. Die Blumen standen in einer Porzellanvase am Fenster; auf dem Bett lag eine schöne neue Steppdecke, und die Plaudertasche Beatrix verriet, daß Mama sie gemacht habe. Im Kamin knisterte ein Feuer, obwohl es Juni war; Mylady hatte gefunden, das Zimmer bedürfe der Heizung. Alles war getan, um ihn freundlich willkommen zu heißen. »Du sollst jetzt auch kein Page mehr sein, sondern ein Herr und Verwandter, und sollst mit Papa und Mama zusammen sein«, sagten die Kinder. Als seine liebe Herrin und die Kinder ihn verlassen hatten, warf er sich vor seinem kleinen Bett auf die Knie nieder und flehte Segen auf die herab, die ihm so viel Güte erwiesen.

Die Kinder, die immer die Ausplauderer im Haus sind, machten ihn bald mit der Familiengeschichte bekannt. Papa war zweimal in London gewesen. Papa ging jetzt sehr oft fort. Papa war mit Beatrix in Westlands gewesen, und sie war größer als Baron Harpers zweite Tochter, obwohl die zwei Jahre älter war als sie. Papa hatte sie beide, Beatrix und Frank, nach Bellminster mitgenommen, und Frank hatte Lord Bellminsters Sohn im Faustkampf besiegt. Das aber erfuhr Harry von Mylord, der es ihm lachend erzählte. Viele Herren kamen, um Papa zu besuchen, und Papa hatte ein neues Spiel aus London mitgebracht, ein französisches Spiel, das Billard hieß und das der französische König sehr gut spielte; und die Gräfin-Witwe von Castlewood hatte Fräulein Beatrix ein Geschenk geschickt; und Papa hatte einen neuen Wagen gekauft mit zwei kleinen Pferden, die er selber fuhr, und dann eine Kutsche für Mama; und Doktor Tusher sei eine rechte Plage, alt und brummig, und sie hätten die Stunden bei ihm gar nicht gern; und Papa sei es ganz einerlei, ob sie etwas lernten; er lache immer, wenn sie über ihren Büchern saßen. Aber Mama sehe es gern, wenn sie lernten, und gebe ihnen auch Stunden. »Ich glaube, Papa hat Mama gar nicht lieb«, sagte Fräulein Beatrix mit weit aufgerissenen Augen. Sie war Harry Esmond über dem Geplauder immer näher gerückt, saß nun auf seinem Knie und betrachtete kritisch alle Einzelheiten seines Anzugs und die Züge seines groben Gesichts.

»Du solltest doch nicht sagen, daß Papa Mama nicht lieb hat«, sagte der Knabe bei diesem Bekenntnis. »Mama hat es nie gesagt, und sie hat dir verboten, es zu sagen, Beatrix.«

Das war es wohl, was Lady Castlewoods Augen so traurig machte und ihre Stimme so zittern ließ. Harry Esmond erwachte aus den Träumen, in die ihn seine Bücher versenkt hatten, und fand sich mitten im lebendigen Trauerspiel des Lebens, das ihn mehr interessierte und fesselte als alle Gelehrsamkeit seines Lehrers. Die Menschen, die ihm die liebsten auf Erden waren und die am meisten für ihn getan hatten, lebten unglücklich miteinander. Die sanfteste, gütigste Frau litt unter schlechter Behandlung und vergoß heimliche Tränen, und der Mann, der sie durch Vernachlässigung, vielleicht sogar durch Mißhandlungen elend machte, war Harrys Wohltäter und Beschützer. In Häusern, wo Zwietracht die heilige Flamme der Liebe ausgelöscht hat, fängt der ganze Haushalt an zu heucheln, und einer belügt den andern. Der Mann lügt, wenn Besucher kommen, und trägt ein versöhnliches Grinsen zur Schau; die Frau lügt, wenn sie ihre Tränen herunterschluckt, und lächelt, sosehr man sie schlägt. Sie lügt, wenn sie Großpapa versichert, sie sei vollkommen glücklich. Die Diener lügen, wenn sie mit ernsten Gesichtern hinter ihres Herrn Stuhl stehen und tun, als wüßten sie von nichts, und so geht von

Morgen bis Abend das Leben mit Lügen dahin. Tröpfe nennen das schuldige Rücksicht auf die Sittlichkeit und zeigen auf Philemon und Baucis als Muster vortrefflicher Lebensführung.

Mylady sprach nicht mit Harry Esmond über ihre Leiden; aber Mylord war keineswegs verschwiegen, wenn der Wein ihm zu Kopf stieg. Er sagte seine Meinung frei heraus und warnte Harry in seiner rohen Art vor allen Weibern. Sie seien Betrügerinnen und Dirnen und was der unzweideutigen Worte mehr waren. Freilich war das damals so üblich. Ich weiß keinen Dichter meiner Zeit, ausgenommen den armen Dick Steele, der von den Frauen nicht als von Sklavinnen spricht und sie als solche behandelt. Herr Pope, Herr Congreve, Herr Addison, Herr Gay, sie alle singen dasselbe Lied, jeder auf seine Art mit mehr oder weniger Höflichkeit. Aber lauter und schmutziger in der Verleumdung als alle ist Doktor Swift.

Es scheint mir, daß viel Zank und Haß zwischen Eheleuten durch die Wut des Mannes entsteht, wenn er merkt, daß seine Sklavin und Bettgenossin, die nur dazu da war, seine Wünsche zu erfüllen, und die ihm in der Kirche Gehorsam geschworen hat, ihm überlegen ist. Ich glaube, das war auch der Grund von Mylords Zorn gegen Mylady. Als er anfing, sie zu vernachlässigen, fing sie an, selbst zu denken, und ihre Gedanken waren ihm nicht günstig. So schmerzlich es für eine Frau ist, sich ein Leben lang an einen Bären und Dummkopf gebunden zu sehen, so schlimm ist es für einen Mann, wenn in seinem trüben Verstand die Erkenntnis dämmert, daß seine Sklavin in Wahrheit seine Herrin ist; daß sie Gedanken denkt, die sein Hirn nicht fassen kann; daß in dem Kopf, der neben ihm auf dem Kissen ruht, tausend Gefühle und Geheimnisse, unterdrückter Spott und Widerspruch leben, die er nur undeutlich in dem flüchtigen Blick ihrer Augen wahrnimmt. Da sind Schätze von Liebe verborgen, die zugrunde gehen, weil keine Hand sie hebt, liebliche Gebilde der Phantasie, die sich zu Blumen entfalten, Witz und Laune, die wie Brillanten funkeln würden, wenn man sie nur in die Sonne bringen würde. Aber der Tyrann, dem dies alles gehört, jagt die Keime in Kerker und Finsternis zurück und wütet, ohne daß seine Gefangene sich auflehnt. So war das Licht im Schloß von

Castlewood erloschen, und Herr und Herrin sahen sich, wie sie waren. Sie lebten jeder für sich; die Frau war glücklich, daß sie ihre Kinder lieben und pflegen durfte, die sie nur ungern von sich ließ, und dankbar, daß sie solche Schätze aus dem Wrack gerettet hatte, mit dem der beste Teil ihres Herzens untergegangen war.

Die Kinder hatten keine Lehrer außer ihrer Mutter. Nur Doktor Tusher unterwies sie gelegentlich in Religion. Sie hatten bessere Fortschritte gemacht, als man bei einer so nachsichtigen und zärtlichen Lehrerin hätte erwarten können. Beatrix sang und tanzte wie eine Nymphe. Ihr Gesang nach Tisch war das Entzücken ihres Vaters. Sie beherrschte das Haus mit königlichem Gebaren, und ihre Eltern lachten darüber. Sie hatte längst die Macht ihrer strahlenden Augen erkannt und hatte ihre ersten Versuche auf dem Gebiet der Koketterie an Bauern und Gutsbesitzern gemacht und sich so auf die Eroberung der großen Welt vorbereitet. Sie schmückte sich mit einem neuen Band, um Harry Esmond zu empfangen, machte ihm Augen und lächelte ihn an, zur nicht geringen Belustigung des jungen Mannes und zur Freude ihres Vaters, der in sein lärmendes Lachen verfiel und sie zu tausend Possen ermutigte. Lady Castlewood beobachtete das Kind ernst und traurig. Die Kleine gab ihr schnippische Antworten, war aber eifrig in ihren Liebesbeteuerungen und rasch bei der Hand mit dem Versprechen, sich zu bessern. Wenn ihr eigener Leichtsinn einen Streit heraufbeschworen hatte, so flossen gleich die Tränen, bis die Gunst der Mutter zurückgewonnen war. Dann aber kamen neue Ausbrüche ihrer ruhelosen Eitelkeit, auf die Gefahr hin, das Mißvergnügen der gütigen Frau aufs neue zu erregen. Vor den traurigen Blicken ihrer Mutter floh sie zum trunkenen Lachen ihres Vaters. Sie spielte den einen gegen den andern aus und freute sich über das Unheil, das sie so früh schon anzurichten wußte.

Der junge Erbe von Castlewood wurde von Vater und Mutter gleichermaßen verwöhnt. Er nahm ihre Zärtlichkeiten hin, wie Männer es zu tun pflegen, als wären sie sein gutes Recht. Er besaß seine Falken und sein Wachtelhündchen, sein kleines Pferd und seine Spürhunde. Er hatte reiten, trinken und schießen gelernt und hatte einen kleinen Hofstaat von den Söhnen der Jäger und

Forstleute, wie es dem Thronerben nach dem Beispiel seines Vaters zukam. Wenn er Kopfschmerzen hatte, so befiel seine Mutter eine Angst, als ob die Pest im Hause sei. Mylord lachte und spottete und sagte mit einem seiner üblichen Flüche: »Verflucht, Harry Esmond, da siehst du, wie Mylady sich wegen Franks Migräne anstellt. Sie pflegte sich um meinetwegen zu sorgen, mein Junge, und ängstigte sich, wenn ich Kopfschmerzen hatte. Jetzt fragt sie nicht mehr nach meinem Kopf. So sind sie, die Weiber – gib mir den Krug her, Harry – alle sind sie so, Dirnen sind sie. Halte dich ans College, halte dich an Punsch und Bier und sieh nie ein Frauenzimmer an, das hübscher ist als eine alte, aschgraue Scheuerfrau. Das kann ich dir raten!«

Es war Mylords Gewohnheit, solche Scherze bei den Mahlzeiten in Gegenwart seiner Frau und Kinder zu machen, plumpe Spottreden, die Mylady oft abzuwenden verstand oder die sie zu überhören vorgab. Manchmal aber trafen sie ihr Ziel, das arme Opfer zuckte zusammen, die Hitze stieg ihr ins Gesicht, und Tränen füllten ihre Augen. Es kam aber auch vor, daß der Ärger sie packte und sie das schwere Geschoß mit schwirrenden Pfeilen erwiderte. Die beiden waren nicht glücklich, noch war es beglückend, mit ihnen zusammen zu sein. Daß junge Liebe solchen Schiffbruch leiden muß! Wenn man ein junges Paar sich in Liebe ergeben sieht, so ist es kein Wunder; ein altes Paar aber, das sich liebt, ist ein seltner und schöner Anblick. Harry Esmond wurde der Vertraute beider Gatten; das heißt, Mylord sprach ihm von all seinen Leiden und Kränkungen, und Harry erriet die von Mylady. Seine Liebe durchschaute die Verstellung, mit der sich Lady Castlewood umgab, und sah, wie ihr Herz litt, während ihr Mund lächelte. Es ist schwer für Frauen, die Maske der Heiterkeit zu tragen, welche die Welt ihnen vorschreibt; denn selbst wenn sie unglücklich sind, dürfen sie es doch nicht zeigen, ein größeres Verbrechen könnten sie nicht begehen. Darin ist unsre Welt ebenso unerbittlich wie die indische, die von den Witwen verlangt, daß sie lächelnd und geschminkt zum Opfertod gehen.

So wurde Harry in das traurige Geheimnis des Hauses eingeweiht, er wußte selbst nicht wie. Er hatte das alles auch früher schon gesehen, aber hatte es nicht recht verstehen können.

Bücher, Nachdenken und Erfahrungen hatten ihn reifer gemacht, und mit der Erkenntnis des Unglücks, dem er nicht abhelfen konnte, kam eine der quälendsten Sorgen seines Lebens über ihn.

Man sagt, daß Mylord nie den Lehnseid leistete und von seinem Sitz im Parlament als Peer des Königreichs Irland, wo er allerdings nur nominelle Besitzungen hatte, keinen Gebrauch machte. Auch habe er den Sitz eines englischen Peers ausgeschlagen, den ihm die Regierung König Wilhelms anbot, um sich seiner Treue zu versichern.

Er hätte ihn wohl angenommen, wenn seine Gattin nicht gewesen wäre. Sie hatte über seine Ansichten mehr Macht als über sein Betragen, und da sie eine Frau mit einfachem Sinn war, für die es nur ein Gesetz in Recht und Glauben gab, so dachte sie nie daran, auch nur einen Finger breit von der Treue gegen die verbannte Königsfamilie abzuweichen. Sie stimmte zwar dem Grundsatz bei, daß man sich der regierenden Macht fügen müsse; aber keine Versuchung konnte sie bewegen, den Prinzen von Oranien als rechtmäßigen König anzuerkennen, und sie hätte es nie zugelassen, daß ihr Herr und Gatte sich zu einer öffentlichen Anerkennung verstand. So blieb Lord Castlewood fast sein ganzes Leben lang ein Unvereidigter, was ihm schon Entsagung kostete und ihm die Laune verdarb.

Während der ganzen Lebenszeit König Wilhelms wurden ununterbrochen Intrigen gesponnen, um die verbannte Königsfamilie zurückzubringen. Aber wenn Lord Castlewood, was wohl denkbar ist, sich daran beteiligte, so war es nur für kurze Zeit und Harry Esmond noch zu jung, um in so wichtige Geheimnisse eingeweiht zu werden.

Aber im Jahre 1695, als die Verschwörung des Barons Fenwick, des Oberst Lowick und anderer vorbereitet wurde, und als sich ein großer Teil des Adels und viele hochgestellte Personen für den geheimen Plan erklärten, König Wilhelm auf dem Weg von Hampton Court nach London gefangenzunehmen, da erschien Pater Holt in Castlewood und brachte einen jungen Freund mit, der sowohl von Mylord als von dem Jesuiten mit ungewöhnlicher Ehrerbietung behandelt wurde. Harry Esmond sah diesen Herrn und erkannte ihn später wieder, wie wir zum angemessenen Zeitpunkt erzählen werden. Er zweifelt nicht daran, daß der Herr Graf auf irgendeine Weise in die Geschäfte verwickelt war, die Pater Holt noch immer unter so vielen Namen und Verkleidungen umhertrieben. Der Begleiter des Jesuiten wurde Hauptmann Jakob genannt, und als Harry Esmond ihn später wiedersah, trug er einen sehr andern Namen und ein sehr anderes Gewand.

Das Jahr darauf flog die Verschwörung in die Luft und nahm, wie wir in der Geschichte Englands lesen können, ein schreckliches Ende mit der Hinrichtung des Barons Fenwick und seiner Genossen, die den Tod männlich erlitten und von Myladys Vater, dem Dechanten Armstrong, Herrn Collier und andern standhaften unvereidigten Geistlichen zur Hinrichtung geleitet und ihrer Sünden freigesprochen wurden.

Man weiß, daß der Prinz von Oranien die Liste, auf der eine lange Reihe von edlen Namen verzeichnet stand und die man bei der Verhaftung des Barons Fenwick gefunden hatte, in königlicher Weisheit und Nachsicht dem Feuer übergab, mit der Erklärung, er wolle nicht wissen, wer die übrigen Verschwörer gewesen seien. Als Lord Castlewood dies hörte, schwor er einen großen Eid, daß er, so wahr ihm Gott helfe, nie wieder an irgendeiner Handlung gegen diesen tapferen und großmütigen Fürsten teilnehmen wolle. Das gab er auch Herrn Holt zu verstehen, als dieser erschien, um ihn zur Teilnehme an einer neuen Verschwörung zu bewegen. Mylord sprach seitdem von König Wilhelm nur noch als von dem weisesten, tapfersten und größten Manne, und er hatte recht damit. Lady Esmond aber sagte, sie könne dem König nicht verzeihen, daß er seinem Schwiegervater den Thron geraubt habe und daß er seiner Frau, der Prinzessin Marie, nicht treu sei. Ich glaube, wenn Nero wieder auferstünde, König von England würde und es fertig brächte, ein guter Familienvater zu sein, so würden die Damen ihm alles andre verzeihen. Mylord lachte über die Einwürfe seiner Frau; die Fahne der Tugend gefiel ihm nicht sehr.

Die letzte Unterredung zwischen Herrn Holt und dem Grafen fand statt, als Harry seine ersten Universitätsferien zu Hause verbrachte. Die Unterhaltung mit dem Grafen aber, welcher Art sie nun auch gewesen sein mag, hatte diesen sehr erregt, so sehr, daß seine Frau und sein junger Verwandter seine Unruhe nicht übersehen konnten. Als Herr Holt fort war, schnauzte er Esmond heftig an und behandelte ihn gleich darauf mit der größten Freundlichkeit. Er vermied die Gesellschaft und die Fragen seiner Frau, warf seinen Kindern Blicke der Sorge und Angst zu und murmelte dumpf: »Arme Kinder – arme Kinder!« so daß die, deren Aufgabe es war, für sein Wohlergehen zu sorgen, in ernstliche Besorgnis gerieten. Jeder hatte für den Trübsinn des Grafen eine andre Deutung.

Mylady sagte mit bittrem Lachen: »Ich glaube, die Person in Hexton ist krank oder hat ihm eine Szene gemacht.« Der junge Esmond dachte an die Vermögenslage, in deren Stand er eingeweiht war; er wußte, daß die Ausgaben immer größer waren als die Einnahmen, und fürchtete, damit könne Lord Castlewoods Unruhe zusammenhängen.

Eine der Ursachen von Mylords besondrer Gunst für den jungen Esmond war eine sehr unbedeutende Begebenheit; wir haben sie darum noch nicht erwähnt; aber sie war ein sehr glücklicher Zufall in Harrys Leben. Wenige Monate nach der Ankunft Mylords in Castlewood – es war im Winter, und der kleine Junge trabte noch im Röckchen umher – geschah es, daß der kleine Frank nach dem Essen bei seinem Vater war. Dieser nickte über dem Wein ein und bemerkte nicht, daß der kleine Frank zum Feuer kroch. Esmond wurde von seiner Herrin ausgeschickt, um den Knaben zu holen, und das Glück wollte es, daß er gerade in dem Augenblick ins Zimmer trat, als der Rock des schreienden kleinen Buben zu brennen anfing. Esmond stürzte vorwärts, riß dem Kind das Kleid vom Leibe und verbrannte sich die Hände, während der Unfall den Kleinen mehr erschreckt als verletzt hatte. Wäre nicht ein entschloßner Mensch ins Zimmer gekommen, so wäre das Kind wahrscheinlich verbrannt, denn Mylord schlief nach dem Trinken sehr tief, und wachte nicht richtig auf, um einer Gefahr zu begegnen.

Der Vater erging sich in lauten Selbstvorwürfen und nannte sich einen betrunknen Taugenichts, Esmond aber nannte er einen Helden und dankte ihm für den geringfügigen Dienst mit der herzlichen Zuneigung. Harry wurde ein Glied der Familie; seine Brandwunden wurden von Mylady mit der größten Sorgfalt gepflegt, und sie sagte, der Himmel habe ihn gesandt, um ein Beschützer ihrer Kinder zu sein, und sie werde nie aufhören, ihn liebzuhaben.

Obwohl die Ermahnungen des Dechanten Armstrong schwer bei ihm ins Gewicht fielen, so war es doch mehr diese große Liebe und Zärtlichkeit, die Harry zu einem Mitglied der englischen Kirche machte, der er sein ganzes Leben lang treu geblieben ist. Zwar rühmte sich Doktor Tusher, diese Belehrung herbeigeführt zu haben; aber die Verachtung für diesen Herrn war schon in seinen jungen Tagen bei Harry Esmond so groß, daß ihm jede Wahrheit fragwürdig erschienen wäre, die Tusher ihn etwa hätte glauben machen wollen.

Mylady trank selten Wein, nur bei gewissen festlichen Gelegenheiten, wie Geburtstagen (der arme Harry hatte niemals einen) und Jahrestagen, trank sie ein Glas. Ein solcher Tag war der 29. Dezember. Am Ende dieses Jahres 1696 nun, etwa vierzehn Tage nach Herrn Holts letztem Besuch, befahl Mylady nach Tisch einem Diener, ihr ein Glas Wein zu bringen. Sie sah ihren Gatten, der immer noch sehr trübsinnig war, mit ihrem süßen Lächeln an und sagte:

»Mylord, wollen Sie nicht auch einen Becher füllen und mich einen Toast ausbringen lassen?«

»Worauf, Rachel?« fragte er und hielt sein leeres Glas zum Füllen hin.

»Heute ist der 29. Dezember«, sagte Mylady mit einem Blick voll Liebe und Dankbarkeit. »Wir wollen auf Harry anstoßen. Gott segne ihn, der meinem Knaben das Leben rettete!«

Mylord sah Harry scharf an und trank das Glas aus, dann setzte er es hart auf den Tisch, stand stöhnend auf und verließ das Zimmer. Was war mit ihm los? Wir wußten alle, daß ein großer Kummer auf ihm lastete.

Ob Mylord durch kluges Haushalten reicher geworden war oder ob er Erbschaften gemacht hatte, die ihm erlaubten, einen größeren Aufwand zu treiben, das wußte Harry Esmond nicht. Er wußte nur, daß die Mittel nicht einmal für den früheren sparsameren Haushalt ausgereicht hatten, und sah, daß man jetzt auf viel größerem Fuße lebte als in den ersten Jahren von Mylords Herrschaft. Es waren mehr Pferde im Stall, mehr Diener im Schloß, und viel mehr Gäste kamen und gingen als früher, wo man es bei sorgfältigster Sparsamkeit schwer genug gefunden hatte, das Haus standesgemäß zu führen. Es war ersichtlich, daß viele neue Bekanntschaften der Mylady nicht gefielen, nicht daß sie es an Höflichkeit gegen irgendeinen Sterblichen fehlen ließ, aber es waren Menschen, die ihr nicht willkommen sein konnten, und deren Gesellschaft eine so gebildete und zurückhaltende Frau für ihre Kinder kaum wünschenswert finden konnte. Es kamen angesäuselte Gutsbesitzer aus der Umgebung, die unter ihren Fenstern sangen und schrien und sich an Mylords Punsch und Bier völlig betranken. Es kamen Offiziere aus Hexton, von denen der kleine Lord Flüche und Reden zu hören bekam, welche die empfindsame Mutter für ihren Sohn zittern ließen. Esmond versuchte sie zu trösten. Er erzählte ihr von seinen Erfahrungen auf der Universität, sagte ihr, daß jeder Mann einmal früher oder später in solche Gesellschaft komme und daß es nicht viel ausmache, ob er solche Reden zuerst mit zwölf oder mit zwanzig Jahren höre, ja, daß im Gegenteil die Knaben, die zu lange an der Schürze der Mutter hingen, meist die wüstesten Gesellen würden. Wegen ihrer Tochter war Lady Castlewood in noch größerer Angst. Die Nachsicht des Vaters gegen die kleine Beatrix und die Gesellschaft, in die der sorglose Herr sie brachte, schienen ihr große Gefahren. Wir müssen zugeben, daß Mylord, besonders seit dem Ausbruch der unseligen häuslichen Zwistigkeiten, im Ärger eine zu heftige Sprache mit den Kindern führte und bei guter Laune zu vertraulich und in zu gemeinem Ton mit ihnen verkehrte.

Nicht weit von Castlewood liegt das Schloß Sark. Dort lebte die Marquise von Sark, die eine Mätresse des verstorbenen Königs Karl gewesen war. Mylord bestand darauf, in diesem Haus, an dem allerdings ein großer Teil des Landadels aus- und einging, nicht nur selbst zu verkehren, sondern er führte auch Sohn und Tochter dort ein und ließ sie mit den Kindern des Hauses spielen. Den Kindern mißfiel das keineswegs; denn die Haushaltung war glänzend, und sie wurden freundlich genug willkommen geheißen. Aber Mylady meinte – sicherlich zu Recht –, daß die Kinder einer solchen Mutter wie Lady Sark keine gute Gesellschaft für ihre Kinder seien. Sie verschwieg Mylord ihre Ansicht nicht; seine Sprache, wenn man ihm in den Weg kam, war nicht die mildeste. Kurz, es gab einen Streit, wie es schon manchen über andre Dinge gegeben hatte. Mylady mußte nachgeben, denn Mylords Wille war Gesetz. Sie konnte nicht einmal mit den Kindern über ihr Mißfallen an diesen Besuchern sprechen, weil sie zu jung waren, um sie zu verstehen. Sie hatte zu allem andern den heimlichen Ärger, sie selig von ihren Freunden zurückkehren zu sehen, beladen mit Geschenken und erpicht auf die Erlaubnis, die Stätte solcher Wonnen, wie das Schloß Sark sie barg, bald wieder aufsuchen zu dürfen. Dabei wurde die Gesellschaft dort mit jedem Jahr gefährlicher für ihre Tochter; denn Beatrix wurde aus einem Kind zur Frau, und mit ihrer Schönheit wuchsen auch die Fehler ihres Charakters.

Herry Esmond mußte einen der Besuche miterleben, welche die alte Lady Sark der Lady von Castlewood machte. Sie kam in Gala, mit sechs nußbraunen Pferden, die himmelblaue Federbüsche trugen, mit einem Vorreiter und bewaffneten Dienern zu Pferde; auf jedem Wagentritt stand ein Page. Wäre es nicht qualvoll gewesen, Myladys Ausdruck zu sehen, so hätte man viel Vergnügen an der Begegnung der beiden Feindinnen haben können – die eisige Geduld der jüngeren Dame, die unverwüstliche gute Laune der älteren, die jede Kränkung übersah, welche ihre Rivalin ihr bereiten wollte, die nicht aufhörte zu lächeln und zu lachen, mit den Kindern spaßte, jedermann Komplimente machte und Hunde, Tische und Stühle, ja alles in Castlewood ihrer Bewundrung wert fand. Sie lobte die Kinder und wünschte, wozu sie allen Grund hatte, ihre eigne Familie wäre so gut erzogen wie diese beiden Engel. Sie habe nie eine so schöne Gesichtsfarbe gesehen wie die der lieben Beatrix; aber freilich, es sei kein Wunder, bei diesem Vater und dieser Mutter – Lady Castlewoods Teint sei ja von blendender Frische; und Lady Sark beseufzte, daß sie selbst nicht schön geboren sei. Als sie Harry Esmond bemerkte, sagte sie ihm mit bezauberndem, etwas ältlichem Lächeln allerlei Schmeichelhaftes über seine Klugheit. Sie behauptete, er stehe ihm auf der Stirn und in den Augen geschrieben, und schwor, ihn werde sie nie nach Sark einladen, ehe ihre Tochter nicht aus dem Wege sei.

Zwölftes Kapitel

Mylord Mohun kommt in unsern Kreis und bringt nichts Gutes

Bei der Reiterschar, die den Wagen dieser alten Prinzessin begleitete, waren auch zwei Herren, ihr Sohn, Mylord Firebrace, und sein Freund, Mylord Mohun.[10] Sie wurden beide mit großer Herzlichkeit von dem gastlichen Grafen von Castlewood begrüßt. Mylord Firebrace war ein etwas schwachsinniger und kümmerlicher junger Edelmann, mit kleinem, schmächtigem Körper und sehr begrenztem Auffassungsvermögen, wie es Esmond nach der Unterhaltung, die er mit ihm hatte, schien. Der andere aber war ein hübscher Mensch, glänzend und schneidig im Auftreten, und es ging ihm der Ruf voraus, daß er durch sein kriegerisches Äußeres schon manche Schönheit erobert habe. Er hatte in Frankreich und Flandern gekämpft, hatte unter dem Prinzen von Baden eine Reihe Feldzüge an der Donau mitgemacht und war Zeuge gewesen, wie Wien aus der Belagerung der Türken gerettet wurde. Er erzählte sehr angenehm und mit dem männlichen Freimut eines Soldaten von seinen kriegerischen Heldentaten und entzückte alle seine Hörer in Castlewood, die an so unterhaltsame Gesellschaft wenig gewöhnt waren.

Mylord wollte nichts davon wissen, daß der erlauchte Besuch sein Haus schon vor dem Essen wieder verließ. Er nahm die Herren mit sich, um ihnen die Zeit zu vertreiben, und überließ es seiner Frau, die alte Marquise und ihre Tochter zu unterhalten. Er führte die Herren durch die Ställe, wo Lord Mohun die Pferde bewunderte, obwohl eigentlich nicht viel zu bewundern war. Sie durchwanderten das alte Haus und die Gärten, durchfochten im

Gespräch die Belagerung zu Olivers Zeiten und spielten Ball im alten Hof, wobei Mylord Castlewood Mylord Mohun besiegte, und dieser erklärte, er liebe das Ballspiel über alles und werde so bald als möglich nach Castlewood zurückkommen, um Rache zu nehmen. Nach dem Essen spielten sie Kegel und tranken Punsch in der grünen Allee. Als sie sich trennten, waren sie geschworne Freunde; Mylord Castlewood küßte Mylord Mohun, ehe er zu Pferde stieg, und erklärte ihn für den besten Gesellschafter, dem er seit langer Zeit begegnet sei.

Am nächsten Tag beim Frühstück wiederholte er diesen Ausspruch; und als Mylady sagte, sie traue ihm nicht recht, es sei etwas allzu Freies in seinen Reden und Blicken, da brach ihr Herr in Gelächter und Flüche aus und erklärte, sie sei eifersüchtig auf alles, was er gern habe, sei es nun Mann, Weib oder Tier. Mohun sei der feinste Kerl in England; er hoffe sehr, ihn oft zu sehen, solange er sich in der Nähe aufhalte, und werde ihm erzählen, was das gnädige Zimperlottchen von ihm sage.

»Ich mochte ja seine Unterhaltung sehr gern«, sagte Lady Castlewood; »er kann besser erzählen als die meisten Menschen, die ich kenne. Ich finde ihn nur zu frei, weniger in seinen Worten, als in dem, was hinter seinen Worten steckt.«

»Pah! Euer Gnaden kennen die Welt nicht«, sagte ihr Gatte. »Sie sind immer so zimperlich gewesen wie ein Mädchen von fünfzehn Jahren.«

»Sie haben nichts an mir zu tadeln gefunden, als ich ein Mädchen von fünfzehn Jahren war.«

»Zum Kuckuck, Mylady, Sie sind jetzt zu alt für Kinderschürzen, und ich denke, es ist meine Sache, zu beurteilen, wen meine Frau empfangen kann!« sagte Mylord und schlug auf den Tisch.

»Das habe ich immer geglaubt, Francis«, antwortete Mylady, stand auf und verneigte sich. In dieser feierlichen Bewegung lag Gehorsam und Verachtung zugleich, und ein Beobachter, der so stark Anteil am Glück der beiden nahm wie Harry Esmond, konnte daran erkennen, daß sie unwiederbringlich getrennt waren.

»Beim Teufel! Mohun ist der feinste Kerl in England, und nun werde ich ihn erst recht einladen, um das Frauenzimmer zu ärgern. Hast du je eine so eisige Unverschämtheit gesehen, Harry? So behandelt sie mich«, platzte er wütend heraus und ballte die Fäuste. Die Zornesröte stieg ihm ins Gesicht, als er fortfuhr: »Ich bin ein Niemand in meinem eigenen Haus. Ich sollte der demütige Diener dieser Pfarrerstochter sein. Bei Gott! Würfe sie mir doch lieber eine Schüssel an den Kopf, anstatt mich so zu verhöhnen. Sie beschämt mich vor meinen Kindern mit ihrem verfluchten hochnäsigen Getue, und ich möchte schwören, daß sie Frank und Beaty erzählt, ihr Vater sei ein Verworfener und sie sollten ihn verachten.«

»Glauben Sie mir, Herr, glauben Sie mir, ich hörte sie nie anders als mit Achtung von Ihnen sprechen«, warf Harry Esmond ein.

»Zum Donnerwetter, nein! Ich wünschte, sie täte lieber den Mund auf. Aber sie tut es nicht. Sie verachtet mich und schweigt. Sie hält sich von mir fern, als wenn ich die Pest wäre. Mein Gott! früher war sie mal ganz schön stolz auf ihre Pest. Und als ich ihr den Hof machte, da hättest du sie rot werden sehen, bei Gott, rot vor Freude. Was glaubst du, hat sie früher einmal zu mir gesagt, Harry? Ich neckte sie wegen ihrer strahlend roten Wangen. Da sagte sie: ›Ich ziehe meine rote Fahne auf, wenn mein König kommt.‹ Ich war der König, siehst du! Aber wie ist es jetzt! Ich glaube, sie würde sich freuen, wenn ich tot wäre. Und ich bin ja schon tot für sie seit fünf Jahren – seit ihr damals alle die Pocken hattet. Sie hat es mir nie vergeben, daß ich fortging.«

»Es war schwer zu vergeben, Mylord, aber ich glaube, meine Herrin hat es vergeben«, sagte Harry Esmond. »Und erinnern Sie sich daran, wie eifrig sie nach Ihnen ausschaute, als Sie zurückkamen, und wie traurig sie sich abwandte, als sie Ihre kalten Blicke sah.«

»Gott verdamm' mich!« schrie Mylord, »sollte ich sie pflegen und auch die Pocken bekommen? Was zum Teufel wäre dabei herausgekommen? Ich will jede Gefahr ertragen, nur keine unnütze Gefahr – nein, und noch einmal nein. Du nickst mit dem Kopf. Ich weiß, was du sagen willst, Pfarrer Harry. Da war die – die andre Geschichte, die sie böse gemacht hat. Aber kann denn eine Frau ihrem Manne niemals vergeben, wenn er einmal ein bißchen vom Weg abkommt? Bin ich denn ein Heiliger?«

»Nein, Herr, gewiß nicht«, sagte Harry lächelnd.

»Seit jener Zeit ist meine Frau so kalt wie die Statue in Charing Cross. Ich sage dir, Harry, es ist kein Fünkchen Vergebung in ihr. Ihre Kälte verdirbt mir mein ganzes Leben und treibt mich zum Punsch oder zum Haus hinaus. Meine Kinder gehören nicht mir, sondern ihr, wenn wir zusammen sind. Nur wenn sie außer Sicht ist mit ihren abscheulichen kalten Blicken, die mir durch und durch gehen, dann kommen die Kinder zu mir, und ich wage es, ihnen einen Kuß zu geben. Darum nehme ich sie mit mir und habe sie in andrer Leute Häusern lieb. Ich gehe kaputt an der Tugend dieser stolzen Frau. Tugend! Wäre sie die Tugend, die vergeben kann; wäre sie die Tugend, die nicht an sich selbst denkt, sondern daran, andre Leute glücklich zu machen! Gott verdamm' mich, was kümmern mich ein paar Schrammen, wenn ich sie mir einem Freunde zuliebe geholt habe, dem ich aus dem Unglück helfen wollte!«

Und Mylord schlug mit der Faust auf den Tisch und tat einen großen Zug aus dem Becher. Harry Esmond wunderte sich über seine Rede und dachte daran, wie dieser arme Prediger der Aufopferung vor den Pocken geflohen war, die Mylady so heiter ertragen hatte und durch die so viel Mißklang im Hause erweckt worden war. »Wie gut die Menschen predigen können«, dachte der junge Mann, »und jeder ist immer das gute Beispiel in seiner eignen Predigt. Wenn zwei in Unfrieden leben, dann hat jeder seine Geschichte, seine wahre Geschichte, und jeder hat recht und unrecht, je nachdem man es ansieht.« Es tat Harry weh, die Kämpfe und Qualen mitanzusehen, die seinem freundlichen Herrn die Brust zerrissen.

»Ach, Herr«, sagte er, »ich wünschte, meine Herrin hörte Sie so sprechen, dann würde sie wissen, wie sie Ihr Leben glücklicher machen könnte.« Aber Mylord verfiel wieder in seine üblichen Flüche und Sticheleien. Pfarrer Harry sei ein guter Kerl, sagte er; aber die Frauen seien sich nun einmal alle gleich, sie seien alle herzlose Dirnen. So zerbricht ein Mann ein kostbares Gefäß und verachtet es, weil es zerbrochen ist. Es mag wertlos sein, das ist wahr. Aber wem hatte es gehört; wer ist daran Schuld, daß es in Scherben ging?

Harry hätte sein Leben hingegeben, wenn er damit seinen Wohltätern das Glück hätte erkaufen können. Er sah, daß noch ein gutes Teil der alten Liebe in Mylords Herzen lebendig war und nach Erwiderung lechzte, und er grübelte darüber nach, wie er eine Versöhnung zwischen den beiden Menschen herbeiführen könne, die er auf Erden am wärmsten verehrte. Er sann hin und her, wie er seiner Herrin klarmachen könne, daß nach seiner, Harrys, Meinung, ihr Gatte noch immer ihr Bewundrer, ja ihr Liebhaber sei.

Aber als er es endlich wagte, ihr davon zu erzählen, zeigte es sich, daß er sich eine sehr schwierige Aufgabe gestellt hatte. Durch lange Vertraulichkeit und viele Beweise der Treue war er zu einer Art von Autorität im Hause geworden, und er übte sie aus, wann immer er dahin zurückkam. Er sprach aus dem Herzen heraus und versuchte seiner geliebten Herrin ganz schonend klarzumachen, daß sie ihrem Gatten nicht gerecht werde und daß das Glück der ganzen Familie von einer Änderung ihrer Ansichten abhinge.

Sie, die normalerweise ruhig und sanft war und voller zarter Aufmerksamkeiten, erhob sich glühend vor Zorn von ihrem Stuhl und warf Harry einen Blick des Hochmuts und der Entrüstung zu, den er noch nie bei ihr gesehen. Sie war in diesem Augenblick ein völlig verändertes Wesen, eine wutentbrannte Fürstin, die ein Vasall beleidigt hat.

»Haben Sie mich je ein scharfes Wort über Mylord äußern hören?« stieß sie hastig hervor und stampfte mit dem Fuß auf.

»Nein«, sagte Esmond und blickte zu Boden.

»Kommen Sie als sein Abgesandter – Sie?« fuhr sie fort.

»Ich habe keinen heißeren Wunsch, als Frieden zwischen Ihnen zu sehen«, antwortete Harry, »ich würde jeden Auftrag auf mich nehmen, der diesen Frieden herbeiführen könnte.«

»So sind Sie also Mylords Zwischenträger?« fuhr sie fort und achtete seiner Worte nicht. »Sie sind abgesandt, um mich in die Sklaverei zurückzulocken, um mir zu melden, daß Mylords Gunst wieder gnädig über seiner Magd leuchtet? Er ist der

Damen von Covent Garden müde, nicht wahr? Er kehrt heim und möchte, daß man das gemästete Kalb schlachtet?«

»Dafür haben wir ein gutes Beispiel, gewiß«, sagte Esmond.

»Wenn es sich um einen Sohn handelt, ja; aber Mylord ist nicht mein Sohn. Er war es, der mich von sich stieß. Er war es, der unser Glück zerbrach, und er mutet mir zu, es wieder aufzurichten. Er war es, der sich vor mir zeigte, so wie er war und wie ich ihn mir nicht erträumt hatte. Er ist es, der verdummt und berauscht vom Wein vor meinen Kindern erscheint, der unsre Gesellschaft verläßt, um sich mit den Stammgästen der Kneipen und Bordelle herumzutreiben, der aus seinem Haus in jene Stadt hinuntergeht zu seinen Freunden, und wenn er ihrer müde ist, so kommt er heim und erwartet, daß ich ihn knieend bewillkommne. Und Sie schickt er mir als seinen Gesandten! Welch stolzes Amt! Mein Herr, ich wünsche Ihnen Glück zu Ihrer neuen Stellung.«

»Es wäre ein stolzes Amt und ein glückliches Amt, wenn ich Sie mit Mylord versöhnen könnte«, entgegnete Esmond.

»Ich denke, Sie haben Ihre Mission jetzt erfüllt, Herr. Es war schön von Ihnen, sie auf sich zu nehmen. Ich weiß nicht, ob Ihre philosophischen Studien in Cambridge oder die Zeit Ihre Denkweise so verändert haben«, fuhr sie in spöttischem Ton fort. »Vielleicht haben Sie auch gelernt, den Trunk zu lieben und über Wein und Punsch zu hicksen. Welches ist Euer Gnaden Lieblingsgetränk? Vielleicht sind Sie auf Ihrem Weg durch London auch in der ›Rose‹ abgestiegen und haben Ihre Freundschaften in Covent Garden! Ich mache dem Fürsten und seinem Gesandten mein Kompliment, dem Herrn und dem – Lakaien.«

»Beim Himmel, Mylady!« rief Harry, »was habe ich getan, daß Sie mich zum zweiten Male so beleidigen? Wollen Sie erreichen, daß ich mich dafür schäme, worauf ich stolz gewesen bin, daß ich von Ihrer Güte lebe? Sie wissen, daß es meine größte Freude sein würde, mein Leben Ihrem Dienst zu weihen. Sie wissen auch, daß es danach meine größte Freude ist, Güte von Ihnen zu empfangen. Was habe ich falsch gemacht, daß Sie mich so verwunden, grausame Frau?«

»Was Ihr Vergehen ist!« sagte sie und sah Esmond mit wilden

Augen an. »Keines, Harry, keines, von dem du wissen könntest«, fuhr sie nach einer Pause fort. »Warum brachtest du die Pocken aus dem Dorf herauf? Du konntest nichts dafür, nicht wahr? Wer von uns weiß, wohin das Schicksal uns führt? Aber wir waren vorher alle glücklich, Harry.« Harry blieb auch nach diesem Zwiegespräch der Überzeugung, daß der Riß zwischen seinem Herrn und seiner geliebten Herrin nicht unausfüllbar sei und daß jeder von ihnen im Grunde seines Herzens dem andern eine starke Zuneigung bewahrte.

Die Vertraulichkeit zwischen dem Grafen Mohun und Castlewood schien ständig zu wachsen, solange Mohun in der Nachbarschaft weilte, und besonders Graf Castlewood konnte die Gesellschaft seines neuen Kameraden schwer entbehren. Sie jagten und tranken zusammen, sie spielten Kegel und Tennis. Mylord ging manchmal für ganze drei Tage nach Sark, und wenn er zurückkam, brachte er Lord Mohun nach Castlewood mit. Dieser machte sich dort bei allen beliebt, hatte immer einen Scherz oder ein neues ausgelaßnes Spiel für die Kinder bereit, für Mylord das neueste Stadtgespräch, für Mylady Musik, ritterliche Aufmerksamkeiten und schöne Worte, und für den eifrig lauschenden Harry Esmond Erzählungen über seine Feldzüge, über Wien, Venedig, Paris und all die berühmten Städte Europas, die er im Krieg und Frieden bereist hatte. Er sang zu Myladys Spinett; er spielte Karten, Backgammon und Billard mit Mylord und besiegte ihn unfehlbar. Er war von unerschütterlicher guter Laune und trug eine gewisse männliche Anmut zur Schau, die vielleicht etwas nach Feldlager schmeckte, aber doch ihren Zauber hatte und ihn zum feinen Herrn stempelte. Sein Verkehrston mit Lady Castlewood war so ehrerbietig und ergeben, daß sich ihre anfänglichen Gefühle der Abneigung rasch verloren. Ja, es dauerte nicht lange, so fing sie an, sich um sein Seelenheil zu sorgen, lieh ihm fromme Bücher, die er gründlich zu studieren versprach, und hoffte auf seine Bekehrung. Mylord Mohun sprach mit ihr von Besserung, von ruhigem Leben, das er fortan führen wolle, und erwog mit ihr, ob er Hof und Stadt verlassen und sich etwas Land in der Nachbarschaft kaufen solle. Wir können aber nicht leugnen, daß er eine sehr andre Sprache führte, wenn die beiden Grafen nach dem Essen über ihrem Burgunder saßen; dann war von Mylord Mohuns Besserung wenig die Rede. Wenn sie bei der zweiten Flasche ankamen, pflegte Harry Esmond die beiden edlen Säufer allein zu lassen. Aber sie nahmen auch in seiner Gegenwart kein Blatt vor den Mund, und Gott weiß, was er alles für Geschichten zu hören bekam, über Kneipen und Spielhöllen, über die Damen des Hofes, über die Damen vom Theater und was der gottseligen Dinge mehr waren. Trotz ihrer Unbefangenheit schien es ihnen doch nicht unangenehm zu sein, wenn Esmond sie verließ. Sie tranken dann eine dritte Flasche, nahmen die Karten zur Hand, und schließlich kam Mylord Mohun in Myladys Salon und ließ seinen freigebigen Wirt den Wein ausschlafen.

Es war eine Ehrensache unter den vornehmen Herren jener Tage, bei den Pferderennen und beim Karten- und Würfelspiel mit großartiger Gleichgültigkeit zu gewinnen und zu verlieren. Aus dem Gebaren der beiden Grafen war nie zu entnehmen, wer der Sieger und wer der Besiegte im Spiel gewesen. Wenn Mylady Mylord eine Andeutung machte, er spiele mehr, als ihr lieb sei, so fertigte er sie mit einem »Ach was!« ab und schwor, beim Spiel zwischen Herren stehe die Waage zuletzt immer gleich; man müsse es nur lange genug betreiben. Diese beiden betrieben es lange genug, das könnt ihr mir glauben. Ein eleganter Mann jener Zeit verbrachte nicht selten ein Viertel des Tages beim Kartenspiel, ein andres Viertel beim Becher. Ich habe manchen hübschen Jungen gekannt, witzig und schlagfertig, mit tausend anmutigen Gaben ausgestattet, der in Verlegenheit kam, wenn er mehr als seinen Namen schreiben sollte.

Ich glaube, es gibt kaum einen nachdenklichen Menschen, der sich beim Rückblick auf sein Leben nicht an einen Augenblick erinnert, welcher, obwohl er damals so unbedeutend erschien, der seinem Schicksal eine völlig veränderte Richtung gegeben hat. Ein Sandkorn kann jeden von uns aus der Bahn werfen oder verderben, und so war es nur ein leichtes, in die Luft geschleudertes Wort, die Grille eines launischen Kindes, die einen ganzen Berg zermalmenden Elends auf die Familie herabbrachte, der Harry Esmond angehörte.

Als Harry in diesem dritten Jahr seiner Studienlaufbahn nach Hause kam, fand er seine kleine Freundin und Schülerin Beatrix als schlankes, liebliches Mädchen wieder, größer als ihre Mutter, mit frischen, rosigen Wangen, mit Augen wie funkelnde Sterne, mit welligem, goldbraunem Haar über der schönsten jungen Stirn und mit so ebenmäßiger Gestalt und stolzer Haltung wie die alten Statuen der Jägerin Diana. Harry beobachtete die junge hochmütige Kreatur, deren Augen gefährliche Geschosse schleuderten. Er wunderte sich über sie und verglich sie im Geiste mit Artemis, die mit klirrendem Bogen und tödlichen Pfeilen Verderben über die Kinder der Niobe bringt. Manchmal konnte sie auch schüchtern und hingebend sein, wie Luna, die zärtlich über Endymion scheint, dieses wundervolle Geschöpf, diese leuchtende Phöbe, so jung noch, so weit noch von vollem Erblühen und doch schon so strahlend schön. Unser junger Student, den Kopf voll poetischer Phantasien, das Herz voll unbestimmter Wünsche, bewunderte diese junge aufsteigende Gottheit wie einen Stern, der weit über seiner Erde schwebte. Seine Augen ruhten auf ihr mit nimmer müdem Staunen und Entzücken. Sie war von frühster Jugend an eine Kokette gewesen; sie hatte ihre Launen und Eifersüchteleien, ihre Scherze und schmeichelnden Zärtlichkeiten an jedem geübt, der ihr nahe kam. Im Kinderzimmer stiftete sie Unfrieden zwischen den Dienerinnen; am Reitknecht probierte sie die Macht ihrer Augen aus, wenn sie hinter ihm auf dem Reitkissen saß.

Sie war der Liebling und der Quälgeist ihrer Eltern. Sie hatte mit beiden Heimlichkeiten. Sie teilte Zärtlichkeiten aus und versagte sie, machte Vater und Mutter mit Tränen gefügig, mit Lächeln, mit Küssen und Schmeicheleien. War die Mutter zornig, was häufig geschah, so floh sie zum Vater, und von ihm gedeckt, verfolgte sie ihr Opfer. Waren beide verstimmt, so tat sie schön mit der Dienerschaft oder lauerte auf den Augenblick, wo sie die Gunst der Eltern zurückgewinnen konnte. Sie brachte sie unvermutet zum Lachen oder besänftigte sie mit erheuchelter Demut und Unterwürfigkeit. Sie war saevo laeta negotio, wie die launische Gottheit, die Horaz beschreibt, über deren »boshafte Freude« einer unsrer großen Dichter so schön geschrieben hat, der trotz seiner Heldengröße nicht stark genug war, sich der Qualen zu erwehren, welche die Weiber über uns verhängen.

Es war erst drei Jahre her, seit das damals zehnjährige Kind es beinahe fertig gebracht hatte, Harry Esmond und seinen gutmütigen Kameraden Thomas Tusher zu entzweien, der von selber nie daran dachte, mit irgendeiner Menschenseele Streit anzufangen. Sie erzählte Tom irgendeinen albernen kleinen Witz, den Harry einmal über ihn gemacht hatte, und das trieb zwei alte Freunde beinahe in eine Schlägerei. Wäre es dazu gekommen, so bin ich überzeugt, daß sie an der Schlacht ihr Wohlgefallen gehabt hätte. Tom hielt sich seitdem von ihr fern, und sie bekam Respekt vor ihm und umschmeichelte ihn eifrig, wenn immer sie zusammenkamen. Harry war leichter zu besänftigen, denn er liebte das Kind. Wenn sie Unfug trieb, beißende Reden führte oder ihren Freunden wehtat, so entschuldigte sie sich nicht dadurch, daß sie ihren Fehler zugab und beklagte, sondern beteuerte ihre Unschuld so hartnäckig und scheinbar so arglos, daß es unmöglich war, ihre Ausreden anzuzweifeln. Solange sie ein Kind war, richtete sie nur kleines Unheil an; aber ihre Macht wurde verhängnisvoller, je älter sie wurde – wie ein Kätzchen zuerst mit einem Ball spielt und sich später auf den Vogel stürzt, um ihn zu töten. Man kann sich denken, daß Harry Esmond all diese Einsicht erst in späteren Tagen kam. Vieles, was wir hier erzählen, wurde ihm erst nach Jahren klar. Damals und noch lange Zeit schien ihm alles gut zu sein, was Beatrix tat, oder zum mindesten verzeihlich.

So fand denn Herr Esmond, der damals, soviel er wußte, zweiundzwanzig Jahre alt war, seine ehemalige Schülerin zu der Schönheit erblüht, von der wir erzählt haben und die für die Zukunft noch größere Schönheit versprach. Ihr Bruder, Mylords Sohn, war ein hübscher, hochherziger, tapferer Junge, edel und offenherzig, freundlich gegen jedermann, nur gegen seine Schwester nicht, mit der er auf Kriegsfuß stand; und das war ihre und nicht seine Schuld. Er betete seine Mutter an; er war ihre Freude und war immer auf ihrer Seite bei den unglückseligen, jetzt ständigen ehelichen Zwistigkeiten. Fräulein Beatrix war natürlich immer auf der Seite ihres Vaters. Wenn die Häupter einer Familie sich befehden, so werden die Untergebenen notwendig des einen oder des andern Farbe tragen. In den Wirtschaftsräumen, in den Ställen, überall konnte Harry beobachten, wer Mylords und wer Myladys Anhänger war. Er konnte ziemlich genau verfolgen, wie über ihre unheilvolle Entzweiung geredet wurde. Unsre Diener sitzen über uns zu Gericht. Mylords Heimlichkeiten mögen noch so verstohlen betrieben werden, sein Kammerdiener weiß davon, und Myladys Zofe trägt die stillen Leiden ihrer Herrin unter die Klatschmäuler der Dienerschaft und tauscht sie gegen die Geheimnisse andrer Abigails ein.

Dreizehntes Kapitel

Mylord Mohun geht von uns und läßt das Unheil, das er angerichtet, zurück

Mylord Mohun, von dessen Ruf und Heldentaten einige Herren von der Universität recht häßliche Berichte brachten, war wieder Gast in Castlewood und scheinbar herzlicher denn je mit dem Grafen verbunden. Einmal im Frühling waren die beiden Herren wegen der Pferderennen nach Cambridge gekommen und hatten Harry Esmond mit einem Besuch in seiner Wohnung beehrt. Doktor Montague, der Harry immer etwas von oben herab behandelt hatte, wurde plötzlich merkwürdig höflich gegen ihn, als er ihn so vertraulich mit den großen Herren sah und Zeuge war, wie Lord Castlewood die Hand auf Harrys Schulter legte und lachend mit ihm auf und nieder ging. Ein paar Tage nach seiner Ankunft erzählte Harry seiner Herrin die Begebenheit und meinte belustigt, es wäre doch merkwürdig, daß Männer, die in ganz Europa wegen ihres Wissens bekannt seien, sich so vor einem Titel beugten und vor einem Edelmanne kröchen, sei er auch noch so arm. Da warf Fräulein Beatrix den Kopf zurück und erklärte, es gehöre sich für Menschen niedriger Herkunft, Höhergebornen Ehrfurcht zu erweisen. Die Pfarrer, meinte sie, seien schon viel zu stolz. Ihr sei die Sitte am liebsten, die in Lady Sarks Hause geübt werde. Dort gehe der Kaplan, obwohl er wie alle Pfarrer sehr gern Pudding esse, immer vor dem Dessert weg.

»Wenn ich einmal Pfarrer bin«, sagte Herr Esmond, »dann gibst du mir keine süße Speise, Beatrix?«

»Du – das ist etwas anderes«, antwortete Beatrix, »du gehörst zu unserer Familie.«

»Mein Vater war ein ›Pfarrer‹, wie du das nennst«, sagte Mylady.

»Aber meiner ist ein Peer von Irland«, sagte Fräulein Beatrix und warf wieder den Kopf zurück. »Die Menschen sollen ihre Stellung nicht vergessen. Ihr möchtet wohl, daß ich vor Herrn Thomas Tusher niederknie und um seinen Segen bitte, weil er eben Vikar geworden ist, Thomas Tusher, dessen Mutter eine Kammerzofe war!«

Damit schoß sie aus dem Zimmer, denn eine ihrer wilden Launen hatte sie gepackt.

Als sie hinaus war, sah Mylady so ernst und traurig drein, daß Harry sie nach dem Grund ihres Kummers fragte. Da sagte sie, sie habe mit Angst und Schrecken bemerkt, daß in Mylord, besonders seit seiner Bekanntschaft mit Lord Mohun, die Liebe zum Spiel wieder erwacht sei, die doch seit ihrer Heirat geschlummert habe.

»Männer versprechen eben mehr, als sie in der Ehe halten können«, sagte Mylady mit einem Seufzer. »Ich fürchte, er hat große Summen verloren, und unser Vermögen, das niemals groß war, schwindet bei seinen gewissenlosen Ausschweifungen dahin. Seit seiner Rückkehr kommen fortwährend Briefe, und Advokaten gehen ein und aus. Er scheint mir von beständiger Angst besessen, wenn er sie auch unter Ungestüm und Lachen versteckt. Ich habe letzte Nacht durch – durch das Schlüsselloch gesehen und – und auch früher schon manchmal, und ich sah sie noch nach Mitternacht Karten spielen. Kein Vermögen würde solche Verschwendungen aushalten, am wenigsten das unsrige. Es wird so ruiniert werden, daß mein Sohn einmal kein Erbe haben wird und meine arme Beatrix keine Mitgift.«

»Ich wünschte, ich könnte Ihnen helfen, Mylady«, sagte Harry

Esmond und seufzte; denn sein Wunsch war machtlos, so oft er ihn auch gefühlt.

»Nur Gott allein kann mir helfen;« erwiderte Lady Esmond, »Gott allein, in dessen Hand wir stehen.« Sie hatte recht. Wenn jemand, der das Treiben der Welt beobachtet, sieht, wie so mancher Mann über seine Familie regiert, wie er Weib und Kinder behandelt, so kann er nur mit Zittern an die Rechnung denken, die diese Könige des häuslichen Herdes vor ihrem ewigen Richter ablegen müssen. Sie herrschen unumschränkt; denn unsre Gesellschaft hat keine Gesetze, die ihnen Schranken auferlegen. Sie sind Herren des Eigentums, des Glücks – des Lebens beinahe. Sie können eine Frau langsam zu Tode quälen, und sie werden ebensowenig darüber zur Rechenschaft gezogen wie der Großmogul, der nachts einen Sklaven ertränkt. Sie können aus ihren Kindern sklavische Heuchler oder freie Menschen machen; sie können sie zum Aufruhr gegen die natürlichen Gesetze der Liebe treiben. Ich habe gehört, wie Biertischpolitiker über die Tyrannei des französischen Königs und des Kaisers spotteten, und habe bei mir gedacht: wie mögen sie wohl ihr eignes Reich daheim verwalten, wo sie die Könige sind! Wenn wir Einblick hätten in die Annalen all dieser kleinen Regierungen, wie sie dem höchsten Richter und König vorliegen, so würden wir von manchem Haustyrannen erfahren, der so grausam war wie Amurath, so wild wie Nero, so gewissenlos und lasterhaft wie Karl.

Wenn Harry Esmonds Gebieter sündigte, so war es auf die letzte Art; aus Mangel an Selbstzucht, nicht aus Grausamkeit. Vielleicht wäre eine Umkehr möglich gewesen, wenn ihm zu Reue und dauernder Besserung Zeit geblieben wäre.

Weil Mylord und Lord Mohun so vertraute Kameraden waren, gefiel es Fräulein Beatrix, auf den letzteren eifersüchtig zu sein, und die beiden Herren machten sich oft einen Spaß daraus, über die Wutanfälle und Haßausbrüche des Kindes in ihrer rohen, lärmenden Art zu lachen. »Wenn du erst alt genug bist, dann sollst du Lord Mohun heiraten«, pflegte ihr Vater zu sagen. Dann schmollte das Mädchen und sagte: »Da heirate ich noch lieber Tom Tusher.« Da Lord Mohun gegenüber Lady Castlewood eine ganz außerordentliche Ritterlichkeit zur Schau trug und immer vorgab, sie inbrünstig zu verehren, sagte Beatrix eines Tages, als der Vater wieder seinen alten Witz machte: »Ich glaube, Mylord würde viel lieber Mama heiraten als mich; er wartet nur darauf, daß du stirbst.«

Das Mädchen warf die Worte leicht und schnippisch hin, eines Abends vor dem Nachtessen, als die ganze Familie am Kaminfeuer versammelt war. Die beiden Herren, die beim Kartenspiel saßen, fuhren auf. Mylady wurde dunkelrot und befahl Fräulein Beatrix, auf ihr Zimmer zu gehen. Das Mädchen setzte, wie es ihre Gewohnheit war, eine höchst unschuldige Miene auf und sagte: »Ich habe es nicht böse gemeint. Ihr könnt mir glauben, daß Mama viel mehr mit Harry Esmond spricht als mit Papa. Sie weint auch, wenn Harry weggeht. Das tut sie nie, wenn Papa weggeht. Gestern abend hat sie, wer weiß wie lang, mit Lord Mohun geredet; sie hat uns auch aus dem Zimmer geschickt, und als wir wiederkamen, da weinte sie und …«

»Verflucht!« schrie Mylord Castlewood, dem die Geduld versagte. »Mach, daß du aus dem Zimmer kommst, kleine Schlange!« Er sprang vom Stuhl auf und warf seine Karten hin.

»Frage Lord Mohun, worüber ich mit ihm gesprochen habe, Francis«, sagte Mylady. Sie erhob sich mit angsterfülltem Ausdruck; aber in Blick und Stimme lag eine rührende Würde und Reinheit. »Komm mit mir, Beatrix.« Beatrix sprang auf; sie schwamm jetzt in Tränen.

»Liebste Mama, was habe ich getan?« fragte sie. »Ich habe es wirklich nicht böse gemeint.« Sie klammerte sich an ihre Mutter, und die beiden gingen schluchzend hinaus.

»Du sollst erfahren, was deine Frau zu mir gesagt hat, Frank«, rief Lord Mohun. »Pfarrer Harry mag es auch hören. Gott sei mein Zeuge, daß ich kein unwahres Wort sage. Gestern abend hat mich deine Frau mit Tränen in den Augen angefleht, ich möchte nicht mehr Würfel und Karten mit dir spielen; du weißt sehr gut, daß es zu deinem eignen Besten war.«

»Natürlich war es zu meinem Besten, Mohun«, sagte Mylord mit trockner, harter Stimme. »Natürlich bist du das Muster eines Mannes; die Welt weiß, was für ein Heiliger du bist!«

Mylord Mohun lebte von seiner Frau getrennt und hatte viele

Ehrenhändel gehabt, deren Grund immer Frauen gewesen waren.

»Ich bin kein Heiliger, aber deine Frau ist eine Heilige; ich kann für meine Taten einstehen, wie andre Leute mir für ihre Worte einstehen sollen!« rief Mylord Mohun.

»Zum Teufel, Mylord, einstehen sollen Sie mir!« fuhr der andre auf.

»Wir haben vorher noch eine andre kleine Rechnung zu begleichen, Mylord«, sagte Mohun. Harry Esmond dachte voll Schrecken an die möglichen Folgen dieses unseligen Streites und unterbrach die beiden Herren mit heftigen Vorstellungen. »Großer Gott, Mylord!« rief er, »Sie werden doch nicht gegen Ihren Freund im eignen Hause die Waffen ziehen? Können Sie an der Unschuld einer Frau zweifeln, die so rein wie der Himmel ist, die eher sterben als Ihnen ein Unrecht antun würde? Sollen die gedankenlosen Worte eines eifersüchtigen Kindes Freunde tödlich entzweien? Hat nicht meine Herrin, soweit sie es wagte, Euer Gnaden gebeten, die Freundschaft mit Lord Mohun und die üble Gewohnheit, die den Ruin über Ihre Familie bringen kann, aufzugeben? Wäre Mylord Mohun nicht gegangen, wenn seine Krankheit es ihm erlaubt hätte?«

»Zum Kuckuck, Frank, ein Mann mit einer Gichtzehe kann nicht hinter anderer Männer Frauen herlaufen«, brach Mohun los, der allerdings an diesem Übel litt. Er lachte und warf einen so treuherzigen und drolligen Blick auf seinen verbundenen Fuß, daß der andere von seiner guten Laune angesteckt wurde, sich an die Stirn schlug und fluchend rief: »Verdammt, Harry, du hast recht!« Damit war der Streit beigelegt. Die beiden Herren ließen die Klingen sinken und reichten sich die Hände.

»Geh und hole Mylady zurück«, sagte Lord Castlewood. Esmond war nur gar zu gern der Überbringer so guter Nachrichten. Er fand seine Herrin hinter der Tür; sie hatte gelauscht und trat zurück, als er kam. Sie nahm seine beiden Hände; die ihren waren kalt wie Stein. Sie schwankte, und einen Augenblick schien es, als wolle sie an seine Schulter sinken. »Ich danke dir, mein lieber Bruder Harry; Gott segne dich!« stammelte sie. Sie küßte seine Hand, und Esmond fühlte ihre Tränen darauf fallen.

Er führte sie in das Zimmer zurück, und Lord Castlewood, überwältigt von seinen Gefühlen, zog sie mit einer Zärtlichkeit an seine Brust, wie er sie seit Jahren nicht gezeigt hatte. Er bog sich über sie, küßte sie und bat sie um Verzeihung.

»Es ist Zeit für mich, schlafen zu gehen. Meinen Haferschleim kann ich im Bett essen«, sagte Mylord Mohun und hinkte mit drollig übertriebenen Bewegungen zum Zimmer hinaus, auf Harry Esmonds Arm gestützt. »Beim heiligen Georg, die Frau ist eine Perle«, meinte er. »Wer das nicht begreift, ist ein Schwein! Haben Sie das gemeine, schlampige Weibsbild gesehen, das Esmond ...« Aber Harry unterbrach ihn und erklärte, das seien Sachen, die ihn nichts angingen.

Mylords Kammerdiener erschien, um seinen Herrn zu bedienen, und dieser hatte kaum den Schlafrock an und die Nachtmütze auf, als sich Besuch bei ihm meldete, den der Herr des Hauses ihm schickte. Es war keine Geringere als Lady Castlewood selbst, die ihm auf Befehl ihres Gatten eigenhändig den Haferschleim brachte.

Lord Castlewood blickte seiner Frau nach, als sie ging, diesen Auftrag auszuführen, und Harry Esmond, der ihn beobachtete, sah auf seinem Gesicht einen Ausdruck der Liebe, des Kummers und der Sorge, der ihn rührte und tief bewegte. Mylords Hände hingen schlaff herab, sein Haupt war auf die Brust gesenkt, und so fing er an zu sprechen.

»Du hast gehört, was Mohun sagte, Pfarrer?«

»Daß Mylady eine Heilige sei?«

»Nein, daß zwei Rechnungen zu begleichen seien. Seit fünf Jahren ist es mit mir bergab gegangen, Harry Esmond. Seit du die verfluchten Pocken ins Haus brachtest, hat mich ein böses Schicksal verfolgt. Es wäre das Beste gewesen, wenn mich die Krankheit dahingerafft hätte. Statt dessen bin ich wie ein Feigling vor ihr weggelaufen. Ich habe damals Beatrix bei ihren Verwandten gelassen und bin nach London gegangen. Dort bin ich Dieben in die Hände gefallen, Harry. Ich habe die verfluchten Würfel und Karten wieder aufgenommen, die ich seit meiner Hochzeit nicht mehr berührt hatte, nein, seit ich bei des Herzogs Garde war, zusammen mit den wüsten Mohocks.[11] Ich habe wilder und wilder gespielt und bin immer tiefer hineingeraten. Jetzt bin ich Mohun zweitausend Pfund schuldig, und wenn ich sie bezahlt habe, bin ich nicht viel mehr als ein Bettler. Ich mag meinem Jungen nicht ins Gesicht sehen; er haßt mich – ich weiß es. Ich habe auch Beatys kleine Erbschaft verschleudert. Gott weiß, was noch kommen mag, wenn ich am Leben bleibe. Das Beste, was ich tun kann, ist zu sterben. Dann bleibt der Rest des Vermögens dem Knaben erhalten.«

Mohun war ebensogut Herr von Castlewood, wie der Eigentümer des Schlosses selbst. Seine Equipagen füllten die Ställe, wo allerdings für sehr viel mehr Pferde Platz war, als Harry Esmonds verarmter Herr sich halten konnte. Lord Mohun und seine Leute waren beritten angekommen. Als aber seine Gicht ausbrach, hatte er sich aus London einen leichten Wagen schicken lassen, den zwei kleine Pferde zogen. Auf guten Wegen flog das Gefährt so schnell dahin wie der Schlitten eines Lappländers. Seine Gnaden war sehr darauf erpicht, Lady Castlewood darin spazierenzufahren. Sie liebte die rasche Bewegung und die frische Luft in den Dünen, die sich hart hinter Castlewood zur See zu erstrecken; und da Mylord keinerlei Mißtrauen zeigte und sie im Gegenteil zum Umgang mit Mohun ermunterte, als wolle er durch äußerste Vertrauensseligkeit seine frühere Eifersucht wiedergutmachen, so genoß Mylady ohne Arg diese harmlose Zerstreuung, die ihr Gast ihr nur allzugern bereitete. Sie schien unbefangener mit Lord Mohun zu verkehren, seine Gesellschaft immer angenehmer zu finden, zum Dank für irgendein Opfer, das seine Ritterlichkeit ihr zu bringen geneigt war.

Da Harry Esmond die beiden Herren abends noch immer beim Kartenspiel fand, klagte er vor seiner Herrin darüber, daß die verhängnisvolle Leidenschaft seines Herrn noch immer nicht weichen wolle. Nun, da sie wieder versöhnt seien, möge doch Mylady ihren Gatten bitten, nicht mehr zu spielen.

Aber Lady Castlewood lächelte schalkhaft und froh, sagte, sie werde demnächst mit ihm darüber sprechen, ein paar Abende aber könne man ihm sein Vergnügen noch lassen.

»Sie ahnen nicht, gnädige Frau«, sagte Harry, »was es ihn

kostet. Jeder Beobachter, der das Spiel kennt, kann sehen, daß Lord Mohun unserm Herrn weit überlegen ist.«

»Das weiß ich«, entgegnete sie, noch immer in heiterster Laune; »er ist nicht nur der beste Spieler, er ist auch der freundlichste Spieler der Welt.«

»Gnädige Frau!« rief Esmond außer sich. »Ehrenschulden müssen früher oder später bezahlt werden. Mein Herr wird sich ruinieren, wenn er so fortfährt.«

»Harry, soll ich dir ein Geheimnis anvertrauen?« erwiderte sie, und Güte und Freude leuchteten aus ihren Augen. »Francis wird sich nicht ruinieren, wenn er so fortfährt; im Gegenteil, er wird sich befreien. Ich bereue, daß ich unfreundlich über Lord Mohun sprach, als er letztes Jahr hier war. Er hat viel Gutes in sich, und ich bin überzeugt, daß wir ihn auf bessere Wege bringen werden. Ich habe ihm Tillotson geliehen und deinen geliebten Bischof Taylor. Die Bücher haben ihn sehr bewegt, wie er mir sagt; und weißt du, was er als Beweis seiner Umkehr für Francis tut? Das ist eben mein Geheimnis. Er läßt den armen Frank sein Geld zurückgewinnen. Er hat die letzten vier Abende gewonnen. Mylord Mohun sagt, er wolle Frank und meine lieben Kinder nicht ins Unglück bringen.«

»Mein Gott, was geben Sie ihm für dieses Opfer?« fragte Esmond entgeistert; denn er kannte die Männer und kannte besonders diesen Mann. Er wußte, daß ein so vollendeter Wüstling ein Opfer nicht umsonst bringt. »Um des Himmels willen, wie wollen Sie ihn bezahlen?«

»Ihn bezahlen? Mit dem Segen einer Mutter und den Gebeten einer Ehefrau!« rief Mylady und faltete die Hände. Harry Esmond wußte nicht recht, ob er lachen oder schelten oder ob er seine liebe Herrin mehr denn je verehren solle für die hartnäckige Unschuld, mit der sie das Betragen dieses Weltmannes beurteilte, dessen Absichten er besser durchschaute. Er deutete ihr vorsichtig an, aber so, daß sie ihn verstehen mußte, was ihm von dem früheren Leben und Wandel dieses Edelmannes bekannt war, wie er andere Frauen umgarnt und gewonnen hatte, wie er sich vor Harry seiner Ausschweifungen gerühmt und von dem Wild gesprochen hatte, das sich leicht und ohne Ausnahme erjagen ließe. Als Dank für seine Bitten und Vorstellungen bekam Harry einen Ausbruch des Ärgers von Lady Castlewood, die von seinen Anklagen nichts wissen wollte. Sie erklärte, er müsse selbst sehr gottlos und verdorben sein, daß er anderen so böse Absichten zutraue. »Das hat man davon, wenn man sich in anderer Leute Sachen mischt«, dachte Harry voll Bitterkeit. Sein Verdruß und seine Ratlosigkeit waren um so größer, als er mit Lord Castlewood nicht über den Handel sprechen und ihn warnen konnte vor der Gefahr, die seine Ehre bedrohte.

Aber obwohl Lady Castlewood die Ratschläge ihres jungen Verwandten nicht anhören wollte und entrüstet darüber schien, so hatte Harry doch die Genugtuung, daß sie den Rat befolgte, den sie mit Worten verworfen hatte. Denn als Lord Mohun sie am nächsten Tag zu einer Spazierfahrt aufforderte, hatte sie Kopfschmerzen. Die Kopfschmerzen dauerten zwei Tage lang. Am dritten Tag schlug sie heiter lachend vor, die Kinder sollten auch einmal in Mylords Wagen fahren. Sie wolle nicht alles Vergnügen für sich selber haben. Mylord fügte sich mit großer Liebenswürdigkeit; innerlich wird er wohl geflucht haben. Nicht, daß sein Herz sehr ernstlich in Mitleidenschaft gezogen war; aber das Dasein solcher Männer besteht nur aus Liebesränken, und sie können keinen Tag ohne Weiberjagd leben, so wie ein anderer Mann ohne Fuchsjagd.

Lord Castlewood ließ sich kein Zeichen des Mißtrauens entschlüpfen; aber Harry fühlte doch durch, daß er seinen Gast genau beobachtete und daß sich unter der Maske scheinbarer Arglosigkeit dumpfer Zweifel und erstickte Wut verbargen, die nichts Gutes verhießen. Esmond wußte, wie empfindlich sein Herr in Sachen Ehre war, und wachte über ihm wie ein Arzt über seinem Patienten. Es schien ihm, daß die Krankheit den Patienten nur langsam ergriff, daß er sich aber des Giftes nicht erwehren konnte, nachdem es ihm einmal ins Blut gedrungen war. Wir lesen bei Shakespeare, daß gegen Eifersucht kein Kraut gewachsen ist und kein Schlummertrunk des Orients sie einschläfern kann.

Kurz, die Anzeichen schienen dem jungen Arzt so bedenklich, daß er es für seine Pflicht hielt, Lord Mohun zu warnen und ihn wissen zu lassen, wie man ihn durchschaute und beobachtete. Eines Tages, als Seine Gnaden in recht mürrischer Laune war, weil Lady Castlewood, die versprochen hatte, mit ihm auszufahren, ihr Versprechen im letzten Augenblick zurücknahm, sagte Harry zu ihm: »Mylord, wollen Sie mir freundlichst den Platz an Ihrer Seite einräumen? Ich habe Ihnen viel zu sagen und würde Sie gern allein sprechen.«

»Ihr Vertrauen ehrt mich, Herr Esmond«, sagte Mohun mit einer feierlichen Verbeugung. Mylord war immer ein feiner Herr, und so jung Esmond war, so hatte doch auch er etwas vom Herrn in seiner Art, und niemand hätte sich eine Freiheit gegen ihn herausgenommen. Die beiden bestiegen den kleinen Wagen, der im Hof wartete. Die zierlichen weißen Pferde mit dem prächtigen Geschirr kauten ungeduldig am Gebiß.

»Mylord«, sagte Harry Esmond, als sie im Freien waren, »ich habe in Cambridge Medizin studiert«, und er deutete auf Mohuns Fuß, der in Flanell verpackt etwas ostentativ auf einem Kissen lag.

»Wirklich, Pfarrer Harry?« antwortete Mohun, »und werden Sie ein Examen machen und Ihre Kameraden von der ...«

»Von der Gicht heilen«, unterbrach ihn Harry und sah ihm scharf ins Gesicht. »Ich weiß allerlei über die Gicht.«

»Ich will Ihnen wünschen, daß Sie sie nie bekommen. Es ist eine verteufelte Krankheit«, sagte Mylord. »Sie zwickt ganz höllisch. Au!« Er verzog das Gesicht, als ob der Schmerz ihn packe.

»Euer Gnaden täten besser, den Flanell abzunehmen. Die Zehe wird sich sonst entzünden«, fuhr Harry fort und sah ihm noch immer gerade ins Gesicht.

»Ach, die Zehe wird sich sonst entzünden?« fragte der andere mit unschuldiger Miene.

»Ich würde Ihnen raten, den Flanell und den zwecklosen Pantoffel abzuwerfen und Stiefel zu tragen«, meinte Harry.

»Sie empfehlen mir, Stiefel zu tragen?« fragte Mylord.

»Ja, Stiefel und Sporen. Ich habe Euer Gnaden vor drei Tagen schnell genug die Galerie hinunterlaufen sehen«, erklärte Harry. »Ich bin überzeugt, daß der Haferschleim am Abend nicht so gut schmeckt wie der Rotwein. Er bewirkt auch, daß Euer Gnaden beim Spiel einen kühlen Kopf haben, während der meines Herren immer vom Wein verwirrt und erhitzt ist.«

»Hölle und Teufel, Herr Esmond! Sie werden doch nicht wagen zu behaupten, daß ich unehrlich spiele?« schrie Mylord und hieb auf die Pferde ein, daß sie im Galopp davonjagten.

»Sie sind nüchtern, und mein Herr ist betrunken«, sagte Harry. »Kein Wunder, daß Sie ihm überlegen sind. Ich habe Sie beobachtet, wenn ich über meinen Büchern saß.«

»Sie junger Argus!« rief Mohun, der Harry sehr geneigt war, wie auch Harry seinerseits eine Vorliebe für ihn hatte um seiner Laune, seines Witzes und seiner Verwegenheit halber. »Sie junger Argus! Wachen Sie nur mit Ihren hundert Augen; Sie werden uns bei keiner Unehrlichkeit ertappen. Ich habe einmal in einer Nacht ein Landgut verspielt; ich habe mir das Hemd vom Leib gespielt, ich habe meine Perücke verwürfelt und bin in einer Nachtmütze nach Hause gegangen. Kein Mensch kann behaupten, daß ich mir je mehr beim Spiel geholt habe, als das Spiel selbst mir brachte. Ich habe mit einem betrügerischen Schuft in der Alsatia um seine Ohren gewürfelt und habe sie gewonnen. Eins davon steht in Spiritus in meiner Londoner Wohnung. Mohun spielt mit jedem um alles.«

»Sie spielen im Haus meiner Herren um schreckliche Einsätze, Mylord«, sagte Harry, »und nicht nur mit Karten.«

»Wie meinen Sie das, Herr Esmond?« rief Mohun, und das Blut stieg ihm ins Gesicht.

»Ich meine«, antwortete Harry spöttisch, »daß Ihre Gicht geheilt ist, wenn Sie sie überhaupt gehabt haben.«

»Herr Esmond!« schrie Mylord, und es fing an, in ihm zu kochen.

»Ich glaube, Euer Gnaden haben ebensowenig die Gicht wie ich. Jedenfalls aber wird Luftwechsel Ihnen gut tun. Es ist meine ehrliche Meinung, daß Sie am besten Castlewood verlassen würden.«

»Sind Sie beauftragt, mir diesen Wink zu geben?« rief Mohun. »Hat Frank Esmond Ihnen den Auftrag gegeben?«

»Niemand hat das getan. Die Sorge um die Ehre meiner Familie hat mir meine Worte eingegeben.«

»Und sind Sie bereit, mir dafür einzustehen?« schrie der andere wütend und peitschte seine Pferde.

»Gewiß, Mylord. Euer Gnaden werden den Wagen umwerfen, wenn Sie so weiter peitschen.«

»Beim heiligen Georg, Sie haben Mut im Leibe!« rief Mylord und brach in schallendes Gelächter aus. »Ich vermute, die verfluchten Finten, die der Jesuit Ihnen beigebracht hat, machen Sie so kühn«, fügte er hinzu.

»Der Frieden der Familie, die ich am liebsten auf der Welt habe, die Ehre meines edlen Wohltäters, das Glück meiner geliebten Herrin und ihrer Kinder machen mich mutig«, sagte Harry Esmond warm. »Ich verdanke ihnen alles, Mylord, und würde gern mein Leben für sie hingeben. Warum stören Sie den Frieden dieses Hauses? Was hält Sie Monat auf Monat in dieser Gegend fest? Warum täuschen Sie eine Krankheit vor? Warum erfinden Sie einen Vorwand nach dem anderen, um Ihren Aufenthalt zu verlängern? Wollen Sie meinem armen Herrn all sein Geld abgewinnen? Seien Sie großmütig, Mylord! Verschonen Sie ihn um seiner Frau und seiner Kinder willen. Wollen Sie das einfältige Herz einer tugendhaften Frau betören? Sie könnten ebensogut versuchen, mit Ihrem Schwert allein den Tower zu erstürmen. Aber Sie können ihren Namen beflecken; es steht in Ihrer Macht, sie unglücklich zu machen. Verschonen Sie diese unschuldigen Menschen! Verlassen Sie ihr Haus!«

»Bei Gott, ich glaube, du hast ein Auge auf die hübsche Puritanerin geworfen, Harry«, sagte Mylord gutgelaunt und mit sorglosem Lachen; »im Vertrauen, mein Junge, bist du selbst in sie verliebt? Ist es dem besoffenen Frank Esmond ergangen wie andern Ehemännern auch?«

»Mylord, Mylord!« rief Harry. Mit glühendem Gesicht und feuchten Augen fuhr er fort: »Ich habe nie eine Mutter gehabt; aber ich liebe diese Frau, als wäre sie meine Mutter. Ich verehre sie, wie man eine Heilige verehrt. Wenn man leichtfertig von ihr spricht, so scheint mir das wie eine Lästerung. Würden Sie wagen, von Ihrer eignen Mutter so zu sprechen, oder würden Sie irgendeinem andern erlauben, es zu tun? Ich flehe Sie an, ich beschwöre Sie, verlassen Sie diese Frau. Sie bringen sie in Gefahr!«

»Ach was, Gefahr!« sagte Mylord und schwang seine Peitsche. Sie hatten jetzt die Dünen erreicht, und die Pferde sausten in wildem Galopp dahin. Der Zügel riß in Lord Mohuns Hand, die wütenden Tiere rasten weiter. Der Wagen flog hin und her, und seine Insassen klammerten sich, so gut es gehen wollte, an den Seiten fest. Man näherte sich einem steilen Abhang; ein Sturz in die Tiefe war unvermeidlich. Da sprangen die beiden Herren um ihr Leben zu retten heraus, jeder auf seiner Seite des Wagens. Harry Esmond flog ins Gras; der Fall war so heftig, daß er einen Augenblick lang betäubt lag. Dann raffte er sich auf, schwindlig und mit blutender Nase, aber ohne ernsteren Schaden. Lord Mohun war nicht so glücklich gewesen. Er war mit dem Kopf gegen einen Stein geschlagen und lag, allem Anschein nach, tot auf der Erde.

Das Unglück geschah, als die Herren auf dem Rückweg waren. Lord Castlewood, der mit Sohn und Tochter spazierenritt, stieß auf das herrenlose Gespann. Den Pferden schlugen die zerrissenen Zügel um die Beine. Mylords Leute hielten sie an und beruhigten sie. Der junge Frank erspähte zuerst Lord Mohuns feuerroten Rock auf der grünen Erde. Esmond bog sich über den Gestürzten. Sein Federhut und seine große Perücke lagen im Gras; er blutete stark aus einer Wunde an der Stirn und sah aus wie eine Leiche.

»Großer Gott, er ist tot!« sagte Mylord. »Holt einen Arzt! Nein, bleibt! Ich will selbst nach Hause reiten und Tusher holen, der versteht sich auf Wunden«, und Mylord, seinen Sohn hinter sich, galoppierte davon.

Kaum war er fort, da fiel Harry, dessen Gedanken sich allmählich wieder sammelten, ein ähnliches Unglück ein, das er auf einem Ritt von Newmarket nach Cambridge mitangesehen hatte. Er streifte einen von Mohuns Ärmeln zurück, öffnete ihm mit seinem Taschenmesser eine Ader am Arm und war sehr beruhigt, als er Blut fließen sah. Es dauerte beinahe eine halbe Stunde, bis der Verwundete zur Besinnung kam, und als Doktor Tusher mit dem kleinen Frank erschien, fanden sie Mohun zwar so blaß wie eine Leiche, aber doch am Leben.

Nach einiger Zeit, sobald er fähig war, Bewegung zu ertragen, hob man ihn auf das Pferd eines Reitknechts. Der brave Doktor Tusher und die beiden Leute des Grafen gingen rechts und links, um ihn zu stützen. Esmond, auf dem Pferd des zweiten Reitknechts, und der kleine Frank ritten im Schritt hinterher.

Der Junge erzählte: »Wir fanden Mama mit dem Doktor auf der Terrasse. Papa hat sie furchtbar erschreckt; er hat gesagt, du seist tot.«

»Ich tot?« fragte Harry.

»Ja, Papa sagte, der arme Harry ist tot! Mama schrie auf und fiel hin. Ach, Harry! Ich dachte, sie sei auch tot. Du kannst dir gar nicht vorstellen, wie Papa sich aufregte. Er fluchte und wurde ganz bleich. Dann hat er so sonderbar gelacht und dem Doktor gesagt, er solle sein Pferd nehmen und mir folgen. Da sind wir weggeritten. Ich habe mich noch einmal umgedreht und habe gesehen, wie er Wasser aus dem Springbrunnen nahm und über Mamas Gesicht goß. Ach, sie hat sich so erschreckt!«

Esmond brütete über dieser merkwürdigen Geschichte, während sie nach Hause ritten. Lord Mohun hieß auch Henry; und die beiden Herren hatten sich oft Frank und Harry genannt. Er war recht ängstlich und verstört. Seine liebe Herrin war noch auf der Terrasse, als sie ankamen. Eine ihrer Dienerinnen war bei ihr, aber Mylord war fort. Lord Mohun ritt unten an der Terrasse vorbei, leichenblaß, den Kopf mit dem Taschentuch bedeckt, ohne Hut und Perücke, die ein Reitknecht ihm nachtrug. Aber seine Höflichkeit verließ ihn nicht; er machte vor der Dame oben eine tiefe Verbeugung.

»Gott sei Dank, daß Sie gerettet sind!« rief sie ihm zu.

»Und Harry ist auch gerettet, Mama. Hurrah!« schrie der kleine Frank.

Esmond sprang vom Pferde und rannte hinauf zu seiner Herrin. »Ach, mein Junge! Was habe ich für einen Schrecken um dich gehabt«, sagte Lady Castlewood und begrüßte ihn mit einem ihrer leuchtenden Blicke. Ihre Stimme klang zärtlich, und sie war so gütig, den jungen Mann zu küssen. Zum zweiten Male ehrte sie ihn so. Sie nahm ihn und ihren Sohn bei der Hand und ging zwischen ihnen ins Haus.

Vierzehntes Kapitel

Wir folgen Lord Mohun nach London

Nach ein paar Tagen hatte sich Lord Mohun so weit von seiner Wunde erholt, daß er seine Abreise für den nächsten Morgen ankündigte. Er beabsichtigte, in kurzen Tagereisen nach London zu reiten und unterwegs zweimal zu übernachten. Der Herr des Hauses behandelte ihn mit einer förmlichen Höflichkeit, die sich von seiner gewohnten freimütigen und sorglosen Art auffallend unterschied. Aber es war kein Grund vorhanden, zu vermuten, daß die beiden Grafen nicht als Freunde auseinandergingen. Nur bemerkte Harry Esmond, daß Lord Castlewood es vermied, mit seinem Gast allein zu sein. Er unterließ es auch, Lord Mohun eine Strecke des Weges zu begleiten, wie er es mit anderen Freunden tat, die er immer freudig willkommen hieß und ungern ziehen sah. Er begnügte sich damit, ihn die Treppe hinunter zu begleiten, nachdem sich Seine Gnaden, gestiefelt und gespornt, von den Damen des Hauses höflich verabschiedet hatte. Unten im Hof, wo die Pferde warteten, sagte Mylord: »Ich werde Sie bald in London sehen, Mohun, dort wollen wir unsere Rechnung begleichen.«

»Mach dir keine Kopfschmerzen darüber, Frank«, entgegnete der andere gutmütig und hielt ihm die Hand hin. Er schaute etwas verdutzt drein über die finstre, steife Art, mit der sein Abschiedsgruß erwidert wurde. Gefolgt von seiner Dienerschaft, ritt er zum Tor hinaus.

Harry Esmond war Zeuge dieses Abschiedes; die Ankunft war freilich anders gewesen. Da hatte man große Vorbereitungen getroffen, und das alte Haus hatte sich so schön wie möglich herausgeputzt, um den Gast willkommen zu heißen. Heute hing eine Traurigkeit und Befangenheit über allen, die Esmond mit düsteren Ahnungen und unbestimmter Angst erfüllte. Lord Castlewood stand in der Tür und sah seinen Gast hinausreiten. Unter dem äußeren Torweg blickte Mohun noch einmal zurück; Mylord zog langsam seinen Hut und grüßte, sein Antlitz war bleich und entstellt. Er fluchte und stieß die Hunde von sich, die an ihm hochsprangen. Dann ging er zu dem Brunnen in der Mitte des Hofes, lehnte sich an einen seiner Pfeiler und starrte ins Wasser. Als Esmond quer über den Hof zu seinem Zimmer ging, sah er, daß Lady Castlewood hinter den Vorhängen des großen Saalfensters stand und unentwegt auf Mylord hinunterblickte. Eine merkwürdige Stille lag über dem Schloß. Der Himmel droben war klar; die Strebepfeiler warfen scharfe Schatten; der Brunnen plätscherte hörbar. Es ist sonderbar, daß dies alles so lebhaft im Gedächtnis eines Mannes haften blieb, der an manches Schauspiel königlicher Pracht und manche Stunde tödlicher Gefahr nur unbestimmte Erinnerungen bewahrt hat.

Lady Castlewood war den ganzen Morgen in Gegenwart der Herren ungewöhnlich heiter und lebhaft gewesen. Als aber ihr Gatte mit seinem Gast das Zimmer verlassen hatte, trat sie mit völlig verändertem Ausdruck zu Harry und sagte mit angsterfülltem Blick: »Folge ihnen, Harry. Ich bin überzeugt, daß ein Unglück geschehen wird.« So kam es, daß Esmond, seiner Herrin gehorchend, den Lauscher spielte, und jetzt zog er sich in die Stille seines Zimmers zurück, um eine Geschichte auszubrüten, die zu Myladys Beruhigung dienen sollte. Denn er selbst konnte sich nicht länger verhehlen, daß ein ernster Zusammenstoß zwischen den beiden Grafen bevorstand.

Es kamen Tage, wo die kleine Gesellschaft in Castlewood des Abends wie gewöhnlich beisammensaß; aber die geheime Angst lauerte gestaltlos und unsichtbar zwischen ihnen. Mylord war ungewöhnlich sanft und freundlich. Wenn er aus dem Zimmer ging, so folgte seine Frau ihm mit den Augen. Er behandelte sie mit einer Art schmerzlicher Höflichkeit und Güte, die bei einem sonst so rauhen, groben Menschen merkwürdig berührte. Er war zärtlich mit den Kindern, besonders mit dem Knaben, den er eigentlich nicht liebte. Er war sonst ein sehr nachlässiger Kirchgänger; jetzt aber wohnte er jedem Gottesdienst mit großer Andacht bei und hörte selbst Doktor Tushers Predigten an.

»Er geht die ganze Nacht in seinem Zimmer auf und ab. Was hat er? Harry, kannst du nicht ausfindig machen, was ihm fehlt?« sagte Lady Castlewood wieder und wieder zu ihrem jungen Verwandten. »Er hat drei Briefe nach London geschickt«, berichtete sie eines Tages.

»Es waren Briefe an einen Advokaten; Sie können es mir glauben, gnädige Frau«, entgegnete ihr Harry, der Einblick in die Korrespondenz gehabt hatte, die sich auf eine neue von Mylord geplante Anleihe bezog. Als der junge Mann seinen Herrn darauf ansprach, erklärte Mylord, er müsse eine alte Schuld abzahlen, die auf dem Gut laste.

Lady Castlewood ängstigte sich jetzt nicht mehr wegen des Geldes. Liebende Frauen machen sich selten Geldsorgen. Man kann einer Frau kein größeres Vergnügen bereiten, als sie zu bitten, für den Mann, den sie liebt, ihre Diamanten zu versetzen.

Harry Esmonds Ferien gingen zu Ende. Er machte sich bereit, zur Universität zurückzukehren, um dort sein Examen zu bestehen und in die Kirche einzutreten. Mit dieser Aussicht hatte er sich abgefunden. Er sagte sich, daß er der Familie in Castlewood alles verdanke, daß er lieber in ihrer Nähe leben wolle als irgendwo anders in der Welt. Er hoffte, seinen Wohltätern nützlich sein zu können, die seine Anhänglichkeit mit grenzenlosem Vertrauen und herzlicher Liebe vergalten. Er wollte helfen, den jungen Erben des Hauses zu erziehen. Er wollte auch weiter der treue Freund und Berater seines Herrn und seiner Herrin sein. Das, meinte er, werde ihn entschädigen für alle ehrgeizigen Pläne, die vielleicht in ihm schlummerten. Hatte ihm seine Herrin nicht gesagt, sie werde ihn niemals von sich gehen lassen? Ihre Wünsche aber waren Befehle für ihn.

In den letzten Tagen dieser denkwürdigen Ferienzeit wurde eine Last von Lady Castlewoods Seele genommen; denn Mylord verkündete eines Morgens, als die Post ihm Briefe aus London gebracht hatte, in gleichgültigem Ton, daß Lord Mohun nach Paris gegangen sei und eine große Reise durch Europa vorhabe. Obwohl Lord Castlewoods düstere Stimmung nicht verschwand und auch sein Gebaren sich nicht änderte, fing seine Frau doch an, hoffnungsvoller und sorgloser zu werden, nachdem sie über diesen einen Punkt beruhigt war. Sie versuchte mit allen Mitteln, die ihr zu Gebote standen, seinen Unmut zu zerstreuen und ihn zu erheitern.

Er selbst gab vor, mangelnde Gesundheit sei der Grund für seine gedrückte Stimmung. Er erklärte, er wolle nach London gehen und Doktor Cheyne konsultieren. Man kam überein, daß Mylord und Harry Esmond bis London zusammen reisen sollten, und eines Morgens – es war der 10. Oktober des Jahres 1700 – machten sie sich zu Pferde auf den Weg nach London. Der Tag vor der Abreise war ein Sonntag gewesen, und da der Regen in Strömen goß, war die Familie nicht in die Kirche gegangen. Darum hatte Mylord abends aus der Bibel vorgelesen. Er las mit ganz besonderem Ernst und merkwürdiger Zartheit und sprach den Segen am Schluß so feierlich, daß es Harry schien, als habe er ihn nie eindrucksvoller gehört. Er küßte und umarmte seine Frau und seine Kinder zärtlicher, als es sonst seine Gewohnheit war, und die Erinnerung an diesen Abend war ihnen später ein großer Trost.

Der Abschied am nächsten Morgen war ebenso herzlich. Die Reisenden nahmen abends in einem Gasthof Quartier, und als der zweite Tag sich neigte, hatten sie London erreicht. Mylord stieg in der »Trompete« ab, einem Haus, wo zur Zeit, da er jung war, die Offiziere einzukehren pflegten und wo er seitdem immer gewohnt hatte, wenn er nach London kam.

Eine Stunde nach Mylords Ankunft erschien sein Geschäftsführer im Gasthof, der also von der Reise unterrichtet gewesen sein mußte. Esmond wollte die beiden allein lassen, aber sein Herr erklärte, ihr Geschäft werde rasch erledigt sein. Er stellte ihn dem Rechtsanwalt vor, der schon zu des alten Grafen Zeiten die Angelegenheiten der Familie geführt hatte, und dieser berichtete kurz, daß er das Geld an diesem selben Tage Mylord Mohun persönlich eingehändigt habe. Seine Gnaden sei etwas überrascht gewesen, denn es sei doch sonst zwischen Ehrenmännern nicht Sitte, bei solchen Unterhandlungen die Vermittlung eines Rechtsanwalts in Anspruch zu nehmen. Er habe aber trotzdem den Brief des Herrn Grafen beantwortet und ihn mit der Überbringung der Antwort betraut.

»Ich denke, Lord Mohun ist in Paris?« rief Esmond erstaunt und in heftiger Bestürzung.

»Er ist auf meine Aufforderung hin zurückgekommen«, sagte Mylord. »Ich habe Rechnungen mit ihm zu begleichen.«

»Wolle Gott, daß sie jetzt erledigt sind«, entgegnete Esmond.

»Das sind sie«, antwortete der andere und sah den jungen Mann scharf an. »Er hat mir etwas zugesetzt wegen des Geldes, das ich im Spiel an ihn verloren hatte. Jetzt, da es bezahlt ist, sind wir quitt. Wir können uns wieder als gute Freunde begegnen.«

»Mylord«, rief Esmond, »ich bin überzeugt, daß Sie mich täuschen und daß Sie einen bösen Handel mit Lord Mohun haben.«

»Ach was! Wir werden noch heute abend zusammen essen und eine Flasche miteinander leeren. Jeder Mann, der eine solche Summe verloren hat wie ich, würde schlechter Laune sein. Jetzt ist sie bezahltund mein Ärger ist verflogen.«

»Wo werden wir zu Abend essen?« fragte Harry.

»Wir? Gewisse Herren sollten warten, bis man sie auffordert«, sagte Mylord lachend. »Du kannst ins Theater gehen und dir Herrn Betterton ansehen. Ich weiß, daß dir das Vergnügen macht. Laß mich meine eignen Wege gehen; morgen frühstücken wir zusammen, mit so viel Appetit, wie uns vergönnt wird.«

»Bei Gott, Mylord, ich gehe heute abend nicht von Ihrer Seite«, erklärte Harry Esmond. »Ich glaube, ich kenne den Grund Ihres Streites mit Mohun. Ich schwöre Ihnen, es ist nichts daran. An demselben Tage, als das Unglück geschah, habe ich mit ihm über alles gesprochen. Ich weiß, daß von seiner Seite nur eitle Galanterie vorgelegen hat.«

»Das hast du gewußt und hast es mir nicht gesagt?« rief Mylord mit donnernder Stimme.

»Ich wußte mehr davon als meine liebe Herrin selbst – tausendmal mehr. Wie konnte sie, die so unschuldig wie ein Kind ist, ahnen, worauf dieser Schurke mit seinen Ritterlichkeiten hinaus wollte?«

»Du selbst gibst zu, daß er ein Schurke ist und daß er mir meine Frau genommen haben würde.«

»Mylord, sie ist so rein wie ein Engel!« rief Esmond.

»Habe ich ein Wort gegen sie gesagt?« schrie Mylord. »Habe ich je an ihrer Reinheit gezweifelt? Hätte ich das je getan, so wäre es der letzte Tag ihres Lebens gewesen. Bildest du dir ein, daß ich gefürchtet habe, sie könne fallen? Dazu ist sie nicht die Frau; dazu gehört Leidenschaft. Sie sündigt nicht und sie vergibt nicht.

Ich kenne ihr Temperament. Jetzt, da ich sie verloren habe, liebe ich sie heißer, als ich sie je geliebt habe; ja, heißer als in jenen Tagen, da sie jung war und schön wie ein Engel, da sie mir zulächelte im Hause ihres alten Vaters und nach mir ausschaute, wenn ich von der Jagd kam. Damals habe ich meinen Kopf in ihren Schoß gelegt, habe geweint wie ein Kind und habe ihr geschworen, mich zu bessern, nicht mehr zu trinken, nicht mehr zu spielen, den Weibern nicht mehr nachzulaufen. Alle Herren vom Hof waren hinter ihr her, und wenn sie ihr Kind auf dem Arm hatte, war sie schöner als die Madonna in der Kapelle der Königin. Ich bin nicht so gut wie sie, ich weiß es. Wer ist so gut, Himmel, wer ist es? Ich habe sie gequält und müde gemacht, auch das weiß ich. Ich konnte mich nicht mit ihr unterhalten. Ihr belesenen, witzigen Männer, ihr konntet das, ich konnte es nicht – ich fühlte sehr gut, daß ich es nicht konnte. Als du noch ein Knabe von fünfzehn Jahren warst, habe ich euch zusammen über Gedichte und Bücher reden hören und war manchmal in solcher Wut, daß ich dich hätte erwürgen können. Aber du warst immer ein guter Junge, Harry, und ich hatte dich lieb – du weißt, daß ich dich lieb hatte. Ich fühlte, daß sie mir nicht gehörte, daß die Kinder mir nicht gehörten. Da habe ich mich in den Schmutz gestürzt, habe gespielt, getrunken und alle möglichen Teufeleien getrieben, und das alles aus Wut und Verzweiflung. Und jetzt kommt dieser Mohun, und sie mag ihn leiden – ich weiß, daß sie ihn leiden mag.«

»Bei meiner Seele, da irren Sie sich«, fiel ihm Esmond ins Wort.

»Sie läßt sich Briefe von ihm schreiben«, schrie Mylord. »Sieh her, Harry!« Er zog ein Papier aus der Tasche, auf dem ein brauner Blutfleck zu sehen war. »Das ist ihm aus dem Rock gefallen, an jenem Tag, der ihm beinahe das Leben kostete. Einer von meinen Reitknechten hat es aufgehoben und mir gebracht. Da hast du ihren verfluchten poetischen Jargon: ›Göttliche Gloriana, warum blickst du so kalt auf den Sklaven, der dich anbetet? Hast du kein Mitleid für die Qualen, die du mich leiden siehst? Hast du keine Antwort auf Briefe, die mit meinem Herzblut geschrieben sind?‹ Sie hat noch andere Briefe von ihm bekommen.«

»Aber sie hat sie nicht beantwortet«, warf Esmond ein.

»Daran ist Mohun nicht schuld«, sagte Mylord. »Ich will mich an ihm rächen, so wahr ein Gott im Himmel lebt, ich will es!«

»Wegen ein paar leichtfertiger Worte wollen Sie die Ehre Ihrer Frau und das Glück Ihrer Familie aufs Spiel setzen?« erwiderte Esmond in beschwörendem Ton.

»Ha! Von meines Weibes Ehre soll nicht die Rede sein. Wir können über manche andere Dinge in Streit geraten. Bleibe ich am Leben, so ist der Schurke bestraft. Falle ich, so wird meine Familie nur um so besser daran sein. Dann ist ein Verschwender weniger auf der Welt, und Frank wird eine bessere Erziehung haben als sein Vater. Ich habe mich entschlossen, Harry Esmond. Komme, was will; ich mache mir keine Sorgen darüber. Meinen Kindern lasse ich dich und meine Frau als Beschützer zurück.«

Als Harry Esmond einsah, daß er den Sinn seines Herrn nicht ändern konnte, hielt er es für seine Pflicht, ihm zur Seite zu stehen. Mit der jugendlichen Hitze seiner stürmischen Natur rief er aus: »Mylord, wenn Sie zur Schlacht entschlossen sind, so dürfen Sie sich nicht allein hineinstürzen. Es ist die Pflicht unsres Hauses, dem Haupt der Familie im Kampf beizustehen. Ich würde es mir nie vergeben, sie im Augenblick der Gefahr allein zu lassen.«

»Aber Harry, mein armer Junge, du bist zum Geistlichen erzogen«, sagte Mylord und nahm freundlich Esmonds Hand. »Es taugt gar nichts, daß du dich in diese Sache mischst.«

»Euer Gnaden haben auch einmal daran gedacht, Pfarrer zu werden«, antwortete Harry, »und Euer Gnaden Vater hat sein geistlicher Stand nicht daran gehindert, auf den Mauern von Castlewood gegen die Puritaner zu kämpfen. Ihre Feinde sind die meinen, Herr. Ich weiß das Rapier recht gut zu führen, das haben Sie ja gesehen. Ich glaube nicht, daß ich mich fürchten werde, wenn die Lederknöpfe heruntergenommen sind.« Harry berichtete zögernd und errötend von seinem Wortwechsel mit Lord Mohun und wie er ihm selber nahegelegt habe, sich mit ihm zu schlagen, falls er sich nicht entschließen könne, friedlich vom

Schauplatz zu weichen. Die Mitteilung war kitzlig. Sein Herr konnte sich möglicherweise gekränkt fühlen, daß er in diesem Handel das erste Wort ergriffen hatte. »Ich würde mich mit ihm geschlagen haben«, sagte er lachend. »Er hätte den Stoß nicht parieren können, den ich in Cambridge gelernt habe. Darf ich ihn Euer Gnaden zeigen? Wir brauchen ihn nur eine halbe Stunde zu üben. Es ist der feinste Stoß der Welt; freilich, mißlingt er, so hat man des Gegners Degen im Leib.«

»Bei Gott, Harry, du müßtest das Haupt der Familie sein«, sagte Mylord mit düsterer Stimme. »Du wärest ein besserer Graf von Castlewood als ich fauler Dickschädel.« Er wischte mit der Hand über seine Augen und maß seinen Verwandten mit liebevollen, gütigen Blicken.

»Wir wollen die Röcke ausziehen und eine halbe Stunde fechten, ehe es ganz dunkel wird«, meinte Harry und drückte dankbar seines Herrn männliche Hand.

»Du bist nur ein kleines Männchen«, sagte Mylord gutmütig, »aber ich glaube wahrhaftig, du bist dem Kerl gewachsen. Nein, mein Junge«, fuhr er fort, »ich kann mit euren Finten und Pfiffen nichts anfangen. Ich weiß meinen Degen auch ganz gut zu führen und will meinen Kampf auf meine eigene Art ausfechten.«

»Aber ich darf dabei sein?« rief Harry.

»Ja, Gott segne dich, du darfst es.«

»Wann wird es sein?« fragte Harry, denn es war ihm klar geworden, daß man alles schon verabredet hatte.

»Ich habe einen Boten an Jack Westbury geschickt und ihm sagen lassen, daß ich ihn brauche. Er weiß, worum es sich handelt, und wird bald hier sein. Wir trinken eine Flasche Sekt zusammen. Dann gehen wir in das Theater in der Herzogstraße und treffen dort Mohun. Das Abendbrot essen wir in der ›Rose‹ oder im ›Jagdhund‹. Nach dem Essen lassen wir Karten kommen, und voraussichtlich wird über den Karten ein Streit entstehen, und dann – Gott sei uns gnädig – soll entweder ein verruchter Schurke und Verräter ins Gras beißen oder ein armer Teufel, der nichts wert ist und dem nichts mehr am Leben liegt. Es ist gut, wenn ich mich davonmache, Harry; meine Frau wird ohne mich glücklicher sein«, sagte Mylord stöhnend. Esmonds Herz blutete, und er brach über der Hand seines armen Herrn in Schluchzen aus.

»Die Sache wurde mit Mohun besprochen, ehe er Castlewood verließ«, fuhr Mylord fort. »Ich bin mit dem Brief zu ihm gegangen, den ich dir vorlas, und habe ihm seine Niederträchtigkeit vorgeworfen. Er konnte nicht leugnen; er sagte nur, meine Frau sei unschuldig.«

»Das ist sie, der Himmel weiß es, Mylord!« rief Harry.

»Ja, ja doch. Sie sind ja immer unschuldig«, sagte Mylord. »Als sie hörte, er sei tot, fiel sie zufällig in Ohnmacht.«

»Aber Mylord, ich heiße doch auch Harry«, brach Esmond los und wurde dunkelrot. »Sie haben zu Mylady gesagt: »Harry ist tot!«

»Hölle und Teufel! Soll ich mit euch beiden fechten?« brüllte Mylord in ausbrechender Wut. »Willst du, du kleine Schlange, die sich an meinem Herd gewärmt hat, willst du beißen? Nein, mein Junge, du bist ehrlich, du bist gut«, und seiner Wut folgte ein Tränenstrom, der noch qualvoller anzusehen war. »Du bist ein anständiger Junge, und ich habe dich lieb; und ich bin auch so elend, daß es mir, bei Gott, gleichgültig ist, wessen Klinge mir den Garaus macht. Halt, da kommt Jack Westbury. Nun, Jack? Willkommen, alter Bursche! Das ist mein Vetter Harry Esmond.«

»Der Ihnen in Castlewood die Pfeife brachte«, sagte Harry und verbeugte sich. Die drei Herren setzten sich und tranken den Sekt, der für sie bereitstand.

»Harry ist Nummer drei«, sagte Mylord. »Sie brauchen sich nicht vor ihm zu fürchten, Jack.« Der Oberst sah Harry an und schien zu denken: »Er sieht freilich nicht so aus, als ob ich das nötig hätte.« Mylord berichtete dann ausführlich, was er vorher nur angedeutet hatte. Er war Lord Mohun sechzehnhundert Pfund schuldig gewesen, als er mit ihm in Streit geriet. Mohun hatte angeboten zu warten, bis Mylord die Schuld bezahlen könne. Er hatte das Geld aufgetrieben und es am Vormittag an Lord Mohun geschickt. Ehe er sein Haus verließ, hatte er alle seine Angelegenheiten geordnet und war jetzt bereit, dem Kampf entgegenzugehen.

Nachdem die Herren zwei Flaschen Sekt geleert hatten, wurde ein Wagen geholt, und man fuhr, wie verabredet, ins Theater. Es wurde ein Stück von Harry Wycherley gegeben: »Liebe im Wald«.

Seither kann Harry Esmond an dieses Schauspiel nur mit einem gewissen Grausen zurückdenken. Er sieht noch Frau Bracegirdle, die Schauspielerin, vor sich, welche die Rolle des jungen Mädchens in der Komödie spielte. Sie war als Page verkleidet, blieb vor den Herren stehen, die auf der Bühne saßen, und warf ihnen über die Schulter kecke Blicke aus ihren schwarzen Augen zu. Sie lachte Mylord an und fragte, was dem Herrn vom Lande fehle, ob er schlechte Nachrichten vom Viehmarkt in Bullock bekommen habe.

In den Pausen gingen die Herren hin und her und unterhielten sich miteinander. Lord Mohun war in Begleitung von zwei Freunden erschienen, der eine, Kapitän Macartney, in Uniform, der andre, ein Graf von Warwick, in blauem Samt mit Silberstickerei, in mächtiger Perücke und köstlichem Jabot von echten Venezianer Spitzen. Mohun hatte eine Tüte voll Apfelsinen mitgebracht, aß und bot den Schauspielerinnen an, mit denen er allerlei Scherz trieb. Als er Frau Bracegirdle irgend etwas Geheimes zurief, drehte diese sich rasch zu ihm um und fragte ihn, was er eigentlich zu tun habe, ob er und seine Freunde gekommen seien, jemand umzubringen, wie sie den armen Will Mountford umgebracht hätten?

Mohuns dunkles Gesicht wurde bei dieser Herausforderung noch dunkler, und ein boshafter Ausdruck kam in seine Augen.

Als das Schauspiel vorüber war, kamen die beiden Gesellschaften zusammen, und Lord Castlewood schlug vor, in einem Gasthaus zu Abend zu essen. Man wählte den ›Jagdhund‹ in Charing Croß. Alle sechs machten sich zusammen auf den Weg; die drei Grafen gingen voran, Kapitän Macartney, Oberst Westbury und Harry Esmond folgten. Westbury erzählte Harry von seinem alten Freunde, dem gelehrten Dick. Er sei zum Fähnrich bei der Garde befördert und habe ein Buch geschrieben mit dem Titel: ›Der christliche Held‹. Zum Dank für seine Mühe werde er von der ganzen Garde ausgelacht, denn der ›christliche Held‹ sündige beständig gegen die Zehn Gebote und fechte ein Duell nach dem andern aus. In leisem Ton beschwor er dann den jungen Esmond, doch nicht an dem Kampfe teilzunehmen. »Ein Sekundant genügt vollkommen«, sagte der Oberst, »und der Kapitän oder Lord Warwick kann zurücktreten.« Aber Harry blieb seinem Vorsatz treu. Er hatte einen Plan im Kopf, der, wie er meinte, seinen Herrn retten konnte.

Im Gasthaus verlangten sie ein Privatzimmer und ließen Wein und Karten kommen. Sie fingen an zu trinken und Toaste auszubringen, und solange die Kellner zugegen waren, schienen sie die besten Freunde zu sein.

Es war Harry Esmonds Plan, mit Lord Mohun ein Gespräch anzuknüpfen, ihn zu beleidigen und so im Streit der erste zu werden. Als man die Karten zur Hand nahm, bot er ein Spiel an. »Pah!« sagte Mohun, »junge Herren von der Universität sollten nicht so hoch spielen. Sie sind zu jung.« Ob er Harry retten wollte oder ob ihm nicht daran lag, die Finten des Jesuiten zu erproben? Wer weiß!

»Wer wagt es zu sagen, ich sei zu jung?« brach Harry los. »Haben Euer Gnaden Angst?«

»Angst!« schrie Mohun.

Aber der gute Lord Castlewood durchschaute die Sachlage. »Ich biete dir zehn Guineen, Mohun«, sagte er. »Du dummer Junge, hier wird nicht um Heller gespielt wie in Cambridge.« Eine so große Summe hatte Harry nicht in der Tasche, denn seine halbjährigen Studiengelder waren immer beinahe ausgegeben, ehe sie fällig waren; so mußte er Zorn und Verdruß hinunterschlucken.

»Ich will mit dem jungen Herrn um eine Krone spielen«, sagte Lord Mohuns Kapitän.

»Ich dachte nicht, daß die Herren von der Armee mit den Kronen so um sich werfen könnten«, entgegnete Harry.

»Gibt es Birkenreiser im College?« fragte der Kapitän.

»Ja, es gibt Birkenreiser für die Narren«, sagte Harry, »und spanisches Rohr für die Flegel. Zieraffen werden ins Wasser geworfen.«

»Aber einer ist nicht ertrunken«, gab der Kapitän zurück, der ein Ire war. Die Herren fingen alle an zu lachen, und der Ärger des armen Harry wurde immer größer.

Als die Kellner neue Flaschen und Gläser brachten, putzte Lord Mohun gerade eine Kerze. Lord Castlewood sagte: »Der Teufel hol dich, Mohun; wie verdammt ungeschickt du bist! Steck das Licht wieder an, Kellner!«

»›Verdammt ungeschickt‹ ist ein verdammt ungeschickter Ausdruck, Mylord«, entgegnete der andere. »Die Herren in der Stadt brauchen solche Worte nicht oder bitten um Verzeihung, wenn sie es getan haben.«

»Ich bin ein Landedelmann«, sagte Lord Castlewood.

»Das merkt man an Ihren Manieren«, erwiderte Lord Mohun. »Kein Mann soll sich erlauben, ›verdammt ungeschickt‹ zu mir zu sagen.«

»Ich werfe Ihnen die Worte ins Gesicht, Mylord«, rief der andere. »Soll ich die Karten nachwerfen?«

»Meine Herren! Meine Herren! Bedenken Sie sich! Vor den Kellnern!« schrien Oberst Westbury und Mylord Warwick in einem Atem. Die Kellner drückten sich hastig aus dem Zimmer. Sie trugen die Kunde von dem Streit in die unteren Regionen.

»Es sind genug Worte gefallen«, sagte Oberst Westbury. »Wollen sich die beiden Herren morgen früh Genugtuung geben?«

»Wird Mylord Castlewood seine Worte zurücknehmen?« fragte der Graf von Warwick.

»Eher wird Lord Castlewood in die ewige Verdammnis gehen«, erwiderte Oberst Westbury.

»Dann können wir nichts weiter tun. Geben Sie acht, meine Herren. Es sind beleidigende Worte gefallen. Genugtuung ist verlangt und verweigert worden.«

»Verweigert worden!« wiederholte Lord Castlewood und setzte seinen Hut auf. »Wo werden wir uns treffen? Und wann?«

»Da Mylord seine Worte nicht zurücknehmen will, was ich tief bedaure, so scheint mir jetzt die beste Stunde zu sein«, sagte Lord Mohun. »Lassen wir Sänften holen und gehen wir nach Leicester-Field.«

»Werden Euer Gnaden und ich die Ehre haben, einen oder

zwei Gänge miteinander zu machen?« fragte Oberst Westbury mit einer tiefen Verbeugung vor dem Grafen von Warwick.

»Es wird mir eine Ehre sein«, erwiderte der Graf mit einer ebenso tiefen Verbeugung, »mit einem Herrn zu fechten, der bei Mons und Namur gekämpft hat.«

»Wird Hochwürden mir erlauben, Ihnen eine Lektion zu erteilen?« fragte der Kapitän.

»Nein, nein, meine Herren, zwei auf jeder Seite sind genug«, sagte Lord Castlewood. »Verschonen Sie den Jungen, Kapitän Macartney.« Er schüttelte Harrys Hand – zum vorletzten Male in seinem Leben.

Am Schenktisch des Gasthauses blieben die Herren stehen, und Mylord sagte lachend zur Wirtin, daß es über den Karten immer Zank gebe. Es sei aber alles beigelegt, und sie seien auf dem Wege nach Lord Mohuns Haus, um dort vor dem Schlafengehen noch eine Flasche zu trinken.

Ein halbes Dutzend Sänften wurden geholt, und als die Herren einstiegen, wurde den Trägern leise die Weisung erteilt, nach Leicester-Field[12] zu gehen. Es war um Mitternacht; die Stadt lag in tiefem Schlummer; nur wenige Fenster waren erleuchtet. Aber die Nacht war hell genug für das unselige Vorhaben der sechs, die das verhängnisvolle Feld betraten, während die Sänftenträger außerhalb des Gitters blieben und die Tür bewachten, damit niemand die Kämpfer störe.

Alles, was dort geschah, ist öffentlich bekannt geworden und zur Warnung für starrsinnige Männer in den Annalen unsres Landes verzeichnet. Harry Esmond schien es, als habe der Kampf erst wenige Minuten gedauert, aber er war so beschäftigt, die Stöße seines behenden Gegners zu parieren, daß er sich irren mag. Jedenfalls kündigte ein Schrei der Sänftenträger an, daß ein Unglück geschehen sei. Die Männer hatten sich, ihre Pfeifen rauchend, über das Gitter gelehnt und die undeutlichen Bewegungen der Duellanten beobachtet. Esmond ließ seinen Degen sinken, und sein Gegner verwundete ihn an der rechten Hand. Aber der junge Mann achtete der Schramme nicht und stürzte zu seinem Herrn, den er auf der Erde liegen sah.

Mylord Mohun beugte sich über ihn.

»Bist du schwer verwundet, Frank?« fragte er mit hohler Stimme.

»Ich glaube, ich bin ein verlorener Mann«, sagte Lord Castlewood.

»Nein, nicht doch«, entgegnete der andere. »Gott sei mein Zeuge, Frank Esmond, daß ich dich um Verzeihung gebeten hätte, wenn du mir nur eine Gelegenheit dazu gegeben hättest. Was den ersten Grund unsres Haders anbetrifft, so war ich allein der Schuldige; ich schwöre es dir. Mylady ...«

»Still!« sagte mein armer Herr mit schwacher Stimme und richtete sich auf dem Ellbogen in die Höhe. »Der Streit war wegen der Karten, wegen der verfluchten Karten. Harry, mein Junge, bist du auch verwundet? Gott helfe dir! Ich habe dich liebgehabt, Harry. Du mußt über meinem kleinen Frank wachen und – und du mußt meiner Frau dieses kleine Herz bringen.«

Er suchte an seiner Brust nach einem Medaillon, das er dort trug. Dabei schwanden ihm die Sinne und er sank zurück.

Die Umstehenden erschraken und glaubten, er sei tot; aber Esmond und Oberst Westbury riefen die Sänftenträger herbei, und man schaffte Mylord zu einem gewissen Herrn Aimes, einem Wundarzt, der eine Klinik in Long Acre hatte. Seine Leute wurden aus dem Schlaf gerüttelt, der Graf zu Bett gebracht und seine Wunde von dem Arzt verbunden, der einen freundlichen und geschickten Eindruck machte. Er verband auch Esmonds Hand, der gerade, als sie das Haus des Arztes betraten, vom Blutverlust ohnmächtig geworden war. Als er wieder zu sich kam, fragte er als erstes nach seinem lieben Herrn. Man brachte ihn in das Zimmer, wo Lord Castlewood lag, der schon nach einem Geistlichen geschickt und dringend verlangt hatte, seinen Verwandten zu sprechen. Er war totenbleich, und seine Augen hatten den starren Blick eines Sterbenden. Er deutete den anderen mit der Hand, sie möchten sich von seinem Bett entfernen, und sagte mühsam: »Nur Harry Esmond.« Seine Hand fiel kraftlos auf die Decke zurück, als Harry herantrat, niederkniete und sie küßte.

»Du bist beinahe ein Geistlicher, Harry«, sagte Mylord schwer atmend und mit mattem Lächeln. »Sind sie alle fort? Ich möchte dir etwas beichten.«

Der Tod stand wartend am Fuß des Bettes, ein schrecklicher Zeuge seiner Worte. Der arme Sterbende gab stockend die letzten Wünsche über seine Familie kund, er bekannte demütig seine Fehler und äußerte schmerzliche Reue. Dann kamen Bekenntnisse, die Harry Esmond selbst betrafen und ihn in grenzenloses Erstaunen versetzten. Mylords Kräfte versagten mehr und mehr, und er war noch nicht halb mit seinen seltsamen Mitteilungen zu Ende, als der Geistliche erschien, den er hatte rufen lassen. Es war Herr Atterbury.[13]

Dieser Herr hatte damals noch keine so hohe kirchliche Würde erreicht. Er war nur Prediger in St. Bride, wohin die ganze Stadt strömte, um seine Beredsamkeit zu genießen. Mylord, der ein Schüler seines Vaters gewesen war, hatte ihn aus der Taufe gehoben.

Der Bote des Sterbenden fand den guten Priester schon über seinen Büchern, obwohl es erst fünf Uhr morgens war. Er folgte dem Manne eiligst zum Haus in Long Acre.

Als Mylord von seiner Ankunft hörte, drückte er Esmonds Hand und bat, ihn mit dem Geistlichen allein zu lassen. Während des feierlichen Zwiegesprächs zwischen Herrn Atterbury und seinem sterbenden Beichtkind stürmten furchtbare Zweifel und Kämpfe in der Brust des jungen Esmond. Sein Herr hatte ihm ein Geheimnis mitgeteilt, das ihn ganz verstörte und ihn zu schweren inneren Entschlüssen zwang.

Nach einer Stunde oder mehr als einer Stunde kam Herr Atterbury aus dem Sterbezimmer; er hatte ein Papier in der Hand und sah Esmond ernst und fest in die Augen.

»In wenigen Augenblicken wird er vor Gottes Richterstuhl stehen«, flüsterte der Geistliche. »Er hat mir alles gebeichtet. Er vergibt, glaubt und will Sühne tun. Soll es vor anderen sein? Sollen wir einen Zeugen rufen, der dieses Papier unterzeichnet?«

»Gott weiß«, schluchzte der junge Mann, »daß mir mein lieber Herr nichts als Gutes erwiesen hat.«

Der Prediger reichte Esmond das Papier. Er sah hinein. Die Buchstaben schwammen ihm vor den Augen.

»Es ist ein Geständnis«, sagte er.

»Es ist das, was Sie daraus machen«, entgegnete Herr Atterbury.

Im Kamin brannte ein Feuer, an dem Tücher trockneten; in der Ecke lag ein anderer Haufen Tücher, der von Mylords Blut durchtränkt war. Der Kamin war aus glasierten holländischen Ziegeln mit einer eingefügten Darstellung der Geschichte, wie Jakob mit seinen Fellhandschuhen Esau um Segen und Erbrecht betrügt. Esmond trat an das Feuer heran und warf das Papier hinein.

»Es ist nur ein Geständnis, Herr Atterbury«, sagte der junge Mann. Dann lehnte er den Kopf gegen den Kaminsims und brach in Tränen aus. Es waren die ersten, die er weinte, seit er bei Mylord gesessen hatte, fassungslos über das, was der Sterbende ihm sagte, entsetzt bei dem Gedanken, als Träger doppelten Unheils zu denen zurückzukehren, die ihm die Liebsten auf Erden waren.

»Wir wollen zu ihm gehen«, sagte Esmond, und sie gingen zusammen in das Sterbezimmer. Das graue Licht der Morgendämmerung fiel auf Mylords bleiches Gesicht; in seinen brechenden Augen war ein wilder, flehender Ausdruck. Der Arzt war bei ihm. Die Augen des Sterbenden richteten sich auf Esmond, dem sein rasselnder Atem ins Herz schnitt.

»Mylord«, sagte Herr Atterbury, »Herr Esmond will keine Zeugen; er hat das Papier verbrannt.«

»Mein geliebter Herr!« sagte Esmond und kniete am Bette nieder.

Lord Castlewood richtete sich stürmisch auf und warf seine Arme um Harrys Schultern. »Gott segne –« war alles, was er sagen konnte. Das Blut stürzte ihm aus dem Mund und überschwemmte den jungen Mann. Mylord war tot. Er war mit Segensworten auf den Lippen verschieden, das männliche Herz erfüllt von Liebe, Reue und Güte.

»Benedicti benedicentes«, sagte Herr Atterbury, und Esmond schluchzte »Amen«.

»Wer soll ihr die Nachricht bringen?« war Esmonds nächster Gedanke. Er bat Herrn Atterbury, es zu tun. Er fühlte sich nicht fähig, seiner Herrin das Schreckliche zu verkünden. Da der Geistliche sich freundlich bereiterklärte, schrieb Esmond ein paar hastige Zeilen an Mylords Diener, in denen er ihm befahl, die Pferde für Herrn Atterbury zu satteln und ihn nach Castlewood zu begleiten. Esmonds Mantelsack solle er vorher im Gefängnis des Torhauses abgeben, wohin er sich zu gehen entschlossen hatte, um sich selber anzuzeigen.

ZWEITES BUCH

Herrn Esmonds militärische Laufbahn und andere Angelegenheiten der Familie von Castlewood

Erstes Kapitel

Ich sitze im Gefängnis, werde besucht, aber nicht getröstet

Wer je mitangesehen hat, wie ein vorzeitiger Tod geliebte Menschen hinwegrafft, wird Esmonds Kummer nach dieser unheimlichen, blutigen Mitternachtszene ermessen können. Aber neben seinem Schmerz nahm er in sein Gefängnis ein anderes Gefühl mit, das ihn im stillen tröstete und aufrichtete.

Ein wichtiges Geheimnis hatte ihm sein unglücklicher Verwandter auf dem Sterbebett enthüllt. Wenn er davon Gebrauch machen würde, was er in allen Ehren tun konnte, so brachte die Entdeckung Scham und Not über die Menschen, die er am meisten auf der Welt liebte. Sollte er denen noch größeren Kummer bereiten, die schon traurig genug waren? Sollte er die Witwe seines Vaters entehren, den Namen seines Vetters besudeln? Und weshalb? Um auf Kosten eines unschuldigen Knaben, des Sohnes seiner geliebten Wohltäterin, einen unfruchtbaren Titel zu tragen? Er hatte diese Sache in seinem Gewissen erwogen, während Mylord dem Geistlichen seine letzte Beichte ablegte. Auf der einen Seite lockten Ehrgeiz, Versuchung und Gerechtigkeit; aber Liebe, Dankbarkeit und Treue sprachen auf der andern Seite. Als der Kampf vorüber war, kam ein glühendes Glücksgefühl über Harrys Seele, und mit Tränen in den Augen dankte er Gott, daß er ihm die Kraft zu seinem Entschluß gegeben hatte.

»Als mein eignes Blut mich verleugnete«, dachte er, »da haben diese treuen Freunde mich aufgenommen und liebgehabt. Als ich eine Waise ohne Namen war und einen Beschützer brauchte, da habe ich einen gefunden in jenem gutmütigen Menschen, der das harmlose Unrecht, das er mir angetan, so bitter bereut hat.«

Mit diesen tröstlichen Gedanken im Herzen hatte er die kalten Lippen seines Wohltäters geküßt und war zum Gefängnis gegangen.

Am dritten Tage seiner Gefangenschaft, als er krank daniederlag – denn seine Wunde hatte sich entzündet und machte ihm große Schmerzen –, kam sein Gefängniswärter und kündete ihm einen Besuch an. Obwohl das Gesicht der eintretenden Dame schwarz verschleiert und ihre ganze Gestalt in schwarze Trauergewänder gehüllt war, wußte Esmond doch sofort, daß seine liebe Herrin zu ihm kam.

Als der Wärter sich zurückgezogen und die Tür von außen geschlossen hatte, stand Esmond, schwach wie er war, vom Bett auf und ging seinem Besuch entgegen. Er hielt ihr die linke Hand hin, denn die rechte war verwundet und verbunden. Er hätte gern die weiche Hand seiner Herrin, die in so vielen Jahren so viele Freundschaftsdienste an ihm getan, in der seinen gehalten.

Aber Lady Castlewood wich zurück, schlug den Schleier vom Gesicht und lehnte sich gegen die eisenbeschlagene Tür des trübseligen Raumes. Sie sah erschreckend bleich aus in ihren schwarzen Gewändern; ihre sonst so freundlichen Augen waren mit einem so verzweifelten Ausdruck des Kummers und des Zornes auf ihn gerichtet, daß er ihren Blicken unwillkürlich auswich.

»So sehe ich Sie wieder, Herr Esmond«, sagte sie, »und dahin haben Sie mich gebracht!«

»Sie kommen, mich in meinem Unglück zu trösten, gnädige Frau«, stammelte Esmond, der nicht recht wußte, wie er sie anreden sollte, so hatte ihr Anblick ihn überwältigt.

Sie ging ein paar Schritte auf ihn zu; dann stand sie still und zitterte. Die kleinen weißen Hände hielt sie krampfhaft gefaltet, und aus ihren schwarzen Schleiern starrte sie ihn mit hohlen Augen an.

»Sie sind nicht gekommen, um mir Vorwürfe zu machen«, fuhr er nach einer Pause fort. »Mein Kummer ist ohnedies schon groß genug.«

»Nehmen Sie Ihre Hand zurück; berühren Sie mich nicht damit!« schrie sie. »Sehen Sie nicht? Es klebt Blut daran!«

»Ich wünschte, all mein Blut wäre geflossen«, sagte Esmond, »wenn Sie so grausam zu mir sind.«

»Wo ist mein Gatte?« brach es heftig aus ihr hervor. »Gib ihn mir zurück, Harry! Warum hast du um Mitternacht dabeigestanden und zugesehen, wie man ihn ermordete? Warum entkam der

Verräter, der es tat? Du, der Vorkämpfer unseres Hauses, der für uns sterben wollte – du, den er liebte und dem er vertraute und dem ich ihn anvertraut hatte – du, der Ergebung und Dankbarkeit gelobte, und ich habe dir geglaubt – ja, ich habe dir geglaubt –, warum stehst du hier, und mein edelmütiger Francis ist tot? Warum bist du in unsere Familie gekommen? Du hast uns nichts als Kummer und Sorge gebracht, und Reue, bittere Reue, zum Dank für unsere Liebe und Güte. Habe ich dir je ein Unrecht getan, Henry? Du warst ein verwaistes Kind, als ich dich zum ersten Mal sah – als er dich zum ersten Mal sah, der so gut, so edel, so vertrauensvoll war. Er wollte dich fortschicken, aber ich dummes Frauenzimmer bat ihn, dich bei uns zu lassen. Du gabst vor, uns liebzuhaben, und wir glaubten es dir. Du hast unser Haus ins Elend gebracht; ich habe meines Gatten Herz durch deine Schuld verloren. Ich habe ihn angebetet; du weißt, wie ich ihn angebetet habe; aber er wandte sich von mir ab. Er war nicht mehr der Francis, der er gewesen, mein lieber, lieber Francis! Oh, Gott ist mein Zeuge, wie ich ihn geliebt habe. Warum hat er dich nicht fortgeschickt? Er war nur allzu gütig; er konnte mir damals keine Bitte versagen. Ich wußte, daß es uns Unglück bringen werde, dich bei uns zu behalten. So jung wie du warst, schwach und verlassen, ich las es in deinem Gesicht und deinen Augen. Ich sah, daß sie uns Unheil verkündeten, und das Unheil kam. Warum bist du nicht an den Pocken gestorben? Ich habe dich selbst gepflegt, und du erkanntest mich nicht im Fieber. Du riefst nach mir, und ich war an deiner Seite. Alles, was seitdem geschehen ist, war eine gerechte Strafe für mein gottloses Herz – mein sündiges, eifersüchtiges Herz. Ach, ich bin bestraft – furchtbar bestraft! Mein Gatte liegt in seinem Blut, ermordet, weil er meine Ehre verteidigte, mein gütiger, großmütiger Herr, und du hast dabeigestanden und hast es geschehen lassen, Harry!«

Diese Worte, die durch ihren rasenden Kummer aus ihr herausbrachen, klangen in Esmonds Ohren. Er soll viele von ihnen in seinen Fieberphantasien wiederholt haben; denn die Entzündung seiner Wunde und wohl auch die Aufregung über so furchtbare und ungerechte Vorwürfe brachten schwere Krankheit über ihn. Es schien, als wenn sich all seine Opfer und all seine

Liebe für diese Frau und ihre Familie in Unheil und Unrecht verkehrten. Kein Wort der Verteidigung kam über seine Lippen während Myladys heftigem, tränenlosem Redestrom. Er saß am Fußende seines Bettes und litt doppelte Qual, weil es eine so weiche und geliebte Hand war, die ihn so grausam verwundete, und weil er machtlos war gegen ihren furchtbaren Schmerz. Alle Saiten seiner Erinnerung bebten unter ihren Worten; seine ganze Knaben- und Jünglingszeit zog an ihm vorüber; und sie, noch vor wenigen Tagen so zärtlich und liebevoll, der gute Engel, den er verehrt und angebetet hatte, stand vor ihm und peinigte ihn mit scharfer Rede und feindseligen Blicken.

»Ich wollte, ich läge an Mylords Stelle«, stöhnte er. »Es ist nicht mein Fehler, daß es nicht so ist. Aber das Schicksal ist stärker als wir alle, und es hat seinen Willen gehabt. Es wäre das beste gewesen, die Pocken hätten mich damals umgebracht!«

»Ja, Harry«, sagte sie, und dabei sah sie ihn so zärtlich und traurig an, daß der junge Mann seine Arme wild in die Luft warf und auf das Bett zurückfiel. Er stieß mit seiner verwundeten Hand gegen die Mauer, der Verband verschob sich, und das Blut schoß aus der Wunde. Er erinnert sich, daß er eine geheime Freude über diesen Unfall empfand, und dachte: »Wenn ich jetzt sterbe, wer weint um mich?«

Dann muß er wohl die Besinnung verloren haben. Er entsinnt sich nur noch undeutlich, daß jemand seine Hand ergriff, wahrscheinlich seine Herrin. Ein Brausen klang in seinen Ohren, als er erwachte. Er lag in einer Blutlache auf seinem Bett; mehrere Menschen waren um ihn.

Der Arzt des Gefängnisses legte ihm einen neuen Verband an; die Frau des Kommandanten und ihre Dienerin halfen. Seine Herrin war noch da, als er wieder zur Besinnung kam, aber sie ging fort ohne ein Wort des Abschieds. Die Frau des Kommandanten erzählte ihm später, sie habe noch einige Zeit in ihrer Wohnung gesessen und habe das Gefängnis erst verlassen, nachdem man ihr die Nachricht gebracht hatte, daß Esmond sich allem Anschein nach erholen würde.

In der Nacht brach das Fieber aus und dauerte tagelang. Als es ihn verlassen hatte, gab ihm die ehrliche Frau des Wärters ein frisch gewaschenes und gebügeltes Taschentuch, das mit dem wohlbekannten Monogramm seiner Herrin und der gräflichen Krone gezeichnet war. »Die Dame hat es um Ihre Hand gebunden, als Sie ohnmächtig wurden und ehe sie Hilfe herbeirief«, berichtete die gute Frau. »Die arme Dame! Sie grämt sich so um ihren Mann. Sie haben ihn heute zu Grabe getragen. Viele Kutschen vom Adel waren dabei, Mylord Marlboroughs und Mylord Sunderlands. Viele Offiziere von der Garde sind mitgegangen, weil er zur Zeit des alten Königs in der Garde gedient hat. Mylady ist mit ihren beiden Kindern in Kensington beim König gewesen und hat um Gerechtigkeit gegen Mylord Mohun gebeten. Der hat sich versteckt, und der Graf von Warwick will sich an seiner Stelle dem Gerichte stellen.«

Das waren die Neuigkeiten, welche die brave Frau ihrem Pflegling brachte. Sie würzte ihre Mitteilungen mit Beteuerungen ihrer Ehrlichkeit und versicherte, auch Molly, ihre Magd, sei ein wahres Muster in diesem Punkt, und es sei völlig ausgeschlossen, daß sie einen gewissen goldenen Knopf gestohlen habe, der an Herrn Esmonds Rock vermißt wurde. Als sie ihn verlassen hatte, nahm Esmond das Taschentuch und wird es wohl geküßt haben. Er sah lange auf die gestickte Krone in der Ecke und dachte: »Sie hat dich Kummer genug gekostet, liebe Frau. Soll ich sie dir und deinen Kindern nehmen? Nein, niemals! Behalte sie und trage sie, mein kleiner Frank, mein hübscher Junge! Wenn ich mir nicht selber einen Namen machen kann, dann sterbe ich ohne Namen. Einst, wenn meine liebe Herrin mir ins Herz sieht, werde ich gerechtfertigt sein; oder wenn es hier auf Erden nicht geschieht, so wird es dort geschehen, wo Ehre nichts mehr gilt und Liebe ewig herrscht.«

Wir brauchen hier auf die Einzelheiten des Prozesses nicht einzugehen, den das jammervolle Ende Lord Castlewoods heraufbeschwor. Sie sind in den Gerichtsakten aufgezeichnet. Der Graf von Warwick, der gegen Oberst Westbury gefochten hatte und von ihm verwundet war, wurde von den Peers, die ihn richteten, für nicht schuldig befunden. Lord Mohun wurde wegen Totschlags verurteilt; da er aber nachweisen konnte, daß er ein studierter Mann sei, ging er nach englischem Gesetz straffrei aus.

Wir müssen zu seiner Rechtfertigung noch einmal betonen, daß das Duell ihm aufgezwungen wurde und daß er seinen Ausgang bitter bereute. Die Witwe des Erschlagenen zeigte ungewöhnliche Energie, und obwohl sie noch zehn Jahre zu warten hatte, ehe ihr in ihrem Sohn ein Rächer erstehen konnte, erklärte sie doch, daß sie sich rächen werde. So schienen Kummer, Zorn und Mißgeschick sie plötzlich völlig zu verwandeln. Aber gute und böse Schicksale ändern die Menschen nicht, sie entwickeln nur ihren Charakter.

Während die Grafen, ihrem Vorrecht gemäß, von den Peers im Tower gerichtet wurden, machte man den andern Beteiligten in Newgate den Prozeß. Sie wurden alle für schuldig befunden und konnten auch ihrerseits nachweisen, daß sie studiert hatten. In solchen Fällen lautet das Urteil auf ein Jahr Gefängnis, oder so lang es dem König gefällt. Dem Verurteilten wird ein Brandmal in die Hand gedrückt, oder er wird nur mit einem kalten Eisen gezeichnet; doch kann diese letzte Strafe durch die Gnade des Herrschers aufgehoben werden. So war Harry Esmond mit zweiundzwanzig Jahren ein Verbrecher und Gefangener. Seine Kameraden, die beiden Offiziere, nahmen die Sache sehr leicht. Duellieren gehörte zu ihrem Beruf, und sie konnten solche Aufforderungen in Ehren nicht abschlagen.

Der Fall bei Herrn Esmond lag anders. Seinem Leben wurde durch den Tod seines gütigen Herrn eine andere Richtung gegeben. Während er gefangen saß, erkrankte der alte Tusher und starb; Lady Castlewood ernannte Thomas Tusher zu seinem Nachfolger. Wie oft hatte sie liebevoll von Harry Esmond als Nachfolger gesprochen; wie oft hatte sie gesagt, man wolle sich niemals trennen; er solle ihren Jungen erziehen; der Beruf eines Landgeistlichen, wenn man ihn so auffasse wie der selige Georg Herbert oder der fromme Doktor Ken, sei das glücklichste, erhabenste Los auf Erden; sie wolle eine gute Frau für ihn finden und was der schönen Zukunftsgedanken mehr sind, denen man abends beim Kaminfeuer nachhängt. Alle diese Pläne waren jetzt über Bord geworfen. Esmond bekam im Gefängnis einen Brief von Thomas Tusher, der ihm mitteilte, daß Mylady das Amt seines ehrwürdigen Vaters auf ihn übertragen habe, daß sie nach all den traurigen Ereignissen, über die sich Tom mit sehr erbaulichem Entsetzen erging, weder auf der Kanzel des verehrten Tusher noch am Tisch ihres Sohnes den Mann zu sehen wünsche, der für des Grafen Tod verantwortlich sei. Ihre Gnaden ließen ihm sagen, daß er bei seinen künftigen Lebensplänen frei über ihre Hilfe verfügen könne, daß sie für seine Besserung und sein weltliches Fortkommen bete, daß sie ihn aber auf dieser Erde nicht wiedersehen wolle. Tusher fügte von seiner Seite hinzu, er werde für ihn, den Freund seiner Jugend, zu Gott beten, und empfahl ihm als Lektüre im Gefängnis gewisse Erbauungsbücher, die, wie Seine Hochwürden schrieb, für Sünder in seiner Verfassung sehr heilsam seien.

Das war die Erwiderung auf ein Leben voll Treue und Ergebenheit, das war das Ende jahrelangen liebevollen Verkehrs und leidenschaftlicher Anhänglichkeit. Harry hatte für seinen Herrn sterben wollen und wurde behandelt, als sei er beinahe sein Mörder. Er hatte für seine Herrin so viel geopfert, mehr, als sie ahnte, und er wurde von ihr verworfen. Ihre Familie verdankte ihm alles, was sie besaß, und sie wollte ihm Almosen geben wie einem Bettler! Der Kummer um seinen Herrn, die Pein seiner gegenwärtigen Lage, die Ungewißheit seiner Zukunft – alles war vergessen über der unerhörten Beschimpfung, die man ihm zufügte.

Er erwiderte den Brief des Herrn Tusher mit einem Glückwunsch zum Antritt seines Amtes und empfahl Seiner Hochwürden spöttisch, den Spuren seines verehrungswürdigen Vaters getreulich nachzufolgen. Er dankte Ihrer Gnaden für ihr Anerbieten, fügte aber hinzu, er denke, daß er ihre Almosen nicht brauchen werde. Wenn sich ihre Ansichten über ihn jemals ändern sollten, so werde sie ihn jederzeit bereit finden zu neuen Beweisen einer Treue, die niemals geschwankt habe und die ihr Haus niemals hätte anzweifeln dürfen. »Sollten wir uns auf Erden nie oder nur als Fremde wiedersehen«, so schloß er, »ein Urteil, gegen dessen Grausamkeit und Ungerechtigkeit ich mich weigere, mich zu wehren, so wird sie in einer anderen Welt erfahren, wer ihr wahrhaft ergeben war, und ob sie irgendeinen Grund hatte, an der Liebe und Treue ihres Vetters und Dieners zu zweifeln.«

Nachdem er diesen Brief abgeschickt hatte, war es dem armen Jungen leichter ums Herz. Der Schlag war gefallen, und er hatte ihn ertragen. Das Gefühl, daß er im Recht war und man ihm unrecht tat, hielt ihn aufrecht. Wie der Soldat bei der Alarmtrommel aufwacht und zu seinen Waffen greift, so rafft ein männlicher Sinn sich zur Entschlossenheit auf, wenn das Äußerste von ihm gefordert wird. Kein Mensch kennt seine Kraft oder seine Schwäche, ehe er seine Probe bestanden hat. Wenn es im Leben eines Menschen Gedanken und Handlungen gibt, vor denen die Erinnerung schamvoll zurückschreckt, so gibt es gewiß auch andere, an die er mit Stolz zurückdenken kann – vergebene Kränkungen, überwundene Versuchungen und Beschwerden, die er mit Ausdauer überwand.

Harry Esmond konnte seine Unglücksgenossen nicht gut ins Vertrauen ziehen; sie glaubten, daß der Kummer um seinen Herrn ihn so bedrücke, und er widersprach dieser Ansicht nicht. Er war ein so finsterer und wortkarger Gesellschafter, daß die beiden Offiziere ihn sich selbst überließen. Sie trösteten sich mit Trinken, mit Würfel- und Kartenspiel und vertrieben sich die Gefangenschaft auf ihre Art. Es schien Esmond, als habe er jahrelang im Gefängnis gelebt, und als er es verließ, fühlte er sich verwandelt und gealtert. Es gibt Zeiten, wo wir Jahre der Aufregungen in wenigen Wochen durcheilen, und sehen wir zurück, so scheinen diese Zeiten wie Abgründe zwischen einem alten und einem neuen Leben. Erst wenn die Krise vorüber ist, macht man sich klar, wie furchtbar man an einer solchen Krankheit der Seele gelitten hat. Während sie dauert, gehen die Tage mehr oder weniger unter Schmerzen dahin, und die Nächte schleichen auch irgendwie vorüber. O schreckliche Monate des Kummers und der Wut! Es ist ein alter Mann, der euch jetzt zurückruft. Er hat der sanften Hand, die ihn verwundete, längst vergeben. Aber das Zeichen bleibt; die Wunde ist nur vernarbt, und keine Tränen, keine Liebkosungen, keine Reue können ihre Spur auslöschen.

Die Offiziere, die an Duelle gewöhnt waren und oft genug einen oder den andern Kameraden unter dem Degen fallen sahen, waren natürlich nicht untröstlich über das Schicksal ihres dahingegangenen Waffenbruders. Der eine erzählte von früheren

Kriegs- und Liebesabenteuern, in denen der arme Frank Esmond eine Rolle gespielt hatte; der andere erging sich in Erinnerungen, wie man einen Schutzmann geprellt oder einen großschnauzigen Trinker verprügelt hatte. Unterdes saß Mylords arme Witwe an seinem Grab und beweinte ihn als Heiligen und fleckenlosen Helden. So erzählten die Besucher, die über Lady Castlewood unterrichtet waren; denn fast die ganze Stadt kam ins Gefängnis und machte Westbury und Macartney ihre Aufwartung.

Das Duell und der Prozeß hatten die größte Aufregung hervorgerufen. Die Zeitungen waren voll davon. Die wirkliche Ursache des unseligen Kampfes wurde nicht bekannt, so streng hatten die Eingeweihten das Geheimnis bewahrt. Man glaubte, es habe sich um einen Streit über den Karten gehandelt. Die drei Herren in Newgate zogen die Neugierigen ebensosehr an wie die Bischöfe im Tower oder der Straßenräuber, der hingerichtet werden soll. Man gestattete ihnen, im Hause des Kommandanten zu wohnen. Außer frischer Luft konnten die Gefangenen für Bezahlung alles haben, was sie sich irgend wünschen mochten. Sie kamen nicht in Berührung mit den gewöhnlichen Verbrechern, deren Flüche und wilde Gesänge sie aus den andern Teilen des Gefängnisses herüberschallen hörten, wo sie in bunter Mischung mit den unglückseligen Schuldgefangenen hausten.

Zweites Kapitel

Meine Gefangenschaft nimmt ein Ende, aber mein Kummer bleibt

Unter den Herren, welche die beiden Offiziere im Gefängnis besuchten, war auch ein alter Bekannter von Harry Esmond, nämlich der gelehrte Dick. Er war jetzt nicht mehr Dick der Reiter, er war Hauptmann Steele und Sekretär von Mylord Cutt, dem berühmten Offizier von König Wilhelm, dem tapfersten und beliebtesten Mann der englischen Armee. Eines Abends saßen die beiden lustigen Gefangenen mit einer Gesellschaft von Freunden beim Trinken. Endlose Kisten von Burgunder und Champagner, die gute Bekannte den Offizieren ins Gefängnis schickten, hielten unsern Keller gefüllt. Harry, den weder der Wein noch die Unterhaltung lockte, denn er war noch zu schwach zum Trinken und zu traurig zum Scherzen, saß in seinem kleinen Zimmer und las. Der allezeit gutgelaunte Oberst Westbury kam heiß vom Trinken herein und rief lachend: »Ho, junger Spielverderber! Da kommt ein Freund zu dir. Er wird mit dir beten oder mit dir trinken oder abwechselnd beten und trinken. Dick, mein christlicher Held, hier hast du den kleinen Gelehrten von Castlewood.«

Dick kam herein und küßte Esmond auf beide Wangen. Ein starker Sektgeruch würzte die Liebkosung.

»Was! Ist das der kleine Mann, der Lateinisch sprechen konnte? Wie groß du geworden bist! Und ein Raufbold und Fechter bist du geworden und hast mit Mohun die Klinge messen wollen. Ich kann versichern, daß er gestern beim Festmahl der Garde gesagt hat, der junge Bursche habe mit ihm fechten wollen, und er sei der gefährlichere von seinen beiden Gegnern gewesen.«

»Ich wünschte, ich hätte es beweisen können, Herr Steele«, sagte Esmond, und in Gedanken an seinen toten Herrn füllten sich seine Augen mit Tränen.

Mit Ausnahme des einen grausamen Briefes hörte Esmond nichts von seiner Herrin. Sie schien wirklich entschlossen, ihn nicht wiederzusehen. Aber Herr Steele brachte ihm Nachrichten von ihr, die er am prinzlichen Hof auflas, wo unser braver Hauptmann Kammerjunker war. Sooft er Zeit hatte, kam er, seine Freunde in der Gefangenschaft zu trösten; Gutmütigkeit und die Neigung, allen Unglücklichen beizustehen, trieben ihn wohl zu diesen Besuchen; gute Unterhaltung und guter Wein aber machten, daß er sie recht gründlich in die Länge zog.

»Ihr könnt mir glauben«, sagte Westbury, »der kleine Gelehrte hat den Streit angefangen; ich erinnere mich jetzt ganz genau. Der Bursche Mohun ist mir immer verhaßt gewesen. Was hat nur dahintergesteckt? Ich meine, hinter dem Streit zwischen ihm und dem armen Frank. Ich möchte wetten, daß es ein Frauenzimmer war.«

»Die Karten haben dahintergesteckt, auf mein Wort, nichts als die Karten«, entgegnete Harry. »Mein armer Herr hat in Castlewood große Summen an seinen Gast verloren. Darüber sind sie in Wortwechsel geraten, und wenn auch Lord Castlewood der freundlichste und fügsamste Mensch auf Erden war, so hatte er doch Temperament. So ist es gekommen, daß wir alle hier sitzen.« Esmond war fest entschlossen, niemals eine andre Ursache des Duells zuzugeben.

»Ich liebe es nicht, häßliche Worte über einen Edelmann zu gebrauchen«, sagte Westbury, »aber wäre Lord Mohun ein Bürgerlicher, so würde ich sagen: Schade, daß man ihn nicht hängt! Er stand mit Würfeln und Frauenzimmern auf vertraulichem Fuß in einem Alter, wo andre Jungen in der Schule Prügel bekommen; er war gottlos wie der älteste Wüstling, noch ehe er ausgewachsen war; er schwang die Klinge, und eine blutige Klinge, ehe er je ein Rasiermesser gebraucht hatte. Er wird ein böses Ende nehmen, der junge Lord; kein Ende ist schlimm genug für ihn«, meinte der ehrliche Westbury, dessen Prophezeiung zwölf Jahre später in Erfüllung ging, an dem verhängnisvollen Tag, wo Mohun fiel und im Fallen den tapfersten, tüchtigsten Edelmann Englands mit sich riß.

Von Herrn Steele also wurde Esmond über das Ergehen seiner unglücklichen Herrin unterrichtet. Steeles Herz stand leicht in Flammen, und der Kammerjunker sprach in Tönen grenzenloser Bewunderung sowohl von der Witwe – dieser schönsten Frau, wie er sagte – als von ihrer Tochter, die in des Hauptmanns Augen ein noch größeres Wunder weiblicher Schönheit war. Wenn die bleiche Witwe, die Hauptmann Dick in seiner poetischen Verzückung mit einer Niobe in Tränen verglich, das Lieblichste und Rührendste war, was seine Augen je gesehen hatten, so schien doch selbst ihre reife Schönheit nichts, verglichen mit den Verheißungen, die der Brave in der unbegreiflichen Lieblichkeit der Tochter schlummern sah. Steele verfaßte Sonette über die Reize von Mutter und Tochter, während er im fürstlichen Vorzimmer Dienst hatte. Er sprach stundenlang über sie, wenn er bei Esmond saß, und hätte kaum einen Gegenstand finden können, der den unglücklichen jungen Mann mehr fesselte als dieser.

Denn nach wie vor war er den Damen ergeben, war denen dankbar, die sie liebten und lobten, und wünschte ihnen alles Gute.

Kein Zeichen der Nachgiebigkeit belohnte seine Treue; keine Antwort kam auf seinen Brief. Da er zu stolz war, noch einmal zu schreiben, zog er Steele so weit wie möglich ins Vertrauen und hätte keinen freundlicheren Hörer finden können. Er erzählte ihm von seiner Jugendzeit, von seiner Anhänglichkeit an die Familie, die ihn aufgenommen hatte, von seiner Liebe, die noch vor kurzer Zeit so herzlich erwidert wurde, und, soweit er davon sprechen durfte, von den Umständen, die ihn zum Gefangenen gemacht hatten. In Ausbrüchen, die auch einen härteren Mann als den ehrlichen Dick zu Tränen gerührt hätten, beschrieb er jene eine traurige Zusammenkunft, die seine Herrin ihm gewährt hatte, wie sie ihn im Zorn verlassen habe, sie, deren Wort sonst voller Güte gewesen waren; wie sie ihn der Schuld an ihres Mannes Tode anklagte, für den er so willig sein Leben hatte hingeben wollen. Mit tränenheißen Augen und halbgebrochnem Herzen beschwor er Herrn Steele, seiner Herrin von seinen Qualen zu erzählen und ihren grausamen Zorn zu beschwichtigen.

Obwohl Esmonds leidenschaftlicher Bericht den guten Dick zum Weinen brachte, übte er doch keine Wirkung auf die aus, an die er eigentlich gerichtet war. Der Abgesandte kam mit traurigem, mutlosem Gesicht von seiner Mission zurück und schüttelte den Kopf, zum Zeichen, daß jede Hoffnung vergeblich sei. Kein elender Verbrecher in jenem Gefängnis von Newgate, der umsonst auf seine Begnadigung gewartet hatte, konnte niedergeschlagener sein als der unschuldig verdammte Esmond.

Der Verabredung gemäß war Herr Steele zum Haus der gräflichen Witwe in Chelsea gegangen, wo Mylady mit ihren Kindern wohnte. »Ich glaube, ich habe gut gesprochen, mein armer Junge«, sagte Herr Steele; »denn wer hätte nicht gut gesprochen in einer solchen Sache und vor einem so schönen Richter? Die liebliche Beatrix habe ich nicht gesehen; nur der junge Graf war im Zimmer, mit Lord Churchill, Mylord von Marlboroughs ältestem Sohn. Die jungen Herren gingen in den Garten, und ich sah vom Fenster aus, wie sie mit Stöcken eine Fechtszene aufführten. Mylady blickte auf sie hinunter und sagte: »Sie sehen, man lehrt die Kinder, Spielzeug wie tödliche Waffen zu brauchen und aus Mord eine Unterhaltung zu machen.« Dabei sah sie so lieblich aus und stand da als ein so trauriges, schönes Beispiel der Lehre, deren bescheidener Prediger ich bin, daß ich sie um die Erlaubnis gebeten hätte, ihr meinen ›Christlichen Helden‹ widmen zu dürfen, wenn das Buch nicht schon den Namen Lord Cutts auf der ersten Seite trüge. – Übrigens bemerke ich, Harry, daß du es noch nicht aufgeschnitten hast. Die Predigt ist gut, glaube mir, auch wenn des Predigers Leben nicht dafür spricht. – Ich sah nie ein so herrliches Veilchenblau, wie das ihrer Augen, Harry. Ihre Haut ist so zart wie ein Rosenblatt; sie hat ein wundervoll geformtes Handgelenk und Grübchen in den Händen. Ich bin überzeugt …«

»Sind Sie gekommen, um mir von den Grübchen in Myladys Händen zu erzählen?« fuhr Esmond traurig dazwischen.

»Ein liebliches Geschöpf in Trauer scheint mir immer doppelt schön«, sagte der arme Hauptmann, der allerdings oft in einem Zustand war, wo er doppelt sah. Etwas ernüchtert nahm er den Faden seines Berichtes wieder auf. »Als ich ihr sagte, warum ich gekommen sei, als ich ihr erzählte, was alle Welt weiß, nämlich daß du versucht habest, dich zwischen die beiden Grafen zu stellen und deines Herrn Ehre mit dem eignen Degen zu verfechten, als ich von der allgemeinen Anerkennung sprach, die man deiner Ritterlichkeit zolle, und wie sogar Lord Mohun Zeugnis dafür ablege, da schien sie mir mit einigem Interesse zuzuhören und schlug ihre Augen – ich habe nie ein solches Veilchenblau gesehen, Harry – ein- oder zweimal zu mir auf. Aber als ich eine Weile geredet hatte, unterbrach sie mich plötzlich mit einem Schrei des Jammers. ›Ich möchte‹, rief sie, ›ich hätte nie das Wort ›Ritterlichkeit‹ gehört, das Sie da brauchen. Wenn dieses Wort und seine Bedeutung nicht wäre, so hätte Mylord nicht sterben müssen, mein Haus wäre nicht verwaist, mein Knabe hätte einen Vater. Sie sollten das Wort nicht aussprechen vor einer christlichen Frau, vor einer verwitweten Mutter armer Waisen, deren Hausstand glücklich war, bis die Welt sich hereindrängte, die gottlose, lasterhafte Welt, die das Blut der Unschuldigen fordert und die Schuldigen frei ausgehen läßt!«

»Als die unglückliche Frau so sprach«, fuhr Herr Steele fort, »schien sie mehr von Entrüstung als von Kummer bewegt zu sein. ›Entschädigung!‹ rief sie leidenschaftlich und mit flammenden Augen. ›Wie vergütet eure Welt der Witwe den Mann, den Kindern den Vater? Der Elende, der den Mord beging, ist nicht einmal bestraft worden. Gewissen! Hat der Mensch ein Gewissen, der im Hause seines Freundes einer Frau, die ihm nichts zuleide tat, Lügen ins Ohr flüstert, der das gütige Herz durchbohrt, das ihm vertraut hat? Da sitzen seine Peers, um ihn zu richten, und entlassen ihn mit ein paar Worten der Ermahnung, schicken ihn wieder in die Welt, damit er Frauen mit Lüsternheit und Falschheit verfolgen und arglose Gastfreunde ermorden kann. An dem Tag, wo Mylords Mörder – sein Name soll nicht wieder über meine Lippen kommen – freigesprochen wurde, haben sie in Tyburn eine Frau hingerichtet, weil sie in einem Laden gestohlen hatte. Aber ein Mann darf einer Frau die Ehre rauben, und ihn trifft keine Strafe! Ich nehme meine Kinder, gehe zum König, flehe auf den Knien um Vergeltung, und der König versagt sie mir. Der König! Mein König ist er nicht und wird es niemals sein. Er ist auch ein Räuber; er hat dem Vater seiner Frau den Thron genommen und ist straflos ausgegangen wie alle Großen auf Erden!‹

Da wollte ich für dich ein Wort einlegen. ›Denken Sie daran, gnädige Frau‹, sagte ich, ›daß Ihr junger Verwandter versucht hat, sein Leben für seinen Herrn in die Schanze zu schlagen.‹

›Ist er es, der Sie geschickt hat?‹ fragte Mylady und erhob sich streng und feierlich. »Ich dachte, Sie kämen im Auftrag der Prinzessin. Ich habe Herrn Esmond im Gefängnis aufgesucht und habe Abschied von ihm genommen. Er hat Unglück in mein Haus gebracht. Es wäre besser gewesen, er hätte es nie betreten.‹

›Gnädige Frau!‹ warf ich ein, ›er ist nicht zu tadeln!‹

›Habe ich vor Ihnen einen Tadel gegen ihn geäußert?‹ fragte sie zurück. ›Wenn er Sie geschickt hat, so sagen Sie ihm – und sie wurde sehr blaß und ihre Stimme zitterte –, ›daß ich mir dort Rat geholt habe, wo wir uns alle Rat holen dürfen, daß ich mich von ihm trennen muß und ihn nicht mehr sehen darf. Wir haben uns im Gefängnis zum letzten Male gesehen, zum letzten Male wenigstens für lange Jahre. Später vielleicht, wenn Reue und Tränen unsre sündigen Herzen geläutert haben, dürfen wir uns wiederbegegnen, aber jetzt nicht. Ich wünsche ihm alles Gute, aber ich sage ihm Lebewohl, und wenn er die – die Achtung für uns wirklich hat, die er zu haben vorgibt, so beschwöre ich ihn, sie mir zu beweisen, indem er mir in diesem Punkte gehorcht.‹

›Ich werde mit dieser grausamen Botschaft des jungen Mannes Herz brechen!‹ entgegnete ich.

Die Dame schüttelte ihr Haupt. ›Die Herzen der jungen Männer brechen nicht so leicht‹, sagte sie. ›Herr Esmond wird andre – andre Freunde finden. Die Herrin dieses Hauses ist dem Sohn des verstorbenen Grafen‹, fügte sie hinzu und wurde rot, ›sehr wohl gesinnt. Sie hat mir versprochen – das heißt, sie hat die Absicht, für seine Zukunft zu sorgen. Solange ich in Castlewood lebe, kann es keine Heimat mehr für ihn sein. Ich möchte auch nicht, daß er an mich schreibt, ausgenommen – nein – ich möchte, daß er nie an mich schreibt. Bringen Sie ihm, wenn Sie wollen, meinen Abschieds …Still! Kein Wort davon vor meiner Tochter!‹

Die schöne Beatrix kam von einer Bootsfahrt herein. Ihre Wangen strahlten vor Gesundheit; die Trauergewänder machten sie nur noch lieblicher und frischer. Mylady sagte: ›Beatrix, dies ist Herr Steele, Kammerjunker bei Seiner Hoheit dem Prinzen. Wann wird Ihre neueste Komödie erscheinen, Herr Steele?‹

Ich hoffe, Harry, du bist aus dem Gefängnis heraus, wenn sie zum ersten Male aufgeführt wird«, fuhr der gefühlvolle Hauptmann fort und schloß dann seine traurige Erzählung mit den Worten: »Wahrlich, die Schönheit der Tochter trieb mir die Reize der Mutter aus dem Kopf. Als ich aber den Fluß hinunterfuhr, gewann die bleiche Würde und wundervolle Anmut der Frau wieder die Oberhand, und sie erschien mir noch edler als die Jungfrau.«

Wenn die drei Herren gut lebten in Newgate, so war es, weil sie gut bezahlten. Der großartigste Gasthof Londons hätte keine längeren Rechnungen liefern können als der Wirt des Hauses zur ›Handschelle‹, wie Oberst Westbury das Gefängnis nannte. Sie genossen aber auch Bequemlichkeiten, wie sie den armen Gefangenen dort sonst nicht bewilligt wurden. Esmond kann nur mit einer Art von Scham daran zurückdenken, wie gleichgültig ihn damals die Flüche und Lästerungen und die noch abstoßendere Lustigkeit dieser Elenden ließen; denn es ist ihm jetzt ein Beweis, wie selbstsüchtig er sich in seinen eignen Gram verbissen hatte. Die drei Zimmer lagen über dem Torweg von Newgate und sahen die Newgate-Straße hinunter zur St.-Pauls-Kirche. Die Gefangenen durften auf dem Dach spazierengehen und hatten von dort aus den Blick auf Gärten, auf Smithfield, auf die Schule der blauen Jungen und auf das Kloster, wo, wie Harry Esmond einfiel, sein Freund Tom Tusher und der gelehrte Dick ihre Schulbildung genossen hatten.

Harry hätte seinen Anteil an der ungeheuerlichen Rechnung, die der Wirt seinen Gästen einmal wöchentlich brachte, nie bezahlen können, wenn nicht während seiner Krankheit, nach dem Besuch der Lady Castlewood, ein Lakai in orangefarbenem Rock mit blauen Litzen – der Livree der Esmondschen Dienerschaft – im Gefängnis erschienen wäre und ein versiegeltes Paket für Herrn Esmond abgegeben hätte. Es enthielt zwanzig Guineen und ein Schreiben der Gräfin-Witwe.

Es war ein drolliger Brief, geschrieben in dem barbarischen Französisch, das sie und viele andere vornehme Damen jener Zeit gebrauchten. Orthographie war damals kein sehr gängiger Artikel, und die Briefe des Mylords Marlborough sind ein Beweis dafür, daß auch ihn in diesem Punkt die Schulweisheit nicht drückte.

Mong Coussin, je scay que vous vous etes bravement batew et grievement bléssay – du coté de feu M. le Vicomte. M. le Compte de Varigue ne se playt qua parlay de vous; M. de Moon auçy. Il di que vous avay voulew vous bastre avecque luy – que vous estes plus fort que luy sur l'ayscrimme – quil'y a surtout certaine Botta que vous scavay quil n'a jammay sceau pariay: et que c'en eut été fay de luy si vouse luy vous vous fussiay battews ansamb. Aincy ce pauv Vicompte est mort. Mort et peutayt. – Mong coussin, mong coussin! jay dans la tayste que vous n'estes quung pety Monst – angcy que les Esmonds ong tousjours esté. La veuve est chay moy. J'ay recuilly cet' pauve femme. Elle est furieuse cont vous, allans tous les jours chercher le Roy, démandant à gran cri revanche pour son Mary. Elle ne voux voyre ni entende parlay de vous: pourtant elle ne fay qu'en parlay milfoy par jour. Quand vous seray hor prison venay me voyre. J'auray soing de vous. Si cette petite Prude veut se défaire de song pety Monste (Hélas je craing quil ne soy trotar!) je m'en chargeray. J'ay encor quelqu interay et quelques escus de costay.

La Veuve se raccommode avec Miladi Maboro qui est tout puiçante avecque la Reine Anne. Cet dam sentéraysent pour la petite prude; qui pouretant a un fi du mesme asge que vous savay.

En sortant de prisong venez icy. Je ne puy vous recevoir chay moy à cause des méchansetés du monde, may pre du moy vous aurez logement.

Isabelle Vicomtesse d'Esmond.

Der Knabe, der in dem Brief erwähnt wird, war Seine Königliche Hoheit der Prinz von Wales;[14] er war im selben Jahr und Monat geboren wie Frank Esmond, den wir fortan Graf Castlewood nennen wollen. Man hatte den jungen Prinzen gerade in Saint Germain zum König von Großbritannien und Irland ausgerufen.

Drittes Kapitel

Ich ziehe den Rock der Königin an und trete in Quins Regiment ein

Der Lakai in orangefarbener Livree mit blauen Litzen stand wartend vor dem Gefängnis, als Esmond herauskam. Er nahm das wenige Gepäck des jungen Herrn und folgte ihm auf dem Weg zur Themse hinunter, hinaus aus dem verhaßten Newgate. Am Fluß mieteten sie ein Boot und fuhren den Fluß hinunter nach Chelsea. Esmond schien es, als habe die Sonne nie so hell geschienen, als sei die Luft nie so frisch und belebend gewesen. Der Temple Garten, an dem sie vorüber ruderten, grüßte ihn wie der Garten von Eden; der Anblick der Quais und Werften am Fluß, Westminsterkirche, wo man gerade mit dem Bau der herrlichen neuen Brücke begann[15], des geschäftigen Lebens auf dem glitzernden Fluß, der von Booten und Barken wimmelte, erfüllte sein Herz mit Freude und Heiterkeit; kein Wunder bei jemand, der so lange gefangengesessen und dem düstere Gedanken die Trostlosigkeit des Gefängnisses noch unerträglicher gemacht hatten. So ruderte man endlich an dem hübschen Dorfe Chelsea entlang, wo der Adel schöne Landhäuser hat, und kam zum Haus der Gräfin.

Der Kammerdiener, der in Ihro Gnaden bescheidenem Haushalt noch verschiedene andre Ämter versah, führte Esmond in den Salon, wo am Ehrenplatz noch immer Mylady als Diana hing, gemalt von Herrn Peter Lely. Nach einer anständigen Pause geruhte die ältliche Gottheit, dem jungen Mann in Person zu erscheinen. Ein Neger mit Pluderhosen, roten Schuhen und silbernem Halsband, auf dem das Wappen der Gräfin eingraviert war, ging voran und trug ihr Kissen; dann kam ihre Kammerfrau und zuletzt die herbe Jägerin selbst, von bellenden Wachtelhündchen umkreist. Ein betäubender, Esmond aus seiner Kindheit her wohlbekannter Moschusgeruch ging von ihr aus. Wie der Himmel gegen Sonnenuntergang röter und röter wird, erröteten Myladys Wangen immer tiefer mit zunehmenden Jahren. Sie trug noch immer die Locken, die zu Zeiten König Karls Mode gewesen waren, während die Damen in König Wilhelms Tagen Frisuren liebten, die an die Türme der Cybele gemahnten.

Herr Esmond begrüßte seine Stiefmutter – denn das war sie ja – mit einer tiefen Verbeugung, näherte sich ihr mit ernster Feierlichkeit, küßte die knochige Hand, auf deren zitternden Fingern die vielen Ringe glänzten, und dachte alter Zeiten, wo diese Hand ihn zittern machte. »Marquise«, sagte er und bog das Knie, »soll ich nur die Ehre haben, Ihre Hand zu küssen?« Denn neben dem unterdrückten Gelächter, das ihre verwunderliche Erscheinung in dem jungen Mann erregte, war auch guter Wille in ihm und ein warmes Verwandtschaftsgefühl. Sie war seines Vaters Frau gewesen; sie war seines Großvaters Tochter. Sie hatte ihn in alten Tagen geduldet und war jetzt auf ihre Art freundlich zu ihm. Seit der Makel seiner Geburt seine Seele nicht mehr bedrückte, war es ihm nicht länger peinlich, Familienbande zu fühlen und anzuerkennen. Vielleicht war er im geheimen auch eitel auf das Opfer, das er gebracht hatte, und gefiel sich in dem

Gedanken, daß er, Esmond, der eigentliche Chef seines Hauses sei und daß nur seine Großmut ihn zurückhalte, von seinem Recht Gebrauch zu machen.

Seit er das Geheimnis an seines armen Herrn Sterbebett erfahren hatte, war ein Gefühl der Unabhängigkeit über ihn gekommen, das ihn nie wieder verließ. So nannte er die alte Dame Marquise, aber mit einem Ausdruck, als sei er selbst der Marquis von Esmond.

Las sie in den Augen des jungen Mannes, dem ihre verjährte Autorität keinen Schrecken mehr einjagte, daß er die Wahrheit über seine Geburt erfahren hatte? Sie schrak zusammen, als sie seine veränderte Haltung sah; das war nicht mehr der Student aus Cambridge, der sie vor zwei Jahren besucht hatte und den sie mit fünf Goldstücken entließ. Sie starrte ihn an, zitterte ein wenig und sagte mit ängstlicher Stimme: »Willkommen, Vetter!«

Sein Entschluß, wie wir schon erzählten, war eigentlich gewesen, sich sein Leben lang so zu geben, als sei das Geheimnis seiner Geburt ihm unbekannt; doch kam ihm plötzlich die sehr berechtigte Überzeugung, daß er einen andern Weg einschlagen müsse. Er bat Ihro Gnaden, die Dienerschaft fortzuschicken, und als sie allein waren, erklärte er: »Willkommen, Neffe! sollten Sie wenigstens sagen, gnädige Frau. Ein großes Unrecht ist Ihnen, mir und meiner armen Mutter angetan worden, die nicht mehr auf Erden weilt.«

»Ich schwöre vor Gott, daß ich schuldlos daran war«, rief sie und gab ihre Sache von Anfang an verloren. »Es war Ihr gottloser Vater, der ...«

»Der diese Schmach über unsre Familie brachte«, entgegnete Esmond. »Das weiß ich sehr wohl. Ich will niemandem zu nahe treten. Die, welche im gegenwärtigen Besitz des Titels sind, haben mir die größten Wohltaten erwiesen und sind ganz unschuldig an dem Unrecht, das mir zugefügt worden ist. Der verstorbene Graf, mein lieber Herr, ahnte nichts davon, bis ihm wenige Monate vor seinem Tod Pater Holt die Wahrheit eröffnete.«

»Der Elende! Es war ein Beichtgeheimnis!« rief die Gräfin-Witwe.

»Sie irren sich. Er hatte noch andre Kunde davon«, antwortete Esmond. »Mein Vater hat nach seiner Verwundung sowohl einem französischen Geistlichen als auch dem Priester, in dessen Haus er starb, die Wahrheit mitgeteilt. Der Franzose hat Herrn Holt die Geschichte erzählt, als er mit ihm in St. Omer zusammentraf. Herr Holt hat sie für seine eignen Zwecke geheimgehalten und hat auch versucht, erst etwas über meine Mutter zu erfahren. Mein sterbender Herr hat mir versichert, daß sie seit Jahren tot ist, und ich habe keinen Grund, seine Worte anzuzweifeln. Ich weiß nicht einmal, ob ich in der Lage sein würde, die Eheschließung zu beweisen; aber wenn ich es auch könnte, so würde ich es nicht tun. Es liegt mir nichts daran, Schande über unsern Namen zu bringen und Kummer über die, welche ich liebe, mögen sie mir noch so grausam begegnen. Meines Vaters Sohn, gnädige Frau, möchte das Unrecht nicht verschärfen, das mein Vater Ihnen zugefügt hat. Leben Sie weiter als seine Witwe und behandeln Sie mich freundlich. Das ist alles, was ich von Ihnen verlange, und ich werde über diese Sache nie wieder sprechen.«

»Mais vous êtes un noble jeune homme!« entfuhr es Mylady, die immer, wenn sie erregt war, ins Französische verfiel.

»Noblesse oblige«, antwortete Herr Esmond und verbeugte sich tief. »Warum soll ich mich zum Feind der Menschen machen, die mir so viel Liebe erwiesen haben und für die ich freudig mein Leben lassen würde? Warum soll ich eines Titels wegen Streit anfangen? Ist es nicht gleichgültig, wer ihn trägt, wenn er nur in der Familie ist?«

»Was hat nur cette petite prude von einem Frauenzimmer an sich, daß die Männer so hinter ihr her sind?« rief die Gräfin-Witwe. »Sie ist einen Monat lang bei mir gewesen, um den König mit Bittschriften zu bestürmen. Sie ist hübsch und gut konserviert, aber sie hat nicht das bel air. An König Jakobs Hof gaben alle Herren vor, sie zu bewundern, und sie war nicht viel mehr als eine kleine Wachspuppe. Sie ist jetzt mehr geworden und sieht wie die Schwester ihrer Tochter aus; aber wie kommt ihr dazu, euch alle so um sie anzustellen? Herr Steele, der bei Prinz Georg Dienst hatte und sie mit ihren beiden Kindern nach Kensington gehen sah, hat ein Gedicht über sie geschrieben und sagt, er wolle ihre Farben tragen und sich in Zukunft nur noch schwarz kleiden. Herr Congreve hat erklärt, er wolle eine ›Trauernde Witwe‹ schreiben und sie solle besser werden als seine ›Trauernde Braut‹. Obwohl die Ehemänner sich überworfen haben, als der elende Churchill vom König abfiel – wofür man ihn hängen sollte –, ist Lady Marlborough jetzt wie wild hinter der kleinen Witwe her. Sie hat mich in meinem eignen Salon beschimpft und gesagt, sie komme nicht der alten Witwe sondern der jungen Gräfin wegen. Der kleine Castlewood und der kleine Churchill sind geschworene Freunde und haben sich schon ein paarmal wie Brüder geohrfeigt. Der lasterhafte junge Mohun hat den ganzen Winter durch über sie gefabelt, nachdem er sie im Sommer auf dem Lande ausfindig gemacht hatte. Er sagte, sie sei eine Perle, die man den Säuen vorgeworfen habe, und tötete den armen dummen Frank. Der ganze Handel ging um die Frau; ich weiß es genau. Ist irgend etwas zwischen ihr und Mohun gewesen, Neffe? Erzähle es mir – war etwas los? Über dich selbst werde ich dich nichts fragen.«

Herr Esmond wurde rot. »Mylady ist so rein wie eine Heilige im Himmel!« rief er aus.

»Eh! – Mon neveu. Es sind viele Heilige in den Himmel gekommen, die manches zu bereuen hatten. Ich glaube, du bist wie all die andern Narren ganz toll in sie verliebt.«

»Ich habe sie vor aller Welt Augen geliebt und verehrt«, antwortete Esmond, »und schäme mich dessen nicht.«

»Und sie hat dir die Tür vor der Nase zugeschlagen und hat die Pfarrei dem schrecklichen jungen Trampeltier gegeben, dem Sohn des fürchterlichen alten Bären Tusher; und sie erklärt, sie wolle dich nicht mehr sehen. Monsieur mon neveu, so sind wir alle. Als ich eine junge Frau war, da haben sich Tausende meinetwegen duelliert. Als der arme Monsieur de Souchy sich in Brügge in den Kanal stürzte, weil ich mit dem Grafen Springbock tanzte, da habe ich mir keine einzige Träne auspressen können und habe bis fünf Uhr morgens weitergetanzt. Wie du gewachsen bist! Du hast das bel air bekommen. Du bist schwarz; unsre Esmonds sind alle schwarz. Der Sohn der petite prude ist blond wie sein Vater – blond und dumm. Du warst ein häßlicher kleiner Kerl, als du nach Castlewood kamst. Du bestandest nur aus Augen, wie eine junge Krähe. Wir wollten dich zum Priester machen. Der schreckliche Pater Holt – mein Gott! wie hat er mir angst gemacht, wenn ich einmal krank war! Ich habe jetzt einen sehr bequemen Beichtvater, den Abbé Douillette, ein lieber Mann. Wir fasten jeden Freitag. Mein Koch ist ein sehr frommer Mensch. Der Prinz von Oranien soll wirklich sehr schwer krank sein.«

So schnatterte die alte Witwe erbarmungslos. Herr Esmond war ganz überwältigt von ihrer vertrauensseligen Beredsamkeit und verglich sie im stillen mit ihrer früheren hochmütigen Art. Aber er war jetzt bei ihr in Gunst, und sie geruhte nicht nur, ihn gern zu haben, soweit das bei ihrer Natur möglich war, sondern auch ihn zu fürchten. Sie tat für ihn, was sie konnte. Sie führte ihn in ihre Gesellschaft ein, die natürlich aus Anhängern des früheren Königs bestand und an ihren Kartentischen laut intrigierte. Sie stellte ihn vielen einflußreichen Personen als ihren Verwandten vor. Sie versah ihn mit Geld, das er ohne Bedenken von ihr annahm; denn seine Verwandtschaft zu ihr und die Opfer, die er seiner Familie brachte, gaben ihm alles Recht dazu. Aber er hatte sich vorgenommen, keiner Frau mehr an der Schürze zu hängen, und dachte darüber nach, wie er sich auszeichnen und sich einen Namen machen könne, den ihm sein merkwürdiges Schicksal versagt hatte. Ein Unbehagen über sein früheres Leben, das zwischen Büchern beschaulich dahingeflossen war, ein bitteres Gefühl der Auflehnung gegen die Sklaverei, die er um derentwegen getragen hatte, deren Härte ihm soviel Schmerzen bereitete, ein glühender Wunsch, die Welt zu sehen und Kriegstaten zu verrichten, trieben ihn zum militärischen Beruf. Er drängte darum seine neue Beschützerin, ihm ein Offizierspatent zu verschaffen, und sah sich eines Tages zum Fähnrich in Oberst Quins Füsilierregiment ernannt.

Herrn Esmonds Patent war kaum drei Wochen alt, als König Wilhelm, der größte, weiseste, tapferste und hochherzigste Herrscher, der je auf Englands Thron gesessen, vom Tode abberufen wurde. Es war bei der feindlichen Partei Sitte, ihn zu seinen Lebzeiten mit Verleumdungen zu verfolgen. Der Jubel aber, in den bei seinem Ende alle seine Feinde in Europa ausbrachen, zeigte, wie sie ihn gefürchtet hatten. So jung Esmond war, so war er doch einsichtig und hochherzig genug, um die taktlose, geräuschvolle Freude mit Verachtung zu strafen, die unter den Anhängern König Jakobs in London nach dem Tode des außerordentlichen Fürsten herrschte. Treue für die verbannte Königsfamilie war im Hause Esmond althergebrachte Überlieferung. Die Gräfin-Witwe stand mit all ihren Hoffnungen, Sympathien, Erinnerungen und Vorurteilen auf König Jakobs Seite, und kein Verschwörer hätte seinen Gegner am Kartentisch heftiger beschimpfen können, als sie es tat. Ihr Haus wimmelte von verkleideten und unverkleideten Pfaffen, von Ohrenbläsern aus St. Germain, von Neuigkeitskrämern, die aus Versailles zu berichten wußten. Sie hatte den Herzog von Berwick empfangen, als er im Jahre 96 nach England kam. Sie bewahrte den Becher, aus dem er getrunken hatte, und beteuerte, sie werde ihn erst wieder gebrauchen, um auf die Gesundheit König Jakobs des Dritten bei seiner Thronbesteigung anzustoßen. Sie verehrte die Andenken an den alten König, die sie besaß, wie Reliquien, glaubte fest an die Wunder, die an seinem Grab geschahen, und wußte Hunderte von beglaubigten Geschichten zu erzählen über wunderbare Heilungen, die durch Rosenkränze, Medaillen und Haarlocken des hochseligen Königs bewirkt worden waren. Da war der Bischof von Autun, der von einem vierzigjährigen Leiden geheilt wurde, nachdem er für den verstorbenen König eine Seelenmesse gelesen hatte. Da war Monsieur Marais, ein Arzt in der Auvergne, dem beide Beine gelähmt waren und der nach Berührung eines königlichen Kleinods wieder gehen konnte. Da war der Benediktiner Philipp Pitet, der an einem Stickhusten litt, welcher ihn beinahe umbrachte; aber nachdem er den seligen König um himmlische Fürbitte angefleht hatte, brach ein reichlicher Schweiß bei ihm aus, und der Husten verschwand. Herr Esmond glaubte von diesen und deren Geschichten soviel, wie es ihm paßte. Die leidenschaftliche Gläubigkeit seiner Verwandten verdaute sie alle.

Die Partei der englischen Hochkirche machte keinen Gebrauch von diesen Legenden; aber Treue und Ehre fesselte auch sie an die verbannte Königsfamilie. Die gütige Herrin von Castlewood war eine ihrer wärmsten Anhängerinnen. Für ihren einfältigen Sinn gab es nur einen König. Dem Oranier wegen irgendeines Vorteils zu dienen, wäre ihr wie ein unerhörter Verrat vorgekommen. Die Anhänglichkeit an seine Herrin, die Esmonds ganze Jugend beherrschte, hatte ihn getrieben, auch auf diesen Glaubensartikel zu schwören.

Die Thronbesteigung der Prinzessin Anna wurde von Trompeten blasenden Herolden und unter unbeschreiblichem Jubel des Volkes in der ganzen Stadt verkündigt.

Eine Woche später wurde Mylord Marlborough der Hosenbandorden verliehen, und er wurde zum Generalfeldmarschall der königlichen Armeen ernannt. Die Gräfin-Witwe geriet in großen Zorn darüber, aus Treue gegen ihren rechtmäßigen Herrn, wie sie behauptete. »Die Prinzessin ist nur eine Puppe in der Hand dieser Furie, die in meinen Salon kommt und mich ins Gesicht hinein beschimpft. Was soll aus einem Land werden, das einem solchen Weibsbild in die Hände gegeben wird? Was den doppelzüngigen Verräter anbetrifft, den Mylord Marlborough, so hat er jeden Mann und jede Frau betrogen, die je mit ihm in Berührung gekommen sind, nur sein abscheuliches Weib nicht, weil er Angst vor ihr hat. Es ist aus mit dem Land, das solchen Kreaturen in die Klauen gerät!«

So begrüßte Esmonds alte Verwandte die neuen Machthaber, deren Erhebung zumindest einer Familie, die es dringend nötig hatte, allerlei Gutes brachte. Als Herr Esmond sich vor seiner Abreise aus England in Portsmouth aufhielt, wo er zu seinem Regiment gestoßen und eifrig damit beschäftigt war, den Gebrauch und die Geheimnisse von Flinte und Pike zu erlernen, erfuhr er, daß seiner geliebten Herrin eine Pension verliehen sei und daß Fräulein Beatrix im Hofstaat Verwendung finden werde. So hatte die Reise der armen Witwe nach London doch noch einen Erfolg gezeitigt, nicht Rache an den Feinden ihres Gatten, aber Versöhnung mit alten Freunden, die Mitleid mit ihr hatten und ihr zu helfen bereit waren. Um auf die Unglücksgenossen aus dem Gefängnis zu kommen, so war Oberst Westbury mit dem Generalfeldmarschall nach Holland gegangen. Kapitän Macartney war in Portsmouth und im Begriff, sich mit seinem Regiment unter dem Befehl des Herzogs von Ormond nach Spanien einzuschiffen. Lord Mohun, weit entfernt davon, für seine Tat bestraft zu werden, war mit der glänzenden Gesandtschaft des Lord Macclesfield auf dem Wege an den Hof des Kurfürsten von Hannover, dem der Hosenbandorden und ein schmeichelhaftes Schreiben der Königin überreicht werden sollten.

Viertes Kapitel

Rekapitulation

Die zerrissenen Andeutungen, die sein armer Herr ihm im Todeskampf und gequält von Gewissensbissen über seine dunkle Herkunft gemacht hatte, konnten Esmond die Vergangenheit nur sehr unvollkommen erleuchten. So viel aber war ihm klar geworden, daß seine Mutter lange tot sei. Er hatte also keinerlei Verpflichtung, auf die Wiederherstellung ihrer befleckten Ehre zu dringen und ihretwegen seine gerechten Ansprüche laut werden zu lassen. Aus Mylords Bekenntnissen war hervorgegangen, daß er die Tatsachen über Henrys Geburt erst vor zwei Jahren erfahren hatte, als Herr Holt in Sachen einer Verschwörung gegen den Prinzen von Oranien zu ihm kam. Diese Verschwörungen glichen gemeinen Mordanschlägen; die Mittel, die gebraucht wurden, waren so feige, daß unsre Nation sicherlich gut getan hat, endlich alle Gemeinschaft mit der unseligen Familie der Stuarts von sich zu werfen, die ihre Rechte nicht anders zu vertreten wußte als durch Verrat, dunkle Ränke und verbrecherische Unterhändler. Es wurden Pläne gegen König Wilhelm geschmiedet, die nicht viel ehrenhafter waren als die Schachzüge der Halsabschneider und Straßenräuber. Es ist ein demütigender Gedanke, daß ein erlauchter Fürst, der ein heiliges Recht auf einen mächtigen Thron hatte, zu Verrat und Mordgedanken hinuntergestiegen ist, wie die unterschriebenen und gesiegelten Dekrete des unglücklichen Königs Jakob beweisen. Was er und seine Anhänger Kriegswerbungen nannten, war in Wahrheit nichts andres als Aufstachelung zum Meuchelmord. Der edle Prinz von Oranien zerriß großmütig die schwachen Maschen des Netzes, mit dem sie ihn zu Falle bringen wollten; es war, als wenn ihre feigen Dolche an seinem unerschrocknen Willen zerbrächen. Nach König Jakobs Tod fuhr seine Witwe, die Königin, fort, mit ihrem Hofstaat in St. Germain, der fast nur aus Priestern und Frauenzimmern bestand, Intrigen für den jungen Prinzen zu spinnen, Jakob den Dritten, wie er in Frankreich und von seiner Partei genannt wurde. Die Sache des Prinzen wurde so geführt, wie Pfaffen und Weiber solche Sachen zu führen pflegen: tückisch, grausam, schwächlich und ohne jeden Erfolg. Wenn wir die lehrreiche Geschichte der Jesuiten lesen, der listigsten, weisesten, eifrigsten und beharrlichsten Ränkeschmiede der Welt, so sehen wir, daß immer von Zeit zu Zeit ein Tag kommt, wo die erwachte öffentliche Entrüstung das ganze windige Gebäude mit einem Fußtritt zerstört und die feigen Wühler in alle Winde zerstreut. Herr Swift hat die Leidenschaft zur Intrige, die Liebe zur Geheimniskrämerei und Verleumdung, welche schwachen Menschen und Schmarotzern an schwachen Höfen eigen ist, sehr fein gezeichnet. Es liegt solchen Geschöpfen im Blut, die Starken zu hassen und zu beneiden, und sie verschwören sich, um sie zu verderben. Die Verschwörung gelingt, alles verspricht den Fall des großen Opfers. Da kommt der Tag, wo Gulliver sich aufrafft; er schüttelt das kleine Gewürm der Feinde von sich ab und geht unbelästigt von dannen. Die irischen Soldaten hatten recht, nach der Schlacht am Boyne zu sagen: »Laßt uns die Könige tauschen, und wir wollen noch einmal kämpfen.« Ein schwacher, von Pfaffen und Weibern beherrschter Mann, mit den kleinlichen Waffen ausgerüstet, die seine armselige Natur ihn wählen ließ, stand der Überlegenheit, Weisheit und Unerschrockenheit eines Helden gegenüber. Wahrlich, es war ein ungleicher Kampf!

Bei einem dieser feigen Botengänge – denn so muß ich sie jetzt bei reiferer Erkenntnis nennen –, kam Herr Holt zu Mylord nach Castlewood und teilte ihm einen Plan mit, der den Sturz des Prinzen von Oranien unfehlbar herbeiführen sollte. Mylord, obwohl er den Stuarts treu gesinnt war, verweigerte entrüstet jede Beteiligung. Holt erklärte, er sei ermächtigt, ihm den Titel eines Marquis anzubieten, der schon dem letzten Grafen von König Jakob verliehen worden sei. Als auf diesen Köder nicht angebissen wurde, folgte die Drohung, man werde nachweisen, daß Mylord auf Besitz und Titel von Castlewood überhaupt kein Anrecht habe. Zum Beweis für diese erstaunliche Mitteilung führte Herr Holt die letzte Erklärung des verstorbenen Grafen an, die er dem irischen und französischen Geistlichen auf dem Sterbebett gemacht hatte. Holt zeigte das Heiratszertifikat – wer weiß, ob das wirkliche oder ein vorgebliches – des Grafen mit Esmonds Mutter, das die Jahreszahl 1677 trug und in Brüssel aufgesetzt war; der Graf, damals Thomas Esmond, diente zu jener Zeit bei der englischen Armee in Flandern. Holt versicherte, daß diese von ihrem Gatten verlassene Gertrud noch lebte, als Thomas Esmond im Jahre 1685 seines Onkels Tochter, Isabella, heiratete. Sie sei damals Nonne in einem Kloster in Brüssel gewesen. Wie aus den stammelnden Worten des armen Sterbenden hervorging, hatte Herr Holt ihn mit dieser zermalmenden Neuigkeit allein gelassen und ihm zwölf Stunden Bedenkzeit gegeben. Er verschwand mitsamt seinen Papieren auf ebenso geheimnisvolle Weise, wie er gekommen war. Esmond hatte freilich den Schlüssel zu diesem Geheimnis; aber es hatte keinen Sinn, die letzten Worte des Grafen durch eine Erklärung zu unterbrechen.

Vor Ablauf der zwölf Stunden saß damals Herr Holt als Gefangener in Hexton und wurde von dort aus in den Tower gebracht. Der arme Graf, der das nicht ahnen konnte, lebte in stündlicher Angst vor seiner Rückkehr. Er sei fest entschlossen gewesen, erklärte er mit Tränen in den brechenden Augen, Besitz und Titel aufzugeben und sich mit seiner Familie auf sein kleines Gut in Walcote zurückzuziehen. »Wollte Gott, es wäre dazu gekommen«, stammelte er, »dann läge ich nicht hier zu Tode verwundet, ein unglücklicher, geschlagener Mann!«

Mylord wartete von Tag zu Tag, aber kein Bote kam. Nach Ablauf eines Monats gelang es Holt, ihm aus dem Tower eine Nachricht zu schicken, die besagte, er möge alles Gesagte ungesagt sein lassen.

»Die Versuchung war furchtbar schwer für mich«, sagte mein armer Herr. »Seit ich den verfluchten Titel trug, der mir nicht zum Wohl war, hatte ich mehr ausgegeben, als Castlewood und mein väterliches Gut einbrachten. Ich zählte alle meine Mittel bis zum letzten Schilling und wurde mir klar, daß ich nicht in der Lage war, dich auszuzahlen, mein armer Harry, dich, von dessen Vermögen ich zwölf Jahre lang gelebt hatte. Meine Frau und Kinder hätten entehrt und bettelarm aus dem Hause gehen müssen. Wie ein Feigling klammerte ich mich an die Gnadenfrist, die Holt mir gab. Ich verschwieg dir und Rachel die Wahrheit. Ich versuchte von Mohun Geld zu gewinnen und geriet nur noch tiefer in Schulden. Ich wagte dir kaum ins Gesicht zu sehen, wenn du bei uns warst. Dies Schwert hat zwei Jahre lang über meinem Haupt gehangen. Ich schwöre dir, ich war glücklich, als ich Mohuns Klinge in meiner Seite fühlte.«

Holt, gegen den man nichts vorbringen konnte, außer daß er ein Jesuit war und in König Jakobs Diensten stand, wurde nach zehnmonatiger Gefangenschaft im Tower auf ein Schiff gebracht und nach Frankreich entlassen, dank der unverbesserlichen Nachsicht König Wilhelms, der ihm allerdings den Galgen verhieß, wenn er je wieder einen Schritt auf englischen Boden setzen sollte. Während Esmond im Gefängnis saß, hatte er oft darüber nachgedacht, wo wohl die Papiere stecken könnten, die der Jesuit seinem Herrn gezeigt hatte und die für ihn von so großer Wichtigkeit waren. Sie wurden nicht bei Herrn Holt gefunden, als man ihn verhaftete; denn wenn das der Fall gewesen wäre, hätten die Herren vom Geheimen Rat sie zu Gesicht bekommen, und die Geschichte der Familie wäre alsbald in die Öffentlichkeit gedrungen. Esmond beschloß jedoch, nicht nach den Papieren zu suchen. Sein Entschluß war gefaßt; seine arme Mutter war tot; was kümmerte es ihn also, ob die Dokumente existierten, die sein Recht auf einen Titel bewiesen, den er sich gelobt hatte, niemals zu beanspruchen? Vielleicht erfüllte ihn dies Opfer mit größerer Genugtuung, als alle Ehren es getan hätten, auf die er verzichtete. Übrigens konnte das bloße Wort eines Jesuiten die Rechte des jungen Francis nicht erschüttern; solange die Papiere nicht gefunden waren, blieb er rechtmäßiger und unanfechtbarer Eigentümer von Land und Titeln, und deshalb war Esmond beruhigt, daß die entscheidenden Dokumente fehlten.

Bald nach seiner Entlassung aus dem Gefängnis ritt Herr Esmond zu jenem Dorf Ealing hinüber, wo er seine ersten Jahre in England verlebt hatte. Aber das einzige, was noch an den alten Monsieur Pastoureau erinnerte, war ein Stein auf dem Friedhof mit der Inschrift: »Monsieur Pastoureau, geboren in Flandern, gestorben zu Ealing im Alter von siebenundachtzig Jahren.« Die Hütte des alten Mannes, der Garten, wo Esmond in seiner Kindheit manche Stunde verspielt und verträumt und manche Prügel von seiner zänkischen Pflegemutter bekommen hatte, gehörten jetzt einer ganz anderen Familie. Nur mit Mühe konnte er etwas über das Schicksal von Pastoureaus Witwe und Kindern erfahren. Der Küster des Kirchspiels erinnerte sich an sie. Es war ein alter Mann, der sich in den vierzehn Jahren, seit Esmond ihn zuletzt gesehen, kaum verändert hatte. Die Witwe Pastoureau schien sich nach dem Tode ihres alten Mannes rasch getröstet zu haben und hatte einen zweiten Mann genommen, der jünger war als sie, der ihr Geld verschwendete und sie und die Kinder mißhandelte. Das Mädchen war gestorben; der Junge war in die Lehre gegangen. Der alte Küster meinte, er habe gehört, auch Madame Pastoureau sei gestorben. Sie und ihr Mann seien vor sieben Jahren fortgezogen. Es war also keine Hoffnung vorhanden, hier irgend etwas über die Familie seiner Mutter zu erfahren. Er gab dem Alten für seine freundliche Auskunft eine Krone und lächelte im Gedanken daran, daß vor langer Zeit er und seine Spielgefährten sich angstvoll hinter den Grabsteinen versteckt hatten, wenn diese gefürchtete Autorität am Horizont erschien.

Wer war seine Mutter? Wie hatte sie geheißen? Wann war sie gestorben? Esmond sehnte sich danach, jemanden zu finden, der ihm diese Fragen beantworten konnte. Er wandte sich an seine Tante, die Gräfin-Witwe, die unschuldig den Namen getragen hatte, der seiner Mutter zukam. Aber sie wußte nichts, oder behauptete wenigstens, nichts zu wissen, und ihr Neffe konnte sie nicht allzusehr drängen, darüber zu sprechen. Pater Holt war der einzige Mensch, der ihn aufklären konnte, und Henry mußte warten, bis eine neue Verschwörung diesen ruhelosen, unermüdlichen Mann wieder auf englischen Boden trieb.

Die Vorbereitungen für den Feldzug brachten ihn bald auf

andre Gedanken. Seine neue Beschützerin war sehr freundlich und freigebig gegen ihn. Sie versprach, Geld und Einfluß aufzuwenden, um ihm bald eine Kompagnie zu verschaffen. Sie bat ihn, sich eine schöne Ausstattung zu besorgen, sowohl an Kleidern als auch Waffen, und bewunderte ihn laut, als er zum ersten Male in betreßtem, scharlachrotem Rock vor ihr erschien. »Rot«, sagte sie und warf ihren alten Kopf zurück, »haben die Esmonds immer getragen.« Rot trug auch Ihro Gnaden bis zu ihrer letzten Stunde getreulich auf ihren Wangen. Sie erklärte, sie wolle ihn so gekleidet sehen, wie es sich für den Sohn seines Vaters schicke. Sie bezahlte mit heiterer Miene seinen Federhut, der nicht weniger als fünf Pfund kostete, seine schwarzgelockte Perücke, seine feinen Hemden, seine Degen und seine mit Silber montierten Pistolen. Der arme Harry war noch nie so kostbar gekleidet gewesen. Sie füllte seine Börse mit Guineen, und Hauptmann Steele mit ein paar andern auserwählten Geistern half ihm, einigen von den Goldstücken den Garaus zu machen. Steele würde den Schmaus, den er selbst bestellt hatte, auch selbst bezahlt haben; aber er führte zufällig gerade kein Geld bei sich, als die Rechnung kam, und der Wirt vom ›Hosenbandorden‹ wollte ihm durchaus keinen Kredit geben.

Wenn sie auch Esmond früher manches Unrecht zugefügt hatte, so versuchte doch die alte Gräfin jetzt, es durch Freundlichkeit wiedergutzumachen. Sie umarmte ihn umständlich beim Abschied, weinte ergiebig, hieß ihn mit jedem Postboot schreiben und hing ihm eine unschätzbare Reliquie um den Hals, eine Medaille von ich weiß nicht welchem Papst gesegnet und von Seiner hochseligen Majestät König Jakob getragen. Sie beschwor ihn, dieses Wertstück niemals abzulegen. So kam Esmond sehr viel reicher ausgestattet bei seinem Regiment an als andre junge Offiziere. Er war älter als die meisten seiner Vormänner und hatte vor ihnen voraus, die zum Teil nicht viel mehr als ihren Namen schreiben konnten, daß er viel gelesen hatte, drei Sprachen beherrschte und jene Erziehung besaß, die weder Bücher noch Jahre geben und die sich manche Menschen im stillen Kampf mit den Widerwärtigkeiten des Lebens aneignen.

Fünftes Kapitel

Ich nehme an der Expedition nach der Vigo-Bay teil, schmecke Salzwasser und rieche Pulver

Die erste Expedition, an der Herr Esmond die Ehre hatte teilzunehmen, trug mehr den Charakter eines von dem berüchtigten Kapitän Avory oder Kapitän Kid entworfenen Überfalls als den eines Krieges zwischen gekrönten Häuptern, der von vornehmen und ehrenhaften Generalen geführt wurde. Am 1. Juli des Jahres 1702 ging eine Flotte von hundertundfünfzig Segeln bei Spithead in See, unter dem Kommando des Admirals Shovell. Sie hatte 12 000 Mann an Bord und Seine Gnaden den Herzog von Ormond als obersten Befehlshaber der Expedition. Einer dieser zwölftausend Helden, der jüngste Fähnrich des Füsilierregiments Quin, der noch nie auf See gewesen war oder wenigstens nur einmal als Kind, da er aus seinem unbekannten Geburtslande nach England hinübergebracht wurde, befand sich wenige Stunden nach der Abfahrt in einem nicht sehr heldenhaften Zustand körperlicher Hinfälligkeit. Hätte ein Feind das Schiff geentert, so hätte er leichte Arbeit mit ihm gehabt. Am 31. Juli passierte die Flotte Kap Finisterre, am 8. August den Felsen von Lissabon. So steht es in Herrn Esmonds Notizbuch verzeichnet, der um diese Zeit seiner Sinne wieder mächtig war und eine Woche später das Glück hatte, ins Feuer zu kommen, aber leider auch ins Wasser; denn sein Boot kippte in der Brandung um, als die Truppen in der Toros-Bai gelandet wurden. Das salzige Bad seines neuen Rockes war das einzige Ungemach, das diese Expedition dem jungen Soldaten brachte; denn die Spanier widerstanden unseren Truppen nicht, waren auch nicht stark genug dazu.

Aber wenn auch der Feldzug nicht sehr glorreich war, so war er doch sehr unterhaltend. Die schönen Natureindrücke, zur See und zu Land, das Leben der Tat, die militärischen Pflichten, die neuen Bekannten unter den Waffengefährten und den Offizieren der Flotte, alles erregte, beschäftigte und erheiterte den jungen Mann und zerstreute die selbstsüchtige Niedergeschlagenheit, die ihn bedrückt hatte. Es war ihm, als trenne ihn der Ozean von seinen einstigen Schmerzen und als dämmere eine neue Lebenszeit für ihn herauf. Wunden heilen schnell in einem zweiundzwanzigjährigen Herzen, und neue Hoffnungen steigen täglich empor. Wenn er an seine Verzweiflung im Gefängnis zurückdachte und wie unheilbar sie ihm erschienen war, so fühlte er sich in seinem geheimsten Innern beinahe gedemütigt durch seine gegenwärtige Heiterkeit.

Mit eignen Augen fremde Länder und Völker zu sehen, ist lehrreicher als alles Lesen von Reisebeschreibungen, und es bereitete dem jungen Manne unendliche Freude, Städte und Menschen kennenzulernen, über die er als Knabe in Büchern gelesen hatte. Zum ersten Male erlebte er das Schauspiel eines Krieges und sah in Fleisch und Blut jene spanischen Kavaliere und Damen, die in seiner Phantasie lebten, seit er in den Mußestunden seiner Jugend mit unsagbarem Entzücken die unsterbliche Dichtung des Cervantes verschlungen hatte. Alle seine Kräfte schienen zu wachsen; ein Gefühl der Freiheit belebte ihn. War er insgeheim froh, der liebevollen aber unwürdigen Sklaverei zu Hause entflohen zu sein? Jedenfalls war Esmond, der Fähnrich, ein ganz andrer Mensch als der traurige kleine Diener des gastlichen Hauses von Castlewood oder der schwermütige Student von Cambridge, der, unzufrieden mit seinem Schicksal und dem Beruf, den es ihm aufzwang, mit heimlicher Entrüstung darüber grübelte, daß das heilige Amt, welches er auf sich nehmen sollte, nur ein Zeichen seiner Knechtschaft sei. Denn mochte er es sich verklären, wie er wollte, er hatte doch immer gefühlt, daß er als Geistlicher in Castlewood einer lebenslangen hoffnungslosen Abhängigkeit entgegenging. Er war weit davon entfernt, seinen alten Freund Tom Tusher um das Glück seiner Stellung zu beneiden. Hätten seine Freunde einen Bischofssitz für ihn bereitgehalten statt einer kleinen bescheidenen Landpfarre, so würde er sich dort ebenso abhängig gefühlt und ebenso dankbar und froh seine Freiheit begrüßt haben.

Der tapferste Soldat, den ich je gekannt habe und der in den meisten Schlachten König Wilhelms und in den Feldzügen des großen Herzogs von Marlborough mitgekämpft hatte, förderte, wenn wir ihn drängten, von seinen Kriegstaten zu erzählen, immer nur zwei Geschichten zutage. Einmal hatte ihm Prinz Eugen befohlen, auf einen Baum zu steigen und den Feind zu beobachten; er hatte aber die Heldentat nicht ausführen können, weil seine großen Reiterstiefel ihn am Klettern hinderten. Ein andermal wurde er wegen der selben Reiterstiefel beinahe gefangengenommen, weil er darin nicht schnell genug laufen konnte. Der Schreiber dieses Buches wird seine löbliche Zurückhaltung nachahmen; er wird sich über seine militärischen Taten, die sich in keiner Weise von denen vieler andrer Herren unterschieden, nicht weiter verbreiten. Sein erster Feldzug dauerte nur wenige Tage, und da viele Bücher über ihn geschrieben wurden, können wir uns kurz darüber fassen.

Als unsre Flotte vor Cadiz ankam, schickte unser Befehlshaber ein Boot mit einer weißen Flagge und einer Anzahl Offiziere zum Gouverneur von Cadiz, Don Scipio de Brancaccio. Die Offiziere überreichten ihm ein Schreiben Seiner Gnaden, in dem er die Hoffnung aussprach, daß Don Scipio, der früher bei den Österreichern gegen die Franzosen gedient habe, sich jetzt nicht für den französischen König erklären werde. Aber Seine Exzellenz Don Scipio antwortete, er habe seinem früheren König in Treue und Ehren gedient und gedenke seinem jetzigen Herrn, dem König Philipp V., dieselbe Anhänglichkeit und Treue zu beweisen. Während dieses Schreiben vorbereitet wurde, zeigte man den englischen Offizieren die Stadt und die Alameda, das Theater, wo die Stiergefechte stattfinden, und das Kloster, wo die herrlichen Bilder Murillos hängen, die wenigstens einen der Offiziere mit staunendem Entzücken erfüllten, wie er es ähnlich früher noch nie empfunden hatte. Nach diesem Rundgang erfrischte man die Herren mit Schokolade und Gebäck und begleitete sie höflich zu ihrer Schaluppe zurück. Sie waren die einzigen von der englischen Armee, die damals diese berühmte Stadt zu sehen bekamen.

Unser General versuchte es nun mit einer Proklamation an die Spanier, in der er verkündete, die Engländer seien im Interesse von Spanien und König Karl gekommen, und es liege ihnen jede Absicht fern, Eroberungen zu machen. Aber seine Beredsamkeit machte auf die Spanier keinen Eindruck. Der Marquis von Villadarias beantwortete die englische mit einer spanischen Proklamation, die allen, welche die Sprache des Landes kannten, als die sehr viel bessere von den beiden erschien. Der Meinung war auch Harry Esmond, dem sein Lehrer, der Jesuit, in alten Tagen etwas Spanisch beigebracht hatte und der nun der Ehre teilhaftig wurde, das harmlose Kriegsdokument Seiner Gnaden dem Herzog von Ormond zu übersetzen. Der Don schloß mit den stolzen, scharfen Worten: »Ich und mein Rat werden dem leuchtenden Beispiel unsrer Ahnen folgen, die sich nie über das Blut oder die Flucht ihrer Könige hinweg zur Macht emporgeschwungen haben. ›Mori pro patria‹ ist unser Wahlspruch. Seine Gnaden der Herzog mag diese unsre Ansichten der Fürstin mitteilen, die über England herrscht.«

Ob unsre Truppen durch diese Erwiderung aufgeregt wurden oder ob irgend etwas andres sie in Wut versetzte, weiß ich nicht. Jedenfalls fielen sie über Port St. Mary her, plünderten es, verbrannten die Vorratshäuser der Kaufleute, betranken sich an den berühmten Weinen, beraubten die Klöster, mordeten und taten noch Schlimmeres. Das einzige Blut, das Herr Esmond in diesem schmachvollen Feldzug vergoß, war das einer englischen Schildwache, die im Begriff war, eine arme, zitternde Nonne zu vergewaltigen. War es eine Schönheit? Oder eine Prinzessin? Oder gar Esmonds Mutter, die er verloren und nie gesehen hatte? Ach nein, es war nur ein armes, altes, engbrüstiges Weib mit einer Warze auf der Nase.

Nach der Plünderung von St. Mary und dem Angriff auf ein paar Forts schifften sich alle Truppen wieder ein und beendeten die Expedition glänzender, als der klägliche Anfang versprach. Als unser Admiral die Nachricht bekam, daß die französische Flotte mit einem großen Staatsschatz an Bord in der Vigo-Bai kreuze, begab er sich alsbald auf ihre Verfolgung. Die Forts, welche die Bai beherrschten, wurden gestürmt, und im Hafen von Redondilla wurden zwanzig Schiffe geplündert und verbrannt. Mancher arme Mann kam reich von dieser Expedition nach Hause zurück, und viele von den Offizieren hatten alle Taschen voll Geld.

Für Esmond fiel zwar nichts von dieser fabelhaften Beute ab;

aber der große Gewinn, den dieser Feldzug ihm brachte, war, daß er gelernt hatte, sein Schicksal mit Heiterkeit zu tragen. Als im Herbst die Truppen in England landeten, war sein Gesicht gebräunt, sein Herz voll Lebensmut. Er verabschiedete sich von General Lumley, dessen Sekretär er gewesen war und der sein Kommando niederlegte. Unter freundlichen Versicherungen seines Wohlwollens bewilligte ihm der General einen Urlaub nach London, damit er dort etwas für seine Beförderung tun könne. So war er alsbald wieder Gast bei seiner Tante in seinem behaglichen Quartier in Chelsea und in größerer Gunst bei der alten Dame denn je. Sie nahm das Geschenk eines Kammes, eines Fächers und eines schwarzen Mantels, wie sie die Damen in Kadiz tragen, sehr gnädig auf und erklärte, die Köstlichkeiten seien wie ausgesucht für ihr genre de beauté. Sie war sehr erbaut über die Geschichte von der geretteten Nonne und überzeugt, daß die Reliquie König Jakobs die feindlichen Kugeln von ihm abgehalten habe. Gastmähler wurden in ihrem Hause veranstaltet, sie machte ihn mit vielen Menschen bekannt und arbeitete mit so großer Begeisterung und so schönen Erfolgen an seiner Beförderung, daß sie alsbald durch Lady Marlboroughs Vermittlung eine Kompagnie für ihn in Aussicht hatte. Die mächtige Dame war so gnädig, das Geschenk eines Diamanten im Werte von hundert Guineen huldreich entgegenzunehmen, den ihr Herr Esmond durch die Freigebigkeit seiner Tante überreichen konnte. Er hatte die Ehre, gelegentlich bei den Empfängen der Königin zu erscheinen, und besuchte die Levers von Mylord Marlborough. Der große Mann empfing ihn mit besonderem Wohlwollen – wenigstens behaupteten das Esmonds Kameraden – und geruhte ihm zu sagen, er habe die vorteilhaftesten Berichte über seinen Mut und seine Brauchbarkeit bekommen, worauf der junge Mann mit tiefer Verbeugung versicherte, er sei voll Eifer, unter dem hervorragendsten Heerführer der Welt zu kämpfen.

Während seine Geschäfte so gut gediehen, hatte Esmond Anteil an weltlichen Vergnügungen. Er besuchte mit andern jungen Herren die Kaffeehäuser und die Theater. Er sehnte sich, von seiner lieben Herrin und ihrer Familie etwas zu hören, und manches Mal, wenn er mit seiner fröhlichen jungen Gesellschaft im

Wirtshaus beim Wein saß, flogen seine Gedanken zu ihr. Wurden nach der Sitte der Zeit Toaste ausgebracht, so dachte er wohl an zwei schöne Frauen, die er verehrte, und leerte sein Glas mit einem Seufzer.

Die alte Gräfin-Witwe war der jungen Gräfin wieder überdrüssig geworden. Wenn sie von ihr sprach, so war es keineswegs in schmeichelhaften Worten. Seit die junge Frau nicht mehr ihren Beistand brauchte, lästerte die alte wieder über sie. Die meisten Familienzwiste, die ich in meinem Leben mitangesehen habe, entstehen aus Eifersucht und Neid. Ich sehe dabei von allen Geldsachen ab, die allerdings die liebevollsten Verwandten auseinandertreiben können. Jack und Tom, aus derselben Familie gebürtig und mit gleichem Vermögen ausgestattet, leben sehr herzlich miteinander. Macht Jack Bankrott und wird von Tom im Stich gelassen, so leidet die Freundschaft nicht, wohl aber, wenn Tom plötzlich zu großem Reichtum kommt; denn das kann ihm Jack nicht verzeihen. Ich erinnere mich noch sehr wohl, wie wütend die Wirtshauskumpane waren, als ihr guter Freund Dick Steele sich eine Equipage anschaffte und das schöne Haus in Bloomsbury kaufte. Sie fingen an, ihm zu vergeben, als die Gerichtsvollzieher hinter ihm her waren, und schimpften über Herrn Addison, weil er sich an Dicks Landhaus schadlos hielt. Der Dick im Schuldgefängnis aber war derselbe freundliche, unbekümmerte, heitere Geselle wie der Dick, der vierspännig im Park spazierenfuhr; und Herr Addison war vollständig im Recht, wenn er sich zu dem Geld verhalf, das ihm gehörte, statt abzuwarten, bis Dick es für Champagner und schöne Kleider oder an männliche und weibliche Parasiten verschleudert hatte. Monsieur de Rochefoucauld sagt in seinen berühmten Maximen: »Das Unglück unserer Freunde kann uns ein stilles Vergnügen bereiten.« Andererseits ist es aber nicht angenehm, zu erleben, daß sie allzu glücklich sind. Ist es für einen Mann schwer, sein eignes Glück zu tragen, so ist es für seine Freunde noch schwerer, es mitanzusehen: wenige bestehen diese Prüfung. Hingegen ist es eine schöne Begleiterscheinung widriger Schicksale, daß sie die Menschen versöhnlich gegen uns stimmen. Man wirft die Feindschaft beiseite und streckt dem gefallenen Freund alter Tage die Hand hin.

Die ältere der beiden Esmondschen Damen verzieh der jüngeren ihre Schönheit und vergaß ihren Groll, als sie traurig und vom Glück verlassen war. Sie nahm die arme Witwe und ihre Kinder bei sich auf, gab ihnen Obdach und schenkte ihnen Teilnahme. Als Esmond England verließ, sprach die alte Gräfin von seiner Herrin noch als von dem »armen kleinen Kindchen«, obwohl mit dem Zusatz »ohne einen Funken Geist«; Fräulein Beatrix aber war eine »Schönheit«.

Seitdem aber hatten, nach dem Beschreibungen der Gräfin-Witwe, sich Mutter und Tochter traurig verändert. Rachel habe ein Gesicht wie ein Mehlkloß, und Fräulein Beatrix vergröbere sich zusehends, so daß man sie kaum noch schön nennen könne. Der kleine Churchill sei zwar in sie verliebt; aber seine Mutter, die alte Füchsin Sarah, würde eine solche Dummheit nie erlauben. Sie habe Beatrix eine Stellung als Ehrendame am Hofe verschafft, werde es aber wohl noch bitter bereuen. Die Witwe Francis Esmonds – weiter war sie ja nichts – sei ein verschlagenes, listiges, herzloses Weibsbild. Sie verderbe ihren Balg von einem Sohn und werde wohl schließlich ihren Kaplan heiraten.

»Was, Tusher?« rief Esmond, und ein merkwürdiges Gefühl des Staunens und der Wut stieg in ihm auf.

»Ja, Tusher, den Sohn meiner Kammerfrau, der von seiner begabten Mutter und von seinem Vater, dem Lakaien in Schwarz, alle angenehmen Eigenschaften geerbt hat«, entgegnete Mylady. »Was in aller Welt soll denn eine gefühlvolle Witwe, die in dem schmutzigen Loch Castlewood lebt, ihre Armen mit Arzeneien umbringt, zweimal am Tage Betübungen macht und niemand als ihren Kaplan sieht – sage mir, mon cousin, was soll sie andres tun, als sich von dem abscheulichen Pfarrer mit den klotzigen Füßen und den gräßlichen kleinen grünen Augen den Hof machen lassen? Cela c'est vu, mon cousin. Als ich ein junges Mädchen in Castlewood war, haben sich alle Pfarrer in mich verliebt; sie haben ja nichts andres zu tun.«

Mylady schwatzte in dieser Art noch über eine Stunde weiter. Aber Esmond hörte nichts mehr; ihre ersten Worte nahmen alle seine Gedanken gefangen. War es möglich? Konnte etwas Wahres daran sein?

Ein paar junge Herren aus der Stadt, die Esmond kannte, hatten ihm versprochen, ihn der reizendsten aller Schauspielerinnen, der witzigsten und angenehmsten aller Damen, der Frau Bracegirdle, vorzustellen. Der berühmte Herr Congreve, gegen dessen Meinung es keinen Widerspruch gab, hatte sie als eine »entzückende Person« bezeichnet; sie trat in den Komödien von Dick Steele auf. Vierundzwanzig Stunden, nachdem er sie gesehen, war Herr Esmond endgültig überzeugt, heftig in diese schöne Brünette verliebt zu sein, wie Hunderte von andern jungen Herren auch in sie verliebt waren. Die Hoffnung auf das berauschende Vorrecht persönlicher Bekanntschaft setzte sein Herz in Flammen. Auch wenn ein junger Mann auch noch so schwer von Kummer und Unglück heimgesucht wird, so kommt doch einmal die Nacht, wo er in tiefen, gesunden Schlaf verfällt, und der Tag, wo er um die Mittagszeit Appetit auf ein Beefsteak verspürt. So war er sehr bereit, an dem geplanten Essen in der ›Rose‹ teilzunehmen und dann mit der Gesellschaft ins Theater zu gehen.

Wie kam es, daß die Bemerkungen seiner alten Tante über Tom Tusher eine so sonderbare und plötzliche Aufregung in ihm wachriefen? Hatten sein Stolz und sein Gerechtigkeitssinn nicht längst den Schmerz darüber, daß er die Liebe seiner Herrin nicht mehr besaß, erträglich gemacht? War es überhaupt noch ein Schmerz für ihn? Hatte er nicht gestern abend, als er von Pall-Mall über die Wiesen und Felder nach Chelsea wanderte, drei Strophen über die braunen Augen der Bracegirdle verfaßt und sie für tausendmal schöner erklärt als die strahlenden blauen Augen, die je unter den Wimpern einer abgeschmackten blonden Schönheit schmachteten? Aber Tom Tusher! Tom Tusher, der Sohn der Kammerfrau, der es wagt, seine kleinen Augen zu seiner Herrin zu erheben! Wut und Verachtung füllten Harrys Herz beim bloßen Gedanken daran. Die Ehre der Familie, deren Haupt er war, machte es ihm zur Pflicht, eine so ungeheuerliche Verbindung abzuwenden und den Emporkömmling zu züchtigen, der sein Haus mit solchen Absichten zu beschimpfen wagte. Freilich hatte sich Herr Esmond oft republikanischer Grundsätze gerühmt; er hatte in Cambridge manche schöne Rede gehalten mit dem Text: ›Wert und nicht Geburt‹. Aber Tom Tusher als Nachfolger eines Grafen von Castlewood – pfui! Esmond lachte über alle Witwen, alle Ehefrauen, alle Weiber. Sollte das Aufgebot nächsten Sonntag in der Kirche zu Walcote verlesen werden, was ihm nur allzu möglich schien, so wollte er zur Stelle sein und der Gemeinde sein »Nein« ins Gesicht schleudern.

Statt an diesem Abend zum Essen in die ›Rose‹ zu gehen, befahl er seinem Diener, den Mantelsack zu packen und Pferde zu besorgen. Um die Zeit, wo seine Kameraden im Theater saßen, war er schon halbwegs in Walcote, dreißig Meilen von London entfernt. Er hatte dem Diener einen Wink gegeben, daß im Haushalt der Gräfin-Witwe über seinen Ausflug nichts bekannt werden solle. Chelsea lag weit draußen, die Wege waren schlecht, und Esmond hatte die Gewohnheit, nach Vergnügungen, die bis tief in die Nacht dauerten, bei irgendeinem Freund in der Stadt zu schlafen. Seine Abwesenheit konnte also die alte Dame nicht weiter beunruhigen; im Gegenteil, nichts entzückte sie mehr als die Vorstellung, daß mon cousin, der unverbesserliche junge Sünder, auf nächtlichen Streifzügen außer Hause sei. Wäre Esmond auch nur mit der Frau eines Bürgers durchgegangen, so bin ich überzeugt, sie hätte mit Begeisterung ihre Diamanten versetzt, um sein Reugeld zu bezahlen.

Das Gut Walcote lag nur eine Meile von Winchester entfernt. Die junge Gräfin hatte sich nach Mylords Tode dahin zurückgezogen. Sie konnte dort einfacher leben; es war heiterer als in Castlewood, und die Erinnerung an ihre glücklichsten Tage machten ihr das Haus lieb und teuer. Der junge Graf besuchte ein Jahr lang die berühmte Schule in Winchester und hatte Herrn Tusher zum Erzieher. All diese Neuigkeiten hatte Esmond durch seine Tante erfahren.

Zu Lebzeiten seines Herrn war er das ein oder andere Mal in Walcote gewesen. Er rastete unterwegs nur wenige Stunden in einem Gasthaus und ritt so flott, daß er um 2 Uhr mittags schon an Ort und Stelle war. Am Ende des Dorfes stieg er ab und schickte einen Boten an Herrn Tusher mit der Nachricht, es sei ein Herr aus London da, der ihn in dringenden Geschäften sprechen müsse. Der Bote kam mit der Meldung zurück, der Doktor sei in der Stadt, wo er wahrscheinlich in der Kathedrale Gebete verrichte. Mylady sei mit ihm gegangen; sie pflege täglich dort zu beten.

Esmond stieg wieder zu Pferde und ritt nach Winchester. Er ließ seinen murrenden Diener, der froh war, endlich ein Mittagessen zu bekommen, im Gasthof zurück und ging zu Fuß zu der Kathedrale. Die Orgel spielte; der Wintertag fing schon an grau und dämmrig zu werden, als er durch die große gewölbte Pforte in das feierliche alte Gebäude hineinschritt.

Sechstes Kapitel

Der 29. Dezember

Außer dem Dechanten, einigen seiner Geistlichen und den Chorsängern waren nur wenige Menschen in der Kathedrale. Herr Tusher, in großer schwarzer Perücke, las mit salbungsvoller Stimme den Text. In einer der Bankreihen sah Esmond seine liebe Herrin sitzen, noch immer im schwarzen Witwenhut, ihren Sohn neben sich. Der Knabe war sehr gewachsen; er war ein schöner, vornehmer Jüngling geworden; er hatte die Augen seiner Mutter und das lockige blonde Haar seines Vaters, das weich auf den venezianischen Spitzenkragen fiel; ein Bild, wie es van Dyck hätte malen können. Wenn er aufsah, schossen zwei Strahlen aus seinen Augen, die freilich keines Malers Pinsel wiedergeben konnte. Heute war wenig Aussicht vorhanden, diese Strahlen aufleuchten zu sehen; der Gottesdienst war lang; des jungen Grafen Augen waren geschlossen; er schlief.

Aber als Orgel und Gesang verstummten, fuhr er auf. Sein Blick fiel auf Esmond, der ihm gegenübersaß und zärtlich und wehmütig zu ihm und seiner Mutter hinübersah. Lord Castlewood erschrak, zupfte seine Mutter, die den Kopf über ihr Buch gebeugt hielt, am Ärmel und sagte: »Mutter, sieh mal!« so laut, daß Esmond es auf der andern Seite der Kirche hören konnte.

Lady Castlewood warf einen kurzen Blick in die Richtung, die ihr Sohn ihr wies, und drohte Frank dann warnend mit dem Finger. Esmond fühlte, wie er rot wurde und wie sein Herz klopfte. Die Schlußgebete gingen rasch vorüber; er hörte sie nicht mehr. Seine Herrin hörte sie wohl auch nicht mehr. Sie hatte den Kopf noch tiefer über ihr Buch gesenkt und hob ihn nicht ein einziges Mal, bis der Segen gesprochen und der Dechant mit seinem Gefolge von Geistlichen in der innern Kapelle verschwunden war.

Der junge Castlewood aber wartete nicht, bis die Tür sich hinter dem feierlichen Zug schloß. Er drängte sich eifrig durch die Bankreihen, stürzte auf Esmond zu und umarmte ihn. »Mein lieber alter Harry!« rief er, »bist du endlich wieder da? Du bist im Krieg gewesen? Du nimmst mich mit, wenn du wieder in den Krieg gehst, nicht wahr? Warum hast du uns nicht geschrieben? Komm zur Mutter!«

Herr Esmond konnte nur sagen: »Gott segne dich, mein Junge!« Er war dem Knaben so dankbar für seine Zärtlichkeit. Der andern Begrüßung sah er ängstlich entgegen, denn wußte er, ob Mylady ihn nicht wieder so grausam zurückstoßen würde wie im letzten Jahr?

»Es ist freundlich von dir, daß du wieder zu uns kommst, Harry«, sagte sie. »Ich hoffte, daß du kommen würdest.«

»Wir haben in der Zeitung gelesen, daß die Flotte nach Portsmouth kam. Warum bist du nicht von dort herübergekommen?« fragte Frank.

Esmond hatte wohl daran gedacht, es zu tun; aber eingedenk des Verbots seiner Herrin war er fern geblieben.

»Sie hätten mich nur zu rufen brauchen«, sagte er.

Sie gab ihm ihre schöne kleine Hand; ein einziger Ring steckte daran, ihr Trauring. Der Zwist war vorüber. Das Jahr der Schmerzen und der Entfremdung war vergangen. Es war, als seien sie nie getrennt gewesen. Seine Herrin hatte immer in seinen Gedanken gelebt, im Gefängnis, im Zelt, im Gefecht, auf See unter den Sternen der Mitternacht, bei der Glut der aufgehenden Sonne, im Wirtshaus, wenn er mit seinen Freunden tafelte, ja selbst in jenem Theater, wo er versucht hatte, andre Augen schöner zu finden als ihre. Vielleicht gab es strahlendere Augen, vielleicht schönere

Gesichter, aber liebere nicht. Keine Stimme war so süß wie die seiner geliebten Herrin, der Schwester, Mutter, Göttin seiner Jugend. Göttin war sie ihm nicht mehr; er kannte ihre Schwächen und war durch Nachdenken, Leiden und Erfahrungen älter geworden als sie; aber wenn er sie auch nicht mehr anbetete, so liebte er sie um so heißer. Wie kommt es, daß eine kleine Hand uns das Teuerste auf Erden sein kann? Wer wird je dieses Geheimnis enträtseln? Da stand sie, weinte und war glücklich. Er fühlte ihre Tränen auf seiner Hand. Es war ein seliger Taumel der Versöhnung.

»Da kommt der Pedant«, sagte Frank. »Da ist Tusher.«

Tusher erschien; seine Stiefel knarrten. Er hatte sein Meßgewand abgelegt und kam im schwarzen Priesterrock und großer schwarzer Perücke. Wie war es möglich, daß Harry Esmond auch nur einen Augenblick lang auf diesen Gesellen hatte eifersüchtig sein können?

»Gib uns deine Hand, Tom Tusher«, sagte er. Der Kaplan machte ihm eine tiefe, feierliche Verbeugung. »Ich bin entzückt, den Hauptmann Esmond zu sehen!« rief er. »Mylord und ich haben die Reddas incolumem precor gelesen und sie auf den Herrn Hauptmann angewendet. Sie kommen mit Gaditanischen Lorbeeren bedeckt zurück. Als ich hörte, Sie seien hier, wünschte ich, ein zweiter Septimus zu sein. Mylord, erinnert sich Euer Gnaden an Septimi, Gades aditure mecum?«

»Es gibt einen Erdenwinkel, Tusher, der mir lieber ist als Gades«, sagte Herr Esmond. »Der Winkel, wo Euer Hochwürden Pfarre steht und wo wir unsre Jugend verlebt haben.«

»Ein Haus, das so viele geheiligte Erinnerungen für mich birgt«, entgegnete Tusher – und Harry dachte daran, wie oft der Sohn dort vom Vater Prügel bekommen hatte – »ein Haus, so nahe dem meines verehrten Herrn und meiner hochverehrten Herrin, wird immer ein lieber Aufenthalt für mich sein. Aber, gnädige Frau, der Küster möchte die Türen hinter Euer Gnaden schließen.«

»Und Harry kommt zum Abendbrot nach Hause, hurra, hurra!« schrie Mylord. »Mutter, soll ich nach Hause laufen und Beatrix sagen, daß sie ihre seidnen Bänder umtut? Beatrix ist Hofdame, Harry, ich sage dir, sie ist ein feines Mädel!«

»Dein Herz war nie bei der Kirche, Harry«, sagte die Witwe in ihrem süßen leisen Tonfall, als sie zusammen von dannen gingen. Einmal schien es, als seien sie nie getrennt gewesen; dann war es wieder, als seien Ewigkeiten vergangen, seit sie sich zum letzten Male gesehen hatten. »Ich habe mir immer gedacht, daß du keinen Ruf zum geistlichen Amte habest und daß es schade sei, dich von der Welt auszuschließen. Du hättest dich in Castlewood abgehärmt, und es ist besser, daß du dir selbst einen Namen machst. Ich habe das oft zu meinem lieben Manne gesagt. Wie hat er dich liebgehabt! Er war es, der wollte, daß du bei uns bliebst.«

»Ich habe mir nie etwas Besseres gewünscht, als immer in Ihrer Nähe zu sein«, sagte Esmond.

»Aber es war besser zu gehen, Harry. Wenn die Welt dir keinen Frieden gibt, so weißt du, wo du ihn finden kannst; aber für jemand mit so starker Einbildungskraft und so heftigen Wünschen wie dich ist es gut, es erst mit der Welt zu versuchen. Der Gedanke, dich zum Kaplan eines Landedelmannes und zum Lehrer eines Knaben zu machen, enstand nur aus meiner Selbstsucht. Du bist vom Blute der Esmonds, Vetter, und das ist in der Jugend immer wild gewesen. Sieh Francis an. Er ist erst fünfzehn Jahre alt, und ich kann ihn kaum im Neste halten. Er spricht von nichts als von Krieg und Vergnügen und will durchaus im nächsten Feldzug dienen. Vielleicht geht er mit dem jungen Lord Churchill zusammen. Lord Malborough ist sehr gütig zu uns gewesen. Du weißt, wie freundlich sie mir in meinem Kummer halfen. Auch deines – deines Vaters Witwe war sehr gut zu mir. Niemand weiß, wie gut die Menschen sind, ehe Unglück über ihn kommt. Durch Lady Marlboroughs Fürsprache hat Beatrix ihre Stellung am Hof bekommen. Die Gräfin-Witwe aber hat versprochen, für dich zu sorgen, nicht wahr?«

Esmond sagte: »Ja, wenn ihre Gunst mir so weiter lächelt; und sollte«, fügte er heiter hinzu, »der Wind einmal umschlagen, wie das bei Damen manchmal der Fall ist, so bin ich stark genug, meine eigene Last zu tragen und meinen Weg irgendwie zu machen; vielleicht nicht durch die Waffen, denn Tausende haben dafür mehr Talent wie ich; aber es gibt viele Wege für einen jungen Mann von guter Erziehung, um in der Welt fortzukommen.

Auf die eine oder die andre Weise kann ich der Beförderung ziemlich sicher sein.« Er hatte allerdings Gönner in der Armee gefunden, die sehr wohl in der Lage waren, ihm vorwärts zu helfen, und er erzählte seiner Herrin von seinen vielversprechenden Aussichten. Sie gingen langsam nebeneinander her, und die Dämmerung wurde dichter und dichter.

»Jetzt sind wir gleich zu Hause«, sagte sie. »Ich wußte, daß du kommen würdest, Harry; sei es auch nur, um mir die ungerechten Worte zu vergeben, die ich nach dem furchtbaren – furchtbaren Unglück zu dir sprach. Ich war damals halb wahnsinnig vor Schmerz. Ich weiß jetzt – sie haben es mir erzählt – sogar der Elende, dessen Namen ich nicht aussprechen kann, hat es bezeugt –, daß du versucht hast, das Unglück von Mylord abzuwenden und auf dich selbst zu lenken, mein armes Kind. Aber es war Gottes Wille, mich zu strafen und mir meinen lieben Herrn zu nehmen.«

»Er hat mich auf seinem Sterbebett gesegnet«, sagte Esmond, »und ich bin Gott dankbar dafür.«

»Amen, lieber Henry«, flüsterte sie und drückte seinen Arm. »Ich wußte es. Herr Atterbury hat es mir erzählt. Ich habe Gott auch dafür gedankt und habe beim Beten oft daran gedacht.«

»Sie hätten mir manche böse Nacht erspart, wenn Sie mir das eher gesagt hätten«, entgegnete Esmond.

»Ich weiß es, ich weiß es«, antwortete sie in so demütigem Ton, daß Esmond seinen Vorwurf bereute. »Ich weiß, wie schlecht ich war. Ich habe auch gelitten, Lieber. Ich habe Herrn Atterbury alles gebeichtet und darf dir nichts weiter darüber sagen. Ich wußte, daß du zurückkommen würdest. Heute, als sie sangen: ›Als der Herr die Knechtschaft von Zion nahm, da waren wir gleich denen, die träumen‹. Dann sangen sie weiter: ›Die unter Tränen säen, sollen mit Freuden ernten!‹ Da sah ich von meinem Buch auf und erblickte dich. Ich war nicht überrascht. Ich wußte es ja, Lieber, daß du kommen würdest.«

Sie wandte ihm ihr Gesicht zu. Der Mond war aufgegangen und leuchtete hell in der kalten, klaren Luft. Er sah, daß sie ihn beinahe leidenschaftlich anlächelte.

»Weißt du, was heute für ein Tag ist?« fuhr sie fort. »Es ist der

29. Dezember; es ist dein Geburtstag! Voriges Jahr haben wir nicht auf deine Gesundheit getrunken, nein, nein. Mylord war tot, du warst krank, mein Kopf war wie im Fieber, und wir hatten keinen Wein. Aber jetzt bist du wieder da, Lieber.« Sie brach in wildes Schluchzen aus; sie lachte und weinte an der Brust des jungen Mannes.

Als ihm plötzlich die Erkenntnis dieser großen Liebe kam, die sich ihm zum ersten Male enthüllte, da traf sie ihn beinahe wie ein Schlag. Er dachte der nächtlichen Stunden, wo er vom Deck des Schiffes aus voll sprachlosem Staunen in die unendlichen Tiefen des sternenübersäten Firmaments gestarrt hatte. Großer Gott, wer war er, daß es ihm vergönnt wurde, in die wunderbaren Tiefen einer solchen Empfindung zu schauen? Sein Herz füllte sich mit unsäglicher Dankbarkeit. Er hatte nicht umsonst gelebt; ein Schatz war ihm gegeben worden. Was war aller Ehrgeiz verglichen mit dem Bewußtsein, so geliebt zu werden? Was war Reichtum, was war Ruhm? Was nützen sie dir nach Jahren, wenn andre Namen einen lauteren Klang bekommen haben als der deine, wenn du unter der Erde liegst und die eitlen Titel auf deiner Grabplatte eingemeißelt sind? Nur treue Liebe bleibt leben, wenn du auch gegangen bist; sie segnet dein Gedächtnis, oder sie geht dir voraus und legt Fürbitte für dich ein.

»Wenn – wenn es so ist, liebe Frau«, sagte Esmond, »warum soll ich Sie dann wieder verlassen? Wenn Gott mir einen so großen Schatz gegeben hat, warum soll ich ihm nicht nahe sein? Warum nicht beieinander bleiben, bis der Tod uns trennt? Wir wollen fortgehen, fort von Europa, wo Sie so viele traurige Erinnerungen haben. Wir wollen in der Neuen Welt ein neues Leben beginnen. Mein guter Herr hat oft davon gesprochen, er wolle jenes Land in Virginia aufsuchen, das König Karl uns – ich meine seinen Vorfahren – verliehen hat. Frank wird es uns sicher geben. Kein Mensch dort wird nach dem Fleck auf meinem Namen fragen.«

»Und meine Kinder, meine Pflichten, mein guter Vater, Henry?« rief sie. »Er hat nur noch mich, denn meine Schwester wird ihn bald verlassen, und der alte Mann wird alleine sein. Seit der Regierung des neuen Königs dient er der Staatskirche, und hier in Winchester, wo man ihn liebt, haben sie eine Kirche für ihn gefunden. Wenn die Kinder mich verlassen, werde ich zu ihm ziehen. In die große Welt, wohin ihr Weg sie führt, kann ich ihnen nicht folgen; sie ängstigt und erschreckt mich. Aber sie werden kommen und mich besuchen, und bei mir wird ihre Heimat sein. Manchmal, Henry, wirst du mich auch besuchen, nicht wahr? Um die Adventszeit, wo ich dich wiedergefunden habe.«

»Ich würde alles verlassen, um Ihnen zu folgen«, sagte Esmond, »wollen Sie nicht dasselbe für mich tun, liebe Frau?«

»Still, mein Kind!« entgegnete sie mit dem süßen, sorgenvollen Ton und zärtlichen Blick einer Mutter. »Für dich fängt das Leben erst an. Ich muß ihm den Rücken wenden; denn ich bin so schwach und sündig gewesen, daß ich nur noch büßen kann, lieber Henry. Wenn wir Klöster hätten, wie wir sie früher gehabt haben und wie manche Geistliche unsrer Kirche sie wieder einführen möchten, dann würde ich mich vielleicht in eines zurückziehen und mein Leben in Buße verbringen. Aber ich würde dich immer liebhaben, ja; denn es ist jetzt keine Sünde in meiner Liebe mehr. Mein lieber Mann im Himmel mag in mein Herz sehen; er weiß von den Tränen, die ich geweint habe, um meine Sünde wegzuwaschen. Nun will ich bei meinen Kindern bleiben, solange sie mich brauchen, und …«

»Und nicht bei mir?« fragte Harry.

»Still!« sagte sie wieder und hielt ihm die Hand vor die Lippen. »Ich bin deine Krankenpflegerin gewesen, damals, als du die Pocken hattest, Harry. Du erkanntest mich nicht, wenn ich bei dir saß. Ich habe Gott gebeten, er möge mich sterben lassen; aber ich wäre schuldig gestorben, Henry. Ach, es ist qualvoll, an jene Zeit zurückzudenken! Sie ist jetzt vorüber, und meine Schuld ist mir vergeben worden. Wenn du mich jemals wieder brauchst, so werde ich zu dir kommen, und seist du auch noch so fern. Wenn dein Herz wund ist, so komm zu mir, Lieber. Sage nichts! Laß mich alles sagen. Du hast mich nie wirklich geliebt, Henry – nein, du weißt es nur nicht. Ich bin ja dem Himmel dankbar dafür. Ich habe dich immer beobachtet und habe tausend Beweise dafür. Weißt du noch, wie froh du warst, als du zur Universität gehen solltest? Ich war es, die dich fortschickte. Das habe ich auch

Herrn Atterbury gesagt, als ich in London mit ihm sprach, und er hat mir die Absolution gegeben. Er ist ein gottbegnadeter Mensch und hat Kraft zu binden und zu lösen. Er hat mir vergeben, wie mein lieber Mann mir vergeben hat, ehe er starb.«

»Ich glaube, es gibt nicht nur im Himmel Engel«, sagte Esmond. Wie ein Bruder die Schwester ans Herz zieht, wie die Mutter sich an des Sohnes Brust drückt, so lagen sie sich ein paar Augenblicke lang in den Armen.

Siebtes Kapitel

Ich werde in Walcote herzlich empfangen

Als sie sich dem Hause von Walcote näherten, waren die Fenster zum freundlichen Willkommen erleuchtet. Der Tisch im Eßzimmer war gedeckt; es schien, als wolle Liebe und Vergebung den heimkehrenden verlorenen Sohn begrüßen. Vertraute Gesichter empfingen ihn am Tor; die alte Haushälterin war da und der junge Lockwood von Castlewood in Mylords braun und blauer Livree. Seine liebe Herrin drückte seinen Arm, als sie in die Halle schritten; ihre Augen strahlten ihn mit unbeschreiblicher Liebe an. »Willkommen!« war alles, was sie sagte, als sie zu ihm aufsah und den schwarzen Hut von den Locken schob. Ihr Gesicht war rosig, von Lächeln verklärt. Harry meinte, er habe sie nie so reizend gesehen. Sie nahm ihren Sohn bei der Hand, der in der Halle auf die Mutter wartete; aber sie ließ Esmonds Arm nicht fahren.

»Willkommen, Harry!« rief der junge Lord. »Wir sind alle hier, dich willkommen zu heißen. Da ist Jack Lockwood. Er wird mal ein feiner Grenadier und ich auch, Harry. Wir wollen beide unter dir dienen. Sobald ich siebzehn Jahre alt bin, gehe ich zur Armee. Jeder Edelmann geht zur Armee. Donnerwetter, wer kommt da?« und er brach in Lachen aus. »Fräulein Trix, mit einem neuen Band. Ich wußte ja, daß sie eins umbinden werde, wenn sie hörte, daß ein Hauptmann zum Abendbrot kommt.«

Aus der Halle von Walcote führt eine Treppe zu einer offenen Galerie, auf welche die Türen der Schlafzimmer münden. Aus einer dieser Türen trat Fräulein Beatrix, eine Wachskerze in der Hand, die sie beleuchtete. Die Strahlen des Lichts fielen auf ein scharlachrotes Band, das sie trug, und auf den weißesten, stolzesten Hals der Welt.

Esmond hatte ein Kind zurückgelassen, und jetzt fand er eine Dame von mehr als gewöhnlicher Größe und von so vollendeter Reife der Schönheit, daß sein Blick überrascht und entzückt auf ihr ruhte. In ihren Augen war ein so leuchtender, schmelzender Glanz, daß ich erlebt habe, wie eine ganze Versammlung ihr folgte, hingerissen durch den unwiderstehlichen Zauber ihrer Blicke. Eines Abends, als der Herzog von Marlborough im Theater erschien, geschah es, daß sie im selben Augenblick auf der entgegengesetzten Seite den Saal betrat. Da wandten sich alle Köpfe dem schönen Mädchen und nicht dem großen Helden zu. Sie war eine brünette Schönheit; ihre Augen, ihr Haar, ihre Brauen und Wimpern waren dunkel; das Haar fiel in reichen Locken über die Schultern herab. Ihre Haut aber war von der blendenden Weiße des Schnees, wenn die Sonne daraufscheint, ihre Wangen leuchtend rot und ihre Lippen von dunkelstem Karmin. Ihr Mund und ihr Kinn, wurde behauptet, seien zu groß und zu voll. Wäre sie eine marmorne Göttin gewesen, so hätte man vielleicht mit diesem Tadel recht gehabt; aber sie war eine Frau mit feurigen Augen, in denen Liebe brannte; mit einer Stimme, die wie leiser Gesang tönte; mit einer Gestalt von vollendeter Harmonie, Gesundheit und Beweglichkeit; mit einem Fuß, der fest und geschmeidig den Boden berührte; mit Bewegungen, die, ob langsam, ob schnell, stets anmutig waren. Sie war behende wie eine Nymphe, stolz wie eine Königin, bald hingebend, bald herrschsüchtig, bald spöttisch; aber schön war sie immer. Wenn der, welcher die Geschichte schreibt, an die denkt, so vergißt er seine Jahre und fühlt sich wieder jung.

Sie kam die Treppe herunter, um Esmond zu begrüßen; der eine schöne runde Arm hielt die Schleppe des Kleides hoch, mit der andern Hand trug sie die Kerze.

»Sie hat ihre roten Strümpfe und ihre weißen Schuhe angezogen«, rief Mylord, noch immer lachend. »Mein schönes Fräulein, wollen Sie damit den Hauptmann fangen?« Sie näherte sich und lächelte Esmond an; er sah nichts als ihre Augen. Sie beugte den Kopf vor, als wolle sie einen Kuß von ihm haben, wie sie es als kleines Mädchen getan.

»Halt«, sagte sie, »dazu bin ich jetzt zu groß! Willkommen, Vetter Harry!« und sie machte ihm eine neckische Verbeugung bis tief auf den Boden hinunter, und sah ihn von unten herauf mit funkelnden Augen und reizendem Lächeln an. Es schien Liebe von ihr auszustrahlen. Harry versank mit gleichem Entzücken in ihren Anblick, wie es der erste Verliebte auf Erden nach Miltons Beschreibung getan.

»N'est-ce pas?« sagte Mylady mit leiser, weicher Stimme und hielt noch immer Esmonds Arm fest.

Esmond fuhr zusammen, wandte sich und wurde rot, als er dem klaren Blick seiner Herrin begegnete. Er hatte sie über der Tochter vergessen.

»Rechten Fuß vorwärts, Fußspitze auswärts, so. Nun zeig die roten Strümpfe, Trix. Sie haben silberne Zwickel, Harry. Die Gräfin-Witwe hat sie geschickt. Sie hat sie deinetwegen angezogen«, lachte Mylord.

»Still, du dummer Junge«, sagte das Fräulein und brachte ihren Bruder mit Küssen zum Schweigen. Dann fand sie es gut, ihre Mutter zu küssen, und schaute dabei über Myladys Schulter nach Harry hinüber. Dann gab sie ihm beide Hände und sagte: »Ach, Harry, wir sind ja so froh, daß du gekommen bist!«

»Es gibt Schnepfen zum Abendbrot«, rief Mylord. »Hurra! Die Predigt hat mich so hungrig gemacht.«

»Und es ist der 29. Dezember, und unser Harry ist wieder da.«

Myladys Lippen zitterten; es war, als spreche sie ein stilles Gebet. Sie wollte, daß Harry Beatrix führte, und nahm selbst den Arm ihres Sohnes. Tom Tusher erschien, und vier von den fünfen wünschten ihn herzlich über alle Berge. Er empfahl sich indessen in dem Moment, als man die süße Speise auf den Tisch setzte. Später beim knisternden Feuer, als seine Herrin oder Beatrix ihm das Glas füllten, erzählte Esmond von seinem Feldzug und verlebte die wonnigste Nacht, die ihm noch je beschert worden war.

Er erwachte erst lange nach Sonnenaufgang, so tief und erquickend war sein Schlummer gewesen, und mit einem Gefühl, als ob Engel die ganze Nacht an seinem Bette gewacht hätten. Ich glaube, ein Wesen, so rein und liebevoll wie ein Engel, hatte seinen Schlaf mit Gebeten gesegnet.

Der Kaplan hielt vor dem kleinen Haushalt von Walcote die Morgenandacht. Esmond fand, daß Fräulein Beatrix Tom Tushers Ermahnungen nicht sehr aufmerksam folgte; ihre Augen wanderten umher, wenigstens begegnete er ihnen jedesmal, wenn er aufsah. Vielleicht lauschte er den Worten Seiner Hochwürden auch nicht mit sehr großer Sammlung. »Das wären meine Pflichten gewesen, ein ganzes langes Leben hindurch«, dachte er. Aber wären es nicht angenehme Pflichten gewesen, die ihn immer bei seinen lieben Freunden festgehalten hätten? Ja, bis – bis der Liebhaber kam, der die schöne Beatrix fortholte. Der größte Teil von Tushers Einleitung, die sehr beredt und sehr gelehrt gewesen sein mag, ging dem armen Harry über der Vision des Liebhabers verloren, der den Prediger aus dem Felde schlug.

Beatrix kniete schräg vor ihm. Statt der roten Strümpfe und weißen Schuhe trug sie graue Strümpfe und schwarze Schuhe. Ihre Füße sahen darin ebenso hübsch aus. Alle Rosen des Frühlings hätten nicht mit ihren Wangen wetteifern können. Harry meinte, nie etwas ähnliches gesehen zu haben wie den sonnigen Glanz ihrer Augen. Mylady sah müde und übernächtigt aus; ihr Gesicht war bleich.

Fräulein Beatrix bemerkte die Zeichen der Ermüdung in den Zügen ihrer Mutter und beklagte sie. »Ich bin eine alte Frau«, sagte Mylady mit freundlichem Lächeln. »Ich kann nicht mehr so jung und frisch aussehen wie du, mein Kind.«

»Sie wird nie so gut aussehen wie du, und wenn sie hundert Jahre alt wird«, sagte Mylord, schlang den Arm um seine Mutter und küßte ihre Hand.

»Sehe ich sehr böse aus, Vetter?« fragte Beatrix und kam ihm mit ihrem Kopf so nahe, daß sein Kinn das weiche, duftende Haar berührte. Sie legte ihre Fingerspitzen auf seinen Ärmel, und er griff nach ihrer anderen Hand.

»Ich bin dein Spiegel«, sagte er, »ein Spiegel schmeichelt nicht.«

»Er meint, daß du ihn immerfort ansiehst, liebes Kind«, warf die Mutter schalkhaft ein. Beatrix rannte von Esmond fort zu Mylady, küßte sie und schloß ihr den Mund mit ihrer hübschen Hand.

»Harry ist ein sehr erfreulicher Anblick«, sagte die Mutter und sah den jungen Mann mit ihren zärtlichen Augen an.

»Wenn es erfreulich ist, ein glückliches Gesicht zu sehen, ja«, entgegnete er. »Amen«, seufzte sie. Harry glaubte, daß der Gedanke an den Toten in ihr aufstieg und sie wieder traurig machte; denn ihr Gesicht verlor alle Heiterkeit.

»Harry, wie gut du aussiehst in Scharlach und Silber und in schwarzer Perücke!« rief Mylord. »Mutter, ich habe mein Haar satt. Wann bekomme ich eine Perücke? Wo hast du deinen Spitzenkragen gekauft, Harry?«

»Es ist eine alte Spitze von der Gräfin-Witwe«, antwortete Esmond. »Sie hat mir noch viele andre schöne Sachen gegeben.«

»Die Gräfin-Witwe ist gar keine so üble Frau«, meinte Mylord. »Nach dem Frühstück will ich dir meine Pferde zeigen«, fuhr er fort, »und heute abend wollen wir auf Vogelfang gehen. Montag ist ein Hahnenkampf in Winchester. Hast du Hahnenkämpfe gern, Harry?«

»Und was wirst du tun, Beatrix, um unsern Vetter zu unterhalten?« fragte Mylady.

»Ich will ihm zuhören«, antwortete Beatrix. »Er hat uns gewiß eine Menge zu erzählen. Ich bin schon auf die spanischen Damen eifersüchtig. War die Nonne sehr schön, die du in Kadiz vor dem Soldaten gerettet hast? Dein Diener hat es gestern abend in der Küche erzählt, und Betty hat es mir heute früh wiedererzählt, als sie mein Haar kämmte. Er behauptet, du seist verliebt. Du habest die ganzen Nächte auf Deck gesessen und Verse in dein Notizbuch geschrieben.« Harry dachte, wenn ihm gestern ein Gegenstand zum Versemachen gefehlt habe, so sei er heute gefunden. Alle Lindamiren und Ardelien der Dichter seien nicht halb so schön wie dieses junge Geschöpf. Aber er sprach seinen Gedanken nicht aus. Jemand anders tat es an seiner Statt.

Das war seine liebe Herrin. Nach dem Essen, als die jungen Leute sie allein gelassen hatten, fing sie an, mit Esmond über die Anlagen ihrer Kinder zu sprechen, die Hoffnungen, zu denen sie berechtigten, die Sorgen, die sie ihr bereiteten. »Solange sie zu Hause bei ihrer Mutter sind,« sagte sie, »ist mir nicht bange um sie, wohl aber, wenn sie in die Welt hinausgegangen sind, wohin ich ihnen nicht folgen kann. Beatrix wird nächstes Jahr ihren Dienst antreten. Es wäre möglich, daß du ein Gerücht über sie und Lord Churchill gehört hast; es ist eitles Geschwätz. Sie haben nichts als eine Kinderfreundschaft zusammen gehabt. Ich weiß, daß seine Mutter ihm niemals eine so armselige Heirat erlauben würde. Eine Prinzessin würde kaum ihrem Ehrgeiz genügen.«

»Ich glaube nicht, daß sie in Europa eine Prinzessin finden wird, die sich mit Beatrix messen kann«, sagte Esmond.

»An Schönheit? Nein, gewiß nicht«, antwortete Mylady. »Sie ist sehr schön, nicht wahr? Ich bin freilich ihre Mutter, aber ich glaube, ich täusche mich nicht. Ich habe dich gestern beobachtet, als sie die Treppe herunterkam, und habe dein Entzücken in deinem Gesicht gesehen. Ich sehe manchmal mehr, als du denkst, lieber Harry. Gerade jetzt, als von deinen Gedichten die Rede war – du hast als Knabe sehr hübsche Verse gemacht –, dachtest du, Beatrix sei ein dankbarer Gegenstand für einen Dichter, nicht wahr, Harry?« Der junge Herr wurde rot. »Das ist sie auch«, fuhr Mylady fort, »du bist nicht der erste, den ihr hübsches Gesicht gefangen hat. So schöne Augen wie die ihren lernen früh ihre Macht zu gebrauchen.« Sie sah ihn durchdringend an, stand auf und ließ ihn allein.

Sie hatte recht; zwei schöne Augen können mit wenigen Blicken einen Mann zum Sklaven machen; sie setzen ihn in Flammen und lassen ihn alles andre vergessen; sie blenden ihn so, daß er die Vergangenheit nur noch verschwommen sieht, und sie werden ihm so teuer, daß er alles hingeben würde, um sie zu besitzen. Was ist die zärtliche Liebe treuer Freunde verglichen mit diesem Schatz? Ist Erinnern so stark wie Hoffen, Genuß so mächtig wie Hunger, Dankbarkeit so brennend wie sehnsüchtiges Verlangen? Ich habe die Edelsteine in mancher königlichen Schatzkammer Europas gesehen und habe mich darüber gewundert, daß sie Kriege entfesseln konnten. Indische Herrscher sind um solcher Steine willen entthront und erwürgt worden, Millionen hat man für sie ausgegeben, und tollkühne Abenteurer haben ihr Leben verloren beim Ausgraben des bunten Tands, der mir nicht mehr gelten würde, als die Verzierung an meinem Hut. Aber sind denn die andern glänzenden Edelsteine mehr wert, um die Männer sich gestritten und getötet haben, seit es Menschen auf Erden gibt? Sie dauern ein paar Jahre; dann verlieren sie ihren Glanz. Wo sind die Juwelen jetzt, die unter Kleopatras Stirn glühten und unter Helenas Brauen funkelten?

Am zweiten Tag nach Esmonds Ankunft in Walcote hatte Tom Tusher einen freien Tag. In seinem schönsten Rock und seiner besten Halsbinde zog er gen Southampton, um der jungen Frau den Hof zu machen, die er zu heiraten wünschte. Es zeigte sich, daß es nicht eines Grafen, sondern eines Brauers Witwe war, die von ihrem Manne ein paar tausend Pfund geerbt hatte. Das Herz des ehrlichen Tom war so ausgezeichnet gezogen, daß selbst Venus es ohne Mitgift nicht hätte entflammen können. Sein schwerfälliger Wallach trug ihn gemächlich seinen wohlgeregelten Liebespfad entlang, und Esmond blieb allein in Gesellschaft der Familie zurück. Der junge Lord war glücklich, seinen alten Freund genießen zu können und Lehrer und lateinische Bücher einmal los zu sein.

Der Knabe schwatzte über allerlei, am meisten natürlich über sich selbst. Aus seinen arglosen Reden war leicht zu entnehmen, daß er und seine Schwester die zärtliche Mutter beherrschten. Sie lagen in beständigem Streit um den ersten Platz in ihrem Herzen, und obwohl die gute Seele sich einredete, daß sie beide Kinder gleich liebe, so war doch Frank ganz sichtlich ihr Liebling. Abgesehen von seiner herrschsüchtigen Schwester war ihm der ganze Haushalt untertan, und er regierte ihn, wie er als Kind die Dorfjungen regiert hatte, wenn er mit ihnen Soldaten spielte. Seine Hochwürden Tom Tusher behandelte den jungen Lord mit der höflichen Unterwürfigkeit, die er vornehmen Menschen jedes Alters gegenüber zeugte. Dieses so sehr junge Exemplar der vornehmen Welt war allerdings unwiderstehlich. Seine aufrichtige, herzliche Art, seine Schönheit, seine Heiterkeit, sein klingendes Lachen und seine wohltönende Stimme gewannen ihm alle Herzen und ließen ihn überall herrschen. Esmond fühlte, daß er alsbald dem Zauber des Knaben erlag und ihm zu Willen war wie alle anderen. Das Vergnügen, welches ihm seine Gesellschaft und sein Geplauder machte, konnte sich messen mit dem Genuß, den die Unterhaltung geistvoller und witziger Männer ihm je bereitet hatte. Wenn Frank ein Zimmer betrat, so war es, als gehe die Sonne auf; wenn von Not und Elend die Rede war, so fuhr seine Hand nach der Börse. Als er zwei Jahre später in die große Welt kam, wurde er von den Frauen geliebt und verwöhnt, und die Tollheiten, die er ihretwegen und sie seinetwegen begingen, erinnerten an die Geschichten, die man von Rochester[16] und Grammont erzählt. Sogar seine Gläubiger liebten ihn. Die hartherzigsten Wucherer und die sprödesten Tugendhaften vom anderen Geschlecht konnten ihm nichts versagen. Er war nicht witziger als irgendein anderer Mann, und doch habe ich erlebt, wie die Damen in Brüssel sich im Foyer des Theaters um ihn drängten und ihn, wenn er auf der Bühne saß, eifriger besprachen und beobachteten als die Schauspieler selbst. Bei Ramillies, wo er verwundet wurde, sah ich, wie ein großer rothaariger schottischer Sergeant seine Hellebarde fortwarf, ihn wie ein Kind auf den Arm nahm und laut weinend aus dem Feuer trug. Dieser Bruder und diese Schwester waren das schönste Paar, das ich je gesehen habe; aber nachdem sie das mütterliche Nest verlassen hatten, waren sie fast nie mehr beisammen.

Als man zwei Tage nach Esmonds Ankunft, am letzten Tage des Jahres, beim Mittagessen saß, füllte Mylord einen Humpen, bat Esmond, das gleiche zu tun, trank auf seine Schwester und begrüßte sie als Marquise.

»Marquise?« sagte Harry verwundert und in erwachender Eifersucht.

»Unsinn, Mylord«, sagte Beatrix und schüttelte den Kopf. Mylady warf einen raschen Blick auf Esmond und senkte die Augen.

»Marquise von Churchill!« rief Frank. »Weißt du nichts davon, Harry? Hat dir der alte Drache in Chelsea nichts erzählt? Churchill trägt eine Locke von ihr auf der Brust. Die Herzogin hat ihn erwischt, wie er vor Fräulein Beatrix auf den Knien lag. Sie hat ihn geohrfeigt und hat gesagt, Doktor Hare solle ihn durchprügeln.«

»Ich wollte, Herr Tusher prügelte dich auch«, sagte Beatrix.

Mylady meinte nur: »Ich hoffe, du erzählst solche dumme Geschichten nur zu Hause und nicht anderswo, Francis.«

»Bei meinem Wort, es ist wahr«, versicherte Frank. »Sieh nur, Mutter, was Harry für ein böses Gesicht macht, und Beatrix ist so rot geworden wie die Strümpfe mit den Silberzwickeln.«

»Ich glaube, es ist das beste, wir lassen die Herren beim Wein und gehen«, erklärte Beatrix und erhob sich mit der Haltung einer jungen Königin. Ihre seidenen Gewänder rauschten um sie her, und gefolgt von ihrer Mutter verließ sie das Zimmer.

Lady Castlewood warf wieder einen Blick auf Esmond, als sie sich niederbeugte, um ihren Sohn zu küssen. »Schwatz nicht so dummes Zeug, Kind«, sagte sie. »Trink nicht zuviel Wein, junger Herr; Harry hat sich nie etwas aus dem Trinken gemacht.« Sie wandte den Kopf noch einmal nach dem jungen Mann zurück, und dann ging auch sie in ihrem schwarzen, schleppenden Kleide.

»Zum Kuckuck, es ist wahr!« beteuerte Frank und schlürfte seinen Wein mit der Miene eines großen Herrn. »Wie findest du diesen Lissabonner? Er ist besser als der heiße Portwein. Wir haben ihn von einem Schiff bekommen, das voriges Jahr von Vigo kam. Meine Mutter hat ihn in Southampton gekauft, auf der ›Rose‹, Kapitän Hawkins.«

»Wahrhaftig? Mit dem Schiff bin ich ja nach Hause gekommen«, sagte Harry.

»Da hat es nicht nur guten Wein, sondern auch einen guten Menschen gebracht«, entgegnete Mylord. »Ich wünschte, Harry, du hättest nicht den verfluchten Fleck auf deinem Namen.«

»Und warum wünschest du das?« fragte der andere.

»Angenommen, ich gehe in den Krieg und falle – wer soll für die Frauen sorgen? Trix bleibt natürlich nicht zu Hause; Mutter ist in dich verliebt, ja, ich glaube wirklich, Mutter ist in dich verliebt. Sie hat dich immer gelobt und hat immer von dir gesprochen. Als sie damals nach Southampton ging, um den Wein zu kaufen, da bin ich ihr auf die Sprünge gekommen. Aber du siehst ein, daß es unmöglich ist. Wir sind vom ältesten Blut in England; wir waren im Gefolge des Eroberers. Was ist denn der Herzog von Marlborough und seine Herzogin, die geborne Jennings? Sage mir, Harry, was sind sie? Verflucht, wie kommen sie dazu, uns von oben herab zu behandeln? Wo waren sie, als unser Ahnherr an König Henrys Seite bei Azincourt focht? Warum kann Churchill nicht Beatrix heiraten? Zum Kuckuck, er soll sie heiraten, oder er soll mir Rede stehen, warum er es nicht tut. Wir werden uns nur mit dem besten Blut in England verschwägern. Du bist zwar ein Esmond, aber an deiner Geburt ist nichts zu ändern, mein Junge. Komm, wir wollen noch eine Flasche trinken. Was, du willst nichts mehr? Du hast ja von dieser Flasche kaum ein Viertel getrunken. Ich habe manche Nacht mit meinem Vater durchzecht. Du hast zu ihm gestanden wie ein Mann, Harry. Für dein Unglück kannst du nichts; kein Mensch hat Schuld an den Sünden seiner Väter.«

Esmond erklärte, er wolle zu Mylady gehen. Der junge Lord fing an, mit erhobener Stimme abgegriffene Zeilen eines Liedes zu singen. Wie er mit erhitztem Gesicht aus dem Zimmer marschierte, draußen seine Hunde rief, mit ihnen sprach und schäkerte, da erinnerte er Harry gar sehr an seinen verstorbenen Vater.

So verging die Silvesternacht. Die Familie trennte sich lange vor zwölf Uhr. Lady Castlewood mochte wohl früherer Silvesterabende gedenken, wo die lachende Tafelrunde um ihren Herrn saß und Toaste ausbrachte. Sie wollte nicht hören, wie die Glocken der Kathedrale das Jahr 1703 begrüßten. Esmond lauschte dem Geläute, als er allein in seinem Zimmer saß. Er träumte am knisternden Feuer, und als die letzten Töne verhallten, sah er aus dem Fenster zur Stadt hin, über der sich die großen grauen Türme der Kathedrale in den kalten Himmel mit seinen glitzernden Sternen erhoben.

Achtes Kapitel

Familiengespräche

Was Harry an dem hübschen Jungen, seinem Vetter, besonders gefiel, war die ruhige Überlegenheit, die dem jungen Grafen eigen war.

»Ich weiß, wer ich bin, Harry«, sagte er. »Ich bin nicht stolz; die Jungen auf der Schule in Winchester sagen, ich sei stolz. Das ist nicht wahr. Ich bin eben einfach Francis, Graf von Castlewood und Peer von Irland. Ich könnte auch Marquis von Esmond und Peer von England sein, weißt du das? Mein Vater hat den Titel ausgeschlagen, als er ihm von meinem Paten, dem verstorbenen König, angeboten wurde. Es ist gut, wenn du das alles weißt; du bist ja doch einer der unsern; für den Fleck auf deinem Namen kannst du nichts, mein lieber Harry, mein guter Junge. Du gehörst trotzdem zu einer der besten Familien in England. Du hast zu meinem Vater gestanden, und ich will zu dir stehen. Du wirst immer einen Freund haben, solange Francis, Graf von Castlewood, einen Schilling in der Tasche hat. Wir schreiben jetzt 1703; 1709 werde ich mündig. Dann gehe ich nach Castlewood und lebe dort. Ich will das Haus wieder aufbauen. Mein Vermögen wird dann wieder ziemlich in Ordnung sein. Der verstorbene Graf hat sehr schlecht mit meinem Eigentum gewirtschaftet und hat es in elendem Zustand zurückgelassen. Meine Mutter lebt sehr sparsam, wie du siehst. Sie hält mich in einer Art, die mir eines Peers von Irland eigentlich nicht würdig scheint; ich habe nur zwei Pferde, einen Erzieher und einen Diener, der zugleich mein Reitknecht ist. Aber wenn ich mündig bin, wird sich das alles finden, Harry. Du wirst mich in Castlewood besuchen, nicht wahr? Deine beiden Zimmer im Hof sollen immer für dich bereitstehen. Wenn irgend jemand es wagt, dich schief anzusehen, dann soll er es mit mir zu tun kriegen. Ich will mich früh verheiraten. Trix wird bis dahin Herzogin sein; Seine Gnaden der Herzog kann ja jeden Tag von einer Kanonenkugel getroffen werden.«

»Was?« sagte Harry.

»Still, Lieber!« gab Mylord zurück. »Du gehörst zur Familie, du bist uns treu, ich will dir alles sagen. Churchill wird sie heiraten, oder –« er legte seine Hand an den Degen, »das übrige verstehst du. Churchill weiß genau, daß ich besser fechte als er. Ich habe mich mit ihm versucht, Harry, und er weiß, daß nicht mit mir zu spaßen ist.«

»Du meinst doch nicht«, fragte Harry, der sich mühsam das Lachen verbiß, »daß du Lord Churchill, den Sohn des größten Mannes in England, mit der Degenspitze zwingen kannst, deine Schwester zu heiraten?«

»Ich meine, daß wir von der mütterlichen Seite her Vettern sind, obwohl das des Rühmens nicht wert ist. Ich meine, daß ein Esmond genauso gut ist wie ein Churchill, und sollte der König zurückkommen, so wird die Schwester des Marquis von Esmond es mit der Tochter jedes Adligen im Königreich aufnehmen können. Schwöre mir, Harry, daß du kein Wort von alledem weiter sagst. Gib mir dein Ehrenwort als Edelmann; denn du bist ein Edelmann, wenn du auch …«

»Nun, nun?« unterbrach ihn Harry etwas ungeduldig.

»Nun ja: Als wir nach dem Tode des Grafen mit meiner Mutter nach London gingen, um Klage gegen Mohun zu führen – an diesem Elenden werde ich blutige Rache nehmen, so wahr ich Graf Francis von Esmond heiße –, da haben wir zuerst bei der Gräfin-Witwe und dann bei unsrer Verwandten, Mylady Marlborough, gewohnt. Wir sind lange mit ihr verzankt gewesen; aber als das Unglück kam, hat sie zu uns gestanden. Meine Mutter machte Bittgänge zum verstorbenen Prinzen von Oranien; König werde ich ihn niemals nennen. Lord Marlborough war mit der Armee in Holland. Da – aber Harry, du sagst es doch nicht weiter?«

Harry schwor, er werde schweigen wie ein Grab.

»Da haben wir sehr viel Vergnügen gehabt, weißt du. Mylady Marlborough mochte uns sehr gern und sagte immer, ich solle ihr Page sein. Sie küßte mich, und ihre Töchter küßten mich auch. Churchill verliebte sich bis über die Ohren in Trix, und Trix mochte ihn gern. Eines Tages hat er ihr hinter der Tür einen Kuß gegeben. Die Herzogin ist dahintergekommen, und du hättest die Ohrfeigen sehen sollen, die sie den beiden gegeben hat. Dann hat sie gesagt, wir müßten sofort aus dem Hause gehen, und hat meiner Mutter vorgeworfen, sie wisse um die Sache; aber die wußte gar nichts, die hat immer nur an Vater gedacht. Churchill wurde eingesperrt und durfte Trix nicht mehr sehen. Ich habe ihn noch gesehen. Ich bin die Rinne hinaufgeklettert und zum Fenster hinein. Er saß drinnen und weinte.

›Marquis‹, habe ich gesagt, ›Sie wissen, daß ich einen Degen trage.‹ Ich habe meinen Degen umgebunden.

›Ach, Graf‹, sagte er, ›ach, mein liebster Frank!‹ Er warf sich in meine Arme und weinte bitterlich. ›Ich liebe Fräulein Beatrix so; ich sterbe, wenn ich sie nicht bekomme!‹

›Mein lieber Churchill‹, antwortete ich, ›du bist noch zu jung, um ans Heiraten zu denken.‹ Er war erst fünfzehn, und ein so junger Bursche kann noch nicht gut eine Frau nehmen, weißt du.

›Ich will zwanzig Jahre lang auf sie warten, wenn sie mich nur nimmt‹, sagte er. ›Ich werde niemals, niemals, niemals jemand anderen heiraten als sie, auch eine Prinzessin nicht, wenn sie das etwa von mir verlangen sollten. Will Beatrix warten, so schwört ihr Churchill ewige Treue.‹ Er schrieb auf ein Papier, er gelobe, daß er nie eine andre Frau ehelichen werde als Fräulein Beatrix Esmond, einzige Schwester seines liebsten Freundes Francis, des vierten Grafen von Esmond, und darunter: ›Ich bin bereit, mit meinem Blut zu zeichnen.‹ Dann habe ich ihm eine Locke von ihr gegeben.«

»Eine Locke von ihrem Haar?« rief Esmond.

»Ja. Trix hat sie mir nach der Ohrfeigenschlacht mit der Herzogin gegeben. Mir lag gar nichts daran, und so habe ich sie Churchill geschenkt. Wir haben uns beim Abschied geküßt und uns ›Bruder‹ genannt. Dann bin ich die Rinne wieder hinuntergeklettert. Wir sind denselben Abend nach Malcote gefahren, und er ist nach Cambridge gekommen. Ich gehe auch bald nach Cambridge. Er hat mir erst einmal geschrieben. Wenn er sein Versprechen nicht hält, so weiß er, daß ich einen Degen trage. Komm, Harry, wir wollen zum Hahnenkampf nach Winchester.«

»Ich glaube nicht«, fügte er nach einer Weile lachend hinzu,

»daß Trix sich sehr um ihn grämen würde. Gott bewahre mich! Sie macht jedem Manne Augen, der ihr zu Gesicht kommt. Der junge Baron Wilmot Crawley und Anthony Henley von Alresford haben vor einem Monat auf dem Ball in Winchester ihrethalben die Degen gezogen.«

Herr Harry schlief in dieser Nacht nicht so gut, wie er die beiden ersten Nächte in Walcote geschlafen hatte. »Die strahlenden Augen haben also schon andern geleuchtet«, dachte er. »Das Mädchen ist erst sechzehn Jahre alt, und schon winselt ein junger Herr über einer Haarlocke von ihr, und zwei Junker sind bereit, sich gegenseitig den Hals abzuschneiden, um mit ihr einmal tanzen zu dürfen. Was bin ich für ein Narr, mit einer solchen Leidenschaft zu tändeln und mir die Flügel an einer solchen Flamme zu versengen! Ich bin nur acht Jahre älter als sie; aber an Erfahrungen bin ich dreißig Jahre älter. Wie könnte ich mit meiner rauhen Art und meinem mürrischen Gesicht jemals hoffen, einem so süßen Geschöpf zu gefallen? Sie ist zur Marquise geboren, und ich bin ein namenloser Bastard. Ach, mein Herr, mein lieber Herr!« Mit leidenschaftlichem Kummer dachte er des Gelübdes, das er dem sterbenden Grafen abgelegt hatte. »Ach, meine Herrin, meine liebe, gütige Herrin! Bist du mit dem Opfer, das der arme Verwaiste dir und den Deinen bringt, zufrieden?«

Eine furchtbare Versuchung kam über ihn. »Ein Wort von mir«, dachte er, »und alles sieht anders aus. Aber nein! Ich habe es meinem Wohltäter auf dem Sterbebett geschworen. Möge der Himmel mir helfen, meinen Schwur zu halten.«

Obwohl sich Esmond am nächsten Morgen nichts anmerken ließ von dem, was in ihm vorging, und sich beim Frühstück zu ungewöhnlicher Heiterkeit zwang, bemerkten doch die klaren Augen seiner Herrin, denen keine seiner Stimmungen zu entgehen schien, daß ihn irgend etwas quälte. Sie sah während der Mahlzeit mehr als einmal besorgt zu ihm hinüber, und folgte ihm, als er zu seinem Zimmer ging, und klopfte an die Tür.

Als sie eintrat, wurde ihr wohl mit einem Schlage die ganze Geschichte klar; denn sie fand den jungen Herrn beschäftigt, seinen Mantelsack zu packen. Er war fest entschlossen, sich durch einen schnellen Rückzug aus der Versuchung zu retten.

Sie machte die Tür sehr sorgsam zu, lehnte sich daran, faltete die Hände und sah mit bleichem Gesicht dem jungen Manne beim Packen zu. »Willst du schon fortgehen?« fragte sie.

Er sprang von der Erde auf, wo er vor dem Mantelsack gekniet hatte, errötete darüber, daß er sich ertappt sah, nahm eine ihrer schönen Hände und küßte sie.

»Es ist am besten, wenn ich gehe, liebe Frau«, sagte er.

»Ich wußte schon beim Frühstück, daß du gehen wolltest. Ich – ich hatte gedacht, du würdest etwas länger bleiben. Was ist geschehen? Warum kannst du nicht bleiben? Was hat dir Frank erzählt? Ihr habt gestern abend lange miteinander geredet.«

»Ich habe nur drei Tage Urlaub von Chelsea«, sagte Esmond so unbefangen, wie es ihm möglich war. »Meine Tante – sie läßt sich von mir Tante nennen – ist jetzt meine Herrin. Ich verdanke ihr mein Kommando und meinen betreßten Rock. Ich stehe bei ihr in großer Gunst. Mein neuer General wird morgen bei ihr in Chelsea dinieren. Er hat mich zu seinem Adjutanten gemacht, und ich muß zur Stelle sein, wenn er kommt. Hier ist der Brief von der Gräfin-Witwe; er ist gestern abend mit der Post gekommen. Ich habe nichts davon gesagt, um uns nicht den letzten heiteren Abend zu verderben.«

Mylady warf einen flüchtigen Blick auf den Brief und legte ihn mit etwas verächtlichem Lächeln nieder. »Ich brauche den Brief nicht zu lesen«, sagte sie. »Was hat dir Frank gestern abend erzählt?« Es war ganz gut, daß sie nicht las, denn die Gräfin-Witwe schrieb in ihrem üblichen Jargon: »Je vous donne oui jour, pour vous fatigay parfaictement de vos parens fatigans ...«

»Er hat mir wenig erzählt, was ich nicht schon wußte«, antwortete Esmond. »Über das Wenige aber habe ich nachgedacht und bin zu folgendem Schluß gekommen: Ich habe kein Recht auf meinen Namen; nur solange Sie es dulden, darf ich ihn tragen, liebe Frau. Wenn ich einen Augenblick daran gedacht habe, woran Sie vielleicht auch gedacht haben ...«

»Das habe ich, Harry«, unterbrach sie ihn. »Und ich denke noch daran. Ich würde dich lieber zum Schwiegersohn haben als den mächtigsten Fürsten Europas. Denn wer ist so gut und so tapfer wie du, und wer würde sie so lieben wie du? Aber es sprechen Gründe dagegen, die eine Mutter schwer in Worte fassen kann.«

»Ich kenne sie«, sagte Esmond und lächelte. »Ich weiß, daß Baron Crawley und Herr Anthony Henley und Mylord Marquis von Churchill sich um ihre Hand bewerben und daß der Marquis der bevorzugte Freier ist. Ich hoffe, Sie werden mich zur Hochzeit Ihrer Gnaden der Frau Marquise einladen.«

»Ach, Harry, Harry; diese Torheiten kümmern mich wenig!« rief sie. »Lord Churchill ist noch ein Kind, seine Leidenschaft für Beatrix ist bloß ein jugendliches Strohfeuer. Seine Eltern würden ihn lieber im Grabe sehen als mit einer nichtebenbürtigen Frau vermählt. Glaubst du, ich würde mich dazu erniedrigen, Francis Esmonds Tochter in diese stolze Familie hineinzuschmuggeln, zwischen Sohn und Eltern einen Streit heraufzubeschwören und Beatrix geringschätzig behandeln zu lassen? Sie selbst würde ein solches Los verschmähen. Ach, Henry, der Fehler liegt nicht bei dir, sondern bei ihr. Ich kenne euch beide; ich liebe euch. Du bist es nicht, der unwürdig ist. Um Beatrix zittre ich. Ihr trotziger Eigenwille erschreckt mich; ich kann ihres eifersüchtigen Temperaments und ihrer Eitelkeit nicht Herr werden. Sie behaupten ja, ich sei auch eifersüchtig gewesen, aber bei Gott, ich bin von dieser Sünde geheilt. Aber keine Warnungen und Bitten von mir können Beatrix helfen; sie wird durch Leiden, Erfahrungen und Reue lernen müssen. Ach, Harry, sie wird keinen Mann glücklich machen, der sie liebt. Geh fort, mein Junge, verlasse sie. Behalte uns immer lieb und denke freundlich von uns. Du weißt, Lieber, daß du mir das Teuerste auf Erden bist.«

Hat Esmond die Wahrheit ihrer Worte in späteren Jahren eingesehen? Er war gewarnt worden. Aber Männer sind oft gewarnt worden, und er hat die Warnungen nicht besser zu nützen verstanden als andere auch.

Als Esmond mit seinem Diener nach London ritt, erzählte dieser ihm grinsend, Fräulein Beatrix habe zum Mittagessen ein neues Kleid und blaue Strümpfe anziehen wollen; als sie aber gehört habe, daß er weggehe, sei sie in Wut geraten und habe ihrer Zofe eine Ohrfeige gegeben. Die Zofe sei weinend in die Küche gekommen, und auf ihrer Backe habe man noch die fünf

Finger gesehen. Esmond befahl ihm zu schweigen und ritt weiter, mit allerlei traurigen, aber auch manchen lieben und angenehmen Gedanken beschäftigt.

Seine Herrin, von der er ein ganzes Jahr getrennt gewesen war, hatte ihm alles wiedergegeben, was sie ihm genommen hatte. Die Familie, die er liebte, war wieder seine Familie. An die Schönheit von Beatrix dachte er mit gleichem Entzücken zurück wie an die wundervollen Bilder lächelnder Madonnen, die man ihm im Kloster von Kadiz gezeigt hatte. Über sein Gefühl für Mylady war er sich nicht recht klar. Es war Glückseligkeit gewesen, sie zu sehen. Es war kein allzu großer Schmerz, von ihr zu scheiden. Eine kindliche Zärtlichkeit, eine Liebe, die zugleich ehrfürchtig und beschützend war, erfüllte ihn ganz und gar, wenn er an sie dachte.

Neuntes Kapitel

Ich nehme am Feldzug von 1704 teil

Die Gräfin-Witwe, welche über seine plötzliche Abreise etwas ungnädig gewesen war, freute sich um so mehr, als er so bald wieder zurückkam.

Er machte als erstes seinem neuen Vorgesetzten, General Lumley, einen Besuch, der ihn sehr wohlwollend empfing. Esmonds Füsiliere standen damals in Flandern; da er aber als Adjutant an die Person des Generals gebunden war, stieß er erst mehr als ein Jahr später zu seinem Regiment. Der Feldzug begann sehr früh im Jahr; der Winter war kaum vorüber. Unter dem Befehl des Herzogs von Marlborough wurde die Stadt Bonn am Rhein belagert. Der Herzog kam in tiefer Trauer zur Armee. Er trug Krepp um den Ärmel, und seine Dienerschaft war schwarz gekleidet. Dasselbe Schiff, das den Höchstkommandierenden herüber brachte, hatte auch die Briefe für die Armee befördert, und darunter war einer an Esmond, der ihn nicht wenig interessierte.

Seine liebe Herrin schrieb ihm, daß der junge Lord Churchill in Cambridge an den Pocken gestorben sei. So waren die Pläne des armen Frank, der jetzt auch in Cambridge studierte und Herrn Tusher als Gouverneur bei sich hatte, zerronnen, und eine kindliche Leidenschaft war im Keime erstickt.

Esmonds Herrin schien nach ihrem Brief seine Rückkehr zu wünschen; aber im Angesicht des Feindes umzukehren, war unmöglich. Der junge Mann nahm also an der Belagerung teil, die wir hier nicht zu beschreiben brauchen, war so glücklich, ohne Wunden davonzukommen, und trank nach der Übergabe auf die Gesundheit seines Generals. Er war das ganze Jahr hindurch ununterbrochen im Dienst und dachte nicht daran, um Urlaub zu bitten, wie einige seiner weniger glücklichen Freunde, die dann bei dem furchtbaren Sturm umkamen, der Ende September eine Menge unsrer größten Schiffe mit 15 000 Mann von der Marine vernichtete.

Man sagte, der Herzog sei ganz gebrochen durch den Tod seines Sohnes; aber die Feinde merkten, daß er sie ebenso gut meistern konnte wie seinen Schmerz. Waren die Erfolge des Generals im vergangnen Jahr glänzend gewesen, so wurden sie durch die Siege dieses Jahres noch weit übertroffen. Nach der Übergabe von Bonn ging die Armee nach Holland zurück. Im Haag empfing der Herzog die fremden Minister, Generale, Offiziere und andere Würdenträger. Überall wurden ihm die größten Ehren erwiesen; in Utrecht, Roermond und Maastricht wurde er von den städtischen Behörden empfangen, Kanonenschüsse begrüßten ihn, Ehrenpforten waren errichtet, und den zahlreichen Herren seines Gefolges wurden Festmahle gegeben. Zwischen Lüttich und Maastricht besichtigte Seine Gnaden die Truppen der Generalstaaten und dann die englischen Streitkräfte, die unter General Churchill bei Bois-le-Duc standen. Man traf Vorbereitungen für einen langen Marsch, und die Armee erfuhr zu ihrer Genugtuung, daß der Herzog den Krieg aus den Niederlanden heraustragen wolle und die Absicht habe, die an die Mosel zu marschieren. Ehe wir unser Lager bei Maastricht verließen, hörten wir, daß die Franzosen unter Marschall Villeroi auch zur Mosel unterwegs seien.

Gegen Ende des Monats Mai erreichte die Armee Koblenz. Der Herzog, begleitet von seinen Generalen, besuchte den Kurfürsten auf seinem Schloß Ehrenbreitstein, wo ihm zur Feier ein großes Fest veranstaltet wurde. Alles war fremdartig und glänzend, der Triumphzug eines großen siegreichen Heeres durch ein befreundetes Land und durch eine der herrlichsten Gegenden, die Esmond je gesehen hatte.

In Mainz wurde der Herzog und sein Gefolge von den Staatskutschen des Kurfürsten erwartet, unter Kanonendonner zum Schloß geleitet und dort noch einmal durch ein glänzendes Fest gefeiert. Die Armee wurde über den Rhein gesetzt und wandte sich nach Gidlingen in Bayern, wo sich die verbündeten Streitkräfte der Engländer, Deutschen, Holländer und Dänen vereinigten.

In Mindelheim besuchte der berühmte Prinz von Savoyen[17] unsern Feldherrn, und wir drängten uns alle herbei, um den glänzenden, unerschrockenen Krieger aus der Nähe zu sehen. Unsere Truppen wurden ihm in Schlachtordnung vorgeführt und erregten seinen größten Beifall. Endlich kam der Feind zwischen Dillingen und Lawingen in Sicht. Der Kurfürst von Bayern war der Ansicht, daß Marlborough Donauwörth zum Hauptangriffspunkt machen werde, und schickte dem Grafen Darcos, der in Schellenberg, dicht bei Donauwörth, stand, einen Teil seiner besten Truppen, um die Stellung zu verstärken. Tausende von Pionieren arbeiteten an der Befestigung des Lagers.

Am 2. Juli wurde es vom Herzog gestürmt. Obwohl unsere Truppen beim Angriff den unvergleichlichsten Mut zeigten und reihenweise unter den Flintenkugeln der nahen Feinde fielen, wurden wir doch wieder und wieder zurückgeschlagen. Wir hätten das Lager nicht einnehmen können, wenn nicht die Kaiserlichen unter dem Prinzen von Baden zu unserer Verstärkung herbeigeeilt wären. Da mußte der Feind weichen. Wir folgten ihm hinter seine Schanzen, richteten ein furchtbares Blutbad an und trieben ihn zur Donau zu. Die Überlebenden, der Graf Darcos und der bayrische Kurfürst an der Spitze, stürzten sich in den Strom, um sich schwimmend zu retten. Unser Heer zog in Donauwörth ein, wo der Kurfürst die Absicht gehabt hatte, uns einen warmen

Empfang zu bereiten. Die Keller der Häuser waren mit Stroh vollgestopft, und alles war vorbereitet, um uns meuchlings in unsern Betten zu verbrennen. Die Pechfackeln lagen bereit; aber die Fackelträger hatten sich gedrückt. Den Bürgern waren ihre Häuser zu lieb, und unser Feldherr konnte ungestört von den Arsenalen und Munitionsvorräten des Feindes Besitz ergreifen.

Nach all der Pracht und all den Festlichkeiten des Marsches, nach dem furchtbaren Ringen der heißen Schlacht, nach dem Taumel des Sieges war es Esmond vorbehalten, den Krieg auch noch von einer andern Seite kennenzulernen. Unsre Truppen brachen in feindliches Land ein und brannten und mordeten, wohin sie kamen. Bauerngehöfte in Flammen, zertrampelte Felder, schreiende Weiber, geschlachtete Söhne und Väter bezeichneten ihre Spur. Ihr Herren in England, die ihr behaglich in euren Häusern sitzt und Siegeslieder singt, in denen unsre Generale gefeiert werden, ihr zarten Mägdlein, die ihr die Treppen heruntergestürzt kommt, wenn der Klang der Pfeifen und Trommeln die heimkehrenden Krieger verkündet – macht ihr euch klar, daß diese Greuel einen guten Teil des Triumphs ausmachen, den ihr besingt, daß diese Schandtaten zu den Kriegsgeschichten der Helden gehören, denen ihr zärtlich entgegenjubelt? Unser Feldherr, den England und ganz Europa, ausgenommen Frankreich, beinahe abgöttisch verehrte, war in einem Punkt göttergleich. Er blieb allen Ereignissen gegenüber kalt und unbeweglich. Kein Sieg, keine Gefahr, keine Niederlage, kein noch so großes Hindernis konnte ihn aus der Fassung bringen. Ob hunderttausend Mann vor ihm in Schlachtordnung aufzogen, ob ein Bauer unter seinen Augen vor seiner brennenden Hütte hingemordet wurde, ob deutsche Fürsten sich in seiner Gegenwart betranken, ob ihm eine feindliche Batterie Flammen und Tod entgegenschleuderte, ob auf dem Marsch in ärmlicher Hütte seine Feldzugspläne vor ihm ausgebreitet lagen – er war immer derselbe, kühl, ruhig und entschlossen wie das Schicksal selbst. Er übte einen Verrat mit ebenso unbeweglicher Miene aus wie eine lächerliche Hofzeremonie. Er konnte die schwarzeste Falschheit in höllischster Absicht ebenso gleichgültig hinwerfen wie eine Bemerkung über das Wetter. Er nahm eine Mätresse und verließ sie; er verriet einen Wohltäter und würde ihn, wenn nötig, auch gemordet haben. Sein Gewissen aber quälte ihn ebenso wenig dabei wie Klotho, wenn sie den Faden webt, oder Lachesis, wenn sie ihn zerschneidet. Vom Prinzen von Savoyen erzählten seine Offiziere, er sei während der Schlacht immer von einer Art kriegerischer Wut besessen gewesen; er sei mit funkelnden Augen hin und her gerast, habe seine Soldaten durch Flüche und gellende Zurufe vorwärts getrieben und selbst immer in der vordersten Reihe gekämpft. Unser Herzog war im blutigen Schlachtengetümmel ebenso ruhig wie an der Tür eines fürstlichen Empfangszimmers. Vielleicht wäre er kein so großer Mann gewesen, wenn er wie andre Menschen geliebt und gehaßt, bemitleidet und gefürchtet, gezweifelt und bereut hätte.

Seine Soldaten und Offiziere waren sich über seinen Charakter vollkommen klar. Er nutzte alle Menschen aus, die ihm nahe kamen; er gebrauchte sie als seine Werkzeuge oder nahm ihnen, was von ihnen zu bekommen war – dem Soldaten sein Blut, dem König hunderttausend Kronen oder einen juwelenbesetzten Degen, der armen hungernden Schildwache drei Heller von ihrem Sold, einer Frau einen Kuß, als er noch jung war, oder auch die goldne Kette von ihrem Hals. Aber dieselben Leute, die er um ihren Sold betrog, die er mißbrauchte und kränkte, bewunderten ihn und folgten ihm mit unbedingtesten Vertrauen und mit einem unerschütterlichen Glauben an sein Glück und sein Genie. Wenn in der Schlacht ein Bataillon vor den Schüssen der Feinde zu schwanken anfing, so konnte der Anblick seines steinernen Antlitzes ihm neuen Mut einhauchen; denn jeder Mann fühlte, daß der unbeugsame Wille des Anführers seine Soldaten unwiderstehlich mache.

Nach dem großen Sieg von Blenheim artete der Enthusiasmus der Armee für den Herzog in eine Art von Raserei aus, die selbst seine bittersten persönlichen Feinde ergriff. Wer konnte auch einem solchen Sieg und einem solchen Sieger die Bewunderung versagen! Er, der diese Geschichte schreibt, konnte es nicht. Man mag noch so klar über die Menschen denken, wer an einem solchen Tag mitgefochten hat, dem schlägt noch bei der Erinnerung das Herz vor Stolz und glühender Begeisterung.

Die Rechte der Franzosen stand dicht bei dem Dorfe Blenheim an der Donau, wo Marschall Tallard sein Hauptquartier hatte. Ihre Linien erstreckten sich etwa über eine Meile bis an einen waldigen Hügel, welcher der Aufstellung des Prinzen von Savoyen gegenüberlag.

Hier hatten die Franzosen ein Dorf niedergebrannt, weil der Wald ihnen bessern Schutz gewährte und ein bequemerer Ausgangspunkt war als die elenden Bauernhütten.

Vor den französischen Linien zog sich ein sumpfiges Terrain hin, das aber durch die Hitze beinahe ausgetrocknet war. Ein kleiner Bach, kaum zwei Fuß breit, schlängelte sich hindurch und bildete die einzige Trennung zwischen den feindlichen Heeren. Um sechs Uhr morgens nahmen wir Aufstellung zur Schlacht, und lange, ehe der Kanonendonner begann, wimmelte es in der weiten Ebene von Truppen.

Es war Mittag vorbei, als unsere Linke unter dem Befehl von Lord Cutt, dem beliebtesten und tapfersten englischen Offizier, zum Angriff vorging. Unser junger Adjutant sollte seine Kriegserlebnisse an diesem Tag um eine neue Erfahrung bereichern. Als er Befehle von einem Ende der Linie zum anderen trug, warf ihn eine feindliche Kugel zu Boden. Er erlebte noch, wie ein Korps von Engländern und Hessen unter furchtbarem Flintenfeuer des Feindes, der zahlreicher war und eine bessere Stellung hatte als wir, auf Blenheim vorrückte. Generalmajor Wilkes und seine Offiziere schritten zu Fuß voran, dem Feinde gerade entgegen. Unsere Leute hatten Befehl, das Feuer nicht zu erwidern, sondern Bajonette und Piken zu brauchen, sobald die französischen Palisaden erreicht waren. Unerschrocken schritt Wilkes darauf zu und schlug mit dem Degen gegen das Holzwerk. Im selben Augenblick wurde er niedergeschossen und mit ihm sein Oberst, sein Major und mehrere andre Offiziere. Unter lautem Hurrageschrei rückten ihnen die Truppen nach; aber trotz ihres Muts und ihrer unglaublichen Entschlossenheit konnten sie gegen das mörderische Feuer, das die Palisaden ausspien, nichts machen. Zugleich wurden sie in der Flanke durch französische Reiter angegriffen, die aus Blenheim herauskamen und unsere Leute zu Hunderten niederritten. Drei wütende und verzweifelte Angriffe machte unser Fußvolk und wurde dreimal vom Feinde zurückgeschlagen. Dann zog es sich erschüttert und gelichtet über den kleinen Bach zurück, den es vor einer Stunde so mutig überschritten hatte, verfolgt von der französischen Reiterei, die niedermetzelte, was sie erreichen konnte.

Jetzt wurden aber die Verfolger durch einen wilden Andrang der englischen Reiterei unter Esmonds General Lumley aufgehalten. Das fliehende Fußvolk fand hinter den Reitern Deckung und sammelte sich von neuem. Lumley trieb die Feinde zurück und stürmte gegen Blenheim und die Palisaden an, wo so viele tapfere Engländer in blutigen Haufen beisammenlagen. Weiter weiß Esmond nichts von dieser berühmten siegreichen Schlacht. Ein Schuß brachte sein Pferd zu Fall; er selbst lag zerquetscht und betäubt unter dem gestürzten Tier, verlor das Bewußtsein, kam nach wer weiß wie langer Zeit wieder zur Besinnung, nur um vor Blutverlust und Schmerzen das Bewußtsein zum zweiten Male zu verlieren. Ein unbestimmtes Gefühl, daß stöhnende Menschen um ihn herum lagen, ein zuckender Gedanke, daß es mit seinem Leben, seinen Hoffnungen und seinem Mißgeschick nun zu Ende sei, ein flüchtiges Gedenken an die Frau, die sein Herz so viel beschäftigt hatte, das ist alles, was ihm aus dem Lauf dieser Stunden erinnerlich ist. Er erwachte mit heftigen Schmerzen. Sein Diener, der brave John Lockwood aus Castlewood, der ihm von seiner Herrin in den Feldzug mitgegeben worden war und ihn seitdem nicht wieder verlassen hat, hielt bitterlich weinend seinen Kopf. Ein Arzt sondierte seine Wunde an der Schulter, die er wohl in dem Augenblick bekommen hatte, als sein Pferd zusammenbrach. Die Schlacht war mittlerweile vorüber; Blenheim war in den Händen der Engländer; seine tapferen Verteidiger waren gefangen, geflohen oder in den Wassern der Donau ertrunken. Hätte der ehrliche Lockwood ihn nicht so getreulich gesucht, so wäre es zweifellos mit Esmond aus gewesen, und mit dieser Geschichte. Leichenräuber durchzogen das Schlachtfeld und trieben ihr schändliches Gewerbe, und Lockwood kam gerade rechtzeitig, um einem dieser Edlen mit dem Flintenkolben das Gehirn einzuschlagen. Er hatte Esmond schon um Hut, Perücke, Börse und silbermontierte Pistolen erleichtert und kramte gerade in seinen Taschen nach weiteren Schätzen.

In Blenheim wurden Lazarette für die Verwundeten aufgeschlagen, und dort lag Esmond wochenlang in schwerer Lebensgefahr. Die Wunde war nicht sehr groß; die Kugel war vom Arzt entfernt worden; aber ein Fieber hatte ihn ergriffen, das ihn dem Tode nahe brachte. Lockwood erzählte ihm später, er habe wild phantasiert, habe sich selbst den Marquis von Esmond genannt, habe einen Pfleger, der gekommen war um ihn zu verbinden, für Fräulein Beatrix gehalten, habe geschrien, er wolle sie zur Herzogin machen, sie solle nur ja sagen. Während er seine Tage in solchen wüsten Fieberträumen verbrachte, sang die Armee das Tedeum zur Feier des Sieges, und der Kaiser des Römischen Reiches und sein Adel gaben unserm Feldherrn, der zu fürstlichem Rang erhoben worden war, glänzende Feste. Als Esmond endlich reisefähig war, ging er über Heidelberg nach Mannheim und fuhr von dort den Rhein hinunter. Es war eine endlose, langweilige Fahrt und wäre doch so schön und genußreich gewesen, wenn sich sein Herz nicht so ungeduldig nach Hause und nach etwas weitaus Schönerem und Erfreulicherem gesehnt hätte.

Fast so strahlend wie die Augen seiner Herrin grüßten ihn die Lichter von Harwich, als er von Holland herüberkam. Wenige Stunden später war er in London und wurde von der Gräfin-Witwe mit offnen Armen empfangen. Sie schwor, er habe das air noble, die Blässe stehe ihm gut, er sei ein Amadis und verdiene eine Gloriana. Wie klopfte aber sein Herz, als er hörte, Beatrix sei im Dienst der Königin in Kensington. Er hatte Lockwood befohlen, Pferde zu bestellen, und ihm gesagt, er wolle noch zur Nacht nach Winchester. Dort hatte er jetzt nichts mehr zu schaffen, und die Pferde wurden wieder abbestellt. All seine Wünsche und Hoffnungen lagen hinter den Mauern von Kensington-Park. Der arme Harry hatte sich noch nie zuvor so eifrig im Spiegel besehen wie heute. Er wollte feststellen, ob er wirklich das air noble habe, ob ihm die Blässe wirklich so gut zu Gesicht stehe. Er hatte sich noch nie so gründlich mit den Locken seiner Perücke und dem Fall seines Spitzenkragens beschäftigt wie jetzt, wo er als Amadis vor Gloriana erscheinen sollte. Waren die Blicke aus zwei schönen Augen nicht gefährlicher als das Feuer der französischen Heere? Ach, Wonne und Seligkeit! Wie schön waren diese Augen!

Und wie am Morgen vor der strahlenden Sonne der Mond am Himmel verbleicht, so verblich ein süßes, blasses Gesicht mit traurigem, zärtlichem Ausdruck in Esmonds Gedanken. So mag Eurydike einen letzten sehnenden Blick hinauf zu ihrem Geliebten geworfen haben, als Pluto sie zu den Schatten entführte.

Zehntes Kapitel

Die alte Geschichte von einem Weib und einem Narren

Alle Lust an weltlichen Freunden, die Esmond besaß, konnte er jetzt vollauf befriedigen. Die Armee hatte ihre Winterquartiere in Flandern bezogen; aber alle Offiziere, die Geld oder Gönner hatten, bekamen Urlaub und verbrachten den Winter lieber in Pall-Mall und Hyde-Park als hinter den Wällen trübseliger alter flämischer Städte. Jachten und Postschiffe verkehrten fast täglich zwischen den holländischen Häfer und Harwich; die Landstraßen von dort nach London und die großen Gasthöfe wimmelten von Militär. Die Levers unsres großen Feldherrn waren ebenso überlaufen wie in Gent und Brüssel, wo er sich mit den Zeremonien eines Herrschers umgeben hatte. Obwohl Esmond Hauptmann im Füsilierregiment des berühmten Generals John Richmond Webb[18] war, das den Feldzug mitgemacht und in derselben Schlacht gefochten hatte wie er, war er bisher weder mit seinem Vorgesetzten noch mit seinen künftigen Kameraden bekannt geworden. Es war in London, in einer Wohnung am Golden-Square, wo er die Ehre hatte, seinem Kommandeur und späteren Gönner und Freund den ersten Besuch abzustatten.

Wer an diesen glänzenden und begabten Offizier zurückdenkt, wird sich erinnern, daß er als schönster Mann in der Armee galt, ein Ruf, auf den er selbst nicht wenig stolz war. Es würde wohl schwer gewesen sein, unter allen unsren Offizieren und all den eleganten Herren der Maison du Roi, die unter Vendôme und Villeroi gegen uns fochten, einen bessern Soldaten und zugleich vollendeteren Kavalier zu finden als ihn. Können wir es Herrn Webb sehr übelnehmen, wenn er glaubte, was die Welt von ihm sagte, und durch und durch überzeugt war von der Unvergleichlichkeit seiner Talente, seiner Schönheit und seines Mutes? Diese Selbstzufriedenheit ließ ihn stets bester Laune sein, und seine Freunde und Untergebenen fuhren gut dabei.

Er stammte aus einer sehr alten Familie, die er höher schätzte als alle andern Familien der Welt. »Wir waren Edelleute, Esmond«, pflegte er zu sagen, »als die Churchills noch Pferdejungen waren.« Er war sehr groß; wenn er seine mächtigen Reiterstiefel anhatte und auf dem Kopf die Perücke und den Federhut, dann mochte er wohl acht Fuß messen. »Ich bin größer als Churchill«, sagte er, wenn er sich im Spiegel betrachtete, »und viel besser gewachsen. Wollen die Frauen von einem Mann mit einer Warze auf der Nase nichts wissen, so kann ich ihnen nicht helfen. In dem Punkt ist mir Churchill über.« Es war sein Lieblingsthema, sich mit dem Herzog zu vergleichen, besonders wenn er beim Weine saß. Dann lachten die Spaßvögel und hetzten ihn auf; Intriganten und Schmeichler gossen Öl ins Feuer, und seine Freunde sorgten und betrübten sich. Klatschmäuler trugen die Gespräche ins Hauptquartier und machten den Riß immer tiefer, der ohnehin schon zwischen dem großen Feldherrn und seinem fähigsten und tapfersten Offizier bestand.

Sein Groll gegen den Herzog war so offensichtlich, daß man ihn in der ersten halben Stunde der Bekanntschaft mit General Webb herausfühlte. Seine Frau, die ihn anbetete und ihn noch hundertmal schöner und tapferer fand, als die verschwenderische Natur ihn gemacht hatte, haßte den großen Feldherrn mit der Leidenschaft, die treue Ehefrauen gegen die Feinde ihrer Männer zu entfalten pflegen. Noch aber war der Herzog gar nicht sein Feind. Herr Webb hatte vieles über ihn gesagt, was ihm von seinem Vorgesetzten verziehen worden war, und dem Herzog, der überall seine Spione hatte, war vieles zugetragen worden, was in Wahrheit nie über Herrn Webbs Lippen gekommen war.

Dem großen Mann wurde es nicht schwer zu verzeihen, wo er es nötig fand; er konnte über eine ihm zugefügte Beleidigung ebenso leicht hinwegsehen wie über eine ihm erwiesene Wohltat.

Als Beatrix zur Königin gerufen wurde, um ihren Dienst als Hofdame anzutreten, war ihr die Mutter doch nach London gefolgt und hatte in Kensington in der Nähe des Hofes ein kleines herrschaftliches Haus gemietet. Dort sah Esmond seine Herrin und ihre Kinder wieder.

Die Universitätslaufbahn des jungen Lords hatte ein ziemlich plötzliches Ende gefunden. Der ehrliche Tusher, sein Erzieher, hatte den jungen Herrn nicht in Schranken halten können. Mylord vergeudete seine Zeit mit allerlei Streichen und jugendlichen Ausschweifungen, wie sie häuslich erzogene Jungen in der ersten Zeit der Freiheit zu verüben pflegen. Doktor Bentley, sein Lehrer, sah sich genötigt, an Mylords Mutter, die Gräfin Castlewood, zu schreiben und sie zu bitten, den jungen Herrn von der Universität zu entfernen; denn er weigere sich zu studieren und richte durch das Beispiel seiner wilden Ausgelassenheit unter seinen Mitschülern Unglück an. Allerdings hatte er einen Diener des Universitätsgerichts, der ihn bei einem mitternächtlichen Streich ertappte und in Gewahrsam bringen wolle, niedergeschlagen, hatte am Geburtstag des Prinzen von Wales eine Gesellschaft gegeben, hatte die zwanzig anwesenden jungen Herren aufgefordert, bei offnen Fenstern auf König Jakobs Gesundheit zu trinken, und war schließlich mit ihnen in den großen Hof gezogen, wo sie gesungen und geschrien hatten, bis der Lehrer um Mitternacht aus seiner Wohnung herunterkam und die wilde Gesellschaft auseinandertrieb.

Das war Mylords krönende Tat, und Hochwürden Thomas Tusher, Hauskaplan Seiner Gnaden des Grafen von Castlewood, legte sein Amt als Erzieher nieder, in der Erkenntnis, daß seine Gebete und Ermahnungen spurlos an dem jungen Herrn vorübergingen. Er heiratete seine Brauerswitwe in Southampton und nahm sie und ihr Geld zu sich in das Pfarrhaus von Castlewood.

Mylady konnte ihrem Sohn nicht zürnen, weil er auf König Jakobs Gesundheit getrunken hatte; war sie doch selbst eine treue

Anhängerin der Stuarts. Seufzend gab sie ihm die Erlaubnis, Offizier zu werden. Sie wußte wohl, daß eine Weigerung von ihrer Seite gegen den glühenden Wunsch des Sohnes nichts ausrichten werde. Sie hätte ihn gern in Esmonds Regiment gesehen, in der Hoffnung, daß Harry als Hüter und Ratgeber über seinem eigensinnigen jungen Vetter wachen werde. Aber Mylord wollte nur zur Garde, und man verschaffte ihm ein Patent im Regiment des Herzogs von Ormond. So fand Esmond, als er von Blenheim zurückkehrte, statt eines Studenten einen Fähnrich vor.

Der Eindruck, den die Kinder der Lady Castlewood bei ihrem Erscheinen in der Öffentlichkeit machten, war außerordentlich. Man sprach in der ganzen Stadt von ihnen; man erklärte, ein so schönes Paar habe man noch nie gesehen; man machte Gedichte auf sie. Bei jedem Trinkgelage wurden auf die junge Hofdame Toaste ausgebracht, und Mylord wurde noch mehr bewundert als seine Schwester. Ihr könnt mir glauben, daß er das Urteil der Stadt sehr liebenswürdig aufnahm und mit seiner gewohnten guten Laune und dem ihm eignen Freimut der öffentlichen Meinung beipflichtete, die ihn zum hübschesten Jungen in London stempelte.

Die Gräfin-Witwe in Chelsea, die man, wie manche andre Damen auch, nicht dazu bringen konnte, Fräulein Beatrix als Schönheit anzuerkennen, erklärte alsbald, in den jungen Lord sei sie verliebt. Allein sein Streich in Cambridge, mit dem Toast auf König Jakob, habe ihr Herz gewonnen. »Woher hat der liebe Junge diese Schönheit?« fragte sie, »von seinem Vater doch gewiß nicht und von seiner Mutter erst recht nicht. Wie kommt er zu so vornehmer Lebensart? Die verbauerte Witwe aus Walcote kann sie ihm doch unmöglich beigebracht haben.« Esmond hatte seine eigne Ansicht über die verbauerte Witwe, deren ruhige Anmut und heitere Liebenswürdigkeit ihm immer als vollendete gute Lebensart erschienen war; aber er hütete sich, mit seiner Tante über diesen Punkt zu streiten. Aber den Lobgesängen der begeisterten alten Dame auf den jungen Lord konnte er mit gutem Gewissen zustimmen. Castlewood hatte weniger Witz als sprudelnden Lebensübermut. »Der Junge sieht aus wie Sonnenschein«, pflegte Herr Steele zu sagen. »Sein Lachen verklärt ein

Gespräch mehr als zehn geistreiche Witze von Herrn Congreve. Ich sitze lieber mit ihm beim Wein als mit Herrn Addison. Habt ihr je einen Mann so anmutig betrunken gesehen wie Mylord Castlewood? Ich gäbe etwas darum, wenn ich mich im Rausch so liebenswürdig benähme wie dieser unvergleichliche junge Mann. Wenn er nüchtern ist, so ist er reizend; hat er einen Rausch, so ist er einfach unwiderstehlich.« Dann zitierte er seinen Liebling Shakespeare, der ganz aus der Mode gekommen war, bis Steele ihn wieder in Mode brachte, und verglich Lord Castlewood mit dem Prinzen Heinz; Esmond aber wurde gütigst von ihm zum Old Pistol ernannt.

Die Herzogin von Marlborough, jetzt Oberhofmeisterin der Königin und die erste Dame nach Ihrer Majestät – oder sogar vor Ihrer Majestät, wie die Welt zu sagen pflegte –, ließ sich nie herab, ein höfliches Wort an Beatrix zu richten, der sie doch selbst ihre Stellung als Hofdame verschafft hatte. Der Bruder aber stand bei ihr in Gunst. Als der junge Castlewood, der in seiner neuen Uniform aussah wie ein Märchenprinz, Ihrer Gnaden seine Aufwartung machte, blickte sie ihn eine Weile schweigend an. Er wurde verwirrt und errötete; sie aber brach in Tränen aus und küßte ihn vor ihren Töchtern und vor versammelter Gesellschaft. »Er war der Freund meines Sohnes«, sagte sie schluchzend, »Churchill könnte jetzt so aussehen wie er.« Nach diesen Zeichen herzoglicher Gunst wurde es jedem klar, daß Mylords Glück gemacht war. Die Leute drängten sich um den Favoriten der Favoritin, und er wurde eitler, heiterer und liebenswürdiger denn je.

Unterdessen machte Fräulein Beatrix auch ihre Eroberungen. Darunter war ein armer junger Herr, den ihre Augen schon früher verwundet hatten und der nie ganz von seiner Wunde genesen war. Damals hatte er, im Bewußtsein, daß seine Leidenschaft hoffnungslos war, den in Liebessachen zwar unwürdigen, aber einzig richtigen Weg der Flucht ergriffen. Die Wunde war noch nicht tief, und er hatte leicht daran getragen, ja, ihr Vorhandensein war ihm aus dem Bewußtsein entschwunden. Als er aber von Blenheim zurückkehrte, wurde der arme Teufel hoffnungslos von dem Zauber unterjocht, vor dem er damals nach zwei Tagen geflohen war. Jetzt sah er die Zauberin Tag für Tag, am

Hofe und in der Familie. Wenn sie ausfuhr, ritt er hinter ihrem Wagen her; wenn sie im Theater erschien, war er in der Loge neben ihr, oder er saß im Parterre und beobachtete sie von dort aus. Ging sie zur Kirche, so ging er auch, und wenn er auch nicht auf die Predigt hörte, so war er doch zur Hand, um ihren Stuhl zurechtzustellen, falls sie geruhte, seine Dienste anzunehmen. Denn sie hatte immer ein großes Gefolge junger Leute, unter denen sie wählen konnte. Begleitete sie Ihre Majestät nach Hampton Court, dann kam eine Finsternis über London. Wie viele Nächte hat Esmond in Gedanken an sie durchwacht; wie viele Reime hat er auf sie geschmiedet! Sein Freund Dick Steele machte um jene Zeit der jungen Frau den Hof, die er später heiratete. Sie wohnte am Kensington-Square, ganz nahe bei Lady Castlewood. Dick und Harry, beide auf Liebeswegen, trafen sich dort zu jeder Stunde des Tages. Sie streiften entweder auf dem Platz umher oder schlichen langsam und trübe auf ihn zu oder rannten eifrig und erwartungsvoll auf ihn los. Sie leerten endlose Flaschen Wein zusammen; jeder sprach von seiner Liebe und ließ den andern nur unter der Bedingung reden, daß er ihm ebenso lange ein ebenso geduldiger Zuhörer war. So entstand eine große Vertraulichkeit zwischen ihnen, während sie allen andern Freunden unerträglich gewesen sein müssen. Esmonds Verse an ›Gloriana am Spinett‹, an ›Glorianas Blumenstrauß‹, an ›Gloriana bei Hofe‹ erschienen im ›Spectator‹. Habt ihr sie nie gelesen? Man fand die Gedichte damals sehr gut.

Seine Leidenschaft konnte den klaren Augen seiner Herrin unmöglich entgehen. Er erzählte ihr alles. Was tut ein Mann nicht alles, wenn er wahnsinnig verliebt ist? Zu welcher Erniedrigung ist er nicht fähig? Welche Qualen wird er nicht anderen bereiten, nur um die Glut des eigenen Herzens zu kühlen? Tag für Tag kam er zu seiner lieben Herrin, lag ihr mit törichten Hoffnungen, flehenden Bitten, Ausbrüchen verliebter Begeisterung in den Ohren. Sie hörte mit unermüdlicher Geduld und Freundlichkeit zu, lächelte und tröstete. Esmond sei ihr ältestes Kind, pflegte sie zu sagen. Wir brauchen wohl kaum zu sagen, daß die Werbung des armen Harry erfolglos war. Was galt ein namen- und vermögensloser Hauptmann, wenn die Größten des Landes mit ihm wetteiferten? Esmond dachte nicht einmal daran, um Erlaubnis zu bitten, daß er hoffen möge. Er verbrachte seine Tage mit verächtlichen Seufzern und in unfruchtbarer Sehnsucht. Beatrix verschwendete nicht mehr Gedanken an ihn als an den Lakaien, der sie bediente. Seine Klagen rührten sie nicht im leisesten; seine Verzückungen waren ihr lästig; seine Verse waren ihr so gleichgültig wie die von Herrn Chaucer, der seit vielen hundert Jahren unter der Erde liegt. Sie haßte ihn nicht; sie verachtete ihn eher und duldete ihn nur.

Eines Tages, als er der Mutter von Beatrix stundenlange Klagelieder gesungen hatte, als er wieder und wieder zu dem Thema seiner Leidenschaft, seiner Wut und Verzweiflung zurückgekehrt, im Zimmer auf und ab gerannt war, die Blumen auf dem Tisch zerzupft und das Wachs auf dem Schreibzeug zerbröckelt hatte, da bemerkte er endlich, daß seine liebe Herrin ganz bleich und erschöpft war vor Mitleid und müde von der Teilnahme an dem Fieber, das sich wohl zum hundertsten Male vor ihr austobte. Er griff nach seinem Hut und ging. Als er auf der Straße stand, regte sich sein Gewissen, und er bereute die ermüdende Pein, welche er der gütigsten Freundin bereitet hatte, die je ein Mann besessen. Er ging ins Haus zurück, wo der Diener noch in der offnen Tür stand, rannte die Treppen hinauf und fand seine Herrin da, wo er sie verlassen hatte, in der Fensternische. Sie schaute über die Felder hinaus nach Chelsea. Als sie ihn erblickte, lachte sie und wischte sich zugleich die Tränen aus den Augen. Er warf sich vor ihr auf die Knie und begrub seinen Kopf in ihrem Schoß. »Verzeih mir, verzeih mir, meine Liebste, meine Teuerste!« rief er, »ich bin in der Hölle und du bist der Engel, der mir einen Tropfen Wasser bringt.«

»Ich bin deine Mutter, du bist mein Sohn, und ich werde dich immer liebhaben«, sagte sie und hielt ihre Hände über ihn. Er ging getröstet von ihr und gedemütigt durch den Gedanken an ihre unendliche Liebe und Zärtlichkeit.

Elftes Kapitel

Ich werde in dem Feldzug von 1706 zum Kompaniechef befördert

So fröhlich es auch in der Stadt zuging, so traurig war der Aufenthalt für Esmond, und er war froh, als sein General ihn wissen ließ, daß er zu seiner Division zurückgehe, die bei Boisle-Duc im Winterquartier lag. Seine liebe Herrin sagte ihm mit heitrer Miene Lebewohl; ihr Segen begleitete ihn überall, wo das Schicksal ihn hintrug, das wußte er. Fräulein Beatrix war mit Ihrer Majestät in Hampton Court. Er ritt hinaus, um sie noch einmal zu sehen. Sie empfing ihn in einem Vorzimmer, in dem noch ein halbes Dutzend anderer Hofdamen umhersaß, und die wohlklingenden Reden, die er höchstwahrscheinlich hatte halten wollen, mußten ungesprochen bleiben. Sie erzählte den Damen, ihr Vetter gehe zur Armee, und sagte das so leicht hin, als ginge er in ein Café. Er fragte sie mit etwas kläglichem Gesicht, ob er ihr etwas mitbringen dürfe, und sie geruhte zu sagen, daß sie sich über einen Mechelner Spitzenschal freuen werde. Sie erwiderte seine grämliche Verbeugung mit einem schnippischen Knicks, und vom Fenster aus, wo sie lachend mit den andern Damen stand, warf sie dem Davonreitenden zum Abschied eine Kußhand zu. Der Gräfin-Witwe in Chelsea wurde diesmal die Trennung nicht schwer. »Mon cher, vous êtes triste comme un sermon,« sagte sie gnädig. Verliebte Herren sind allerdings keine unterhaltenden Gesellschafter, und die launische alte Frau hatte auch einen sehr viel liebenswürdigern Günstling gefunden und schwärmte beständig von ihrem Liebling, dem Gardeleutnant. Frank blieb noch eine Weile zu Hause und ging erst später, im Gefolge Seiner Gnaden des Herzogs, zur Armee. Seine Mutter nahm Esmond am Tag vor seiner Abreise, als die drei zusammen bei Tisch saßen, das Versprechen ab, ein Auge auf ihren Jungen zu haben, und beschwor Frank, dem Beispiel seines Vetters zu folgen, der, wie sie sich ausdrückte, ein hochgesinnter Kavalier und tapfrer Soldat sei.

Esmonds General schiffte sich in Harwich ein. Herr Webb war prächtig anzusehen, als unsere Jacht unter Salutschüssen vom Ufer abstieß. Er war ganz in Scharlach gekleidet und schwenkte seinen großen Hut. Mit Mylord traf Harry erst drei Monate später wieder zusammen, als der Herzog nach Bois-le-Duc kam, um den Oberbefehl zu übernehmen. Frank brachte ein ganzes Bündel Neuigkeiten von zu Hause mit: wie er mit dieser Schauspielerin zu Abend gegessen hatte, wie er jener Schauspielerin müde geworden war, wie seine Schwester immer weiter ihre Streiche spielte, wie sie einen jungen Baron für einen alten Grafen im Stich gelassen hatte. »Ich werde aus Beatrix nicht klug«, sagte er. »Sie macht sich aus uns allen nichts; sie denkt nur an sich selbst. Sie ist nur glücklich, wenn sie sich zanken kann. Aber meine Mutter, Harry, meine Mutter ist ein Engel.« Harry versuchte dem jungen Burschen nahe zu legen, daß es seine Pflicht sei, alles zu tun, um diesem Engel Freude zu machen. Er solle nicht zuviel trinken, keine Schulden machen, den hübschen flämischen Mädchen nicht nachrennen und was der Weisheit mehr ist, die ein Älterer an einen Jüngeren verzapft. »Gott segne dich«, sagte der Junge, »aber ich kann tun, was ich will, sie wird mich immer liebhaben.« So tat er denn, was er wollte. Jedermann verwöhnte ihn, sein ernster Vetter ebenso wie alle andern.

Am Pfingstsonntag, dem berühmten 23. Mai 1706, kam der junge Lord zum ersten Male ins Gefecht. Wir fanden den Feind in Schlachtordnung zwischen Autre-église und Ramillies, das einer der glänzendsten und furchtbarsten Schlachten der Weltgeschichte den Namen gegeben hat.

Unser Herzog traf hier noch einmal mit seinen alten Feinden von Blenheim zusammen, dem bayrischen Kurfürsten und dem Marschall Villeroi. Welcher Engländer oder Franzose kennt nicht den Ausgang dieses Tages? Der Feind hatte seine Stellung wählen können; er war stärker als wir, hatte die ausgezeichneten spanischen und bayrischen Truppen bei sich, die ganze Maison du roi und die glänzendste Reiterei der Welt. Trotz unerhörter Tapferkeit der königlichen Reiter, die unser Zentrum durchbrachen, wurde diese wundervolle Armee in wenigen Stunden durch Truppen völlig zugrunde gerichtet, die einen zwölfstündigen

Marsch hinter sich hatten, deren Führer aber mit seiner Unerschrockenheit und seinem überlegenen Geschick im Angesicht des Feindes zum Genius des Sieges wurde.

Ich glaube, es war weniger aus Überzeugung als aus Politik, daß der große Herzog mit so außergewöhnlicher Bescheidenheit von seinen Siegen sprach; aber es war gewiß die feinste und klügste Politik, die er anwenden konnte. Er schrieb seine Erfolge weniger seinem eignen Genie und Mut als der Hand der Vorsehung zu, die den Fall des Feindes beschlossen habe und ihn nur zum verhängnisvollen Werkzeug ihres Willens mache. Vor jeder Schlacht ließ er feierlich die Kirchengebete lesen und trug den unbedingten Glauben zur Schau, daß Gott die Waffen der Königin gesegnet habe und der Sieg uns gewiß sei. Alle Briefe, die er nach seinen Schlachten geschrieben hat, äußern eher Entsetzen als Frohlocken. Ich habe unbedeutende Offiziere in verzeihlicher Ruhmseligkeit von unseren Siegen prahlen hören; der Feldherr aber schien sie nur dem Schutz des Himmels zu danken, den er als unseren ganz besonderen Verbündeten ansah. Seine Truppen glaubten es schließlich, und der Feind glaubte es auch. Wir zogen in jede Schlacht mit dem felsenfesten Vertrauen, daß sie siegreich enden werde, und die Franzosen traten uns nach Blenheim und Ramillies immer mit der Überzeugung entgegen, daß das Glück unsres Feldherrn unerschütterlich und das Spiel verloren sei, ehe man es begonnen habe. In beiden Schlachten wurde dem Herzog das Pferd unter dem Leibe erschossen. Als er bei Kamilles ein andres bestieg, riß eine Kanonenkugel seinem Stallmeister, der ihm den Steigbügel hielt, den Kopf herunter. Ein französischer Edelmann von der Maison du roi, der unser Gefangener war, erzählte uns später, daß ein Offizier, der im Kampfgewühl den Herzog erkannte, mit dem lauten Rufe: »Marlborough, Marlborough!« ihm seine Pistole direkt ins Gesicht gefeuert habe. Sie seien alle seinem Beispiel gefolgt, aber keine ihrer Kugeln habe getroffen. Er ritt mitten durch die französischen Kürassiere, den Degen in der Hand, ruhig lächelnd und unverletzt; er sammelte seine Reiter, die vor dem furchtbaren Angriff der königlichen Kavallerie in Verwirrung gerieten, ritt an ihrer Spitze gegen den Feind und schlug die einzige wirklich gefährliche Bewegung zurück, welche die Franzosen an diesem Tage machten.

General Webb kommandierte auf der Linken und führte sein eignes, ihm treu ergebnes Regiment. Weder er noch seine Soldaten machten ihrem glänzenden Rufe Schande. Als unsre Reiter bei Autre-église die rechte Flanke des Feindes in heillose Verwirrung gebracht hatten, machte unsre ganze Linie einen Vorstoß, überschritt einen Sumpf und einen kleinen Fluß und stürmte mit lautem Geschrei die Höhe hinan, auf der die Franzosen standen. Die Bewegung war weniger gefährlich als ruhmreich. Die französischen Bataillone warteten kaum ab, bis es zum Bajonettkampf kam, die Kanoniere ließen ihre Geschütze im Stich.

Zuerst ging der Rückzug des Feindes in größter Ordnung vor sich. Plötzlich aber ergriff die Franzosen eine Panik, sie gerieten in Verwirrung, ein schreckliches Blutbad begann, und eine Armee von sechzigtausend Mann wurde vollständig zusammengehauen. Fahnen, Kriegskasse, Proviant und Munition wurden zurückgelassen; die armen Teufel ließen sogar ihre Suppenkessel liegen, die eine Art Palladium der französischen Infanterie sind, um das sie sich rascher scharen als um ihre königlichen Lilien.

Das Nachspiel einer Schlacht, sei sie auch noch so glänzend, ist immer ein widerlicher Bodensatz von Gewalttaten, Grausamkeiten, Raub und Trunkenheit. Die Verfolgung, Plünderung und blutige Metzelei wurden weit über die Felder von Kamillies hinausgetragen.

Der ehrliche Lockwood, Esmonds Diener, brannte darauf, sich den Plünderern anzuschließen und auch etwas von der Beute zu erwischen. Als die Schlacht vorüber war und die Truppen sich die Nachtlager bereiteten, befahl ihm Esmond, ein Pferd herbeizuschaffen. Mit kläglichem Gesicht fragte der Bursche, ob er den Herrn Hauptmann begleiten müsse. Der Herr Hauptmann aber sagte, er könne seine eignen Wege gehen, und selig sprang John von dannen, als sein Gebieter glücklich zu Pferde saß. Harry hatte jetzt nur einen Gedanken. Er hatte seinen lieben jungen Vetter ein einziges Mal während des Tages zu Gesicht bekommen, als er General Webb einen Befehl vom Herzog überbrachte. Was war aus ihm geworden? Nicht ohne Gefahr und Schwierigkeiten bahnte sich der Reiter einen Weg zum Hauptquartier des Herzogs. Er machte ausfindig, wo die Adjutanten lagen. Sie waren in einem Bauerngehöft einquartiert, und in einer der Scheunen saßen eine Reihe der Herren singend und trinkend beim Abendbrot. Wenn er in Angst um des Jungen gewesen war, so wurde er rasch davon erlöst. Durch den Chor: »Über die Hügel ins weite Land«, hörte er deutlich Franks frische Stimme hindurchklingen, eine Stimme, die immer eine Art von kunstlosem, unbeschreiblichem Pathos an sich hatte. Esmonds Augen füllten sich mit Tränen, und er dankte Gott, daß das Kind am Leben war und lachte und sang.

Als das Lied verklungen war, trat er ein. Mitten unter den Offizieren, die ihm zum Teil bekannt waren, saß der junge Lord. Sein Wams stand offen, sein Gesicht war gerötet, sein langes blondes Haar fiel über die Schultern herab; er war der jüngste, fröhlichste, schönste von allen. Als er Esmond erblickte, stellte er das erhobne Glas auf den Tisch, sprang auf, rannte seinem Vetter entgegen und schloß ihn in die Arme. Harrys Stimme zitterte vor Freude, als er den Jungen begrüßte. Wie er draußen im Hof gestanden hatte, im klaren Mondenschein, da war ihm der Gedanke durch den Kopf geschossen: »Großer Gott! Welches Feld der Schrecken liegt dort; wie viele Tausende haben heute dem Tod ins Auge gesehen! Und hier singen die Jungen bei ihren Bechern, und derselbe Mond, der über dem blutigen Schlachtfeld scheint, leuchtet auch über dem friedlichen Walcote, wo Mylady sitzt und an ihren Sohn denkt, der im Krieg ist.« Mit einem beinahe väterlichen Gefühl des Glückes und der Dankbarkeit umarmte er jetzt seinen einstigen Schüler.

Frank hatte ein gestreiftes Band mit einem Stern aus Brillanten um den Hals hängen. Das Schmuckstück mochte wohl hundert Kronen wert sein. »Siehe da«, sagte er, »ist das nicht ein hübsches Geschenk für Mutter?«

»Wer hat dir den Orden gegeben?« fragte Harry und begrüßte die andern Herren. »Hast du ihn dir in der Schlacht gewonnen?«

»Das habe ich«, rief der andre, »mit Schwert und Speer! Ein Musketier hatte ihn auf der Brust hängen, ein riesiger Musketier, beinahe so groß wie General Webb. Ich rief ihm zu, er solle sich ergeben. Er nannte mich einen petit polisson und feuerte seine Pistole auf mich ab. Ich ritt auf ihn los und rammte ihm meinen Degen gerade in die Achselhöhle. Er zerbrach dem Elenden im Leibe. Er hatte eine Tasche am Gürtel mit fünfundsechzig Louisdor, einem Bündel Liebesbriefe und einer Flasche Kölnischem Wasser. Es lebe der Krieg! Da hast du die zehn Goldstücke, die ich von dir geliehen habe. Ich möchte, es wäre jeden Tag eine Schlacht!« Er zupfte an seinem kleinen Schnurrbart und befahl einem Diener, dem Hauptmann Esmond das Abendbrot zu servieren.

Harry fiel mit großem Appetit darüber her. Er hatte seit zwanzig Stunden nichts gegessen. Wenn ihr Enkel, da ihr dies lest, auf Schlachten und Siegesberichte versessen seid, so müßt ihr euch an andre Bücher wenden. Dies ist nur die Geschichte eures Großvaters und seiner Familie, und mehr als der Sieg, obwohl ihn der auch erfreute, beglückte ihn das Gefühl, daß der schwere Tag vorüber und sein lieber junger Vetter unverwundet sei. Möchtet ihr aber wissen, wie es kam, daß ein ernster, gesetzter Junggeselle und Hauptmann zu Fuß, der sich aus jugendlicher Lustbarkeit nicht viel machte und in keiner Garnisonstadt sein Herz verlor, eine so erstaunliche Zärtlichkeit für einen achtzehnjährigen Knaben empfand, so wartet nur ab, bis ihr euch in die Schwester eures Schulkameraden verliebt. Dann werdet ihr sehen, was für ein innig geliebter Freund er plötzlich für euch wird.

Bei dem Verhältnis zwischen Esmonds General und Seiner Gnaden dem Herzog war es durchaus keine Empfehlung für einen Mann, wenn Webb seine Leistungen lobte. Es konnte ihm eher, wie die Armee behauptete, in den Augen des größern Mannes schaden. Trotzdem aber hatte Esmond, dessen Vordermänner gefallen waren, das Glück, mit dem Befehl einer Kompagnie betraut zu werden, die er die Ehre hatte, im nächsten Feldzug zu führen.

Mylord ging über den Winter nach Hause, aber Esmond wagte es nicht, ihm zu folgen. Seine liebe Herrin schrieb ihm häufig, dankte ihm, wie nur eine Mutter danken kann für alles, was er für ihren Jungen getan hatte, und pries Esmonds eigne Taten mehr, als sie es verdienten; denn er hatte wie jeder andere Offizier nur seine Pflicht getan. Von Beatrix sprach sie nur selten und mit großer Vorsicht. Die gütige Frau fand es wohl am besten, so wenig wie möglich an die Wunde zu rühren und die Heilung der Zeit zu überlassen. Es ging aber doch aus ihren Worten hervor, daß sie mit dem Betragen ihrer Tochter nicht zufrieden war. Gerückte über ein halbes Dutzend glänzender Heiraten, welche die schöne Hofdame einzugehen im Begriff sei, schwirrten von England herüber. Einmal sollte sie mit einem Grafen verlobt sein; dann hatte sie ihn für einen Herzog im Stich gelassen, und der wieder hatte sich seinerseits von ihr zurückgezogen. War es nun Graf oder Herzog, der sich diese Helena gewann, Esmond wußte, daß sie sich nie an einen armen Hauptmann verschenken werde. Er blieb am besten fern von ihr, die so viel Unheil in ihm erzeugt hatte. Darum bat er nicht um Urlaub, sondern blieb bei seinem Regiment in Brüssel. Diese Stadt war durch den Sieg von Kamillies, der die Franzosen aus Flandern hinaustrieb, in unsre Hände gekommen.

Zwölftes Kapitel

Ich begegne in Flandern einem alten Bekannten, finde dort meiner Mutter Grab und meine eigne Wiege

Eines Tages, als er in der Kirche von St. Gudule zu Brüssel die Pracht der alten Architektur bewunderte, fiel Esmond an einem der Seitenaltäre ein Offizier in grüner Uniform auf, der in Andacht ganz versunken war. Die Gestalt und Haltung des knienden Mannes kamen ihm bekannt vor; als er sich erhob und ein kleines schwarzes Brevier, wie es Priester zu tragen pflegen, in die Tasche steckte, konnte Esmond sein Gesicht sehen. Es war dem seines alten Freundes und Lehrers, Pater Holt, so ähnlich, daß er in einen Ruf des Erstaunens ausbrach und sich dem Herrn, welcher dem Ausgang zuschritt, unwillkürlich näherte. Der deutsche Offizier war über seinen Anblick ebenso erstaunt, und das Blut schoß ihm ins bleiche Gesicht. Dieses Zeichen des Erkennens nahm Esmond den letzten Zweifel, und obwohl der andre nicht stehenblieb, sondern im Gegenteil hastig auf die Tür zueilte, ging er ihm nach und holte ihn ein, als der Offizier sich mit heiligem Wasser besprengte und sich mechanisch dem Altar zuwandte, um dem Heiligtum die vorm Verlassen der Kirche übliche Verbeugung zu machen.

»Mein Vater!« sagte Esmond auf englisch.

»Still! Ich verstehe nicht. Ich spreche kein Englisch«, antwortete der andere auf lateinisch.

Esmond lächelte über seine Verwirrung und entgegnete in derselben Sprache: »Ich würde meinen Lehrer in jeder Verkleidung erkennen, ob bärtig oder rasiert«, denn der österreichische Offizier war ganz militärisch herausstaffiert und hatte einen Schnurrbart wie ein Pandur.

Er lachte. Wir gingen die Kirchentreppe hinunter durch das Gewühl der Bettler, die dort um Almosen winseln und kleinen Kram zum Verkauf anbieten. »Du sprichst Lateinisch auf die englische Art, Harry Esmond«, sagte er. »Du hast die gute alte römische Art aufgegeben, die du einst beherrschtest.« Sein Ton war unbefangen und freundlich, dieselbe gütige Stimme wie vor fünfzehn Jahren. Er gab dem jungen Mann bei seinen Worten die Hand.

»Andre haben auch ihre Röcke gewechselt, mein Vater«, sagte Esmond mit einem Blick auf die Uniform seines Freundes.

»Still! Ich bin Hauptmann von Holtz, im Dienst des bayrischen Kurfürsten, Überbringer einer Botschaft an Seine Hoheit den Prinzen von Savoyen. Du kannst ein Geheimnis bewahren; das weiß ich von alten Zeiten her.«

»Hauptmann von Holtz«, sagte Esmond, »ich bin Ihr ergebener Diener.«

»Du hast deinen Rock auch gewechselt«, fuhr der andre in seiner scherzenden Art fort. »Ich habe von deinen Taten in Cambridge gehört; denn wir haben überall Freunde. Man hat mir erzählt, daß Herr Esmond ein schlechter Theologe, aber ein guter Fechter war.«

»Dann war also mein alter Fechtmeister wirklich ein Jesuit, wie immer behauptet wurde«, dachte Esmond im stillen.

Der andere las seine Gedanken, ganz wie in längst vergangenen Tagen. »Vielleicht hast du recht«, sagte er. »Du bist bei Blenheim an der linken Schulter schwer verwundet worden«, fuhr er fort. »Du bist vor Vigo gewesen als Adjutant des Herzogs von Ormond. Du hast deine Kompagnie nach dem Tage von Ramillies bekommen. Dein General und der Herzog sind nicht gut Freund miteinander. Dein Vetter, Herr von Castlewood, hat seinen ersten Feldzug bei der Garde mitgemacht. Du siehst, ich weiß allerlei.«

Jetzt lachte Hauptmann Esmond. »Sie wissen allerdings merkwürdig viel«, sagte er. Es war eine Schwäche von Herrn Holt, daß er sich für allwissend hielt. Vielleicht wußte er mehr über Bücher und Menschen als irgendein anderer Mann, den Esmond je kennenlernte; aber manches, was er zu wissen behauptete, wußte er doch nur beinahe. So war es auch diesmal. Esmonds Wunde war auf der rechten, nicht auf der linken Seite; sein erster Vorgesetzter war General Lumley, nicht der Herzog von Ormond. Der junge Mann dachte nicht daran, seinen alten Lehrer wegen dieser kleinen Irrtümer zu verbessern; aber sie warfen ihm ein Licht auf seinen Charakter. Er lächelte bei dem Gedanken, daß dieser Mann das Orakel seiner Kindheit gewesen. Er schien ihm jetzt nicht mehr unfehlbar und gottgesandt.

»Ja«, fuhr Pater Holt fort, »für einen, der seit acht Jahren England nicht betreten hat, weiß ich recht gut, wie es in London zugeht. Die neukonformistischen Bischöfe[19] haben Collier zum Bischof von Thetford geweiht. Prinzessin Anna hat die Gicht und ißt zuviel. Wenn der König zurückkommt, wird Collier Erzbischof werden.«

»Amen!« sagte Esmond lachend. »Ich hoffe, Eure Eminenz wird dann in roten Strümpfen und nicht in Stulpenstiefeln in Withehall erscheinen.«

»Du bist immer auf unsrer Seite gewesen, ich weiß es. Ich hörte, was du alles in Cambridge tatest. Der verstorbene Graf war auch der Unsre, und der junge Graf denkt wie sein Vater.«

»Und ich denke wie mein Vater«, sagte Esmond und blickte

den andern fest und ruhig an. Der aber ließ nicht das leiseste Zeichen des Verständnisses in seinen undurchdringlichen grauen Augen sehen. Wie vertraut waren Harry diese Augen! Nur die feinen Runzeln um sie herum waren ihm neu.

Esmonds Gesicht blieb ebenso ausdruckslos wie das des Jesuiten. Vielleicht huschte über beide ein Schimmer des Verstehens, wie ein Bajonett im Hinterhalt aufblitzt. Aber beide Parteien duckten sich, und alles war wieder dunkel.

»Und Sie, Herr Hauptmann, wo sind Sie gewesen?« fragte Esmond und lenkte die Unterhaltung von dem gefährlichen Boden weg, auf dem keiner von beiden vorgehen mochte.

»Ich kann in Peking gewesen sein«, antwortete er, »aber auch in Paraguay; wer weiß? Ich bin jetzt Hauptmann von Holtz, im Dienst des bayrischen Kurfürsten, und bin hier, um über den Austausch von Gefangenen mit Seiner Hoheit dem Prinzen von Savoyen zu verhandeln.«

Es war ganz bekannt, daß viele Offiziere unsrer Armee dem jungen König in St. Germain sehr wohlgesinnt waren. Sein Recht auf den Thron war nicht anzuzweifeln, und der weitaus größte Teil des englischen Volkes hätte ihn dort nach dem Tode seiner Schwester lieber gesehen als einen kümmerlichen deutschen Prinzen, über dessen Grausamkeit, Raubgier und bäurische Manieren tausend Geschichten im Umlauf waren. Es verwundete den englischen Stolz, daß ein schäbiger Herzog, dessen Einkünfte nicht halb so groß waren wie die vieler Fürsten unsres alten Adels, ein Mensch, der unsre Sprache nicht sprechen konnte und den wir uns gern als deutschen Bären vorstellten, mit einem Rudel Mätressen in einer Scheune und mit Tran und Sauerkraut auf der fürstlichen Tafel – daß ein solcher Mensch über die stolzeste Nation der Welt regieren sollte. Konnten wir, die Besieger des großen Königs, uns einem so unwürdigen Herrscher beugen? Was ging uns der hannoveranische Protestantismus an? War es nicht bekannt, daß eine Tochter dieses protestantischen Helden ganz ohne Religion erzogen wurde, so daß sie lutherisch oder römisch werden konnte, je nach dem Gatten, den ihre Eltern für sie auftreiben würden? Dieses eitle und verleumderische Geschwätz wurde an allen Offizierstafeln der Armee breitgetreten;

sogar den Fähnrichen kam es zu Ohren und wurde von ihnen weitergetragen. Jedermann wußte oder behauptete zu wissen, daß Seine Gnaden der Herzog selbst von dem Wunsche beseelt sei, dem königlichen Geschlecht seiner Wohltäter wieder zum Thron zu verhelfen und seinen einstigen Verrat wieder gutzumachen.

So viel allerdings ist gewiß, daß während eines nicht unbeträchtlichen Zeitabschnittes kein Offizier der englischen Armee die Gunst seines obersten Kriegsherrn verlor, wenn er sich laut zu der vertriebnen Königsfamilie bekannte. Als sich der Chevalier de St. George, wie sich der König von England nannte, mit den königlichen Prinzen von Frankreich ins Feldlager zu Vendôme begab, haben ihn viele von den Unsern gesehen und ihm zugejubelt. Aber der Chevalier wußte sehr wohl, und alle andern wußten es auch, daß alle Zuneigung unsrer Truppen und unsres Anführers zur Person des Prinzen verstummte, sobald die Heere sich in der Schlacht gegenüberstanden. Wo immer der Herzog eine französische Armee fand, da bekämpfte und schlug er sie. So geschah es auch in Oudenaarde, zwei Jahre nach Ramillies, wo Seine Gnaden einen neuen glänzenden Sieg erfocht. Der Chevalier de St. George, der sich mit der glänzenden Maison du Roi tapfer am Kampfe beteiligte, sandte nach der Schlacht seinen Besiegern einen Glückwunsch.

In dieser Schlacht, wo der junge kurfürstliche Prinz von Hannover in unseren Reihen focht und sich durch großen Mut auszeichnete, erwarb sich Esmonds geliebter General Webb neue Lorbeeren. Er entfaltete eine vollendete Geschicklichkeit und Geistesgegenwart als Anführer und eine erstaunliche persönliche Tapferkeit als Soldat. Esmond war wieder vom Glücke begünstigt worden. Er wurde nicht verwundet, während beinahe ein Drittel seines Regimentes auf dem Schlachtfeld blieb, er hatte die Ehre, im Bericht seines Vorgesetzten lobend erwähnt und zum Rang eines Majors befördert zu werden. Wir brauchen von der Schlacht nichts weiter zu erzählen. In jeder Zeitung ist sie beschrieben worden, in jeder Hütte des Landes sprach man darüber. Wir wollen zu der persönlichen Geschichte des Schreibers zurückkehren, die er hier als alter Mann für seine Kinder und

Kindeskinder niederschreibt. In der Zeit vor Oudenaarde kamen der Jesuitenhauptmann von Holtz und der Füsilierhauptmann viel zusammen. Pater Holt machte Esmond gegenüber, dessen Verschwiegenheit er von früher her kannte, kein Geheimnis daraus, daß der Abgesandte des bayrischen Kurfürsten eigentlich ein Agent von St. Germain war und die Verständigung zwischen einflußreichen Persönlichkeiten in unserm Lager und dem Hofstaat des Chevaliers de St. George vermittelte. »Mein Geschäft«, sagte er, »betrifft den König von England und seine Untertanen, die hier gegen den französischen König im Felde stehen. Ich kann dir das ruhig erzählen, denn ich vertraue dir, und deine scharfen Augen haben es ohnedies schon von selber durchschaut. Den Streit zwischen euch und den Franzosen können alle Jesuiten der Welt nicht verhindern; kämpft ihn aus, ihr Herren. Ich aber sage: England und St. George.«

Ich glaube, Holt liebte es, sich mit einem Dunst von Geheimnis zu umgeben. Er erschien und verschwand ebenso plötzlich wie früher in Castlewood. Er hatte Pässe für beide Armeen und schien fast alles zu wissen, was im französischen und englischen Feldlager vorging; nur daß seine Allwissenheit an Ungenauigkeit im einzelnen litt. Hauptmann von Holtz stattete um diese Zeit auch England einen Besuch ab, so eifrig war er auf den Austausch der Gefangenen bedacht. Nach dieser Reise fing er an, offener zu Esmond zu werden, und machte ihm nach und nach allerlei vertrauliche Mitteilungen, die hier erzählt werden.

Ein Besuch bei Esmonds Tante, der Gräfin-Witwe in Chelsea, hatte dies größere Zutrauen herbeigeführt. Er hatte dort erfahren, daß der junge Mann das Geheimnis seiner Familie kenne und fest entschlossen sei, keinen Gebrauch davon zu machen. Diese Tatsache hob Esmond sehr in den Augen seines alten Lehrers, und er beliebte zu sagen, daß er die Selbstverleugnung seines Schülers sehr bewundere.

»Die Familie in Castlewood hat sehr viel mehr für mich getan als meine eigne Familie«, sagte Esmond. »Ich würde mein Leben für sie hingeben. Warum soll ich ihnen die einzige Wohltat versagen, die ich ihnen erweisen kann?« Die Augen des guten Paters füllten sich bei diesen Worten mit Tränen, während sie dem, der sie sprach, sehr selbstverständlich erschienen. Er umarmte Esmond, sagte, er habe ein edles Herz, er sei stolz auf ihn und liebe ihn als Schüler und als Freund. Er bedauerte mehr denn je, daß er ihn habe so früh verlassen müssen; denn damals habe er Einfluß auf ihn gehabt, würde ihn der alleinseligmachenden Kirche gewonnen und zum Kämpfer der vornehmsten Armee auf Erden gemacht haben. Damit meinte er die Gesellschaft Jesu, zu deren Truppen, wie er sagte, die größten Helden der Welt gehörten, Krieger, die alles wagten und alles ertrugen, Soldaten, die glänzendere Siege erfochten als die größten Heerführer, die Nationen vor dem Kreuzesbanner auf die Knie zwangen, die sich Kronen von ewigem Glanz und Ehrensitze im Himmel erkämpften.

Esmond war dankbar für die Anerkennung seines alten Freundes, wenn er auch in die Begeisterung des Jesuiten nicht einstimmen konnte. »Ich habe auch über diese Frage nachgedacht«, sagte er, »und habe sie mit mir selber ausgefochten, wie es alle Menschen tun müssen. Ich hoffe, lieber Vater«, und er nahm des andern Hand, »daß mein Weg mich ebenso gut zum Rechten führt, wie Sie der Ihre. Wäre ich als Kind noch sechs Monate länger unter Ihrer Hut geblieben, dann hätte ich mir keinen andern Weg als den Ihren gewünscht. Ich habe in Castlewood oft in mein Kissen geweint, wenn ich an Sie dachte. Ich hätte sehr leicht ein Bruder Ihres Ordens werden können, vielleicht sogar ein ordinierter Priester mit einem Schnurrbart in bayrischer Uniform«, schloß Esmond lächelnd.

»Mein Sohn«, sagte Pater Holt und wurde rot, »in Sachen der Religion und des Königs sind alle Verkleidungen ehrenhaft.«

»Ja, Sie sagen, alle Verkleidungen sind ehrenhaft«, brach Esmond los. »Ich aber sage, alle Uniformen sind ehrenhaft, die schwarzen und die roten, die mit schwarzer Kokarde[20] und die mit weißer, die mit goldbetreßtem Hut und die mit schmucklosem Filzhut, unter dem die Tonsur steckt. Ich kann nicht glauben, daß der heilige Franz Xavier auf seinem Mantel übers Meer geschifft ist und Tote erweckte. Ich habe es versucht; ich war einmal nahe daran, es zu glauben, aber ich kann es nicht. Lassen Sie mich auf meine Art das Rechte tun.«

Esmond wollte des guten Paters Theologie ein für allemal zum Schweigen bringen, und es gelang ihm. Der andre seufzte über seines Schülers unbesiegbare Unwissenheit, entzog ihm aber seine Liebe nicht und schenkte ihm das weitgehendste Vertrauen, dessen ein Priester fähig ist. Er war wohl vertrauensseliger als andre seines Standes, denn er war von Natur schwatzhaft und hörte sich gern sprechen.

Holts Freundschaft ermutigte Esmond, ihn um Auskunft über seine arme Mutter zu bitten, die er nie gesehen hatte, die ihm aber so oft in seinen Träumen erschienen war. Er beschrieb dem Priester alle Umstände beim Tode seines Herrn, das Geständnis, das dieser ihm gemacht, das Versprechen, das er ihm gegeben hatte. Er beschwor ihn, doch alles zu sagen, was er über die unglückliche Frau wisse, der man das Kind so früh genommen hatte.

»Sie war hier in dieser Stadt geboren«, sagte Holt und zeigte Esmond die Straße, wo ihr Vater gelebt hatte und wo, wie er glaubte, die Tochter geboren war. »Im Jahre 1676, als dein Vater, Hauptmann Thomas Esmond, im Gefolge des spätern Königs Jakob, damaligen Herzogs von York, nach Brüssel kam, sah er deine Mutter, verfolgte und verführte sie. Er hat mir später oft erzählt, worüber ich mich damals verpflichtet fühlte zu schweigen, daß sie eine tugendhafte, zärtliche Frau gewesen sei, ein liebevolles, treues Geschöpf. Er nannte sich damals Hauptmann Thomas, denn er hatte guten Grund, sich wegen seines Betragens gegen sie zu schämen, sprach auch immer mit aufrichtiger Reue davon und mit zärtlicher Liebe von den guten Eigenschaften der Frau. Er gab zu, daß er sie schlecht behandelt habe; sein Leben sei damals Ausschweifung, Spiel und Armut gewesen. Sie wurde schwanger; die Eltern verfluchten sie, als sie es entdeckten; aber sie machte dem Urheber ihres Elends keine Vorwürfe, es sei denn durch unwillkürliche Tränen und jammervolles Aussehen.

Thomas Esmond – Hauptmann Thomas, wie er sich nannte – wurde in einen Spielhöllenskandal verwickelt. Die Folge war ein Duell und eine so schwere Verwundung, daß der Arzt erklärte, es sei um ihn geschehen. Gequält von Gewissensbissen und im Glauben, daß er sterben müsse, sandte er nach einem Priester von St. Gudule, jener Kirche, wo wir uns getroffen haben, und ließ sich noch am selben Tage, nachdem er sich zu unserm Glauben bekannt hatte, mit deiner Mutter trauen. Das war wenige Wochen vor deiner Geburt. Du wurdest in St. Gudule von demselben Priester, der die Trauung vollzogen hatte, auf den Namen Henry Thomas getauft. Deine Eltern stehen im Kirchenbuch als E. Thomas, englischer Offizier, und Gertrud Maes. Du siehst, daß du von Geburt an zu uns gehörst, und kennst jetzt den Grund, warum ich dich nicht taufte, als du in Castlewood mein lieber kleiner Schüler wurdest.

Zur Überraschung der Ärzte heilte deines Vaters Wunde; vielleicht trug sein erleichtertes Gewissen zu seiner Genesung bei. Aber mit der Gesundheit kam auch seine Schlechtigkeit wieder zum Durchbruch. Er wurde des armen Mädchens, das er zugrunde gerichtet hatte, überdrüssig. Als sein Onkel, der alte Graf, ihm etwas Geld aus England schickte, schützte er Geschäfte vor, versprach bald zurückzukehren und ließ sich nie wieder in Brüssel sehen.

Er hat mir in der Beichte gestanden, hat aber auch später vor deiner Tante, seiner Frau, davon gesprochen – ich würde es dir sonst nicht erzählen dürfen –, daß er an die arme Gertrud Maes oder richtiger Gertrud Esmond aus London einen Brief geschrieben habe, worin er vorgab, schon in England eine Frau zu haben, ihr erzählte, daß er gar nicht Thomas heiße und daß er im Begriff sei, nach Virginia auszuwandern. Er sandte ihr mit dem Brief eine Summe Geldes, die Hälfte seiner letzten hundert Guineen, bat sie um Verzeihung und sagte ihr Lebewohl.

Die arme Gertrud kam nie auf den Gedanken, der Inhalt dieses Briefes könne ebenso verlogen sein wie alles andere, was dein Vater gesagt und getan hatte. Aber als ein junger Mann ihres eignen Standes, der um ihre Geschichte wußte und den sie gern gehabt hatte, ehe sie die verhängnisvolle Bekanntschaft des englischen Herrn machte, sich bereit erklärte, sie zu heiraten und dich als sein Kind anzunehmen, da gab sie ihm eine abschlägige Antwort. Dadurch erregte sie den Zorn ihres Vaters, der sie wieder zu sich genommen hatte. Sie wagte im Hause ihrer Eltern den Kopf nicht mehr aufrecht zu tragen; denn sie war dort nach ihrem Fall die Zielscheibe fortgesetzter Kränkungen. Ein paar fromme

Damen, die sie kannte, erboten sich, eine kleine Pension für sie zu bezahlen, die es ihr ermöglichte, sich in ein Kloster zurückzuziehen. Du wurdest zu einer Amme gegeben; denn deine Mutter war zu schwach und krank, um dich zu nähren.

Die Person, der du anvertraut wurdest, war die Schwester des jungen Burschen, der dich an Sohnes Statt hatte annehmen wollen. Sie hatte gerade ein eignes Kind verloren und freute sich über den Ersatz. Sie gewann dich so lieb, daß sie es sogar ungern sah, wenn man dich ins Kloster zu der armen Gertrud brachte, wo die Nonnen das kleine Kindchen verhätschelten, dessen Mutter sie liebten und bemitleideten. Gertruds Neigung zum Klosterleben wurde mit jedem Tag stärker, und nach zwei Jahren wurde sie als Schwester in den Orden aufgenommen.

Die Familie deiner Amme waren Seidenweber und stammten aus Frankreich. Sie kehrte nach Arras im französischen Flandern zurück, kurz bevor deine Mutter den Schleier nahm. Arras wimmelte damals von Protestanten, und der alte Pastoureau, der Vater deiner Amme, trat hier mit seinem ganzen Hause zur reformierten Kirche über. Dann kam das Edikt Seiner allerchristlichen Majestät des französischen Königs und vertrieb die Familie nach England. Sie stellte ihre Webstühle in Spittlefields bei London auf. Der alte Mann brachte etwas Vermögen mit; er führte sein Gewerbe fort, aber der Verdienst war armselig genug. Er war Witwer; seine Tochter, die auch verwitwet war, führte ihm das Haus, und er arbeitete mit seinem Sohn zusammen an den Webstühlen. Indessen hatte dein Vater seinen Übertritt zur katholischen Kirche öffentlich bekannt, hatte sich mit dem Grafen Castlewood ausgesöhnt und dessen Tochter geheiratet.

Es geschah, daß der junge Pastoureau, als er ein Stück Brokat zu seinem Arbeitgeber trug, bei Ludgate Hill seinem alten Rivalen begegnete, der dort aus einem Wirtshaus herauskam. Pastoureau erkannte deinen Vater sofort, packte ihn am Kragen und schalt ihn einen elenden Schuft, der seine Braut verführt und sie und ihren Sohn im Stich gelassen habe. Herr Thomas Esmond hatte den jungen Pastoureau auch sofort erkannt, beschwor ihn, sich zu beruhigen, kein Aufsehen zu erregen und ihm in das Wirtshaus zu folgen, das er gerade verlassen hatte. Dort werde er ihm jede gewünschte Erklärung geben. Pastoureau trat ein und hörte, wie der Wirt dem Kellner befahl, Herrn Thomas in ein Zimmer zu führen. Dein Vater wurde in den Wirtshäusern, wo er verkehrte und die nicht gerade vom besten Ruf waren, höchst vertraulich beim Vornamen genannt.

Ich muß dir gestehen, daß Hauptmann Thomas, der spätere Graf von Castlewood, niemals um eine Geschichte verlegen war, wenn es galt, sich herauszureden. Er konnte einer Frau oder einem Gläubiger mit einer so unglaublich harmlosen Miene und einer so überwältigenden Beredsamkeit etwas vorlügen, daß gar manche darauf hereingefallen sind. Seine Geschichten gewannen an Wahrscheinlichkeit, je weiter er sie ausspann. Er häufte mit verblüffender Schnelligkeit und Folgerichtigkeit Tatsache auf Tatsache. Es erforderte – verzeih mir meine Offenheit – eine sehr lange und gründliche Bekanntschaft mit deinem Vater, um unterscheiden zu können, wann Mylord log und wann er die Wahrheit sprach.

Er erzählte mir unter Gewissensqualen, wenn er krank war – denn Todesfurcht erzeugte augenblicklich Reue in ihm –, unter schallendem Gelächter, wenn er gesund war – denn er hatte sehr viel Humor –, wie er in Zeit einer halben Stunde und ehe die erste Flasche geleert war, den armen Pastoureau völlig zahm gemacht habe. Die Verführung hatte er ihm zugegeben, die war nicht zu leugnen. Er hatte immer Tränen zur Verfügung und vergoß sie reichlich, um das Herz des leichtgläubigen jungen Mannes zu rühren. Er weinte noch heftiger um deine Mutter als Pastoureau selbst, der, wie Mylord mir berichtete, heiße Tränen vergoß. Hauptmann Thomas schwor bei seiner Ehre, er habe zweimal Geld nach Brüssel geschickt, und nannte den Kaufmann, bei dem es für Gertruds Gebrauch bereitlag. Er wußte nicht einmal, ob die Mutter lebte oder tot war, ob sie ein Kind hatte oder nicht, hörte sich diese Tatsachen aber leicht aus den Antworten des ehrlichen Pastoureau heraus. Als er erfuhr, daß Gertrud in einem Kloster war, erklärte er, seine Tage auch im Kloster beschließen zu wollen, falls er seine Frau überlebe. Er hasse sie. Sie sei ihm von einem grausamen Vater aufgezwungen worden. Als Pastoureau ihm erzählte, daß Gertruds Knabe am Leben sei und nicht weit von London, ›da‹ – ich führe seine eignen Worte an – ›fuhr ich zusammen; denn Isabella war schwanger, und es wurde mir klar, daß ich nun ein schönes Mittel in der Hand hatte, den alten Tropf, meinen Schwiegervater, in Schrecken zu setzen, falls er mir einmal nicht zu Gefallen sein sollte.‹

Dem guten Pastoureau aber drückte er die innigste Dankbarkeit aus für alles, was seine Familie für das Kind getan hatte. Er äußerte den Wunsch, das liebe Kind sofort zu sehen; aber da hatte ihm Pastoureau rundheraus erklärt, er und seine Familie wollten sein Unheil verkündendes Antlitz nicht in ihren Mauern erblicken. Er möge ihnen den Knaben nehmen, wenn sie ihn auch sehr ungern von sich lassen würden; er könne ihnen für des Knaben Erziehung Geld geben, wenn er wolle, denn sie seien arm; sie würden ihn aber auch weiter so aufziehen, allein mit Gottes Hilfe, wie sie es bisher getan, nur ihr Haus solle er nicht betreten. Mylord hatte seufzend erklärt: ›So ist es wohl das beste, wenn das liebe Kind bei den Freunden bleibt, die ihm so viel Güte erwiesen haben.‹ Mir gegenüber pflegte er dann ehrlich des Webers Betragen zu preisen und zu bewundern. Er sagte dann wohl, der Franzose sei ein anständiger Kerl, und er, Mylord, dem Gott gnädig sein möge, ein trauriger Schurke.

Dein Vater«, fuhr Herr Holt fort, »war freigebig mit seinem Geld, wenn er welches hatte, und da er durch eine Zahlung seines Schwiegervaters an diesem Tag gerade gut bei Kasse war, gab er dem Weber sehr bereitwillig zehn Guineen. Er versprach ihm weitere Beträge und schrieb Pastoureaus Namen und Adresse in sein Notizbuch. Als der andre um des Herrn Hauptmanns Adresse bat, sagte er ohne Zögern: ›Hauptmann Thomas, New Lodge, Penzance, Cornwall‹. Er gab vor, nur für ein paar Tage in London zu sein, um Vermögenssachen seiner Frau zu erledigen, beschrieb diese als ein zänkisches Weib, wenn auch von gutmütigem Charakter, und sprach von seinem Vater als von einem kränklichen alten Landedelmann, bei dessen Tode er auf eine hübsche Erbschaft hoffe. Dann werde er auch imstande sein, die edlen Wohltäter seines Kindes reichlich zu belohnen und für den Knaben zu sorgen. ›Und bei Gott‹, sagte er zu mir in seiner bizarren, scherzenden Art, ›ich habe bei dem Burschen ein Stück Brokat bestellt von demselben Muster, das er unter dem Arm trug, und habe es meiner Frau für einen Morgenrock geschenkt, in dem sie nach ihrem Wochenbett Besuche empfangen hat.‹

Deine kleine Pension wurde regelmäßig bezahlt, und als dein Vater Graf von Castlewood geworden war, wurde ich mit der Aufsicht über dich betraut. Es geschah auf meinen Rat, daß man dich nach Hause holte. Deine Pflegemutter war gestorben. Ihr Vater lernte eine Witwe kennen, die er heiratete. Sie zankte sich mit seinem Sohn. Der treue Mensch kehrte nach Brüssel zurück, um der Frau nahe zu sein, die er liebte, und starb dort ein paar Monate vor ihrem Tode. Willst du ihr Grab auf dem Klosterfriedhof sehen? Die Abtissin ist ein altes Beichtkind von mir und bewahrt noch immer eine zärtliche Erinnerung an Schwester Maria Magdalena.«

An einem sonnigen Frühlingsabend betrat Esmond den Friedhof und fand unter Hunderten von schwarzen Kreuzen, die ihre Schatten auf die grünen Grabhügel warfen, das Kreuz, das den letzten Ruheplatz seiner Mutter bezeichnete. Viele von den armen Geschöpfen, die dort lagen, hatten denselben Namen angenommen wie sie, der milde und freundlich auf ihre Liebes- und Leidensgeschichten hinzudeuten schien. Er kniete am Fuß des Kreuzes nieder und betete. Ehrfurcht bewegte ihn noch mehr als Kummer, denn er hatte keine Erinnerung an sie. Mitleid erfüllte ihn mit den Schmerzen, welche diese gütige Seele auf Erden hatte leiden müssen. Unter diesem Kreuz lagen ihre Schmerzen begraben. Sie hatte den Gatten, der sie heiratete, den Verräter, der sie verließ, mit dem himmlischen Bräutigam vertauscht. Viele grüne Hügel waren ringsherum; Gänseblümchen blühten im Gras. Eine schwarzverschleierte Nonne kniete nahebei an einem Grabe, so frisch, daß der Frühling es noch kaum mit einer grünen Decke hatte überziehen können. Über die Mauern des Friedhofes schaute die Stadt mit Türmen und Giebeln herein. Ein Vogel kam von einem der Dächer herübergeflogen, setzte sich erst auf ein Kreuz, dann ins weiche Gras und flog endlich mit einem Blatt im Schnabel davon. Dann schallte Gesang aus der Klosterkapelle herüber. Den Platz der armen Maria Magdalena hatte längst eine andre Schwester eingenommen, die auf demselben Betschemel kniete wie sie, dieselben Psalmen und Gebete sang, in denen ihr armes verwundetes Herz einst Trost gefunden hatte. Esmond pflückte eine kleine Blume von dem Hügel und küßte sie; dann nahm er seinen Weg in die Welt zurück, wie der Vogel, der auf dem Kreuz neben ihm gesessen. Es war ihm zumute wie einem, der auf dem Grunde des Ozeans über die Gebeine der Schiffbrüchigen gewandelt ist.

Dreizehntes Kapitel

Der Feldzug von 1707 und 1708

Während des ganzen Jahres, das auf die ruhmreiche Schlacht von Ramillies folgte, war unsre Armee mehr oder weniger untätig. Unsre Offiziere, empört darüber, erklärten, daß Seine Gnaden der Herzog, des Kämpfens müde, nur noch auf Geld erpicht sei und sich seiner Reichtümer und seines prächtigen Palastes in Woodstock[21] freue, der damals gerade gebaut wurde. Seine Gnaden aber hatte in diesem Jahr genug damit zu tun, die Feinde zu Hause zu bekämpfen. Man flüsterte, daß er nicht mehr so in Gunst stehe wie früher, und daß der Einfluß der Herzogin auf Ihre Majestät im Schwinden begriffen sei. Die königliche Huld hatte sich der berühmten Frau Masham[22] zugewendet und deren demütigem Diener, Herrn Harley. Unser Herzog verbrachte einen beträchtlichen Teil seiner Zeit damit, gegen die Intrigen dieser beiden seinerseits zu intrigieren. Herr Harley wurde seines Amtes enthoben, und Seine Gnaden blieb insoweit Sieger. Aber Ihre Majestät, die man gegen ihren eigenen Willen überzeugt hatte, war eigentlich noch ihrer früheren Meinung, und es sollte nicht lange dauern, bis Herr Harley sich rächen konnte.

Im Felde ging es unterdessen keineswegs so zu, wie Marlboroughs tapfere Offiziere es sich gewünscht hätten. Unsere Armee in Spanien wurde bei Almansa durch den ritterlichen Herzog von Berwick gänzlich zugrunde gerichtet. Gott sei Dank, daß es ein Engländer war, der uns schlug. Wir vom Regiment Webb, das der junge Herzog vor der Abdankung seines Vaters befehligt hatte, waren nicht wenig stolz auf den Sieg unseres früheren Obersten. »Ich glaube, wenn ich mit meinen Füsilieren dabei gewesen wäre, dann hätten wir unsere Waffen selbst vor unserem einstigen Oberst nicht gestreckt«, sagte unser General, und seine Offiziere schworen, wenn Webb dabei gewesen wäre, dann hätten sich die Engländer wenigstens nicht gefangennehmen lassen. Unser lieber alter General sprach unvorsichtig über sich und andere. Er war ein tapferer und glänzender Soldat; aber er blies etwas lauter in die Trompete, als es sich für einen Mann von so hoher Stellung schickte. War er auch ein Riese an Tüchtigkeit, so schüttelte er doch seinen großen Speer etwas allzu grimmig vor den Augen der ganzen Armee.

Der geheimnisvolle Herr von Holtz begab sich in sehr gehobener Stimmung am Anfang des Jahres 1708 auf eine rätselhafte Expedition, von der er Esmond prophezeite, sie werde die glorreichsten Folgen haben. Er kehrte kläglich und niedergeschlagen zur Armee zurück und gestand, daß die glorreichen Folgen leider nicht eingetreten seien. Das Geheimnis lüftete sich; er hatte an der unglücklichen Unternehmung des Chevalier de St. George teilgenommen, den der König von Frankreich mit Schiffen und Truppen ausgeschickt hatte, um in Schottland einzufallen und es zu erobern. Aber der böse Wind, der alle Unternehmungen des unseligen Prinzen scheitern ließ, verhinderte auch den Einfall in Schottland und blies den armen Herrn von Holtz in unser Feldlager zurück, wo er fortfuhr, zu planen, zu prophezeien und zu spionieren. Er behauptete, es werde im Jahre 1708 ebenso wenig gekämpft werden wie im Jahre 1707, und der Herzog habe gute Gründe, sich so zu verhalten. Allerdings hatten Esmonds General und viele andere Offiziere kein schlechtes Gewissen zu erzählen, daß diese guten Gründe in Goldstücken bestünden, die der französische König dem großen Feldherrn zukommen lasse, um ihn von einer Schlacht zurückzuhalten. Es gab in unserer Armee Klatschmäuler genug, welche vorgaben, die Höhe der Summen genau zu kennen, mit denen der Herzog bestochen werde, und General Webb lieh ihnen nur allzu willig sein Ohr.

Die Erfolge, mit denen die Franzosen den Feldzug von 1708 eröffneten, gaben diesen Gerüchten von Verrat Nahrung. Marlborough erlaubte dem Feind, sich zwischen uns und Gent zu drängen, und weigerte sich, ihn anzugreifen, obwohl die Heere sich achtundvierzig Stunden gegenüberstanden. Gent und Brügge wurden von den Franzosen ohne einen Flintenschuß genommen. Wenige Tage später fiel die Festung Plaschendall, und man fing an zu fürchten, das ganze spanische Flandern und Brabant dazu werde alsbald in den Händen des Feindes sein. Da kam Prinz Eugen von der Mosel her, und die Unentschlossenheit hatte ein Ende.

Der Prinz von Savoyen führte sich bei seiner Ankunft immer durch ein großes üppiges Festessen ein. Die Gastfreundschaft unseres Herzogs hingegen äußerte sich nur selten und dann recht schäbig. Als General Webb von dem Gastmahl des Prinzen zurückkam, war sein Kopf ein bißchen vom Wein erhitzt; denn der Österreicher war sehr viel freigebiger mit diesem Getränk als der englische Feldherr. »Jetzt muß er fechten«, rief mein General und schlug mit der Faust auf den Tisch, »und wenn sie ihn erst zur Schlacht gezwungen haben, verdammt, dann kann kein Heer in Europa gegen Jack Churchill bestehen.« Eine Woche später wurde die Schlacht von Oudenaarde geschlagen, und mochten sich Esmonds General und der oberste Befehlshaber noch so sehr hassen, sie konnten nicht umhin, ihre beiderseitigen Leistungen an diesem Tage ehrlich zu bewundern.

Esmonds lieber junger Vetter, welcher Adjutant des Herzogs war, trug in dieser Schlacht eine Wunde davon und wurde in den Zeitungen mit Anerkennung genannt. Auch seine eigene Beförderung und das Lob seines Generals blieben nicht unerwähnt, und sein Herz klopfte bei dem Gedanken, daß ein Paar Augen daheim, die strahlendsten auf Erden, die Zeilen lesen könnten, welche von seinen bescheidenen Verdiensten erzählten. Aber er war fest entschlossen, sich nicht wieder in den Bereich ihres gefährlichen Einflusses zu begeben und Zeit und Trennung die Leidenschaft heilen zu lassen, die ihm noch immer im Blute saß. Fern von Beatrix quälte sie ihn nicht. Er wußte aber genau, daß die Krankheit wieder ausbrechen werde, sobald er nach Hause kam, und er mied Walcote wie ein Bewohner von Lincolnshire seine Moraste meidet, in denen das Fieber auf ihn lauert.

Der arme Herr von Holtz sagte nach der Schlacht: »Wäre der Herzog von Berwick bei der Armee gewesen, dann wären die Würfel an diesem Tag anders gefallen. Ihr hättet erlebt, daß der Held von Almansa dem Sieger von Blenheim gewachsen ist.«

Das Geschäft des Austausches von Gefangenen blühte noch immer, und Herr von Holtz war beständig zwischen den beiden Feldlagern unterwegs. Einmal war er nahe daran, als Spion gehenkt zu werden, und wurde nur durch einen besonderen Befehl des Herzogs gerettet. Er kam und ging, immer beschützt von heimlichen Mächten. Er brachte nach der Schlacht die Glückwünsche des Königs von England an unsere Offiziere, unter anderem auch an General Webb.

»Ach!« sagte Holtz und hatte willige Hörer, »wenn der König wieder zu seinem Throne kommt, dann wird manches anders werden! Die Verbannung Seiner Majestät hat den einen großen Vorteil, daß sie ihm Gelegenheit gibt, sich ein unparteiisches Urteil über England zu bilden. Seine Schwester ist immer in der Hand irgendeines habgierigen Günstlings, durch dessen Augen sie sieht und an dessen Schmarotzer sie alles weggibt. Glaubt ihr, daß Seine Majestät bei seiner Kenntnis der englischen Verhältnisse einen Mann wie General Webb so vernachlässigen würde? Er müßte längst im Hause der Peers sitzen. Der Feind und ganz Europa kennen seine Verdienste, und gerade sein Ruf ist es, den ihm gewisse große Herren nicht verzeihen können, die alle Gleichwertigkeit und Unabhängigkeit hassen.« Diese Ausführungen wurden natürlich in der Absicht zum besten gegeben, daß man sie an Herrn Webb weitergebe. Sie waren ihm sehr willkommen; denn so groß seine Verdienste waren, niemand konnte sie höher schätzen, als John Richmond Webb selbst es tat. Da die Mißstimmung zwischen ihm und Marlborough allgemein bekannt war, fingen die Feinde Seiner Gnaden an, Webb den Hof zu machen und ihn gegen den alles an sich raffenden übermächtigen Feldherrn auszuspielen. Bald nach dem Siege von Oudenaarde bot sich General Webb eine glänzende Gelegenheit, sich zu zeigen, die von dem tapferen Krieger nicht vernachlässigt wurde und seinen Ruf im Vaterland mächtig steigerte.

Der Prinz von Savoyen belagerte Lille, die Hauptstadt des französischen Flandern, wie man sagte, gegen den Rat von Marlborough. Die Feindschaft Eugens gegen den König von Frankreich war ein wütender persönlicher Haß und hatte keine Verwandtschaft mit der ruhigen Feindseligkeit unseres großen englischen Feldherrn, den der Krieg nicht mehr erregte als eine Partie Billard. War das Spiel vorüber, so blieb nicht der leiseste Groll gegen die andere Partei in der Brust dieses vollendeten Taktikers zurück. Zwischen dem Prinzen von Savoyen und den Franzosen aber war es ein Kampf aufs Messer. Erschien der Prinz bei der Armee, so schlugen die schwelenden Feuer zu wilden Flammen empor.

Marlborough nahm an der großen Belagerung nur geringen Anteil und beschränkte sich darauf, die Linien der Belagerer gegen die Armee des Herzogs von Burgund zu decken. Eine Division unter Webb und Rantzau wurde in die Pikardie geschickt mit dem peinlichsten Auftrag, an dessen Ausführung sich Esmond während seines militärischen Lebens hat beteiligen müssen. Die elenden Städte der wehrlosen Provinz, deren kampffähige Leute Jahr um Jahr von den französischen Armeen verschlungen wurden, waren unserer Gnade preisgegeben, und unser Befehl lautete, ihnen keine Gnade zu zeigen. Wir fanden Orte, deren Besatzung nur aus Invaliden, Frauen und Kindern bestand, und mußten den halbverhungerten Geschöpfen rauben, was der unersättliche Krieg mit seinen Abgaben ihnen übriggelassen hatte. Wir mußten ihnen die letzten Lebensmittel aus ihren Scheunen holen, ihnen die Lumpen vom Leibe reißen. Es war ein Weg des Raubens und Mordens, auf den man uns geschickt hatte; unsere Soldaten begingen Scheußlichkeiten, an die ein anständiger Mensch nur mit Erröten zurückdenken kann. Wir brachten Geld und Vorräte genug in des Herzogs Lager zurück. Wir waren keinem Widerstand begegnet, und doch sträubt sich die Feder, die Grausamkeit zu beschreiben, mit der diese unwürdige Beute den unschuldigen Opfern des Krieges entrissen worden war.

So tapfer und rüstig die Belagerung von Lille auch betrieben wurde, sie hatte, als wir zurückkehrten, wenig Fortschritte gemacht. Man sagte, sie werde nie zu einem guten Ende führen und der Prinz von Savoyen werde sich gezwungen sehen, sie aufzugeben. Marlborough bekannte sich offen zu dieser Meinung. Die, welche ihm nicht trauten, und dazu gehörte auch Esmond, hielten es nicht für ausgeschlossen, daß er seine Gründe habe, Lille für uneinnehmbar zu erklären. Wenn ich alle Umstände bedenke, die dem Ereignis vorausgingen, von dem ich erzählen will, so kann ich die Überzeugung nicht unterdrücken, daß dem Herzog wirklich gewisse Millionen vom König von Frankreich versprochen waren, für den Fall, daß es ihm gelingen sollte, die Belagerung der Stadt zu vereiteln. Die Armee des Prinzen von Savoyen war mit ihren Lebensmitteln und ihrer Munition zu Ende; über den Marsch des Transportes, der Ersatz bringen sollte, waren die Franzosen genau unterrichtet; die französische Armee des Grafen De la Mothe, die den Transport abfangen sollte, war sechsmal so stark wie die Truppen, die Marlborough unter Führung des ihm verhaßten Generals Webb ausschickte, um ihn zu decken. Zudem unterhielt der Feldherr einen beständigen Briefwechsel mit dem Herzog von Berwick, welcher der Vorgesetzte von De la Mothe war. Ich glaube, daß es Marlboroughs Absicht war, den Belagerern die Zufuhr, die sie unbedingt brauchten, abschneiden zu lassen, daß er willens war, die kleine Armee unter Webb zu opfern und den Prinz von Savoyen zu verraten, wie er manchen Freund verraten hat, um seine eigenen Wünsche, seinen Ehrgeiz und seine Habsucht zu befriedigen. General Webb bot sich jetzt eine außerordentliche Gelegenheit, seinem Haß gegen den großen Feldherrn Luft zu machen und dessen geldgierige Pläne zu vereiteln. Ohne den ganz wunderbaren Sieg, den er über eine sechsmal größere Armee erfocht, hätte die Belagerung von Lille aufgehoben werden müssen.

Vierzehntes Kapitel

General Webb gewinnt die Schlacht von Wynendael

Der für das Belagerungsheer bestimmte Transport wurde in Ostende ausgerüstet, und am 27. September hatten wir – und die Franzosen auch – Nachricht, daß er unterwegs sei. Er bestand aus siebenhundert Wagen, die mit Lebensmitteln und Munition gefüllt waren, und wurde von zweitausend Mann zu Fuß und dreihundert Reitern begleitet. General De la Mothe machte sich von Brügge aus mit fünfunddreißig Bataillonen auf den Weg, um ihn abzufangen. In der großen Ebene von Turout, vor dem kleinen Wald und Schloß Wynendael, hinter dem der Transport entlang zog, stießen wir auf die feindlichen Vorposten.

Unsere vordersten Truppen machten halt, die übrigen wurden so rasch als möglich herangezogen und unsere kleine Reiterabteilung in die Ebene vorgeschickt, um, wie unser General sich ausdrückte, den Feind abzulenken. Als De la Mothe sich näherte, fand er uns in zwei Linien, den Wald im Rücken, aufgestellt und ließ seine Armee uns gegenüber in acht Linien schlachtbereit aufziehen.

Die Franzosen eröffneten wie üblich den Kampf mit einer Kanonade, die drei Stunden dauerte. Dann gingen ihre acht Linien zum Angriff vor, vier Linien Fußvolk und vier Linien Reiterei. Ihre Infanterie benahm sich schlecht; sie hatte Befehl, mit dem Bajonett anzugreifen, fing aber statt dessen an zu feuern. Beim ersten Vorstoß unserer Leute geriet sie in Verwirrung und floh. Die Reiterei bewährte sich besser. Mit ihr allein, die dreimal so stark war wie unsere ganze Streitkraft, hätte De la Mothe den Sieg erringen können. Aber nur zwei von unseren Bataillonen wurden zurückgeworfen, um sich schnell wieder zu sammeln; sonst konnten die immer erneuten Angriffe der französischen Reiter uns keinen Zoll breit aus unserer Stellung verdrängen.

Nachdem sie uns zwei Stunden lang vergeblich angegriffen, zogen sich die Franzosen beim Anbruch der Nacht vollständig erschlafft zurück. Trotz aller Verluste, die er erlitten, war der

Feind noch immer dreimal so stark wie wir. Unser General konnte sich auf eine Verfolgung nicht einlassen; er konnte nichts weiter tun, als unsere Stellung vor dem Walde zu halten. De la Mothe ging hinter seine Geschützlinien zurück, und der Transport, der wichtiger war als unsere ganze kleine Schar und um dessen Sicherheit wir, wenn nötig, den letzten Blutstropfen vergossen hätten, gewann Zeit, im Rücken der Schlacht seinen Weg unbehindert zurückzulegen, und traf jubelnd und wohlbehalten im Feldlager vor Lille ein.

Generalmajor Cadogan, der Oberquartiermeister des Herzogs, der den Transport begleitete und mit Herrn Webb nicht gerade ein zärtliches Verhältnis hatte, stieß mit seinen dreihundert Reitern zu uns, als die Schlacht gerade vorüber und der Feind in vollem Rückzug begriffen war. Er erbot sich bereitwilligst, die Franzosen zu verfolgen; da er aber zu schwach war, um ihnen wesentlichen Schaden zuzufügen, und Herr Webb, der in diesem Falle sein Vorgesetzter war, es besser fand, die feste Stellung zu behaupten, als sich auf offenem Feld mit einem so überlegenen Feinde einzulassen, kamen Cadogans Reiter nicht zum Schlagen. Ihr Erscheinen hatte nur den Vorteil, daß es den Franzosen die Lust verdarb, wenn sie sie überhaupt gehabt hatten, uns noch einmal anzugreifen. Da kein Angriff erfolgte, zog Cadogan bei eingebrochener Nacht von dannen, dem Hauptquartier zu, und die beiden Generale grüßten sich beim Abschied mit grimmiger Höflichkeit.

»Er wird gerade rechtzeitig in Roncq eintreffen, um mit dem Herzog zur Nacht zu essen«, sagte Herr Webb.

Unsere Leute schlugen ihr Nachtlager im Wald von Wynendael auf, und unser General nahm sein Abendessen in dem kleinen Schloß ein.

»Wenn ich Cadogan wäre, so würde mich die Arbeit dieses Tages zum Peer machen«, sagte General Webb, »und du, Harry, würdest ein Regiment bekommen. Du bist nach den beiden letzten Schlachten ehrenvoll erwähnt worden; in der ersten bist du beinahe umgekommen. Ich werde dich in meinem Bericht an Seine Gnaden zur Beförderung vorschlagen. Hast du nicht hundert Guineen bei dir, die du morgen dem Sekretär in die Hand gleiten lassen kannst, wenn du mit meinem Rapport ins Hauptquartier gehst?«

In diesem Rapport wurde Esmonds Name mit ganz besonderer Auszeichnung genannt. Er überbrachte ihn am nächsten Tage dem Herzog und war nicht wenig erfreut, als ihm der Sekretär Seiner Gnaden ein Antwortschreiben an den ›Generalleutnant‹ Webb einhändigte. Der Abgesandte des holländischen Grafen Nassau, welcher Herrn Webb in der Schlacht mit Geschick und großer Tapferkeit zur Seite gestanden hatte, brachte an seinen Befehlshaber auch ein herzogliches Schreiben zurück.

Esmond traf seinen General, als er mit seinem Gefolge die Straße nach Menin hinunterritt. Er übergab ihm lächelnd den Brief, verbeugte sich tief und begrüßte ihn als Generalleutnant. Das Gefolge jubelte laut, Webb dankte und öffnete das Schreiben mit gespanntem, stark gerötetem Gesicht.

Als er es gelesen hatte, schlug er wütend damit gegen seinen Stiefelschaft. »Er hat es nicht einmal mit eigener Hand geschrieben. Lies es vor, Esmond.« Esmond las:

»Herr Generalleutnant! Eben trifft Herr Cadogan ein und berichtet mir von dem Erfolg, den Sie heute nachmittag bei Wynendael gegen die Truppen des Herrn De la Mothe errungen haben. Er ist hauptsächlich Ihrer guten Haltung und Entschlossenheit zu verdanken. Sie können sicher sein, daß man in London an Sie denken wird. Ich werde mich jeder Gelegenheit freuen, bei der ich Ihre Verdienste um die Sicherung des Transportes zur Geltung bringen kann. – Der Ihre usw. –«

»Zwei Zeilen von dem verfluchten Sekretär und weiter nichts! Dafür, daß ich einen sechsfach überlegenen Feind besiegt habe! Für eine Schlacht, so glänzend wie die besten, die er selbst geschlagen hat!« rief der arme Herr Webb. »Generalleutnant! Das ist nicht sein Verdienst. Ich war an der Reihe dafür. Beim Teufel, ich glaube, es wäre ihm lieber gewesen, wenn wir uns hätten besiegen lassen.«

Der Brief an den holländischen Offizier war in französischer Sprache abgefaßt und war länger und schmeichelhafter als der an Herrn Webb.

»Das ist nun der Mann«, brach er los, »der im Gold erstickt, der mit Titeln und Ehren bedeckt ist, die wir ihm errungen haben, der einem Waffengefährten nicht einmal ein paar Worte des Lobes gönnt! Hat er noch nicht genug? Kämpfen wir nicht, damit er in Reichtümern wühlen kann? Nun, warten wir auf den Zeitungsbericht, meine Herren. Die Königin und das Vaterland werden uns die Gerechtigkeit nicht versagen, die Seine Gnaden uns verweigert.« Tränen der Wut standen in den Augen des tapferen Kriegers, und er wischte sie grimmig mit dem Handschuh fort. Er schüttelte die Faust. »Bei Gott!« sagte er, »ich weiß, was mir lieber wäre als ein Peersitz.«

»Und was wäre das?« fragten mehrere Stimmen.

»Ich möchte eine Viertelstunde lang mit John Churchill auf einem schönen grünen Feld allein sein, mit nichts als einem Paar Degen zwischen mir und seinem …«

»Herr Generalleutnant!« unterbrach ihn jemand.

»Erzählt es ihm nur weiter! Ich weiß, was ihr meint. Ich weiß, daß ihm jedes Wort zu Ohren kommt, das irgendein Offizier fallen läßt. Ich sage nichts gegen seine Tapferkeit. Gott verfluch ihn! Tapfer ist er. Wir wollen auf die Zeitung warten, meine Herren. Gott erhalte Ihre Majestät! Sie wird uns Gerechtigkeit widerfahren lassen.«

Die ›Zeitung‹ erreichte uns erst einen Monat später, als wir mit unserem General bei Prinz Eugen in Lille zur Tafel geladen waren. Seine Hoheit war so gütig zu erklären, daß die, welche die Vorräte herbeigeschafft hätten, auch ihren Anteil an der Mahlzeit haben sollten. Es war ein großes Festmahl. Marlborough saß zur Rechten Seiner Hoheit, der Marschall de Boufflers, der Lille so heldenmütig verteidigt hatte, zu seiner Linken. Die vornehmsten Offiziere beider Armeen waren zugegen, und Esmonds General hatte einen glänzenden Tag. Seine hohe, edle Gestalt, die männliche Schönheit seiner Züge zogen aller Blicke auf sich. Er trug zum ersten Male den Ordensstern, welchen ihm der König von Preußen nach seinem Sieg verliehen hatte. Der Prinz von Savoyen trank auf die Gesundheit des Siegers von Wynendael. Marlborough leerte sein Glas mit einem etwas säuerlichen Lächeln. Die Adjutanten waren auch geladen, und Harry Esmond saß neben seinem lieben jungen Vetter, mit dem er soviel zusammenkam, wie es der Dienst ihnen beiden nur irgend erlaubte. Sie saßen dem Tisch der Generale gegenüber und konnten alles verfolgen, was vorging. Frank lachte über des Herzogs mürrisches Gesicht; die Begebenheiten von Wynendael und das Benehmen des obersten Feldherrn gegen Webb waren das Gespräch der ganzen Armee gewesen. Als Seine Hoheit sagte: »Le vainqueur de Wynendael, son armée et sa victoire«, und hinzufügte: »qui nous font dîner à Lille aujourd'hui«, da brach in der ganzen Halle lauter Jubel los. Herrn Webbs Tapferkeit und Edelmut, ja auch die Schwächen seines Charakters machten ihn in der ganzen Armee beliebt.

»Schön wie Paris, tapfer wie Hektor«, flüsterte Frank Castlewood. »Eine Venus, eine ältliche Venus wenigstens, könnte sich ihm nicht versagen. Steh auf, Harry! Begreifst du nicht? Wir trinken auf das Wohl der Armee von Wynendael. Ramillies ist nichts dagegen. Hoch! Hoch!«

In diesem Augenblick brachte jemand eine englische Zeitung[23] herein, die an den Tischen entlang von Hand zu Hand wanderte. Die Offiziere waren eifrig darauf erpicht, sie zu lesen; Mütter und Schwestern zu Hause müssen krank darüber geworden sein. Sechs Jahre lang kam kaum eine Zeitung heraus, die nicht von glänzenden Schlachten und heldenhaftem Sterben berichtete.

»Da, die Schlacht von Wynendael – da sind Sie, General«, rief Frank und ergriff das schmutzige kleine Blatt, das Soldaten so gerne lesen. Er kletterte über unsere Bank und ging hinüber zum Platz des Generals Webb, der ihn kannte und sein lachendes hübsches Gesicht oft und gern an seiner Tafel sah. Die Generale in ihren großen Perücken machten ihm Platz, und er reichte Webb die Zeitung über den Tisch weg.

Dunkelrot und verlegen kam er zurück. »Ich dachte, er werde sich freuen, Harry«, flüsterte er. »Habe ich mich nicht gefreut, meinen Namen nach Ramillies in der Zeitung zu lesen? Sieh nur, was ist denn los da drüben?«

Herr Webb sah merkwürdig drein, als er die Zeitung las. Er warf sie auf den Tisch, sprang auf und rief: »Wollen Eure Hoheit die Güte haben …«

Jetzt sprang auch Seine Gnaden der Herzog von Marlborough auf. »Da liegt ein Irrtum vor, mein lieber General Webb.«

»Dann wäre es gut, wenn Euer Gnaden ihn berichtigten«, entgegnete Webb und reichte ihm die Zeitung hin. Aber er war fünf Plätze von Seiner Gnaden entfernt, der mit dem Prinzen Eugen, den fremden Gesandten und dem Kurprinzen von Hannover erhöht unter einem Baldachin saß. Webb konnte ihn nicht erreichen, so groß er war.

»Halt«, sagte er und lächelte, als komme ihm ein guter Gedanke. Er zog seinen Degen, spießte die Zeitung mit der Spitze auf, hielt sie Marlborough mit vollendeter Artigkeit hin und sagte: »Erlauben Sie mir, Euer Gnaden, Ihnen die Zeitung zu überreichen?«

Des Herzogs Blick war finster wie die Nacht. »Nimm sie«, sagte er zu seinem Stallmeister, der hinter seinem Stuhle stand.

Der Generalleutnant verbeugte sich tief, setzte sich nieder und leerte sein Glas. Die Zeitung, in welcher der Sekretär des Herzogs einen Bericht über die Schlacht von Wynendael gab, erwähnte Herrn Webbs Namen; das Verdienst an der Schlacht aber wurde allein dem Liebling des Herzogs, Herrn Cadogan, zugesprochen.

Das merkwürdige Benehmen des Generals Webb, der beinahe den Degen gegen den höchsten Befehlshaber gezogen hatte, erregte kein geringes Aufsehen und wurde viel besprochen. Nach dem ersten Ausbruch seines Zorns aber beherrschte sich der General äußerlich so vollständig, daß er die Genugtuung hatte, durch sein späteres Benehmen den Herzog noch mehr zu ärgern, als alle lauten Kundgebungen des Grolls es vermocht hätten.

Er beriet sich nach der Rückkehr in sein Quartier mit seinem liebsten Ratgeber, Herrn Esmond, der sein Vertrauter war und von ihm als Freund, beinahe als Sohn behandelt wurde. Er schrieb daraufhin einen Brief an Seine Gnaden den Herzog, der folgenden Wortlaut hatte:

»Euer Gnaden werden verstehen, daß mich beim plötzlichen Lesen der Londoner Zeitung und des Berichtes, der aus der Feder von Euer Gnaden Sekretär stammt, nicht gerade freudige

Gefühle bewegten. Herr Generalmajor Cadogan wird dort als befehlender Offizier bei Wynendael genannt.

Es kann Euer Gnaden nicht unbekannt sein, daß Herr Cadogan bei der Schlacht nicht anwesend war, sondern mit seinen Schwadronen auf dem Felde erschien, als der Feind sich bereits zurückzog. Er stellte sich unter den Befehl des kommandierenden Generals. Da der Sieg bei Wynendael die Einnahme von Lille, den Entsatz von Brüssel und die Herausgabe der Städte Gent und Brügge, die dem Feind im Jahr vorher durch Verrat in die Hände gefallen waren, zur Folge hatte, so kann Herr Generalleutnant Webb, der so glücklich war, in dieser Schlacht das Kommando zu führen, auf die Ehren eines solchen Verdienstes weder zugunsten des Herrn Cadogan noch irgendeines andern Herrn verzichten.

Sobald die militärischen Unternehmungen des Jahres vorüber sind, wird Generalleutnant Webb sich Urlaub erbitten, um seinen Platz im Parlament einzunehmen und seine Sache dem Unterhause, dem Lande und Ihrer Majestät der Königin zu unterbreiten. Er erlaubt sich hiermit, Euer Gnaden von dieser Absicht Mitteilung zu machen.

Herr Webb hat im Eifer, die falsche Darstellung von Euer Gnaden Sekretär zu berichtigen, die Zeitung, welche sie enthielt, Euer Gnaden auf der Spitze seines Degens überreicht, weil er wegen der dazwischensitzenden Herren nicht in der Lage war, an Euer Gnaden heranzukommen. Er tat es in der Absicht, das Blatt so rasch als möglich in Euer Gnaden Hände gelangen zu lassen, und in der Annahme, daß es Euer Gnaden Wunsch sein müsse, jedem Offizier Ihrer Armee Gerechtigkeit widerfahren zu lassen.

Herr Webb kennt seine Pflicht zu gut, um an Auflehnung gegen seinen Vorgesetzten zu denken oder seinen Degen im Felde gegen irgend jemand anders zu brauchen als gegen die Feinde Ihrer Majestät. Er bittet um die Erlaubnis, sobald es die militärischen Pflichten gestatten, nach England zurückzukehren, und zwar in Begleitung des Herrn Majors Esmond, der an der Schlacht von Wynendael teilgenommen hat und auf seiner Uhr die Stunde der Ankunft des Herrn Cadogan seinerzeit genau feststellte.«

Der Herzog konnte nicht umhin, die gewünschte Erlaubnis zu

erteilen, konnte auch gegen den Brief des Herrn Webb keinerlei Schritte unternehmen, obwohl er höchst beleidigende Anspielungen enthielt. Die halbe Armee war des Glaubens, daß die Städte Gent und Brügge durch Verrat verloren worden waren, dem gewisse Persönlichkeiten unseres Heeres nicht fernstanden; daß Marlborough Lille nicht hätte fallen lassen, wenn er es hätte verhindern können; daß er die Schlacht von Oudenaarde nicht geschlagen hätte, wenn er nicht vom Prinzen von Savoyen dazu gezwungen worden wäre. Freilich, als die Schlacht einmal beschlossene Sache gewesen war, kämpfte Lord Marlborough, wie kein Feldherr vor ihm besser gekämpft hat, und keine Bestechungsgelder der Erde konnten ihn davon zurückhalten, den Feind zu besiegen*.

Der Mißklang zwischen den Generalen pflanzte sich in die unteren Regionen fort, und die halbe Armee wäre sich in die Haare geraten, wenn man den Streit nicht beschwichtigt hätte. General Cadogan schickte an General Webb eine Botschaft, daß er bereit sei, sich ihm zu stellen, falls Webb es wünschen solle. Eine solche Aufforderung war für unseren ritterlichen alten General eine große Versuchung. Nur mit Mühe konnten wir ihn bewegen, Herrn Cadogan zu antworten, daß er mit ihm keinerlei Zwistigkeiten habe. Cadogan habe sich mit tadelloser Ritterlich-

* *Anmerkung des Enkels.* Der Haß unseres Großvaters gegen den Herzog von Marlborough tritt in allen diesen Erzählungen über die Feldzüge zutage. Er pflegte zu uns zu sagen, der Herzog sei zugleich der größte Feldherr und der größte Verräter aller Zeiten gewesen.
Unsere Großmutter hat uns erzählt, daß Marlborough einmal, als unser damals noch ganz junger Großvater bei seinem Lever gewesen war, zu seiner Frau gesagt habe: »Heute war Tom Esmonds Bastard bei mir; er hat doch dasselbe Spitzbubengesicht wie sein schurkischer Vater.« Die Herzogin habe es der Gräfin-Witwe in Chelsea erzählt, und diese, wütend über die ihrer Familie angetane Schmach, habe es unserm Großvater erzählt. Der Marquis von Esmond – so können wir ihn nennen, obwohl er sich nie anders als Oberst Esmond nannte – hat dem Herzog diese Worte nie vergeben. Seine Abneigungen waren ebenso ausdauernd wie seine Freundschaften. Er war immer auf seiten von Webb und gegen den berühmteren Mann. Webbs Porträt hängt noch jetzt bei uns in Castlewood.

keit gegen ihn benommen, und die, welche ihm unrecht getan hätten, seien im Hauptquartier zu suchen. Herr Cardonnel, der herzogliche Sekretär, bot General Webb Genugtuung an. Webb antwortete, er habe für Herrn Cardonnel einen Rohrstock in Bereitschaft, und die einzige Genugtuung, die er von ihm wünsche, werde er wohl nicht haben können; denn es sei – die Wahrheit. Die Stabsoffiziere von Webb waren bereit, jeder Forderung nachzukommen, und daraus entstand die einzige Verwicklung, an der Herr Esmond als Hauptperson beteiligt war. Ein alter Groll und ein alter Wunsch nach Rache waren bei dieser Gelegenheit die treibenden Kräfte in ihm.

Mylord Mohun war Offizier bei den Gardereitern und im Gefolge des Herzogs von Marlborough. Sein Ruf war im Lauf der Zeiten immer schlechter geworden. Er hatte in Spanien ein neues Duell mit schrecklichem Ausgang gehabt; er war verheiratet gewesen und hatte seine Frau verlassen; er war ein Spieler und ein Wüstling. Kurz vor der Schlacht von Oudenaarde erschien er bei der Armee. Was Esmond befürchtete, traf ein. Frank Castlewood hatte kaum von seiner Ankunft gehört, als er erklärte, er wolle ihn fordern und töten. Die Wunde, die Frank in der Schlacht davontrug, verhinderte das Zusammentreffen. Aber mittlerweile war sie beinahe geheilt, und Esmond zitterte davor, daß irgendein Zufall seinen Jungen mit diesem berüchtigten Mörder zusammenführen möge. Sie begegneten sich an der Offizierstafel vom Regiment Handyside in Lille, dessen Kommandeur von dem Groll zwischen den beiden Edelleuten nichts geahnt hatte.

Esmond hatte das hübsche, verhaßte Gesicht von Mohun seit jener Nacht in Leicester Field nicht mehr gesehen. Das war neun Jahre her. Seitdem hatten Verbrechen und Leidenschaften es entstellt. Es trug einen scheuen Ausdruck, wie das Gesicht eines Mannes, der das Bewußtsein heimlicher Schandtaten, Morde und Lüste auf der Seele trägt. Seine Verbeugung war tief und schlaff, und er drückte sich beiseite, nachdem unser Wirt uns gegenseitig vorgestellt hatte. Frank Castlewood erkannte ihn erst, als sein Name genannt wurde, so furchtbar hatte er sich verändert. Mohun aber wußte sofort, wer der Knabe war.

Es war merkwürdig, die beiden zusammen zu sehen. Der jüngere Mann wurde dunkelrot, als er den verhaßten Namen hörte. Er sagte in seinem schlechten Französisch und mit seiner frischen jungen Stimme: »Ich habe mir lange gewünscht, Mylord Mohun zu begegnen.« Mohun verbeugte sich bloß und schwieg. Um gerecht zu sein, muß ich sagen, daß er keinen Streit mit dem Knaben wollte.

Esmond setzte sich bei Tische zwischen die beiden. »Verdammt«, sagte Frank, »was setzt du dich an den Platz eines Mannes, der im Rang über dir steht? Ich wünsche neben Mylord Mohun zu sitzen.«

Esmond flüsterte Mohun zu, Frank sei in Oudenaarde am Bein verwundet worden, und beschwor ihn, sich ruhig zu verhalten. Eine Zeitlang verhielt er sich auch ruhig genug und ließ die Sticheleien des jungen Castlewood unbeachtet. Nachdem aber mehrere Gläser getrunken worden waren, fing der Wein an, Mohun zu Kopfe zu steigen.

»Wollen Sie nicht lieber gehen, Mylord?« sagte Esmond in eindringlichem Ton.

»Nein, zum Kuckuck«, entgegnete Mohun. »Ich gehe keinem Mann zu Gefallen weg.« Er war jetzt ganz vom Wein erhitzt.

Das Gespräch kam auf Webb. Er hatte den Herzog gefordert; er war mißhandelt worden; er war der tapferste, schönste, eitelste Mann der Armee. Lord Mohun wußte nicht, daß Esmond Webbs Adjutant sei. Er fing an, allerlei Geschichten zu erzählen, die nicht schmeichelhaft für den General waren, und der junge Castlewood widersprach ihm von Esmonds anderer Seite her.

»Das kann ich nicht mehr aushalten«, sagte Mohun.

»Ich auch nicht, Mylord«, rief Esmond und sprang auf. »Die Geschichte, die Mylord Mohun von General Webb erzählt hat, ist gelogen, meine Herren, ich wiederhole, gelogen!« Er verbeugte sich tief gegen Mohun, und ohne ein weiters Wort zu verlieren, verließ er das Zimmer. Solche Händel waren zwischen Offizieren in jenen Zeiten nichts Ungewöhnliches. Hinter dem Haus war ein Garten, in dem sich alsbald die ganze Gesellschaft versammelte. Die beiden Herren zogen die Röcke aus, und wenige Minuten, nachdem die kränkenden Worte gefallen waren, kreuzten sich schon ihre Klingen. Hätte Esmond Mohun aus der Welt geschafft, was ihm ein leichtes gewesen wäre, so würde ein Schurke bestraft und weitere Schurkereien verhindert worden sein. Aber hat irgendein Mensch das Recht, einen anderen Menschen zu strafen? Esmond hatte nur den einen Gedanken, Lord Mohun daran zu hindern, daß er Frank irgendein Leid zufüge. Das Ende des Zweikampfes war, daß Mylord mit einer Wunde nach Hause zog, die es ihm für drei Monate unmöglich machte, den rechten Arm zu heben.

»Ach, Harry! Warum hast du den Kerl nicht umgebracht?« fragte der junge Castlewood. »Ich kann noch nicht ohne Krücke gehen, aber ich hätte zu Pferde und mit Pistolen mit ihm kämpfen können.« Harry Esmond sagte: »Es ist besser, kein Menschenleben auf dem Gewissen zu haben, auch das eines Schurken nicht.« Nach dem Zweikampf gingen die Herren zu ihrem Wein zurück, Lord Mohun aber in sein Quartier, wo ihn ein Fieber packte, das viel Unheil verhütet hätte, wenn es tödlich gewesen wäre. Bald nach diesem Handel verließen Esmond und sein General das Lager und begaben sich nach London. Ein gewisser Ruf mußte dem jungen Mann vorausgegangen sein; denn die Gräfin-Witwe von Chelsea empfing ihn wie einen Helden. Sie gab ein großes Festessen zu Ehren von Herrn Webb, dessen Stuhl mit Lorbeeren bekränzt war. Sie ließ Esmond hochleben, und der General war so gütig, ihren Worten lebhaft beizustimmen. Sie brachte vierzig Kutschen voll Menschen zusammen, um unserem General zuzujubeln, nachdem er im Unterhaus den Dank des Parlaments für seinen Sieg entgegengenommen hatte. Das Volk schrie hoch, die feinen Leute in den Kutschen klatschten Beifall; es war ein schöner Anblick, als er den Hut schwenkte, die Hand auf den preußischen Orden legte und sich verneigte. Er stellte Esmond den Herren St. John und Robert Harley vor, die ihn geleiteten, und sprach in der schmeichelhaftesten Weise von Herrn Esmonds Verdiensten während der letzten drei Feldzüge.

Die ganze Stadt war entrüstet über die Behandlung, die Herrn Webb von seiten des Herzogs widerfahren war. Man begrüßte freudig die Dankeskundgebung des Unterhauses an den Sieger von Wynendael. Es war allen klar, daß die Einnahme von Lille und die Demütigung des alten französischen Königs, der, wie man sagte, unter dem Verlust dieser großen Stadt mehr litt als unter allen früheren Niederlagen, eine Folge dieses glücklichen Sieges war. Als die Frau des Generals beim Empfang der Königin erschien, scharten sich alle Damen von der Partei der Torys mit Glückwünschen um sie und bildeten eine größere Korona, als sie die Herzogin von Marlborough um sich hatte. Die Führer der Torys gaben Feste zu Ehren des Generals, rühmten ihn als einen dem Herzog ebenbürtigen Taktiker und benutzten den wackeren Soldaten wahrscheinlich als ihr Werkzeug, während er glaubte, sie seien voller Bewunderung für seine militärischen Verdienste. Als Lieblingsoffizier und Adjutant des Generals fiel auch für Esmond etwas von der Beliebtheit seines Vorgesetzten ab; er wurde der Königin vorgestellt und auf Wunsch seines dankbaren Herrn zum Oberstleutnant befördert.

Es gab da eine Familie, die jedes Glück, das Esmond widerfuhr, mit solchem Stolz und solcher Freude erfüllte, daß er seinerseits glücklich war, ihr solche Freuden bereiten zu können. Diesen treuen Freunden schienen Blenheim und Oudenaarde recht nebensächliche Begebenheiten, Wynendael aber war ihnen der krönende Sieg aller drei Feldzüge. Esmonds Herrin wurde nie müde, von dieser Schlacht erzählen zu hören, und ich glaube, General Webbs Frau wurde beinahe eifersüchtig auf sie; denn ihr Mann wandelte täglich nach Kensington und redete dort über dieses herrliche und unerschöpfliche Thema. Seinem Adjutanten aber war der Anteil am Ruhm, der natürlich auch seiner Eitelkeit schmeichelte, doch vor allem darum kostbar, weil er das Wohlgefallen seiner Herrin erregte, und noch mehr, weil Beatrix ihn zu schätzen wußte.

Eine heftiger begeisterte oder gnädiger gestimmte alte Dame aber als die Gräfin-Witwe in Chelsea hätte man in ganz England suchen können. Esmond wohnte im Hause Ihrer Gnaden; die Dienstleute waren angewiesen, ihn als ihren Herrn zu betrachten. Sie erlaubte ihm, Gesellschaften zu geben, deren Kosten sie bestritt, und war entzückt, wenn die Gäste betrunken in ihren Kutschen davonrollten. Sie bestand darauf, daß er porträtiert werde, und Herr Jervas[24] malte ihn in roter Uniform, den lächelnden Blick auf eine Bombe gerichtet, die in der Ecke des Gemäldes gerade explodierte. Sie schwor, sie werde nicht ruhig sterben, ehe er eine glänzende Heirat gemacht habe, und wurde nicht müde, junge Damen mit hübschen Gesichtern und hübschen Vermögen nach Chelsea einzuladen und ihrem Obersten vorzustellen. Er lächelte oft in Gedanken an die alten Tage zu Lebzeiten seines Vaters, wo er als zitternder Page mit dem silbernen Becken und Wasserkrug vor Ihro Gnaden gestanden oder im hellblauen Jäckchen auf dem Tritt ihrer Kutsche gekauert hatte. Das einzige, was sie jetzt an ihm auszusetzen hatte, war, daß er nüchterner war, als ein Esmond es hätte sein dürfen. Er ließ sich nie von seinem Diener zu Bette tragen und verlor sein Herz weder an eine Schönheit von Covent Garden noch an eine Schönheit vom Theater des Herzogs.

Was ist Liebe und wo kommt sie her? Sie ist ein Seelenzustand, in den Männer verfallen und der mit der Frau weniger zu tun hat als mit dem Manne selbst. Wir lieben, weil wir verliebt sind; das ist das ganze Geheimnis. Wären wir Johanna nicht begegnet, so wäre uns Käthe über den Weg gelaufen, und wir hätten Käthe und nicht Johanna geliebt. Wir wissen, daß die Herrin unseres Herzens nicht besser ist als andere Frauen auch, nicht hübscher, nicht weiser, nicht witziger. Esmonds Geliebte hatte tausend Fehler, und er kannte sie sehr gut. Sie war herrschsüchtig, oberflächlich, leichtsinnig, falsch und ohne einen Funken von Ehrfurcht in ihrer Natur. Sie war in allem, sogar in ihrer Schönheit, das Spiegelbild ihrer Mutter, der treuesten und selbstlosesten aller Frauen. Aber von dem Augenblick an, wo er sie die Treppe in Walcote herunterkommen sah, liebte er Beatrix. Es gab bessere Frauen; er aber verlangte nach dieser einen; alle anderen waren ihm gleichgültig. War es wegen ihrer strahlenden Schönheit? Schön war sie, aber er hatte doch oft genug die Menschen sagen hören, die Mutter sei die schönere von den beiden und sehe ebenso jung aus wie die Tochter. Warum klang ihre Stimme ihm so im Ohr? Sie sang nicht halb so schön wie Frau Tofts, ja sie sang manchmal recht unrein, und doch hätte er den Gesang der heiligen Cäcilie um ihres Gesanges willen verschmäht. Ihre Farben waren nicht schöner als die von Frau Steele, Dicks Frau, die er endlich bekommen hatte und die über dem Armen eine eiserne Rute schwang. Aber Esmond blendeten diese Farben; er schloß die Augen, und dann blendete ihn der Gedanke daran. Sie war glänzend und lebhaft im Gespräch, aber nicht halb so witzig wie ihre Mutter, die reizende Sachen sagen konnte, wenn sie dazu aufgelegt war. Aber Beatrix sprechen zu hören, mit ihr zusammen zu sein, war Esmonds größte Freude. Die Tage flogen dahin, die er mit den beiden Frauen verbrachte, er wußte selber nicht wie. Er schüttete ihnen sein Herz aus, wie er es keinem andern hätte ausschütten können. Ihre Gesellschaft war ihm lieber als die der geistreichsten Männer. Der Himmel möge ihm die Lügen verzeihen, mit denen er die Gräfin-Witwe in Chelsea fütterte, um ohne ihr Wissen nach Kensington zu kommen. Er gab Geschäfte beim Generalstab vor, Besprechungen mit Herrn Webb, Levers von Hofleuten und Staatsmännern. Er beschrieb die neuen Uniformen bei der Geburtstagscour der Königin, erzählte, wie viele Kutschen bei Herrn Harleys Lever auf der Straße hielten, wie viele Flaschen er mit Herrn Walpole und Herrn Steele im ›Kakaobaum‹[25] oder im ›Hosenbandorden‹ geleert hatte.

Wollte man dem Hofklatsch glauben, so war Fräulein Beatrix Esmond wohl ein dutzendmal an dem Punkt gewesen, sich glänzend zu verheiraten. Aber Esmond wollte von den Geschichten, die über sie erzählt wurden, nichts hören. Sein Hunger nach ihr war nach dreijähriger Abwesenheit vielleicht nicht mehr so wild, aber doch noch heftig genug. Er kniete noch immer vor ihr mit seinem Herzen in der Hand. Es war im Jahr 1709. Sie war fast zweiundzwanzig Jahre alt, seit drei Jahren am Hofe und noch immer unvermählt.

»Nicht, daß es ihr an Gelegenheit gefehlt hat«, sagte Lady Castlewood, die mit der Scharfsichtigkeit der Liebe in Esmonds Herzen las. »Aber sie will hoch hinaus, Harry; sie will sich nicht so verheiraten, wie ich es wünschen würde. Der Mann, den ich am liebsten meinen Sohn nennen möchte – und du weißt, wen ich meine –, ist besser daran, wenn ich ihm nicht bei seiner Werbung helfe. Beatrix ist so eigenwillig, daß Zureden ihren Widerstand reizt, und auch nur ein sehr hochgestellter Herr, dessen Frau eine große Rolle spielen kann, hat Aussicht, glücklich mit ihr zu werden. Sie schmachtet mehr nach Bewunderung als nach Liebe, vor allem aber sehnt sie sich nach Herrschaft. Wie kann eine Mutter so von ihrem Kinde sprechen? Aber du bist auch mein Kind, Harry. Du sollst die Wahrheit über deine Schwester wissen. Ich hoffte, du seist von deiner Leidenschaft geheilt worden. Andre Menschen überwinden doch diese Torheit. Aber ich sehe, du bist noch ebenso betört wie ehemals. Als wir deinen Namen in der Zeitung lasen, da habe ich für dich gesprochen, mein armer Junge. Armer Junge, jawohl! Du bist auf dem Wege, ein ernster alter Herr zu werden, und ich bin eine alte Frau. Dein Ruhm behagt ihr sehr, und du selbst gefällst ihr auch. Sie sagt, du habest Witz, Temperament und gute Erziehung und seist natürlicher als die eleganten Herren bei Hofe. Aber das genügt ihr nicht. Sie will einen Generalfeldmarschall und nicht einen Oberst. Käme ein Herzog und bäte sie um ihre Hand, sie würden den Grafen, dem sie sich etwa versprochen hätte, sitzen lassen. Ich habe dir das schon früher gesagt. Ich begreife ja nicht, wie mein armes Mädchen dazu kommt, so weltlich zu sein.«

»Nun«, sagte Esmond, »ein Mann kann nicht mehr tun, als sein Bestes zu geben, und das gebe ich ihr. Über die Anerkennung, die ich gewonnen habe, habe ich mich nur gefreut, weil ich hoffte, sie werde ihr Wohlgefallen erregen. Was kümmert es mich, ob ich Oberst oder General bin? Was bedeutet nach ein paar Jahrzehnten unser törichter Ruhm von heute? Es lag mir nur etwas daran, weil ich hoffte, Beatrix damit zu schmücken. Hätte ich Besseres zu geben, so sollte sie es haben. Will sie mein Leben, so gebe ich es ihr. Heiratet sie einen anderen, so werde ich sagen: ›Gott segne ihn!‹ Vielleicht ist meine Treue eitel Narrheit; aber ich kann mir nicht helfen, ich liebe sie. Sie sind tausendmal besser, liebe Herrin, Sie sind die schönste, liebreichste aller Frauen. Ich sehe die Fehler von Beatrix; ich kenne sie sehr genau. Aber sie ist nun einmal mein Schicksal! Ich werde nicht sterben, wenn ich sie nicht bekomme. Vielleicht werde ich allein sogar glücklicher sein als mit ihr vereint. ›Que voulez-vous?‹ würde Mylady in Chelsea sagen. ›Je l'aime‹.«

»Ich wünschte, sie hätte dich lieb«, sagte Harrys gütige Herrin und reichte ihm die Hand. Er küßte sie; es war die schönste, weichste kleine Hand der Welt, und Lady Castlewood, die beinahe vierzig Jahre alt war, sah aus wie eine Frau in den Zwanzigern. Er ließ ihre Hand nicht wieder los, solange sie zusammen sprachen.

»Warum«, sagte er, »soll ich mit ihr darüber reden? Sie weiß, was ich ihr zu sagen habe. Sie weiß, daß ich, ob nah oder fern, ihr Sklave bin. Ich habe mich vielleicht um nichts verkauft, aber ich selbst habe den Preis bestimmt. Ich bin entweder nichts oder alles wert.«

»Du bist so viel wert«, erwiderte Mylady, »daß die Frau, die deine Liebe besitzt, sie für ein Königtum nicht hingeben sollte. Ich wurde auf dem Land erzogen und muß ehrlich sagen, daß all dieser Ehrgeiz in der großen Stadt mir recht gewöhnlich erscheint. Die Macht und der Glanz Ihrer Gnaden der Herzogin haben mich nie in Ehrfurcht ersterben lassen, und Angst«, fügte sie mit schlauem Lächeln hinzu, »habe ich nur vor ihren bösen Launen. Ich höre, daß es Damen am Hofe gibt, die sich grämen, wenn Ihre Majestät sich kühl gegen sie gezeigt hat, und große Herren, die ein Bein opfern würden, wenn sie dafür am andern den Hosenbandorden tragen dürften. Dieser Weltsinn, den ich nicht verstehen kann, ist Beatrix angeboren. Vom ersten Tage ihres Dienstes an war sie die vollendete Hofdame. Wir sind wie Schwestern, und sie ist die ältere von uns beiden. Sie sagt mir, ich sei niedrigen Sinnes; ich lache und sage ihr, sie sei darauf erpicht, sechsspännig zu fahren. Ich kann ihr den Ehrgeiz nicht austreiben. Er ist bei ihr so selbstverständlich, wie bei mir das Bedürfnis nach Ruhe und die Gleichgültigkeit gegen Rang und Reichtümer. Was sind sie wert, Harry? Wie lange dauern sie? Unsere Heimat ist nicht auf dieser Welt.« Sie lächelte, als sie sprach, und sah wie ein Engel aus, der über die Erde geht, um wieder im Himmel zu verschwinden. »Unsere Heimat ist da, wo die Gerechten wohnen und wo unsere Sünden und Sorgen von uns abfallen. Mein Vater tadelte mich manchmal und sagte, ich verspräche mir zuviel vom Himmel. Aber ich kann meinen Glauben nicht ändern, und je älter ich werde, desto hartnäckiger werde ich darin. Ich liebe meine Kinder so unendlich, und unser Herrgott liebt uns doch gewiß mit tausendmal größerer Liebe. Es kann ja nicht anders sein, als daß wir uns da droben begegnen und glücklich miteinander sind, du, meine Kinder und mein lieber Mann. Weiß du, Harry, seit er tot ist, scheint es mir immer, als ob seine Liebe mir wieder gehöre, und als ob wir nicht mehr getrennt seien. Vielleicht ist er jetzt hier, Harry; ich glaube, er ist hier. Seine Sünden sind ihm vergeben, dessen bin ich gewiß. Herr Atterbury hat ihn losgesprochen, und er starb versöhnlichen Herzens. Ach, wie edel war er, wie großmütig! Ich war erst fünfzehn Jahre alt und ein Kind, als er mich heiratete. Wie gütig war es von ihm, daß er sich zu mir herabließ! Er war immer gütig gegen die Armen und Bescheidenen.« Sie schwieg; dann kam ein merkwürdiger Ausdruck in ihre Augen, als sehe sie Mylord im Himmel wandeln. Sie lachte leise. »Ich freue mich, daß ich Euch sehe, Herr«, sagte sie, »es scheint mir, als habet Ihr mich nie verlassen.« Ihre Worte können wir niederschreiben, aber nicht den süßen Ton ihrer Stimme, der lieblicher war als Musik.

Der junge Lord kam zum Winter nicht nach Hause und schrieb, daß er wegen militärischer Pflichten in Brüssel keinen Urlaub nehmen könne. Ich glaube, er war damit beschäftigt, eine gewisse Dame zu belagern, die im Gefolge der Madame de Soissons, der Mutter des Prinzen von Savoyen, nach Flandern gekommen war. Nach Art der flämischen Festungen wurde sie während des Krieges erobert und wiedererobert und bald von Franzosen, bald von Engländern, bald von Kaiserlichen besetzt gehalten. Esmond hielt es natürlich nicht für angebracht, Lady Castlewood über die Taten des jungen Sünders aufzuklären. Er hatte ihr auch kein Wort über den Handel mit Mohun gesagt, denn er wußte, wie verhaßt ihr der Name dieses Mannes war. Frank verschwendete nicht viel Zeit und Geld an Federn und Tinte. Als Harry mit seinem General nach England ging, gab er ihm nur ein paar Zeilen an seine Mutter mit, in denen er ihr versicherte, sein Bein sei so gut wie geheilt; er werde nicht versäumen, nächstes Jahr zu seiner Mündigkeitserklärung nach Hause zu kommen, diesen Winter aber müsse er seiner Pflichten wegen in Brüssel bleiben, und Vetter Harry werde alles weitere erzählen.

Von Brüssel aus aber schrieb er seiner Mutter einen langen

Brief zum 29. Dezember; denn er wußte, wie dieser Tag ihr ans Herz gewachsen war. In diesem Brief muß er über den Zweikampf mit Mohun berichtet haben; denn als Esmond an einem der ersten Tage des neuen Jahres zu seiner Herrin kam, erhoben sie und ihre Tochter sich zu seinem Erstaunen feierlich und begrüßten ihn stehend, und nach ihnen erhob sich die Gräfin-Witwe von Chelsea, die eben in ihrer Sänfte übers Feld nach Kensington gekommen war, schritt mit umständlicher Würde auf ihn zu und sagte: »Vetter Harry, unsere ganze Familie hat sich versammelt, um dir für deine edle Ritterlichkeit gegen das Haupt unseres Hauses zu danken.« Sie deutete auf ihre errötete Wange und gab Herrn Esmond zu verstehen, daß er die Seligkeit eines Kusses genießen dürfe. Nachdem er die eine Wange geküßt hatte, wandte sie ihm die andere zu. »Vetter Harry«, sagten die beiden anderen Damen im Chor, »wir danken dir für deinen Edelmut.« Da begriff er, daß ihnen die Geschichte von dem Duell in Lille zu Ohren gekommen war, und freute sich, daß sie ihn alle als einen von der Familie begrüßten.

Die Tische im Eßzimmer waren für eine größere Gesellschaft gedeckt. Die Damen waren in Gala, Mylady von Chelsea in ihrer größten Pracht, Mylady Castlewood zum ersten Male ohne Trauer schön und glücklich zum Entzücken, die Hofdame köstlich angetan, mit der ihr eigenen Eleganz, an der Brust den Brillantstern des französischen Offiziers, den Frank bei Ramillies erbeutet hatte.

»Du siehst, wir haben heute Galatag, wir tragen unsere Orden«, sagte sie und blickte wohlgefällig auf den Stern nieder. »Sieht Mama nicht reizend aus? Ich habe sie angezogen!« Esmonds liebe Herrin errötete, als er sie ansah. Sie war allerdings reizend wie ein zwanzigjähriges Mädchen in ihrem eleganten, modischen Kleid und mit ihren wundervollen blonden Haaren.

Auf dem Tisch lag ein feiner Degen in einer Scheide von rotem Samt und mit einem köstlich in Silber getriebenen Griff; daran war ein blaues Band als Degenquaste geknüpft. »Was ist das?« fragte Esmond und trat an den Tisch, um die schöne Waffe in der Nähe zu sehen.

Beatrix ergriff sie. »Knie nieder«, sagte sie, »wir schlagen dich zu unserem Ritter«, und sie schwenkte den Degen über seinem Kopf. »Die Gräfin-Witwe hat die Waffe gegeben, ich gab das Band, und Mama hat die Franse hineingeknüpft.«

»Binde ihm den Degen um, Beatrix«, sagte Mylady. »Du bist unser Ritter, Harry, unser treuer Ritter. Nimm den Dank und Segen einer Mutter für die Verteidigung ihres Sohnes, du mein lieber, lieber Freund.« Mehr brachte sie nicht hervor, und selbst die Gräfin-Witwe war gerührt; denn ein paar rebellische Tränen zogen traurige Furchen durch die Rosenpracht, die Esmond erst eben hatte küssen dürfen.

»Wir haben einen Brief vom lieben Frank bekommen«, erklärte die Mutter, »vor drei Tagen, während du bei Hauptmann Steele in Hampton zu Besuch warst. Er hat uns alles erzählt, was du getan und wie du dich zwischen ihn und den – den Elenden gestellt hast.«

»Du bist von heute ab mein Sohn«, sagte die Gräfin-Witwe, »und ich wünschte um deinetwillen, ich wäre reicher, Sohn Esmond.« Herr Esmond kniete pflichtschuldigst vor ihr nieder; sie warf die Augen zur Zimmerdecke empor und flehte aus der Gegend des vergoldeten Kronleuchters mit den zwölf Wachskerzen einen Segen auf das Haupt des neu adoptierten Sohnes herab.

»Der liebe Frank«, sagte die andere Gräfin, »wie ist ihm sein militärischer Beruf ans Herz gewachsen. Er scheint die Eroberungswissenschaft zu studieren. Ich wünschte, er wäre hier. Wir wollen nächstes Jahr seine Mündigkeitserklärung in Castlewood feiern.«

»Wenn der Feldzug es uns erlaubt«, entgegnete Esmond.

»Ich ängstige mich nie um ihn, wenn du bei ihm bist«, rief die Mutter des Knaben. »Ich weiß, daß mein Harry ihn immer beschützen wird.«

»Aber ehe der Frühling kommt, haben wir Frieden; wir wissen es genau«, versicherte die Hofdame. »Lord Marlborough wird entlassen, und der schrecklichen Herzogin werden alle ihre Würden genommen. Ihre Majestät spricht gar nicht mehr mit ihr. Sie ist wütend, rennt wie eine brüllende Löwin im Park umher und kratzt den Menschen die Augen aus.«

»Die Prinzessin Anna wird nach ihrem Bruder schicken und ihn kommen lassen«, meinte die Gräfin-Witwe und küßte ihr Amulett.

»Hast du den König bei Oudenaarde gesehen, Harry?« fragte seine Herrin. Ihre Anhänglichkeit an die Stuarts war unerschütterlich, und sie hätte ihren König ebensowenig verleugnet wie ihren Gott.

»Ich habe nur den jungen Hannoveraner gesehen«, sagte Harry. »Der Chevalier de St. George ...«

»Der König, der König, Harry!« riefen die Damen. Fräulein Beatrix klatschte in die Hände und jubelte: »Vive le Roi!«

In diesem Augenblick ertönte ein donnerndes Pochen, das beinahe die Tür des Hauses einschlug. Es war drei Uhr; die Gäste kamen an. Der Diener meldete Hauptmann Steele und Frau.

Die beiden waren von ihrem Landhaus in Hampton zu Wagen nach Kensington herübergekommen. »Nicht von unserm Stadthaus in Bloomsbury Square«, wie Frau Steele die Damen informierte. Harry hatte Hampton erst an demselben Morgen verlassen, gerade als eine eheliche Fehde im Gange war. Von seinem Zimmer aus, wo er in einem keineswegs sehr sauberen Bett nächtigte, hatte er die Gardinenpredigten der Frau Steele sehr deutlich hören können und war von der Gesellschaft im eigenen Bett und von der häuslichen Schlacht im Nebenzimmer wachgehalten worden.

Während der Nacht allerdings ließ wohl die strafende Beredsamkeit seiner Frau den armen Verdammten ziemlich kühl. Wenn er berauscht war, so konnte nichts sein Wohlbehagen stören. Esmond hörte, wie er mit der kindlichen Artikulation, die Bier und Punsch hervorbringen, seine geliebte Daisy bat, doch daran zu denken, daß ein ›vornehmer Offischier im näschten Schimmer schläft.‹ Sie ließ sich aber nicht stören, nannte ihn einen betrunkenen Gauner und predigte weiter, bis das Schnarchen des Hauptmanns ihrer Zunge einen Zaum anlegte.

Morgens erwachte das unglückliche Opfer mit Kopfschmerzen und klarem Bewußtsein, und das Zwiegespräch der Nacht wurde wieder aufgenommen. »Warum bringst du Offiziere zum Essen ins Haus, wenn du doch weißt, daß ich keinen Schilling mehr habe? Was soll ich nach Kensington anziehen? Soll ich wie eine Schlumpe in meinem alten gelben Sack vor der feinen Gesellschaft erscheinen?« So ging es weiter bis zu solchen Vertraulichkeiten, daß Esmond sich schließlich so laut er konnte die Nase putzte. Auf diesen Trompetenstoß erfolgte dann eine kurze Windstille. Die Frau war schrecklich, aber Dick war reizend, und um ihm Vergnügen zu bereiten, hatten ihn die vornehmen Damen von Castlewood mit seiner Gattin eingeladen.

Außer dem Hauptmann und seiner Frau erschienen noch eine Menge feiner und erlauchter Gäste. Die Gräfin-Witwe hatte ihre Lakaien nach Kensington geschickt, um die bescheidene Dienerschaft dort zu ergänzen. Es kam Generalleutnant Webb, Harrys freundlicher Gönner, und wurde von der Gräfin-Witwe mit Beschlag belegt, dann Harrys neuer Bekannter, Herr Henry St. John, Esquire, ein Vetter des Generals, der ganz entzückt war von Lady Castlewood, mehr noch als von ihrer Tochter; dann einer der vornehmsten Edelleute des Königreichs, der schottische Herzog von Hamilton, und noch mehrere andere große Herren von der Partei der Torys; dann Ihre Gnaden die Herzogin von Ormond mit ihren Töchtern, von denen eine die Kollegin des Fräulein Beatrix bei Hofe war.

»Was für eine Gesellschaft von Torys«, flüsterte Hauptmann Steele seinem Freunde zu, als alle vor dem Essen im Salon versammelt waren. Steele war allerdings der einzige unter den Anwesenden, die nicht zu dieser Partei gehörte.

Herr St. John machte Frau Steele bei Tisch so ritterliche Komplimente, daß sie ganz begeistert von ihm war und erklärte, Dick müsse auch Tory werden.

»Oder möchten Sie, daß ich ein Whig werde?« fragte Herr St. John. »Ich glaube, gnädige Frau, Sie wären fähig, einen Mann zu allem zu bekehren.«

»Wenn Herr St. John einmal nach Bloomsbury Square kommt, dann werde ich einen Versuch machen«, sagte Frau Steele und schlug ihre schönen Augen nieder. »Kennen Sie Bloomsbury Square?«

»Kenne ich Pall Mall? Kenne ich die Oper? Kenne ich die neueste Mode? Ich bitte Sie, gnädige Frau, Bloomsbury ist das Eleganteste des Eleganten. Sie haben Gärten und Paläste rings um sich herum, Southampton Haus und Montague Haus.«

»Wo die ekligen Männer hingehen und sich duellieren!« rief Frau Steele.

»Weil die Frauen sie dazu getrieben haben«, entgegnete ihr Tischnachbar. »Kann Hauptmann Steele gut fechten, gnädige Frau? Wie reizend waren Sie in der 49. Nummer des ›Tatler‹ charakterisiert! Ich habe mich tödlich gesehnt, Sie kennenzulernen, seit ich den Artikel las. ›Laßt Aspasia die Erste sein im Reich der Liebe.‹ Heißt es nicht so? Sie zielt nicht auf Liebe, aber sie erzeugt Liebe.«

»Nein, aber!« rief Frau Steele, die kein Wort von dem, was er sagte, zu verstehen schien.

»An der Seite einer solchen Geliebten ist es nicht schwer, ein Dichter zu sein«, fuhr Herr St. John fort und verbeugte sich.

»Geliebte!« rief Frau Steele, »meinen Sie mich? Ich bitte Sie, nicht zu vergessen, daß ich die Frau von Herrn Steele bin!«

»Gewiß, gnädige Frau; das wissen wir alle«, antwortete Herr St. John und bewahrte noch immer feierlichen Ernst. Steele unterbrach das Gespräch. »Ich habe mit der Aspasia nicht meine Frau gemeint, wenn sie auch gewiß jeder Huldigung wert ist, die ich ihr erweisen kann.«

»Der Hauptmann trinkt wieder zuviel Burgunder; er wird wieder einen Rausch haben, ehe wir nach Hause kommen«, meinte Frau Steele und rief über den Tisch hinüber: »Hauptmann Steele!«

»Ich trinke auf deine schönen Augen, meine Liebe«, rief Dick zurück, der seine Frau offenbar reizend fand und all die satirischen Komplimente des Herr St. John für echt hielt.

Die schöne Hofdame hatte sich vor dem Essen bemüht, Esmond in ein Gespräch zu ziehen. Sie mußte ihn aber wohl recht langweilig gefunden haben; denn bei Tisch sah er sich durch irgendeinen Irrtum plötzlich weit von ihr getrennt. Sie saß zwischen dem Herzog von Hamilton und Mylord Ashburnham, zuckte mit den lieblichen weißen Schultern und warf ihrem Vetter einen Blick zu, der zu sagen schien: »Habe Mitleid mit mir!« Der Herzog und seine junge Nachbarin waren bald in reger, vertraulicher Unterhaltung. Beatrix konnte es ebensowenig lassen, ihre Augen zu gebrauchen, wie die Sonne es lassen kann, ihre Strahlen auszusenden, und wie die Sonnenstrahlen erzeugten ihre Blicke heiße Glut. Schon nach der Suppe kam Harry das Essen recht lang vor; nach dem zweiten Gang hatte er das Gefühl, man sitze seit Stunden bei Tisch, und die süße Speise schien überhaupt kein Ende zu nehmen.

Endlich erhoben sich die Damen, Beatrix mit einem glühenden Blick auf ihren Herzog. Neue Flaschen und Gläser erschienen, und Toaste wurden ausgebracht. Man ließ General Webb leben als den ›tapfersten Offizier der Welt‹, dem man ›das Kommando wünsche, das einem Mann von seinen Fähigkeiten zukomme«. Herr Webb dankte der Gesellschaft, sagte allerlei Schmeichelhaftes über seinen Adjutanten und schlug dann zum soundsovielsten Male erzählenderweise seine berühmte Schlacht.

»Il est fatigant«, flüsterte Herr St. John, »avec sa trompette de Wynendael.«

Hauptmann Steele, der nicht von unserer Partei war, ließ gesinnungstüchtig den Herzog von Marlborough als den größten Feldherrn des Zeitalters leben.

»Ich trinke mit ganzem Herzen auf den größten Feldherrn«, rief Herr Webb; »niemand kann etwas gegen ihn als Taktiker sagen. Mein Glas gilt dem General und nicht dem Herzog, Herr Steele.« Der wackre alte Herr leerte seinen Humpen, Dick aber füllte zwei Gläser und leerte das eine auf den General, das andere auf den Herzog.

Jetzt erhob sich Seine Gnaden der Herzog von Hamilton. Seine Augen funkelten; er brachte einen Toast auf das unvergleichliche Fräulein Beatrix Esmond aus. Es war recht viel getrunken worden, und alle stimmten mit lautem Jubel ein, Mylord Ashburnham mit einem Jauchzer der Begeisterung.

»Wie schade, daß es schon eine Herzogin von Hamilton gibt«, flüsterte St. John, der am meisten trank und dabei den kühlsten Kopf hatte. Die Herren erhoben sich und gingen in den Salon, wo die Damen beim Tee saßen. Den armen Dick mußte man einsam am Eßtisch zurücklassen. Er sang schlucksend ein Siegeslied auf den größten Feldherrn der Welt, und Harry Esmond fand ihn eine halbe Stunde später in einem noch fortgeschritteneren Zustand der Weinseligkeit.

Der Salon erschien dem armen Harry ganz dunkel, trotz der zwölf Wachskerzen auf dem vergoldeten Kronleuchter. Beatrix sprach kaum mit ihm. Als der Herzog gegangen war, nahm sie den Zweitvornehmsten aufs Korn und setzte dem jungen Lord Ashburnham mit allem Feuer ihrer Augen und allem Zauber ihres Witzes zu. Der größte Teil der Gesellschaft saß bei den Karten. Herr St. John, der es satt hatte, Frau Steele noch weiter den Hof zu machen, gähnte ihr ins Gesicht und wandte sich Lady Castlewood zu. Er unterhielt sie lebhaft und glänzend, erklärte, ihre Schönheit sei von viel höherer Art als die ihrer Tochter, verabschiedete sich schließlich und ging seines Weges. Ihm folgten bald die andern. Zuletzt zog sich Lord Ashburnham zurück und warf feurige Blicke auf seine lächelnde junge Verführerin, die schon mehr Herzen mit ihrem Zauber gefangen hatte.

Als Verwandter des Hauses, natürlich nur als solcher, fand es Herr Esmond passend, der allerletzte zu sein. Er blieb, als alle Kutschen davongerollt waren; er blieb, als die Sänfte und die Fackeln der Gräfin-Witwe in der Finsternis nach Chelsea zu verschwanden; er blieb, als die Volksmenge, die unten auf dem Platz die ungewöhnliche Ansammlung von Sänften, Wagen, Lakaien und Fackelträgern angestaunt hatte, sich in ihre Betten verzog. Der arme elende Mensch zögerte und zögerte, um noch ein Lächeln oder ein tröstliches Abschiedswort von seinem Mädchen zu erhaschen. Aber ihre Begeisterung vom Vormittag war erloschen; sie schien jetzt anderer Stimmung zu sein. Sie spottete über den schlumpigen Anzug von Lady Betty, der Tochter der Herzogin von Ormond, und äffte Frau Steeles gewöhnliche Redewendungen nach. Dann hob sie die kleine Hand vor den Mund und gähnte, steckte ein Licht an, zuckte mit den Schultern, machte Herrn Esmond eine schnippische Verbeugung und rauschte von dannen.

»Der Tag fing so gut an, Harry; ich hoffte, er werde besser enden«, war alles, was Esmonds gütige Herrin ihm zum Troste sagen konnte. Als er allein durch die Dunkelheit heimwärts wanderte, dachte er mit bitterer Wut und einem Gefühl der Empörung an das Opfer, das er gebracht hatte. »Sie würde mich nehmen«, dachte er, »wenn ich ihr nur einen Namen geben könnte! Wenn nicht das Versprechen an ihren sterbenden Vater wäre, dann hätte ich meinen Rang und meine Geliebte dazu.«

Ich glaube, Eitelkeit ist stärker als alle anderen menschlichen Leidenschaften; denn wenn ich jetzt an die Erniedrigung jener längst vergangenen Tage zurückdenke, so kann ich noch immer über meine Schmach erröten, noch in der Erinnerung die Qualen fühlen, die sie mir bereitet, während das Fieber ungestillter Liebe längst geheilt ist. Ob wohl meine Nachkommen, die diese Geschichte lesen, auch solche Niederlagen und Demütigungen erfahren haben? Ob sie auch vor einer Frau gekniet haben, die mit ihnen spielte, sie auslachte, sie mit Zärtlichkeiten köderte, ihnen mit den Augen Erfüllung zulächelte, ihnen den Rücken kehrte und sie verließ? All diese Schmach mußte Esmond über sich ergehen lassen. Er bäumte sich dagegen auf, um über kurz oder lang von neuem zu Kreuze zu kriechen.

Nach dem Fest am Kensington Square rollte der Wagen des jungen Lord Ashburnham wieder und wieder um die Ecke. Überall, wo die Hofdame erschien, war auch er da, jede Woche in einem neuen Anzug, so köstlich gestickt und verziert, wie sein Schneider ihn nur irgend liefern konnte. Mylord sagte Herrn Esmond alle erdenklichen Höflichkeiten; er lud ihn zum Essen ein, bot ihm seine Pferde zum Reiten an und gab ihm die sonderbarsten Beweise seiner Verehrung und seines guten Willens. Endlich stürzte er eines Abends im Wirtshaus auf ihn zu, sichtlich vom Wein erhitzt und erregt, und rief: »Wünschen Sie mir Glück, mein teurer Oberst, ich bin der seligste aller Menschen!«

»Der seligste aller Menschen braucht nicht noch einen teuren Oberst, um ihm Glück zu wünschen«, sagte Herr Esmond; »was ist denn der Grund dieser höchsten Seligkeit?«

»Haben Sie nichts gehört?« fragte er. »Ich dachte, die Familie habe vor Ihnen keine Geheimnisse. Die göttliche Beatrix hat versprochen, die Meine zu werden.«

»Was!« rief Esmond, der am selben Morgen glückliche Stunden mit Beatrix verlebt hatte; Verse, die er für sie gedichtet, hatte sie ihm am Spinett vorgesungen.

»Ja«, sagte Mylord. »Ich habe ihr heute meine Aufwartung gemacht. Ich bin im Wagen an Ihnen vorübergefahren. Sie sah so lieblich aus, sprach so gütig – ich konnte nicht anders, ich mußte niederknien und – und – ich bin der seligste aller Menschen. Ich bin ja noch sehr jung; aber sie meint, daß ich doch mit der Zeit älter werde. In vier Monaten bin ich mündig. Der Unterschied im Alter ist gar nicht groß. Ich bin so glücklich! Ich möchte die Gesellschaft gern freihalten. Wir wollen eine Flasche zusammen trinken – zwölf Flaschen. Wir wollen auf die Gesundheit der schönsten Frau in England trinken.«

Esmond verließ den jungen Lord, der Humpen auf Humpen leerte, und wanderte hinaus nach Kensington, um zu erfahren, wie die Dinge lagen. Die Geschichte erwies sich als wahr. Der traurige, mitleidige Ausdruck in den Augen seiner Herrin sagte ihm alles. Sie erzählte ihm, was sie wußte: daß der junge Lord gekommen sei, eine halbe Stunde nachdem Esmond das Haus verlassen; daß er seinen Antrag in demselben Zimmer gemacht habe, wo Harrys Lied noch auf dem Spinett lag.

DRITTES BUCH

Die letzten Abenteuer des Herrn Esmond in England

Erstes Kapitel

Meine Schlachten und Wunden haben ein Ende.

Der fieberhafte Wunsch, zu Ruhm und Ansehen zu kommen, erstarb in Esmonds Seele, vielleicht weil er ihn zum Teil befriedigt hatte, vielleicht weil das Ziel seines Ehrgeizes ihm genommen war. Sein Streben nach militärischen Ehren kam aus dem Verlangen, in Beatrix' Augen an Wert zu gewinnen. Nach Adel und Reichtum waren sie das einzige, was sie zu schätzen wußte. Auch sind sie der Einsatz, den man am schnellsten gewinnt oder verliert. Die juristische Laufbahn ist ein langes Spiel und erfordert ein Leben, um ein großes Ziel zu erreichen. Literarischer Ruf aber oder eine hohe kirchliche Stellung würden die Wünsche des armen Esmond nicht im mindesten gefördert haben. So blieb ihm nur das Spiel des roten Rocks, und er spielte es. Er setzte sich der Gefahr mehr aus, als andere Herren es zu tun pflegen; er wagte alles, um alles zu gewinnen, und das war der Grund seiner raschen Beförderung. Ist er der einzige Mann, der sein Leben um eines Gewinnes wegen aufs Spiel setzte, der des Gewinnens nicht wert war? Andere wagen ihr Leben oder gar ihre Ehre um ein Bündel elender Banknoten, wegen eines Ordens, eines Sitzes im Parlament; andere nur, um das Vergnügen und die Erregung des Sports zu genießen, wie die hundert Jäger, die auf Tod und Leben hinter dem Schwanz eines schmutzigen Fuchses hergaloppieren, der dem glücklichen Ersten am Ziel als Preis seines tollen Rittes winkt.

Als Esmond die Nachricht von der Verlobung seiner Geliebten erfuhr, ergab er sich in sein Schicksal und beschloß, die Waffen abzulegen, mit denen er sich nichts mehr erringen konnte, was des Kampfes wert war. Er trat aus seinem Regiment aus, zum grenzenlosen Entzücken des Hauptmanns, der ihm im Range am nächsten stand und der ihm, da er wohlhabend war, eifrig tausend Guineen für seinen Platz in Webbs Regiment bezahlte. Er mußte im nächsten Feldzug ins Gras beißen. Vielleicht hätte

Esmond nicht ungern sein Schicksal geteilt. Er war mehr denn je der Ritter von der traurigen Gestalt.

Die Gräfin-Witwe und Lady Castlewood billigten beide seinen Entschluß, die Armee zu verlassen. Auch sein gütiger General stimmte ihm zu und half ihm zu der hübschen Summe, die sein Austritt ihm einbrachte. Als aber der Oberst-Feldmarschall nach Hause kam und sich gegen seine Neigung gezwungen sah, Generalleutnant Webb mit dem Befehl einer Division in Flandern zu betrauen, bat Webb den Obersten Esmond so dringend, ihn als Adjutant und militärischer Sekretär zu begleiten, daß er den Bitten seines freundlichen Gönners nicht widerstehen konnte und wieder ins Feld zog. Er war an kein Regiment gebunden, sondern nur unter Webbs persönlichem Befehl. Wie schrecklich müssen Frauen und Mütter in jenen Kriegszeiten gelitten haben, wo die Angst um ihre Angehörigen sich mit jedem Tag erneuerte, und sie auch in diesem Sommer wieder einen ganzen Feldzug hindurch vor den Schlachtenberichten zittern mußten. Wie schwer auch Esmonds Herrin, die zärtlichste aller Frauen, an diesen Qualen getragen haben mag, sie ließ sich äußerlich nie etwas davon anmerken. Sie verbarg ihre Angst um ihre beiden Söhne, wie sie sie nannte, ebenso sorgsam wie ihre Wohltätigkeit und ihre Frömmigkeit. Es war ein Zufall, daß ihr Esmond einmal auf einer Wanderung durch Kensington begegnete, als sie aus einer Hütte kam, wo sie eine Reihe armer Leute in ihrer Krankheit und in ihrem Elend zu besuchen pflegte. Sie ging jeden Morgen zum Gottesdienst, ließ aber am Sonntag ihren kleinen Haushalt alle Arten unschuldiger Freuden und Vergnügungen genießen. Sie machte in ihrem Notizbuch kleine erbauliche Aufzeichnungen von einer so lieblichen natürlichen Inbrunst, daß kein Geistlicher sie hätte übertreffen können. Sie zeigten, wie warm ihr Herz, wie fromm und demütig ihr Sinn war, was sie im stillen für Qualen der Angst und Besorgnis durchmachte, mit welch gläubigem Vertrauen sie ihre Sorgen um die, welche sie liebte, dem allmächtigen Herrn über Tod und Leben anheimstellte.

Die Gräfin-Witwe in Chelsea, Esmonds neugebackene Mutter, hatte indessen ein Alter erreicht, wo die Lebensgefahr, in der ein anderer schwebt, die Ruhe nicht mehr wesentlich stören kann.

Ihr Kartenspiel ging ihr über alles andere. Sie hielt fest an ihrem Glauben, hatte aber alle Bitterkeit gegen den unseren verloren. Sie hatte einen gutmütigen, bequemen französischen Beichtvater, einen Weltmann, der nichts dabei fand, mit Myladys Nachbar in Chelsea, dem Dechanten Atterbury, eine Partie Karten zu spielen, und der mit der ganzen hochkirchlichen Partei auf dem besten Fuß stand. Monsieur Gauthier, so hieß er, war ohne Zweifel von Esmonds merkwürdiger Stellung im Hause unterrichtet; denn er wechselte Briefe mit Herrn Holt und behandelte den Oberst mit ganz besondrer Rücksicht und Höflichkeit. Aus guten Gründen sprachen die beiden niemals miteinander über die heikle Sache und blieben auf diese Art immer die besten Freunde.

Alle Gäste, die im Hause der Gräfin-Witwe ein- und ausgingen, gehörten zur Partei der Torys und der Hochkirche. Fräulein Beatrix war in Sachen des Königs so überspannt wie die alte Dame selbst. Sie trug sein Bild auf dem Herzen; sie besaß eine Haarlocke von ihm, sie nannte ihn den unglücklichsten, ritterlichsten, begabtesten, schönsten aller Fürsten. Steele, der sich mit vielen seiner Toryfreunde, aber niemals mit Esmond verzankte, pflegte diesem zu erzählen, daß das Haus der Gräfin-Witwe ein Sammelplatz der Torypartei und ihrer Intrigen sei. Gauthier sei ein Spion; Atterbury sei ein Spion; es werde ein beständiger Briefwechsel zwischen dem Hause in Chelsea und der Hofhaltung der Königin in St. Germain unterhalten. Esmond entgegnete ihm lachend, in der Armee habe man nun wieder behauptet, der Herzog von Marlborough sei auch ein Spion und stehe mit St. Germain in so eifrigem Briefwechsel wie nur irgendein Jesuit. Harry hatte sich nie sehr eifrig an Wortgefechten beteiligt, bekannte sich aber offen zur Partei seiner Familie. Es schien ihm über alle Zweifel erhaben, daß Jakob der Dritte der rechtmäßige König von England sei, und für das Land fand er es weitaus das Beste, wenn nach dem Tode seiner Schwester König Jakob und nicht ein fremder Prinz den Thron bestieg. Niemand konnte König Wilhelm aufrichtiger bewundern als er, den Helden und Eroberer, den tapfersten, gerechtesten, weisesten aller Fürsten. Aber er hatte mit Waffen das Land erobert, und mit Waffen hatte er es regiert und gehalten,wie vor ihm der große Cromwell, der fürwahr ein echter Herrscher war. Daß nun ein selbstherrlicher junger Prinz aus Deutschland, der zufällig von König Jakob dem Ersten abstammte, England beherrschen sollte, schien ihm eine ungeheure Ungerechtigkeit. Jedenfalls hatte jeder Engländer das Recht, dagegen zu protestieren, allen anderen voran der englische Prinz, welcher der Erbe des Thrones war. Welcher mutige Mann würde nicht seine Rechte verfochten, würde nicht um die Krone gekämpft haben, die ihm gehörte? Aber das Geschlecht der Stuarts war gezeichnet. Jener englische Prinz hatte sich selbst zum Feinde und konnte diesen Feind nicht besiegen. Er wagte nie sein Schwert zu ziehen, auch wenn er es in der Hand hielt. Er ließ die Gelegenheiten vorübergehen, vertändelte seine Zeit mit Tänzerinnen oder winselte reuig zu Füßen eines Priesters. Das Blut von Helden, die Treue ehrlicher Herzen, Ausdauer, Mut und Tatkraft wurden umsonst in seinem Dienst verschwendet.

Aber laßt uns zu Mylady in Chelsea zurückkehren. Als ihr Adoptivsohn ihr verkündete, daß er sich an dem bevorstehenden Feldzug beteiligen werde, nahm sie mit ungetrübter Heiterkeit von ihm Abschied und saß mit ihrer Kammerfrau schon wieder bei den Karten, als Esmond noch die Türklinke in der Hand hielt. Es war sein letzter Besuch bei ihr. »Treff ist Trumpf!« hörte er sie noch sagen. Drei Monate später wurde sie bettlägerig und starb, ohne irgendwelche Schmerzen zu leiden. Abbé Gauthier, welcher bei ihrem Ende zugegen war, schrieb an Esmond, der damals mit seinem General an der französischen Grenze weilte.

Die Gräfin-Witwe hatte dem Obersten alles hinterlassen, was sie besaß; »um ein ihm zugefügtes Unrecht wiedergutzumachen«, stand in dem Testament geschrieben. Aber ihr Vermögen war nicht beträchtlich, und die wackere Gräfin hatte sehr weise den größten Teil davon in einer Rente angelegt, die mit ihrem Tode erlosch. Indessen war doch immer noch etwas bares Geld vorhanden; das Haus war da mit Möbeln, Silberzeug und Gemälden, kurz, als alles verkauft war, fand sich Esmond, wenn auch nicht reich, so doch mit einem Einkommen, das ihn fürs Leben sorgenfrei machte. Es waren auch die berühmten Diamanten da, von deren ungeheurem Wert so viel geredet worden war; aber der Goldschmied erklärte, sie würden nicht mehr als viertausend Pfund einbringen, und Esmond wollte sie auch nicht fortgeben, weil er eine besondere Absicht damit im Sinn hatte.

Da er jetzt etwas besaß, was er vererben konnte, machte er ein Testament und schickte es nach England. Die Armee stand vor dem Feind, und man war jeden Tag auf eine große Schlacht gefaßt. Man wußte, daß der Generalfeldmarschall in Ungnade gefallen war, daß die Parteien daheim stark gegen ihn eingenommen waren, und welchen Schlag würde der große, energische Spieler nicht wagen, wo es galt, das Glück wieder an sich zu fesseln, das ihn verlassen wollte? Frank Castlewood war bei Harry Esmond, dessen General ihn bereitwillig in seinen Stab aufgenommen hatte. Seine Eroberungsstudien in Brüssel waren mittlerweile abgeschlossen. Soviel ich weiß, hatte sich die belagerte Festung ergeben, Mylord war mit fliegenden Fahnen eingezogen und ebenso wieder abgezogen. Er pflegte von seinen knabenhaften Ausschweifungen mit köstlichem Humor zu erzählen und war der reizendste Sünder der ganzen Armee.

Wir brauchen wohl kaum zu sagen, daß Esmond jeden Heller seines kleinen Vermögens diesem Knaben vermacht hatte. Er war fest überzeugt, daß die nächste Schlacht seinem Leben ein Ende machen werde; er war der Sonne müde und ganz bereit, von ihr und der Erde Abschied zu nehmen. Frank wollte von den düsteren Vorahnungen seines Kameraden nichts wissen; er schwor, man werde den Tag seiner Mündigkeit im Herbst zusammen auf Schloß Castlewood feiern. Er hatte von der Verlobung seiner Schwester gehört. »Der Prinz Eugen geht nach London«, sagte er. »Wenn Trix seiner habhaft wird, läßt sie Ashburnham sitzen. Du kannst mir glauben, sie hat dem Herzog von Marlborough Augen gemacht, als sie erst vierzehn Jahre alt war. Ich würde sie nicht heiraten, Harry, und wenn ihre Augen noch zweimal so groß wären. Ich will meinen Spaß haben. Ich will die nächsten drei Jahre alle nur erdenklichen Vergnügen erleben. Dann werde ich genug davon haben, heirate irgendeine stille, bescheidene, treue, vernünftige Gräfin, lasse mich in Castlewood nieder und jage meine Hasen. Vielleicht vertrete ich die Grafschaft im Parlament. Nein, zum Kuckuck, du sollst die Grafschaft vertreten. Du bist der beste Kopf in der Familie. Bei Gott, mein lieber alter

Harry, du hast den schärfsten Verstand und das gütigste Herz in der ganzen Armee, das sagen sie alle. Wenn die Königin stirbt und der König zurückkommt, warum sollst du dann nicht ins Unterhaus gehen, Minister werden und Peer oder irgend so etwas? Du willst in der nächsten Schlacht fallen? Ich wette um ein Dutzend Flaschen Burgunder, daß du nicht einmal verwundet wirst. Mohun ist geheilt. Sobald ich ihn zu sehen bekomme, spucke ich ihm ins Gesicht. Ich habe Fechtstunden bei Pater – bei Hauptmann von Holtz in Brüssel genommen. Was ist das für ein Mann! Er weiß alles.« Esmond bat Frank, er möge vorsichtig sein. Das Wissen Pater Holts sei etwas gefährlicher Art. Er wurde sich aber nicht klar, wie weit der Pater in seinen Mitteilungen an seinen jungen Schüler gegangen war.

Die Zeitungsschreiber und Schriftsteller der französischen und englischen Seite haben Berichte genug über die blutige Schlacht von Malplaquet gegeben. Sie war der letzte und schwerste Sieg des großen Herzogs von Marlborough. Der schreckliche Kampf, in dem beinahe zweihundertfünfzigtausend Mann miteinander rangen, in dem mehr als dreißigtausend Mann erschlagen oder verwundet wurden, auf der Seite der siegreichen Verbündeten zweimal soviel wie auf der Seite der unterliegenden Franzosen, wurde wahrscheinlich nur darum gekämpft, weil das Ansehen eines großen Feldherrn zu Hause erschüttert war und er es durch einen Sieg wieder befestigen wollte. Wenn das wirklich der Grund war, der den Herzog trieb, diesen furchtbaren Einsatz zu wagen und dreißigtausend tapfere Männer zu opfern, so vereitelte das Ereignis seine grausige selbstsüchtige Absicht; denn der Sieg war so teuer erkauft, daß auch die ehrgeizigste Nation einen solchen Preis nicht willig für einen Triumph bezahlt hätte. Die Tapferkeit der Franzosen war ebenso außerordentlich wie der wütende Mut ihrer Angreifer; aber zwanzigtausend unserer besten Leute lagen vor den Verschanzungen, aus denen der Feind vertrieben worden war. Er hatte sich in bester Ordnung zurückgezogen; der Bann des Schreckens schien gebrochen zu sein, der seit Blenheim auf den Franzosen gelastet hatte. Sie fochten jetzt an der Schwelle ihres Vaterlandes und begegneten uns mit einer heldenmütigen Ausdauer des Widerstandes, die sie in ihrem Angriffskrieg nie gezeigt hatten. Wäre die Schlacht erfolgreicher gewesen, so hätte der Sieger den Preis, um den er sie gewagt, vielleicht errungen. Aber so wie die Dinge lagen, war die ihm feindliche Partei, und wie mir scheint mit Recht, entrüstet über das fürchterliche Blutbad und forderte dringender denn je die Abberufung eines Feldherrn, dessen Begierde und Verwegenheit ihn noch weiter treiben konnten. Nach diesem blutigen Tage von Malplaquet gab es in allen englischen Quartieren, auch bei den Regimentern und Kommandeuren, deren Leistungen am lautesten gerühmt wurden, nur eine Stimme: Man verlangte nach Frieden. Die Franzosen waren in ihre Grenzen zurückgetrieben; all ihre Eroberungen und ihre Beute in Flandern waren ihnen wieder entrissen worden. Selbst bei Tisch wagten wir nicht, miteinander von Malplaquet zu sprechen, so schrecklich waren die Lücken, welche die Kugeln der Geschütze in unsere Reihen gerissen hatten. Es war herzzerreißend für einen Offizier, an dem Paradetag nach der Schlacht die Reihen seiner Leute entlangzublicken; denn es fehlten Hunderte von Kameraden, von bescheidenem und hohem Rang, die sich noch vor kurzem freudig und mutig um die zerrissenen, geschwärzten Fahnen geschart hatten. Als der große Herzog die Linien entlang ritt, hinter sich das stolze Gefolge der Adjutanten und Generäle, als er hier und da anhielt, um einem Offizier mit dem huldreichen Lächeln, das Seiner Gnaden immer zur Verfügung stand, für seine Leistungen zu danken, da ertönte kaum ein einziges ›Hoch‹ aus den Reihen der gelichteten Regimenter. Cadogan ritt mit einem Fluch heran und schrie: »Verdammte Bande, warum laßt ihr Seine Gnaden nicht hochleben?« Aber die Leute hatten nicht das Herz dazu. »Wo ist mein Kamerad geblieben?« dachte einer wie der andere; »wo ist mein Bruder, der gestern neben mir focht, wo mein lieber Hauptmann, der mich geführt hat?« Es war das trostloseste Schauspiel, das ich je gesehen habe, und das Tedeum, welches unsere Geistlichen sangen, die trübseligste Komödie.

Esmonds General trug zu den vielen Narben, die ihm seine Schlachten eingebracht hatten, eine neue Wunde davon, lag stöhnend auf seinem Lager und tröstete sich damit, über den Generalfeldmarschall zu lästern. »John Churchill«, pflegte er zu sagen,

»liebt mich so wie König David den General Uria. Darum gibt er mir immer den gefährlichsten Posten.« Esmond und Frank Castlewood kamen beide unverwundet davon, obwohl die Division des General Webb noch mehr gelitten hatte als alle anderen. Sie hatten nicht nur gegen die furchtbarste Gewalt der feindlichen Geschütze bestehen müssen, sondern dazu noch den wiederholten Anprall der berühmten Maison du Roi, mit der auch der König von England ritt. Zwölfmal, sagt man, habe er uns an diesem Tage angegriffen. Nach der Schlacht schickte Seine Gnaden der Herzog von Berwick seinem alten Regiment einen Gruß und beglückwünschte es zu seiner glänzenden Haltung im Felde.

Am 25. September, als die Armee vor Mons lag, tranken wir auf die Gesundheit und Mündigkeit des Grafen von Castlewood. Vor Mons war Oberst Esmond nicht so glücklich wie in manchen viel gefährlicheren Lagen. Eine verirrte Kugel traf ihn gerade über der Stelle, wo seine frühere Wunde war, die sich infolgedessen wieder öffnete. Er lag im Fieber, spuckte Blut und war nahe am Tode. Sein Vetter, der gute Junge, pflegte ihn mit sehr lobenswerter Geduld und Sorgfalt, bis er von der Ärzten außer Gefahr erklärt wurde. Da zog Frank nach Brüssel ab, um dort den Winter zu verbringen, und wird wohl wieder irgendeine Festung belagert haben. Nur wenige jungen Burschen hätten ihr Vergnügen so lange und so freudig hinausgeschoben, wie Frank es tat, und sein heiteres Geplauder milderte Esmond manchen Tag der Schmerzen und der Mattigkeit. Zu Hause glaubte man Frank noch immer am Krankenbett, als er es schon seit einem Monat verlassen hatte. Es kamen Briefe von seiner Mutter, in denen sie dem jungen Herrn dankte, daß er seinen älteren Bruder, wie sie ihn liebevoll nannte, so sorgfältig pflegte. Esmond beeilte sich nicht, sie aufzuklären. Es hatte ihm ein doppeltes Vergnügen bereitet, von seinem Bett aus zu beobachten, wie der junge Mann sich einerseits auf die ihm winkende Freiheit freute und andererseits kindliche Anstrengungen machte, den Kranken seine Freude nicht merken zu lassen. Es gibt Tage, wo eine Flasche Champagner und eine rotwangige Partnerin dabei eine Versuchung sind, der ein lebensfroher junger Mensch nicht widerstehen kann. Ich will mich nicht darüber entrüsten wie andere alte

Männer; sie predigen, und die jungen Leute tun doch, was ihnen behagt. Die Patriarchen haben auch ihre schwachen Stunden gehabt, nicht nur Vater Noah, der sich am neuentdeckten Wein betrank. Frank war also in Brüssel, das die jungen Leute von der Armee für viel unterhaltender erklärten als London, und Harry Esmond lag allein in seinem Krankenzimmer. Er vertrieb sich die Zeit damit, eine sehr schöne Komödie zu schreiben, die seine Herrin überaus bedeutend fand und die im nächsten Jahre nicht weniger als dreimal hintereinander in London aufgeführt wurde.

Als er noch krank lag, erschien der allgegenwärtige Herr Holt auf dem Schauplatz und blieb einen ganzen Monat in Mons. Er versuchte, die alten theologischen Streitigkeiten noch einmal heraufzubeschwören und Esmond der Kirche zurückzugewinnen, auf deren Bekenntnis er als Kind getauft war. Der gelehrte, gewandte Mann stellte das Verhältnis zwischen der englischen und katholischen Kirche so dar, daß jeder, der seine Voraussetzungen billigte, auch seinen Folgerungen zustimmen mußte. Er führte Esmonds zarten Gesundheitszustand ins Feld, deutete an, daß ein baldiger Tod nicht ausgeschlossen sei, und verbreitete sich über die unendlichen Wohltaten, die der kranke Mann sich versage. Aber Esmond erwiderte, daß seine Kirche die Kirche seines Vaterlandes sei, daß es anderen Leuten freistehe, sich zu anderen Glaubenssätzen zu bekennen; wenn aber der gute Pater meine, er werde sich aus Furcht vor den Folgen der Ketzerei zur römischen Kirche bekehren, so müsse er ihm sagen, daß er durchaus bereit sei, diese Gefahren mit den Millionen seiner Landsleute, die im englischen Bekenntnis aufgewachsen seien, zu teilen; denn er sei da in der Gesellschaft der edelsten, zuverlässigsten, weisesten, frömmsten und gelehrtesten Männer und Frauen.

In politischen Dingen verstand sich Esmond besser mit dem Jesuiten; er war zu denselben Schlüssen gekommen, wenn vielleicht auch auf anderem Weg. Die Partei der Hochkirche führte gerade jetzt in England das ›Recht von Gottes Gnaden‹ beständig im Mund. Wäre aber Cromwell zum König ernannt und gekrönt worden, und es hätten sich Bischöfe genug dazu bereitgefunden, so hätte seine Familie in Esmonds Augen dasselbe göttliche Recht auf den Thron gehabt, wie die Plantagenets, Tudors oder Stuarts. Ihm schien das Wesentliche, daß das Volk zweifellos nach erblicher Monarchie verlangte und ein englischer König aus St. Germain besser auf den Thron paßte als ein deutscher Prinz aus Herrenhausen. Sollte sich der Stuart als König unzulänglich erweisen, so mußte eben für ihn ein anderer Engländer gefunden werden. So war er ohne wilde Begeisterung und ohne Verehrung für den fabelhaften Stammbaum, den die Torys für göttlich erklärten, durchaus bereit, ›Gott erhalte König Jakob!« zu rufen, wenn die Königin Anna einmal den Weg alles Fleisches gegangen war.

»Ich fürchte, Oberst, Sie sind im Herzen ein Republikaner«, sagte der Priester seufzend.

»Ich bin ein Engländer«, entgegnete Harry, »ich nehme mein Land, wie es ist. Der Wille des Volkes ist für Kirche und König; darum bin ich auch für Kirche und König, aber für eine englische Kirche und für einen englischen König. Das ist der Grund, warum ich in politischen, aber nicht in kirchlichen Dingen mit Ihnen zusammengehen kann.«

Obwohl die Franzosen den Tag von Malplaquet verloren hatten, so hob er doch ihr Selbstbewußtsein in eben dem Grade, wie er die Stimmung der Sieger niederdrückte. Sie sammelten eine größere Armee als je zuvor und machten ungeheure Vorbereitungen für den nächsten Feldzug. Man sagte, daß Marschall Villars, der an einer Wunde daniederlag, glühend wünsche, den Herzog zur Schlacht zu reizen, und geschworen habe, er wolle von der Sänfte aus gegen ihn befehligen. Der junge Castlewood kam eilends von Brüssel zurück, als er hörte, daß es wieder ans Kämpfen gehe. Die Ankunft des Chevalier de St. George wurde für den Mai verkündet. »Es ist des Königs dritter Feldzug und mein dritter auch!« pflegte Frank zu sagen. Er war glühender für die Sache der Stuarts begeistert denn je, und Esmond vermutete, daß die Beredsamkeit schöner Verschwörerinnen in Brüssel den Eifer des jungen Mannes zu solcher Glut entfacht hatte. Er gab auch wirklich zu, daß er Grüße von der Königin empfangen habe, die die Patin[26] seiner Schwester Beatrix war.

So schlachtenfreudig sich auch der Marschall Villars gebärden mochte, der Herzog schien nicht gesonnen, ihm in diesem Feldzug zum Schlagen Gelegenheit zu geben. Im Jahre vorher war Seine Gnaden ganz Whig und Hannoveraner gewesen; da ihn sein Vaterland aber recht kühl empfangen hatte, als er im Winter dort erschien und er das Volk in hochkirchlicher Gärung vorfand, so kam er sehr abgekühlt gegen die Hannoveraner, sehr zurückhaltend gegen die Kaiserlichen, sehr höflich und rücksichtsvoll gegen den Chevalier de St. George zur Armee zurück. Er soll nach seinem eigenen Ausspruch bereit gewesen sein, sich für die königliche Familie in Stücke schneiden zu lassen, wie Herr St. John Oberst Esmond erzählte; ja, er soll sich sogar einen Teil seines Geldes von der Seele gerungen und ihn an die Verbannten in St. Germain geschickt haben. Ein kleiner Fluß trennte unsere Vorposten von denen des Feindes. Sie unterhielten sich über das Wasser weg, wenn ihre sprachlichen Kenntnisse eine Verständigung erlaubten. Wollte es nicht gehen, so grinsten sie sich an und reichten sich ihre Branntweinflaschen und Tabaksbeutel hinüber und herüber. Eines schönen Tages, als Esmond, der noch zu schwach für den Dienst war, den Offizier, welcher die Vorposten besichtigte, zu Pferde begleitete, kamen sie auch an dieses Flüßchen. Ein Trupp Engländer und Schotten standen beieinander und unterhielten sich mit dem gutmütigen Feind am anderen Ufer.

Esmond erheiterte besonders das Geschwätz eines langen Burschen mit großem, rotem Schnurrbart und blauen Augen, der seine dunklen, kleinen französischen Kameraden wenigstens um Kopfeslänge überragte. Auf seine Frage, zu welcher Truppe er gehöre, grüßte er und rief: »Je suis des Royal Cravats.«

Die Art, wie er das sagte, verriet Esmond sofort, daß seine Wiege in Irland und nicht an der Loire gestanden hatte. Der arme Kerl war wohl ein Deserteur und wagte nicht, sich sehr tief in französische Unterhaltung einzulassen, um sich durch seine Aussprache nicht zu verraten. Er beschränkte sich auf einige Redewendungen, die er leicht zu beherrschen glaubte, und seine krampfhaften Versuche, sich als Franzose zu geben, waren höchst belustigend. Herr Esmond pfiff den Lillibullero; da fingen die blauen Augen an zu zwinkern. Dann warf er ihm ein Silberstück hinüber, und dem armen Jungen fuhr ein englisches »Gott segne dich« über die Lippen, das ihn unfehlbar dem Henker überliefert hätte, wenn er auf unserer Seite des Flusses gewesen wäre.

Während Esmond in diese Unterhaltung vertieft war, näherten sich auf der französischen Seite drei Offiziere zu Pferde; sie hielten an und beobachteten uns, worauf sich der eine von den andern beiden trennte und uns gerade gegenüber dicht an das Ufer des Flusses heranritt. »Sehen Sie, sehen Sie«, rief der Irländer in heftiger Erregung, »pas lui, nicht der, l'autre«, und er wies auf den einen der zurückgebliebenen Offiziere, dessen Küraß in der Sonne funkelte. Er trug ein breites blaues Band darüber und ritt ein nußbraunes Pferd.

»Bitte, überbringen Sie dem Herzog von Marlborough die Empfehlungen des Herrn Hamilton«, rief uns der Herr, der herangekommen war, auf englisch zu. Als er sah, daß wir nicht feindlich gestimmt waren, fügte er lächelnd hinzu: »Dort hält ein Freund, meine Herren. Er läßt Ihnen sagen, daß er sich an einige von ihren Gesichtern vom 11. September des letzten Jahres her erinnere.«

Während er sprach, ritten die anderen beiden Offiziere näher heran und hielten uns gegenüber. Wir wußten sofort, wer es war. Es war der König. Er war damals zweiundzwanzig Jahre alt, groß und schmächtig, mit dunklen braunen Augen, die schwermütig dreinschauten, obwohl sein Mund lächelte. Wir zogen die Hüte und grüßten ihn. Niemand hätte beim ersten Anblick des jugendlichen Erben von so viel Ruhm und so viel Unglück unbewegt bleiben können. Er erinnerte Esmond an den jungen Castlewood; er war vom selben Alter und von ähnlicher Gestalt. Er erwiderte unsern Gruß und sah scharf zu uns herüber. Die umherschlendernden Soldaten auf unserer Seite riefen: »Hurra!« Der Royal-Cravat aber lief an des Königs Pferd heran, kniete nieder, küßte seinen Stiefel und stammelte Segenswünsche. Auf einen Wink des Königs gab ihm der Adjutant ein Geldstück, und als die drei davonritten, spuckte der Soldat zum Zeichen des Segens auf das Gold in seiner Hand, steckte es in die Tasche, drehte seinen ehrlichen roten Schnurrbart und strolchte von dannen.

Der Offizier, den Esmond begleitete, war auch ein Irländer

und der tapferste kleine Mensch, der je einen Degen getragen hat. »Zum Kuckuck!« sagte er, »der lange Kerl da drüben sprach so wundervoll Französisch, daß ich ihn nie für einen Landsmann gehalten hätte. Erst als er ›Hurra‹ schrie, habe ich es gemerkt; denn so kann nur ein irisches Kalb brüllen. Wenn der junge Herr da drüben«, fuhr er fort, »nur zu uns herüberkommen wollte, statt zu Villars zu reiten! Wenn er seinen Hut schwenkte und riefe: ›Hier bin ich, euer König! Wer folgt mir?‹ Bei Gott, Esmond, die ganze Armee stände auf, brächte ihn heim, schlüge Villars und eroberte nebenbei noch Paris.«

Die Nachricht von dem Besuch des Prinzen verbreitete sich alsbald durchs ganze Lager, und Hunderte strömten zum kleinen Fluß hinunter in der Hoffnung, ihn zu sehen. Major Hamilton, der Offizier, welcher mit uns gesprochen hatte, schickte uns durch einen Trompeter ein paar silberne Schaumünzen zum Andenken herüber. Diese Medaille, ein unter Fürsten nicht ungewöhnliches Geschenk, ist die einzige Auszeichnung, die Esmond jemals von königlicher Hand empfangen hat.

Bald darauf verließ er die Armee und folgte seinem General nach England. Die Ärzte hatten ihm geraten, noch bei warmem Wetter zu reisen und am Feldzug nicht mehr teilzunehmen.

Zweites Kapitel

Ich kehre nach Hause zurück und singe das alte Lied

Als Esmond in Ostende auf das Schiff zur Überfahrt nach England wartete, erhielt er einen Brief von seinem Vetter Castlewood aus Brüssel mit einer Nachricht, die ihm keinen geringen Schrecken verursachte und die Frank ihn bat, seiner Familie mitzuteilen.

Der junge Windhund, einundzwanzig Jahre alt, hatte sich, wie er berichtete, mit Fräulein von Wertheim, Tochter des Grafen von

Wertheim, kaiserlichen Kammerherrn und bedienstet bei der Hofhaltung des Gouverneurs der Niederlande, verheiratet. Der Junge schrieb: »Clotilda ist älter als ich; das könnte man gegen sie einwenden. Aber ich bin ein so alter Sünder, daß der Unterschied eigentlich gar nicht vorhanden ist. Ich bin entschlossen, jetzt mit dem lockeren Leben ein Ende zu machen. Wir sind in St. Gudule von Pater Holt getraut worden. Meine Frau ist mit ganzer Seele für die gute Sache. Hier ist nur ein Ruf: Vive le Roi! In den wird meine Mutter einstimmen und Trix auch. Teile ihnen die Nachricht schonend mit. Sage Herrn Finch, meinem Agenten, er möge die Leute mit ihren Renten drängen und mir das Geld jedenfalls irgendwie schicken. Clotilda singt herrlich und spielt wundervoll auf dem Spinett. Sie ist eine blonde Schönheit. Wenn es ein Sohn wird, dann sollst du Pate stehen. Ich werde aus der Armee austreten; ich habe genug von der Soldatenwirtschaft. Ich werde den Winter über hierbleiben, wenigstens bis Clo in die Wochen kommt. Ich nenne sie ›alte Clo‹; aber so darf sie niemand anders nennen. Sie ist die klügste Frau in ganz Brüssel; sie versteht sich aufs Malen, auf Musik, auf Poesie und kocht ganz herrlich. Ich habe bei dem Grafen zur Miete gewohnt; so habe ich sie kennen gelernt. Es sind noch vier Grafen da, ihre Brüder. Einer ist Abbé, drei sind Offiziere. Sie haben einen Prozeß um ein ungeheures Vermögen; jetzt aber sind sie recht schlecht dran. Du mußt das Mutter alles beibringen; von dir nimmt sie alles an. Sage Finch, er solle mir sofort Nachricht geben.«

So war also Frank mit einer römisch-katholischen Dame verheiratet; ein Erbe war bereits unterwegs, und Esmond sollte seiner Herrin in London all diese Nachrichten überbringen. Eine leichte Aufgabe war es nicht, und er fühlte großes Unbehagen, als er sich der Hauptstadt näherte.

Er erreichte seinen Gasthof erst spät am Abend und schickte einen Boten nach Kensington, um dort seine Ankunft zu melden und seinen Besuch für den nächsten Morgen anzukünden. Der Bote brachte die Nachricht zurück, daß der Hof in Windsor sei, die schöne Beatrix abwesend und Mylady allein in dem Haus am Kensington-Square. Sie erschien nur einmal im Jahr bei Hofe, war im Hause die Beschützerin und ältere Schwester ihrer Tochter, die sich Gäste einlud und an allen geselligen Freuden der Stadt teilnahm, während die Mutter ihren eigenen stillen, bescheidenen Weg ging.

Esmond erwachte, als die Stadt noch im Schlummer lag. Sobald er mit seiner Toilette fertig war, nahm er einen Wagen und kam so zeitig nach Kensington, daß er seiner lieben Herrin auf dem Rückweg vom Frühgottesdienst begegnete. Sie trug ihr Gebetbuch selbst und ließ es sich nie, wie alle anderen Damen ihres Standes, von einem Diener nachtragen. Er befahl dem Kutscher, zu halten, und sprang aus dem Wagen. Sie wurde bleich, als sie ihn erblickte. Es machte ihm Mut, ihre kleine warme Hand am Herzen zu fühlen. Sie waren bald am Hause angelangt und traten ein.

Mit einem traurigen, zärtlichen Lächeln nahm sie seine Hand und küßte sie.

»Wie krank du gewesen bist, wie schwach du aussiehst, mein lieber Harry!« sagte sie.

Der Oberst sah gewiß wie ein Geist aus; nur daß Geister nicht glücklich dreinschauen, nach allem, was man von ihnen hört. Esmond aber war immer glücklich, wenn er zum ersten Male ihr liebes, gütiges Gesicht wieder erblickte.

»Ich bin heimgekommen, um mich von meiner Familie pflegen zu lassen«, sagte er. »Wenn Frank sich meiner nicht so freundlich angenommen hätte, wäre es wohl aus mit mir gewesen.«

»Armer Frank! Guter Frank!« sagte die Mutter. »Sie werden immer gütig zu ihm sein, Mylord; das arme Kind konnte ja nicht ahnen, daß es Ihnen unrecht tat.«

»Mylord!« rief Esmond. »Was soll das heißen, Mylady?«

»Ich bin nicht Mylady«, entgegnete sie; »ich bin Rachel Esmond, die Witwe von Francis Esmond, Mylord. Ich kann den Titel nicht mehr tragen. Wollte Gott, wir hätten ihn niemals dem genommen, welchem er zukommt. Aber wir haben alles getan, was in unserer Macht stand, Harry – alles, was in unserer Macht stand, und Mylord und ich – das heißt …«

»Von wem haben Sie diese Geschichte, liebste Frau?« fragte der Oberst.

»Hast du meinen Brief nicht bekommen? Ich schrieb es dir nach Mons«, sagte sie.

»Nein«, antwortete Esmond, und sie erzählte ihm, daß die Gräfin-Witwe nach ihr geschickt habe, als sie auf dem Sterbebett lag, und ihr das unselige Geheimnis als Erbschaft hinterlassen habe. »Es war schlecht von der Gräfin-Witwe«, meinte Mylady, »daß sie mir die Wahrheit so lange vorenthielt. ›Cousine Rachel‹, sagte sie zu mir, ›ich habe nach dir geschickt, weil die Ärzte sagen, es könne jeden Tag mit mir zu Ende gehen. Ich möchte mein Gewissen von einer großen Last befreien. Du bist immer ein kümmerliches Geschöpf gewesen, nicht gemacht für eine hohe Stellung‹, und Mylady konnte ein Lächeln nicht unterdrücken, als sie das berichtete, »›dich wird das, was ich dir zu sagen habe, nicht allzusehr erschüttern. Du mußt wissen, daß ich mein Haus, Mobiliar und Silberzeug, meine Brillanten, die mein hochseliger Herr und König mir verehrte, und dreitausend Pfund in barem Geld dem Grafen vom Castlewood vermacht habe.‹

›Meinem Frank? Ich hoffte …‹

›Dem Grafen von Castlewood, meine Liebe!‹

›Und haben Sie dem armen Harry nichts hinterlassen?‹

»Dem armen Harry!‹ kicherte die alte Dame, ›also, du möchtest, daß ich dem armen Harry etwas hinterlasse. Gib mir meine Tropfen, Cousine. Also, meine Liebe, da du dem armen Harry ein Vermögen wünschest, so will ich dir nur erzählen, daß seit dem Jahre 1671, eine Woche nach der Schlacht am Boyne, wo der Prinz von Oranien seinen königlichen Herrn und Schwiegervater schlug – ein Verbrechen, für das er jetzt in den Flammen der Hölle büßt, huh! – Henry Esmond Marquis von Esmond und Graf von Castlewood gewesen ist – hi hi! Was sagst du dazu, meine Liebe?‹

›Um Gottes willen! Seit wann haben Sie davon gewußt?‹

›Mein Mann, der vor seiner Bekehrung ein lasterhafter Schurke war‹, fuhr die kranke Sünderin fort, ›hat in den Niederlanden eine Weberstochter verführt und dazu noch die Gottlosigkeit begangen, sie zu heiraten. Dann kam er nach England zurück, heiratete mich armes, unschuldiges Ding‹, – weißt du, sie war damals über vierzig, Harry, und was die Unschuld anbetrifft … ›Ich erfuhr von meines Mannes Schändlichkeit erst drei

Jahre nach meiner Heirat, und nach der Beerdigung unseres armen kleinen Jungen ließ ich mich von Pater Holt noch einmal trauen in der Kapelle von Castlewood. Ich hatte damals gehört, daß die Kreatur in den Niederlanden gestorben sei. Bald darauf war ich sehr krank, infolge einer großen Enttäuschung, die ich gehabt hatte; und während dieser Krankheit kam der Priester zu mir und sagte, daß Mylord einen Sohn aus erster Ehe habe, der in England in Pflege sei. Ich stimmte zu, daß der Balg nach Hause gebracht werde, und es kam ein merkwürdiger, schwermütiger kleiner Junge.

Unsere Absicht war, er solle Priester werden. Dazu wurde er auch erzogen, bis du gottlose Person ihn abspenstig machtest. Ich hatte wieder Hoffnung, meinem Gemahl einen Erben zu schenken, als er mich in Sachen des Königs verlassen mußte und glorreich kämpfend am Boyne sein Leben ließ.

Ich war deinem Gatten nicht hold, meine Liebe. Er hatte mich in der schändlichsten Weise sitzen lassen. Ich meinte aber, es sei Zeit, den Weberssohn zum Erben zu erklären, wenn sich meine Hoffnung etwa abermals in eine Enttäuschung verwandelt haben sollte. Man schleppte mich ins Gefängnis, wo dein Mann so freundlich zu mir war und seinen ganzen Einfluß zu meinen Gunsten aufbot. Das stimmte mich milde gegen ihn, und zugleich riet mir mein Beichtvater, zu schweigen. Es sei für des Königs Sache besser, wenn der Titel bei deinem Manne bleibe und er dadurch an den König gefesselt werde. Bei seinem plötzlichen Tode haben wir wieder daran gedacht, die Wahrheit aufzudecken. Aber es wurde beschlossen, den Titel bei der jüngeren Linie zu lassen, weil es so für des Königs Sache am besten war. Welches Opfer bringt nicht ein Castlewood für diese Sache, meine Liebe!

Oberst Esmond kannte die Wahrheit schon‹, – und sie erzählte mir alles, lieber Harry, was am Sterbebett meines Mannes geschah – ›er hat nicht die Absicht, den Titel zu tragen, obwohl er ihm zusteht. Aber es erleichtert mein Gewissen, wenn du um das Geheimnis weißt, meine Liebe. Dein Sohn ist rechtlicher Graf von Castlewood, solange sein Vetter den Rang nicht beansprucht!«

So hat mir Lady Castlewood die Geschichte nach und nach

erzählt, die ich hier im Zusammenhang niederschreibe. Sie tat es in ihrer ruhigen, schalkhaften Art, die einen unvergleichlichen Zauber hatte. Ihr erster Gedanke war gewesen, ihrem Sohn die Wahrheit mitzuteilen; aber der Dechant Atterbury hatte ihr geraten, lieber an Oberst Esmond zu schreiben und ihm die Entscheidung zu überlassen, an welche sich die übrige Familie dann zu halten habe. Ihren Brief aber muß sich auf dem Postboot irgendein Unberufener zu Gemüte geführt haben.

»Kann meine liebste Herrin daran zweifeln, wie meine Entscheidung ausfallen wird?« fragte der Oberst.

»Das steht bei dir, Harry; du bist der Herr unseres Hauses.«

»Die Frage ist schon vor zwölf Jahren entschieden worden, am Sterbebett meines lieben Herrn«, sagte Esmond. »Die Kinder sollen nichts von alledem erfahren. Frank und seine Erben nach ihm sollen unseren Namen tragen. Er gehört ihm zu Recht. Ich habe nicht einmal einen Beweis in Händen für die Heirat meines Vaters und meiner Mutter, wenn auch mein armer sterbender Herr mir erzählte, daß Pater Holt ein solches Dokument nach Castlewood gebracht habe. Ich hatte kein Verlangen, nach einem Beweis zu suchen, als ich in Brüssel war. Ich bin nur auf den Klosterfriedhof gegangen und habe das Grab meiner armen Mutter gefunden. Kein Gerichtshof auf Erden würde Mylord bloß auf mein Wort hin seines Titels berauben und ihn mir zusprechen. Ich bin der Herr des Hauses; aber Frank ist noch Graf von Castlewood. Lieber will ich Mönch werden oder nach Amerika verschwinden, als in sein Leben störend einzugreifen.«

Als er so zu seiner lieben Herrin sprach, für die er zu jedem Opfer bereit war, da warf sich das zärtliche Geschöpf vor ihm auf die Knie und küßte seine Hände in einem Ausbruch so leidenschaftlicher Liebe und Dankbarkeit, daß er stolz und glücklich war, ihr diesen Beweis seiner Opferwilligkeit geben zu können. Es ist wohl der schönste Segen, den das Leben uns bringen kann, wenn es uns die Macht schenkt, geliebte Menschen zu beglücken.

»Meine liebe Heilige«, sagte er, »du reine Seele, die so viel hat leiden müssen, die den armen Verwaisten, Verlassenen mit einem solchen Schatz von Liebe gesegnet hat – ich muß vor dir knien, nicht du vor mir. Ich muß dankbar sein, daß ich dich glücklich machen darf. Hat mein Leben denn irgendeinen andern Zweck? Gott sei Dank, daß ich dir dienen kann! Glaubst du, daß die Welt mir irgendeine Freude geben könnte, die sich mit dieser vergleichen läßt?«

»Heb mich nicht auf«, sagte sie leidenschaftlich, als er versuchte, sie zum Aufstehen zu bewegen. »Laß mich vor dir knien und – und dich verehren!«

Esmonds Herrin war jeder Sache gegenüber, die er vor ihr vertrat, ein sehr befangener Richter. Sie entschied immer zu seinen Gunsten. So wurde es ihm nicht schwer, sie mit der Tatsache zu versöhnen, daß Frank eine ausländische Dame heimgeführt hatte, die noch dazu katholisch war. Man hatte Lady Castlewood nie dazu bewegen können, so schlecht von der katholischen Kirche zu denken, wie andere Leute in England. Sie war der Meinung, daß unsere Kirche ein Zweig von ihr sei, wenn auch dem Stamme gewiß viele Irrtümer aufgepfropft worden waren. Sie war für eine Frau in theologischen Fragen sehr bewandert; denn sie war als Mädchen der Sekretär ihres Vaters gewesen, der ihr seine Predigten zu diktieren pflegte. Hatte Frank es gut gefunden, eine Dame von südeuropäischer Religion – so nannte sie die römische Kirche – zu heiraten, so lag kein Grund für sie vor, sie nicht als Schwiegertochter willkommen zu heißen. Sie schrieb denn auch einen sehr hübschen, rührenden Brief an ihre neue Tochter, den sie Esmond zu lesen gab und in die sie als einzige Andeutung eines Vorwurfs die freundliche Frage stellte, warum ihr Sohn ihr nicht selbst geschrieben und sie bei seinem Schritte um ihren mütterlichen Segen gebeten habe. Castlewood wisse sehr gut, daß sie ihm nie etwas versage und daß sie nie daran gedacht haben würde, sich einer Heirat zu widersetzen, die, wie sie glaube und hoffe, zu seinem Glücke ausschlagen und ihn von dem wilden Leben fernhalten werde, das ihr manchmal recht herzlich zuwider gewesen sei. Ihren Sohn beschwor sie, so rasch wie möglich nach England zu kommen, sich mit seiner Familie in Castlewood niederzulassen und die Abrechnung über ihre zehnjährige Verwaltung während seiner Minderjährigkeit entgegenzunehmen. Durch ihre Sorgfalt und Sparsamkeit war das Gut jetzt in einen besseren Zustand versetzt, als es ihn seit den Cromwellschen Kriegen je gekannt hatte. Mylord war Herr eines hübschen kleinen Einkommens, und die Schulden von der verderblichen Wirtschaft seines Vaters her waren getilgt. »Ich fürchte«, sagte sie, »durch die Sorge um das Vermögen meines Sohnes habe ich viel von meinem Einfluß auf ihn verloren.« Das war wirklich der Fall. Beatrix beklagte sich, ihre Mutter tue alles für Frank und nichts für sie, und Frank selbst war höchst unzufrieden mit der bescheidenen Lebensweise seiner Mutter in Walcote und der einfachen Art, wie er, ein junger Edelmann, der in der Welt eine Rolle spielen sollte, dort erzogen war. Dieser Fehler seiner Erziehung ist es wohl gewesen, der ihn dem Vergnügen so in die Arme trieb, als es erreichbar für ihn wurde. Er ist nicht der erste Junge, den die Übersorgfalt zärtlicher Frauen verdorben hat. Es gibt für große und kleine Kinder nichts Gesünderes, als in der Gesellschaft ihnen überlegener Menschen zu leben, unter denen sie das vermessene Gefühl ihrer eigenen Wichtigkeit verlieren, das sich im engen häuslichen Dasein so leicht in ihnen entwickelt.

Ein Verschwender, der seinen Freunden eine Liste seiner Schulden schickt, wird ganz gewiß irgendeine besonders große Rechnung unterschlagen, weil er sich nicht getraut, sie einzugestehen. So hatte der arme Frank seiner Mutter noch eine böse Nachricht zu unterbreiten, die er sich nicht getraut hatte, bei seiner ersten Beichte zu gestehen. Esmond hatte seit seinem Brief gewisse Befürchtungen gehabt; denn er wußte, in wessen Hände der Knabe gefallen war. Aber er ließ sich nichts anmerken, um seine Herrin nicht mit Vorgefühlen zu beunruhigen, die vielleicht grundlos waren.

Die nächste Post, die von Brüssel kam, brachte als Antwort auf die Briefe der Mutter ein gemeinsames Schriftstück von Frank und seiner Frau, die ebenso unorthographisch schrieb wie der Windhund, ihr Gatte. Sie ergingen sich darin in Ausdrücken des Dankes, der Liebe und der Verehrung gegen die Gräfin-Witwe, wie sie die arme Lady Castlewood betitelten. Der Brief wurde im Familienrat verlesen, das heißt, zwischen der Gräfin, Fräulein Beatrix und dem Schreiber der Erinnerungen. Die Hofdame erklärte, er sei gewöhnlich, und die anderen beiden waren stillschweigend derselben Meinung. Zugleich mit diesem Schreiben aber kam ein vertraulicher Brief an den Oberst Esmond, in dem der arme Frank ihn mit einer neuen unseligen Botschaft betraute, nämlich, daß er es passend gefunden habe, den Ermahnungen des Herrn Holt und dem Einfluß seiner Clotilda nachzugeben und um der Segnungen des Himmels und der Heiligen willen in den Schoß der Kirche überzutreten, der sein Herrscher, viele Glieder seines Hauses und der größte Teil der gebildeten Welt angehörten. Mylord schloß mit einer Nachschrift, deren geistigen Urheber Esmond am näselnden priesterlichen Tone nur allzu gut erkannte und die mit der gewöhnlichen Denk- und Schreibart des armen Frank nicht die leiseste Ähnlichkeit hatte. Er mahnte seinen Vetter darin, daß er von Geburt und Taufe her der katholischen Kirche angehöre, und verhieß Mutter und Schwester, er werde für ihre Bekehrung zu den Heiligen beten. Wahrlich eine unschätzbare Wohltat, die ihnen da erwiesen wurde!

Hätte Esmond diese Nachricht unterschlagen wollen, so hätte es ihm nichts genützt; denn ein oder zwei Tage nach der Ankunft des Briefes erschien im ›Postboten‹ eine Notiz aus Brüssel, die verkündete, daß ›ein junger irischer Graf, der Lord C–stlew–d‹, der gerade mündig geworden sei und sich in den letzten Feldzügen als Adjutant Seiner Gnaden des Herzogs von Marlborough hervorgetan habe, in Brüssel zur katholischen Kirche übergetreten und barfuß, mit einer Wachskerze in der Hand, in einer Prozession gegangen sei. Der bekannte Herr Holt, der unter dem verstorbenen König Agent von St. Germain gewesen und von König Wilhelm mehr als einmal begnadigt worden sei, habe, so behauptete der ›Postbote‹, diese Bekehrung erwirkt.

Lady Castlewood war sehr niedergeschlagen über diese Kunde, Fräulein Beatrix aber war entrüstet. »Jetzt ist Castlewood keine Heimat mehr für uns, Mutter«, sagte sie. »Die fremde Frau wird ihren Beichtvater mitbringen, und Franzosen werden zum Essen kommen. Alle Predigten von Tusher und Großpapa sind weggeworfene Mühe gewesen. Ich habe dir immer gesagt, daß du Frank mit dem Katechismus zu Tode quältest und daß er gottlos werde, sobald du ihn nicht mehr am Bändel hattest. Du wolltest ja immer nicht glauben, daß der junge Leichtfuß dich zum besten hatte und daß Tusher, der Kriecher, ihm nicht gewachsen war. Ach, diese Pastoren, ich hasse sie samt und sonders!« rief sie und schlug die Hände zusammen. »Ja, mögen sie nun Bischöfe oder Bonzen oder indische Fakire sein, sie gleichen sich alle. Ihr solltet nur einmal den schrecklichen Irländer sehen, der keinen Empfang bei Hofe versäumt und mich mit seinen Artigkeiten ödet; wenn ihr wissen wollt, was Pastoren sind, so seht euch sein Benehmen an und hört, wie er von seinem Beruf spricht. Sie wollen uns immer beherrschen und machen uns mit dem Himmelreich Angst, das nahe herangekommen ist. Sie setzen ein heiliges Gesicht auf, wenn sie unter Menschen sind, und erwarten, daß man sie kniefällig um ihren Segen bittet. Sie schmieden Ränke, sie sind unersättlich, sie verleumden und klatschen schlimmer als der ärgste Höfling oder das gottloseste alte Weib. Man sagt, der Kurfürst von Hannover habe mehr als ein Dutzend Mätressen an seinem Hof in Herrenhausen. Wenn er König von England wird, dann sollt ihr sehen, wie die Bischöfe den Weibern schmeicheln und schön mit ihnen tun. O diese Priester und ihr feierliches Gehabe! Ich habe ihre großen Schuhe und steifen Röcke satt. Ich möchte in ein Land gehen, wo es keine gibt, oder Quäker werden, dann ist man sie auch los. Ganz gewiß! Ich würde sicher Quäker; aber das Kleid steht mir nicht; ich habe eine zu hübsche Figur, ich darf sie nicht verstecken. Habe ich nicht recht, Vetter?« Sie warf einen Blick in den Spiegel, der ihr wahrheitsgetreu erzählte, daß es eine schönere Figur und ein schöneres Gesicht nicht geben könne.

»Ich habe die Rede über die Priester gehalten«, sagte sie später, »um die arme Mutter von der Sorge um Frank abzulenken. Frank ist so eitel wie ein Mädchen, Vetter. Man redet immer von der Eitelkeit der Mädchen! Aber was sind wir, verglichen mit euch? Es war vorauszusehen, daß die erste Frau, die Lust dazu hatte, ihn an der Nase herumführen wird, oder der erste Priester – Priester und Weiber sind eins für mich. Wir machen immer Kabalen; wir sind nicht verantwortlich für die Märchen, die wir erzählen; entweder wir liebkosen oder wir drohen; Unheil führen wir immer im Schilde, Oberst Esmond; glauben Sie einer, welche die Welt kennt und welche in der Welt ihren Weg machen will.

Ich kann mir ganz genau vorstellen, wie Franks Heirat zustande gekommen ist. Der Graf, unser Schwiegervater, ist immer im Wirtshaus. Die Gräfin, unsere Schwiegermutter, ist immer in der Küche und sieht nach dem Essen. Die Komteß, unsere Schwester, sitzt am Spinett. Mylord kommt und sagt, er gehe in den Feldzug; die liebliche Clotilda bricht in Tränen aus und wird ohnmächtig – so. Er fängt sie in seinen Armen auf – bitte zehn Schritt Entfernung, Vetter, du sollst sie nicht auffangen –, sie weint an seiner Schulter und er sagt: ›O meine göttliche, meine angebetete, meine heißgeliebte Clotilda, weinst du, weil du dich von mir trennen mußt?‹ – ›O mein Franz‹, sagt sie, ›o mein Graf!‹ In diesem Augenblick kommt Mama herein, hinter ihr ein paar junge Brüder mit Schnurrbärten und langen Degen; sie haben in der Küche Brot und Zwiebeln gegessen. Paß auf, die ganze Verwandtschaft kommt nach Castlewood, drei Monate, nachdem das junge Paar dort eingezogen ist; der alte Graf und die alte Gräfin, die jungen Grafen, ihre Brüder, und all die kleinen Gräfinnen, ihre Schwestern. Grafen! All diese Geschöpfe behaupten, sie seien Grafen! Monsieur Guiscard, der Herrn Harvey erstach, behauptete, er sei ein Graf. Ich bin überzeugt, er war ein Barbier. Alle Franzosen sind Barbiere – Larifari! widersprich mir nicht – oder sie sind Tanzmeister oder Priester.«

»Wer hat dich eigentlich tanzen gelehrt, Beatrix?« fragte der Oberst.

Sie trällerte lachend die Melodie eines Menuetts, machte eine tiefe Verbeugung und setzte ihren hübschen kleinen Fuß vor. Ihre Mutter kam herein; sie war allein in ihrem Zimmer gewesen, denn sie nahm Franks Konvertieren sehr schwer. Das tolle Mädchen rannte ihr entgegen, legte den Arm um ihre Hüften, küßte sie und versuchte, sie zum Tanzen zu bewegen. »Sei nicht töricht, liebe kleine Mama; weine nicht darüber, daß Frank katholisch geworden ist. Wie muß er ausgesehen haben in der Prozession, barfuß und mit der Wachskerze in der Hand!« Sie schleuderte ihre kleinen Schuhe von den Füßen, die entzückendsten kleinen Schuhe mit wunderschönen hohen roten Absätzen, und Esmond stürzte sich auf den einen, der dicht neben ihm niederfiel. Sie machte ein drollig andächtiges Gesicht, ging feierlich im Zimmer auf und nieder und hielt Esmonds Stock als Kerze in der Hand. Ihre Mutter mußte lachen, obwohl sie traurig war; ihr Vetter aber schaute mit der Wonne zu, die der Anblick des schönen Geschöpfes ihm immer bereitete. Er hatte nie eine so schöne, so schelmische, so strahlende Frau gesehen wie sie.

Als sie mit ihrem Umzug zu Ende war, streckte sie den Fuß nach ihrem Schuh aus. Der Oberst kniete nieder. »Wenn du Papst sein willst, dann werde ich auch katholisch«, sagte er, und ehe er ihr den Schuh anzog, erteilte Ihre Heiligkeit ihm die gnädige Erlaubnis, den kleinen Fuß im seidenen Strumpf zu küssen.

Mylady gab während dieses Vorgangs kleine Zeichen der Ungeduld von sich, welche den scharfen Augen von Beatrix nicht entgingen. Sie lief zu ihr hin, umarmte sie und rief: »O du dumme kleine Mama! Deine Füße sind ebenso hübsch wie meine. Das sind sie wirklich, Vetter, wenn sie sie auch versteckt. Der Schuhmacher kann dir erzählen, daß er für uns beide auf demselben Leisten arbeitet.«

»Du bist größer als ich, Liebste«, sagte ihre Mutter und wurde rot. »Es ist – es ist auch nicht dein Fuß, es ist deine Hand, die er haben möchte, mein Kind.« Sie sagte es mit hysterischem Gelächter, dem man die unterdrückten Tränen anhörte, und sie versteckte ihr Gesicht an der Schulter der Tochter. Die beiden zusammen waren ein schönes Bild; sie sahen aus wie zwei Schwestern. Die liebliche Frau schien viel jünger, als sie war, und die Tochter wirkte, wenn nicht älter, so doch durch ihre majestätische Anmut wie die überlegene Beschützerin ihrer Mutter.

»Aber wir müssen uns schämen«, rief Mylady in ihrem gewöhnlichen Tonfall, als sie sich wieder auf sich selbst besann. »An einem Tage, wo wir kniend um Verzeihung flehen müßten, treiben wir Unsinn und lachen.«

»Um Verzeihung flehen, wofür?« fragte die freche Beatrix, »weil Frank es sich in den Kopf gesetzt hat, freitags zu fasten und Bilder anzubeten? Wenn du katholisch geboren wärest, Mutter, wärest du katholisch geblieben bis ans Ende deiner Tage. Es ist die Religion des Königs und vieler vornehmer Leute. Ich bin ihr nicht weiter gram. Ich glaube, Königin Elisabeth war nicht eine Spur besser als Königin Maria.«

»Still, Beatrix!« rief Mylady. »Scherze nicht über Heiliges und denke daran, wer deine Eltern und Großeltern waren.« Beatrix stand vor dem Spiegel, zupfte an ihren Bändern, rückte ihren Spitzenkragen zurecht und trieb andere verführerisch reizende Dinge. Das Mädchen war wenigstens keine Heuchlerin. Man konnte sie damals nie dazu bewegen, an anderes als an ihre Schönheit und weltliche Freuden zu denken. Für Frömmigkeit hatte sie nicht mehr Sinn als manche Menschen für Musik, die nicht eine Melodie von der anderen unterscheiden können. Esmond sah diesen Fehler wohl und noch viele andere Fehler an ihr. »Jeder Mann unter dem Rang eines Prinzen wird schlecht fahren, wenn er sie zur Frau nimmt«, dachte er. Sie war geboren, um im großen Kreise zu glänzen, Paläste zu schmücken, zu befehlen, politische Intrigen zu führen und im Gefolge einer Königin zu strahlen. Aber am häuslichen Herd zu sitzen und die Strümpfe ihrer Kinder auszubessern, war keine Aufgabe für sie. Sie war eine Fürstin, wenn sie auch kaum einen Schilling Vermögen hatte, und einer ihrer Untertanen war der unselige Mann, der seinem gesundem Menschenverstand zum Trotz gebunden zu ihren Füßen lag.

Wer weiß nicht, daß Frauen erbarmungslos tyrannisieren können, wenn man ihnen Gelegenheit dazu gibt? Wer weiß nicht, daß jeder Rat vergeblich ist? Ich könnte meinen Nachkommen viele gute Ratschläge geben; aber sie werden ihre eigenen Wege gehen, trotz aller Predigten ihres Großvaters. Jeder Mann muß mit den Frauen selbst seine Erfahrungen machen; keiner wird sich mit dem Hörensagen begnügen, und der junge Mensch, der es täte, wäre auch nicht einen Heller wert.

Drittes Kapitel

Eine Nummer des ›Spectator‹

Es gibt ein demütigendes Heilmittel gegen die Krankheit der Liebe – die Abwesenheit. Esmond verließ die Dame seines Herzens wohl ein dutzendmal und wurde ebensooft geheilt. Er kehrte zu ihr zurück und wurde sofort wieder vom Fieber ergriffen. Er schwor, er könne sie verlassen und nicht mehr an sie denken, und so war es auch; wenigstens gelang es ihm, das wütende Verlangen zu ersticken, das ihn in ihrer Gegenwart immer wieder befiel. Wahrlich ein lächerlicher, kläglicher Zustand, der jedes Menschen Mitleid erschöpfte, nur das seiner lieben Herrin nicht, in deren zärtliches Herz er alle seine trübseligen Bekenntnisse versenkte, wobei sie nie müde wurde, ihn anzuhören und seine Sache vor Beatrix zu vertreten.

Manchmal glaubte er, einen Hoffnungsschimmer zu sehen. Dann wieder peinigte ihn Verzweiflung über eine Frechheit oder ein falsches Spiel seiner Geliebten. Tagelang lebten sie wie Geschwister zusammen oder wie die besten Freunde; sie war natürlich, herzlich und reizend, er über alle Maßen beglückt durch ihr gutes Betragen. Aber plötzlich war alles wie weggewischt. Entweder wurde er zu aufdringlich, machte ihr Andeutungen seiner Liebe und wurde mit irgendeinem Denkzettel für seine Eitelkeit jäh von ihr zurückgestoßen, oder er war eifersüchtig, und das mit gutem Grund, auf irgendeinen neu aufgetauchten Bewunderer, einen reichen jungen Mann, den die unverbesserliche Kokette in ihre Netze zog. Wenn Esmond ihr Vorwürfe machte, so erklärte sie: »Wer bist du denn? Ich gehe meinen Weg, und der führt zu einem Ehemann. Dich brauche ich nicht auf diesem Weg. Ich will höher hinaus, Oberst, viel höher hinaus. Verstehst du das? Du wärst vielleicht in Betracht zu ziehen, wenn du ein Gut hättest und jünger wärst. Nur acht Jahre älter als ich, sagst du? Pah! Du bist hundert Jahre älter. Du bist ein alter, alter Griesgram; ich würde dich elend machen. Das würde der einzige Trost sein, den mir eine Ehe mit dir verschaffen könnte. Du hast ja nicht einmal Geld genug, eine Katze anständig zu halten, wenn du deine Hauswirtin und deinen Diener bezahlt hast. Glaubst du, ich habe Lust, in einer Mietwohnung zu hausen und den Hammelbraten zu wenden, während du das Kind trockenlegst? Larifari! Warum hast du dir denn diesen Unsinn nicht längst aus dem Kopf geschlagen; du warst doch lange genug im Krieg. Aber du bist trübseliger und langweiliger zurückgekommen, als du je zuvor gewesen bist. Du paßt sehr gut zu Mama. Ihr beide könnt euch zusammentun und bis ans Ende eurer Tage Karten miteinander spielen.«

»So gestehst du wenigstens deine Weltlichkeit ein, meine arme Trix«, sagte ihre Mutter.

»Weltlichkeit! O meine hübsche kleine Mama! Du glaubst, ich sei noch in der Kinderstube, und willst mir mit dem Knecht Ruprecht angst machen. Weltlichkeit! Was ist denn Böses daran, wenn man sich ein behagliches Leben wünscht? Wenn du einmal nicht mehr bist, du liebe Alte, oder wenn ich dich satt bekommen habe und dir weggelaufen bin, wohin soll ich mich dann wenden? Soll ich zu meiner päpstlichen Schwägerin gehen und ihr die Kinder hüten? Ich danke bestens! Ich bin lange genug Franks demütige Dienerin gewesen. Warum bin ich kein Mann? Ich bin zehnmal klüger als er, und trüge ich – erschrecken Sie nicht, Mylady – trüge ich ein Schwert und eine Perücke statt dieser Schleppe und dieser Frisur, ich hätte von unserem Namen reden gemacht. Übrigens ist der Stoff von dem Kleide sehr hübsch, Vetter Esmond! Du wirst morgen in die Stadt gehen und mir das genaue Gegenstück zu diesem Band erhandeln, verstehst du? Griesgram hätte uns auch berühmt gemacht, wenn er der Vertreter unseres Namens wäre. Mylord Griesgram wäre sehr gut an seinem Platze gewesen. Ja, du hast eine sehr feine Art; du würdest ein anständiger, ernster Redner geworden sein.« Sie fing an, Esmonds Haltung und Sprechweise nachzuahmen, und so komisch, das Mylady in Lachen ausbrach und er selbst sich nicht verhehlen konnte, daß die phantastische, boshafte Karikatur eine gewisse Ähnlichkeit mit ihm hatte.

»Ja«, sagte sie, »ich bekenne und gelobe feierlich, daß ich einen guten Ehemann haben will. Ist daran etwas Arges? Meine Schönheit ist mein Vermögen. Wer will kaufen? Kauft, kauft! Ich kann keine schwere Arbeit tun; ich kann auch nicht spinnen; aber ich kann dreiundzwanzig Kartenspiele spielen. Ich kann die neuesten Tänze tanzen; ich kann jagen; ich kann so boshafte Reden führen wie kein anderes Frauenzimmer in meinem Alter; ich weiß so viele Geschichten, daß ich einen mürrischen Gatten wenigstens tausendundeine Nacht damit unterhalten könnte. Ich habe einen sehr guten Geschmack und liebe schöne Kleider, Diamanten, hohes Spiel und altes Porzellan. Ich esse gern gezuckerte Pflaumen, habe Freude an Mechelner Spitzen – die sind sehr hübsch, Vetter, die du mir mitgebracht hast –, gehe gern in die Oper und habe eine Vorliebe für alles, was nutzlos und kostbar ist. Ich habe einen Affen und einen kleinen schwarzen Jungen, einen Papagei und ein Wachtelhündchen, und dazu will ich noch einen Mann haben. Hörst du, Amor? Pompy, geh und reiche dem Oberst Griesgram die Tasse Schokolade!«

»Sa, Freilein!« sagte Pompy, ein kleiner, grinsender Neger, den ihr Lord Peterborow geschenkt hatte. Er trug einen Turban mit Paradiesvögeln und ein Halsband mit dem Namen seiner Herrin.

»Sa, Freilein!« äffte sie den Knaben nach, »und wenn Mann nicht kommt, muß Pompy holen ihn.«

Pompy ergriff grinsend das Präsentierbrett mit der Schokolade; Fräulein Beatrix aber rannte zu ihrer Mutter und schloß, wie es ihre Gewohnheit war, ihr boshaftes Geschwätz mit einem Kuß. Kein Wunder, daß ihr nach solcher Buße von ihrem liebevollen Richter vergeben wurde.

Als Esmond nach Hause kam, war seine Gesundheit noch sehr erschüttert. Er mietete eine Wohnung in Kensington, nahe beim Hause seiner Herrin, und war von Herzen froh, daß die Damen ihn pflegten und er sie jeden Tag sehen konnte. Er empfing in seiner Wohnung ab und zu Besuche, die ihm sehr gefielen. Herr Steele und Herr Addison erwiesen ihm die Ehre, manches Glas guten Rotwein bei ihm zu trinken, während er sich seiner Wunde wegen auf Haferschleim beschränken mußte. Die beiden Herren waren Whigs und große Bewunderer des Herzogs von Marlborough; Esmond war ganz und gar auf der anderen Seite. Aber ihre entgegengesetzten politischen Ansichten verhinderten nicht, daß sie einstimmig den Generalleutnant Webb, als er eines Abends mit Stock und Krücke in die Wohnung des Obersten gehumpelt kam, für einen alten tapferen Soldaten erklärten, dem nach der Schlacht von Wynendael übel mitgespielt worden war. Webb übte seine Rache im Gespräch; das müssen wir zugeben. Hätte Herr Addison Lust gehabt, ein Gedicht über Wynendael zu schreiben, wie er eines über Blenheim geschrieben hatte, so wäre es ihm ein leichtes gewesen, die Geschichte der Schlacht von des Siegers eigenen Lippen wohl an die hundertmal erzählen zu hören.

Da Esmond gezwungen war, ruhig zu leben, vertrieb er sich die Zeit mit der Vollendung seines Lustspiels. In meiner Nußbaumtruhe liegt versiegelt das Soufflierbuch mit der Aufschrift: ›Der treue Narr, eine Komödie, wie sie von den Schauspielern Ihrer Majestät dargestellt wurde‹. Es war ein sehr rührseliges Stück, und Herr Steele, der viel Gefühl hatte, bewunderte es, während Herr Addison bei der Aufführung etwas spottete, obwohl er zugab, daß ein paar hübsche Stellen darin seien. Er brachte um dieselbe Zeit sein Schauspiel ›Cato‹ heraus, dessen Strahlen Esmonds bescheidene Kerze ganz verdunkelten. Das Lustspiel wurde nicht unter seinem Namen gedruckt; es wurde auf dem Titel bloß bemerkt, daß der Dichter ein Herr von Rang sei. Nur neun Exemplare wurden verkauft, obwohl Herr Dennis, der berühmte Kritiker, die Dichtung lobte und ihre großen Verdienste pries. Eines Tages packte Esmond die Wut, und er ließ die ganze Auflage von seinem Diener Lockwood verbrennen.

Das Lustspiel wimmelte von bitteren, satirischen Ausfällen gegen eine gewisse junge Dame. Die Handlung war sehr originell. Ein schönes Frauenzimmer wählt aus einer Schar von Anbetern statt des Helden einen naseweisen, albernen Grafen. Im fünften Akt wird sich Teraminta über die Verdienste des Eugenio klar und fängt an, ihn zu lieben – aber zu spät; denn er hat das Bauernmädchen Rosaria, ein mit allen Tugenden geschmücktes Geschöpf, zur Gattin erkoren. Wir müssen eingestehen, daß die Zuhörer während der Aufführung gähnten und daß das Stück nach dem dritten Abend in der Versenkung verschwand. Kaum ein Dutzend Menschen waren bei seinem Todeskampf zugegen.

Esmond und seine beiden Damen wohnten der ersten Aufführung bei. Fräulein Beatrix schlief ein; ihre Mutter, die seit König Jakobs Zeiten nicht im Theater gewesen war, fand die Moral des Stückes sehr schön.

Esmond stümperte weiter in Literatur und schrieb eine Menge Prosa und Verse. Wenn er mit dem Betragen von Fräulein Beatrix unzufrieden war, verfaßte er eine Satire, um sein Herz zu erleichtern. Wenn sie ihn mit ihren Launen quälte, warf er Verse aufs Papier, in denen er das ganze weibliche Geschlecht verhöhnte. In einer dieser Launen erlaubte er sich einen kleinen Scherz und gewann Dick Steele, der ihm Verschwiegenheit schwören mußte, zum Helfer. Er verfaßte eine Zeitungsnummer, ließ sie genauso drucken wie das Blatt von Steele und legte sie auf den Frühstückstisch der Geliebten. Der Inhalt war folgender:

SPECTATOR

Nr. 341. Dienstag, den 1. April 1712.

Man kennt Jocasta als eine elegante Dame von großer Bildung und als eine der liebenswürdigsten Personen des Hofes und des ganzen Landes. Sie empfängt zweimal in der Woche, und alle Herren von Geist und einige wenige Schönheiten von London drängen sich zu ihrer Geselligkeit. Wenn sie in ein Bad fährt, reist ein Gefolge von Verehrern mit ihr. Außer den Elegants von London zählt sie viele vornehme Eingeborene von Sussex und Somerset zu ihren Anbetern, und ihre Bekanntschaft ist sehr groß. Ein behender Sekretär hat vollauf zu tun, um ihre Besuchslisten zu führen, und ein kräftiger Lakai ist angestellt, sie ihr nachzutragen. Selbst Jocastas scharfer Kopf ist der Aufgabe nicht gewachsen, alle Namen ihrer lieben Freunde im Gedächtnis zu behalten.

In Bad Epsom oder in Bad Tunbridge – leider ist sich Jocasta über diesen wichtigen Punkt nicht klar – hatte sie das Glück, mit einem jungen Herrn bekannt zu werden, dessen Unterhaltung so lebhaft, dessen Benehmen so liebenswürdig war, daß sie den angenehmen jungen Stutzer aufforderte, sie zu besuchen, wenn er je nach London kommen sollte. Ihr Haus werde ihm immer offen stehen. Jocasta hat aber eine solche Heerschar von Verehrern um sich, daß es kein Wunder ist, wenn sie in ihrer Erinnerung etwas durcheinander kommen. Obwohl nun der junge Herr ohne Zweifel ein bezaubernder, sehr hübscher Mensch war, obwohl er einen nennenswerten Eindruck auf sie machte und ihr Herz für die Dauer von wenigstens dreiundzwanzig Minuten gefangenhielt, geschah es doch, daß sie seinen Namen vergaß. Er hat dunkle Augen und dunkles Haar, ist etwa achtundzwanzig Jahre alt, kleidet sich ernst, aber in feinstem Tuch. Er hat auf der Stirn über dem linken Auge ein Mal, am Spazierstock ein blaues Band, am Degen eine blaue Quaste und trägt keine Perücke.

Jocasta fühlte sich sehr geschmeichelt, als sie ihren Bewunderer am letzten Sonntag beim Gottesdienst in der St. Jakobskirche in ihrer nächsten Nähe sitzen sah. Denn daß jeder, der sie sieht, sie auch bewundert, ist ein Punkt, an dem sie niemals zweifeln würde. Die Art, wie er scheinbar während der Predigt einschlief, ihr aber unter seinen langbewimperten Augenlidern hervor ganz offenbar Blicke ehrfürchtigen Entzückens zuwarf, rührte Jocasta tief und zog sie heftig an. Als sie die Kirche verließ, erschien er in der Nähe ihrer Sänfte, und als sie einstieg, machte er ihr eine elegante Verbeugung. Sie sah ihn bei Hofe wieder, wo er ein sehr vornehmes Wesen zur Schau trug; aber niemand von ihren Bekannten konnte ihr seinen Namen nennen. Den nächsten Tag war er im Theater, und sie erwiderte seinen Gruß von ihrer Loge aus.

Während der ganzen Vorstellung marterte sie vergeblich ihr Hirn, um sich auf seinen Namen zu besinnen, und hörte kein Wort von dem Stück, das gespielt wurde. Sie war so glücklich, ihm im Foyer zu begegnen, ging in einiger Erregung auf ihn zu und erinnerte ihn daran, daß sie zweimal in der Woche empfange und hoffe, ihn an ihrem Teetisch zu sehen.

Er erschien am Dienstag, in einem eleganten Anzug von so auserlesenem Geschmack, daß er sowohl dem Träger als auch dem Schneider Ehre machte. Ein großer Kreis war um die reizende Jocasta versammelt, lauter junge Leute, die behaupteten, jedes Gesicht in der Stadt zu kennen. Aber keiner konnte ihre eifrigen Fragen nach dem Namen des Fremden beantworten, der sich mit einer Verbeugung näherte, die eines Herzogs würdig war.

Jocasta erwiderte seinen Gruß mit dem reizenden Lächeln und Kopfneigen, das ein Geheimnis dieser Dame ist. Sie hat dabei einen schmachtenden Blick, der zu sagen scheint: ›Kommen Sie endlich? Ich habe mich zu Tode gesehnt!‹ Ein zweiter tödlicher Blick sagt: ›O Philander, ich habe nur Augen für dich!‹ und bringt das Opfer endgültig zur Strecke. Camillas Gruß ist vielleicht ebenso reizend; Thalestris hat beinahe denselben Blick; aber Gruß und Blick zusammen hat nur die eine, die einzige Jocasta.

›Willkommen in London‹, sagte sie. ›Man sieht an Ihrer frischen Farbe, daß Sie auf dem Lande waren.‹ Sie hätte ›in Epsom‹ oder ›in Tunbridge‹ gesagt, wenn sie sich nur hätte besinnen können, in welchem von den beiden Bädern sie den Herrn kennenlernte; aber ach! Sie hatte es vergessen.

Der Herr sagte, er sei erst seit drei Tagen in der Stadt, und der Wunsch, Jocasta seine Verehrung zu bezeigen, sei einer der Gründe seines Kommens.

Sie sagte, die Bäder seien ihr nicht besonders gut bekommen.

›Die Wasser sind für die Kranken‹, entgegnete der Herr. ›Die Jungen und Schönen kommen nur, um die Mitwelt durch ihren Anblick zu beglücken. Während der Predigt am Sonntag erinnerte mich Euer Gnaden an den Engel, der zum Pfuhl der Verdammten niedersteigt.‹ Ein Gemurmel des Beifalls lohnte diese Rede.

Jocasta ein Engel! Aber an welchem der beiden Pfuhle? Sie geriet in noch größere Verwirrung, sah aber harmlos und unschuldig aus wie immer, wenn sie listige Absichten hat.

›Als Sie kamen, war gerade die Rede von Orthographie‹, sagte sie im Lauf des Gesprächs, ›und warum man vieles so anders schreibt, als man es ausspricht. Wie schreiben Sie eigentlich Ihren Namen?‹

›Ich schreibe meinen Namen mit Y, gnädige Frau‹, antwortete er, setzte seine Tasse nieder, machte eine Verbeugung und war gegangen, ehe man sich dessen versah.

Jocasta hat seit diesem Tage schlaflose Nächte. Wenn irgend etwas nicht nach ihrem Wunsch geht, so leidet ihre Gesundheit, und sie verliert die gute Laune. Wir, ihre Untertanen, seufzen, wie immer in solchen Fällen, schwer unter den Zornesausbrüchen unserer Königin. Können Sie, Herr Spectator, der Sie alles wissen, uns nicht helfen, dieses Rätsel zu lösen und uns Ruhe zu verschaffen? Sie hat den Sekretär fortgeschickt, der ihre Besuchslisten führte, und der arme Teufel hat eine große Familie zu ernähren. Helfen Sie uns das Rätsel zu lösen und verpflichten Sie Ihren Bewunderer zu ewigem Dank.

Ödipus.

Gasthaus zur Trompete, London.

Sehr geehrter Herr Spectator!

Ich bin ein Mann, der im städtischen Leben nur wenig bewandert ist, obwohl ich auf der Universität erzogen wurde und meinem Vaterlande in mehreren Feldzügen gedient habe. Im Lager ist mein Name besser bekannt als in den Gasthäusern und Salons von London.

Vor zwei Jahren starb mein Onkel und hinterließ mir eine sehr hübsche Besitzung in der Grafschaft Kent. Als meine Trauerzeit vorüber war, verbrachte ich den Sommer im Bade Tunbridge und will nur gestehen, daß ich nach einem Mädchen ausschaute, das willens war, die Einsamkeit meines großen Landhauses zu teilen und meinen Pächtern eine gütige Herrin zu sein. Denn auf diesem Gebiet kann eine Frau unendlich viel mehr Gutes tun als ein Mann, wenn seine Absichten auch noch so edel sind. Ich wurde mächtig gefesselt durch eine junge Dame aus London, welche die anerkannte Schönheit des Bades war. Wer kennt nicht Jocastas Schönheit? Ich glaube, Herr Spectator, sie selbst kennt sie am allerbesten.

In meinem Notizbuch steht verzeichnet, daß ich bei der Reunion nicht weniger als siebenundzwanzig Touren mit ihr tanzte. Ich durfte sie mehrmals auf ihren Zimmern besuchen, wurde mit großer Auszeichnung von ihr empfangen und war eine Zeitlang bedingungslos ihr Sklave. Erst als ich mir aus dem Geschwätz der Badegesellschaft und durch eigene Beobachtung klar wurde, daß dieses schöne Geschöpf eine herzlose weltliche Kokette war, die mit Neigungen spielte, welche sie nicht die Absicht hatte, ja, welche sie unfähig war zu erwidern, da sagte ich mir, daß die Frau, an die ich die heiligste Frage hatte richten wollen, die ein Mann einer Frau stellen kann, höchst ungeeignet war, die Gattin eines Landedelmannes zu werden. Solche Wesen wollen bewundert sein; Liebe rührt sie nicht. Ich kann mir nichts Jammervolleres vorstellen als den Lebensabend dieser Frau, wenn ihre Schönheit und ihre Bewunderer sie verlassen haben, wenn weder Freundschaft noch Religion sie trösten.

Geschäfte riefen mich nach London. Ich ging letzten Sonntag in die St. Jakobskirche zum Gottesdienst und sah mir gegenüber die Schönheit aus Tunbridge sitzen. Ihr Benehmen während der Predigt war so schmachtend und albern, ihr Kokettieren mit dem Fächer, ihre verliebten Blicke so unpassend, daß mir nichts übrigblieb, als die Augen zu schließen, um den Anblick loszuwerden. Wenn ich sie öffnete, sah ich ihre allerdings sehr strahlenden Augen unentwegt nach den meinen suchen. Ich begegnete ihr dann noch bei Hofe und im Theater, wo sie es nicht lassen konnte, sich durch die Menge zu mir hindurchzudrängen, mich anzureden und mich zu ihren Empfängen einzuladen.

Da ich ihr versprochen hatte zu kommen, so hielt ich mein Versprechen natürlich und fand die junge Witwe zwischen Kartentischen und in einem großen Kreise von geistreichen Herren und Bewunderern. Ich verbeugte mich, so gut ich konnte, und näherte mich ihr. Ihr Gesicht trug einen merkwürdig verlegenen Ausdruck, den sie krampfhaft zu unterdrücken versuchte. Ich merkte, daß sie sich nicht einmal an meinen Namen erinnern konnte.

Ihr listiges Geschwätz überzeugte mich, daß ich richtig geraten hatte. Sie brachte das Gespräch in höchst lächerlicher Weise auf die Orthographie und Aussprache von Worten, und die Frage, die ich erwartete, kam: ›Wie schreiben Sie eigentlich Ihren Namen?‹ ›Gnädige Frau, ich schreibe meinen Namen mit Y‹, sagte ich, verbeugte mich und ging. So habe ich sie verlassen und habe mich herzlich gewundert über den leichten Sinn der Großstadtmenschen, die so rasch Freundschaften schließen und die Freunde so schnell wieder vergessen. Ich beschloß mich anderswo umzusehen nach einer Lebensgefährtin für Ihren treuen Leser

Cymon Wyldoats.

Diese Geschichte ist ein Gleichnis, dessen Sinn wir aufklären wollen. Jocasta ist niemand anders als Fräulein Esmond, die schönste Hofdame Ihrer Majestät. Sie hatte Herrn Esmond erzählt, sie sei irgendwo einem Herrn begegnet und habe seinen Namen vergessen. Auf ihre Frage, wie er sich schreibe, habe er die in der Geschichte benutzte Antwort gegeben, freilich ohne die boshaften Hintergedanken des Herrn Cymon Wyldoats. Herr Esmond hatte über die verunglückte List der kleinen Dame Jocasta-Beatrix herzlich gelacht.

Mit Cymon war der Schreiber dieser Erinnerungen gemeint. Er wollte Jocasta, die sehr witzig war und ohne ihren ›Spectator‹ zum Frühstück nicht leben konnte, durch diesen Pseudo-Spectator klarmachen, daß sie eine Kokette und Cymon ein Mann von Ehre und Entschlossenheit sei, der ihre Fehler alle erkannt hatte und ihre Ketten ein für allemal zerreißen wollte.

Obwohl von dieser Liebesgeschichte schon mehr als genug die Rede war, genug jedenfalls, um meinen Enkeln zu beweisen, was für ein törichter Narr der Großvater war, der in ihren Augen doch als weiser alter Herr erscheinen möchte, so haben wir doch lange nicht alles erzählt, was in dieser Sache geschehen ist. Wenn wir dem Liebeshandel in unseren Erinnerungen denselben Platz einräumen wollten, den er einst in Esmonds Tagesläuften beanspruchte, so würde ich meine Nachkommen über alles Erträgliche langweilen und ein solches Gedenkbuch der Torheit, der Entzückungen und der Wut hinterlassen, wie es kein Mann von nur durchschnittlicher Eitelkeit gern in den Händen seiner Erben wissen wird.

Esmond wußte, wie weltlich, wie ehrgeizig Beatrix war; er sah sie durch das Hofleben härter und gleichgültiger werden, sah die Scharen von Verehrern, die sich ihr näherten und sie wieder verließen; aber ob sie ihn nun auslachte oder ermutigte, ob sie warm oder kalt war, er konnte sie nicht aus seinen Gedanken verbannen. Er war machtlos gegen diese leidenschaftliche Treue seiner Seele; sie schien ein Teil von ihr, so wie die Augen, mit denen er sah, ein Teil seines Körpers waren. Obwohl die schärfsten Verleumder dieses schönen Mädchens ihre Fehler nicht besser kannten als er, obwohl er wußte, daß ihr Besitz höchstens das Glück einer Woche für ihn bedeutet hätte, so verfügte diese Circe doch über einen Zauber, von dem sich der arme Betörte nicht freimachen konnte. Es ging ihm, wie einem anderen Offizier mittleren Lebensalters, der viel gereist und im Kriege gewesen war, Odysseus, nur daß dieser nicht so tief und nicht so dauernd in die Netze der Zauberin geriet wie er. Sie verlassen! Sie brauchte nur mit dem Finger zu winken, und keine Entfernung konnte ihn abhalten, zu ihr zurückzukehren. Sie brauchte nur zu sagen: »Ich habe diesen oder jenen Verehrer weggeschickt«, und er fing wieder an, das Haus ihrer Mutter zu belagern, um auf die Liste der Bewerber zu kommen, aus der er eine Woche später wieder ausgestrichen werden konnte. Glich er in seiner Narrheit dem Odysseus, so glich sie insofern wenigstens der Penelope, als auch sie eine Schar von Freiern hatte und Abend für Abend das Gewebe der Koketterie und Bezauberung wieder auftrennte, mit dem sie ihre Opfer zu umstricken pflegte.

Ihre Stellung bei Hofe mag dazu beigetragen haben, daß ihre Anlage zum Kokettieren sich so entwickelte. Die schöne Hofdame war das Licht, um das ungezählte junge Stutzer flatterten, die andächtig ihren schlagfertigen Antworten lauschten und immer bereit waren, ihre Reize zu bewundern. Sie hörte und führte leichtfertige Gespräche, wie sie nie an die Ohren und über die Lippen von Rachel Castlewoods Tochter hätten kommen dürfen. Wenn der Hof in Windsor oder Hampton war, so ritten die Damen und Herren zusammen zur Jagd, und Fräulein Beatrix, im Jägerrock und Hut, war die vorderste hinter den Spürhunden her und über die Zäune hinüber, und eine Schar junger Herren sauste hinter ihr drein. Die Frauen der englischen Landedelleute waren damals die reinsten und bescheidensten weiblichen Wesen, die man sich vorstellen kann. Die Frauen der Londoner Gesellschaft und die Damen vom Hofe aber erlaubten sich ein Benehmen und führten Reden, die weder rein noch bescheiden waren, ja, manche von ihnen forderten eine Freiheit, die kein aufrichtiger Verehrer des weiblichen Geschlechts ihnen gern gewährt haben würde. Meine männlichen Nachkommen – denn meine Enkelinnen will ich zu solcher Lektüre nicht ermutigen – mögen sich aus den Werken von Herrn Congreve und Dr. Swift über die Gewohnheiten und Unterhaltungen jener Zeit unterrichten.

Im Jahre 1712 war Beatrix sechsundzwanzig Jahre alt, war die schönste Frau in ganz England und hieß noch immer Beatrix Esmond. Von ihren Hunderten von Anbetern hatte sie keinen zum Gatten erkoren; sie hatte manche, denen sie ihre Hand verhieß, im Stich gelassen, mehr aber noch hatten ihr den Rücken gekehrt. Zehn Jahrgänge junger Schönheiten waren seit ihrem ersten Auftreten erblüht, und alle waren von geeigneten Ehemännern geerntet worden, alle waren längst in behaglicher Häuslichkeit untergebracht. Ihre eigenen Altersgenossinnen waren mittlerweile gesetzte Frauen geworden; Mädchen, die nicht ein Zehntel ihres Zaubers und ihres Witzes besaßen, hatten gute Partien gemacht und beanspruchten den Vortritt vor der Unverheirateten, die sich noch so kürzlich über sie lustig gemacht und sie überstrahlt hatte. Die ganz jungen Schönheiten fingen an, Beatrix als alte Jungfer zu sehen und nannten sie spöttisch eine Dame aus der Zeit Karls des Zweiten. Aber noch war ihre Herrschaft nicht zu Ende. In den Augen eines Mannes wenigstens stand sie hoch über all den kleinen Mädchen, die das Entzücken der ganz jungen Herren erregten; in Esmonds Augen war sie immer gleich lieblich und gleich jung.

Wer weiß, wie viele nahe daran waren, sie zu besitzen, oder besser gesagt, wie viele so glücklich waren, dieser Sirene noch gerade zu entkommen! Wie sonderbar, daß die reinste, einfachste Frau eine solche Tochter geboren hatte! Ich glaube, meine Herrin, die nie ein rauhes Wort zu ihren Kindern sprach und nur zwei-

oder dreimal harte Reden gegen einen gewissen anderen Menschen führte, hatte ihre mütterliche Autorität zu liebevoll, zu zärtlich ausgeübt; denn sowohl ihr Sohn als auch ihre Tochter fingen frühzeitig an, sich gegen sie aufzulehnen, und nachdem sie einmal aus dem Nest entflohen waren, sind sie nie so ganz wieder an das zärtliche Herz der Mutter zurückgekehrt. Es war gut, daß Lady Castlewood nicht allzuviel über das Leben und die wahre Gesinnung ihrer Tochter wußte. Wie sollte sie auch ahnen, was in den Vorzimmern der Königin und an den Tafeln des Hofes getrieben wurde? Fräulein Beatrix übte ihre Autorität so tatkräftig aus, daß die Mutter sich längst in sie geschickt hatte. Die Hofdame verfügte über eine Equipage, kam und ging, wie es ihr beliebte, und Mylady war weder fähig, sie zu leiten, noch ihr zu widerstehen.

Als Esmond das letztemal ins Feld zog, hatte es gehießen, daß Beatrix die Braut von Mylord Ashburnham sei; als er zurückkam, fand er den Erwählten als Gatten von Lady Mary Butler wieder, der Tochter des Herzogs von Ormond. Seine schönen Häuser, sein riesiges Einkommen, die Fräulein Beatrix so gelockt hatten, waren für sie unerreichbar geworden. Esmond mochte sie nicht fragen, warum aus der Heirat nichts geworden sei. Er bat Mylady, ihn aufzuklären; die aber sagte nur: »Sprich mir nicht davon, Harry. Ich weiß nicht, warum und wie sie voneinander gegangen sind, und ich wage nicht zu fragen. Ich habe dir schon oft gesagt, daß ich trotz aller ihrer Freundlichkeit und Großherzigkeit, trotz ihres Witzes und dem Zauber ihres Wesens wenig Gutes über die arme Beatrix berichten kann und daß ich mit Schrecken an die Heirat denke, die sie einmal schließen wird. Sie ist durch und durch ehrgeizig, und ihr ganzes Streben richtet sich auf eine große Stellung. Wenn sie die aber einmal hat, so wird sie ihrer bald müde werden, wie sie aller Dinge müde wird, die sie glücklich erreicht hat. Der Himmel stehe einst ihrem Gatten bei! Mylord Ashburnham war ein vortrefflicher junger Mensch, sanft und doch männlich, vom besten Charakter, wie man mir versicherte und soweit ich aus den wenigen Unterhaltungen, die ich mit ihm hatte, urteilen kann. Geduldig und gütig muß er jedenfalls gewesen sein; denn er hat viel ertragen müssen. Er hat sie wohl schließlich nach irgendeinem allzu starken Ausbruch der Laune und Tyrannei verlassen und hat eine junge Frau geheiratet, die ihn unendlich viel glücklicher machen wird als meine arme Tochter es je könnte.«

Der Bruch zwischen den beiden wurde eifrig beklatscht. Ich hörte die Skandalgeschichten, die darüber umgingen, will mir aber nicht die Mühe geben, sie in diesen Erinnerungen zu wiederholen. Esmond war dabei, als Lord Ashburnham bei der Gratulationscour der Königin zum ersten Male mit seiner Gattin erschien. Beatrix rächte sich, indem sie majestätischer und lieblicher aussah denn je. Die bescheidene, ungeschickte junge Frau konnte sich nicht neben ihr sehen lassen, und Lord Ashburnham, der wohl guten Grund hatte, der schönen Hofdame aus dem Wege zu gehen, zog sich so früh wie möglich und ganz verschüchtert zurück. Seine Gnaden der Herzog von Hamilton wich an diesem Tage nicht von Beatrix' Seite. Er war einer der glänzendsten Kavaliere Europas, durch Bücher, durch Reisen, durch gute Gesellschaft aufs feinste gebildet. Er hatte sich unter König Wilhelm als Staatsmann und Gesandter hervorgetan, war einer der besten Redner im schottischen Parlament gewesen, und obwohl er jetzt etwa sechsundvierzig Jahre alt war, so konnte er sich mit seiner hohen schönen Gestalt und seinen glänzenden Geistesgaben um die Hand jeder Prinzessin bewerben.

»Möchten Sie den Herzog zum Vetter haben?« flüsterte Herr St. John dem Oberst Esmond zu, »es scheint, der Witwer hat die Absicht, sich zu trösten.«

Aber wir wollen zu unserm ›Spectator‹ zurückkehren und von der Unterhaltung erzählen, die der Scherz heraufbeschwor. Beatrix fiel zuerst darauf herein und witterte den Verfasser nicht. Esmond hatte allerdings versucht, die Schreibart seines Freundes Steele so gut wie möglich nachzuahmen, und Dick, der faulste, gutmütigste aller Menschen, würde die gefälschte Nummer unbesorgt als eigenes Erzeugnis der Öffentlichkeit überliefert haben, wenn ihn Harry, der nicht wünschte, das Bild seiner Geliebten der Mitwelt in so ungünstigem Licht zu zeigen, nicht daran gehindert hätte. Er beobachtete Beatrix mit nicht geringem

Interesse, als sie die Nummer unter ungeduldigem Pah und Puh in sich aufnahm.

»Dein Freund Steele wird doch immer dümmer!« rief sie. »Epsom und Tunbridge! Daß er Epsom und Tunbridge, die Jocastas und Lindamiras und die Stutzer in der Kirche nicht endlich einmal satt bekommt! Warum nennt er seine Frauen nicht Nelly und Betty, mit den Namen, die man ihnen bei der christlichen Taufe gegeben hat?«

»Beatrix, Beatrix!« sagte ihre Mutter, »scherze nicht über ernste Dinge.«

»Mama glaubt, daß der Katechismus vom Himmel gefallen ist«, sagte Beatrix lachend, »und daß ein Bischof ihn von einem Berg heruntergebracht hat. Ach, was habe ich mich damit gequält! Übrigens habe ich eine katholische Patin gehabt; wie konntest du mir das antun, Mutter?«

»Ich habe dir den Namen der Königin gegeben«, erwiderte ihre Mutter errötend. »Es ist ein sehr hübscher Name«, sagte der Dritte, der zugegen war.

Beatrix fuhr fort zu lesen: »Ich schreibe meinen Namen mit Y – was, du Scheusal«, unterbrach sie sich und wandte sich nach Esmond um, »du hast meine Geschichte Herrn Steele erzählt – oder warte, du hast die Zeitung selbst geschrieben, um mich lächerlich zu machen. Pfui, schäme dich!«

Der arme Esmond erschrak und half sich mit einer Wahrheit, die nichtsdestoweniger eine ausgepichte Falschheit war. »Bei meiner Ehre«, sagte er, »ich habe den ›Spectator‹ heute früh noch nicht einmal gelesen.«

Sie fuhr mit ihrer Lektüre fort. Das Blut war ihr zu Kopfe gestiegen. »Nein«, sagte sie, »du kannst es doch nicht geschrieben haben. Ich glaube, Herr Steele hat es getan, als er betrunken war und Angst vor seiner schrecklichen, gewöhnlichen Frau hatte. Immer, wenn mir in seiner Zeitung ein ganz ungeheuerliches Kompliment an eine Frau begegnet oder ein kränkender Lobgesang auf eine weibliche Tugend, dann bin ich überzeugt, daß er betrunken nach Hause gebracht worden just und sich über Nacht mit seiner bessern Hälfte in den Haaren gelegen hat, oder daß sie ihm mit einer ...«

»Beatrix!« rief Lady Castlewood.

»Aber Mama! Schrei doch nicht, ehe man dir weh tut. Ich wollte ja gar nichts Schlimmes sagen. Ich werde dich doch nicht mehr ärgern, als irgend nötig ist, meine niedliche kleine Mama. Ja, du hast recht; deine kleine Trix ist eine unartige Trix. Sie tut, was sie besser lassen sollte, und unterläßt, was sie von Rechts wegen tun müßte. Frau Steele – nein, schon gut, ich sage nichts mehr. Ja, ich tue es doch, wenn du mir nicht einen Kuß gibst.« Sie legte die Zeitung hin, lief zu ihrer Mutter und umgaukelte sie mit allerlei Zärtlichkeiten. Es war Esmond klar, daß sie ihm den Mund wäßrig machen wollte. »Möchtest du nicht, daß ich dasselbe Spiel mit dir treibe?« schien sie ihm zuzurufen.

»Gewiß, das möchte ich«, sagte er.

»Was möchtest du?« fragte Beatrix.

»Das, was du meintest, als du mich eben so herausfordernd ansahst«, antwortete Esmond.

»Was für ein Bekenntnis!« rief Beatrix und lachte.

»Was möchte Harry denn?« fragte Mylady. Die gute Seele war immer darauf bedacht, unsere Wünsche zu erraten, um sie uns wenn möglich zu erfüllen.

»O du dumme kleine Mama«, sagte ihre Tochter und fing von neuem an, sie zu küssen. »Das möchte Harry haben.« Sie brach in lautes, fröhliches Lachen aus, und Lady Castlewood errötete verschämt wie ein sechzehnjähriges Mädchen.

»Sieh sie an, Harry«, flüsterte Beatrix, kam ihm ganz nahe und sprach in weichem, süßem Ton: »Steht ihr das Erröten nicht gut? Sie sieht jünger aus als ich, und ich glaube, sie ist hunderttausendmal besser als ich.«

Esmonds gute Herrin verließ das Zimmer mitsamt den Rosen auf ihren Wangen.

»Wenn uns Mädchen bei Hofe doch solche Rosen wüchsen«, fuhr Beatrix lachend fort, »was täten wir nicht, um sie zu erhalten. Wir schnitten jeden Tag ein Stückchen von ihren Stengeln ab und setzten sie in Salzwasser. Aber solche Blumen blühen nicht in Hampton Court und Windsor, Harry.« Sie hielt einen Augenblick inne; das Lächeln erstarb auf ihrem Gesicht wie ein Sonnenstrahl im April, und ein Tränenschauer drohte. »Ach, wie gut sie ist, Harry!« fuhr sie fort. »Sie ist eine Heilige; ihre Güte erschreckt mich. Ich sollte nicht mit ihr zusammenleben. Ich glaube, ich würde besser sein, wenn sie nicht gar so vollkommen wäre. Sie hat einen großen Kummer in ihrem Leben gehabt und irgendein Geheimnis, das sie sehr bereut. Meines Vaters Tod kann nichts damit zu tun haben; sie spricht ganz unbefangen darüber. Sie kann ihn auch nicht sehr heiß geliebt haben, obwohl man nie weiß, was wir Frauen eigentlich lieben und warum wir lieben.«

»Ja, was und warum«, sagte Esmond.

»Niemand weiß«, fuhr Beatrix fort und zeigte nur durch einen Blick, daß sie seinen Einwand gehört hatte, »was für ein Leben meine Mutter eigentlich führt. Sie ist heute in aller Frühe beten gegangen. Sie verbringt Stunden allein in ihrem Zimmer. Wenn du ihr jetzt nachgingest, du würdest sie wieder beim Beten finden. Sie pflegt die Armen hier in der Gegend, die scheußlichen, schmutzigen Armen! Sie hört die Predigten des Pfarrers geduldig an, die schrecklichen, langweiligen Predigten! Du siehst ein, solche Menschen, so gut sie sind, passen nicht dazu, mit uns Kindern der Welt umzugehen. Sie kann nie ganz offen zu mir sein; ihre Gedanken sind immer im Jenseits, und sie fühlt ihren Schutzengel immer um sich. O Harry, ich bin so eifersüchtig auf diesen Schutzengel!« fuhr es ihr über die Lippen. »Es ist schrecklich, ich weiß es; aber meiner Mutter Leben ist ganz für den Himmel und mein Leben ist ganz für die Welt; wir können niemals aufrichtige Freunde sein. Dann ist ihr auch Franks kleiner Finger lieber als meine ganze Person, ich weiß sehr wohl, und dich hat sie auch viel zu lieb; darum hasse ich dich. Ich hätte sie gern ganz für mich allein gehabt; aber sie wollte nicht. Als ich ein Kind war, liebte sie meinen Vater. Wie konnte sie nur? Er war ja ein hübscher, guter Mann, aber so dumm, und wenn er Wein getrunken hatte, konnte er nicht ordentlich sprechen. Dann liebte sie Frank. Jetzt liebt sie den Himmel und den Herrn Pfarrer. Wie hätte ich sie geliebt! Schon als Kind machte mich der Gedanke rasend, daß sie noch andere Götter hatte neben mir. Sie hat euch alle lieber gehabt, euch alle, ich weiß es. Jetzt redet sie von den segensreichen Tröstungen der Religion. Die gute Seele! Sie bildet sich ein, es mache sie glücklicher, wenn sie glaubt, daß wir alle elende, gottlose Sünder sind und daß die Erde für die Guten nur ein Absteigequartier ist, wie der große, ungemütliche Gasthof auf dem Wege zwischen London und Walcote mit den gräßlichen Betten – erinnerst du dich an die gräßlichen Betten? Am nächsten Morgen aber kommt die Postkutsche und holt sie in den Himmel.«

»Hör auf, Beatrix!« rief Esmond.

»Ja, hör auf! Du bist auch ein Heuchler, Harry, mit deinem ernsten Gehabe und deinem finstern Gesicht. Wir sind alle Heuchler. Oh, wir sind alle so allein, so allein!« sagte die arme Beatrix und seufzte schwer.

»Ich habe die Zeitung dort geschrieben, liebe Beatrix«, sagte Esmond. »Du bist nicht so weltlich, wie du glaubst; wir haben kein Vertrauen zu dem Guten, das in uns ist, und das Glück, das wir haben könnten, stoßen wir von uns. Du strebst nach einer großen Heirat und einer mächtigen Stellung. Warum? Du wirst ihrer müde werden, wenn du sie erreicht hast. Du wirst nicht glücklicher sein mit einer Krone auf deinem Kutschenschlag …«

»Als wenn ich auf einem Esel zu Markte ritte«, rief Beatrix, »meinen verliebten Schäfer neben mir. Ich danke bestens!«

»Ich bin ein trauriger Schäfer, gewiß«, entgegnete Esmond und wurde rot; »ich brauche eine Schäferin, die mir das Bett macht und mir Hafergrütze kocht. Aber das könnte schließlich auch Lockwood besorgen. Er hat mich auf seinen Schultern aus der Schlacht getragen und mich so gut gepflegt, wie es die Liebe wohl selten tun wird. Ihm schwebte guter Lohn vor und die Hoffnung auf meine abgelegten Kleider. Wie lange hat Jakob um Rachel gedient?«

»Um Mama?« fragte Beatrix. »Ist es Mama, die du haben willst, und werde ich so glücklich sein, dich Papa nennen zu dürfen?«

Esmond wurde von neuem rot. »Ich spreche von einer Rachel, um die ein Schäfer vor fünftausend Jahren geworben hat. Damals waren die Schäfer langlebiger als heutzutage. Seit ich dich zum ersten Male nach unserer Trennung wiedersah – du warst noch ein Kind …«

»Und ich hatte meine schönsten Strümpfe angezogen, um dich zu bezaubern; ich kann mich sehr gut daran erinnern.«

»Seitdem gehört dir mein Herz, und von keiner anderen Frau habe ich je etwas wissen wollen. Um den bescheidenen Ruhm, den ich mir erwarb, habe ich deinetwegen gekämpft. Viel ist er freilich nicht wert. Hundert Narren in der Armee haben ebensoviel davon errungen und haben ihn ebensogut verdient wie ich. Hat uns denn die Luft in dem unseligen alten Schlosse Castlewood so finster, so unbefriedigt und einsam gemacht? Wir waren alle so; wir haben alle zusammen an einem Tische gegessen, ein Herz und eine Seele, wie es schien, und doch jeder mit anderen stillen Plänen im Sinn.«

»Das liebe, trostlose alte Schloß!« rief Beatrix. »Mama hat es nicht übers Herz bringen können, wieder hinzugehen seit ach wie vielen Jahren!« Sie warf den Kopf zurück und sah über ihre schöne Schulter weg mit königlicher Gebärde in den Spiegel, als wolle sie sagen: »Ich trotze dir, Zeit!«

»Ja«, meinte Esmond, der, wie sie zugeben mußte, die Gabe besaß, ihre Gedanken zu erraten, »du kannst es dir noch leisten, in den Spiegel zu sehen. Die Wahrheit, die er dir sagt, kann dir nur angenehm sein. Weißt du, was ich für Pläne habe? Ich denke daran, Frank um das Land in Virginia zu bitten, das König Karl unserem Großvater verlieh.« Sie machte eine feierliche Verbeugung, als wollte sie sagen: »Unser Großvater, allerdings! Ich danke, Herr Bastard.« »Ja, ich weiß, du denkst an den Makel meiner Geburt; ich denke auch daran. Hierzulande kann ein Mann nicht darüber hinwegkommen, es sei denn königliches Blut in seinen Adern; dann ist der Makel eine hohe Ehre. Ich will mich darum in die Kolonien zurückziehen, will mir in den Wäldern einen Wigwam bauen und mir vielleicht, wenn es gar zu einsam ist, eine Indianerin zugesellen. Wir werden Euer Gnaden für den Winter schöne Pelze schicken; und wenn Sie einmal eine alte Frau sind, werden wir Sie mit Schnupftabak versorgen. Ich bin nicht klug genug oder nicht schlecht genug – ich weiß nicht, welches von beiden –, um in der Alten Welt meinen Weg zu machen. In der Neuen Welt kann ich mir vielleicht einen Platz schaffen und eine Familie gründen; dort ist es nicht so voll wie hier. Wenn du einmal selbst Kinder hast und eine große Dame bist, dann schicke ich dir vielleicht einen kleinen Barbaren herüber, der halb Esmond, halb Indianer ist. Du wirst freundlich gegen ihn sein um seines Vaters willen, der doch immerhin dein Vetter war, und den du doch ein klein wenig liebgehabt hast.«

»Was redest du für Unsinn, Harry!« sagte Beatrix und starrte ihn mit großen Augen an.

»Es ist mein voller Ernst«, entgegnete Esmond. Er hatte sich allerdings mit dem Plan seit einiger Zeit sehr gründlich beschäftigt, besonders da ihm nach seiner Heimkehr endgültig klar wurde, daß seine Leidenschaft ebenso hoffnungslos wie erniedrigend für ihn war. »Ich habe es nun oft genug versucht«, fuhr er fort. »Ich kann es sehr gut ertragen, von dir getrennt zu sein; aber mit dir zusammenzuleben ist unerträglich.« Sie machte wieder eine feierliche Verbeugung. »Darum will ich fortgehen. Ich habe Geld genug, um Äxte und Flinten für meine Leute und Glasperlen und bunte Tücher für die Wilden zu kaufen.«

»Mon ami«, sagte sie ganz freundlich und griff mit einer Gebärde großen Mitleids nach seiner Hand, »du kannst doch unmöglich im Ernst daran denken, daß so, wie die Dinge liegen, zwischen uns etwas anderes als Freundschaft herrschen darf. Du bist unser älterer Bruder. Als solchen haben wir dich immer angesehen. Dein Mißgeschick haben wir beklagt, aber wir haben es dir nicht vorgeworfen. Du bist ja alt und ernst genug, um unser Vater zu sein. Ich habe dich immer für hundertjährig gehalten, Harry, mit deinem feierlichen, düsteren Wesen. Ich habe die Gefühle einer Schwester für dich; mehr mußt du nicht von mir fordern. Genügt dir das nicht?« Sie kam ihm ganz nahe, fast berührten sich ihre Gesichter. Wer weiß, warum sie das tat!

»Es wird zuviel für mich«, sagte Esmond und wandte sich ab. »Ich kann dieses Leben nicht länger ertragen, und darum will ich fortgehen. Ich warte noch, bis du verheiratet bist, dann werde ich ein Schiff ausrüsten, werde es ›Beatrix‹ nennen und werde euch allen Lebewohl …«

In diesem Augenblick erschien der Diener und meldete Seine Gnaden den Herzog von Hamilton. Esmond fuhr zusammen, und seine Lippen murmelten etwas wie eine Verwünschung. Der

Herzog sah glänzend aus mit seinem Stern am grünen Bande. Er grüßte Esmond mit derselben leichten Anmut, mit der er einem Lakaien für einen Stuhl gedankt hätte. Er setzte sich neben Beatrix, und der arme Oberst zog sich betreten vom Schauplatz zurück.

Er traf auf Mylady, als er die Treppe hinunterging. Sie kam ihm oft entgegen, wenn er bei Beatrix gewesen war, und nahm ihn mit sich in das untere Zimmer.

»Hat sie es dir erzählt, Harry?« fragte sie.

»Sie ist sehr offen gewesen, sehr offen«, antwortete Esmond.

»Ich meine – ich meine, das, was geschehen wird?«

»Was wird geschehen?« fragte er, und sein Herz klopfte.

»Seine Gnaden der Herzog von Hamilton hat um sie angehalten«, sagte Mylady. »Gestern hat er seinen Antrag gemacht. Sie wollen heiraten, sobald seine Trauerzeit vorüber ist. Du hast gewiß gehört, daß Seine Gnaden zum Gesandten in Paris ernannt worden ist. Die Gesandtin wird mit ihm gehen.«

Viertes Kapitel

Fräulein Esmonds neuer Bewerber

Der Herr, den Beatrix erwählt hatte, war fast zwanzig Jahre älter als der Oberst, dem sie sein hohes Alter vorzuwerfen pflegte. Aber dieser war ein namenloser Abenteurer, jener einer der großen Herzöge von Schottland, der unter Umständen auf einen noch höheren Titel Anspruch erheben konnte. Der Herzog hatte alle Eigenschaften eines großen Herrn, hatte auch Zeit gehabt, alle seine Gaben auszubilden, denn er näherte sich den Fünfzigern, als Beatrix ihn zum Bräutigam erkor. Er war ein Liebling Karls des Zweiten gewesen, der ihn zum Kammerherrn und zum Gesandten in Paris machte. Jakob der Zweite überschüttete ihn mit neuen Würden, und er gehörte zu der kleinen Schar, die dem König treulich folgte, bis er Englands Boden verlassen mußte. Zu jener Zeit, im Jahre 1688, schloß er Freundschaft mit dem Oberst Francis Esmond, die von beiden Seiten immer mehr oder weniger aufrechterhalten wurde.

Der Herzog, damals noch Graf von Arran, war ein aufrichtiger Bewunderer König Wilhelms, hatte sich ihm aber nie unterwerfen wollen. Er war an mehreren Verschwörungen gegen den großen Oranier beteiligt, saß zweimal unter seiner Regierung im Tower gefangen und hatte jedesmal sein Ehrenwort, sich künftig von Verschwörungen gegen den König fernzuhalten, mit der Begründung verweigert: er wisse nicht, ob er sein Wort werde halten können. Trotzdem war er beide Male freigelassen worden, und der großmütige Herrscher zürnte seinem edlen Feinde so wenig, daß er ihm nach dem Tod seines Vaters alle Würden seines Hauses übertrug und ihn zum Herzog von Hamilton machte.

Nach dem Sieg der Torys im Jahre 1710 fing die Königin an, dem Herzog große Gunst zu bezeigen. Sie ernannte ihn im Oktober 1712 zum außerordentlichen Gesandten in Paris, und Equipagen, Silbergeschirr und Livreen von der kostbarsten Art wurden nicht nur für Seine Exzellenz den Gesandten, sondern auch für Ihre Exzellenz die Gesandtin bestellt, die ihn begleiten sollte. Ihre Wappen prangten schon an den Kutschenschlägen, und ihr Bruder sollte zum vereinbarten Tage nach England herüberkommen, um die Braut dem Gatten zuzuführen.

Der Herzog war Witwer. Er hatte sich im Jahre 1698 mit einer Tochter des Lord Gerard verheiratet, die große Güter mitbrachte. Durch diese Güter entstand zum Teil der traurige Streit, welcher der glänzenden Laufbahn des Herzogs ein Ende machte.

Vom Verlust eines Zahnes bis zum Verlust einer Geliebten gibt es keinen Schmerz, den ein Mensch nicht ertragen kann. Die Angst vor dem Verlust ist viel grausamer als der Verlust selbst. Wir finden uns in das Unglück, sobald es nicht mehr zu ändern ist, trennen uns von unserm Quälgeist und kauen unsere Brotrinde auf der anderen Seite. Ich glaube, Oberst Esmond war recht erleichtert, als das herzogliche Gespann seine Zauberin in eine höhere Sphäre entführte, wie im Theater am Schluß der Oper, die schöne Nymphe von einer Maschine in die Wolken zu Mars, Bacchus, Apollo und allen Olympiern gehoben wird und ihre letzte

Arie als Göttin aus der Höhe herunterschmettert. Wenn ich mich recht erinnere, so behandelten wir alle die göttlich gewordene Beatrix mit ausgezeichneter Hochachtung, wenigstens trug die freche kleine Schönheit ihren Kopf sehr hoch und nahm eine gebieterische, überlegene Haltung an, der ihre Freunde sich gutmütig fügten.

Ein alter Kriegsgenosse von Oberst Esmond, der brave Tom Trett, der sein Offizierspatent verkauft, eine Frau genommen hatte und in London Kaufmann geworden war, lebte in einem schönen Hause an der Themse und ließ es sich allem Anschein nach an nichts fehlen. Trotzdem war er schon lange in düsterster Stimmung. Eines Tages entdeckte Esmond den Namen seines Freundes in der Zeitung. Sein Bankrott wurde angekündigt. Eine Woche später erschien Herr Trett mit strahlendem Gesicht in Esmonds Wohnung und so sorglos und fröhlich wie damals, als sie vor zehn Jahren zusammen von Southampton nach Vigo segelten. »Dieser Bankrott«, erklärte Tom, »hat seit drei Jahren über meinem Kopf gehangen. Der Gedanke daran hat mir den Schlaf geraubt; ich mußte immer die arme Polly ansehen, die neben mir auf dem Kissen lag. Dann sah ich das Rasiermesser auf dem Tisch an und dachte, meinem Leben und meinen Sorgen ein Ende zu machen. Jetzt aber sind wir bankrott; Tom Trett bezahlt seinen Gläubigern, soviel wie er irgend aufbringen kann; seine Frau hat ein kleines Landhaus in Fulham und ihr eigenes sichergestelltes Vermögen. Ich habe keine Angst mehr vor Gläubigern und Gerichtsvollziehern und habe seit einer Woche herrlich geschlafen.« So kam es, daß der ehrliche Tom, als das Glück seine Flügel spannte und davonflog, sich, in seine armselige Tugend gehüllt, zum Schlafen verkroch.

Esmond sagte seinem Freund nicht, wie merkwürdig die Geschichte seiner eigenen glich; aber er lachte darüber, zog seine Lehre daraus und beschloß, seinen Bankrott mit heiterer Miene zu ertragen. Beatrix war vielleicht etwas gekränkt durch seine Heiterkeit. »Ist das die Art, mein Herr, wie Sie Ihr Unglück tragen?« sagte sie. »Lächelnd erscheinen Sie vor mir, als wären Sie froh, mich los zu werden?«

Esmond wollte sich seine gute Laune nicht verderben lassen

und erzählte ihr die Geschichte von Tom Trett und seinem Bankrott. »Ich habe mich nach den Trauben gesehnt«, sagte er, »und habe mich gegrämt, daß sie zu hoch für mich hingen. War das verwunderlich? Nun sind die Trauben fort; ein anderer hat sie sich geholt, ein größerer Mann als Ihr ergebener Diener«, und der Oberst machte dem schönen Mädchen eine tiefe Verbeugung.

»Ein größerer Mann, Vetter Esmond!« entgegnete sie. »Ein mutiger Mann wäre in die Höhe geklettert und hätte die Trauben gepflückt. Er hätte um sie gekämpft, statt sie mit offenem Munde anzugaffen.«

»Ein Herzog braucht bloß zu gaffen, und sie fallen ihm in den Mund«, sagte Esmond mit einer zweiten tiefen Verbeugung.

»Ja, du hast recht«, erwiderte sie, »ein Herzog ist ein größerer Mann als du. Warum soll ich Seiner Gnaden nicht dankbar sein dafür, daß er mir sein Herz und seinen großen Namen schenkt? Es sind große Gaben, mit denen er mich ehrt. Ich weiß, daß es ein Handel zwischen uns ist; ich nehme den Handel an und werde mein Äußerstes tun, um meine Verpflichtungen zu erfüllen. Zwischen einem Mann vom Alter des Herzogs und einem Mädchen, das nicht gerade eine zärtliche, anschmiegende Natur hat, kann von verliebten Seufzern nicht die Rede sein. Warum soll ich nicht zugeben, daß ich ehrgeizig bin, Harry Esmond? Für einen Mann ist es doch keine Sünde, nach Ehren zu streben; warum soll eine Frau es nicht tun? Soll ich offen mit dir sein, Harry? Wenn du nicht immer vor mir auf den Knien gelegen hättest, wenn du nicht so demütig gewesen wärest, dann würdest du vielleicht besser mit mir gefahren sein. Eine Frau von meinem Temperament gewinnt man durch Ritterlichkeit, Vetter, nicht durch Seufzer und klägliche Mienen. Du streust mir Weihrauch und singst mir Lobgesänge, und ich weiß ganz genau, daß ich keine Göttin bin, und werde der Anbetung müde. Du hättest die Göttin auch satt bekommen, wenn sie erst Frau Esmond gewesen wäre und schlechter Laune wegen ihres kleinen Kleidergeldes und über das alte Kleid, das sie bis zur Erschöpfung tragen muß. Ja, Vetter, eine Göttin mit Nachthaube, die ihrem Gatten Haferschleim kocht, hört auf, göttlich zu sein; das kannst du mir glauben. Ich wäre mürrisch und zänkisch geworden; von allen stolzen Kopfhängern der Welt aber ist Herr Esmond der allerstolzeste, daß laß dir gesagt sein. Du gerätst nie in Wut; aber ich glaube, du kannst auch nicht vergeben. Wärest du ein hochgestellter Mann gewesen, du würdest vielleicht heiterer geworden sein. Da du aber nichts bist, bist du eben ein zu großer Mann für mich. Ich habe Angst vor dir, Vetter, da hast du es! Ich kann dich nicht anbeten, und du wirst nur glücklich mit einer Frau, die dir in Verehrung ergeben ist. Du würdest mich einmal nach einem Ausbruch meiner Launen über Nacht mit dem Kissen erstickt haben, wie der schwarze Mann in dem Theaterstück, das du so liebst. Wie heißt die Person doch? – Desdemona. Ja, das würdest du tun, du kleiner schwarzäugiger Othello!«

»Ja, ich glaube, ich würde es tun, Beatrix«, sagte Esmond.

»Und ein solches Ende will ich nicht nehmen. Ich will hundert Jahre alt werden und will auf zehntausend Bällen tanzen und jede Nacht Karten spielen bis ins Jahr eintausendachthundert. Ich bin auch gern die Hauptperson in meinem Kreis, Vetter; ich liebe Schmeicheleien und schöne Komplimente; die aber versagst du mir; ich habe es gern, wenn man mich zum Lachen bringt; wer soll denn aber über dein Unglücksgesicht lachen, das möchte ich wissen. Ich fahre auch gern sechsspännig oder besser noch achtspännig. Die Leute sollen sagen: ›Das ist die Herzogin‹ – »Wie gut Ihre Gnaden aussehen‹ – ›Platz für Madame l'Ambassadrice d'Angleterre‹ – ›Ruft die Dienerschaft Ihrer Exzellenz‹ – solche Sachen höre ich gern. Du aber, du brauchst eine Frau, welche dir die Pantoffeln und die Nachtmütze bringt, welche dir zu Füßen sitzt und ›O caro! O bravo!‹ ruft, wenn du Shakespeare und Milton und solches Zeug vorliest. Mama würde die rechte Frau für dich sein, wenn du ein bißchen älter wärest. Du siehst aber eigentlich zehn Jahre älter aus als sie; ja, das tust du, du finsterer, blaubärtiger, alter kleiner Mann! Ihr hättet wie Philemon und Baucis zusammensitzen können; ihr hättet euch Schnäbeln und angirren können wie zwei alte Tauben auf auf der Stange. Ich aber will meine Flügel brauchen, Vetter!« Sie breitete ihre schönen Arme aus, und es schien, als könne sie wirklich davonfliegen wie die Schwanenjungfrau, in die der Mann im Märchen verliebt ist.[27]

»Was aber wird dein Bräutigam sagen, wenn du davonfliegst?« fragte Esmond, der das schöne Geschöpf am heißesten bewunderte, wenn sie gegen ihn tobte und über ihn spottete.

»Eine Herzogin weiß, wo ihr Platz ist«, entgegnete sie lachend. »Denke doch, ich habe ja schon einen Sohn und vier Töchter! Wie werden sie schäumen, wenn ich komme und mich zuoberst an die Tafel setze! Ich lasse ihnen aber nur einen Monat Zeit zum Grollen; dann sollen sie mich alle liebhaben, die Kinder, die schottischen Vasallen und die Hochländer vom Gefolge des Herzogs. Ich will es, und wenn ich mir etwas in den Kopf setze, so geschieht es auch. Seine Gnaden ist der vornehmste Edelmann Europas, und ich will versuchen, ihn glücklich zu machen. Wenn der König zurückkommt, so kannst du auf meine Protektion zählen, Vetter Esmond. Der König wird und muß zurückkommen, und ich werde ihn schon aus Versailles fortbringen, wenn er mir unter die Fuchtel gerät.«

»Ich hoffe, die große Welt macht dich glücklich, Beatrix«, sagte Esmond seufzend. »Du bleibst Beatrix, nicht wahr, bis du Frau Herzogin bist? Dann werde ich Euer Gnaden meine allertiefste Verbeugung machen.«

»Laß die Seufzer und den Spott, Vetter«, entgegnete sie. »Ich nehme des Herzogs große Güte dankbar an und werde die Ehren, die er mir schenkt, mit Anstand tragen. Ich will nicht behaupten, daß er mein Herz gerührt hat. Aber meine Dankbarkeit, mein Gehorsam, meine Bewunderung gehören ihm. Ich habe ihm das gesagt, kein Wort mehr, und sein edler Sinn gibt sich damit zufrieden. Ich habe ihm alles erzählt, sogar die Geschichte von dem armen Jungen, mit dem ich verlobt war und den ich nicht liebhaben konnte. Ach, ich habe ihm sein Wort so gern zurückgegeben und habe Freudensprünge gemacht, als ich meines zurückbekam. Ich bin fünfundzwanzig Jahre alt.«

»Sechsundzwanzig, meine Liebe«, warf Esmond ein.

»Fünfundzwanzig, bitte – ich geruhe fünfundzwanzig Jahre alt zu sein; und seit acht Jahren hat mein Herz für keinen Mann geschlagen; für dich einmal – ein ganz klein wenig, Harry –, damals, als du aus Flandern zurückkamst und Frank vor dem Mörder Mohun gerettet hattest. Damals dachte ich, ich könne dich lieben; Mama hat mich auf den Knien gebeten, es zu versuchen; ich habe es auch gekonnt, einen Tag lang. Dann kam die alte Kälte wieder über mich, Harry, und die Angst vor dir und deiner Schwermut. Ich war froh, als du weggingst, und habe mich mit Lord Ashburnham verlobt, um nichts mehr von dir zu hören und zu sehen. Das ist die reine Wahrheit. Du bist zu gut für mich, ich weiß selbst nicht, warum. Ich könnte dich nicht glücklich machen; ich würde vergeblich versuchen, dich liebzuhaben, und mein Herz würde darüber brechen. Hättest du mich damals gefragt, als wir dir den Degen schenkten, dann hätte ich ja gesagt. Dann wären wir jetzt beide unglückselige Menschen. Ich habe den ganzen Abend mit dem dummen Lord geschwatzt, nur um dich und Mama zu ärgern. Das ist mir gelungen, nicht wahr? Wie offen können wir über alle diese Dinge reden! Es ist so lange her; obwohl wir hier im selben Zimmer sitzen, ist eine dicke Mauer zwischen uns. Mein lieber, guter, treuer, verdrießlicher alter Vetter. Ich habe dich jetzt sehr gern und bewundere dich auch; du bist tapfer und gütig und wahrhaftig ein feiner Herr durch und durch, trotz – trotz der kleinen Ungenauigkeit bei deiner Geburt«, sagte sie und schüttelte mutwillig den Kopf.

»Jetzt dürfen wir uns aber nicht länger mehr allein unterhalten«, fuhr sie fort und machte einen Knicks. »Wir müssen immer Mama dabei haben oder Seine Gnaden selbst. Er schwärmt nämlich nicht für dich, Vetter; er ist ebenso eifersüchtig wie der schwarze Mann in deinem Lieblingsstück.«

Gerade weil diese Wort so freundlich waren, fühlte sie Esmond wie einen Stich im Herzen; aber er ließ nichts von dem Schmerz sehen, der in ihm wühlte, wie Beatrix ihm später selbst bezeugte. Mit undurchdringlicher Selbstbeherrschung und einem unbefangenen Lächeln auf den Lippen sagte er: »Erst mußt du noch mein letztes Wort hören, Liebe. Sieh, da kommt deine Mutter.« Sie trat ein mit ihrem süßen, besorgten Gesicht, und Esmond ging ihr entgegen und küßte ihr ehrfurchtsvoll die Hand. »Meine liebe Herrin kann meine letzten Worte auch hören. Sie sind kein Geheimnis; sie sind nur ein Abschiedssegen, der das Hochzeitsgeschenk eines alten Herrn, deines Vormunds, begleitet. Ich fühle mich als euer aller Vormund, als einen alten, alten Burschen, der euer Großvater sein könnte, und als solchem sei es mir erlaubt, der Frau Herzogin ein Hochzeitsgeschenk zu überreichen. Es sind die Diamanten, welche die Witwe meines Vaters mir hinterließ. Vor einem Jahre schon wollte ich sie Beatrix schenken; aber sie sind auch für eine Herzogin schön genug, wenn auch nicht strahlend genug für die allerschönste Frau auf Erden.« Er zog den Kasten, in dem die Edelsteine lagen, aus der Tasche und reichte ihn Beatrix.

Sie stieß einen Schrei des Entzückens aus; denn die Steine waren wirklich sehr schön und sehr kostbar. Im nächsten Augenblick schon glitzerten sie am weißesten Halse von England.

Die Freude des Mädchens über das glänzende Spielzeug war so groß, daß sie erst zum Spiegel stürzte, um den Schmuck auf ihrem Halse zu bewundern, und dann mit ausgebreiteten Armen auf ihren Vetter zueilte, um ihm vielleicht einen Dank zu spenden, den er nur allzu gern von ihren rosigen Lippen empfangen hätte. Aber da öffnete sich die Tür, und Seine Gnaden der Bräutigam wurde gemeldet.

Er warf einen finsteren Blick auf Esmond, machte ihm eine ausgesucht tiefe Verbeugung und begrüßte die Damen feierlich, jede mit einem Handkuß. Er kam von der Königin und war mit seinen Orden geschmückt.

»Sehen Sie, Herzog«, sagte Beatrix und zeigte ihm die Diamanten auf ihrer Brust.

»Hübsche Steine«, sagte Seine Gnaden.

»Es ist ein Hochzeitsgeschenk«, fuhr Beatrix fort.

»Von Ihrer Majestät?« fragte der Herzog. »Das ist sehr freundlich von der Königin.«

»Von meinem Vetter Henry – von unserem Vetter Henry«, riefen die beiden Damen in einem Atemzug.

»Ich habe nicht die Ehre, diesen Herrn zu kennen. Ich dachte, Mylord Castlewood habe keinen Bruder gehabt, und Mylady habe auch auf ihrer Seite keine Neffen.«

»Von unserem Vetter, Oberst Henry Esmond, Mylord«, sagte Beatrix und ergriff mutig die Hand des Obersten, »den unser

Vater uns als Vormund hinterließ und der unserer Familie unendlich viel Gutes erwiesen hat.«

»Die Herzogin von Hamilton nimmt nur Diamanten an, die ihr Gemahl ihr schenkt«, sagte der Herzog. »Ich bitte Sie, diese Steine Herrn Esmond zurückzugeben.«

»Beatrix Esmond darf von ihrem Verwandten und Wohltäter ein Geschenk annehmen, Mylord«, warf Lady Castlewood mit großer Würde ein. »Noch ist sie meine Tochter. Wenn ihre Mutter die Gabe billigt, so hat niemand das Recht, ein Arg darin zu finden.«

»Verwandter und Wohltäter!« sagte der Herzog. »Ich weiß von keinem Verwandten, und ich wünsche nicht, daß meine Frau von einem ...«

»Mylord!« rief Oberst Esmond.

»Ich bin nicht hier, um einen Wortwechsel zu führen«, sagte Seine Gnaden. »Kurz und gut, ich finde, daß Ihre Besuche in diesem Hause allzu häufig sind, und ich wünsche nicht, daß die Herzogin von Hamilton Geschenke von Herren empfängt, die Namen tragen, auf die sie kein Recht haben.«

»Mylord«, fuhr es über Lady Castlewoods Lippen, »Herr Esmond hat auf seinen Namen mehr Recht als irgendein anderer Mensch auf Erden, und sein Name ist ebenso alt und ebenso ehrenhaft wie der Ihrige!«

Der Herzog lächelte und sah Lady Castlewood an, als sei sie von Sinnen.

»Ich habe ihn unseren Wohltäter genannt«, fuhr sie fort, »und das ist er auch, der edelste, treueste, tapferste Wohltäter. Er war bereit, das Leben meines Mannes vor Mohuns Degen zu schützen. Er hat das Leben meines Knaben gerettet und sich zwischen ihn und diesen Schurken gestellt. Sind das keine Wohltaten?«

»Ich bitte Oberst Esmond um Verzeihung«, sagte der Herzog, wenn möglich in noch hochmütigerem Tone als vorher. »Ich möchte nichts gesagt haben, was ihn kränken konnte, und danke ihm für die Dienste, die er der Familie Euer Gnaden erwiesen hat. Mylord Mohun und ich sind durch Heirat verwandt, wie Sie wissen, obwohl weder durch Blutsbande noch durch Freundschaft verbunden. Ich muß aber wiederholen, was ich schon sagte: Ich wünsche nicht, daß meine Frau von dem Obersten Esmond Geschenke annimmt.«

»Es steht meiner Tochter sehr wohl an, von dem Ältesten unseres Hauses Geschenke zu empfangen. Sie soll dankbar die Güte hinnehmen, die ihr von dem besten Freund ihres Vaters, ihrer Mutter und ihres Bruders erwiesen wird. Es ist nur eine Wohltat von vielen, für die wir ihm Dank schuldig sind!« rief Lady Castlewood. »Was ist ein Halsband von Diamanten verglichen mit all der Liebe, die er uns geschenkt hat? Wir danken ihm nicht nur das Leben von Frank, wir schulden ihm alles – ja, alles!« Das Blut stieg ihr in die Wangen, und ihre Stimme zitterte, als sie fortfuhr: »Der Titel, den wir tragen, gehört ihm. Er brauchte ihn nur zu fordern. Wir sind es, die kein Recht auf ihren Namen haben. Er hat die Stellung, die ihm zukommt, am Sterbebette meines Mannes geopfert, meinen verwaisten Kindern geopfert. Aus Liebe zu uns hat er Rang und Ehren verschmäht. Sein Vater war Graf von Castlewood und Marquis von Esmond, und er ist seines Vaters ehelicher Sohn und rechtmäßiger Erbe. Alles, was wir sind und haben, ist von seinen Gnaden, und er ist das Haupt eines Hauses, das so alt ist wie das Ihrige. Da er aber seinen Namen nicht trägt, damit mein Sohn ihn tragen kann, so lieben, ehren und segnen wir ihn unter jedem anderen Namen.« Das zärtliche Geschöpf wäre am liebsten wieder vor Esmond auf die Knie gesunken, aber er verhinderte sie daran. Beatrix stieß einen Schreckenslaut aus, lief mit bleichem Gesicht zu ihrer Mutter, schlang ihre Arme um sie und sagte: »Mutter, was soll das alles heißen?«

»Es ist ein Familiengeheimnis, Mylord«, sagte Oberst Esmond. »Die arme Beatrix hat nichts davon gewußt, und Mylady hat es erst vor einem Jahr erfahren.«

»Ich würde dem Herzog alles erzählt haben«, sagte Lady Castlewood, »wenn Seine Gnaden bei mir und nicht bei Beatrix selbst um ihre Hand angehalten hätte. Ich würde noch heute mit Ihnen allein darüber gesprochen haben, Mylord, wenn nicht durch Ihre Worte diese plötzliche Erklärung heraufbeschworen worden wäre. Nun soll Beatrix es auch erfahren; sie soll wissen, was ich aller Welt kundtun möchte, daß wir unserem Verwandten und Herrn alles danken.«

Sie hielt die Hand der Tochter in der ihren, und mehr zu dem Mädchen als zum Herzog gewandt erzählte sie in ihrer rührenden Art die Geschichte, die ihr schon kennt, und erhob Esmonds Verdienste in den Himmel. Esmond seinerseits legte die für ihn zwingenden Gründe dar, warum er die Erbfolge, wie sie jetzt bestehe, nicht stören und bleiben wolle, was er bisher gewesen, nämlich Oberst Esmond.

»Und Marquis von Esmond, Mylord«, sagte Seine Gnaden und verneigte sich. »Erlauben Sie, daß ich Sie um Verzeihung bitte für Worte, die ich in Unwissenheit gesprochen habe. Auch um die Gunst Ihrer Freundschaft möchte ich Sie bitten; denn es ist eine Ehre, Ihnen nahezustehen, unter welchem Namen auch die Welt Sie kennen mag. Zum Dank für das prächtige Geschenk, das Sie meiner Frau, Ihrer Verwandten, machen, möchte ich Ihnen nahelegen, über meine Dienste zu verfügen, wenn ich irgendwie in der Lage sein sollte, Ihnen solche zu erweisen. Ich werde nicht ruhig sein, ehe ich Ihnen nicht wenigstens einen Teil meiner Verpflichtungen zurückgezahlt habe, und durch das Amt, das Ihre Majestät mir übertragen hat, werde ich vielleicht Gelegenheit dazu haben. Ich würde es als eine Gunst betrachten, Mylord, wenn Oberst Esmond mir meine Braut zuführen wollte.«

»Wenn er den üblichen Lohn dafür im voraus annehmen will, so sei er ihm gegeben«, rief Beatrix und trat zu ihm hin. Esmond küßte sie, und sie flüsterte ihm zu: »Oh, warum habe ich dich nicht früher erkannt?«

Dem Herzog stieg das Blut heiß zu Kopfe, aber er ließ den Kuß schweigend geschehen. Beatrix machte ihm eine stolze Verbeugung, und die beiden Damen verließen das Zimmer.

»Wann geht Euer Exzellenz nach Paris?« fragte Oberst Esmond.

»Sobald nach der Hochzeit als möglich«, antwortete der Herzog. »Die Abreise ist auf den ersten Dezember festgesetzt; eher kann ich nicht fort. Die Ausstattung ist noch nicht fertig, und die Königin wünscht, daß die Gesandtschaft mit großem Glanz auftritt. Ich habe auch noch einen Rechtshandel zu erledigen. Jener unselige Mohun kommt wieder nach London oder ist schon da. Wir haben einen Prozeß über die Besitzungen des verstorbenen Lords Gerard miteinander. Er hat mich um eine Zusammenkunft ersucht.«

Fünftes Kapitel

Mohun erscheint zum letzten Mal in dieser Geschichte

Außer dem Herzog von Hamilton, der ihm aus Familienrücksichten so freundlich seine Protektion in Aussicht gestellt hatte, standen Esmond jetzt noch andere mächtige Freunde zur Verfügung, die willig und fähig waren, ihn zu fördern. Er konnte also im Zivildienste daheim auf ebenso rasches Vorwärtskommen hoffen, wie es ihm im Ausland beim Militärdienst geworden war. Seine Gnaden der Herzog war großmütig genug, ihm den Posten eines Sekretärs bei der Gesandtschaft nach Paris anzubieten. Er setzte wohl voraus, daß Esmond ihn ausschlagen werde; jedenfalls konnte dieser den Gedanken, seine Geliebte nach ihrer Trauung weiter als bis zur Kirchentür zu begleiten, nicht ertragen und lehnte das Angebot seines großzügigen Rivalen ab.

Andere Herren an der Macht waren wenigstens mit ihren Versprechungen freigiebig genug. Herr Harley, jetzt Mylord Oxford, ließ ihm die Botschaft zukommen, dem Obersten werde alsbald ein Sitz im Parlament zur Verfügung stehen. Herr St. John, jetzt Lord Bolingbroke, machte ihm schmeichelhafte Hoffnungen auf Beförderung, wenn er den Sitz annehmen wolle. Esmonds Freunde waren alle vom Erfolg begünstigt. Der erfolgreichste aber war sein lieber alter Vorgesetzter, General Webb, der zum Generalleutnant aller Landtruppen ernannt und mit ganz außerordentlichen Ehren vom Ministerium und von der Königin überschüttet wurde. Das Volk begrüßte den tapferen Kriegsführer mit Hurrageschrei, wenn er in seinem Wagen zum Parlament oder zu

Hofe fuhr oder wenn er an seiner glorreichen alten Krücke aus der Kirche humpelte. Es jubelte ihm ebenso laut zu wie ehemals dem Herzog von Marlborough.

Dieser große Mann war ganz in Ungnade gefallen.[28] Der brave alte Webb schob seinen Sturz allein auf Wynendael und schwor, das Schicksal sei dem Verräter recht geschehen. Herzogin Sarah war auch gestürzt; sie hatte ihre Würden, Ämter und Pensionen abgeben müssen. »Ha, ha«, sagte Webb, »sie hätte gern drei Millionen französische Goldkronen in ihre Geldschränke verschlossen; aber ich wurde nicht besiegt bei Wynendael.« Unser Feind, der Sekretär Cardonnel, verlor seinen Sitz im Unterhaus wegen Unterschlagung von öffentlichen Geldern, und Cadogan wird seines Amtes als Kommandant des Towers entsetzt. Die Töchter Marlboroughs legten ihre Stellungen bei Hofe nieder; die tiefste Demütigung seines Falles aber schien mir, als er bei General Webb anfragen ließ, wann er ihm seine Aufwartung machen dürfe; er, der den wackeren alten Mann gekränkt und verspottet hatte, der ihn in seinen Vorzimmern warten ließ und sich nicht gemüßigt sah, ihm nach seinem Sieg mit eigener Hand ein paar Zeilen zu schreiben! Das Volk war jetzt ebenso begeistert für den Frieden wie einst für den Krieg. Der Prinz von Savoyen kam nach London, hatte eine Audienz bei der Königin, nahm seinen berühmten Ehrendegen[29] in Empfang, versuchte auf alle Weise, eine Whigpartei zusammenzubringen, den jungen Prinzen von Hannover ins Land zu schmuggeln – kurz, setzte alle Hebel in Bewegung, um den Krieg zu verlängern und den alten französischen König, den er so glühend haßte, vollends zu demütigen und zu verderben. Aber England war des Kampfes müde, so müde, daß selbst unsere Niederlage bei Denain, die zwei Jahre früher das ganze Land in Brand gesetzt hätte, uns keinen Zorn entlocken konnte. Der große Marlborough führte nicht mehr unsere Fahnen; das zeigte diese Niederlage. Vergebens aber fragte seine Partei: »Sollen wir es dulden, daß unsere Waffen beschimpft werden? Wollen wir nicht den Feldherrn wieder einsetzen, der als einziger unsere Ehre retten kann?« Das Volk war des Krieges übersatt; keine Schmähreden und Sticheleien konnten es mehr reizen.

Prinz Eugen mußte in ohnmächtiger Wut den Rückzug ergreifen, und sein Haß blieb ungestillt.

Der Federkampf war damals sehr erbittert. Die Regierung war Siegerin und in der Gunst des Volkes; ich finde, sie hätte großmütig sein können. Es war so natürlich, daß die Unterliegenden reizbar wurden und Geschrei erhoben. Mancher von ihnen war mit dem ganzen Herzen dabei, wenn er die unvergleichlichen Taten des Herzogs von Marlborough pries und beklagte, daß dieser größte Feldherr der Geschichte in Ungnade gefallen sei. Bei manchen freilich war es der Magen, der knurrte; sie waren arm und wurden für ihr Geschrei bezahlt. Mylord Bolingbroke aber zeigte nicht das leiseste Erbarmen;[30] er schickte sie zu Dutzenden ins Gefängnis und an den Pranger.

Aus einem Mann des Schwertes war Esmond jetzt ein Mann der Feder geworden; aber er war auf der sicheren Seite und setzte seine Freiheit und seine Ohren nicht aufs Spiel wie die oben erwähnten armen Teufel. Herr Esmond schmeichelte sich auch, eine andere Feder zu führen, die Feder eines Edelmannes, auch wenn er in der schönen Literatur nicht gerade glücklich gewesen war.

Er kannte viele von den berühmten Schöngeistern, die Königin Annas Regierungszeit verklärt haben und deren Werke noch in kommenden Zeitaltern durch jedes Engländers Hände gehen werden. Er sah sie aber meist bei öffentlichen Gelegenheiten und pflegte keine Vertraulichkeit mit ihnen, ausgenommen den wackeren Dick Steele und dessen Freund Herrn Addison. Beide aber trennten sich von Esmond, als er ein erklärter Tory und in engen Verkehr mit den führenden Persönlichkeiten dieser Partei trat. Addison schloß sich nur an wenige Menschen an und ging selten aus sich heraus. Einen aufrichtigeren und gewissenhafteren Mann wie ihn könnte man sich im politischen Leben kaum vorstellen. Seine Unterhaltung war über alle Maßen vielseitig, anmutig und genußreich. Wenn ich jetzt in reifen Jahren an diese Zeiten zurückdenke, so scheinen mir Herrn Addisons politische Ansichten die richtigen gewesen zu sein. Hätte ich die Jahre noch einmal zu durchleben, so würde ich mich zu den Whigs und nicht zu den Torys halten. Aber bei der Wahl einer Partei spielen oft persönliche Sympathien eine größere Rolle als politische Grundsätze. Esmonds General war von Marlborough beleidigt worden und haßte ihn; der Untergebene aber kämpfte den Kampf seines Führers. Hier auf fremdem Boden, in einem Land, das nur noch dem Namen nach von seinem Mutterland abhängig ist, berührt die Erinnerung an jene Zeit doppelt merkwürdig. Das Volk daheim erscheint wie ein Spielball in den Händen der einen oder anderen aristokratischen Partei; es wählte einen hannoverschen oder einen französischen König je nach der Politik, die am Ruder saßen. Die freiheitsliebenden, unabhängigen Engländer unterwarfen ihr religiöses Gewissen einem Parlamentsakt, schickten nach Celle oder dem Haag, um sich einen König zu holen, unter dem sie leben konnten, und fanden unter dem stolzesten Volk der Welt keinen Mann, von dem sie regiert sein wollten. Die Torys und Anhänger der Hochkirche waren bereit, ihr Leben für eine römisch-katholische Familie zu lassen, die uns an Frankreich verkauft hatte; die großen Edelleute der Whigpartei, die Karl Stuart wegen Verrats enthauptet hatten, waren willens, einen König zu erwählen, dessen Anrecht auf den Thron von einer königlichen Großmutter herstammte, deren Großmutter wiederum ihr Haupt unter der Art Königin Elisabeths hatte verlieren müssen. Unsere stolzen englischen Herren schickten nach einer kleinen deutschen Stadt und ließen sich von dort einen Monarchen kommen, der in London regieren sollte; unsere Prälaten küßten die häßlichen Hände seiner holländischen Mätressen und fühlten sich nicht entehrt. Man kann in England nur der einen oder der anderen Partei angehören. Man bezieht das Haus und muß all seine Schulden, seine Dienstleute, seine veralteten Einrichtungen, ja sein Gerümpel mit in Kauf nehmen; man bessert aus, aber man baut niemals neu. Werden wir von der Neuen Welt uns noch lange, auch nur dem Namen nach, diesen alten britischen Überlieferungen unterwerfen? Ich sehe Anzeichen einer kommenden Zeit, wo uns König Georg mitsamt seinen weltlichen und geistlichen Peers ebenso gleichgültig sein wird wie König Kanut oder die Druiden.

»Wir sollten von Schöngeistern hören«, können meine Enkel mir vorwerfen, »und sind in ganz andere Gesellschaft geraten.«

Kehren wir also zu ihnen zurück. Der große Herr Pope, dessen Genius gebührend zu bewundern meine Worte nicht ausreichen, war damals ein ganz junges Bürschchen und erschien nur selten in der Öffentlichkeit. Hunderte von geistreichen Männern, Schriftstellern und ausgelassenen hübschen Gesellen verkehrten in den Theatern und Kneipen jener Tage; den glänzendsten von ihnen aber lernte ich erst fünfzehn Jahre später kennen, als ich zum letzten Male nach England hinüberkam. Es war der junge Harry Fielding, ein Sohn des Fielding, der mit uns in Spanien und Flandern diente. Er überbot sie alle durch seinen Witz und Humor. Was den berühmten Doktor Swift angeht, so kann ich von ihm sagen: Vidi tantum. Er war die ganzen Jahre über in London bis zum Tod der Königin. Er versäumte nie den sonntäglichen Empfang bei Hofe und wurde eurem Großvater dort ein- oder zweimal gezeigt. Wäre ich ein großer Mann mit Titeln und einem Ordensstern gewesen, so würde er meine Bekanntschaft wohl eifrig genug gesucht haben. Bei Hof aber hatte der Doktor nur Augen für die Allergrößten. Lord Bolingbroke nannte ihn Jonathan und bezahlte mit dieser billigen Vertraulichkeit die Dienste, die er von ihm forderte. Swift schrieb ihm seine Schmähschriften und bekämpfte seine Feinde mit vernichtendem Geschick und furchtbarem Grimmen. Man sagt, der große Satiriker habe jetzt den Verstand verloren und seinen Groll gegen die Menschheit vergessen. Er und Marlborough sind mir immer als die zwei gewaltigsten Menschen jener Zeit erschienen. Ich habe Swifts Bücher hier in unseren stillen Wäldern gelesen und stelle ihn mir als Riesen vor, wenn ich an ihn denke, als einen einsamen gefallenen Prometheus, der unter den Krallen des Geiers stöhnt. Ich hörte damals manche Geschichte über ihn, wie er Männern begegnet war und was er zu Frauen gesprochen hatte. Er konnte den Großen schmeicheln und konnte die Schwachen einschüchtern. Ich liebte ihn nicht und war entschlossen, wenn ich diesem Drachen je begegnen sollte, vor seinen Zähnen und seinem Feuer nicht davonzulaufen. Das Blut floß mir zu jener Zeit heißer durch die Adern als heute. Als ich zum ersten Male mit Prometheus in Berührung kam, stieg der Riese vor der Redaktion des ›Postboten‹ aus einer Sänfte. Ein betrunkener irischer Diener, der vor ihm herzulaufen pflegte, verkündete laut den Namen seiner Ehrwürden, während sein Herr noch auf der Straße mit dem Sänftenträger feilschte.

Euer Großvater hat mit seiner politischen Schriftstellerei mehr Glück gehabt als mit seiner schöngeistigen. Er war von seiner eigenen und von seines Generals Feindseligkeit gegen den großen Marlborough erfüllt, verfügte über bessere militärische Kenntnisse als die meisten politischen Schriftsteller, die nie ein anderes Feuer als das der Tabakspfeifen in der Kneipe gesehen hatten, und er war in der Lage, Herrn St. John und seiner Partei gute Dienste zu tun. Er erging sich freilich nicht in Beschimpfungen wie manche andere von den Torys, zum Beispiel Doktor Swift, der tatsächlich den persönlichen Mut und die militärischen Talente des Herzogs von Marlborough anzuzweifeln wagte. Er hat niemals die Feldherrnbegabung des großen Mannes, sondern immer nur seine Habgier und Selbstsucht angegriffen. Seine Schriften waren darum nicht weniger geeignet, ihren Zweck zu erfüllen, wenn sie dem Herzog auch in den Augen der Öffentlichkeit natürlich nicht so schaden konnten, wie die hämischen Angriffe von Swift, die sorgfältig darauf berechnet waren, die Feldherrn anzuschwärzen und zu entehren.

Der Oberst also hatte einen Artikel für den ›Postboten‹ geschrieben, eine Zeitung, die im Dienst der Torys stand. Als das Erzeugnis seiner Feder gedruckt war, sprach die Stadt zwei Tage lang darüber; dann lieferte das Erscheinen eines italienischen Sängers einen neuen Gesprächsstoff. Esmond hatte Geschäfte in der Stadt; wahrscheinlich wollte Fräulein Beatrix ein Paar Handschuhe oder einen Fächer haben. Er ging bei dieser Gelegenheit auch in die Redaktion, um seinen Artikel zu korrigieren, und saß in der Druckerstube, als der berühmte Doktor Swift hereinkam.

Herr Esmond wartete auf den Verleger, dessen Frau in die Schenke gegangen war, um ihn zu holen, und zeichnete mittlerweile einen Soldaten zu Pferde für einen hübschen, schmutzigen kleinen Jungen, den die Frau in seiner Obhut zurückgelassen hatte.

»Ich nehme an, daß Sie der Verleger des ›Postboten‹ sind«, sagte der Doktor mit knarrender Stimme und irischem Tonfall. Er sah den Obersten unter seinen buschigen Augenbrauen hervor mit einem Paar sehr klarer blauer Augen an. Seine Gesichtsfarbe war grau, seine Gestalt etwas fett; er hatte ein Doppelkinn. Er trug einen abgeschabten geistlichen Rock und einen schäbigen Hut auf schwarzer Perücke. Er zog eine mächtige goldene Uhr aus der Tasche und sah grimmig nach der Uhrzeit.

»Ich bin nur ein Mitarbeiter, Doktor Swift«, antwortete Esmond, der den kleinen Jungen noch auf dem Knie hatte. Er saß mit dem Rücken gegen das Fenster, so daß der Doktor sein Gesicht nicht sehen konnte.

»Wer hat Ihnen gesagt, daß ich Doktor Swift bin?« fragte er und sah hochmütig auf ihn hinunter.

»Der Diener Euer Ehrwürden hat den Namen hier im Zimmer ausgeschrien«, entgegnete der Oberst. »Ich möchte annehmen, daß Sie ihn mit sich aus Irland herüberbrachten.«

»Welches Recht haben Sie, ein Urteil darüber zu fällen, ob mein Diener aus Irland stammt oder nicht? Ich wünsche mit Ihrem Arbeitgeber zu sprechen, mit Herrn Leach. Wollen Sie die Freundlichkeit haben, ihn zu holen?«

»Wo ist dein Vater, Tommy?« fragte der Oberst den schmutzigen kleinen Jungen.

Statt zu antworten, fing das Kind an zu schreien; die Erscheinung des Doktors hatte den armen kleinen Kerl erschreckt.

»Schicken Sie den brüllenden Balg dahin, wo er hingehört, und tun Sie, was ich Ihnen gesagt habe«, sagte der Doktor.

»Erst muß ich das Bild für Tommy fertig zeichnen«, sagte der Oberst lachend. »Sieh mal, Tommy, willst du den Reiter mit einem Schnurrbart haben oder ohne Schnurrbart?«

»Schnurrbart«, sagte Tommy, wieder ganz in das Bild vertieft.

»Wer sind Sie, zum Teufel?« schrie der Doktor, »sind Sie der Gehilfe des Verlegers oder nicht?«

»Euer Ehrwürden braucht nicht den Teufel herbeizurufen, um zu erfahren, wer ich bin«, entgegnete Esmond. »Hast du einmal etwas von Doktor Faust gehört, Tommy? Oder vom Bruder Bacon, der das Pulver erfand und die Themse in Brand setzte?«

Herr Swift wurde puterrot. »Ich wollte Sie nicht kränken«, sagte er.

»Ich nehme an, daß Sie sprachen, ohne sich etwas dabei zu denken«, erwiderte der andere trocken.

»Wer sind Sie? Wissen Sie, wer ich bin? Sie sind einer von dem Schreiberpack, das mein Freund, der Staatssekretär, ins Loch befördert hat. Wie können Sie es wagen, in solchem Ton zu mir zu sprechen?« schäumte der Doktor.

»Ich bitte Euer Ehrwürden demütig um Verzeihung, wenn ich Euer Ehrwürden beleidigt haben sollte«, sagte Esmond in unterwürfigem Ton. »Ehe ich ins Gefängnis oder an den Pranger komme, will ich lieber alles tun, was von mir verlangt wird. Aber Frau Leach, die Gattin des Verlegers, hat mir gesagt, ich solle auf Tommy achten, während sie ihren Mann aus der Schenke holt. Ich wage das Kind nicht loszulassen; es könnte ins Feuer fallen. Aber wenn Euer Ehrwürden es halten …«

»Ich das kleine Wurm halten!« rief der Doktor entsetzt. »Ich stehe in hohem Dienst, Bursche. Sagen Sie Herrn Leach, wenn er Verabredungen mit Doktor Swift trifft, so hat er zur Stelle zu sein. Haben Sie verstanden? Und führen Sie eine bescheidenere Sprache, wenn Sie mit solchen Persönlichkeiten wie mir reden.«

»Ich bin nur ein armer, gebrochener Soldat«, sagte der Oberst. »Ich habe bessere Tage gesehen, wenn ich auch jetzt mein Brot mit Schreiben verdienen muß. Gegen das Schicksal sind wir machtlos, Ehrwürden.«

»Aha, Sie sind der Mensch, von dem Herr Leach mir erzählt hat. Seien Sie so gut und antworten Sie höflich, wenn man Sie anredet. Sagen Sie Leach, er solle heute abend um zehn Uhr in meine Wohnung kommen und die Zeitungen mitbringen. Das nächste Mal, wenn Sie mich sehen, wissen Sie, wer ich bin, Herr Kemp, und dann benehmen Sie sich, wie es sich gehört.«

Der arme Kemp, der am Anfang des Krieges als Leutnant gedient hatte, war ins Unglück geraten und jetzt in der Tat Redakteur beim ›Postboten‹. Esmond kannte den Herrn. Es war ein fleißiger, biederer Mensch, der eine große Familie zu ernähren hatte und manche Winternacht durchwachte, um den Wolf von seiner Schwelle fernzuhalten. Herr St. John hat viele von der Art, wenn sie zur Opposition gehörten, wegen Abfassung von Schmähschriften, wie er es nannte, ins Gefängnis geschickt, er, der selbst eine so freie Zunge führte und Schmähschriften schreiben ließ, welche unendlich viel giftiger waren als die der anderen Partei.

Am 18. November 1712 – Esmond erinnerte sich des Datums nur allzu gut – war er bei seinem General zum Essen geladen. Bei diesen feierlichen Gelegenheiten pflegte er seinen Platz am Ende der Tafel einzunehmen, wo er während des Feldzugs so oft bald an mageren, bald an üppig besetztem Tische gesessen hatte. An diesem Tage war das Festmahl von der üppigen Art; der wackere alte Herr liebte es, seine Freunde köstlich zu bewirten. Es erschienen Seine Gnaden der Herzog von Ormond und Mylord Orkney, der mit uns im Felde gestanden hatte. Seine Gnaden der Herzog von Hamilton, dem zu Ehren dieses Fest als Abschiedsfeier vor seinem Weggang nach Paris veranstaltet worden war, hatte eine Stunde, ehe das Essen begann, eine Absage geschickt. Nur die allerdringendsten Geschäfte, sagte er in seinem Schreiben, haben ihn bewegen können, auf das Vergnügen zu verzichten, bei General Webb ein letztes Glas zu trinken. Den alten Herrn verstimmte diese Absage; auch quälten ihn seine Wunden sehr, und obwohl die Gesellschaft glänzend war, so herrschte doch eine etwas düstere Stimmung. Zuletzt kam St. John und brachte einen Freund mit. »An meinem Tisch«, sagte General Webb mit seine sehr höflichen Verbeugung, »ist immer Platz für Doktor Swift.«

Herr Esmond ging auf den Doktor zu und verneigte sich lächelnd. »Ich habe Ihre Botschaft dem Verleger bestellt«, sagte er. »Ich hoffe, er kam pünktlich mit den Zeitungen zu Ihnen.« Der arme Leach war kurz nach dem Verschwinden des Doktors in der Druckerei erschienen, geführt von seiner sorgsamen Frau und stark berauscht. Er hatte weinerlich von Vetter Swift gesprochen, eine Vertraulichkeit, auf die Herr Esmond aber natürlich nicht anspielte. Der Doktor wurde bei seiner Begrüßung dunkelrot, schaute finster und verlegen drein und sprach während des Essens kaum ein Wort. Ein sehr kleiner Stein kann manchmal diese Riesen des Geistes zu Falle bringen. Er saß mürrisch auf seinem Platz und goß sehr viel Wasser in seinen Wein, während die anderen sich dieses Getränk ausgiebig zu Gemüte führten.

Das Gespräch bewegte sich um die Ereignisse des Tages. Man

erzählte von Lady Marloboroughs Grimm und wie ihre Töchter in alten Kleidern und Nachthauben aus dem Fenster guckten, wenn die Wagen zum Empfang der Königin rollten; von dem Entsetzen des Kammerherrn, als Prinz Eugen in kurzer Perücke bei Ihrer Majestät erschien, wo doch nie ein Sterblicher ohne Allongeperücke die königliche Hand geküßt hatte. Jemand sagte, er habe Mohuns unheilkündendes Antlitz am Abend vorher im Theater erblickt, und Macartney sei mit ihm gewesen. Trotz Trinkens und Sprechens war das Gastmahl so trübselig wie eine Beerdigung. Jedes Thema versickerte alsbald in düsterem Schweigen. Seine Gnaden der Herzog von Ormond zog sich zurück, weil die Rede auf Denain kam, wo wir im letzten Feldzug geschlagen worden waren. Herr Swift erklärte, als Esmond ihm zutrank, der Wein bekomme ihm nicht, nahm seinen Hut und bat Lord Bolingbroke, mit ihm zu gehen. Dieser aber sagte, Swift möge seinen Wagen benutzen und das Geld für eine Droschke sparen; er selbst habe noch mit Oberst Esmond zu reden. Als sich die anderen an die Kartentische zurückzogen, blieben diese zwei im Dunkeln allein.

Bolingbroke war immer sehr redselig, wenn er Wein getrunken hatte. Seine Feinde konnten ihm in solcher Verfassung jedes Geheimnis entlocken. Man benutzte selbst Frauen, um ihn auszuhorchen. Er war auch jetzt sehr offenherzig. »Dein Herzog, Harry«, sagte er, »hat die Fäden der ganzen Sache in der Hand. Wir haben Mittel und Wege gefunden, Marlborough fernzuhalten. Er verläßt London in vierzehn Tagen. Paß auf! Sollte das Schicksal unsere erhabene, unsere geliebte, unsere höchst gichtische, vollblütige Königin in eine bessere Welt entführen, dann siegt la bonne cause. A la santé de la bonne cause! Alles Gute kommt aus Frankreich. Der Wein kommt aus Frankreich. Komm, wir wollen noch einen Becher auf die bonne cause leeren!«

»Wird die bonne cause protestantisch werden?« fragte Herr Esmond.

»Nein, zum Kuckuck!« antwortete der andere. »Natürlich wird er unseren Glauben verteidigen, wie es seine Pflicht und Schuldigkeit ist; aber er selbst wird römisch bleiben. Die Hündin und der Panther[31] werden am selben Wagen ziehen! Gerechtigkeit und Friede werden sich küssen. Pater Massillon und Doktor Sacheverel werden Seite an Seite das Schiff von St. Paul hinunterwandeln. Wein her! Noch einen Toast auf die bonne cause, kniend, verdammt, wir wollen sie kniend trinken!« Er war rot und wild vom Wein.

»Wenn uns nun aber die bonne cause an Frankreich verrät«, fragte Esmond, der diese dunkle Befürchtung nie loswerden konnte, »wie es sein Vater und sein Onkel vor ihm getan haben?«

»Uns an Frankreich verrät?« fuhr Bolingbroke auf. »Gibt es einen Engländer, der sich davor fürchtet? Du, der Blenheim und Ramillies gesehen hat, du fürchtest dich vor den Franzosen? Deine und meine Vorfahren und die des alten Webb da drüben haben sie in hundert Schlachten bekämpft, und unsere Kinder werden bereit sein, dasselbe zu tun. Uns an Frankreich verraten, pah!«

»Sein Onkel hat es getan«, sagte Herr Esmond.

»Und wie sind wir mit seinem Großvater verfahren?« rief St. John und füllte seinen Becher. »Ich trinke auf den größten Monarchen, den England gesehen, auf den englischen Bürger, der ein Königreich aus seinem Lande gemacht hat. Unser großer König kam aus Huntingdon[32] und nicht aus Hannover; unsere Väter haben sich keinen Holländer geholt, um von ihm regiert zu werden. Laßt ihn nur kommen. Ist er ein Verräter, so werden wir ihm zu dienen wissen. Es gibt hier Männer, die sich mit unseren Vätern messen können, Männer, die der Gefahr ins Auge sehen und sich nicht davor fürchten. Verräter! Verrat! Sind das Worte, um dich und mich zu schrecken? Sind Cromwells Leute alle tot? Ist sein glorreicher Name nach fünfzig Jahren vergessen? Sind keine Männer da, die ihm gleichen? Was meinst du, eh? Gott erhalte den König! Und wenn die Monarchie versagt, dann rufen wir: Gott erhalte die britische Republik!«

Er füllte einen großen Humpen, hob ihn hoch und leerte ihn in wilden Zügen. Der Lärm eiliger Wagenräder näherte sich und verstummte vor der Tür des Hauses. Es wurde heftig geklopft; einen Augenblick später kam Herr Swift eilig durch die Halle, rannte die Treppe herauf und trat mit verstörtem Gesicht in das Zimmer, in dem wir saßen. St. John deklamierte gerade leidenschaftlich ein paar Verse aus dem Macbeth, aber Swift fiel ihm ins Wort.

»Um Gottes willen, trinken Sie nicht mehr, Mylord!« rief er. »Ich bringe eine furchtbare Nachricht!«

»Ist die Königin tot?« schrie Bolingbroke und griff nach einem Glas Wasser.

»Nein, der Herzog von Hamilton ist tot; er ist vor einer Stunde von Mohun und Macartney ermordet worden. Sie haben heute früh einen Streit miteinander gehabt; sie haben ihm nicht einmal die Zeit gelassen, einen Brief zu schreiben. Er hat ein paar von seinen Freunden zusammengeholt, und jetzt ist er tot; Mohun auch, der blutdürstige Schurke. Sie haben in Hyde-Park gefochten, gerade vor Sonnenuntergang. Der Herzog hat Mohun getötet, und Macartney ist zugesprungen und hat den Herzog durchbohrt. Der Hund ist geflohen. Ihr Wagen steht unten. Lassen Sie das ganze Land absuchen, um den Elenden zu fangen. Lassen Sie uns zum Haus des Herzogs fahren und sehen, ob noch ein Funken Leben in ihm ist.«

»O Beatrix, Beatrix«, dachte Esmond, »so endet der Traum deines Ehrgeizes, mein armes Mädchen!«

Sechstes Kapitel

Die arme Beatrix

So schnell sein langsames Gefährt ihn tragen wollte, eilte Esmond mit der schrecklichen Nachricht, die ihm von der weinenden Dienerschaft im Hause des Herzogs bestätigt worden war, nach Kensington. Er dachte hin und her, wie er der am schwersten Betroffenen die Schreckensbotschaft mitteilen solle. Wie eine Satire auf die menschliche Eitelkeit wirkte die Beschäftigung, in welche er die arme Seele vertieft fand. Seit Tagen schon war ihre Equipage von Straße zu Straße gerollt, vom Schnittwarenhändler zum Goldschmied, von den Spitzen zu den Rippsachen. Ihr Geschmack war vollkommen; wenigstens war das die Ansicht des zärtlichen Bräutigams. Er hatte ihr die Vollmacht für alle Einkäufe an Silberzeug, Möbeln und Hausrat gegeben, mit denen der Gesandte in Paris sein glänzendes Amt antreten wollte. Er ließ sie von Kneller porträtieren; denn eine Herzogin ist ohne Porträt nicht vorstellbar. Es war ein vornehmes Bild geworden; auf einem Kissen hatte der Künstler die Krone angedeutet, welche sie so nahe daran war zu tragen. Sie erklärte, sie wolle sich bei der Krönung König Jakobs des Dritten damit schmücken. Keiner Prinzessin im Lande würde der Hermelin so gut zu Gesicht gestanden haben wie ihr. Esmond fand das Vorzimmer von Schneiderinnen, Seidenhändlern und diensteifrigen Goldschmieden bevölkert; Silberzeug, Schmucksachen, Brokate, Sammet und Vorhänge langen umher. Die Braut erteilte gerade einem berühmten Silberschmied Audienz, der ein großes ziseliertes Silberbrett gebracht hatte. Er machte sie auf die Schönheiten der Arbeit aufmerksam, als Oberst Esmond eintrat. »Komm, Vetter«, sagte sie, »hilf mir, das schöne Ding bewundern.« Mars und Venus lagen in goldener Laube; eine vergoldete Amorette trug den Helm des Kriegsgottes davon, eine andere hatte sein Schwert ergriffen, eine dritte den großen Schild, auf dem die Wappen unserer Familie und die des Herzogs von Hamilton eingegraben waren; eine vierte kniete vor der ruhenden Venus und hielt ihr, Gott sei uns gnädig, die herzogliche Krone hin! Als Esmond das Kunstwerk später wiedersah, hatten sich die Wappen verwandelt; aus der herzoglichen Krone war eine gräfliche geworden; das silberne Brett gehörte zur Aussteuer der Tochter des betriebsamen Silberschmieds, die zwei Jahre später den Grafen Squanderfield heiratete.

»Ist es nicht schön?« fragte Beatrix und deutete auf die neckische Anmut der Amoretten und die kräftig modellierte Gestalt des nachlässig hingestreckten Mars. Esmond wurde es weh ums Herz beim Gedanken an den Krieger, der tot in seinem Zimmer lag, umgeben von seinen weinenden Kindern und Dienern. »Es ist ein hübsches Stück Eitelkeit«, sagte er und sah traurig auf das schöne Geschöpf, das sich lächelnd für ein bräutliches Totenbett rüstete. Kerzenschimmer erhellte den Raum; sie hob das große silberne Brett mit ihren weißen Armen empor.

»Eitelkeit!« sagte sie hochmütig. »Was dir eitel erscheint, das schickt sich für mich. Sie machen jüdische Preise, Herr Graves; aber ich will das Brett haben, und wäre es nur, um Herrn Esmond zu ärgern.«

»O Beatrix, leg es hin!« bat Esmond, »du weißt nicht, Herodias, was du in deiner Schüssel trägst.«

Sie ließ das Brett los; es fiel klirrend zu Boden; der Silberschmied sprang eifrig herzu, um sein gefallenes Kunstwerk aufzuheben. Das Mädchen hatte in Esmonds bleichem Angesicht gelesen, und ihre Augen funkelten wie Leuchtfeuer in der Nacht. »Was ist geschehen, Harry?« rief sie, lief zu ihm und ergriff seine beiden Hände. »Warum bist du so blaß? Warum sprichst du so dumpf?«

»Komm mit mir, komm mit mir!« sagte Esmond und stützte sie. Sie klammerte sich angstvoll an ihn, und er hielt sie an seinem Herzen. Er bedeutete dem verstörten Silberschmied, sie allein zu lassen. Der Mann drückte sein kostbares Brett liebevoll an sich und verschwand starr vor Staunen im nächsten Zimmer.

»O meine Beatrix, meine Schwester!« sagte Esmond und hielt das bleiche, erschreckte Geschöpf noch immer in seinen Armen. »Du bist die mutigste Frau der Welt; beweise das jetzt, denn du hast eine schwere Prüfung zu tragen.«

Sie riß sich von dem Freund los, der sie so gern beschützt hätte. »Hat er mich verlassen?« rief sie. »Wir haben heute früh einen Wortwechsel gehabt; er war in sehr gedrückter Stimmung, und ich habe ihn geärgert; aber er wird es nicht wagen, er darf es nicht wagen!« Bei ihren Worten überzog eine brennende Röte ihr Gesicht und ihren Busen. Esmond sah es im Spiegel, vor dem sie stand und der ihr Bild zurückwarf, wie sie die geballten Hände an das klopfende Herz preßte.

»Er hat dich verlassen«, sagte Esmond, und wunderte sich, daß Wut und nicht Kummer aus ihren Blicken sprach.

»Und er lebt«, schrie sie, »und du bringst mir diese Botschaft! Er hat mich verlassen, und du hast nicht gewagt, mich zu rächen!

Du, der vorgibt, der Beschützer unseres Hauses zu sein, du duldest, daß ich so beleidigt werde! Wo ist Lord Castlewood? Ich will zu meinem Bruder gehen.«

»Der Herzog ist nicht mehr am Leben, Beatrix«, sagte Esmond.

Sie sah ihren Vetter mit wild flackernden Blicken an und taumelte gegen die Wand zurück, als habe sie ein Schuß in die Brust getroffen. »Und du kommst hierher, und– und – du hast ihn getötet?«

»Gott sei Dank, nein!« entgegnete er. »Das Blut seines edlen Herzens hat nicht meinen Degen befleckt. Er ist dir bis zu seiner letzten Stunde treu gewesen, Beatrix Esmond. Eitle, grausame Frau! Danke dem Himmel, der über Tod und Leben entscheidet und die Stolzen züchtigt, auf den Knien dafür, daß der edle Hamilton dir treu ergeben starb, daß es wenigstens nicht dein Stolz, deine verruchte Eitelkeit, ein Streit um deinetwillen war, der ihn seinem Verhängnis in die Arme trieb. Er ist durch den unseligen Degen gefallen, der schon deines eigenen Vaters Blut vergoß. Hast du nichts als Rachsucht und Eitelkeit aufzubieten, um an seiner Leiche zu trauern? Gott helfe dir und verzeihe dir, Beatrix. Er ist es, der diese furchtbare Strafe über dein hartes, trotziges Herz verhängt!«

Esmonds Worte waren kaum verklungen, als seine Herrin hereintrat. Das Gespräch zwischen ihm und Beatrix hatte nur wenige Minuten gedauert, doch hatte sein Diener die Schreckenspost schon im ganzen Hause verbreitet. Die Boten des Marktes der Eitelkeit, die draußen im Vorzimmer warteten, rafften ihren Trödel zusammen und flohen entsetzt. Die gute Lady Castlewood hatte in ihrem Zimmer mit dem Dechanten Atterbury, dem Verräter und Beichtvater des frommen Geschöpfes, gesprochen. Er hatte ihr Haus betreten wie der Arzt, dessen Platz am Krankenbette ist. Sie sah Esmond an und eilte zu ihrer Tochter, mit bleichem Gesicht, mit offenem Herzen und offenen Armen, Güte und Mitleid. Aber Beatrix wich vor ihr zurück; sie wollte auch von dem Zuspruch des geistlichen Arztes nichts wissen. »Ich bin am besten in meinem Zimmer und allein«, sagte sie. Ihre Augen waren trocken. Esmond sah sie nur einmal wegen dieses Toten weinen. Sie reichte ihm ihre kalte Hand, ehe sie das Zimmer verließ. »Ich danke dir, Bruder«, sagte sie leise und mit einer Einfachheit, die erschütternder war als Tränen; »alles, was du gesagt hast, ist wahr und gütig, und ich will gehen und um Verzeihung bitten.« Die drei anderen blieben zurück und sprachen über das furchtbare Ereignis. Doktor Atterbury schien fast noch mehr davon ergriffen als wir. Der Tod Mohuns, des Mörders ihres Gatten, erregte Lady Castlewood noch heftiger als das unglückliche Ende des Herzogs. Esmond erzählte alles, was er über den Streit und seine Ursache wußte. Die beiden Edelleute lagen schon lange in Fehde wegen der Güter des Lord Gerard, der Schwiegervater der beiden gewesen war. Sie hatten sich am Morgen dieses Tages bei ihren Rechtsanwälten getroffen und einen Wortwechsel gehabt, der den übrigen sehr unwesentlich erschienen war, nicht so aber den beiden Männern, die durch lange Feindschaft aufs äußerste gegeneinander gereizt waren. Mohun hatte den Herzog gefragt, wo er sich mit seinen Sekundanten besprechen könne, hatte ihm noch in derselben Stunde zwei von seinen Freunden geschickt, und so war das tödliche Duell vereinbart worden. Es wurde mit einem solchen Ungestüm vorbereitet, und der Anlaß war so unbedeutend, daß sich alle Menschen damals darüber einig waren, die drei berüchtigten Raufbolde seien nur die Agenten einer Partei gewesen, der es daran lag, den Herzog von Hamilton aus dem Wege zu schaffen. Es fochten drei auf jeder Seite, wie in jener traurigen Nacht vor zwölf Jahren, von der wir so viel erzählt haben. Die Gegner stürzten sich aufeinander, ohne auch nur vorbereitend die Degen zu kreuzen, und stachen so verwegen einer auf den anderen los, daß sie beide verwundet zusammenbrachen, Mohun tödlich getroffen. Da eilte Macartney herbei und gab dem Herzog den Todesstoß. Oberst Macartney leugnete diese Tat; aber das Entsetzen und die Entrüstung des ganzen Landes erklärten ihn schuldig. Er floh aus England und ist nie dorthin zurückgekehrt.

Was war die wirkliche Ursache für den Tod des Herzogs von Hamilton? Ein erbärmlicher Streit, der leicht hätte beigelegt werden können; ein Streit mit einem so heruntergekommenen, verworfenen Schurken, befleckt von Mord und Verbrechen, daß ein Mann vom Ruf und fürstlichen Rang des Herzogs sich wohl hätte weigern können, seinen Degen mit solchem Blut zu besudeln. Aber sein Mut war ebenso hoch gespannt wie seine Barmherzigkeit; er konnte niemanden von sich weisen. Das wußten die Feinde, die ihn verderben wollten, und so kam es, daß er durch die Hand Mohuns und seiner zwei Spießgesellen fiel. Der Gesandte der Königin war tot, der treue, ergebene Diener der Stuarts, selbst ein königlicher Prinz von Schottland, der dem verbannten Herrscher und Bruder der Königin feierlich Botschaft vom Vertrauen und der Reue seiner Schwester, vom guten Willen von Millionen Bürgern hatte überbringen sollen.

Die Partei, zu der Lord Mohun gehörte, hatte den Vorteil von seiner Tat und war zugleich den Schurken selber los. Er und seine zwei Spießgesellen waren Geschöpfe des Herzogs von Marlborough. Seine Gnaden war jetzt ein Whig und Hannoveraner und war so begeistert für den Krieg wie der Prinz von Savoyen selbst. Ich behaupte nicht, daß er von dem Plan gegen Hamiltons Leben gewußt hat; ich sage nur, daß seine Partei den Gewinn davon hatte.

Als Esmond und der Dechant das Haus verließen im Gespräch darüber, wie verhängnisvoll dieses Ereignis für die Sache sei, die ihnen beiden am Herzen lag, da waren die Ausrufer schon mit ihren Anschlagzetteln unterwegs und verkündeten der Stadt die wahre und schreckliche Geschichte vom Tode Lord Mohuns und des Herzogs von Hamilton. Einer der Burschen war bis hinaus nach Kensington geraten und schrie früh am Morgen seine Neuigkeiten auf dem Platz aus, als Esmond zufällig vorüberging. Er trieb den Menschen von dannen, der gerade in dem Augenblick unter dem Fenster von Beatrix seine Stimme erhob, als es geöffnet wurde. Die Sonne schien, obwohl es November war. Esmond hatte die Marktwagen zum Tor hereinrollen, die Wache am Palast ablösen, die Arbeiter zum Tagewerk nach der Stadt ziehen sehen. Die fliegenden Händler hatten die Luft mit ihrem Geschrei erfüllt; die Welt ging an ihre Geschäfte. Was kümmerte es sie, daß Herzöge auf der Bahre lagen, daß Damen um sie trauerten, daß Königen das Spiel verdorben wurde. Esmond sah im Geiste den Eilboten nach Norden reiten, der dem jungen Mann, der gestern

Graf von Arran war, verkünden sollte, daß er heute Herzog von Hamilton sei. Er sah tausend große Pläne und Hoffnungen, die vor wenigen Stunden noch ein ritterliches Herz bewegt hatten, im Staube liegen.

Siebtes Kapitel

Ich komme wieder nach Castlewood

So waren zum dritten Male die ehrgeizigen Hoffnungen von Beatrix zerstört worden. Sie konnte wohl glauben, daß ein ganz besonders feindseliges Geschick sie verfolge und belauere, um ihr die Erfüllung jedesmal zu entreißen, wenn sie meinte, sie in der Hand zu halten. Wut und Bitterkeit blieben als ihr Teil zurück. Wie schwer sie aber auch unter Wut und Kummer gelitten haben mag – und ich fürchte, der Ärger quälte sie heftiger als der Kummer –, sie machte niemanden zum Vertrauten ihres Leidens, wie es weichere Naturen in solchem Unglück wohl getan hätten. Ihre Mutter und ihr Vetter wußten, daß sie ihr Mitleid verschmähte, daß es die grausame Wunde, welche das Schicksal ihr geschlagen hatte, nur schmerzhafter machen und nicht heilen konnte. Sie wußten, daß ihr Stolz durch diesen plötzlichen, furchtbaren Schlag schrecklich gedemütigt und gestraft war, und daß sie nicht der Belehrung anderer brauchte, um die Moral aus ihrer traurigen Geschichte zu ziehen. Ihre zärtliche Mutter konnte nur für sie beten; ihr Vetter konnte für das unglückliche, geschlagene Geschöpf nur seine treue Freundschaft und unerschöpfliche Geduld bereithalten. Beatrix zeigte nur durch Andeutungen und durch ein paar Worte, die Monate später von ihr geäußert wurden, daß sie ihre stille Teilnahme verstand und ihnen für ihre Nachsicht im geheimen dankbar war. Am Hofe sagte man, sie habe etwas in ihrer Art, das sowohl Spott als Teilnahme fernhalte. Sie stand über der Schadenfreude und dem Mitleid der Höflinge und spielte ihre Rolle in der großen Tragödie mutig und hochherzig. Sie zwang selbst die, welche ihr nicht gut gesinnt waren, zur Bewunderung. Wir, die wir sie nach ihrem Unglück beobachten, konnten ihren unbeugsamen Mut und ihre majestätische Ruhe nur achten. »Ich möchte lieber ihre Tränen sehen als ihren Stolz«, sagte ihre Mutter, die gewöhnt war, ihre eigenen Kümmernisse sehr anders zu tragen und sie als eine Züchtigung Gottes mit ehrfürchtiger Unterwürfigkeit und Demut über sich ergehen zu lassen. Aber Beatrix hatte eine andere Natur; sie schien ihr Schicksal hinzunehmen und ihm doch zu trotzen. Kein Bekenntnis, keinen Schmerzensschrei, keine Träne konnte es ihr entlocken, ich glaube auch dann nicht, wenn sie allein in ihrem Zimmer war. Ihr Kinder meines Geschlechts, die nach mir kommen, wie werdet ihr eure Prüfungen tragen? Ich weiß jemanden, der Gott bittet, euch mehr Liebe als Stolz zu geben, der wünscht, daß euch das Auge des Allmächtigen demütig finde. Darum aber sollen wir stolze Seelen doch milde beurteilen; denn die Natur hat manche Menschen zum Herrschen geschaffen und hat ihnen den Ehrgeiz ins Herz gepflanzt wie anderen Gehorsam und Demut. Der Leopard folgt seiner Natur, wie das Lamm ihr folgt. Er hat sich weder seine Schönheit noch seinen Mut noch seine Grausamkeit, keinen Fleck seines schimmernden Felles selbst gegeben. Er hat keine Macht über den wilden Mut, der ihn treibt, über den Schuß, der ihn zu Boden streckt.

Die wohlbegründete Angst der Whigs, die Königin könne den hannverschen Prinzen, an den sie durch Eide und Verträge gebunden war, im Stich lassen und ihren Bruder, an den sie die stärkeren Bande des Blutes und der Pflicht knüpften, zurückrufen, war nur allzu begründet gewesen. Prinz Eugen und die kühnsten Männer der Partei hatten darum versucht, den jungen deutschen Fürsten[33] nach England zu bringen, und hatten der Königin und dem Geschrei ihrer Umgebung und Regierung gegenüber geltend gemacht, der kurfürstliche Prinz sei englischer Peer und vom Blute des königlichen Hauses, er sei zur Erbfolge berechtigt, müsse seinen Platz in dem Parlament einnehmen, dessen Mitglied er sei, und in dem Lande leben, das er einmal regieren solle. Nur der Ausdruck des höchsten königlichen Unwillens und die Empörung der Torys hatten diesen Schritt verhindern können.

Die kühnsten Männer auf unserer Seite waren gleichermaßen dafür, ihren Prinzen im Lande zu haben. Er war ohne Zweifel der Erbe von Gottes Gnaden; ihm gehörten die Sympathien von mehr als der Hälfte des Volkes, fast der ganzen Geistlichkeit, des gesamten Landadels von England und Schottland. Er war unschuldig an dem Verbrechen, für das sein Vater hatte büßen müssen; er war jung, schön, tapfer, unglücklich. Wer in ganz England würde es wagen, diesem Prinzen etwas anzuhaben, wenn er sich britischer Großmut, Ehre und Gastfreundschaft in die Arme werfen sollte? Einen Eindringling mit einer Armee Franzosen hinter sich würde sich jeder mutige Engländer auf Tod und Leben entgegengestellt und ihn an die Küsten zurückgetrieben haben, von denen er herkam. Aber ein Prinz allein, nur mit seinem Rechte bewaffnet und vertrauend auf die Ergebenheit seines Volkes, war des Willkommens, zum mindesten aber der persönlichen Sicherheit unter uns gewiß. So argumentierten viele seiner Anhänger. Die Hand seiner königlichen Schwester und des Volkes, das ihm untertan war, hätte sich niemals feindlich gegen ihn erhoben. Aber die Königin war zaghafter Natur, und die verschiedenen Minister, die sich in ihrem Dienste folgten, hatten ihre eigenen Gründe zur Unentschlossenheit. Die kühneren und ehrlicheren Männer, denen die Sache des jungen königlichen Verbannten wirklich am Herzen lag und die durch keine selbstsüchtigen Pläne von der Durchführung des Rechts abgehalten wurden, waren bereit, ihn willkommen zu heißen und bis aufs äußerste zu verteidigen, unter der einen Bedingung nur, daß er als Engländer kam.

St. John und Harley hatten freundliche Worte genug für die Anhänger des Prinzen, und gaben ihm endlos viele Versprechungen für die Zukunft. Aber das war auch alles, wozu man sie bringen konnte, und viele Männer waren für kühnere, offenere und wirksamere Maßnahmen. Mit einer Anzahl der so Gesinnten, die zum Teil noch leben und deren Namen Herr Esmond darum nicht nennen möchte, fand er sich ein Jahr nach dem traurigen Tode des Herzogs von Hamilton, der den Stuart seines mutigsten

Anhängers beraubte, zu einer Gruppe verbunden. Dechant Atterbury[34] war einer der Freunde, den wir nennen können, denn der tapfere Bischof ist für irdische Verfolgung nicht mehr erreichbar. Ihm und noch einigen anderen eröffnete der Oberst einen selbsterdachten Plan, der nicht verfehlen konnte, ihre liebsten Wünsche zur Erfüllung zu bringen, wenn nur etwas Entschlossenheit von seiten des Prinzen ihnen entgegenkam.

Der junge Lord Castlewood war nun seit mehreren Jahren seinem Vaterland ferngeblieben. Zu der Zeit, als seine Schwester heiraten sollte und der Herzog von Hamilton starb, wurde er durch das Wochenbett seiner Frau in Brüssel festgehalten. Die sanfte Clotilda konnte nicht ohne ihren Gatten leben. Vielleicht mißtraute sie auch dem jungen Windhund und fürchtete den Moment, wo er ihren Zügeln entwischen konnte. Jedenfalls hielt sie ihn stets an ihrer Seite; er mußte das Kind hüten und die Gevattern bewirten. Wie oft hatte die arme Beatrix über Franks Pantoffelheldentum gelacht! Seine Mutter wäre gern hinübergegangen, um Clotilda zu pflegen. Aber die Schwiegermutter hatte diesen Posten inne, und die Vorbereitungen für die Hochzeit von Beatrix waren im Gange. Wenige Monate nach der furchtbaren Katastrophe im Hyde-Park zogen sich Mylady und ihre Tochter nach Castlewood zurück, in der Erwartung, daß Mylord sich dort bald zu ihnen gesellen werde. Aber ihr stiller Haushalt war nicht sehr nach seinem Geschmack. Er war nach seinem Eintritt in die Armee nur ein einziges Mal in Walcote gewesen und hatte den größten Teil dieser Urlaubszeit in London verbracht. Der junge Schelm war nicht etwa bei Hofe erschienen, hatte auch von seinem Namen und Titel keinen Gebrauch gemacht, sondern war als Hauptmann Esmond in der allerschlechtesten Gesellschaft von Theater zu Theater, von einem Bordell zum andern gezogen. Sein unschuldiger Vetter kam dadurch mehr als einmal in Verlegenheit. Unter den verschiedensten Vorwänden war Frank Castlewood nach diesem Besuch in der Heimat seiner Familie ferngeblieben, hatte allen erdenklichen Vergnügungen nachgejagt, bis er schließlich in dem gesetzlich geheiligten Vergnügen seiner Ehe untertauchte. Er war in England so gut wie unbekannt, und nur die Herren von der Armee, die mit ihm zusammen gedient hatten, wußten etwas von ihm. Das zärtliche Herz der Mutter litt unter der langen Trennung; Esmond konnte ihre so natürliche Verstimmung nur schwer besänftigen und hatte es nicht leicht, Entschuldigungen für die Gleichgültigkeit seines Vetters zu finden.

Im Herbst des Jahres 1713 dachte Lord Castlewood ernstlich daran, nach Hause zurückzukehren. Sein erstes Kind war eine Tochter. Clotilda war im Begriff, Mylord mit einem zweiten Kinde zu beschenken. Der fromme Jüngling hoffte, wenn er seine Frau in das Haus seiner Väter bringe und die Fürsprache des heiligen Philipp von Castlewood in Anspruch nehme, so werde der Himmel ihn dieses Mal mit einem Sohn segnen, nach dem auch die erwartende Mutter ängstlich ausschaute.

Der lang umstrittene Friede war Ende März dieses Jahres proklamiert worden, und Frankreich stand uns offen. Gerade als die arme Lady Castlewood alles für den Empfang ihres Sohnes vorbereitet hatte und ungeduldig nach ihm ausschaute, wurde ihre Sehnsucht von neuem enttäuscht. Oberst Esmond veranlaßte die gütige Frau, ihre Lieblingshoffnung noch einmal aufzuschieben.

Er war zu Pferde auf dem Weg nach Castlewood. Er hatte seine grauen Türme und wohlbekannten Wälder seit beinahe vierzehn Jahren nicht gesehen und hatte es zum letzten Male mit Mylord verlassen, dem Mylady, mit ihren jungen Kindern neben sich, den Abschied zuwinkte. Wie lange war das her! Jahre des Handelns und der Leidenschaft, der Sorge, der Liebe, der Hoffnung und des Mißgeschickes lagen zwischen damals und heute. Die Kinder waren herangewachsen und hatten ihre eigenen Schicksale. Esmond hatte ein Gefühl, als sei er hundert Jahre alt. Nur seine liebe Herrin schien unverändert; sie hieß ihn willkommen wie früher. Da war auch der Brunnen im Hofe und murmelte seine vertraute Melodie; da war die alte Halle mit ihrem alten Gerät, der geschnitzte Stuhl, in dem Mylord zu sitzen pflegte, der Humpen, aus dem er seinen Wein trank. Mylady wußte, daß Esmond gern in seinem altgewohnten kleinen Zimmer schlafen werde; sie hatte alles für ihn bereitet; duftender Goldlack stand in der Stube des Kaplans nebenan.

In Tränen nicht unmännlicher Rührung, in demütigen Gebeten zu dem gewaltigen Herrn über Leben und Tod, über Glück und Unglück, brachte Esmond einen Teil dieser ersten Nacht in Castlewood zu. Er hörte mit vertrauten Tönen die Stunden schlagen, schaute zurück über den Abgrund der Zeit und sah sich jenseits in weiter Ferne als kleinen, schwermütigen Knaben, sah Mylord noch am Leben und Mylady, selbst noch ein Kind, mit ihren Kindern spielen. Vor langen Jahren hatte ein Knabe auf diesem Bett sich gelobt, ihr immer treu zu sein und niemals ihren Dienst zu verlassen. Das war damals, als sie ihn segnete und ihren Ritter nannte. Hatte er sein knabenhaftes Gelübde gehalten? Ja, Gott sei gedankt! Sein Leben hatte ihr gehört; sein Blut, seinen Besitz, seinen Namen, sein ganzes Herz hatte er ihr und ihren Kindern gegeben. Als er einschlief, träumte er von seiner Knabenzeit, und er fuhr wieder und wieder aus dem Traum empor; es schien ihm, als rufe Pater Holt aus dem Nebenzimmer und als komme und gehe er durch das geheimnisvolle Fenster.

Esmond erhob sich vor Tagesanbruch; er ging in das Zimmer des Paters hinüber, wo die Luft vom Geruch des Goldlacks schwer war. Er sah in das Kohlenbecken hinein, in dem die Papiere verbrannt worden waren, in die alten Schränke, wo Holt seine Kleider und Bücher verwahrt hatte; er versuchte, ob die Feder des geheimen Fensters noch in Ordnung sei. Sie war seit Jahren von keinem Finger berührt worden, aber sie gab endlich nach, und das Fenster verschwand in der Versenkung. Er hob es, und es sprang in seinen Rahmen zurück.

Er erinnerte sich, daß sein sterbender Herr ihm erzählte, Holt sei wie ein Geist im Hause erschienen und wieder verschwunden. Er kannte des Paters Vorliebe für geheime Wege und war überzeugt, daß hier der Geist ein- und ausgegangen war. Als er das Fenster in den Rahmen zurückgleiten ließ, zog die Morgendämmerung über dem Dorf herauf. Er konnte das Klirren der Geräte in der Schmiede drüben unter den Bäumen hören. Über dem Flusse lag noch nächtlicher Nebel.

Esmond öffnete den geheimen Schrank über dem Kaminsims, der so groß war, daß ein Mann darin hätte Platz finden können. All die mannigfachen Heimlichkeiten Pater Holts hatte dieser Schrank einst beherbergt. Die beiden Degen, an die er sich so gut erinnerte, lagen wirklich noch immer darin. Er nahm sie heraus und wischte sie ab; eine merkwürdige Spannung und Erregung bemächtigte sich seiner. Er fand noch ein Bündel Papiere, die Holt ohne Zweifel zurückgelassen hatte, als er Castlewood zum letzten Male besuchte, an dem Tage, als er gefangengenommen und nach Hexton gebracht wurde. Esmond bemächtigte sich der Schriftstücke, die verräterischen Inhalts waren und sich auf die Verschwörungen gegen König Wilhelm bezogen. Ein Brief König Jakobs aus St. Germain war dabei, in dem er seinem vielgeliebten Grafen Francis von Castlewood den Titel eines Marquis von Esmond verhieß.

Das war der von Mylord erwähnte Brief, den ihm Holt bei seinem letzten Besuch gezeigt hatte und auf den er sich nach Ablauf von zwölf Stunden Bescheid holen wollte. Esmond legte die Papiere hastig in den Schrank zurück, denn er hatte ein leises Klopfen an der Tür gehört. Es war seine gütige Herrin; ihr Gesicht strahlte vor Liebe und Willkommen. Sie hatte in dieser Nacht gewiß auch viele Stunden wach gelegen; aber keiner fragte den anderen, wie er geschlafen habe. Es gibt Dinge, die wir ohne Worte erraten, und Ereignisse, von denen wir wissen, auch wenn sie in der Ferne geschahen. Die liebe Frau hat mir später erzählt, daß sie an beiden Tagen gewußt habe, daß ich verwundet worden war. Wer kann sagen, wie weit Sympathien reichen und wie wahr Liebe prophezeit? »Ich habe in dein Zimmer hineingesehen«, war alles, was sie sagte. »Das Bett war leer, das alte kleine Bett! Da wußte ich, daß du hier zu finden seist.« Zärtlich und mit leichtem Erröten küßte ihn das sanfte Geschöpf.

Sie wanderten hinaus, Hand in Hand, über den alten Hof zur Terrasse, wo der Tau im Gras glitzerte. Die Vögel schmetterten in den grünen Wäldern ihre Lieder dem Morgenrot entgegen. Wie gut er sich an alles erinnerte! Die alten Türme und Giebel des Schlosses, die dunkel gegen den östlichen Himmel standen, die purpurnen Schatten der grünen Hügel, die waldgekrönten Höhen, die goldene Ebene mit ihren wogenden Feldern, der schimmernde Fluß, alles war vor ihnen ausgebreitet, belebt von tausend schönen Erinnerungen aus ihrer Jugendzeit, schön und traurig zugleich, aber ebenso wirklich und lebendig vor ihrem geistigen Auge, wie die herrliche Landschaft vor ihren leiblichen Augen lag. Wir vergessen nichts; das Gedächtnis schläft ein, aber es wacht wieder auf. Wie wird es sein, wenn nach dem letzten Schlummer des Todes das große Erwachen uns in die Ewigkeit ruft und unser ganzes Leben uns blitzartig zum Bewußtsein kommt!

Es war im Juli; die Sonne war im Aufgehen, und die Bewohner des Schlosses lagen noch in tiefem Schlaf. Die Ruhe dieser Stunden benutzte Esmond, um seiner Herrin anzuvertrauen, was er vorhatte, und welche Rolle Frank in seinen Plänen spielen sollte. Er wußte, daß er ihr alles sagen konnte, daß sie eher sterben als ihn verraten werde; er wußte auch, daß ein Plan von ihm ihres Beifalls und ihrer Teilnahme immer sicher war. Sie meinte denn auch in ihrer Voreingenommenheit, es sei noch nie ein so glorreiches Unternehmen erdacht worden, es habe noch nie einen so treuen Ritter gegeben, solche Taten auszuführen. Es mögen wohl zwei Stunden über ihrem Zwiegespräch dahingegangen sein. Beatrix kam aus dem Hause, gerade als alles gesagt war. Ihre hohe, schöne Gestalt war in ein Trauergewand gehüllt, dessen Schleppe über den grünen Rasen der Terrasse streifte und das dunkle Schatten vor sie herwarf. Sie trug seit der Katastrophe des vergangenen Jahres nur noch schwarze Kleider, aber ohne jede Aufdringlichkeit.

Sie machte vor den beiden lächelnd eine ihrer majestätischen Verbeugungen und nannte sie »die jungen Leute«. Sie war älter, bleicher, unnahbar geworden; die Mutter schien jünger als sie. Lady Castlewood hatte Esmond erzählt, daß sie nie von ihrem Kummer spreche und nur zuweilen mit ein paar Worten auf den Zusammenbruch ihrer Hoffnungen anspiele. Seit ihrer Rückkehr nach Castlewood hatte Beatrix angefangen, die Armen und Kranken in ihren Hütten zu besuchen. Sie gründete eine Schule für die kleinen Kinder und lehrte einige von ihnen singen. Wir hatten eine sehr schöne alte Orgel in der Kirche von Castlewood. Sie spielte herrlich darauf, und meilenweit im Land sprach man von ihrer Musik. Die Menschen kamen herbei, um sie zu hören, wohl aber auch, um die schöne Organistin zu sehen. Pfarrer Tusher und seine Frau hausten hinter der Kirche; aber die Ehe war kinderlos geblieben, und Tom hatte keine Söhne, mit denen er seinen Feinden am Tore entgegentreten konnte. Der Wackere war auch darauf bedacht, sich keine Feinde zu machen. Sein großer geistlicher Hut lüftete sich vor jedermann. Er war verschwenderisch mit Verbeugungen und schönen Redensarten. Esmond begegnete er wie einem Generalfeldmarschall. Er war an diesem Tage zum Essen ins Schloß geladen; es war ein Sonntag. Nur durch Druck konnte er veranlaßt werden, am Genuß des Puddings teilzunehmen. Er beklagte Mylords Übertritt, aber er trank mit großer Inbrunst auf seine Gesundheit. Eine Stunde vor dem Essen war es ihm gelungen, den Obersten durch eine lange, gelehrte und anregende Predigt in den Schlaf zu wiegen.

Esmonds Besuch daheim dauerte nur zwei Tage. Das Geschäft, das er vorhatte, rief ihn außer Landes. Er sah Beatrix nur einmal allein. Sie rief ihn ins Nebenzimmer, als er mit Mylady in dem langen Gobelinsaal saß, in das Zimmer, wo Gräfin Isabel geschlafen hatte und wo Esmond sie im Geiste noch auf dem Bett sitzen sah, angetan mit Nachtgewand und Nachthaube, an jenem Morgen, als die Soldaten kamen, um sie gefangen fortzuführen. Die schönste Frau Englands schlief jetzt in diesem Bett, dessen damastene Vorhänge nur wenig verblichen waren, seit Esmond sie zum letzten Male sah.

Hier stand Beatrix in ihren schwarzen Gewändern und hielt eine Schachtel in der Hand. Es war dieselbe, die Esmond ihr vor ihrer Hochzeit gegeben hatte. Sie war gezeichnet mit der Krone, die das enttäuschte Mädchen niemals tragen sollte, und barg die Diamanten aus der Erbschaft seiner Tante.

»Es wäre gut, wenn du diese Steine mit dir nähmest, Harry«, sagte sie. »Ich brauche keine Diamanten mehr.« Nicht das leiseste Zeichen innerer Erregung war in ihrer ruhigen, weichen Stimme. Sie streckte ihren schönen Arm aus und reichte ihm den schwarzen Lederkasten. Ihre Hand zitterte nicht. Esmond sah, daß sie ein schwarzes Sammetband am Arm trug mit einem Miniaturbild des Herzogs in Emaille. Er hatte es ihr drei Tage vor seinem Tode geschenkt.

Esmond versuchte die geplante Rückgabe mit einem Lachen abzuwenden. Er habe kein Anrecht mehr auf die Steine. »Was soll ich damit?« sagte er; »die diamantene Schnalle auf seinem Hut macht den Prinzen Eugen nicht schöner; mein gelbes Gesicht würde sie auch nicht heben können.«

»Du wirst die Steine deiner Frau schenken, Vetter«, sagte sie. »Deine Frau hat eine liebliche Haut und eine anmutige Gestalt.«

»Beatrix«, fuhr Esmond auf, und das alte Feuer flammte wieder empor, wie es noch manchmal zu tun pflegte. »Willst du den Schmuck an deinem Hochzeitstag tragen? Du hast mir einmal zugeflüstert, du habest mich nicht gekannt. Du kennst mich jetzt besser, weißt, wonach ich zehn Jahre lang geschmachtet, worauf ich verzichtet habe.«

»Ihre Ausdauer muß belohnt werden, Mylord«, entgegnete sie. »Ein so treuer Ritter will bezahlt sein. Pfui, Vetter!«

Esmond aber fuhr fort: »Wenn ich etwas vollbringe, das dir auch am Herzen liegt, etwas, das deiner und meiner wert ist, das mir einen Namen machen wird, mit dem ich dich beschenken kann, willst du dann den Namen tragen? Es sei einmal Aussicht für mich gewesen, sagtest du. Ist es unmöglich, sie zurückzurufen? Schüttele nicht den Kopf, hör mich an. Versprich mir, daß du mir heute in einem Jahr Gehör schenkst. Wenn ich zurückkomme und dir Ruhm bringe, wird dir das Freude machen? Wenn ich vollbringe, was du dir am heißesten wünschst, was der Tote sich am heißesten wünschte, wird dich das sanfter stimmen?«

»Was ist es, Harry?« fragte sie, und in ihren Augen leuchtete es auf. »Was meinst du?«

»Frage nicht«, antwortete er. »Warte und laß mir Zeit. Wenn ich zurückkomme und das bringe, worum ich dich tausendmal beten hörte, wirst du dann keinen Lohn bereit haben für den, der dir diesen Dienst erwies? Tu die Schmucksachen fort, behalte sie. Wenn es in eines Mannes Macht steht, es zu vollbringen, so schwöre ich dir, es soll ein Tag kommen, wo in deinem Hause ein großes Fest gefeiert wird, nicht meine Hochzeit oder deine Hochzeit, aber ein Fest, bei dem du stolz sein wirst, die Steine zu tragen. Mehr kann ich jetzt nicht sagen. Vergiß die Worte und schließ die Schachtel fort bis zu dem Tag, wo ich dich an beide erinnern werde. Alles, um was ich dich jetzt bitte, ist, zu warten und meiner zu gedenken.«

»Du gehst außer Landes?« sagte Beatrix in einiger Erregung.

»Ja, morgen«, antwortete er.

»Nach Lothringen[35], Vetter?« fragte sie und legte ihre Hand auf seinen Arm. Es war die Hand, an deren Gelenk sie das Bild des Herzogs trug. »Verweile noch, Harry!« fuhr sie fort, und in ihrem Ton lag eine Verzweiflung, die sie sonst nicht zu zeigen pflegte. »Höre ein letztes Wort. Ich habe dich lieb, ich bewundere dich; wie sollte ich nicht, da ich weiß, was du uns allen für Liebe erwiesen hast. Aber ich glaube, ich habe kein Herz. Wenigstens hat es nie für einen Mann geschlagen. Hätte je ein Mann Macht darüber gewonnen, so wäre ich ihm in Lumpen gefolgt, wäre es ein gemeiner Soldat gewesen; ich wäre mit ihm zur See gegangen, wäre es ein Seeräuber gewesen, wie die, von denen du uns vorlasest, als wir Kinder waren. Ich hätte alles für ihn getan, hätte alles für ihn ertragen. Aber ich bin dem Manne nie begegnet. Du hattest immer zuviel vom Sklaven an dir, um mein Herz zu gewinnen; selbst der Herzog hatte keine Macht darüber. Ich wäre nicht glücklich mit ihm geworden. Die Erkenntnis kam mir drei Monate nach unserer Verlobung, und ich war zu eitel, um sie aufzulösen. O Harry! Ich habe ein- oder zweimal geweint, aber nicht um ihn. Ich habe Tränen der Wut geweint, weil ich nicht um ihn trauern konnte. Es hat mich erschreckt, als es mir klar wurde, daß ich über seinen Tod froh war. Wäre ich an dich gebunden, ich würde dasselbe Gefühl der Dienstbarkeit haben, dieselbe Sehnsucht, ihr zu entfliehen. Wir würden beide unglücklich sein, du noch mehr als ich; denn du bist ebenso eifersüchtig wie der Herzog. Ich habe es versucht, ihn zu lieben, glaube mir, ich habe es versucht. Ich habe Freude geheuchelt, wenn er kam, habe seinen Worten gelauscht, wenn er bei mir war, habe mich geübt, die Rolle der Gattin zu spielen, die, wie ich glaubte, die Aufgabe meines Lebens sein werde. Aber eine halbe Stunde der Fügsamkeit ermüdete mich; wie wäre es mit einer langen Lebenszeit geworden? Meine Gedanken wanderten, wenn er sprach. Ich dachte, wenn er nur meine Hand loslassen wollte, wenn er nur nicht vor mir knien wollte! Ich kannte seine großen, edlen Eigenschaften; er war tausendmal größer und edler als ich, ich sage dir, Vetter, tausendmal besser. Aber darum hatte ich ihn nicht gewählt. Ich wollte eine hohe Stellung in der Welt haben, und sie ist mir entgangen. Sie ist mir entgangen, aber um ihn kann ich nicht klagen. Manches Mal, wenn ich seinen zärtlichen Worten und glühenden Gelübden lauschte, fuhr es mir durch den Kopf: Wenn ich mich diesem Mann ergebe und dann begegnet mir der andere, so muß ich ihn hassen und muß von ihm gehen. Ich bin nicht gut, Harry; meine Mutter ist gut und sanft wie ein Engel. Ich begreife nicht, wie sie zu einem solchen Kinde gekommen ist. Sie ist schwach; aber sie würde lieber sterben als unrecht tun. Ich bin stärker als sie; aber ich könnte sündigen aus Trotz. Was die Pfarrer in ihren dröhnenden Predigten schwatzen, läßt mich kalt. Ich habe sie bei Hofe kriechen sehen, so niedrig und gemein wie das gemeinste Frauenzimmer dort. Ach, ich bin der Welt müde! Ich warte nur noch auf eines. Wenn das erfüllt ist, so will ich katholisch werden wie Frank und deine arme Mutter, will in ein Kloster gehen und enden wie sie. Werde ich dann die Diamanten tragen? Man hat mir erzählt, daß die Nonnen an dem Tage, wo sie den Schleier nehmen, ihren köstlichsten Schmuck anlegen. Ich will tun, was du mir sagst und will die Steine fortschließen. Lebe wohl, Vetter! Mama geht nebenan auf und nieder; sie zermartert ihren kleinen Kopf, um zu erraten, was wir hier gesprochen haben. Sie ist eifersüchtig; alle Frauen sind eifersüchtig. Ich denke manchmal, das ist die einzige weibliche Eigenschaft, die ich habe. Lebe wohl, lebe wohl, Bruder!«

Sie reichte ihm die Wange zum brüderlichen Kuß. Sie war kalt wie Marmor.

Esmonds Herrin gab kein Zeichen der Eifersucht von sich, als er zu ihr zurückkehrte. Sie hatte sich so gut erzogen, daß sie ganz undurchschaubar sein konnte, wenn sie es richtig fand. Sie war auch darin ganz weiblich, daß sie sich täuschend verstellen konnte.

Er ritt fort von Castlewood, der Aufgabe entgegen, welche er sich gestellt hatte und mit der er entschlossen war zu stehen oder zu fallen. Der Zustand seines Gemüts war so, daß er sich nach äußeren Aufregungen sehnte, um die nagende Krankheit im Innern zu betäuben.

Achtes Kapitel

Ich reise nach Frankreich und komme mit einem Porträt von Rigaud nach Hause zurück

Herr Esmond fand es weder geraten, sich bei Hofe zu verabschieden, noch die ganze Welt der Weinstuben und Kaffeehäuser davon zu benachrichtigen, daß er England zu verlassen gedenke. Er betrieb seine Abreise im Gegenteil auf die denkbar unauffällige Art. Doktor Atterbury verschaffte ihm einen Paß, der ihn als Franzosen ausgab und der im Bureau des Lords Bolingbroke gestempelt war, ohne daß man diesen selbst irgendwie behelligt hatte. Seinen treuen Diener Lockwood hatte er in Castlewood zurückgelassen. Er verbreitete in London, daß er sich krank fühle und in Hampshire Landluft genießen wolle, und reiste ganz im stillen ab.

Da er ohne den Beistand von Frank Castlewood seinen Plan nicht ausführen konnte, wandte er sich zuerst nach Brüssel. Er kam auf seinem Wege durch Antwerpen, wo der Herzog von Marlborough als Verbannter lebte. In Brüssel fand er seinen lieben jungen Vetter, den Ehemann, seiner ehelichen Ketten überdrüssig und durch die hartnäckigen Umarmungen seiner Clotilda an jeder Bewegung gehemmt. Oberst Esmond wurde ihr nicht vorgestellt, wohl aber Monsieur Simon, ein Offizier vom Regiment der Royal Cravat. Esmond hatte bei der Wahl des Regimentes an den braven Irländer gedacht, mit dem er am Tage nach Malplaquet Zwiesprache hielt, gerade als ihm der junge König zum ersten Male zu Augen kam. Monsieur Simon wurde der Gräfin Castlewood, geborene Komtesse Wertheim, vorgestellt, den zahlreichen Grafen, ihren Brüdern, ihrem Vater, dem Kammerherrn, und ihrer Mutter, der Gräfin, einer großen, majestätischen Dame von ungeheurem Leibesumfang, wie er bei der Stammutter einer solchen Kompagnie kriegstüchtiger Söhne nur richtig war. Das ganze Geschlecht lebte in einem kleinen Schloß bei Brüssel, welches Frank gemietet hatte, ritt auf seinen Pferden, trank seinen Wein und führte auf Kosten des armen Jungen ein sehr herrschaftliches Dasein. Herr Esmond hatte die französische Sprache immer vollkommen beherrscht, und wenn die Familie Wertheim, die Französisch mit flämischem Akzent sprach, irgend etwas Fremdartiges in Monsieur Simons Aussprache entdecken sollte, so ließ sich das auf seinen langen Aufenthalt in England schieben, wo er sich verheiratet und ohne Unterbrechung gelebt hatte, seit er bei Blenheim gefangengenommen wurde. Seine Geschichte war durchaus zweckentsprechend. Außer dem ehrlichen Frank war niemand da, der sie anzweifeln konnte, und dieser war entzückt von dem Plan seines Vetters, als er ihm mitgeteilt wurde. Er hatte Oberst Esmond immer treu und liebevoll bewundert und ihn für den weisesten und besten aller Vettern und Männer gehalten. Frank stieg mit ganzer Seele bei dem Vorhaben ein, um so mehr, als es ihn nach Paris entführen und aus der Reichweite seiner Schwäger und Schwiegereltern entrücken sollte, deren Aufmerksamkeiten ihm recht lästig waren.

Wir haben schon früher erzählt, daß Castlewood im selben Jahre geboren wurde wie der Prinz von Wales, ihm in Zügen, Gestalt und Größe nicht unähnlich war, eine Tatsache, die dem jungen Manne selbst nicht wenig schmeichelte. Er versuchte die Ähnlichkeit mit allen Mitteln, die ihm zu Gebote standen, noch zu betonen, und trug hellbraune Perücken und Schärpen und Bänder in der Farbe des Chevalier de St. George.

Diese Ähnlichkeit war auch der Umstand, auf den Esmond seinen Plan gründete. Nachdem er sich der Begeisterung und Verschwiegenheit von Frank versichert hatte, verließ er ihn und setzte seine Reise fort, um die anderen Personen aufzusuchen, von denen der Erfolg seines Unternehmens abhing. Monsieur

Simon reiste zunächst nach Bar in Lothringen; wo dieser Kaufmann mit einem Posten feinen Tuches ankam, mit wertvollen Spitzen aus Mecheln und mit Briefen an den Korrespondenten seiner Handelsfirma.

Wollt ihr wissen, wie ein Prinz, der Abkomme eines Königsgeschlechtes, über dem ein Verhängnis zu schweben schien wie über dem alten Geschlechte der Atriden, beschäftigt war, als der Gesandte, welcher sich durch Gefahr und Hindernisse den Weg zu ihm gebahnt hatte, zum ersten Mal vor seine Augen trat? Der junge König spielte in einer Flanelljacke mit den Herren seines Gefolges Tennis und schrie und fluchte hinter den Bällen her wie der niedrigste seiner Untertanen. Das damalige Vorzimmer des Königs, an dessen unwürdiger Tür Männer anklopfen mußten, um bis zu Seiner Majestät vorzudringen, war Fräulein Oglethorpe. So trug denn Monsieur Simon, als er den König zum zweiten Male zu sehen wünschte, ein Paket Spitzen für diese Dame unter dem Arm. Er wurde zugelassen. Er fand den König und die Mätresse zusammen beim Kartenspiel, und Seine Majestät war berauscht. Es ging ihm mehr um drei Asse als um seine drei Königreiche, und ein paar Gläser Wein ließen ihn all seine Leiden und Verluste, seines Vaters Krone, seines Großvaters gefallenes Haupt vergessen.

Es war nicht der Augenblick, um sich dem Fürsten zu eröffnen. Seine Majestät war kaum in der Verfassung, Herrn Esmond anzuhören. Es kamen ihm Zweifel, ob ein König, der so viel trank, ein Geheimnis in seinem berauschten Kopfe festhalten könne, oder eine Hand, die so zitterte, stark genug sein werde, um nach einer Krone zu greifen. Schließlich aber wurde nach mancher Unterhandlung mit den Ratgebern des Prinzen, unter denen viele ehrliche und treue Männer waren, der Plan des Obersten dem König vorgelegt, natürlich im Beisein ihrer augenblicklichen Majestät Königin Oglethorpe. Dem Prinz gefiel das Unternehmen sehr; es war leicht und verwegen und ganz nach dem Sinn des lebhaften, tollkühnen jungen Herrn. Sein Auftreten hatte einen außerordentlichen, mutwilligen Zauber und eine freundliche Einfachheit, und Ihrer Oglethorpischen Majestät müssen wir die Gerechtigkeit widerfahren lassen, zu erwähnen, daß sie gutherzig, klug, entschlossen und keine schlechte Ratgeberin war. Sie machte ihm viele gute Vorschläge, die er zu schwach war zu befolgen, und sie liebte ihn mit einer Treue, die er mit echt königlichem Undank belohnte.

Oberst Esmond war nicht frei von allerlei Vorgefühlen über das Gelingen seines Plans und erfüllt von düsteren Zweifeln, ob er seinem Vaterlande einen Dienst damit erweisen werde, wenn er ihm einen betrunkenen jungen Monarchen zuführte. Von solchen Gedanken bewegt, nahm er seine Abschiedsaudienz, und der stille Monsieur Simon reiste weiter. Jedenfalls aber war der Jüngling von Bar ebenso gut wie der Prätendent von Hannover. Kam es zum Schlimmsten, so konnte man mit dem Engländer ebenso leicht fertig werden wie mit dem Deutschen. Monsieur Simon ritt den langen Weg von Nancy nach Paris und sah verstohlen und wie ein Spion, der er ja auch war, diese berühmte Stadt, wo mehr Pracht und mehr Elend, mehr Spitzen und mehr Lumpen, mehr Geld und mehr Schmutz zusammengehäuft sind als in irgendeiner anderen Stadt der Welt. Er setzte sich dort mit dem berühmten Herzog von Berwick in Verbindung, dem Halbbruder und besten Freund des jungen Königs. Esmond erkannte in ihm den Fremden wieder, der vor nun beinahe zwanzig Jahren Gast in Castlewood gewesen war. Seine Gnaden wurde vertraulich, als er erfuhr, daß Herr Esmond zu Webbs tapferem Regiment gehöre, welches er früher selbst geführt hatte. Er war Schwert und Schild der Familie Stuart; seine Ehre war fleckenlos bis auf den einen Makel seiner Geburt, den ihm seine Mutter, die Schwester Marlboroughs, hinterlassen hatte. Wäre Berwick seines Vaters Erbe gewesen, so hätte ein Jakob der Dritte längst auf dem englischen Thron gesessen. Er konnte wagen, ertragen, zugreifen, reden und schweigen. Feuer und Genie hatte er wohl nicht; aber sonst fehlten ihm keine von den besten Eigenschaften eines Führers. Der Herzog kannte Esmonds Vater und seine Geschichte und machte eine Andeutung, die den Obersten zu der Annahme bewog, er sei von allen ihren Details unterrichtet. Er aber ließ sich nicht weiter darauf ein, und der Herzog übte keinen Druck auf ihn aus. Herr Esmond sagte nur: »Wenn ein Größerer zu seinem Namen kommt, so werde auch ich dazu kommen.«

Als der Oberst nach St. Germain ging, um der Königin seine Aufwartung zu machen, wurde er in der Ansicht bestärkt, daß der Herzog von Berwick über seinen Fall Bescheid wisse. Ihre Majestät nämlich redete ihn im Lauf des Gesprächs einmal mit dem Titel Marquis an. Er überbrachte der Königin die unterwürfigen Grüße ihres Patenkindes und der Dame, welche von Ihrer Majestät in den Tagen ihres Glanzes freundschaftlich geliebt worden war. Sie erinnerte sich lebhaft an Rachel Esmond, hatte auch von dem Übertritt des jungen Lord Castlewood gehört und war sehr erbaut über diesen Gnadenakt des Himmels. Sie wußte, daß andere Glieder dieser Familie auch der alleinseligmachenden Kirche angehört hatten. »Ihr Vater und Ihre Mutter, Monsieur le Marquis«, sagte Ihre Majestät. Monsieur Simon verneigte sich tief und erwiderte, er habe an der leiblichen Eltern Statt andere Beschützer gefunden, die ihn einen anderen Glauben gelehrt hatten. Für sie alle aber gebe es nur einen König. Daraufhin geruhte Ihre Majestät, ihm eine vom Papst gesegnete Medaille zu überreichen, die in ähnlichen Fällen wie dem seinen schon Wunder gewirkt habe, und ließ sich herab zu versprechen, sie werde für die Bekehrung des Herrn Esmond und der Familie Castlewood beten. Das hat die fromme Dame gewiß getan; aber Herr Esmond muß nach nunmehr siebenundzwanzig Jahren gestehen, daß er bis zur Stunde nicht die leiseste Wirkung weder der Medaille noch der Gebete auf seine religiösen Überzeugungen verspürt hat.

Die Wunder von Versailles erblickte Monsieur Simon nur als bescheidener Zuschauer aus der Ferne. Er ließ sich nicht bei Hofe vorstellen und hat den alten König Ludwig nur einmal gesehen, als er in den Park ging, um seine Karpfen zu füttern.

Mittlerweile war Mylord Castlewood in Paris eingetroffen, und die Londoner Zeitungen verkündeten alsbald, daß Lady Castlewood von einem Sohn und Erben entbunden sei. Sie war noch lange nachher bei sehr zarter Gesundheit, und die Ärzte verboten ihr zu reisen. Sonst war es bekannt, daß Mylord die Absicht gehabt hatte, nach England zurückzukehren und in seinem Schlosse Wohnsitz zu nehmen.

Während seines Aufenthaltes in Paris ließ sich Mylord Castlewood von dem berühmten französischen Maler Rigaud porträtieren. Seine Mutter in London sollte das Bild als Geschenk bekommen, und Monsieur Simon nahm es mit sich, als er im Mai des Jahres 1714 dorthin zurückkehrte. Nicht lange nachher trafen Lady Esmond, ihre Tochter, Beatrix und ihr Verwandter, der Oberst, welcher in Castlewood bei ihr zu Besuch geweilt hatte, in London ein; Mylady bezog ihr Haus in Kensington, Herr Esmond seine Junggesellenwohnung in Knightsbridge. Er erschien alsbald wieder in der Öffentlichkeit, und es machte den Eindruck, als ob seine Gesundheit durch den langen Aufenthalt auf dem Lande sehr gestärkt sei.

Das Bildnis von Mylord wurde in einem schönen vergoldeten Rahmen am Ehrenplatz von Myladys Salon aufgehängt. Mylord war in seiner scharlachroten Uniform als Hauptmann der Garde gemalt, in hellbrauner Perücke, einem Brustharnisch unter dem Rock, einer blauen Schärpe und einem Brüsseler Spitzenkragen. Viele von den Freunden Myladys bewunderten das Bild über alle Maßen und strömten herbei, um es zu sehen. Bischof Atterbury und manche andere von der Geistlichkeit waren entzückt davon. Doktor Tusher allerdings, der zufällig nach London kam und das Bild sah, erklärte, er könne keinerlei Ähnlichkeit zwischen ihm und seinem alten Schüler entdecken, es sei denn die Perücke und etwas um das Kinn herum. Das Gemälde war gewöhnlich durch einen Vorhang verdeckt; als aber der Doktor eintrat, stand gerade Fräulein Beatrix davor, in seinen Anblick versenkt. Wir machten dem guten Tusher klar, daß er Frank seit mehr als fünf Jahren nicht gesehen habe, daß er von Kunst nicht mehr verstehe als ein Ackerknecht und daß er sich irren müsse; und so entließen wir ihn vollkommen überzeugt von der sprechenden Ähnlichkeit des Bildes. Lord Bolingbroke, der Mylady ab und zu mit seinem Besuch beehrte, brach in lautes Lachen aus, als Oberst Esmond ihm das Gemälde zeigte, und fragte, was er für eine Teufelei damit vorhabe. Esmond gab ohne weiteres zu, es sei nicht das Porträt des Grafen Castlewood. Er beschwor den Sekretär bei seiner Ehre, das Geheimnis zu wahren, sagte ihm, die Damen des Hauses seien begeisterte Anhänger der Stuarts, wie ja jedermann wisse, und bekannte, das Original des Bildes sei der Chevalier de St. George.

Die Entstehung des Gemäldes war folgende: Monsieur Simon hatte eines Tages den Grafen Castlewood aufgesucht, als er dem Maler Rigaud in seinem Atelier Modell saß. Dort hatte ihn ein unfertiges Bildnis des Chevaliers, von dem nur der Kopf vollendet war, sehr frappiert, und er hatte es dem Künstler für hundert Kronen abgekauft. Wie dieser erzählte, war es für die Mätresse des Prinzen, Fräulein Oglethorpe, bestimmt gewesen. Da aber die junge Dame Paris verlassen hatte, war er damit sitzengeblieben. Zu Hause hatte Oberst Esmond, alias Monsieur Simon, die Uniform und sonstigen Nebensachen von dem fertigen Porträt Rigauds auszufüllen. Der Oberst hatte sich sein ganzes Leben lang viel mit Malen beschäftigt, besonders während seines langen Aufenthalts in Flandern zwischen den Meisterwerken von Rubens und Van Dyck. Mein Enkel hat das Bild jetzt hier in Virginia.

Es war Anfang Juni gewesen, als Mylady mit ihrer Tochter in London ankam. Fräulein Beatrix nahm ihren Dienst bei Hofe wieder auf, der durch das schreckliche Ende des Herzogs von Hamilton unterbrochen worden war. Sie erschien wieder im Gefolge Ihrer Majestät und an der Tafel der Hofdamen und war, wie immer, der Liebling von Frau Masham, der bevorzugten Dame der Königin. Diese Zuneigung schrieb sich wohl zum Teil von dem gemeinsamen Groll gegen die Herzogin von Marlborough her, welche von der Hofdame ebensowenig geliebt wurde wie von ihrer Rivalin in der königlichen Gunst, Frau Masham. Die Herren am Hofe, darunter Lord Bolingbroke, erklärten, Fräulein Esmond sei schöner denn je, und der ernste, feierliche Ausdruck, den ihr Gesicht jetzt unwillkürlich trug, stehe ihr besser als die frühere lachende Schalkhaftigkeit.

Die ganze Dienerschaft des kleinen Hauses in Kensington war gewechselt worden. Der alte Haushofmeister, welcher der Familie seit der Geburt der Kinder, also ein Vierteljahrhundert lang, gedient hatte, wurde nach Irland verschickt, um die dortigen Besitzungen Mylords zu beaufsichtigen. Die Haushälterin, die seit Menschengedenken in Myladys Diensten war und schon ihre

Kinder gewartet hatte, ging brummend nach Walcote, um die Instandsetzung des dortigen Hauses zu überwachen. Die Gräfin-Witwe beabsichtigte, dort künftig Wohnsitz zu nehmen und Castlewood ihrer Schwiegertochter zu überlassen, die man jeden Tag von Frankreich erwarten könnte. Eine andere Dienerin der Gräfin wurde mit einer Vergütung aus dem Dienst entlassen unter dem Vorwande, daß Ihre Gnaden genötigt sei, die Zahl der Dienerschaft einzuschränken. So blieb schließlich niemand aus der Zeit zurück, als der junge Lord noch im Hause weilte.

Der Plan des Oberst Esmond forderte, daß so wenig Menschen als möglich in das Geheimnis eingeweiht wurden. Außer ein paar Mitgliedern seiner Familie wußten nur wenige darum, und diese wenigen bewahrten unverbrüchliches Schweigen.

Am 10. Juni 1714 kam aus Paris ein Brief des Grafen Castlewood an seine Mutter. Er teilte ihr mit, er habe sich sehr töricht in Geldsachen benommen. Er müsse zu seiner Schande eingestehen, daß er beim Spiel verloren und sich auch anderer Verschwendungen schuldig gemacht habe. Statt in diesem Jahre, wie er gehofft hatte, in Castlewood auf großem Fuße leben zu können, müsse er so still leben als möglich und sehr sparsam sein. So weit war jedes Wort seines Briefes wahr. Es war nicht daran zu zweifeln, daß er und die großen Brüder seiner Frau sehr viel mehr verbraucht hatten, als gut war, und daß die Einkünfte von Castlewood, welche die zärtliche Mutter während ihrer Vormundschaft so sorglich zusammengehalten und verbessert hatte, wieder stark belastet waren.

Seine Clotilda, berichtete Frank weiter, sei noch immer sehr zart, und die Ärzte wünschten nicht, daß sie eine längere Reise unternehme. So werde er ohne sie kommen und am 17. oder 18. Juni im Hause seiner Mutter eintreffen. Er werde zu Pferde reisen und einen einzigen Diener mitbringen. Man solle seine Geschäftsführer beauftragen, ihre Rechnungen bereitzuhalten und sich zu festgesetzter Zeit zu einer Besprechung einzufinden. Er wünsche seine Geschäfte rasch zu erledigen, eine Summe zu erheben, deren er dringend benötige, und dann so schnell wie möglich zu seiner Frau nach Paris zurückzukehren. Mylord fügte noch allerlei Pariser Nachrichten hinzu und schloß seinen Brief mit Grüßen an seine Familie. Er wurde mit der öffentlichen Post geschickt, und sowohl die französische als auch die englische Polizei hatten zweifellos eine Abschrift davon gemacht, was ihnen von Herzen gegönnt wurde.

Zwei Tage später kam auf demselben Wege ein anderer Brief, der nach Mitteilung einiger Neuigkeiten vom Hofe mit den folgenden Sätzen schloß:

»(Der König nimmt) am Donnerstag seine Medizin. Seine Majestät befindet sich entschieden besser, obwohl ihn Beschwerden infolge seines großen Appetits quälen. Madame Maintenon ist bei guter Gesundheit. Man hat in Saint-Cyr ein Stück von Monsieur Racine gespielt. Der Herzog von Shrewsbury und Herr Prior, unser Gesandter, waren unter den Zuschauern. (Die Pässe des Grafen Castlewood) sind ihm nicht ausgehändigt worden, wie man behauptet. Seine Gnaden soll von einem Goldschmied wegen Nichtbezahlung eines Perlenhalsbandes angeklagt sein, das in seinem Namen für Mademoiselle Meruel von der Comédie francaise angefertigt wurde. Solcher Klatsch geht hier über unseren jungen Adel um (und kommt von hier nach England). Es ist wirklich sehr zu beklagen. Mademoiselle Meruel ist ins Fort l'Evesque geschickt worden. Man sagt, sie habe nicht nur Silbergeschirr, sondern auch Möbel, einen Wagen und Pferde (auf den Namen Mylords) bestellt. Die unglückliche Gräfin ahnt nichts von diesen Ausschweifungen.

(Seine Majestät wird) an seinem nächsten Geburtstag zweiundachtzig Jahre alt. Der Hof bereitet große Festlichkeiten vor. Man hat hier das Porträt des Grafen Castlewood sehr bewundert und sagt, es sei ein Meisterstück von Rigaud. Hast du es gesehen? Es ist jetzt (in Lady Castlewoods Hause am Kensington Square). Ich glaube, kein englischer Maler würde ein so gutes Bild malen können.

Unser armer Freund, der Abbé, ist in der Bastille gewesen, wird aber von jetzt ab in der Conciergerie (wohnen, wo ihn seine Freunde besuchen können. Sie sollen nach) einer Aufhebung seines Urteils streben, die sie hoffentlich erreichen werden.

Ich werde (Lord Castlewood fragen), ob er seinen Handel mit

dem Goldschmied geordnet hat und wann er nach England abreist.

Ein langweiliger Brief, was? Ich habe verfluchtes Kopfweh, habe gestern abend zuviel getrunken. Nüchtern oder berauscht bin ich immer

Dein ...«

Der ganze Brief war eitles Geschwätz, ausgenommen die wenigen Worte, die ich zwischen Klammern gesetzt habe. Sie sagten denen, die im Besitz des Schlüssels waren: »Der König nimmt die Pässe des Grafen Castlewood und kommt von hier nach England auf den Namen Mylords. Seine Majestät wird in Lady Castlewoods Hause am Kensington Square wohnen, wo ihn seine Freunde besuchen können. Sie sollen nach Lord Castlewood fragen.« Das Schreiben mag Herrn Prior durch die Hände gegangen, es mag auch unseren neuen Verbündeten, den Franzosen, unter die Augen geraten sein, wird ihnen aber beiden nicht viel gesagt haben; denn für jemand, der den Schlüssel nicht hatte, war es schwer, auch nur auf den Gedanken zu kommen, daß ein Geheimnis hinter seinen Zeilen lauere. Den Wissenden in London aber verkündete es das Ereignis, das immer näher rückte, und den Lesern dieser Memoiren wird es in späteren Jahren erklären, welcher Art die Geschäfte waren, denen Oberst Esmond sich ergeben hatte. Er wollte nichts Geringeres erreichen, als den Prinzen von Wales rasch und ohne Lärmen nach England zu bringen, offen, vor dem Angesicht des ganzen Landes und unter den Augen Bolingbrokes. Plakate mit der Unterschrift des Sekretärs, die fünfhundert Pfund Belohnung[36] dem versprachen, der den Prinzen fange, prangten an allen Straßenecken. Esmond wollte das, worüber Tausende von Verschwörern brüteten, was die Leiter der Partei immer im Munde führten, allein vollbringen, ein Handstreich, der wohl geeignet war, einen unternehmenden Mann zu reizen. Wurde das Ziel verfehlt, so konnte den Verwegenen schwere Strafe treffen; aber unsere ganze Familie war bereit, das für den glorreichen Preis des Spieles zu wagen.

Wir sollten lieber nicht von einem Spiel sprechen, denn das war es nicht für sie, mit Ausnahme vielleicht für den Hauptspieler, der nicht mehr und nicht weniger skeptisch war als die meisten Männer, die sich damals mit Politik beschäftigten. Wird es wohl je einen Politiker in England geben, der ganz und gar an seine Partei glaubt? Und wird es je einen geben, der trotz all seiner Zweifel nicht für seine Partei kämpft? Der junge Frank aber war bereit zu kämpfen, ohne zu denken. Man brauchte ihm nur das Stichwort zu geben, und er schrie: »Gott segne König Jakob!« Für die Frauen nun gar handelte es sich nicht um eine Frage der Partei, sondern um eine Sache des Glaubens; ihr Glaube aber war eine Leidenschaft. Esmonds Herrin und ihre Tochter wären lächelnd dafür in den Tod gegangen. Wer die Natur der Frauen kennt, der wird sich vorstellen können, mit welchem Entzücken diese gläubigen Gemüter das Geheimnis in sich aufnahmen, das Esmond ihnen anvertraute, mit welchem Eifer sie der Erfüllung entgegensahen, mit welcher Ehrfurcht sie zu dem Propheten aufschauten, der ihnen die geheime Wahrheit verkündete, welche nur wenige kannten, die aber bald die Welt beherrschen sollte. Esmond wußte, daß weder Marter noch Tod ihrer Treue etwas anhaben konnte. Mylady war des Glaubens, daß die Wiedereinsetzung des Königs außer dem Himmel der Familie Castlewood und ihrem Oberhaupt zu danken sein werde; sie verehrte und liebte Esmond wenn möglich noch mehr als je zuvor. Sie zweifelte nicht einen Augenblick an dem Gelingen des Planes; Mißtrauen wäre in ihren Augen eine Sünde gewesen. Beatrix aber, als sie in den Plan eingeweiht wurde, dem sie sich mit ganzem Herzen hingab, sah Esmond mit einem ihrer glänzenden, suchenden Blicke an. »Ach, Harry«, sagte sie, »warum bist du nicht das Haupt unseres Hauses? Du allein wärest fähig, es groß zu machen. Warum läßt du dem dummen Jungen den Namen und die Ehre? Aber so ist es in der Welt; die, welche den Preis nicht verdienen oder sich nichts daraus machen, die bekommen ihn. Ich möchte, ich könnte dir deinen törichten Preis geben, Vetter; aber ich kann nicht. Ich habe es versucht und ich kann nicht.« Sie schüttelte traurig mit dem Kopf; aber es wollte Esmond immer scheinen, als sei ihre Achtung und ihre Neigung für ihn gewachsen, seit sie seine Kraft im Handeln und im Ertragen kannte.

Neuntes Kapitel

Das Original des Porträts kommt nach England

Es wurde im Hause bekanntgegeben, daß Mylord einen französischen Herrn mitbringen werde, der Sekretärdienste bei ihm verrichtete. Er sei katholisch und von guter Familie, wenn auch jetzt in dienender Stellung, und sollte in seinem eigenen Zimmer und nicht mit der Dienerschaft des Hauses zusammen essen. Mylady gab ihr Schlafzimmer auf, das neben dem ihrer Tochter lag, und in einem daranstoßenden Kabinett wurde für Monsieur Baptiste, den Franzosen, ein Bett aufgestellt. Freilich, wenn die Türen sich hinter dem Grafen und seinem Sekretär schlossen, so wurden die Rollen vertauscht. Mylord wurde der Diener seines fürstlichen Gastes und überließ ihm freudig das luftigere Zimmer und bequemere Bett. Fräulein Beatrix zog sich auch in die obere Region zurück. Ihr Schlafzimmer wurde in ein Wohnzimmer für Mylord verwandelt. Um den Betrug vollkommen zu machen, heuchelte sie vor der Dienerschaft Ärger und Eifersucht und schalt darüber, daß man sie wegen Mylord aus ihrem Zimmer jage.

Die Herzen der beiden Damen klopften in zitternder Erwartung, als die Ankunft der Herren, die ihr Haus beehren wollten, endlich nahe bevorstand. Große Vorbereitungen waren gemacht worden. Das Zimmer war mit Blumen geschmückt. Das Bett, das die Damen selbst bereitet hatten, war mit dem feinsten Leinen bezogen. Sie hatten niederkniend die Bettücher geküßt, deren Gewebe die geheiligte Person des König berühren sollte. Das Toilettengerät war aus Silber und Kristall. Auf dem Schreibtisch lag ein Exemplar des Eikon Basiliké.[37] Ein Porträt des königlichen Märtyrers hing immer über dem Kamin, darunter ein Degen des armen Grafen Castlewood. Ihre Andachtsbücher, die alle hochkirchlich waren, nahm Mylady mit sich in die oberen Zimmer. Als alles fertig war, zeigten die Damen Herrn Esmond ihre liebevollen Vorbereitungen. Lady Castlewood verneigte sich an der Tür, wie sie sich beim Betreten einer Kirche vor dem Altar verneigt haben würde, und gestand, daß sie das Zimmer für geweiht betrachte.

Die Dienerschaft dachte nicht einen Augenblick daran, daß diese Vorbereitungen jemand anders gelten könnten als dem jungen Herrn des Hauses, den seine zärtliche Mutter so lange Jahre nicht gesehen hatte. Die beiden Damen waren sehr geschickt in feiner weiblicher Hausarbeit, in der Zubereitung von Süßigkeiten und wohlriechenden Wassern und führten eine tätige Herrschaft über die Küche. Es wurden, wie es Esmond schien, Kälber genug geschlachtet, um eine Armee verlorener Söhne zu sättigen. Es erheiterte ihn sehr, als er am Tage, wo die Gäste erwartet wurden, zwei Paar der schönsten und rundesten Arme Englands – denn auch Myladys Schönheit war in diesem Punkte bemerkenswert – , bis über die Ellbogen mit Mehl bedeckt fand und die beiden Damen beschäftigt sah, in der Küche Kuchen auszurollen. Die Gäste konnten nicht vor Abend eintreffen, und Mylord würde es wohl vorziehen, in seinem eigenen Zimmer zur Nacht zu essen. Das beste Silberzeug war dort aufgedeckt, und man wird es verständlich finden, daß die Damen darauf bestanden, den jungen Herrn ihres Hauses eigenhändig und allein zu bedienen.

Esmond ritt in raschem Trabe nach Rochester hinunter und erwartete den König in derselben Stadt, wo einst sein verbannter Vater zum letzten Male den Fuß auf englischen Boden gesetzt hatte. In einem Gasthof war ein Zimmer für Lord Castlewood und seinen Diener belegt. Oberst Esmond hatte seine Ankunft so gut berechnet, daß er noch nicht eine halbe Stunde im Hause war, als er vom Balkon aus zwei Reisende in den Hof reiten sah. Er lief hinunter und hielt im nächsten Augenblick seinen lieben jungen Vetter in den Armen.

Der Begleiter von Mylord stieg vom Pferde und machte Miene, in seiner Rolle als Diener dem Grafen den Steigbügel zu halten; aber Oberst Esmond rief seinen Reitknecht herbei, der im Hofe war, hieß ihn, die Pferde zu versorgen und die Bezahlung mit dem Burschen von der Post zu vereinbaren, der die Herren begleitet hatte. Er heuchelte Unwillen darüber, daß Mylord einen Franzosen zum Diener habe, der weder das Geld noch die

Gewohnheiten des Landes kenne, und rief ihm in barschem Ton auf französisch zu: »Mein Diener sieht nach den Pferden, Baptiste! Verstehst du Englisch?« »Sehr wenig.« »So! Komm hinauf in Mylords Zimmer und bediene ihn beim Essen.« Der Wirt und seine Kellner erschienen alsbald mit den dampfenden Schüsseln. Es war gut, daß ihr Nahen sich durch Lärm und Unruhe im Treppenhaus ankündigte; sie hätten sonst den Oberst Esmond gefunden, wie er vor dem Diener des Grafen Castlewood kniete, ihm die Hand küßte und ihn als König in seinem Lande willkommen hieß. Dem Wirt wurde bedeutet, der Franzose werde seinen Herrn bedienen, und Esmonds Reitknecht wurde als Schildwache in dem Gang vor der Tür aufgestellt. Der Prinz aß mit gutem Appetit, sprach und lachte fröhlich und forderte die beiden Herren gnädigst auf, mit ihm am Tische Platz zu nehmen. Er war in besserer Stimmung als der arme Frank Castlewood, von dem Esmond annehmen mußte, daß der Abschiedsschmerz von seiner göttlichen Clotilda ihn so schwer darniederdrücke. Aber als der Prinz nach dem Essen sich zu einer kurzen Ruhe in ein anderes Zimmer zurückzog, wo ein Bett stand, zeigte es sich, daß die düstere Stimmung des armen Frank andere Ursachen hatte. Er brach in Tränen aus, und vermischt mit Ausdrücken der Liebe, der Demut, der Freundschaft kam das Geständnis zutage, daß er jetzt um all die Opfer wisse, welche Esmond für ihn gebracht hatte.

Der Prinz hatte dem armen Jungen während ihres Rittes von Dover herüber alles erzählt. »Mir wäre es ebenso lieb gewesen, er hätte mich erschossen, Vetter«, sagte Frank. »Ich wußte, daß du der beste, der tapferste, der gütigste aller Männer bist; aber ich habe nie daran gedacht, daß du so viel für mich getan hast. Ich kann die Last einer solchen Dankesschuld kaum tragen.«

»Ich bin dein zweiter Vater«, sagte Herr Esmond freundlich; »und ein Vater hat das Recht, zugunsten seines Sohnes auf einen Titel zu verzichten. Sei kein Tor und weine nicht. Du bist ein viel schönerer und stattlicherer Graf, als ich es gewesen wäre.« Aber der weichherzige Knabe war nicht zu bewegen, auf Esmonds scherzenden Ton einzugehen. Mit Beteuerungen, Flüchen und unzusammenhängenden Ausbrüchen leidenschaftlicher Erregung kniete er vor ihm nieder und küßte seine Hand. Er flehte ihn an, ihm irgendeinen Auftrag zu geben, ihm zu befehlen, sich das Leben zu nehmen oder jemand anders umzubringen, etwas, wodurch er seine Dankbarkeit für Esmonds Großmut zeigen könne.

»Der König, der lachte«, sagte Frank leise und zeigte nach der Tür, hinter welcher der Prinz schlief. »Ich finde, er hätte nicht lachen dürfen, als er mir die Geschichte erzählte. Als wir von Dover herüberritten, sprach er über dich und deinen Aufenthalt in Bar. Wir unterhielten uns französisch. Er nannte dich ›le grand sérieux‹ und machte deine Art nach.« Hier fing Castlewood selbst an zu lachen. »Und er machte es sehr gut«, fuhr er fort. »Er scheint über alles zu spotten. Er ist gar nicht wie ein König. Ich finde, du bist wie ein König, Harry. Er macht sich gar nicht klar, was für ein hohes Spiel wir alle spielen. Er hatte Lust, in Canterbury zu bleiben, um einem Schankmädchen nachzulaufen. Ich habe ihn anflehen müssen, sich nicht aufzuhalten. Er hat ein Haus in Chaillot. Dort hat er sich manchmal wochenlang vor der Königin verborgen und sich mit der allerschlechtesten Gesellschaft begraben. Du lächelst«, sagte Frank mit ehrbarem Ausdruck, »aber ich bin nicht mehr der wilde Geselle, der ich war. Nein, nein, man hat mich Besseres gelehrt«, fügte er andächtig hinzu und machte das Zeichen des Kreuzes auf seiner Brust.

»Du bist mein lieber braver Junge«, sagte Oberst Esmond, gerührt durch seine Einfalt, »und solange mein Frank in Castlewood herrscht, wird es einen guten Herrn haben.«

Der ungestüme Knabe machte Miene, in einem neuen Ausbruch von Dankbarkeit vor seinem Vetter niederzuknien. Aber da tönte aus dem Nebenzimmer die Stimme des erlauchten Schläfers, der erwachend rief: »Eh, La-Fleur, un verre d'eau!« Seine Majestät erschien gähnend auf der Schwelle. »Ah, peste«, sagte er, »eurem englischen Bier! Es ist so stark, ma foi, daß es mir ganz den Kopf verdreht hat.«

Die Wirkung des Bieres war ein Ansporn für unsere Pferde. Wir ritten rasch nach London hinauf und erreichten Kensington beim Einbruch der Nacht. Esmonds Diener war mit den ermüdeten Pferden in Rochester zurückgeblieben, während die Herren auf frischen Tieren die Reise fortsetzten. Als Esmond an der Seite des Prinzen die Straße nach London entlang galoppierte, setzte er ihm die Lage der Dinge auseinander, nannte ihm die Freunde, die um sein Kommen wußten und denen er durchaus vertrauen konnte, und flehte ihn an, vor allem das strengste Geheimnis zu wahren, bis der Augenblick gekommen sei, wo er sich zeigen könne. Die Stadt wimmelte von Anhängern des Prinzen; es gab zahllose Unterhändler von St. Germain, von hohem und von bescheidenem Rang, überall, am Hof der Königin, im Parlament, unter der Geistlichkeit und unter den Kaufleuten der City. Der Prinz hatte ungezählte Freunde in der Armee, im geheimen Rat, unter den Staatsbeamten. Die Hauptsorge der kleinen Schar, die den kühnen Streich geplant hatte, den Bruder der Königin ins Land zu bringen, war, daß seine Anwesenheit bis zur geeigneten Stunde geheimblieb. Sein Erscheinen sollte Freund und Feind in gleicher Weise überraschen. Die Feinde sollte es so unvorbereitet treffen, daß sie keine Zeit fanden, ihn anzugreifen. Wir fürchteten von seinen Freunden mehr als von seinen Feinden. Die Lügen und das Geklatsch der Agenten von St. Germain hatten der Sache der Stuarts unberechenbaren Schaden zugefügt, und diese von dem Prinzen fernzuhalten, war die dringende Aufgabe der Eingeweihten.

Als die Reiter London bei einbrechender Dunkelheit erreichten, ließen sie ihre Pferde im Posthause gegenüber von Westminster zurück, setzten mit der Fähre über die Themse und bestiegen Lady Esmonds Wagen, der sie bereits erwartete. Eine Stunde später landeten sie sicher in Kensington, und die Herrin des Hauses hatte die Befriedigung, ihren Sohn in die Arme zu schließen, wonach sich ihr Herz seit Jahren sehnte, den Sohn, der trotz allen Eigensinnes immer eine zärtliche Liebe zu seiner Mutter bewahrt hatte.

Sie tat ihren Gefühlen keinen Zwang an, obwohl die Dienerschaft zugegen war und der Begleiter von Mylord wartend im Treppenhause stand. Esmond mußte ihm zuflüstern, er müsse den Hut abnehmen. Monsieur Baptiste vernachlässigte seine Rolle mit dem unbegreiflichsten Leichtsinn. Auf dem Ritt nach London hatten mehr als einmal zufällige Bemerkungen und leicht hingeworfene Worte des Fremden die geschärfte Empfindlichkeit der beiden Engländer verletzt, weil sie die völlige Unwissenheit des Prinzen über ein Land, das er regieren sollte, verrieten. Sie konnten bei den geheimen Wunsch nicht unterdrücken, sein Betragen möge anders sein. Die lachende Leichtigkeit, um nicht zu sagen Zügellosigkeit seines Geplauders schien ihnen weder eines großen Fürsten noch einer so feierlichen Gelegenheit würdig zu sein. Aber er war wohl fähig, sich in geeigneten Momenten mutig und würdevoll zu benehmen. Er war im Felde, wie wir alle wußten, sehr tapfer gewesen. Esmond hatte eine Abschrift des Briefes gelesen, den der Prinz mit eigener Hand an seine Freunde in England richtete, als sie ihm nahelegten, der katholischen Religion abzuschwören. Er hatte die männliche und großherzige Art nur bewundern können, mit welcher der Prinz diese Versuchung zurückwies. Monsieur Baptiste nahm seinen Hut ab, errötete über den Wink, den Oberst Esmond ihm zu geben wagte, und flüsterte: »Tenez, elle est jolie, la petite mére. Foi de chevalier! Elle est charmante; mais l'autre, qui est cette nymphe, cet astre qui, brille, cette Diane qui descend sur nous?« Er fuhr zusammen und drängte vorwärts, als Beatrix die Treppe herunterstieg. Sie hatte zum ersten Male in ihrem eigenen Hause die Trauer abgelegt; sie trug die Diamanten, die Esmond ihr geschenkt hatte. Sie waren übereingekommen, daß sie sich mit den Steinen schmücken solle an dem Tage, wo der König das Haus betrat. Wie eine Königin sah sie aus, strahlend in Pracht und in Schönheit.

Ihr Bruder selbst war geblendet von ihrer Erscheinung. Er trat zurück und starrte sie an, als habe er sich noch nie klargemacht, wie vollkommen schön sie war. Es schien mir, als werde er rot, während er sie in die Arme schloß. Der Prinz konnte die Augen nicht von ihr wenden; er vergaß seine dienende Rolle endgültig, obwohl man ihn vorher genau unterrichtet und sogar eine kleine Reisetasche vorgesehen hatte, die er tragen sollte. Er drängte sich vor Mylord, und es war ein Glück, daß die Augen der Dienerschaft in andere Richtungen schauten, sonst wäre es ihnen klar geworden, daß dieser Mensch kein Diener sein konnte, oder höchstens ein sehr unverschämter, unerzogener.

Wieder mußte Oberst Esmond einen befehlenden Ton anschlagen. »Baptiste, kümmere dich um den Mantelsack!« rief er. Der eigensinnige junge Mensch knirschte mit den Zähnen, warf einen raschen, mißvergnügten Blick auf seinen Mentor und murmelte etwas, was wie ein Fluch klang. Aber er tat doch, was ihm gesagt wurde, hob den kleinen Mantelsack auf die Schulter und trug ihn die Treppe hinauf. Vor ihm her gingen Esmond und ein Diener mit brennenden Kerzen. Im Schlafzimmer warf er seine Last unwillig zur Erde. »Ein Fürst, der eine Krone tragen will, muß eine Maske tragen können«, sagte Herr Esmond auf französisch.

»Ah, peste! Ich sehe, wie es ist«, sagte Monsieur Baptiste und setzte die Unterhaltung französisch fort. »Le grand sérieux ist ernstlich ...« »besorgt um Monsieur Baptiste«, unterbrach ihn der Oberst, dem weder der Ton gefiel, in dem der Prinz von den Damen sprach, noch die Blicke, mit denen er sie ansah.

Das Schlafzimmer und die beiden daranstoßenden Räume waren erleuchtet und bereit, ihren Bewohner aufzunehmen; der Tisch war für Mylords Abendbrot gedeckt. Lord Castlewood, seine Mutter und seine Schwester kamen alsbald die Treppe herauf, und sobald die Diener das Zimmer verlassen hatten, nahmen Castlewood und Esmond die Hüte ab, und die Damen knieten vor dem Prinzen nieder, der ihnen beiden huldvoll die Hand reichte. Er spielte seine Rolle als Fürst sehr viel natürlicher als die des Dieners, in der er sich eben verflucht hatte. Mit edler Würde und Freundlichkeit hob er die Knienden auf. »Gnädige Frau,« sagte er, »meine Mutter wird Euer Gnaden danken für die Gastfreundschaft, die Sie ihrem Sohn erweisen.« Dann wandte er sich zu Beatrix. »Es widerstrebt mir, soviel Schönheit in solcher Stellung zu sehen. Sie werden Monsieur Baptiste verraten, wenn Sie vor ihm knien. Er sollte besser vor Ihnen knien.«

In ihren Augen leuchtete ein Licht auf, hell genug, um Leidenschaft in jeder Brust zu entzünden. Ein wütender Schmerz der Eifersucht schoß Esmond durch die Seele, als er den Blick auffing, den sie dem Prinzen zuwarf. Er ballte unwillkürlich seine Hände und sah zu Castlewood hinüber, dessen Augen auch auf der Lauer lagen und sein Alarmsignal erwiderten. Der Fürst gab seinen Untertanen eine kurze Audienz, und dann verließen die beiden Damen mit Oberst Esmond das Zimmer. Lady Castlewood drückte ihm auf der Treppe die Hand, und die drei gingen in die unteren Räume und warteten dort, bis die Reisenden sich erfrischt hatten und nach ihrer Mahlzeit verlangten.

Esmond sah Beatrix an, auf deren schönem Hals die Diamanten funkelten. »Ich habe mein Wort gehalten«, sagte er. »Und ich das meine«, entgegnete Beatrix und sah auf die Juwelen nieder.

»Wäre ich der Großmogul«, sagte der Oberst, »so solltest du alle Steine haben, die in Golconda ausgegraben wurden.«

»Diese sind schon viel zu gut für mich«, erwiderte sie und ließ den Kopf auf die Brust sinken. »Ihr alle seid zu gut für mich, ihr alle!« Als sie wieder aufsah, seufzte sie, und ihre Augen, die sie auf ihren Vetter richtete, hatten den traurigen, undurchdringlichen Ausdruck, der nicht zu enträtseln war.

Ein Klopfen im oberen Zimmer zeigte an, daß die Zeit fürs Abendbrot gekommen sei. Oberst Esmond und die beiden Damen gingen hinauf und fanden den Prinzen und den jungen Grafen Seite an Seite, gleich an Alter und Gestalt und nicht unähnlich im Gesicht, obwohl Franks das hübschere von den beiden war. Der Prinz setzte sich und bat die Damen, sich auch niederzulassen. Die Herren blieben stehen. Es war noch für eine Person gedeckt. »Wer von Ihnen wird den Platz nehmen?« fragte der Prinz.

»Der Herr des Hauses«, sagte Lady Castlewood und ergriff die Hand ihres Sohnes. Mit einer Verbeugung und zitternder Stimme fügte sie hinzu: »Der Marquis von Esmond wird die Ehre haben, den König zu bedienen.«

»Ich werde die Ehre haben, Seine königliche Hoheit zu bedienen«, sagte Oberst Esmond und füllte ein Weinglas. Nach der Sitte der Zeit reichte er es dem Prinzen kniend dar.

»Ich trinke auf das Wohl meiner Wirtin und ihrer Familie«, sagte der Prinz mit etwas mißvergnügter Miene; aber die Wolke verschwand rasch von seiner Stirn. Er unterhielt die Damen mit lebhaftem Geplauder und ließ sich durch das gelbe Gesicht des armen Herrn Esmond, das wohl recht mürrisch dreingeschaut haben mag, nicht stören.

Als die Zeit des Aufbruchs gekommen war, trabte der Oberst

heim und stieß auf dem nächtlichen Pfade mit Herrn Addison zusammen, der zu seinem Landhäuschen in Fulham wanderte und dem der Mond in das schöne, heitere Antlitz schien. »Wie geht's, Bruder?« rief Addison lachend. »Ich dachte, es sei ein Straßenräuber, der sich da im Finstern nahte, und siehe da, es ist ein alter Freund. Lassen Sie uns im dunkeln die Hände schütteln, Oberst; das ist besser, als sich bei Tageslicht zanken. Warum sollen wir uns feind sein, weil ich ein Whig und Sie ein Tory sind? Wende deine Schritte und wandle mit mir nach Fulham. Dort singt noch eine Nachtigall im Garten, und eine kühle Flasche liegt in einem gewissen Keller, den ich kenne. Sie mögen auf den Stuart trinken, wenn es Ihnen Freunde macht; ich trinke auf meine Art. Sie meinen, ich habe schon genug getrunken? Nein, niemals! Wenn es sich um guten Wein handelt, dann gibt es das Wort ›genug‹ nicht. Du willst nicht kommen? So komme irgendeinen andern Tag; komme bald.« Er wandte sich und begleitete Esmond ein Stück Weges, wäre ihm vielleicht auch gern in seine Wohnung gefolgt und hätte dort noch eine Flasche getrunken. Aber der Oberst war nicht in heiterer Stimmung; er lud ihn nicht ein, sondern bot ihm an der Tür ein ungastliches »Gute Nacht«.

»Ich habe die Tat vollbracht«, dachte er und schaute schlaflos in den Mondschein hinaus. »Er ist da; er und Beatrix schlummern unter demselben Dach. Wem habe ich dienen wollen mit meiner Tat? Dem Prinzen oder Harry Esmond? Wäre es nicht besser, ich hätte mich jenem männlichen Glauben von Addison angeschlossen, der die alte Lehre vom Gottesgnadentum verspottet und kühn erklärt, daß Parlament und Volk Herrscher weihen und nicht Priester, Stammbäume, heiliges Öl und Krönungen?« Die eifrigen Blicke, mit denen die Augen des Prinzen jeder Bewegung von Beatrix gefolgt waren, quälten und peinigten Esmond. Die Gestalt des Stuart erschien ihm mehr als einmal in den fiebrigen Träumen dieser Nacht. Er wünschte die Tat ungetan, die ihn so viele Mühen gekostet hatte. Er war nicht der erste Mensch, der sein eignes Tun bereute und sich sein eignes Verderben heraufbeschwor. Verderben? Darf ich dieses Wort an meinem Lebensabend niederschreiben? Nein, lieber will ich dem Himmel auf den Knien danken für das, was ich damals für mein Unglück hielt und was doch das Glück meines ganzen folgenden Lebens herbeiführte.

Esmonds Diener, der brave John Lockwood, hatte seinem Herrn und dessen Familie sein ganzes Leben lang bedient. Der Oberst wußte, daß er für Johns Treue bürgen konnte wie für seine eigene. Lockwood kam früh am nächsten Morgen mit den Pferden von Rochester zurück, und Esmond sagte ihm, er habe in Kensington, wo er Erlaubnis hatte, mit der Dienerschaft zu verkehren, und wo er der Jungfer von Fräulein Beatrix den Hof machte, keinerlei Fragen zu stellen und keine Überraschung zu verraten, sondern unbeirrbar zu bezeugen, daß der junge Herr, den er dort im roten Rock sehen werde, der Graf von Castlewood sei und sein Begleiter in Grau der Franzose Monsieur Baptiste. Er habe seinen Freunden in der Küche alle Geschichten zu erzählen, an die er sich von Mylords Kindheit her erinnere – was er für ein wilder Junge gewesen sei, wie er die Knaben im Dorf zu Soldaten gedrillt und durchgehauen habe, kurz, alles, was er über des Grafen früheste Zeiten wisse. John war trotz seines langen Aufenthaltes in Flandern nicht sehr tief in den Geist der Malerei eingedrungen, und es war nicht schwer gewesen, ihn vor Mylords Heimkehr davon zu überzeugen, daß jenes Gemälde, das von Paris gekommen war und jetzt in Myladys Salon hing, ein sprechendes Bildnis ihres Sohnes, des jungen Grafen, sei. Für die Diener des Hauses, die das Gemälde oft gesehen hatten, von den beiden Fremden aber am Abend ihrer Ankunft nur einen ganz flüchtigen, unvollkommen Eindruck gehabt haben konnten, bestand kein Grund, an der Ähnlichkeit des Bildes zu zweifeln. Als sie am nächsten Morgen das Original genau so erscheinen sahen, wie es auf dem Gemälde dargestellt war, mit derselben Perücke, derselben Schärpe und Uniform, redeten sie es ganz selbstverständlich als Mylord Castlewood an.

Der Sekretär vom vergangenen Abend war jetzt der Graf; der Graf aber trug den grauen Rock des Sekretärs. John Lockwood mußte in der Welt der dienenden Geister die Andeutung fallen lassen, daß der Begleiter von Mylord wohl kein Kaplan aus Brüssel sein könne; denn Mylord sei katholisch und sehr fromm. Wenn der verkleidete Priester mit ihm zusammen esse, so sei das ja weiter kein Wunder. Frank mußte sich bemühen, Englisch mit fremdem Akzent zu sprechen, eine Aufgabe, die er leidlich vollbrachte. Die Vorsicht war um so gebotener, als der Prinz selbst das Englische nicht wie ein Einheimischer sprach. John Lockwood lachte mit der Dienerschaft darüber, daß Mylord nach seiner fünfjährigen Abwesenheit manchmal seine Muttersprache vergesse und wie ein Franzose spreche. »Ich bürge dafür«, rief John, »daß mit dem englischen Rindfleisch und Bier Seine Gnaden auch den richtigen Gebrauch seines Mundes wiederfindet.« Der Wahrheit die Ehre – der neugebackene Graf freundete sich recht gut mit Rindfleisch und Bier an.

Der Prinz trank so viel und sprach nach dem Trinken so laut und unvorsichtig, daß Esmond manchmal für ihn zitterte. Seine Mahlzeiten wurden ihm so oft wie möglich in seinem eigenen Zimmer serviert; aber er erschien doch oft genug in Myladys Wohnzimmer und Salon, nannte Beatrix vor der Dienerschaft »Schwester« und Lady Castlewood »Mutter« oder »Madame«. Er fand es gut, seine Rolle bis zum äußersten durchzuführen, und begrüßte Fräulein Beatrix und Mylady manchmal mit einer Freiheit, die seinem Sekretär mißfiel und Oberst Esmond in rasende Wut versetzte.

Die Gäste waren kaum drei Tage im Hause, als der arme Lockwood mit kläglichem Gesicht zu seinem Herrn kam und sagte: »Mylord – ich meine, der Offizier – hat sich mit Fräulein Lucy eingelassen. Er hat ihr Guineen und einen Kuß gegeben.« Lucy war die Jungfer und Lockwoods Schatz. Ich fürchte, Oberst Esmond war nicht betrübt darüber, daß die Wahl des Prinzen auf die subalterne Schönheit gefallen war. Man wußte, daß sich sein königlicher Geschmack in dieser Richtung neigte, und der Prinz ist sich in diesem Punkte auch in späteren Jahren treu geblieben. Der Erbe eines der stolzesten Namen, einer der vornehmsten Kronen und der traurigsten Mißgeschicke Europas begnügte sich oft damit, die Würde seiner Geburt und seines Unglücks einem französischen Stubenmädchen zu Füßen zu legen und zur Buße, denn er war sehr fromm, sein Haupt mit Asche aus der Kehrichtschaufel zu bestreuen. Für solche Sterbliche leiden Völker, kämpfen Parteien, lassen Soldaten Blut und Leben! Ein Jahr später fielen tapfere Häupter auf dem Schafott, während der gedankenlose, undankbare Fürst, für den sie alles gewagt und alles verloren hatten, mit dem Harem seiner Mätressen in seiner petite maison de Chaillot zechte.

Esmond war rot vor Scham, als er zum Prinzen gehen mußte, um ihn wegen des Mädchens zu warnen. Er sagte ihm, die Jungfer, die er zu verführen suche, sei der Schatz von John Lockwood, einem ehrlichen, entschlossenen Mann, der in sechs Feldzügen gedient habe und sich vor nichts fürchte, und er wisse, daß der Herr, der sich Lord Castlewood nenne, nicht der junge Graf sei. Der Oberst beschwor den Prinzen, zu bedenken, welches Unheil die Eifersucht eines einzigen Mannes herbeiführen könne. Er bat ihn, seine Gedanken den andern Plänen zuzuwenden, die so viel wichtiger seien als die Verführung eines Kammermädchens und die Demütigung eines braven Mannes.

Wohl zehnmal in zehn Tagen mußte Herr Esmond den jungen königlichen Abenteurer wegen irgendeiner Unvorsichtigkeit oder Dreistigkeit warnen. Er nahm diese Predigten sehr mürrisch hin; nur über die Sache des armen Lockwood geruhte er in Lachen auszubrechen und sagte: »Was, die soubrette hat mich dem amoureux verraten? Und Crispin[38] ist ärgerlich und Crispin hat gedient und Crispin ist Korporal gewesen, nicht wahr? Sagen Sie ihm, daß Wir seine Treue belohnen werden.«

Oberst Esmond wagte noch einige Worte der Warnung auszusprechen; aber der Prinz stampfte gebieterisch mit dem Fuß auf und schrie: »Assez, Mylord, je m'ennuye á la prêche. Ich bin nicht nach London gekommen, um zur Predigt zu gehen.« Er beklagte sich später bei Frank, daß »le petit jaune, le noir Colonel, le Marquis Misanthrope«, mit welchen scherzhaften Namen Seine königliche Hoheit geruhte, den Oberst Esmond zu bezeichnen, ihn mit seinem großartigen Gebaren und seinen tugendhaften Reden ermüde.

Der Bischof von Rochester und andere Herren, die an dem Unternehmen beteiligt waren, das den Prinzen nach England gebracht hatte, kamen, Seiner königlichen Hoheit aufzuwarten. Sie ließen sich bei Lord Castlewood melden und wurden vor aller Augen zu dem Prinzen geführt, der sie entweder in Myladys Salon oder in seinem eigenen Zimmer empfing. Alle beschworen ihn, das Haus so wenig wie möglich zu verlassen und zu warten, bis ihm das Zeichen zum Erscheinen gegeben werde. Die Damen unterhielten ihn mit Kartenspiel, bei dem er manche Stunden des Tages und der Nacht zubrachte. Viele andere Stunden gingen mit Trinken hin, wobei er sehr angenehm zu plappern und zu erzählen pflegte, besonders wenn der Oberst nicht zugegen war, dessen Anwesenheit ihn immer einzuschüchtern schien. Dem armen »Colonel noir« war dieser Wink Befehl, und er zeigte sein schwarzes Gesicht nur selten bei den lustigen Trinkgelagen des erlauchten jungen Gefangenen. Außer den wenigen Personen, von denen der Portier eine Liste hatte, wurde niemand von den Freunden des Hauses, die den jungen Lord besuchen wollten, zugelassen. Seine Wunde war infolge der langen Reise zu Pferde wieder aufgebrochen, so hieß es vor der Welt und der Dienerschaft. Sein Arzt hatte angeordnet, daß er sich vollkommen ruhig halten müsse, bis die Wunde ganz geheilt sei. Dieser Mann, ein Arzt der Königin, dessen Namen ich aber nicht nennen will, war eines der tätigsten und einflußreichsten Mitglieder unserer kleinen Schar. Unser Geheimnis wurde so treu bewahrt; die Geschichte, die wir erzählten, war so einfach und natürlich, daß eine Gefahr der Entdeckung eigentlich nur durch die Unvorsichtigkeit des Prinzen selbst entstand und durch seinen abenteuerlichen Leichtsinn, den wir nur mit größter Schwierigkeit in Schranken hielten. Obwohl sie kaum je darüber sprach, konnte Mylady ihre tiefe Enttäuschung nicht verbergen, als sie statt des Helden, den sie sich zu lebenslänglicher Verehrung erkoren und dessen Wiedereinsetzung in ihren Gebeten fast die erste und heiligste Stelle eingenommen hatte, nur einen Menschen fand, und keinen guten Menschen. Sie meinte, das Unglück hätte ihn läutern können; aber es hatte ihn verhärtet, statt ihn demütig zu machen. Seine Frömmigkeit, die ganz ehrlich war, konnte ihn doch von keiner Sünde fernhalten, die ihn lockte. Sein Geplauder war heiter und witzig genug; aber es gab eine Leichtfertigkeit in seinen Worten und Taten, die den einfachen, reinen Sinn der englischen Frau, deren Gast er war, beleidigte. Die ungebundenen

Sitten der Umgebung, in welcher er aufgewachsen war, hatten diese Oberflächlichkeit in ihm großgezogen. Esmond machte Beatrix gegenüber kein Hehl aus der Meinung, die er über den Prinzen hegte, und veranlaßte auch ihren Bruder, sie vor ihm zu warnen. Beatrix war ganz ihrer Ansicht. Sie fand ihn leichtsinnig, sehr leichtsinnig und unbesonnen; sie konnte ihn nicht einmal so hübsch finden, wie Oberst Esmond ihn geschildert hatte. Seine Zähne waren ja schlecht, und er schielte. Hatten sie das denn nicht gesehen, daß er schielte? Seine Auge waren schön, aber es war entschieden ein schiefer Blick darin. Sie neckte ihn bei Tisch mit dem köstlichsten Witz; sie sprach von ihm nie anders als von einem Knaben; sie war von Esmond mehr eingenommen denn je, lobte ihn ihrem Bruder gegenüber, pries ihn vor dem Prinzen, wenn Seine königliche Hoheit geruhte, über den Oberst zu spotten, und nahm immer seine Partei. »Wenn Eure Majestät dem Marquis von Esmond nicht den Hosenbandorden gibt, den sein Vater gehabt hat, dann hänge ich mich an meinen Strumpfbändern auf oder weine mit die Augen aus.« »Ihre Augen will ich nicht verlieren«, sagte der Prinz. »Lieber will ich ihn zum Erzbischof und zum Obersten der Garde machen.« »Ja«, rief sie und lachte, »ja, er soll Erzbischof von Esmond und Marquis von Canterbury werden.«

»Und was wollen Sie werden?« fragte der Prinz. »Sie brauchen nur zu wählen.«

»Ich«, sagte Beatrix, »will die Mutter aller Ehrendamen der Königin Seiner Majestät König Jakobs des Dritten sein – Vive le Roi!« Sie machte ihm eine große Verbeugung und leerte ihm zu Ehren ein halbes Glas Wein.

Es war Frank Castlewood, der mir von dieser Unterhaltung erzählte, die beim Abendbrot geführt worden war. »Der Prinz ergriff das Glas«, sagte Castlewood, »und trank die andere Hälfte bis auf den letzten Tropfen aus. Meine Mutter wurde unruhig, erhob sich und bat um Erlaubnis, sich mit ihrer Tochter zurückziehen zu dürfen. Wenn Trix nicht meiner Mutter Kind wäre, so würde ich eine gräßliche Angst um sie haben. Ich wünschte, diese Geschichte wäre bald vorüber. Du bist älter als ich, klüger und besser, ich schulde dir alles, ich würde für dich sterben – beim heiligen Georg, das würde ich; aber ich wünschte, diese Sache nähme ein Ende.«

Wohl keiner von uns hatte eine ruhige Nacht; schreckliche Zweifel und Qualen marterten Esmonds Seele. Sein Plan war eine Ausgeburt persönlichen Ehrgeizes, ein tollkühnes Unternehmen für einen selbstsüchtigen Zweck – darüber war er sich klar. Was kümmerte es ihn im Grunde, wer König wurde? Waren nicht seine Sympathien und heimlichen Überzeugungen auf der andern Seite, auf der Seite des Volkes, des Parlamentes und der Freiheit? Er aber hatte sich für einen Prinzen verbürgt, der kaum das Wort »Freiheit« kannte, der das Werkzeug von Priestern und Weibern war, die beide von Natur Tyrannen sind. Der »Misanthrope« war durch die Erzählung von Frank nicht besserer Laune geworden. Sein grimmiges Gesicht war finsterer und gelber denn je.

Zehntes Kapitel

Wir haben einen erlauchten Gast in Kensington

Wenn je ein Schlüssel gefunden wird zu den dunklen Machenschaften der letzten Jahre von Königin Annas Regierungszeit, oder wenn sich je ein Historiker finden sollte, der geneigt ist, sie zu entwirren, so bin ich überzeugt, man wird entdecken, daß keine der großen Persönlichkeiten aus der Umgebung der Königin irgendeinen bestimmten politischen Plan hatte, sondern daß jeder seinen eigenen selbstsüchtigen Interessen nachging. St. John war für Lord Bolingbroke, Harlem für Lord Oxford und Marlborough für John Churchill. Je nachdem, ob sie sich Hilfe von St. Germain oder von Hannover versprachen, sandten sie Angebote der Untertanentreue an die dortigen Fürsten oder verrieten den einen an den anderen. Ein Herrscher war ihnen so lieb wie der andere, wenn ihnen nur der erste Platz unter ihm sicher war. Jeder von ihnen war in Besitz von Dokumenten, die den

Rivalen des Verrats überführen und an den Galgen bringen konnten, aber er wagte es nicht, sich dieser Waffe zu bedienen, weil er sich vor den Beweisen fürchtete, die der andere gegen ihn in der Tasche trug. Denkt an den großen Marlborough, der siegreich durch Deutschland, Flandern und Frankreich gezogen war, der fremden Fürsten Gesetze gegeben hatte und daheim wie eine Gottheit verehrt worden war. Er mußte sich aus England fortschleichen, seiner Ehren, seiner Stellen, seines Kredits beraubt, er mußte vor Harley fliehen, so machtlos wie ein armer Schuldner vor dem Gerichtsvollzieher. Ein Schriftstück, das ein unzweifelhafter Beweis der freundschaftlichen Beziehungen des Herzogs zu St. Germain war, diente Lord Oxford als Waffe, um Marlborough außer Landes zu treiben. Er floh nach Antwerpen und fing augenblicklich an, sich mit der anderen Partei zu verständigen. Als er nach England zurückkam, war er ein Whig und ein Hannoveraner.

Obwohl Harley alle Freunde des Herzogs aus der Armee und der Regierung entfernte und die Posten an Anhänger der Torypartei vergab, spielte auch er das doppelte Spiel zwischen Hannover und St. Germain. Er wartete nur auf den Tod der Königin, um als Herr des Staates die Krone dem Prinzen zu reichen, der ihm den höchsten Lohn versprach oder für den das Volk sich erklärte. Wer immer auch König wurde, Harley wollte ihn beherrschen. Für dieses Ziel verdrängte er den berühmten Günstling und brachte Marlboroughs Kriegstaten in Verruf. Wie sein großer gefallener Vorgänger verschmähte auch er es nicht, durch die gemeinsten Künste, durch Schmeichelei und Einschüchterung, seine Macht zu befestigen. Wenn der größte Satiriker der Welt gegen Harley und nicht für ihn geschrieben hätte, was für eine Chronik über die letzten Regierungsjahre Königin Annas würde er hinterlassen haben! Aber Swift, der die ganze Menschheit verhöhnte und sich selbst nicht am wenigsten, war doch ein so treuer Parteigänger, daß er die Führer, die ihn gut behandelten, liebte. Er stand tapfer zu Harley, als dieser stürzte, wie er mutig für ihn gekämpft hatte, als er die Macht in Händen hielt.

Unvergleichlich viel glänzender, beredter, begabter als sein

Rivale war der große Bolingbroke; aber er konnte ebenso selbstsüchtig sein wie Lord Oxford und konnte ebenso geschickt eine zweideutige Rolle spielen wie der doppelzüngige Churchill. Er, der das Wort »Freiheit« immer im Mund führte, scheute sich ebenso wenig wie der Großinquisitor davor, Verfolgung und Pranger gegen seine Feinde zu gebrauchen. Auch er kniete vor Hannover und St. Germain, auch er konnte intrigieren, schmeicheln, einschüchtern, beschwatzen; er konnte eine Hintertreppe ebenso leise hinaufschleichen wie Oxford, den er seinerseits verdrängte, wie Marlborough einst von Oxford verdrängt war. Der Sturz Harleys ereignete sich um die Zeit, wo ich mit meiner Geschichte jetzt angekommen bin. Die letzten Tage seiner Macht waren gekommen, und der Makler, den er gebraucht hatte, um den Sieger von Blenheim zu stürzen, war jetzt am Werke, den Besieger des Siegers zu Fall zu bringen und das Zepter an Bolingbroke zu überliefern, der danach schmachtete, es in Händen zu halten.

In Erwartung des Ereignisses, das wir vorbereiteten, wurden alle irischen Regimenter, die in französischen Diensten standen, in die Nähe von Boulogne in der Pikardie gezogen, um im Notfall, von dem Herzog von Berwick geführt, nach England überzusetzen, nicht mehr als französische Soldaten, sondern als Untertanen Jakobs des Dritten, Königs von England und Irland. Die große Masse der Schotten hielt fest zum König, obwohl eine sehr aktive und tapfere Whigpartei, die bewunderswert organisiert und geführt wurde, in Schottland arbeitete. Aber die meisten Mitglieder der Geistlichkeit, des Großadels und des Landadels waren öffentliche Parteigänger des verbannten Prinzen. Von den Gleichgültigen konnte man erwarten, daß sie dem Sieger zujubeln werden, sei es nun König Georg oder König Jakob. Die Königin neigte, besonders in ihren letzten Zeiten, entschieden ihrer Familie zu. Der Prinz von Wales war in London, kaum einen Katzensprung vom Palast seiner Schwester entfernt. Der erste Minister wankte seinem Fall entgegen, und seine Stellung war so erschüttert, daß der leiseste Druck eines weiblichen Fingers ihn in den Abgrund stürzen konnte. Von seinem Nachfolger Bolingbroke aber wußte man nur zu genau, wem seine Macht und glänzende Beredsamkeit zur Verfügung stehen werde, wenn die Königin eines Tages vor ihrem Rat erschien und sagte: »Dies, meine Herren, ist mein Bruder, mein und meines Vaters Erbe.«

Das ganze vergangene Jahr hindurch hatte die Königin an immer wiederkehrenden Anfällen von Fieber und Schlafsucht gelitten. Ihre Umgebung lebte in ständiger Erwartung ihres Todes. Der Kurfürst von Hannover hatte den Wunsch geäußert, seinen Sohn nach England zu schicken, um, wie er sich ausdrückte, seiner Verwandten, der Königin, seine Aufwartung zu machen, in Wahrheit natürlich, um bei ihrem Tode zur Stelle zu sein. Vielleicht hatte es Ihre Majestät erschreckt, ein solches memento mori unter ihren königlichen Augen zu haben; jedenfalls hatte sie dem jungen Prinzen zornig untersagt, Englands Boden zu betreten. Sie wollte wohl auch den Weg für ihren Bruder offen halten; oder ihre Umgebung wünschte nicht, mit dem Whigkandidaten abzuschließen, ehe sie nicht ihre Bedingungen stellen konnte. Die Streitigkeiten ihrer Minister, die vor ihrem Angesicht am Beratungstisch ausgefochten wurden, ihre Gewissensbisse und die ständige Unruhe und Aufregung um sie herum hatten die Fürstin aufs äußerste gereizt und angegriffen. Ihre Kräfte versagten allmählich den Dienst, und von Tag zu Tag war man darauf gefaßt, daß sie ein rasche Ende nehmen werde. Gerade als Graf Castlewood mit seinem Begleiter aus Frankreich kam, wurde Ihre Majestät bettlägerig. Es gab keine Eile für die Vorstellung des jungen Grafen bei Hofe oder vielmehr desjenigen, der unter seinem Namen dort eingeführt werden sollte, und da Mylords Wunde so im geeignetsten Augenblick wieder aufbrach, so konnte er sich ungestört in seinem Zimmer pflegen, bis der Arzt ihm erlaubte, das Knie vor der Königin zu beugen. Anfang Juli wurde die junge Hofdame in Kensington oft von einer Gönnerin besucht, die eine sehr einflußreiche Dame bei Hofe und in unsere Pläne eingeweiht war.

Nach dem Vorgang, den Mylord seinem Vetter beschrieben und der Esmond eine so elende Nacht der Selbstquälerei und Eifersucht bereitet hatte, kamen wohl die drei Menschen, welche die natürlichen Beschützer von Beatrix waren, in ihren Gedanken zu demselben Schluß, nämlich daß sie aus der Nähe eines Mannes entfernt werden müsse, dessen Begehrlichkeit sich nur allzu klar zeigte und von dem zu erwarten war, daß er ihre Befriedigung ebenso gewissenlos suchen werde, wie es sein Vater einst getan hatte. Sie hatten diese Notwendigkeit wohl alle drei im stillen erwogen; denn als Frank in seiner offenen Art herausplatzte: »Ich glaube, Beatrix wäre besser irgendwo, nur nicht hier«, da sagte Lady Castlewood: »Ich danke dir, Frank; ich bin ganz deiner Meinung.« Herr Esmond bemerkte nur, daß es nicht an ihm sei, in dieser Sache zu sprechen; sein erfreuter Ausdruck aber zeigte genügend, wie sehr ihm dieser Vorschlag gefiel.

»Man sieht dir an, daß du unsere Ansicht teilst, Harry«, sagte Mylady mit einem ganz leisen Anflug von Spott in der Stimme. »Solange wir unsern Gast im Hause haben, ist Beatrix besser anderswo aufgehoben. Es wäre gut, wenn sie London verließe, sobald das Geschäft dieses Morgens getan ist.«

»Welches Geschäft?« fragte Esmond, der noch nicht wußte, was im Augenblick, da sie miteinander sprachen, vor sich ging.

Die Dame vom Hof, der Arzt und der Bischof von Rochester, die tätigsten Förderer unseres Unternehmens, hatten in unserem Hause in Kensington und anderswo viele Beratungen darüber abgehalten, wie man den jungen Abenteurer am besten seiner Schwester, der Königin, vor die Augen bringen könne. Der einfache und leicht auszuführende Plan, den Oberst Esmond vorgeschlagen hatte, war schließlich von allen gebilligt worden. Der Prinz sollte an einem stillen Tage, wo nicht viele Menschen am Hofe waren, dort als Lord Castlewood erscheinen, sollte von seiner angeblichen Schwester im Dienst empfangen und von jener anderen Dame in das Kabinett der Königin geleitet werden. Den Umständen, die sich aus dieser Zusammenkunft ergaben, der Laune und dem Befinden Ihrer Majestät, dem Takt der Anwesenden und besonders des Prinzen selbst mußte es überlassen bleiben, ob er sich als königlicher Bruder zu erkennen geben oder nur als Bruder von Beatrix Esmond die hohe Hand küssen sollte. Nachdem wir uns über diesen Plan einig waren, erwarteten wir ängstlich das Zeichen zur Ausführung.

An jenem 27. Juli frühstückte der Bischof von Rochester mit Lady Castlewood und ihrer Familie. Die Mahlzeit war kaum vorüber, als der Wagen des Arztes vorfuhr und dieser im Familienkreis erschien. Er brachte Leben in eine etwas mißmutige Gesellschaft. Mutter und Tochter hatten früh am Morgen über die Vorkommnisse jenes Abends und wohl noch andere, die der folgende Tag gebracht hatte, einen Wortwechsel miteinander gehabt. Der hochmütige Sinn von Beatrix vertrug Vorwürfe von keinem Vorgesetzten, geschweige den von ihrer sanften Mutter, über die das Mädchen eher herrschte, als daß es ihr gehorchte. Sie fühlt sich im Unrecht, wußte, daß sie durch Koketterie, die sie unbewußt an jedem Mann erprobte, der ihr nahe kam, und die sie ebensowenig lassen konnte wie die Sonne sich weigern kann zu scheinen, im Prinzen gefährliche Neigung hervorgerufen und ihn zu ihrer Äußerung verlockt hatte. Aber das Gefühl ihrer Schuld machte sie nur trotziger und überheblicher.

Der Arzt vertrieb durch die dringenden und aufregenden Mitteilungen augenblicklich die Wolken, die durch persönliche und unwichtigere Schwierigkeiten über die Familie Castlewood heraufgezogen waren.

Er fragte nach dem Gast des Hauses. Dem Prinzen wurde die Schokolade an sein Bett gebracht. Er mußte lange in den Tag hinein schlafen, um seinen Kopf vom Dunst des Weines zu befreien, und war auch jetzt noch oben in seinem Zimmern. Doktor A. befahl Monsieur Baptiste, zu seinem Herrn zu gehen und Mylord zu bitten, daß er sich sofort in seine rote Uniform werfe und ihn auf einer Fahrt in seinem Wagen begleite.

Dann unterrichtete er Fräulein Beatrix über die Rolle, die sie in der Komödie zu spielen hatte. »In einer halben Stunde«, sagte er, »wird Ihre Majestät mit ihrer vertrauten Dame in der Taxusallee hinter dem neuen Bankethause Luft schöpfen. Ihre Majestät wird im Rollstuhl sitzen. Fräulein Esmond und ihr Bruder, Lord Castlewood, werden im Privatgarten spazierengehen – hier ist Lady Mashams Schlüssel – und werden zufällig auf die Königin stoßen. Der Diener, welcher den Rollstuhl schiebt, wird sich zurückziehen und wird die Königin, ihre Favoritin, die Hofdame und ihren Bruder allein lassen. Fräulein Beatrix wird ihren Bruder vorstellen und dann! – der Bischof wird für den Ausgang der Zusammenkunft beten, und sein schottischer Küster wird Amen dazu sagen! Setzen Sie schnell Ihren Hut auf, Fräulein Beatrix. Wo bleibt denn Seine Majestät? Eine so günstige Gelegenheit kommt vielleicht in Monaten nicht wieder.«

Der Prinz hätte diese Gelegenheit durch seine Faulheit beinahe verpaßt. Die Königin war bereits im Begriff, den Garten zu verlassen, als der Wagen mit dem Arzt, dem Bischof, der Hofdame und ihrem Bruder ihn erreichte. Als Oberst Esmond nach Kensington kam, war seit ihrer Abfahrt schon eine halbe Stunde verstrichen.

Die Kunde von diesen Ereignissen trieb ihm natürlich für den Augenblick alle Gedanken persönlicher Eifersucht aus dem Kopfe. Es verging noch eine halbe Stunde, bis der Wagen zurückkam. Zuerst stieg der Bischof aus. Er reichte Beatrix, die nach ihm kam, hilfreich die Hand; dann setzte er sich wieder in den Wagen, und die Hofdame kam allein ins Haus. Wir schauten aus dem oberen Fenster und versuchten aus ihren Mienen zu lesen, wie die Zusammenkunft verlaufen sei.

Sie kam bleich und zitternd vor Erregung in den Salon. Ihre Mutter ging ihr entgegen, und sie bat um ein Glas Wasser. Nachdem sie es geleert und ihren Hut abgesetzt hatte, fing sie an zu erzählen. »Wir können das Beste hoffen«, sagte sie; »es hat die Königin einen Anfall gekostet. Sie war in ihrem Rollstuhl in der Taxusallee, als wir den Garten betraten und auf sie zu schritten. Die Herren folgten uns und warteten, von Gebüsch versteckt, in einem Seitenwege. Mein Herz klopfte so heftig, daß ich kaum sprechen konnte; aber der Prinz flüsterte mir zu: ›Mut, Beatrix‹, und ging festen Schrittes vorwärts. Sein Gesicht war leicht gerötet; aber er fürchtete sich nicht vor der Gefahr. Wer so tapfer wie er bei Malplaquet gekämpft hat, der fürchtet sich vor nichts mehr.« Esmond und Castlewood sahen sich bei ihren Worten an; der Ton gefiel ihnen beiden nicht.

»Der Prinz zog den Hut«, fuhr Beatrix fort, »und ich sah, wie die Königin sich nach Lady Masham umwandte, als wolle sie wissen, wer die beiden seien. Ihre Majestät sah sehr krank aus, bald bleich, bald stark gerötet. Mylady winkte uns näher heran. Ich ergriff die Hand des Prinzen und führte ihn dicht an den Rollstuhl. ›Eure Majestät wird Mylord Castlewood die Hand zum

Kusse reichen‹, sagte die Vertraute. Die Königin streckte ihre Hand aus; der Prinz küßte sie kniend, er, der vor keinem Sterblichen knien sollte.

›Sie sind lange von England fortgewesen, Mylord‹, sagte die Königin. ›Warum sind Sie nicht zurückgekommen, um Ihrer Mutter und Schwester ein Heim zu bereiten?‹

›Ich bin gekommen, um jetzt zu bleiben, wenn die Königin es wünscht‹, sagte der Prinz und verneigte sich tief.

›Sie haben eine fremde Frau geheiratet, Mylord, und eine fremde Religion angenommen. War die englische nicht gut genug für Sie?‹

›Weil ich zu meines Vaters Kirche zurückgekehrt bin‹, antwortete der Prinz, ›so liebe ich doch darum meine Mutter nicht weniger und bin ein ebenso treuer Diener Eurer Majestät.‹

Lady Masham gab mir durch ein Zeichen zu verstehen, ich möge mich etwas entfernen. Ich tat es, obwohl ich vor Begierde brannte, alles zu hören. Sie flüsterte der Königin etwas zu. Ihre Majestät fuhr zusammen, stieß ein paar hastige Worte aus, sah den Prinzen an und klammerte sich mit den Händen an die Armlehnen ihres Rollstuhls. Er trat noch näher an sie heran und fing sehr rasch an zu sprechen. Ich hörte die Worte ›Vater – Segen – Vergebung‹. Dann fiel der Prinz auf die Knie, zog ein Papier aus der Brusttasche und reichte es der Königin hin. Mit einem Schrei warf sie die Arme in die Luft und entzog dem Prinzen die Hand, die er zu küssen versuchte. Er fuhr fort, lebhaft und mit vielen Bewegungen zu sprechen; bald faltete er die Hände, bald drückte er sie auf sein Herz, bald streckte er sie aus, als wolle er sagen: ›Hier bin ich, dein Bruder, in deiner Gewalt.‹ Lady Masham lief auf die andere Seite des Rollstuhls, kniete nieder wie der Prinz und sprach mit großem Nachdruck. Sie faßte die Hand der Königin und hob das Papier auf, das Ihre Majestät hatte fallen lassen. Der Prinz erhob sich, hielt wieder eine Rede und entfernte sich dann etwas, als wolle er gehen. Die Vertraute auf der anderen Seite schien ihre Herrin zu beschwören, erhob sich dann auch, lief dem Prinzen nach und brachte ihn an den Rollstuhl zurück. Zum dritten Male kniete er nieder und ergriff die Hand der Königin. Sie entzog sie ihm nicht, und er küßte sie wohl hundertmal. Lady

Masham, über den Stuhl gebeugt, sprach schluchzend und flehend auf sie ein. Die Königin saß mit verdutztem Ausdruck und zerknitterte das Papier mit der einen Hand, während der Prinz die andere küßte. Dann stieß sie plötzlich gellende Schreie aus und verfiel in einen Krampf mit hysterischem Weinen und Gelächter. ›Genug für diesmal‹, hörte ich die Vertraute sagen. Der Diener, welcher sich hinter das Bankethaus zurückgezogen hatte, eilte, erschreckt durch das Schreien, herbei. ›Holen Sie Hilfe, rasch!« rief mir Lady Masham zu. Ich rannte zu den beiden Herren, und der Arzt und der Bischof kamen sofort. Die Vertraute flüsterte dem Prinzen zu, er könne das Beste hoffen und möge sich für morgen bereithalten. Er ist mit dem Bischof nach dessen Hause gefahren, um dort mit einigen seiner Anhänger zusammenzutreffen. So ist der große Wurf gelungen«, schloß Beatrix. Sie fiel auf die Knie nieder, faltete die Hände und sagte: »Gott erhalte den König! Gott erhalte den König!«

Als sich die Erregung der jungen Dame etwas gelegt hatte, erfuhren wir auf unsere Fragen, daß der Prinz höchstwahrscheinlich den ganzen Tag mit Bischof Atterbury auswärts verbringen werde. Die drei Verwandten von Beatrix sahen sich an; derselbe Gedanken fuhr ihnen allen durch den Kopf.

Aber wer sollte sprechen? Monsieur Baptiste , das heißt Frank Castlewood, wurde sehr rot und warf Esmond einen fragenden Blick zu. Der Oberst biß sich auf die Lippen und zog sich in die Fensternische zurück. Lady Castlewood unternahm es, Beatrix unsere Entschlüsse zu eröffnen, die, wie wir wußten, ihr keineswegs gefallen würden.

»Wir freuen uns«, sagte sie mit ihrer sanften Stimme und ergriff die Hand ihrer Tochter, »daß unser Gast fort ist.«

Beatrix trat zurück und sah uns forschend an, als wittre sie eine Gefahr. »Warum freut ihr euch?« fragte sie, und ihre Brust wogte. »Seid ihr seiner so rasch müde geworden?«

»Wir finden, daß einer unter uns ihn zu verteufelt gern hat«, rief Frank Castlewood.

»Wer ist das – Sie, Mylord? Oder Mama, die eifersüchtig ist, weil er auf meine Gesundheit trinkt? Oder ist es der Älteste der Familie, der neuerdings dem König Predigten hält?« Dabei wandte sie sich mit gebieterischen Blick dem Oberst Esmond zu.

»Wir wollen nicht behaupten, daß du Seiner Majestät zu sehr entgegenkommst ...«

»Ich danke Ihnen, gnädige Frau«, sagte Beatrix mit einem Knicks und warf den Kopf zurück.

Aber ihre Mutter fuhr mit unerschütterter Würde und Ruhe fort: »Wir haben es wenigstens nicht ausgesprochen, wenn wir vielleicht auch Grund dazu gehabt hätten. Aber wie kann eine Mutter solche Worte über die eigene Tochter sprechen, über deines Vaters Tochter?«

»Eh, mon père«, fuhr es Beatrix über die Lippen, »war nicht besser als anderer Leute Vater.« Wieder warf sie dem Oberst einen Blick zu.

Bei ihren französischen Worten schreckten wir alle zusammen. Wir hörten die Art unseres fremden Gastes heraus.

»Vor einem Monat hättest du nicht französisch zu uns gesprochen«, sagte ihre Mutter traurig, »du hättest auch von deinem Vater nicht in solchem Ton geredet.«

Beatrix mochte fühlen, daß sie sich in ihrer Aufregung eine Blöße gegeben hatte, denn sie wurde dunkelrot. »Ich habe es gelernt, den König zu achten«, sagte sie und richtete sich stolz auf; »es wäre gut, wenn andere es unterließen, Seine Majestät und mich zu verdächtigen.«

»Wenn du vor deiner Mutter etwas mehr Ehrfurcht hättest«, warf Frank ein, »so wäre es gut für dich, Trix.«

»Ich bin kein Kind mehr«, entgegnete sie und wandte sich zu ihrem Bruder um. »Wir sind fünf Jahre lang sehr gut ohne die Wohltat deines Rates oder Beispiels ausgekommen. Ich habe nicht die Absicht, mich jetzt danach zu richten. Warum spricht unser Familienoberhaupt nicht?« fuhr sie fort. »Ihm ist hier alles untertan. Wenn sein Kaplan die Psalmen fertig abgesungen hat, will dann nicht Seine Gnaden die Predigt halten? Ich bin der Psalmen müde.« Der Prinz hatte einmal fast dieselben Worte auf Oberst Esmond gebraucht, die das unkluge Mädchen jetzt in ihrer Wut wiederholte.

»Du bist eine recht gelehrige Schülerin«, sagte der Oberst; dann wandte er sich an Mylady. »Hat Ihr Gast seine Meinung über meine lästigen Predigten in Ihrer Hörweite geäußert oder hat er geruht, sie Beatrix im Vertrauen mitzuteilen?«

»Hast du ihn allein gesehen?« schrie Mylord und sprang mit einem Fluch in die Höhe, »bei Gott, ich frage dich, hast du ihn allein gesehen?«

»Wenn er hier wäre, so würdest du es nicht wagen, mich zu beleidigen; nein, du würdest es nicht wagen!« rief seine Schwester. »Spare deine Flüche für deine Frau auf; wir sind hier nicht an solche Sprache gewöhnt. Bis du kamst, war zwischen mir und meiner Mutter Frieden. Ich habe sie liebgehabt und mich um sie gekümmert, als du es nicht tatest, als du dich jahrelang draußen umhertriebst mit deinen Pferden, deiner Mätresse und deiner katholischen Frau.«

Mylord entfuhr ein zweiter Fluch. »Clotilda ist ein Engel! Wie kannst du es wagen, ein Wort gegen Clotilda zu äußern?«

Oberst Esmond konnte ein Lächeln nicht unterdrücken, als er sah, wie leicht der Angriff Franks durch diese Finte abgewendet wurde. »Ich denke doch, hier ist nicht die Rede von Clotilda«, sagte er etwas spöttisch. »Ihre Gnaden ist in Paris, hundert Meilen fort von hier. Es handelt sich um Mylord Castlewoods Schwester, nicht um seine Frau.«

»Er ist nicht Mylord Castlewood«, sagte Beatrix, »und er weiß, daß er es nicht ist. Er ist der Sohn von Oberst Francis Esmond und weiter nichts. Er trägt einen falschen Titel, er lebt vom Eigentum eines anderen Mannes, und er weiß, daß er es tut.« Das war ein verzweifelter Ausfall der armen belagerten Garnison; aber der Feind war auf der Hut. »Bitte entschuldige«, sagte Esmond; »solange ich meine Ansprüche nicht beweisen kann, habe ich keine Ansprüche. Wenn mein Vater keinen Erben anerkannt hat, so war dein Vater sein gesetzmäßiger Nachfolger, und Mylord Castlewood hat genau dasselbe Recht auf seinen Rang und sein Eigentum wie jeder andre Mann in England. Aber auch darum handelt es sich nicht, wie du sehr wohl weißt. Laß uns auf das zurückkommen, wovon wir ausgegangen sind, da du nun einmal willst, daß ich mich in die Sache einmische. Ich will dir offen meine Meinung sagen. Ein Haus, in dem ein Prinz den ganzen Tag umherliegt, der keine Achtung vor Frauen hat, ist kein passender Aufenthaltsort für eine junge unverheiratete Dame. Es ist besser für dich, wenn du auf dem Lande bist, als hier. Der Prinz verfolgt hier ein großes Ziel, und keine Torheit darf ihn davon ablenken. Nachdem du deine Rolle heute früh so vortrefflich gespielt hast, Beatrix, solltest du dich für eine Weile vom Schauplatz zurückziehen und ihn den anderen Spielern überlassen.«

Der Oberst sprach mit vollkommener Ruhe und Höflichkeit, wie er sie hoffentlich immer gegen Frauen gezeigt hat.* Seine Herrin stand neben ihm auf der einen Seite des Tisches, hinter dem die arme Beatrix von allen Seiten eingeschlossen war, denn ihr Bruder stand auf der anderen Seite Wacht.

Nachdem sie zwei Ausfälle gemacht hatte und zweimal zurückgeschlagen worden war, versuchte sie es jetzt mit der ultima ratio der Frauen, mit dem Weinen. Ihre herrlichen Augen füllten sich mit Tränen. Ich war darauf gefaßt gewesen, konnte aber weder bei ihr noch bei irgendeiner anderen Frau diesen Ausdruck des Schmerzes ertragen. »Ich bin allein«, schluchzte sie; »ihr seid drei gegen mich – mein Bruder, meine Mutter und du. Was habe ich getan, daß ihr mich mit so unfreundlichen Blicken anseht, daß ihr so harte Worte zu mir sprecht? Ist es meine Schuld, daß der Prinz mich, wie ihr sagt, bewundert? Habe ich ihn hierher gebracht? Habe ich nicht nur eure Wünsche erfüllt,

* Anmerkungen der Tochter: Mein lieber Vater hat ganz recht. Sein Benehmen gegen unser Geschlecht war immer gleich höflich. Von meiner Kindheit an behandelte er mich mit der größten Artigkeit, als sei ich eine kleine Dame. Ich kann mich kaum erinnern, je ein hartes Wort von ihm gehört zu haben, obwohl ich seine Geduld oft auf die Probe stellte. Aber ebenso ernst und freundlich in seiner Art war er gegen die geringste Negerin auf seinem Gute. Vertraut war er nur mit meiner Mutter. Es war herrlich, ein Zeuge ihrer Innigkeit zu sein, die bis zu ihrem Tode dauerte. Seine Umgebung gehorchte ihm eifrig und unbedingt. Meine Mutter und ihr ganzer Haushalt lebten in ständigem Wetteifer, ihm zu gefallen, und in einer wahren Angst, ihn in irgendeiner Weise zu verletzen. Er war dabei der bescheidene Mensch, verlangte wenig und war leicht zufriedenzustellen. Herr Bensou, unser Geistlicher in Castlewood, pflegte zu sagen: »Ich weiß nicht, welcher Art Oberst Esmonds Glauben war; aber sein Leben und sein Tod waren die eines echten Christen.«

als ich ihm freundlich Willkommen bot? Habt ihr mir nicht gesagt, es sei unsere Pflicht, für ihn zu sterben? Hast du mich nicht gelehrt, Mutter, abends und morgens für den König zu beten, mehr noch als für uns selbst? Was willst du, daß ich tue, Vetter? Denn du bist das Haupt der Verschwörung gegen mich. Ich weiß, daß du es bist; meine Mutter und mein Bruder handeln nur nach deinen Geboten. Wohin soll ich gehen?«

»Ich möchte nur dem Prinzen eine gefährliche Versuchung aus dem Weg räumen«, sagte Esmond ernst. »Der Himmel behüte mich zu sagen, die könntest ihm jemals nachgeben; ich möchte keinen Hüter, aber seine Unklugheit braucht ihn. Er steht so hoch im Rang über allen Frauen, daß sein Verlangen nach ihnen nicht anderes als ungesetzlich sein kann. Wir wollen die Teuerste und Schönste unserer Familie der Gefahr einer solchen Kränkung entrücken, und darum möchten wir dich von hier forthaben, liebe Beatrix.«

»Harry spricht wie ein Buch«, sagte Frank mit einem seiner üblichen Flüche; »jedes Wort, was er sagt, ist wahr. Du kannst nichts dafür, daß du so hübsch bist, Trix; und der Prinz kann ebenso wenig dafür, daß er dir nachlaufen muß. Mein Rat ist, daß du der Gefahr aus dem Wege gehst; denn, bei Gott, wenn der Prinz es wagte, Geschichten mit dir zu machen, so werden Harry Esmond und ich Genugtuung von ihm fordern, und wenn er zehnmal ein König ist oder sein wird.«

»Sind nicht zwei solche Ritter genug, um mich zu beschützen?« fragte Beatrix kummervoll; »wenn ihr zwei über mich wacht, so kann mir doch kein Leid geschehen.«

»Das glaube ich auch nicht, Beatrix«, sagte Oberst Esmond. »Wenn der Prinz wüßte, mit wem er es zu tun hat, so würde er es auch nicht wagen, dir zu nahe zu treten.«

»Aber weiß er das?« fiel Lady Castlewood ruhig ein. »Er kommt aus einem Land, wo es keine Schande ist für eine Frau, wenn ein König ihr nachstellt. Laß uns gehen, liebste Beatrix! Sollen wir uns nach Walcote oder nach Castlewood wenden? Hier in der Stadt sollten wir nicht bleiben. Wenn der Prinz anerkannt ist und unsere beiden Ritter ihm seinen Thron erkämpft haben, dann hat er seinen eigenen Hausstand in St. James oder Windsor.

Dann können wir in unser Haus hier zurückkehren. Meint ihr nicht auch, Harry und Frank?«

Harry und Frank waren ganz ihrer Ansicht.

»Dann laß uns gehen«, sagte Beatrix und wurde blaß. »Lady Masham will mir heute abend Nachricht geben, wie es Ihrer Majestät geht, und morgen …«

»Es wäre wohl am besten, wir gingen heute, liebes Kind«, unterbrach sie Mylady. »Wir nehmen den Wagen, bleiben die Nacht in Hounslow und sind morgen zu Hause. Es ist jetzt zwölf Uhr. Laß den Wagen um ein Uhr bereit sein, Vetter.«

»Pfui!« brachte Beatrix in leidenschaftlichem Ärger los, und unter strömenden Tränen fuhr sie fort: »Ihr entehrt mich mit eurer grausamen Vorsicht. Meine eigene Mutter verdächtigt mich und will mich wie in Kerkermeister von dannen führen. Ich will nicht mit dir zusammen reisen, Mutter; ich will keines Menschen Gefangener sein. Wenn ich euch hintergehen wollte, so würde ich schon Mittel und Wege dazu finden. Meine Familie verdächtigt mich. Da die, welche mich liebhaben sollten, mir mißtrauen, so will ich sie verlassen. Ich will gehen, aber ich will allein gehen; nach Castlewood, meinetwegen. Ich bin dort schon unglücklich und einsam genug gewesen. Laßt mich dorthin zurückkehren, aber erspart mir wenigstens die Demütigung, eine Wache über mein Elend zu setzen; das ist mehr, als ich ertragen kann. Ich will gehen, wenn ihr es wünscht, aber allein oder gar nicht. Ihr drei könnt hierbleiben und über mein Unglück triumphieren. Ich werde es ertragen, wie ich es schon früher ertragen habe. Mein Oberkerkermeister mag gehen und den Wagen bestellen. Ich danke dir, Harry Esmond, für deine Teilnahme an der Verschwörung. Mein Leben lang werde ich dir danken und an dich denken. Wie soll ich aber euch, mein Bruder und meine Mutter, meine Dankbarkeit für die fürsorgliche Verteidigung meiner Ehre bezeigen?«

In der Haltung einer Kaiserin fegte sie aus dem Zimmer. Blicke der Herausforderung warf sie uns zu. Wir blieben als Sieger zurück, aber eingeschüchtert und beinahe beschämt über unsern Sieg. Es schien hart und grausam, daß wir drei uns zusammengetan hatten, um das schöne Geschöpf zu demütigen und zu verbannen. Wir sahen uns wortlos an. Es war nicht die erste Tat in dieser unheilvollen Zeit, die wir ungetan wünschten, im Augenblick, da sie vollbracht war. Wir einigten uns darüber, daß es am besten sei, sie allein gehen zu lassen; wir sprachen halblaut, wie Menschen, die etwas vorhaben, dessen sie sich schämen.

Nach etwa einer halben Stunde kam sie zurück. Ihr Gesicht hatte noch denselben herausfordernden Ausdruck. Sie hielt einen Lederkasten in der Hand. Esmond kannte ihn nur zu gut; seine Diamanten waren darin, die sie an dem unseligen Abend, als der Prinz ankam, so stolz getragen hatte. »Ich möchte dem Marquis von Esmond«, sagte sie, »das Geschenk zurückgeben, das er mir zu einer Zeit gemacht hat, wo er mir fester vertraute als heute. Ich werde von Harry Esmond niemals wieder ein Geschenk oder eine Freundlichkeit annehmen. Ich gebe diese Familiendiamanten, die der Mätresse eines Königs gehörten, dem Herrn zurück, der mich im Verdacht hat, daß ich die Mätresse eines andern Königs werden möchte. Haben Sie Ihre Botschaft ausgerichtet, Mylord? Haben Sie meinen Wagen bestellt? Werden Sie Ihren Bedienten schicken, damit er aufpaßt, daß ich nicht das Weite suche?« Wir waren im Rechte; aber durch ihre Art hatte sie uns ins Unrecht gesetzt. Wir waren die Sieger, und doch schienen die Ehren des Tages dem armen unterdrückten Mädchen zu gehören.

Die unglückliche Schachtel mit den Steinen war mit einer vergoldeten herzoglichen Krone gezeichnet, die sie nicht zu tragen bestimmt war. Lady Castlewood öffnete den Kasten mechanisch und ohne daran zu denken, was sie tat; und siehe da, neben den Diamanten lag das Miniaturbildnis des Herzogs, das Beatrix an dem Abend, als der König das Haus betrat, mit ihrer Trauer abgelegt und in ihrer Unbedachtsamkeit wahrscheinlich vergessen hatte.

»Willst du dies auch zurücklassen, Beatrix?« sagte ihre Mutter mit einer Grausamkeit, die sie nur selten zeigte. Aber es kommen Augenblicke, wo die sanfteste Frau grausam wird, und es gibt Triumphe, die sich auch ein Engel nicht versagen kann.

Lady Castlewood erschrak über die Wirkung ihres Dolchstoßes. Er ging der armen Beatrix durchs Herz. Sie wurde rot, drückte ihr Taschentuch vor die Augen, nahm das Bildnis und küßte es. »Ich hatte es vergessen«, sagte sie. »Das Unrecht, das man mir zufügt, ließ mich meinen Kummer vergessen; meine Mutter hat mir beides ins Gedächtnis zurückgerufen. Lebe wohl, Mutter! Ich glaube, ich werde dir niemals vergeben können. Es ist etwas zwischen uns zerbrochen, was weder Tränen noch Jahre heilen werden. Ich habe immer gesagt, ich sei allein. Du hast mich nie liebgehabt, niemals; du bist eifersüchtig auf mich gewesen seit der Zeit, wo ich auf den Knien meines Vaters saß. Laß mich gehen – je eher, desto besser. Ich kann das Zusammensein mit dir nicht mehr ertragen.«

»Geh, Kind«, sagte ihre Mutter, noch immer streng; »geh, beuge deine stolzen Knie und bitte um Vergebung; geh und bete in Einsamkeit und Demut und Reue. Nicht deine Vorwürfe machen mich unglücklich; aber die Härte deines Herzens betrübt mich. Möge Gott es weich machen und dich lehren, einmal wieder für deine Mutter zu fühlen.«

War meine Herrin grausam, so konnte sie nichts bewegen, es einzugestehen. Ihr Hochmut übertrumpfte den der armen Beatrix. Ich fürchte, den stolzen Sinn hatte das Mädchen von ihr geerbt.

Elftes Kapitel

Unser Gast verläßt uns, weil wir ihm nicht gastfreundlich genug sind

Die Abreise von Beatrix ging noch in derselben Stunde vor sich. Ihre Jungfer fuhr mit ihr in der Postkutsche, und ein bewaffneter Mann saß auf dem Bock, um etwaigen Gefahren unterwegs zu begegnen. Esmond und Frank wollten den Wagen zu Pferde begleiten, aber sie wies ihr Anerbieten entrüstet zurück. So mußte noch ein anderer Mann der Kutsche bewaffnet folgen, mit dem Befehl, sie nicht zu verlassen, ehe sie die Heide von Hounslow am nächsten Tage hinter sich hatte. Da diese zwei die ganze männliche Bedienung des Hauses in Kensington ausmachten, wurde der treue John Lockwood aufgeboten, um Mylady während ihrer Abwesenheit zu bedienen. Er hätte es freilich vorgezogen, Fräulein Lucy, seinen Schatz, auf der Reise zu beschützen.

Wir hatten eine stille, trübselige Mahlzeit. Es schien, als liege eine Finsternis über dem Hause, seit das strahlende Antlitz von Beatrix daraus verschwunden war. Nachmittags kam eine Botschaft von Lady Masham, die unsere gedrückte Stimmung etwas hob. »Die Königin war sehr angegriffen«, schrieb sie; »aber sie erholt sich wieder, und es wird alles gutgehen. Sorgen Sie dafür, daß Mylord Castlewood sich bereithält für den Fall, daß wir nach ihm schicken sollten.«

Abends kam ein zweites Billett: »Im Rat gab es eine große Schlacht. Lord O ... ist gefallen, um nicht wieder aufzustehen. Nachfolger noch nicht ernannt. Lord B ... empfängt heute abend Abgesandte der Whigpartei. Sollte er schwanken, so bleiben doch andere treu. Die Königin hat keine Anfälle mehr. Sie liegt zu Bett und ist ruhiger. Halten Sie sich für morgen früh bereit. Ich hoffe immer, daß alles gutgehen wird.«

Der Prinz kam zurück, als der Überbringer dieser Botschaft gerade das Haus verlassen hatte. Seine Königliche Hoheit hatte dem Weinkeller des Bischofs solche Ehre angetan, daß man über Geschäfte nicht mehr mit ihm sprechen konnte. Man brachte ihn in sein königliches Bett. Er nannte Castlewood vertraulich bei seinem Namen und vergaß völlig die Rolle, von deren Durchführung seine Sicherheit und seine Krone abhingen. Es war gut, daß die Dienerschaft von Lady Castlewood außer Hörweite war. Er fragte hicksend nach der göttlichen Beatrix, fiel aber alsbald in tiefen Schlummer und in das Vergessen, mit dem Bacchus seine Jünger belohnt. Wir wünschten, Beatrix hätte ihn in seinem Rausch sehen können. Wir bedauerten fast, daß sie fort war.

Einer von den dreien am Kensington-Square war Narr genug, noch zur Nacht nach Hounslow zu reiten und in dem Gasthof abzusteigen, wo die Familie auf ihren Reisen nach Castlewood zu nächtigen pflegte. Esmond bat den Wirt, daß er Fräulein Beatrix nichts von seinem Kommen sagen solle, und hatte die grimmige Genugtuung, an der Tür vorüberzugehen, hinter der sie und ihre

Jungfer schliefen, und vom Fenster aus zu beobachten, wie die Kutsche sich morgens in der Frühe wieder in Bewegung setzte. Er sah, wie sie lächelte und dem Diener, der Befehl hatte, bis über die Heide hinaus bewaffnet hinter dem Wagen herzureiten, ein Geldstück in die Hand gleiten ließ. Es schien, als wolle sie sich mit dem Schutz des Bewaffneten auf dem Bock begnügen. Der Bursche verbeugte sich viele Male vor seiner jungen Herrin, ließ sich in der Küche einen Krug Bier geben und trabte in Begleitung des Postillions und seiner Pferde nach London zurück.

Die beiden Ehrenmänner waren noch nicht eine Meile über Hounslow hinaus, als sie es gut fanden, wieder einzukehren, und ihre Entsetzen war groß, als sie Oberst Esmond im Trab heranreiten sahen. Auf seine strenge Frage gaben man ihm zur Antwort, Fräulein Beatrix ließe sich empfehlen, sonst habe sie ihnen keinerlei Botschaft mitgegeben. Sie habe eine sehr gute Nacht verbracht und werde bei Sonnenuntergang in Castlewood eintreffen. Der Gedanke, daß Beatrix sich immer weiter von der Gefahr entfernte, beruhigte Esmond sehr. Lange ehe der betrunkene Gast zur Nüchternheit erwachte, war er schon wieder in Kensington- Square.

Das Ereignis des vorhergehenden Abends war am Morgen schon in ganz London bekannt. Ein heftiger Streit hatte im Ministerrat getobt, und in jeder Kneipe machte eine andere Darstellung dieses Vorganges die Runde. Die Nachrichten brachten Bischof Atterbury schon früh zum Kensington-Square, wo er auf das Erwachen seines königlichen Herrn wartete und der festen Hoffnung Ausdruck gab, daß er noch vor Ablauf des Tages zum Prinzen von Wales und Erben des Thrones ernannt sein werde. Am Nachmittag vorher hatte der Bischof eine Anzahl einflußreicher, königstreuer Herren bei sich zu Gaste gehabt, und Seine Königliche Hoheit hatte aller Herzen gewonnen, sowohl die der Schotten wie der Engländer, die der Katholiken wie der Hochkirchler. »Sogar Quäker«, sagte er, »waren bei unserer Zusammenkunft. Hat der Fremde auch etwas zuviel britischen Punsch und britisches Bier getrunken, so wird er sich bald besser an diese Getränke gewöhnen. Mylord Castlewood«, fügte er lachend hinzu, »muß den grausamen Vorwurf ertragen, daß er einmal in seinem Leben etwas berauscht war. Er hat wohl zwölfmal auf die Gesundheit Ihrer schönen Schwester getrunken. Wir haben alle darüber gelacht und diesen hohen Grad brüderlicher Zuneigung bewundert. Wo ist denn die reizende Nymphe? Warum ziert sie nicht den Teetisch mit ihren glänzenden Augen?«

Mylady sagte trocken, Beatrix sei heute morgen nicht zu Hause. Des Bischofs Gedanken waren zu sehr von den großen Ereignissen erfüllt, um sich eingehender mit Abwesenheit oder Anwesenheit irgendeiner Dame zu beschäftigen, und sei sie noch so schön.

Wir saßen noch bei Tisch, als Doktor A ... in großer Bestürzung vom Palast kam. Die Aufregungen, welche die Königin am Tag vorher erlebt hatte, hatten sehr ernste Folgen für sie gehabt. Man hatte ihn gerufen, und er hatte einen Aderlaß verordnet. Ihre Majestät fühlte sich seitdem etwas freier und atmete leichter.

Ein zweiter Besuch des Prinzen bei der Königin konnte an diesem Tage unter keinen Umständen gewagt werden. Als unser Gast von oben her das Zeichen gab, daß er erwacht sei, brachten ihm der Arzt, der Bischof und Oberst Esmond ihre teils erfreulichen, teils zweifelhaften Nachrichten. Doktor A ... mußte sich bald wieder entfernen, versprach aber, den Prinzen über alles, was im Palast geschah, auf dem laufenden zu halten. Er und der Bischof rieten, daß man Seine Königliche Hoheit an das Bett der Königin führen solle, sobald ihre Krankheit eine günstige Wendung nehme. Dann müsse der Ministerrat berufen werden. Von den wachthabenden Regimentern in Kensington und Sankt-James waren zwei königstreu und ein drittes wenigstens nicht feindlich gesinnt. Man konnte sich darauf verlassen, daß sie sich für den Prinzen erklären würden, sobald die Königin ihn vor den Lords und dem Rat zu ihrem Thronerben ernannt hatte.

Der Prinz, der Bischof und Oberst Esmond brachten viele Stunden dieses Tages hinter verschlossenen Türen zu, um Proklamationen und Adressen an das Land, die Schotten, die Geistlichkeit und die Bevölkerung von London abzufassen, welche die Ankunft des verbannten Sprößlings dreier Herrscher und seine Anerkennung als Thronerben durch seine Schwester verkündeten. Jede Sicherung ihrer Freiheiten, die Volk und Kirche verlangen sollten, wurde ihnen versprochen. Der Bischof konnte für die Anhänglichkeit vieler kirchlicher Würdenträger eintreten, die ihre Gemeinden und Geistlichen eifrig ermahnten, das geheiligte Recht des künftigen Herrschers zu bedenken und das Land von der Sünde der Rebellion zu reinigen.

Während der Abfassung dieser Schriftstücke, bei der Esmond den Sekretär spielte, kam mehr als ein Bote mit Nachrichten über den Zustand der erlauchten Kranken vom Palast herüber. Um Mittag ging es ihr etwas besser; gegen Abend ergriff sie wieder die Schwäche, und ihre Gedanken verwirrten sich. Bei Einbruch der Nacht brachte Doktor A … einen etwas günstigeren Bericht; jedenfalls gab es keine augenblickliche Gefahr. Im Lauf der letzten zwei Jahre hatte Ihre Majestät viele ähnliche Anfälle, aber von viel schwererer Natur, gehabt.

Wir hatten um diese Zeit etwa sechs Proklamationen vollendet. Der Wortlaut war schwierig. Keine Partei durfte gekränkt, kein Argwohn durfte bei den Whigs und beiden kirchlichen Sekten erregt werden. Der junge Prinz hatte während der Arbeit eines langen Tages viel Behendigkeit im Begreifen der vorliegenden Tatsachen und Geschick und Erfindungsgabe im Aufsetzen der Schriftstücke bewiesen, die von ihm unterzeichnet in die Welt hinausgehen sollten. Er zeigte zudem auch eine Gutherzigkeit und eine so wohlbedachte Fürsorge, daß wir ihm zu Ehren hier davon erzählen wollen.

»Sollten diese Papiere verlegt werden«, sagte er, »oder unser Plan mißglücken, so würde Mylord Esmonds Handschrift ihn an einen Ort bringen, wo ich von Herzen hoffe, ihn nie zu sehen. Wenn Sie einverstanden sind, so will ich die Papiere selbst abschreiben, obwohl ich in der Orthographie nicht gerade stark bin. Werden sie gefunden, so belasten sie nur den einen, den sie am nächsten angehen.« Nachdem er die Proklamationen sorgfältig kopiert hatte, verbrannte er die von Esmond niedergeschriebenen Originale. »Jetzt, meine Herren«, rief er, »wollen wir zum Abendbrot gehen und mit den Damen ein Glas Wein trinken. Mylord Esmond, Sie werden heute abend mit uns essen. Sie haben uns in letzter Zeit viel zu selten Ihre Gesellschaft geschenkt.«

Die Mahlzeiten des Prinzen wurden gewöhnlich in dem Zimmer serviert, wo Beatrix sonst zu schlafen pflegte. An diesem Abend erwarteten ihn dort nur Frank Castlewood und seine Mutter, als er aus seinem Schlafzimmer, wo er den ganzen Tag mit dem Bischof und dem Oberst gearbeitet hatte, zum Essen herüberkam.

Seine Miene verdüsterte sich, als er sah, daß Beatrix' strahlendes Antlitz ihn nicht begrüßte. Er fragte Lady Esmond, wo seine schöne Begleiterin vom gestrigen Tage geblieben sei. Mylady schlug die Augen nieder und sagte ruhig, Beatrix könne heute nicht zum Abendbrot kommen. Sie gab nicht das leiseste Zeichen von Verwirrung von sich, während ihr Sohn rot wurde und Esmond nicht weniger verlegen war. Ich glaube, Frauen haben von Natur aus die Gabe der Verstellung; sie könnten ihre Gefühle geschickter verbergen als der geriebenste männliche Höfling. Verbringen nicht viele von ihnen den besten Teil ihres Lebens damit, ihre Tyrannen zu umgaukeln und hinter zärtlichem Lächeln und fürstlicher Heiterkeit ihre Zweifel, ihre Kümmernisse und Ängste zu verstecken?

Unser Gast schlang sein Abendbrot sehr mißmutig hinunter; erst nach der zweiten Flasche fing er an zu scherzen. Als Lady Castlewood um die Erlaubnis bat, sich zurückziehen zu dürfen, ließ er Beatrix sagen, er hoffe, sie am nächsten Tag beim Mittagessen zu sehen. Dann ergab er sich dem Trinken und späterhin dem Gespräch. Stoff genug dafür war vorhanden.

Am nächsten Morgen wurde aus dem Palast berichtet, es gehe der Königin etwas besser. Sie sei eine Stunde lang auf gewesen, aber noch nicht wohl genug, um irgendeinen Besucher zu empfangen.

Zu Mittag war nur für Seine Königliche Hoheit gedeckt; die beiden Herren allein bedienten ihn. Wir hatten morgens mit Mylady eine Beratung gehabt und beschlossen, daß künftige Fragen des Prinzen nach Beatrix von den Herren des Hauses beantwortet werden sollten.

Er war sichtlich verstört und unruhig und sah beständig nach der Tür, als erwarte er jemanden. Es kam aber niemand als der brave Lockwood, der die Speisen heraufbrachte, klopfte und sie den Herren durch die Tür hineinreichte. So waren die Mahlzeiten geordnet, und der hohe Rat der Küche wird wohl der Ansicht gewesen sein, daß der Priester, den Mylord mitgebracht hatte, uns alle zu Papisten machte, und daß die Papisten wie die Juden ihre Mahlzeiten nur unter sich und nicht unter den Augen anderer Christen einnehmen dürfen.

Der Prinz versuchte sein Mißvergnügen zu bemänteln, aber er war damals ein plumper Heuchler. Wenn er schlechter Laune war, konnte er nur mit äußerster Mühe ein heiteres Gesicht machen.

Er machte ein paar törichte Versuche zu gleichgültigem Gespräch, kam aber alsbald auf den wunden Punkt und sagte so harmlos, wie es ihm möglich war, zu Lord Castlewood, er hoffe und wünsche, daß Mylords Mutter und Schwester beim Abendbrot erscheinen möchten. Er dürfe nicht ausgehen; die Zeit werde ihm lang, und Fräulein Beatrix könne ihm doch beim Kartenspiel Gesellschaft leisten.

Frank sah Esmond an; Esmonds Blick antwortete. Darauf sagte Lord Castlewood zu Seiner Königlichen Hoheit, seine Schwester sei nicht in Kensington; ihre Familie habe es gut gefunden, daß sie die Stadt verlasse.

»Nicht in Kensington!« sagte der Prinz. »Ist sie krank? Sie war gestern ganz gesund; weshalb sollte sie dann die Stadt verlassen? Tat sie es auf Ihren Befehl, Mylord, oder auf den Wunsch des Obersten Esmond, der in diesem Hause der Herr zu sein scheint?«

»In diesem Hause ist er nicht der Herr«, sagte Frank stolz, »nur in unserem Hause auf dem Lande, das er uns gegeben hat. Dieses Haus gehört meiner Mutter, und Walcote stammt von meinem Vater. Der Marquis von Esmond weiß, daß er nur ein Wort zu sagen braucht, und ich gebe ihm das seinige zurück.«

»Der Marquis von Esmond! Der Marquis von Esmond«, rief der Prinz und stürzte ein Glas Wein hinunter, »mischt sich zuviel in meine Angelegenheiten und pocht auf den Dienst, den er mir geleistet hat. Wenn Sie mit Ihrer Werbung bei Beatrix durchdringen wollen, Mylord, so sperren Sie sie nicht in einen Kerker ein. Das ist nicht die Art, wie man eine Frau gewinnt.«

»Ich erinnere mich nicht, daß ich Eurer Königlichen Hoheit von meiner Werbung um Fräulein Beatrix erzählt habe.«

»Bah, Monsieur! Wir brauchen kein Hellseher zu sein, um das zu durchschauen. Es offenbart sich jeden Augenblick. Sie sind eifersüchtig, Mylord, und die Hofdame braucht nur einen anderen Mann anzusehen, dann fangen Sie an, finstere Gesichter zu schneiden. Ihr Tun ist unwürdig, Monsieur, ungastlich, c'est lâche, oui, lâche.« Er sprach hastig auf französisch weiter; seine Wut steigerte sich mit jedem Satze. »Ich komme in Ihr Haus; ich wage mein Leben; ich verbringe es in Langweile; ich verlasse mich auf Ihre Treue; ich habe keine andere Zerstreuung, als die Predigten Euer Gnaden und die Unterhaltungen jener anbetungswürdigen jungen Dame, und Sie nehmen Sie mir fort! Merci, Monsieur! Ich werde Ihnen danken, wenn ich einmal in der Lage dazu bin; ich werde wissen, eine Treue zu belohnen, die ein wenig zudringlich ist, Mylord, ein wenig zudringlich. Seit einem Monat langweilen Sie mich über alle Maßen mit Ihrer Beschützermiene. Sie geruhen, mir die Krone anzubieten, und Sie verlangen, daß ich sie kniend in Empfang nehme wie einst König Johann – was? Ich kenne die Geschichte meines Landes, Monsieur; ich spucke auf stirnrunzelnde Barone. Ich bewundere Ihre Geliebte, und Sie schicken sie auf eine Bastille in der Provinz. Ich betrete Ihr Haus, und Sie mißtrauen mir. Ich werde es verlassen, Monsieur; heute abend noch werde ich es verlassen. Ich habe andere Freunde, deren Treue nicht so schnell bei der Hand sein wird, meine Treue zu verdächtigen. Habe ich einmal Orden zu vergeben, so werde ich Edelleute damit schmücken, die nicht so geneigt sind, Arges zu denken. Besorgen Sie mir einen Wagen. Entweder Sie lassen die schöne Beatrix zurückkommen, oder ich verlasse dieses Haus. Ich will Ihre Gastfreundschaft nicht auf Kosten der Freiheit jenes lieblichen Geschöpfes genießen.«

Er sprach mit raschen Handbewegungen, wie es die Art der Franzosen ist, und rannte mit erhitztem Gesicht im Zimmer auf und nieder; seine Hände zitterten vor Wut. Häufige Krankheiten und ein ausschweifendes Leben hatten ihn mager und gebrechlich gemacht. Sowohl Castlewood wie Esmond hätten ihm in einer Minute den Garaus machen können. Er aber scheute sich nicht, beide zu beschimpfen, und geruhte kaum, ein Hehl aus der Leidenschaft zu machen, die er für die Tochter des Hauses empfand. Lord Castlewood antwortete einfach und würdig auf seinen Wortschwall.

»Es gefällt Eurer Königlichen Hoheit«, sagte er, »zu vergessen, daß andere für Ihre Sache ihr Leben aufs Spiel setzen. Wenige Engländer würde es wagen, an Ihre geheiligte Person die Hand zu legen; aber keiner würde daran denken, unser Leben zu schonen. Das Leben unserer Familie, alles, was uns gehört, steht Ihnen zu Diensten, nur unsere Ehre nicht.«

»Ehre! Bah, Monsieur! Wer denkt daran, Ihre Ehre zu verletzen?« fragte der Prinz in eigensinnigem Tone.

»Wir bitten Eure Königliche Hoheit inständig, sie niemals verletzen zu wollen«, entgegnete Lord Castlewood und verneigte sich tief. Die Nacht war warm, und die Fenster standen nach allen Seiten offen. Esmond hörte durch die geschlossene Tür vom Schlafzimmer des Prinzen, das zum Platz hinaus lag, den Nachtwächter draußen die Runde ausrufen. Er öffnete die Tür; der Diener Martin, der Beatrix bis Hounslow begleitet hatte, verließ den Raum in dem Augenblick, wo Esmond ihn betrat. Als seine Schritte verklungen waren, hörte man wieder den Gesang des Nachtwächters: »Sternenklar ist die Nacht, die zehnte Stunde ist vollbracht!« Der Oberst sagte leise zum Prinzen: »Eure Königliche Hoheit hören den Mann.«

»Après, Monsieur?« fragte der Prinz.

»Ich brauche ihm nur vom Fenster aus zu winken und ihn fünfzig Meter weit zu schicken, so kommt er alsbald mit einer Wache zurück, der ich die Person dessen übergeben werde, welcher sich Jakob der Dritte nennt und für dessen Ergreifung das Parlament fünfhundert Pfund ausgesetzt hat, wie Eure Königliche Hoheit auf dem Ritt von Rochester her an den Straßenecken gelesen hat. Es bedarf nur eines Wortes, und beim Himmel, der mich erschaffen hat, ich würde dieses Wort aussprechen, wenn ich nicht der Überzeugung wäre, daß der Prinz um seiner eigenen Ehre willen davon abstehen wird, unsere Ehre zu beschmutzen. Aber der vornehmste Mann Englands kennt seine Pflicht zu gut, um sich mit Geringerem zu vergessen und seine Krone durch eine schmachvolle Tat zu gefährden.«

»Hat Mylord auch noch etwas zu sagen«, fragte der Prinz und wandte sich bleich vor Wut dem Grafen von Castlewood zu, »irgendeine Drohung oder Beleidigung, um der Unterhaltung dieses angenehmen Abends ein Ende zu machen?«

»Ich folge in allem dem Oberhaupt unseres Hauses«, sagte Frank und verbeugte sich feierlich. »Um welche Zeit wünscht der Prinz uns morgen früh zu sehen?«

»Sie werden so früh wie möglich den Bischof von Rochester aufsuchen. Sie werden ihn bitten, mir seinen Wagen zu schicken und mir eine Wohnung in seinem eigenen oder in einem anderen sicheren Hause vorzubereiten. Der König wird Sie reich belohnen für Ihre Dienste, seien Sie ohne Sorge. Ich wünsche Ihnen eine gute Nacht. Wenn es dem Marquis von Esmond nicht gefällt, seinen Kollegen, den Nachtwächter, zu rufen, damit ich die Nacht in Gesellschaft der Wache von Kensington zubringen kann, so will ich mich jetzt zu Bett begeben. Leben Sie wohl! Seien Sie versichert, daß ich an Sie denken werde. Mylord Castlewood, ich brauche heute abend keinen Kämmerling.« Der Prinz entließ uns mit einer grimmigen Verbeugung, verschloß die Tür zu dem Zimmer, wo er zu Abend gegessen hatte, und riegelte auch hinter uns die Tür zum Kabinett zu, in dem Frank Castlewood oder Monsieur Baptiste schlief. Es war der Ausgang, durch welchen Esmond vor wenigen Minuten den Diener verschwinden sah.

Früh am nächsten Morgen erschien der Bischof und hatte mit dem Prinzen ein längeres Gespräch unter vier Augen. Der Prinz klagte seinem Ratgeber die Kränkungen, die ihm seiner Meinung nach die Herren des Hauses zugefügt hatten. Der würdige Prälat trug nach dieser Unterhaltung einen sehr befriedigten Ausdruck zur Schau. Er war ein sehr erfindungsreicher Mann von unbedingter Zuverlässigkeit, reich begabt und mit vielen Tugenden geschmückt; aber er war höchst empfindlich und eifersüchtig und von einem Temperament, das am Sturz eines Günstlings Freude hatte, wie er auch jetzt trotz seines besserem Ichs sein Wohlgefallen nicht unterdrücken konnte, als er das Ministerium Esmond gestürzt sah.

»Ich habe Ihren Gast besänftigt«, sagte er zu den beiden Herren und zu Mylady, die man über den Streit vom Abend vorher unterrichtet hatte. »Aber wenn ich alles in Erwägung ziehe, so scheint es mir doch am besten, wenn der Prinz dieses Haus verläßt. Dann, Mylady Castlewood«, fügte der Bischof hinzu, »kann meine hübsche Beatrix zurückkommen.«

»Sie ist ebenso gut in Castlewood aufgehoben, bis alles vorbei ist«, sagte Mylady.

»Sie sollen Ihren Titel bekommen, Esmond, das verspreche ich Ihnen«, sagte der gute Bischof und nahm die Haltung eines Premierministers an. »Der Prinz hat sich sehr würdig über die kleine Meinungsverschiedenheit von gestern abend geäußert, und ich verspreche Ihnen, daß er auf meine Predigt gehört hat, wie auch auf die Predigt anderer Leute«, meinte er schelmisch. »Er hat neben seinen großen und edlen Eigenschaften eine Schwäche für das schöne Geschlecht, die eine Erbschaft seiner Familie ist, eine Schwäche, die er mit vielen berühmten Herrschern seit König Davids Zeiten gemein hat.«

»Mylord, Mylord!« fuhr es Lady Esmond heraus, »die Nachsicht, mit der Sie über ein solches Betragen gegen unser Geschlecht sprechen, kränkt mich tief. Was Sie Schwäche nennen, scheint mir beklagenswerte Sünde.«

»Sünde ist es, mein liebes Kind«, sagte der Bischof, zuckte mit den Schultern und nahm eine Prise; »aber denken Sie an König Salomos Sünden, der noch dazu tausend Weiber hatte.«

»Genug davon, Mylord«, entgegnete Lady Esmond und verließ würdevoll das Zimmer.

Der Prinz erschien mit lächelndem Gesicht; vom Zorn des vergangenen Abends ließ er sich jetzt nichts merken. Er reichte jedem der Herren höflich die Hand. »Wenn alle Ihre Bischöfe so gut predigen wie Doktor Atterbury«, sagte er, »dann weiß ich nicht, was aus mir noch werden wird, meine Herren. Ich habe gestern abend sehr unbesonnen gesprochen, Mylords, und bitte Sie beide um Verzeihung. Aber ich will nicht länger hierbleiben, da ich den Argwohn guter Freunde wecke und schöne Mädchen von zu Hause fernhalte. Mylord, der Bischof, hat einen sicheren Aufenthalt für mich gefunden, nicht weit von hier im Haus eines Geistlichen, dem wir vertrauen können und dessen Frau so häßlich ist, daß man nicht für sie zu fürchten braucht. Wir wollen also neue Quartiere beziehen. Ich verlasse Sie dankbar für hundert Freundlichkeiten, die mir hier erwiesen wurden. Wo ist meine Wirtin? Ich möchte ihr Lebewohl sagen. Ich hoffe, ich kann sie bald in meinem eigenen Haus begrüßen, wo meine Freunde keine Ursache haben werden, sich mit mir zu erzürnen.«

Lady Castlewood betrat errötend das Zimmer. Tränen füllten ihre Augen, als der Prinz sie gnädig begrüßte. Sie sah so anmutig und jung aus, daß der Bischof es nicht lassen konnte, dem Prinzen in seiner scherzenden Art von ihrer Schönheit zu sprechen. Der Prinz machte ihr ein ritterliches Kompliment, das sie von neuem erröten und noch reizender aussehen ließ.

Zwölftes Kapitel

Ein großer Plan wird vereitelt

Wurde je ein Spiel durch die Männlichkeit und Entschlossenheit weniger Menschen im Augenblick der Gefahr gewonnen, wurde je eines durch den Verrat und die Dummheit jener, welche die Karten in Händen hielten und sie nur auszuspielen brauchten, wieder verdorben, so war es das Spiel, das sich während der nächsten drei Tage um eine der vornehmsten Kronen der Welt drehte.

Das Verhalten des Lords Bolingbroke zeigte denen, die an unserem Plan beteiligt waren, daß man ihm nicht trauen konnte. Sollte der Prinz die Überhand gewinnen, so war es Mylords gnädige Absicht, sich zu seinen Gunsten zu erklären; sollte die hannoverische Partei obsiegen, so war niemand geneigter als er, niederzuknien und zu rufen: »Gott erhalte König Georg.« Er verriet den einen Prinzen wie den anderen, aber jeden zur unrechten Zeit. Im Augenblick, wo er für König Jakob hätte handeln sollen, liebäugelte er mit den Whigs und kompromittierte sich durch die ungeheuerlichsten Versicherungen der Ergebenheit, die des Kurfürsten gerechten Spott erregten. Er rechtfertigte die Verachtung, mit der die Hannoveraner ihm begegneten, durch seinen plötzlichen Übergang zu St. Germain, gerade als er sich besser davon ferngehalten hätte. Dieser Hof verachtete ihn ebensosehr wie die tüchtigen und entschlossenen Männer, die den kurfürstlichen Prinzen nach England brachten. Der König und der Prätendent konnten beide Beweise für die Verrätereien St. Johns vorzeigen, die von seiner Hand unterzeichnet und mit seinem Siegel versehen waren.

Unsere Freunde verfolgten alle seine Bewegungen mit der größten Wachsamkeit, ebenso wie die der wackeren, tatkräftigen Whigpartei, die ihre Pläne ziemlich offenkundig betrieb. Sie wollte den Hannoveraner im Lande haben und setzte alle ihr zur Verfügung stehenden Mittel in Bewegung, um dieses Ziel zu erreichen. Lord Marlborough war jetzt einer der ihren. Wir hörten, er werde von Antwerpen herüberkommen, und er betrat auch wirklich am Todestage der Königin zum ersten Male wieder englischen Boden. Ein großer Teil der Armee fühlte immer für ihren berühmten Führer. Selbst die Tories waren entrüstet über die ungerechten Rücksichtslosigkeit, mit der man alle Offiziere, die der Whigpartei angehörten, verfolgte. Die Häupter der Partei waren alle in London versammelt, an ihrer Spitze einer der unerschrockendsten Männer der Zeit, der schottische Herzog Von Argyle. Seine Tatkraft, Redlichkeit und Tapferkeit erhielt den verdienten Erfolg. Zwei Tage nach dem Zeitpunkt, wo meine Geschichte jetzt angelangt ist, brachte er das jetzt regierende Königshaus auf den englischen Thron.

Mittlerweile waren sich die Ratgeber des Stuart durchaus nicht einig über den Plan, den Seine Königliche Hoheit verfolgen sollte. Sein weiblicher Minister bei Hofe, der eine Besserung im Befinden der Königin zu bemerken glaubte, war dafür, daß man je nachdem ein paar Tage oder Stunden warte, bis man ihn ans Bett der Königin führen könne und durch sie zum Erben erklären lasse. Herr Esmond wünschte, daß er sich sofort dorthin begebe, geleitet von einer Abteilung der berittenen Garde, und daß er sich öffentlich dem Rat vorstelle. Die ganze Nacht vom 29. auf den 30. Juli verbrachte der Oberst in Beratungen mit Herren vom Militär, deren Namen wir hier nicht zu nennen brauchen. Es sei nur erwähnt, daß sie zum Teil einen hohen Rang in der Armee einnahmen und daß einer von ihnen General war. Als dieser hörte, daß der Herzog von Marlborough komme, schwang er mit frohem Kriegsgeschrei seine Krücke über dem Haupt und freute sich darauf, einen Gang mit ihm zu tun. Einer von den drei Staatssekretären, das wußten wir, war uns ergeben. Der Kommandant des Towers war auf unserer Seite; die zwei diensttuenden Kompanien in Kensington waren uns sicher, und über alles, was im Palast vorging, wurden wir rasch und zuverlässig unterrichtet.

Am Vormittag des 30. Juli kam die Botschaft an die Freunde des Prinzen, daß der Rat zu einer Sitzung im Palast versammelt sei. Eine Stunde später brachte man die eilige Nachricht, daß die zwei großen Herzöge der Whigpartei, Argyle und Somerset, ungerufen in das Beratungszimmer eingedrungen waren und am Tische Platz genommen hatten. Nach einer Debatte hatten sich alle Versammelten in das Zimmer der Königin begeben, die sehr schwach, aber noch bei Bewußtsein war. Man hatte ihr Seine Gnaden von Herzog von Chrewsbury als geeigneten Nachfolger von Harley empfohlen, und sie hatte ihm den Stab des Lordschatzmeisters übergeben. »Jetzt«, schrieb unsere Freundin vom Hofe, »ist der Augenblick gekommen. Jetzt oder nie!«

Sie hatte recht, der Augenblick war da. Trotz Argyle und Somerset hatte unsere Partei noch immer die Majorität im Rat. Esmond, dem die Botschaft überbracht worden war, weil die Dame am Hof noch nicht wußte, daß der Prinz das Haus am Kensington-Square verlassen hatte, warf sich zugleich mit Frank, seinen tapferen jungen Adjutanten, in Uniform, gürtete den Degen um und nahm eiligen Abschied von seiner lieben Herrin, die ihn und ihren Sohn umarmte und segnete und sich dann in ihr Zimmer zurückzog, um für den Ausgang des großen Unternehmens zu beten.

Castlewood eilte zur Wache, um den Hauptmann der Garde dort vom Nötigen zu unterrichten, und ging dann ins Wirtshaus zum ›Wappen des Königs‹, wo unsere Freunde versammelt waren. Sie hatten sich zu zweien oder dreien eingefunden, manche zu Pferde, manche zu Wagen, und waren, dreiundfünfzig an der Zahl, in einem oberen Zimmer beisammen. Ihre Diener, bewaffnet wie ihre Herren, wurden im Garten des Hauses mit Getränken bewirtet. Aus diesem Garten führt eine kleine Tür auf die Straße zum Palast, und durch sie sollten sich Herren und Diener in Bewegung setzen, sobald das verabredete Zeichen gegeben und die Persönlichkeit, auf die wir alle warteten, erschienen war. Bei unserer Schar waren zwei Generalleutnants, neun Generalmajore, sieben Obersten, elf Peers vom Parlament und einundzwanzig Mitglieder des Unterhauses. Die Garde vor und im Palast, die Königin, der Rat, ausgenommen die beiden Herzöge von der Whigpartei, waren mit uns. Der Tag war unser, und mit klopfendem Herzen eilte Esmond zum Hause des Geistlichen, wo er sich am Abend vorher von dem Prinzen getrennt hatte. Drei Nächte war der Oberst nicht ins Bett gekommen. Die erste hatte er in der ›Krone‹ zu Hounslow durchwacht, um einen flüchtigen Anblick von Beatrix in der Morgenfrühe nicht zu versäumen. Während der zweiten Nacht, nach der Auseinandersetzung mit dem Prinzen, hatte er in der Schenke ›Zum grauen Hund‹, gegenüber von Lady Castlewoods Hause, auf der Lauer gelegen, weil er fürchtete, Seine Königliche Hoheit könne entwischen und der flüchtigen Schönheit nacheilen. Die dritte Nacht war mit Beratungen dahingegangen und mit dem Zusammenrufen der Anhänger des Prinzen, die zum größten Teil von den schwebenden Ereignissen keine Ahnung hatten und unterrichtet werden mußten, daß der Prinz in Person zur Stelle sei und der entscheidende Schlag fallen müsse. Das Schicksal hatte ihm noch eine vierte schlaflose Nacht bestimmt, ehe sein Geschäft beendet war.

Im Hause des Geistlichen fragte er nach Herrn Bates, dem Namen, unter welchem der Prinz dort wohnte. Die Frau des Geistlichen sagte ihm, Herr Bates habe sich in der Frühe fortbebeben und habe hinterlassen, er gehe zum Bischof von Rochester nach Chelsea. Der Bischof aber sei selbst vor zwei Stunden in Kensington gewesen, habe nach Herrn Bates gefragt und sei in seinem Wagen nach Chelsea zurückgekehrt, als er gehört habe, der Herr sei dorthin gegangen, um ihn aufzusuchen.

Diese Abwesenheit war höchst ungünstig; denn die Verzögerung einer Stunde konnte ein Königreich kosten. Esmond blieb nichts übrig, als zum ›Wappen des Königs‹ zu stürzen und den versammelten Herren mitzuteilen, daß Herr Georg, wie der Prinz dort genannt wurde, nicht zu Hause sei, daß er ihn aber herbeiholen werde. Er bestieg den Wagen eines Generals, der gerade zur Stelle war, und fuhr über Land nach Chelsea zum Hause des Bischofs.

Der Portier teilte ihm mit, es seien zwei Herren bei Mylord. Esmond lief an dieser Schildwache vorbei und rüttelte an der verschlossenen Tür zu des Bischofs Studierstube. Er wurde alsbald eingelassen; die beiden Herren waren ein Kollege des Bischofs und der Abbé G …

»Wo ist Herr Georg?« fragte Esmond. »Die Zeit ist da.« Atterbury erschrak. »Ich war in seiner Wohnung«, sagte er, »und man berichtete mich, er sei hierher gegangen. Ich fuhr zurück, so schnell mich meine Pferde tragen wollten, und hörte, daß er nicht hier gewesen ist.«

Dem Oberst entfuhr ein Fluch; mehr Worte konnte er nicht machen. Er rannte die Treppen wieder hinunter und befahl dem Kutscher, der ein alter Freund und Kamerad von den Feldzügen her war, so schnell zu fahren, als ging es bei Wynendael mit seinem Herrn über die Franzosen her. In einer halben Stunde waren sie wieder in Kensington.

Zum zweiten Male ging Esmond zum Hause des Geistlichen. Herr Bates war nicht zurückgekommen. Mit leeren Händen mußte er im ›Wappen des Königs‹ erscheinen, wo die Herren mittlerweile sehr ungeduldig geworden waren.

Aus einem der Fenster des Wirtshauses kann man über die Gartenmauer auf den Rasenplatz vor dem Kensington-Palast, auf das große Eingangstor, vor dem die Kutschen der Minister warteten, und auf die Baracke der Palastgarde sehen. Als wir unter mißmutigen Gesprächen an diesem Fenster standen, hörten wir Trompeten blasen. Einige von uns stürzten zum Fenster des vorderen Zimmers, das zur großen Straßen von Kensington hinaussieht. Ein berittenes Regiment näherte sich.

»Das sind Ormonds Garden«, sagte jemand.

»Nein, bei Gott, das ist Argyles altes Regiment«, sagte mein General und stieß mit dem Krückstock auf den Boden.

Es war tatsächlich Argyles Regiment, das von Westminster kam und die Garde in Kensington ablöste, auf die wir uns verlassen konnten.

»O Harry!« sagte einer von den drei anwesenden Generalen; »du bist unter einem unglücklichen Stern geboren. Ich fange an zu fürchten, daß gar kein Herr Georg vorhanden ist. Es ist nicht der Sitz eines Peers, um den es mir leid ist; denn unser Name ist alt und vornehm genug; aber den Gang mit Marlborough, den du mir versprachst, den kann ich nicht verschmerzen.«

Als wir so sprachen, trat Castlewood mit verstörter Miene ein.

»Was gibt es, Frank?« fragte der Oberst. »Kommt Herr Georg endlich?«

»Gott verfluch ihn, sieh hier!« antwortete Castlewood und hielt ihm ein Papier hin. »Wir fanden es in dem Buch – wie nennt ihr es? Eikum Basilikem? – in seinem Zimmer. Der Schurke Martin hat es dahin getan und sagt, seine junge Herrin habe es ihm befohlen. Es war an mich gerichtet, aber für ihn bestimmt. Ich erbrach das Siegel und las es.«

Die ganze Versammlung von Offizieren verschwamm vor Esmonds Augen, als er die wenigen Worte auf dem Papier überflog; es stand darauf geschrieben: »Man schickt Beatrix Esmond ins Gefängnis nach Castlewood, wo sie um glücklichere Tage beten wird.«

»Kannst du erraten, wo er steckt?« fragte Castlewood.

»Ja«, antwortete Esmond. Er wußte es genau; Frank wußte es genau. Ihr Gefühl sagte ihnen, wohin der Verräter entwichen war.

Der Oberst hatte den Mut, sich zu den Versammelten zu wenden und zu sagen: »Meine Herren, ich fürchte, Herr Georg wird heute nicht mehr erscheinen. Es ist etwas geschehen – und – und – ich fürchte, es ist ihm ein Unfall zugestoßen, der ihn fern hält. Da Sie Ihren Frühstückstrunk gehabt haben, ist es wohl das beste, wenn Sie die Zeche bezahlen und nach Hause gehen. Wo der Spieler fehlt, muß das Spiel unterbleiben.«

Einige von den Herren entfernten sich, ohne ein Wort zu verlieren. Andere gingen zum Palast hinüber, um sich nach dem Befinden Ihrer Majestät zu erkundigen. Die kleine Armee verschwand in der Dunkelheit, aus der sie heraufbeschworen worden war. Es gab kein Schriftstück, das irgend jemanden belasten konnte. Ein paar Offiziere und Parlamentsmitglieder waren einer Aufforderung zum Frühstück im ›Wappen des Königs‹ zu Kensington gefolgt, hatten ihre Rechnung bezahlt und waren nach Hause gegangen.

Dreizehntes Kapitel

Der erste August 1714

»Weiß meine Herrin von diesem Brief?« fragte Esmond, als er mit Frank das Wirtshaus verließ.

»Meine Mutter hat ihn in dem Buch auf dem Schreibtisch gefunden. Beatrix hat ihn geschrieben, ehe sie von zu Hause fortging«, antwortete Frank. »Mutter hat sie überrascht, als sie die Türklinke in der Hand hielt und versuchte, in das Zimmer des Prinzen zu schlüpfen. Sie hat sie dann keinen Augenblick mehr allein gelassen, bis sie aus dem Hause war. Der Prinz hat nicht daran gedacht, dort nach einem Brief zu suchen, und Martin hat keine Gelegenheit gefunden, ihm davon zu erzählen. Ich glaube, der arme Teufel hat es nicht böse gemeint, aber ich habe ihn halbtot geschlagen. Er hat geglaubt, es sei der Bruder von Beatrix, dem er den Brief hinlegte.«

Ich hatte den Schurken in unsere Mitte gebracht, aber Frank ließ kein Wort des Vorwurfes gegen mich fallen. Als wir an die Tür des Hauses klopften, fragte ich: »Wann werden die Pferde bereit sein?« Frank deutete mit seinem Stock zur Straßenecke; sie bogen eben auf den Platz ein.

Wir gingen hinauf, um von Mylady Abschied zu nehmen. Sie war in einem Zustand furchtbarer Erregung, und der Bischof, dessen Gesellschaft sie so liebte, war bei ihr.

»Haben Sie ihm erzählt, Mylord«, fragte Esmond, »daß Beatrix in Castlewood ist?« Der Bischof wurde rot und stammelte: »Nun, ich …«

»Sie haben dem Schurken recht gedient«, fuhr es dem Oberst heraus; »durch das, was Sie ihm erzählt haben, hat er seine Krone verscherzt.«

Meine Herrin wurde totenblaß. »Harry, Harry«, sagte sie, »töte ihn nicht!«

»Es kann sein, daß es noch nicht zu spät ist«, erwiderte Esmond, »vielleicht ist er nicht nach Castlewood gegangen. Gott gebe, daß es noch nicht zu spät ist.« Der Bischof gab banale Redensarten über Untertanentreue und die geheiligte Person des Herrschers aus. Aber der Oberst sagte kurz, er möge den Mund halten, alle Papiere verbrennen und für Lady Esmond sorgen. Fünf Minuten später saßen wir im Sattel, John Lockwood hinter uns, und ritten im Trab nach Castlewood.

Als wir in Alton ankamen, begegnete uns Lockwoods Vater, der alte Pförtner von Castlewood. Er berichtete uns, seine junge Herrin sei Mittwoch abend angekommen und habe ihn heute, Freitag früh, mit einem Brief an Mylady in Kensington abgesandt und ihm gesagt, das Schreiben sei von großer Wichtigkeit.

Wir nahmen uns die Freiheit, es zu öffnen, während der Alte große Augen machte und ausrief: »Gott segne mich! Wer hätte das gedacht.« Es war der Anblick seines jungen Herren, der ihn so erregte. Er hatte ihn seit sieben Jahren nicht gesehen.

Der Brief von Beatrix enthielt nicht die geringsten Nachrichten von Wichtigkeit. Er war in scherzendem Ton geschrieben und sollte den Anschein erwecken, als laste ihre Gefangenschaft nicht schwer auf ihr. Sie fragte, ob es ihr erlaubt sei, Frau Luther zu besuchen und über die Grenzen des Hofes und Gartens hinauszugehen. Sie erzählte von den Pfauen und von einem kleinen Reh, das sie dort hatte. Sie bat ihre Mutter, ihr durch den alten Lockwood allerlei Kleider zu schicken. Sie ließ sich einem gewissen Herrn empfehlen, wenn sie sich diese Freiheit nehmen dürfe.

Sie hoffe, daß er jetzt nicht mehr mit ihr Karten spielen könne, werde er fleißig in guten Büchern lesen, z.B. in Doktor Atterburys Predigten oder in ›Eikon Basiliké‹. Sie werde auch gute Bücher lesen. Sie wolle ihrer hübschen Mama noch die Freude machen, ihr zu erzählen, daß sie sich nicht die Augen ausweine.

»Wer ist außer dir im Schloß, Lockwood?« fragte der Oberst.

»Da ist die Wäscherin, da ist die Köchin, dann die Jungfer von Fräulein Beatrix und der Diener aus London; aber der schläft bei mir im Pförtnerhaus, ganz weit weg von den Mädchen«, antwortete der Alte.

Esmond kritzelte mit dem Bleistift ein paar Worte auf den Brief, gab ihn dem alten Mann zurück und befahl ihm, weiter nach London zu seiner Herrin zu gehen. Wir wußten, warum Beatrix plötzlich so gehorsam war und warum sie von ›Eikon Basiliké‹ sprach. Sie hatte diesen Brief geschrieben, um dem Prinzen auf die Spur zu helfen und den Pförtner aus dem Weg zu schaffen.

»Wir haben eine schöne Mondnacht für unseren Ritt«, sagte Esmond. »Frank, vielleicht kommen wir noch rechtzeitig nach Castlewood.« Den ganzen Weg entlang fragten wir in den Posthäusern nach einem schlanken jungen Herrn in Grau mit hellbrauner Perücke, genau von derselben Farbe wie die von Mylord. Er hatte London um sechs Uhr morgens verlassen und wir um drei Uhr nachmittags. Er war beinahe so schnell geritten wie wir, und als wir an der letzten Poststation ankamen, hatte er immer noch sieben Stunden Vorsprung.

Gerade ehe die Dämmerung hereinbrach, sprengten wir über die Wiesengründe von Castlewood. Das Dorf lag noch im Schlaf; in der Schmiede war noch kein Licht. Wir ritten unter den Ulmen hindurch, wo noch immer die Krähen nisteten, an der Kirche vorbei und über die Brücke. Dort stiegen wir ab und gingen zu Fuß den Torweg hinauf.

»Wenn ihr nichts geschehen ist«, sagte Frank zitternd, und seine guten Augen füllten sich mit Tränen, »dann weihe ich der Jungfrau eine silberne Statue.« Er griff nach dem großen eisernen Klopfer an der eichenen Pforte, aber Esmond fiel ihm in den Arm. Auch er war von Angst und Hoffnung, von Verzweiflung und

Kummer bewegt, aber er sagte nichts davon zu seinem Begleiter und zeigte keinerlei Erregung.

Er ging zu dem kleinen Fenster am Pförtnerhause und klopfte leise und zu wiederholten Malen, bis der Mann hinter dem Gitter erschien.

»Wer ist da?« fragte er und steckte den Kopf heraus; es war der Diener aus Kensington.

»Mylord Castlewood und Oberst Esmond. Öffne leise das Tor und laß uns ein.«

»Mylord Castlewood?« fragte er zurück. »Mylord ist hier und liegt im Bett.«

»Mach auf, zum Kuckuck!« rief Castlewood.

»Ich werde niemanden öffnen«, entgegnete er und schloß das Fenster, als Frank seine Pistole zog. Er hätte auf den Mann gefeuert, wenn Esmond ihn nicht wieder daran gehindert hätte.

»Es gibt mehr als einen Weg«, sagte er, »um in ein so großes Haus wie dieses hier hineinzukommen.« Frank brummte, zum westlichen Tor sei es ja beinahe eine halbe Meile. »Aber ich weiß einen Eingang, der nicht hundert Meter weit entfernt ist«, sagte Esmond. Er führte seinen Vetter dicht an der Mauer entlang, und durch das Gebüsch, das in dem alten Schloßgraben nicht sehr üppig wucherte, kamen sie an den Strebepfeiler, neben dem sich das kleine Fenster von Pater Holt befand. Esmond kletterte rasch hinauf, zerbrach die Fensterscheibe, die man sorgfältig ausgebessert hatte, und berührte innen die Feder. Die beiden Herren stiegen hinein, traten so leise auf, wie es ging, und gingen hinaus in den Hof, über dem die Morgenröte heraufzog und wo der Brunnen in der Stille plätscherte.

Sie eilten zum Pförtnerhaus, dessen Tür zum Hofe nicht verriegelt war, und mit den Pistolen in der Hand erschienen sie vor dem entsetzten Burschen und befahlen ihm, sich still zu verhalten. Esmond packte der Schwindel, und er wäre beinahe niedergestürzt, als er den Diener fragte, wann Lord Castlewood angekommen sei. »Gestern abend, etwa um acht Uhr«, sagte der. »Und was dann?« Seine Gnaden hatte mit seiner Schwester zu Abend gegessen. »Hast du beim Essen bedient?« Ja, er und die Jungfer hatten beide bedient. Die anderen Mädchen hatten das

Abendbrot zubereitet. Es war kein Wein dagewesen. Man hatte Mylord nur Milch geben können, und darüber hatte er geschimpft, und – und Fräulein Beatrix hatte die Jungfer immer im Zimmer behalten. Da in des Kaplans Zimmer auf der anderen Seite des Hofes ein Bett stand, hatte Fräulein Beatrix befohlen, daß Mylord dort schlafen sollte. Sie war lachend mit den Mädchen die Treppe heruntergekommen und hatte die Tür verriegelt. Mylord hatte durch die Tür mit ihr gesprochen, und sie hatte ihn von innen her ausgelacht. Dann war er eine Weile im Hof auf und ab gegangen. Sie war an einem der oberen Fenster erschienen, und er hatte sie angefleht, herunterzukommen. Aber sie hatte nicht gewollt, hatte gelacht und hatte das Fenster geschlossen. Mylord war mit allerlei Ausrufen in einer fremden Sprache, die wie Flüche geklungen hatten, in das Zimmer des Kaplans und zu Bett gegangen.

»War das alles?« »Alles«, schwor der Mann bei seiner Ehre, alles, so wahr er selig zu werden hoffte. Aber nein, es war doch noch etwas geschehen. Mylord hatte bei der Ankunft und ein- oder zweimal während des Abendessens seine Schwester geküßt; aber das war ja ganz natürlich; seine Schwester hatte ihn auch wiedergeküßt. Esmond knirschte mit den Zähnen vor Wut und war nahe daran, den bestürzten Sprecher zu erwürgen. Aber Castlewood fiel ihm in den Arm und brach in lautes Lachen aus.

»Wenn es dich belustigt«, sagte Esmond auf französisch, »daß deine Schwester fremde Männer küßt, so fürchte ich, wird dir die arme Beatrix noch viel Vergnügen bereiten.« Er dachte bei sich an Hamilton und Ashburnham, die früher Herren der rosigen Lippen gewesen waren, auf die der Prinz jetzt seine Küsse drückte. Es wurde ihm elend zumute bei diesem Gedanken. Ihre Wangen waren entweiht, ihre Schönheit war beschmutzt; Schamgefühl und Ehre standen zwischen ihm und ihr. Die Liebe in seinem Herzen war tot. Hätte sie ihm jetzt ihre Liebe geboten und eine Krone dazu, er hätte sie verschmäht; er hätte sich durch beide entwürdigt gefühlt.

Aber sein Zorn gegen Beatrix minderte nicht die Wut gegen den Mann, der vielleicht nicht die Ursache, aber die Gelegenheit zum Bösen für sie war. Frank setzte sich auf eine steinerne Bank im Hofe und schlief ein. Esmond ging auf und nieder und erwog, was zu tun sei. Es war ja im Grunde gleichgültig, wie viel oder wie wenig zwischen dem Prinzen und dem armen treulosen Mädchen vorgegangen war. Sie waren noch zu rechter Zeit gekommen, um ihren Körper zu retten, aber nicht ihre Seele. Hatte sie nicht den Prinzen angestachelt, zu ihr zu kommen? Hatte sie nicht Diener bestochen und fortgeschickt, um sich mit ihm in Verbindung zu setzen? Ihr verräterisches Herz hatte sich ergeben, wenn auch die Festung unversehrt war. Das war der Preis, um den er seinen Lebenskampf gekämpft hatte, der Preis, den sie bereit war auf dem Wink des Prinzen wegzugeben.

Als er mit sich im reinen war, rüttelte er den armen Frank aus seinem Schlaf auf. Der erhob sich gähnend und sagte, er habe von Clotilda geträumt. »Du mußt zu mir stehen«, sagte Esmond, »bei dem, was ich vorhabe. Ich habe die Möglichkeit bedacht, daß die ganze Geschichte erlogen ist und daß man dem Schurken dort befohlen hat, die Sache so zu erzählen. Sollte das der Fall sein, so werden wir es von dem Herrn erfahren, der da drüben schläft. Sieh zu, ob die Tür zu den Herrschaftszimmern wirklich verschlossen ist, wie der Diener behauptet.« Wir untersuchten sie und fanden seine Aussage bestätigt; sie war von innen verriegelt.

»Man kann sie geöffnet und später verschlossen haben«, sagte der arme Esmond. »Auf die Art hat die Gründerin unserer Familie unseren Ahnherrn eingelassen.«

»Was willst du tun, Harry, wenn – wenn das, was der Bursche erzählt, nicht wahr wäre?« Der junge Mann sah seinem Vetter entsetzt ins Gesicht; es mag keinen sehr verheißungsvollen Ausdruck getragen haben.

»Laß uns erst gehen und feststellen, ob die beiden Geschichten übereinstimmen«, antwortete Esmond. Er betrat die Wohnung des Kaplans und öffnete die Tür zu dem Zimmer, das nun seit bald fünfundzwanzig Jahren sein Zimmer gewesen war. Eine Kerze brannte, und der Prinz schlief angekleidet auf dem Bett. Esmond bemühte sich nicht weiter, leise zu sein, und der Schläfer fuhr vom Bett auf, als er erwachend zwei Männer im Zimmer sah. »Qui est là?« rief er und zog eine Pistole unter dem Kopfkissen hervor.

»Der Marquis von Esmond«, antwortete der Oberst. »Er ist herbeigeeilt, um Seine Majestät im Schlosse von Castlewood willkommen zu heißen und ihm von den Ereignissen in London Bericht zu erstatten. Den Befehlen des Königs gemäß habe ich die vorletzte Nacht, nachdem ich mich von Seiner Majestät verabschiedet hatte, damit zugebracht, seine Anhänger zusammenzurufen. Es ist schade, daß der Wunsch Seiner Majestät, aufs Land zu gehen und unser armes Haus aufzusuchen, den König veranlaßt hat, London zu verlassen, ohne uns davon zu benachrichtigen. Die Gelegenheit war da, die menschlicher Berechnung nach nicht wieder eintreten wird. Hätte es dem König nicht beliebt, nach Castlewood zu reiten, so würde er wohl heute nacht als Prinz von Wales im Palast von St. James geschlafen haben.«

»Zum Teufel, meine Herren!« rief der Prinz und sprang vollends auf. »Doktor A … war gestern früh bei mir und sagte, er habe meine Schwester die ganze Nacht beobachtet und glaube nicht, daß ich sie werde sehen können.«

»Es wäre anders gekommen«, sagte Esmond und verneigte sich. »Wahrscheinlich ist die Königin jetzt tot, trotz Doktor A … Der Rat war versammelt, ein neuer Minister war ernannt, die Truppen waren dem König ergeben, und fünfzig treue Männer, Träger der größten Namen des Königreichs, waren versammelt, um den Prinzen von Wales zu begleiten. Er könnte jetzt anerkannter Erbe, vielleicht schon Besitzer der Krone sein, wenn es Eurer Majestät nicht gefallen hätte, einen Ritt aufs Land zu unternehmen. Wir waren alle bereit; es fehlte nur eins, und das war Eurer Majestät gnädigste …«

»Morbleu, Monsieur, das ist mir zuviel Majestät«, sagte der Prinz und schien darauf zu warten, daß einer von uns ihm in seinen Rock helfen werde. Aber wir rührten uns nicht.

»Wir werden Sorge tragen«, sagte Esmond, »in diesem Punkt keinen weiteren Anstoß zu erregen.«

»Wie meinen Sie das, Mylord?« fragte der Prinz und murmelte etwas von guet-à-pens. Esmond nahm das Wort auf.

»Wir haben die Falle nicht gelegt«, sagte er. »Wir haben Sie nicht hierher eingeladen. Wir sind nicht gekommen, um die

Schande unserer Familie einzufangen, sondern um sie zu rächen.«

»Schande! Morbleu, von Schande ist gar nicht die Rede«, entgegnete der Prinz und wurde rot; »es war nichts als harmlose Spielerei.«

»Die auf ein ernstes Ende zielte.«

»Ich schwöre«, rief der Prinz ungestüm, »bei meiner Ehre schwöre ich, Mylords ...«

»Daß wir noch zu rechter Zeit gekommen sind. Es ist kein Unrecht geschehen, Frank«, sagte Oberst Esmond und wandte sich dem jungen Castlewood zu, der an der Tür stand. »Sieh her! Hier liegt ein Papier, auf das Seine Majestät geruht hat, einige Verse zur Ehre oder Unehre von Beatrix niederzuschreiben. Hier steht ›Madame‹ und ›Flamme‹, ›Cruelle‹ und ›Rebelle‹, ›Amour‹ und ›Jour‹ in der königlichen Handschrift und Orthographie. Wäre der gnädige Liebhaber glücklich gewesen, so hätte er seine Zeit nicht mit Seufzen verbracht.«

»Mylord«, rief der Prinz, glühend vor Wut – er hatte mittlerweile ohne Beistand seinen königlichen Rock angezogen –, »bin ich hierhergekommen, um mich beschimpfen zu lassen?«

»Um zu beschimpfen, wenn es Eurer Majestät gefällig ist«, erwiderte der Oberst mit einer tiefen Verbeugung. »Die Herren der Familie sind gekommen, um Ihnen dafür zu danken.«

»Malédiction!« rief der junge Mann, und Tränen ohnmächtiger Wut füllten seine Augen. »Was wollen Sie von mir, meine Herren?«

»Will Eure Majestät geruhen, das anstoßende Zimmer zu betreten?« sagte Esmond in unerschütterlichem Ernst. »Ich habe dort einige Papiere liegen, die ich Ihnen gern übergeben möchte. Mit Ihrer Erlaubnis werde ich vorangehen.« Er nahm das Licht auf, kehrte dem Prinzen unter großen Zeremonien den Rücken und ging in das kleine Wohnzimmer des Kaplans hinüber, durch das wir vor kurzem das Haus betreten hatten. »Willst du so gut sein, Seiner Majestät zu einem Stuhl zu verhelfen, Frank?« sagte der Oberst zu seinem Vetter, der fast ebenso erstaunt und verwirrt war über die Szene wie der Prinz selbst. Esmond ging zu dem geheimen Schrank über dem Kamin, öffnete ihn und zog die Papiere heraus, die dort so lange gelegen hatten.

»Hier, wenn es Eurer Majestät gefällig ist«, sagte er, »ist das Patent eines Marquis, das Ihr königlicher Vater in St. Germain für meinen Vater, den Grafen von Castlewood, ausstellte. Hier ist das von Zeugen unterzeichnete Heiratszertifikat meines Vaters und meiner Mutter, hier mein Geburts- und mein Taufschein. Ich bin auf denselben Glauben getauft worden, in dem Ihr hochseliger Vater sein ganzes Leben lang allen Gläubigen als glänzendes Vorbild gelebt hat. Hier sind meine Titel, lieber Frank, und das tue ich mit ihnen. Hier geht Taufschein und Heiratszeugnis hin, und hier das Marquisat und die erhabene Unterschrift, mit der Ihr Vorgänger, Majestät, geruhte, unser Geschlecht zu ehren.« Während er sprach, hatte Esmond die Papiere auf dem Kohlenbecken in Brand gesteckt. »Wollen Sie bitte daran denken«, fuhr er fort, »daß unsere Familie sich in treuen Diensten für Ihre Familie zugrunde gerichtet hat; daß mein Großvater sein Gut und Geld, sein Blut und das Leben seines einzigen Sohnes für Sie geopfert hab; daß der Großvater[39] meines lieben Lords – denn du bist jetzt Lord, Frank, mit allem Recht – im Kampf für Ihr Haus gefallen ist; daß meine arme Verwandte, die zweite Frau meines Vaters, erst ihre weibliche Ehre der Verworfenheit Ihres ausschweifenden Geschlechtes zum Opfer gebracht hat und dann ihr ganzes Vermögen dem König schickte, wofür ihr mit der Verleihung des köstlichen Titels gedankt wurde, der hier zu Asche verbrennt. Ich ziehe meinen Degen, zerbreche ihn und sage mich von Ihnen los. Hätten Sie die Kränkung, die Sie uns zudachten, ausgeführt, so hätte ich Ihnen, beim Himmel, diese Waffe durchs Herz gerannt. Frank wird tun, was ich getan habe, nicht wahr, Vetter?«

Frank, der dumm und verdutzt in die Flammen gestarrt hatte, welche die Papiere auf dem alten Kohlenbecken verzehrten, zog seinen Degen, zerbrach ihn und senkte den Kopf. »Ich folge meinem Vetter«, sagte er und griff nach Esmonds Hand. »Marquis oder nicht, beim Teufel, ich stehe zu ihm jeden Tag. Ich bitte Eure Majestät um Verzeihung wegen des Fluchs; aber – aber – ich bin für den Kurprinzen von Hannover. Eure Majestät ist selbst daran schuld. Die Königin wird jetzt wohl tot sein, und Sie könnten König sein, wenn Sie nicht hinter Trix hergerannt wären.«

Der junge Prinz sprang auf und rief auf französisch in seiner lebhaften Art: »Eine Krone so zu verscherzen, die lieblichste Frau auf Erden und die Treue solcher Männer zu verlieren, ist das nicht Demütigung genug, Mylords? Marquis, wenn ich vor Ihnen auf die Knie falle, werden Sie mir dann verzeihen? Nein, das kann ich nicht tun; aber ich kann Ihnen Genugtuung geben, die Genugtuung der Ehre. Erweisen Sie mir die Gunst, den Degen mit mir zu kreuzen. Ihrer ist zerbrochen, aber sehen Sie, dort im Schrank sind zwei.« Der Prinz nahm sie heraus, eifrig wie ein Knabe, und hielt sie Esmond hin. »Ah, Sie wollen? Merci, Monsieur, merci!«

Oberst Esmond, aufs äußerste gerührt durch dieses unerhörte Zeichen der Herablassung und der Reue, verbeugte sich so tief, daß seine Lippen beinahe die gnädige junge Hand berührten, die ihm so viel Ehre erwies. Er nahm schweigend seine Stellung ein. Die Degen hatten sich kaum berührt, als Castlewood Esmonds Waffe mit dem Griff seiner eigenen zurückschlug, die er dicht am Stichblatt abgebrochen hatte. Der Oberst trat einen Schritt zurück, senkte den Degen und erklärte mit einer zweiten tiefen Verbeugung, daß ihm die Genugtuung vollständig genüge.

»Eh bien, Vicomte!« sagte der junge Prinz, der ein Knabe war, und ein französischer Knabe, »il ne nous reste qu'une chose à faire.« Er legte den Degen auf den Tisch und kreuzte die Hände auf der Brust. »Wir haben noch etwas zu tun; können Sie nicht erraten, was?« Er streckte die Arme aus: »Embrassons nous!«

Unser Gespräch war kaum vorüber, als Beatrix das Zimmer betrat. Was hatte sie da zu suchen? Sie schrak zusammen und wurde bleich, als sie Bruder und Vetter, gezogene Degen, zerbrochne Waffen und verkohlende Papiere erblickte.

»Reizende Beatrix«, sagte der Prinz mit jugendlichem Erröten, das ihm sehr gut stand, »diese Herren sind zu Pferd von London gekommen, wo meine Schwester im Sterben liegt und man den Erben zur Stelle wünscht. Verzeihen Sie mir meinen Streich von gestern abend. Ich war so lange gefangen gewesen, daß ich die erste Gelegenheit zu einem Spazierritt ergriff, und mein Pferd trug mich natürlich zu Ihnen. Ich fand Sie als Königin in Ihrem kleinen Reich, wo Sie geruhten, mich zu bewirten. Sagen Sie Ihren Hofdamen meine Empfehlungen. Ich habe unter Ihren Fenster geseufzt, als Sie schlafen gegangen waren, und habe dann in meinen Bette Ruhe gesucht. Diese Herren haben mich angenehm geweckt. Ja, meine Herren, denn das ist ein glücklicher Tag für einen Fürsten, wo er ein so edles Herz wie das des Marquis von Esmond kennen lernt, sei es auch auf Kosten seiner eigenen Eitelkeit. Mademoiselle, dürfen wir Ihren Wagen benutzen? Ich sah ihn im Schuppen stehen, und der arme Marquis muß vor Müdigkeit beinahe umfallen.«

»Will der König nicht geruhen zu frühstücken, ehe er geht?« war alles, was Beatrix sagen konnte. Die Rosen auf ihren Wangen waren verblichen, ihre Augen blickten starr, sie sah ganz alt aus. Sie trat an Esmond heran und zischte: »Ich habe dich vorher nicht geliebt, Vetter; bedenke, wie ich dich jetzt lieben werde.« Wenn Worte töten könnten, sie würde ihn getötet haben; sie sah ihn mit einem Blick an, als verlange es sie danach.

Aber ihre scharfen Worte verwundeten Esmond nicht; sein Herz war hart. Als er sie ansah, begriff er nicht, wie er sie je hatte lieben können. Seine zehnjährige Liebe war erloschen, erloschen in dem Augenblick, als Frank ihm den Zettel aus dem ›Eikon Basiliké‹ in das Wirtshaus zu Kensington brachte. Der Prinz errötete und verbeugte sich tief, als Beatrix ihn ansah und das Zimmer verließ. Ich habe sie seit diesem Tage nie wiedergesehen.

Pferde wurden herbeigeholt, und der Wagen wurde angespannt. Mylord ritt neben ihm her. Esmond aber war so müde, daß er einschlief, sobald er drinnen saß. Er erwachte erst am Abend, als man in Alton ankam.

Wie wir in den Gasthof zur ›Glocke‹ einbogen, trafen wir auf einen bischöflichen Wagen, mit dem alten Lockwood auf dem Bock neben dem Kutscher. Mylady und der Bischof saßen darin. Sie stieß einen leisen Schrei aus, als sie uns erblickte. Die beiden Kutschen rollten nebeneinander in den Hof des Gasthauses, und der Wirt und seine Leute erschienen mit Lichtern, um die Gäste zu empfangen.

Wir sprangen aus unserem Wagen heraus, sobald wir die liebe

Frau und vor allem den Doktor in seinem Priesterrock gesehen hatten. Was für Nachrichten brachten sie? War es noch Zeit? Lebte die Königin noch? Diese Fragen folgten hastig aufeinander, während der Wirt wartend stand, um seine hohen Gäste hinaufzugeleiten.

»Ist sie unverletzt?« flüsterte Lady Castlewood Esmond in großer Unruhe zu.

»Alles ist gut, Gott sei Dank!« sagte er. Die zärtliche Frau nahm seine Hand, küßte sie und nannte ihn ihren lieben Beschützer. Sie dachte nicht an Königinnen und Kronen.

Die Nachrichten des Bischofs waren nicht ungünstig; wenigstens war noch nicht alles verloren. Noch lebte die Königin oder lebte noch, als sie vor sechs Stunden London verließen. Der Bischof sagte, Lady Castlewood habe darauf bestanden, die Fahrt zu unternehmen. Argyle hatte Regimenter von Portmouth herbeigezogen und nach anderen Truppen ausgeschickt. Die Whigs waren auf dem Posten. Pest über sie! Ich glaube mich sicher zu erinnern, daß der Bischof bei seinem Bericht fluchte. Unsere Leute aber waren auch auf dem Posten. Es konnte noch alles gerettet werden, wenn der König rechtzeitig nach London kam. Wir riefen nach Pferden, um sofort dorthin aufzubrechen. Die Treppen des armen, tief enttäuschten Wirts haben wir nie betreten. Wir bestiegen unsere Kutschen, der Prinz und sein Kanzler die eine, Esmond und seine liebe Herrin die andere.

Castlewood sprengte zu Pferde voran, um die Anhänger des Prinzen zusammenzurufen und von seinem Kommen zu benachrichtigen. Wir fuhren durch die Nacht. Esmond erzählte seiner Herrin von den Ereignissen der letzten vierundzwanzig Stunden, von ihrem Ritt nach Castlewood, von dem großherzigen Betragen des Prinzen, von ihrer Versöhnung. Die Nacht schien kurz, und die sternenhellen Stunden flogen heiter in der lieben Gesellschaft dahin.

So wurde der Weg zurückgelegt. Des Bischofs Kutsche fuhr voran. Nur das Wechseln der Pferde brachte kurzen Aufenthalt. Sonntag morgen um vier Uhr waren wir in Hammersmith, eine halbe Stunde später fuhren wir die Straße von Kensington hinunter. Es war mittlerweile hell geworden. Der Tag des ersten August war angebrochen. Trotz der frühen Stunde waren die Straßen belebt, und viele Menschen strömten ab und zu. Vor dem Gittertor des Palastes, da, wo das Wachthaus steht, hatte sich eine große Volksmenge angesammelt. Der Wagen vor uns hielt an, der Kutscher des Bischofs stieg ab, um zu erfragen, was der Auflauf bedeute.

Im selben Augenblick kamen durch das Gittertor berittene Garden heraus, gefolgt von einer Schar von Herolden. Die Reiter bliesen ihre Trompeten, die Herolde traten vor und riefen Georg, von Gottes Gnaden, zum König von Großbritannien und Irland, Verteidiger des Glaubens, aus. Das Volk rief: »Gott erhalte den König!«

Unter der jubelnden Volksmenge, welche die Hüte schwenkte, erblickte ich ein trauriges Antlitz, das mir mein ganzes Leben lang vertraut gewesen war und das ich unter vielen Verkleidungen gesehen hatte. Es war kein anderes als das des armen Herrn Holt, der nach England herübergeschlüpft war, um den Sieg der guten Sache mitzuerleben, und nun Zeuge sein mußte, wie ihre Feinde unter dem Beifall des englischen Volkes triumphierten. Der arme Kerl hatte versäumt, Hurra zu schreien und den Hut abzunehmen; aber seine Nachbarn in der Menge bemerkten diesen Mangel an Begeisterung und verfluchten ihn als verkleideten Jesuiten, so daß er schließlich kläglich den Hut zog und anfing, ›Hoch‹ zu rufen. Er war gewiß einer der glücklosesten Menschen. Er hat nie ein Spiel gewagt, ohne es zu verlieren, nie an einer Verschwörung teilgenommen, die nicht mit einer Niederlage endete. Ich habe ihn später in Flandern wiedergesehen, von wo er nach Rom zum Hauptquartier seines Ordens wanderte. Er erschien eines Tages bei uns in Amerika, sehr alt, geschäftig und hoffnungsvoll. Ich halte es nicht für ausgeschlossen, daß er dort mit Streitaxt und Mokassins, in baumwollenen Hemd und bunter Bemalung als versteckter Missionar unter den Indianern herumschlich. Er liegt jetzt in unserer Nachbarprovinz Maryland begraben. Ein Kreuz steht auf dem Erdhügel, unter dem sein unruhiger Geist in ewigem Frieden schläft.

Der Schall der Trompeten König Georgs warf all die eitlen Hoffnungen der schwachen, törichten jungen Prätendenten ins

Nichts zurück, und unter diesen Tönen endete auch, das kann ich wohl sagen, die Tragödie meines Lebens. Das Glück, das mir seitdem zuteil geworden ist, läßt sich nicht mit Worten beschreiben. Es ist seiner Natur nach heilig und verschwiegen, wenn auch das Herz vor Dank überschwillt; nur dem Himmel und einem Wesen allein kann ich davon sprechen, der liebevollsten, treusten, reinsten Frau, mit der je ein Mann gesegnet wurde. Wenn ich denke, welch unermeßliches Glück für mich bereitet war, wenn ich an die große, innige Liebe denke, die mich nun schon so lange beseligt, so erfüllt mich Bewunderung und Dankbarkeit für eine solche Gabe, Dankbarkeit auch, daß mir ein Herz gegeben wurde, welche fähig ist, die unsagbare Schönheit und den unschätzbaren Wert dieser Gabe Gottes zu fühlen und zu verstehen. Liebe vincit omnia; das ist gewißlich wahr; sie steht hoch über allen Zielen des Ehrgeizes, ist kostbarer als Reichtum, vornehmer als alle Titel. Wer die Liebe nicht kennt, der kennt das Leben nicht; er hat die höchste Kraft nicht empfunden, deren die menschliche Seele fähig ist. Im Namen meiner Frau ist die Erfüllung aller Hoffnung, der Gipfel alles Glückes inbegriffen. Eine solche Liebe zu besitzen, ist der größte Segen, mit dem verglichen alle irdischen Freuden wertlos sind. Ein Gedanke an diese Frau ist eine Lobpreisung Gottes.

Es war in Brüssel, wo ich dieses große Glück meines Lebens gewann und wo meine liebe Herrin meine Frau wurde. Wir hatten uns nach dem Scheitern unseres Planes dorthin zurückgezogen, denn unsre Freunde unter den Whigs meinten, es sei geraten, daß wir uns vorerst fern hielten. Wir waren so an eine unbedingte Vertraulichkeit gewöhnt und hatten so lange und innig miteinander verkehrt, daß wir bis zuletzt so hätten fortleben können, ohne daran zu denken, uns noch fester zu verbinden. Aber die Umstände führten ein Ereignis herbei, das mein Glück und auch ihres, dem Himmel sei dank, unendlich steigerte, trotzdem uns ein Unglück widerfuhr, das unsrer Familie schon mehr als einmal geblüht hatte. Ich weiß nicht, was für eine ehrgeizige Verblendung das schöne, launische Mädchen, die so viele Seiten dieses Buches in Anspruch genommen hat und der ich zehn Jahre lang in unentwegter Treue und Liebe gedient habe, in ein Schicksal hineintrieb, von dem ich zu sprechen verschmähe. Seit dem Tage, wo wir nach Castlewood kamen und sie retteten, bestand sie darauf, ihre ganze Familie als Feinde zu betrachten. Sie verließ uns und floh nach Frankreich. Aber auch das Haus ihres Sohnes war kein Aufenthalt für meine liebe Herrin. Der gute Frank war schwach und ließ sich von Frauen regieren, wozu unsere Familie vielleicht immer geneigt hatte. Die Frauen, die ihn umgaben, waren herrschsüchtig und lebten in wahrem Schrecken vor dem Einfluß, den seine Mutter auf ihn ausüben könne. Sie fürchteten, sie könne ihm zum Widerruf bewegen und ihn dem Glauben untreu machen, für den sie ihn gewonnen hatten. Die Verschiedenheit des Bekenntnisses trennte Mutter und Sohn. Meine liebe Herrin fühlte, daß ihre Kinder ihr entfremdet waren, daß sie auf der Welt allein war, ganz allein, wenn sie nicht einen treuen Diener gehabt hätte, auf den sie zählen konnte. Nach einem unwürdigen Zank zwischen der Frau und der Mutter von Mylord fand ich meine Herrin eines Tages in Tränen. Ich beschwor sie, sich der Fürsorge und Ergebenheit eines Mannes anzuvertrauen, der sie niemals verlassen werde. Die zärtliche Frau, die so schön war in ihrem Herbst und so rein wie eine Jungfrau in ihrem Frühling, gab in liebendem Erröten meinem ehrerbietigen Drängen nach und willigte ein, die Gefährtin meines Lebens zu werden. Meine letzten Worte sollen ein Dank sein an sie und ein Segen für sie, die mich gesegnet hat.

Durch die Güte des Herrn Abbison wurde jede Gefahr der Verfolgung und jedes Hindernis gegen eine Heimkehr nach England aus dem Wege geräumt. Die Tapferkeit meines Sohnes Frank in den Kämpfen in Schottland söhnte die Regierung des Königs mit ihm aus. Aber wir wollten beide nicht mehr in England leben. Frank überließ uns freudig und in aller Form die Besitzungen in Virginia an den schönen Ufern des Potomac, weit fort von Europa und seinen Plagen. Dort haben wir ein neues Castlewood erbaut und erinnern uns dankbaren Herzens an die alte Heimat. Wir haben in unserem überseeischem Land eine Zeit, die ruhigste und schönste des ganzen Jahren, die wir den indischen Sommer nennen. Ich sage oft, daß der Herbst unseres Lebens dieser heiteren Jahreszeit gleicht, und bin dankbar für seine Ruhe und seinem warmen Sonnenschein. Der Himmel hat uns mit einem Kind gesegnet, das jeder von uns um der Ähnlichkeit willen liebt, die es mit dem anderen hat. Unsere Diamanten haben sich in Pflüge und Äxte für unsere Anpflanzungen und in Neger verwandelt, die, glaube ich, die glücklichsten und fröhlichsten im ganzen Lande sind. Das einzige Schmuckstück, auf das meine Frau Wert legt und von dem sie sich niemals trennt, ist der goldene Knopf, den sie von meinem Ärmel an dem Tage raubte, als sie mich im Gefängnis besuchte, und den sie seitdem, wie sie mir erzählte, immer auf ihrem zärtlichen Herzen getragen hat.

Anmerkungen

1 Drei Generationen berühmter Hofmaler. Sir Peter Lely (1618–1680), ein Holländer, malte am Hofe Charles III. Allegorien über die ›Schönheit‹.

2 Esther, die Jüdin, verdrängte Vashti aus der Gunst Ahasvers (vgl. Das Buch Esther, Kap. 2.)
Lady Dorchester war die Tochter von Charles Sedley.

3 Das Edikt von Nantes, das die Protestanten schützte, wurde 1685 von Ludwig aufgehoben. Eine große Anzahl Hugenotten floh daraufhin nach England; viele von ihnen arbeiteten in den Seidenfabriken von Spitafields.

4 Hier handelt es sich um Castlewood in Virginia, wo Esmond sich schließlich niederläßt und der neuen Umgebung nostalgisch die Namen seiner Kindheit gibt.

5 James II. ordnete 1688 an, daß in den Kirchen die Indulenzerklärung verlesen werden solle, in der alle Restriktionen und die Test-Akte gegen Katholiken aufgehoben wurden. Dagegen regte sich überall Widerstand. Sieben Bischöfe, darunter der Erzbischof von Canterbury, protestierten beim König. James ließ die Bischöfe unklugerweise verfolgen und wegen Aufruhrs anklagen, wogegen landesweit protestiert wurde. Die Bischöfe wurden freigesprochen, was James' Position unhaltbar machte.

6 Bald nach seiner Ankunft in Salisbury am 6. November 1988 bekam James plötzlich heftiges Nasenbluten und konnte deshalb seinen Angreifern nicht sofort Widerstand leisten. Während dieser Verzögerung liefen Churchill und andere auf die Seite der Angreifer über.

7 Richard Steele, später Sir Richard (1672–1729), der berühmte Gelehrte. Thackeray hat seine Karriere ein paar Jahre vorverlegt, damit er ihn hier im Plot als Gardisten einführen konnte.

8 Lady Mary Worthly Montagne (1684–1762) beobachtete in der Zeit, als sie in Konstantinopel lebte, wo ihr Ehemann Botschafter war, den Brauch des Impfens. Sie ließ ihren Sohn ebenfalls impfen. Nach 1720 sorgte sie für die Verbreitung des Impfens gegen Pocken in England. Die Krankheit ging 1694 um, so starb z. B. Mary, Williams Königin, daran.

9 Antoine Gallands (1646–1715) Übersetzungen der Arabischen Nächte waren nicht vor dem ersten Jahrzehnt des 18. Jahrhunderts erhältlich. Alnasar war der Händler im Märchen, der beim Träumen vom Glück die Gläser zerschlug, mit denen er seinen Reichtum erlangen wollte.

10 Charles Mohun (1675–1712), ›ein besonders heftiger Edelmann‹, wie Thackeray ihn in seinem Essay über Steele beschreibt. Im Roman wird er etwas älter gemacht als er wirklich ist, und sein Name wird in Harry abgeändert.

11 Das Wort kommt von ›Mohawks‹. Macauly beschrieb sie als ›verrohte junge Herren, die durch die Stadt schwanken, Fenster zerbrechen, ... unbeteiligte Männer verprügeln und schönen Frauen rüde Zärtlichkeiten anbieten‹. (History, Kap. 3). Dieser Ausdruck wurde allerdings erst zehn Jahre später gebräuchlich.
12 Diese Leicester Field befanden sich in den Nähe des heutigen Leister Squares. Das Duell wird nach den Regeln auf alte Art gefochten, nämlich als Kampf zwischen zwei Gruppen und nicht so sehr als Kampf zwischen zwei Individuen.
13 Francis Atterbury (1662–1732) ist später im Roman der Dean of Christ Church und Bischof von Rochester. Er war ein Jakobit und hatte Einfluß auf Queen Anne.
14 James Francis Edward wurde im September 1701 als James III. von England ernannt. Das war eine der französischen Provokationen, die zum Spanischen Erbfolgekrieg führten. Esmond nennt ihn Prinz von Wales, weil das sein Titel war, als er mit seinem Vater England verließ.
15 Der Bau der Westminster Bridge wurde in Wirklichkeit nicht vor 1739 begonnen.
16 Earl of Rochester (1647–80), Wüstling und Dichter.
17 Prinz Eugen (1663–1736), Befehlshaber der kaiserlichen Armee und Marlboroughs größter Verbündeter im Krieg.
18 John Richmond Webb (1667–1724), entfernt verwandt mit Thackeray.
19 Die Bischöfe, die sich weigerten, William III. anzuerkennen.
20 Schwarz für die Hannoveraner, weiß für die Jakobiten.
21 Die dankbare Nation setzte Marlborough 1702 eine Pension von fünftausend Pfund p. a. aus und baute später auf Staatskosten für ihn und seine Erben Blenham Palace.
22 Frau Masham (Abigail Hill) gewann nach ihrer Verwandten Lady Marlborough die Gunst der Königin. Sie arbeitete für Harley in der Kampagne gegen das Whig-Komplott und Godolphin. Der Sieg der Torries 1710 war der Anfang vom Ende für Marlborough.
23 Die ›Londoner Gazette‹ war das offizielle militärische Blatt. Sie druckte bei zwei Anlässen eine falsche Version der Geschehnisse bei Wynendael, wobei sie Cadogan den Verdienst gab. Das wurde umgehend durch die richtige Version und durch Webbs eigene Schilderung korrigiert.
24 Charles Jervas (1675–1739), der berühmte Maler.
25 Dies waren Treffpunkte der Torries, der ›Hosenbandorden‹ war ein Kaffeehaus. Der Walpole, auf den hier angespielt wird, ist Robert Walpole (1676–1745).
26 Beatrix wurde nach der Gattin von James II., Mary Beatrice, benannt.
27 ›Die Schwanenjungfrau, in die der Mann im Märchen verliebt ist‹ – Dies ist der vielleicht am meisten kommentierte Anachronismus des Romans. Er bezieht sich auf ›The Life and Adventures of Peter Wilkins‹, 1751, ein Fantasy-Buch von Robert Paltock. Die

›Gawries‹ waren fliegende Frauen, von denen Peter Wilkins eine heiratete.

28 1711 wurde Marlborough von seinen Feinden gestürzt, indem sie ihm vorwarfen, er habe sich an den Armeevorräten bereichert. Nach Annes Tod wurde er wieder eingesetzt – ein Faktum, das Henry Esmond nicht betont.

29 Im Januar schenkte die Queen Prinz Eugen, der in England äußerst beliebt war, einen mit Diamanten besetzten Degen im Wert von viertausendfünfhundert Pfund.

30 Im Oktober 1711 ließ Bolingbroke z. B. vierzehn Buchhändler und Drucker einsperren, weil sie ›Verleumdungen‹ verbreitet hatten.

31 Wie in Drydens Gedicht sind hier mit der Hündin und dem Priester die katholische und die protestantische Kirche gemeint.

32 ›Unser großer König kam aus Huntington‹, wo Oliver Cromwell geboren wurde. St. John wechselte vom Jakobitentum zu den Republikanern.

33 ›Den jungen deutschen Fürsten‹ – ›the young Duke of Cambridge‹, der Hannoveraner Prinz, später Georg III.

34 Der Bischof A. Herbury wurde 1722 wegen der Teilnahme an einer jakobitischen Verschwörung ins Exil geschickt und starb 1732.

35 Nach dem Vertrag von Utrecht wurde der Prätendent gezwungen, nach Bar-le-Duc in Lothringen zu gehen.

36 Bolingbroke setzte am 23. Juni eine Belohnung für die Ergreifung des Prätendenten aus, wenn er in England gefaßt würde. Es waren allerdings fünftausend und nicht fünfhundert Pfund. Thackeray gab im späteren Verlauf des Romans die richtige Summe an, aber in der ›Biographical Edition‹ wurden die beiden Zahlen auf verkehrte Weise angeglichen: sie macht aus beiden fünfhundert Pfund.

37 ›Das Porträt Seiner Geheiligten Majestät – dargestellt in Seiner Einsamkeit und Seinem Leiden‹, angeblich von Charles I. kurz vor seinem Tode geschrieben, es stammt aber vermutlich von Bischof Gauden.

38 Crispin ist der traditionelle Name für den Diener in der französischen Komödie.

39 Esmond gebraucht den Terminus Großvater im alten Sinn des Wortes und meint ›Vorfahr‹.

Brigitta Hügel

Nachwort

Auf dem Titelblatt der Erstausgabe von Henry Esmond aus dem Jahre 1852 hat William Makepeace Thackeray (1811–1863) sich als Herausgeber und nicht als Verfasser des Romans bezeichnet. Thackeray tritt also nicht als Autor hervor, sondern verbirgt sich hinter einem ›Edited by‹. Dadurch unterstreicht er die Fiktion, daß Henry Esmond seine Autobiographie selbst verfaßt habe. Ein Eindruck, der mit dem Vorwort der Tochter Henry Esmonds, Rachel Esmond Warrington, überschrieben mit ›Die Esmonds in Virginia‹ und datiert unter dem 3. November 1778, Castlewood, Virginia – das in dieser Ausgabe weggelassen wurde –, ebenfalls unterstützt wird. Und es liegt nahe zu vermuten, daß solche auffällige Bemühungen, die Verfaßtheit des Romans zu unterschlagen, unternommen wurden, um ihm ein Flair historischer Authentizität zu geben. Weder Dokumentenechtheit noch geschichtliche Genauigkeit im Detail ist jedoch das Hauptanliegen Thackerays. Auch wenn seine Sprache, wie Thackerays Biograph Anthony Trollope (1815–1882) rühmte, die ›Redeweise der Queen Anne-Periode täuschend‹ nachgeahmt habe, besteht der Leseanreiz des Buches kaum in einer rückwärtsgewandten Zeitreise. Es ging Thackeray nicht um irgendeine Art von Geschichtsunterricht. Dies zeigt schon der sorglose Umgang mit einigen historischen Nebenfiguren, die – zeitgenössische Kritiker versäumten nicht, es zu monieren – schon aus zeitlichen Gründen gar nicht die Biographie haben konnte, die Thackeray ihnen unterlegte. (Dies ist z. B. bei dem Schriftsteller Richard Steele [1672 –1729] der Fall.) Auch das für den Roman zentrale historische Ereignis – die heimliche Reise Jakobs III. von St. Germain 1714 nach London und das Komplott mit dem Ziel, anstelle des ersten Hannoveraner Königs Georg das Erbe Queen Annes anzutreten, ist frei erfunden. Und selbst wenn man in Rechnung stellt, daß 1852 – Macaulays maßgebliche Geschichte Englands erschien erst wenige Jahre später – die historischen Einzelheiten noch nicht so allgemein bekannt waren, wie heute: Warum sollte Thackeray in so gravierender Weise von den historischen Fakten abweichen, wenn es ihm um historisch genaue Darstellung, um Vermittlung von geschichtlichen Wissens gegangen wäre?

Einen ersten Hinweis auf Thackerays eigentliche Zielsetzung liefert das Datum der – erfundenen – Vorrede von Rachel. Mit dem Jahr 1778 als vorgeblichem ›Erscheinungsjahr‹ der Memoiren ihres Vater rückt Thackeray das Romangeschehen bis auf rund 60 Jahre an die Zeit seiner Leser, für die es angeblich gedacht ist, die amerikanischen Enkel Henry Esmonds, heran. Durch diesen Kniff erfüllt Thackeray die Vorgabe, die Walter Scott (1771–1832) im Untertitel zu ›Waverley‹ 1814 aufgestellt hatte. ›Waverley‹ Or ›Tis Sixty Years Since‹ hatte Scott damals formuliert und damit in diesem äußerst erfolgreichen Buch ein Formgesetz für eine neue Art von historischem Roman formuliert. Den Sinn dieser Formel des ›Vor sechzig Jahren‹ hat Scott selbst im ersten Kapitel von ›Waverley‹ beschrieben: »Wenn ich also den Zeitraum für meine Geschichte sechzig Jahre vor dem heutigen … ansetze, so möchte ich meinen Lesern zu verstehen geben, daß sie auf den folgenden Seiten weder eine Ritterromanze noch einen modernen Sittenroman finden werden … Nach der Zeitwahl, die ich getroffen habe, kann der verständige Beurteiler ferner voraussehen, daß es mir bei meiner Erzählung mehr um eine Beschreibung der Menschen als der Sitten geht.« Diese Charakteristik von Scotts erstem historischen Roman läßt sich direkt auf Thackerays Werk übertragen. Auch Thackeray geht es nicht um ein Zeit- oder Sittengemälde; es geht ihm viel mehr ›um eine Beschreibung der Menschen‹. Eine Beschreibung allerdings, die überzeugt, weil die Romanfiguren nicht abstrakt allgemein Menschliches verkörpern, sondern historisch konkret gefaßt werden. Thackeray macht zwar nicht die Staffage und Dekoration der Zeit von Queen Anne zur Hauptsache, er erfaßt aber die geistige Atmosphäre dieser Zeit sehr gut.

Dies gelingt nicht zuletzt, da er auch in einem zweiten wichtigen Punkt der Scottschen Formel des historischen Romans folgt. Seine Hauptfigur – Held kann man diesen geborenen Verlierer kaum nennen – ist wie Edward Waverley von mittlerem

Zuschnitt. Dies gilt sowohl für seine Stellung in der Historie wie für seinen Charakter. Henry Esmond zählt nicht zu den Hauptfiguren des historischen und politischen Dramas, aber er ist auch keine absolute Randfigur. Vielmehr ist sein Leben bestimmt von den politischen Grundfragen seiner Zeit: Welches ist der rechtmäßige König von England: der aus dem alten Hause Stuart oder aus dem neuen der Hannoveraner? Esmond ist sogar näher als Edward Waverley in die große Politik eingebunden, da er selbst einen Plan faßt, der das Geschick seines Landes entscheiden soll. Thackeray unterstreicht die historische Bestimmtheit seiner Perspektivfigur, indem er zwischen deren Schicksal und dem des Kronprätendenten aus dem Hause Stuart deutliche Parallelen zieht. Esmond wie dem Herzog von St. Germain werden die Vorrechte aus ihrer hohen Geburt, ja, diese selbst bestritten. Galt Charles III. den Zeitgenossen lange Zeit als ein untergeschobenes Kind, gilt Esmond fälschlicherweise im Roman lange Zeit als illegitimer Sohn von Sir Thomas Esmond. Ihm wird das Recht auf Schloß Castlewood vorenthalten, Charles III. wird von der Thronfolge ausgeschlossen. Und beides geschieht überdies nicht nur aus äußeren Widerständen heraus; vielmehr sind beide wenigstens teilweise selbst verantwortlich für ihre Lage: so wirft Beatrice, nachdem sie Henry abgewiesen hat, ihm zurecht vor: »Ein größerer Mann, Vetter Esmond ... ein mutiger Mann wäre in die Höhe geklettert und hätte die Trauben gepflückt. Er hätte um sie gekämpft, statt sie mit offenem Munde anzugaffen.« Allerdings vermag Esmond schöne moralische Gründe für seine Passivität anzuführen, während Charles III., im Roman wenigstens, aus moralischer Schwäche seine Chance, den Thron zu erreichen, vertut. Selbst indem Thackeray die charakterlichen Unterschiede von Charles und Esmond hervorhebt, arbeitet er zugleich die Parallelität der beiden Figuren heraus: »›Der König ... nannte Dich ›le grand sérieux‹ und machte Deine Art nach.‹ Hier fing Castlewood selbst an zu lachen. ›Und er machte es sehr gut‹, fuhr er fort. ›Er scheint über alles zu spotten. Er ist gar nicht wie ein König. Ich finde, du bist wie ein König, Harry.‹« Im Vergleich mit dem Kronprätendenten scheint Henry Esmond geradezu bis zur Eindimensionalität moralisch einwandfrei zu sein. ›Der beste, tapferste, der gütigste aller Männer‹, als den ihn in derselben Szene Frank Castlewood preist, erweist sich bei näherer Betrachtung gar nicht als der unberührt von den Zeitläuften nur seinen moralischen Verpflichtungen Lebende. Stellt sich Henry Esmond in seiner Autobiographie auch durchweg als Muster der Stetigkeit dar, erweist sich sein Leben in Wahrheit doch ebenso unstet und von Unsicherheit geprägt wie das seiner Zeitgenossen. Nicht nur, daß auch er entsprechend dem Einfluß, dem er ausgesetzt war, wie viele seiner Zeitgenossen mal dem katholischen, mal dem protestantischen Bekenntnis folgte, auch in der Liebe erweist sich seine behauptete Stetigkeit als trügerisch. Statt Beatrice, die er vorgibt ein Leben lang zu erstreben, heiratete er schließlich deren Mutter, und auch im Politischen ist er im Grunde so unsicher wie die meisten Engländer jener Tage, denen ›ein Herrscher ... so lieb (war) wie der andere.‹ Denn: »Was kümmerte es ihn (Henry Esmond) im Grunde, wer König wurde? Waren nicht seine Sympathien und heimlichen Überzeugungen auf der anderen Seite, auf der Seite des Volkes, des Parlamentes und der Freiheit? Er aber hatte sich für einen Prinzen verbürgt, der kaum das Wort Freiheit kannte, der das Werkzeug von Priestern und Weibern war.« Im Widerspruch von privaten und öffentlichen Anforderungen, der alle Anstrengungen nach Stetigkeit zunichte macht, zeigt sich Henry Esmond als historisch bestimmte Figur. So fordert die Zugehörigkeit zu einer Stuartfreundlichen Familie ihm Parteinahme ab, während er als Staatsbürger – so jedenfalls stellt es sich von 1852 aus gesehen dar – dem Ganzen verpflichtet ist. Auch im Versuch, Moral und Nutzen miteinander zu verbinden, entspricht er seinen Zeitgenossen. Nur scheint er sich wenigstens zum Teil seiner Lage und seines Verhaltens bewußt zu sein: »Sein Plan war eine Ausgeburt persönlichen Ehrgeizes, ein tollkühnes Unternehmen für einen selbstsüchtigen Zweck – darüber war er sich klar.« Solche Momente hellen Selbstbewußtseins sind jedoch die Ausnahme, nicht die Regel. Und sie finden sich, selten genug, auch nur in den letzten Abschnitten des Romans, wenn der Schreiber der Autobiographie sozusagen noch aus frischer Erinnerung schöpft. Thackeray hat aus Henry Esmond keine sich selbst reflektierende Figur gemacht. Die Selbstbeobachtungen des autobiographischen Erzählers zielen nicht auf psychologische Erkenntnis, sondern auf moralische Bewertung. Dies ist jedoch keine Schwäche, sondern eine Stärke dieses historischen Romans, denn erst mit dem Akzent auf diesem – auch von der Abfassungszeit des Roman aus betrachteten – ungewöhnlichen Erzählinteresse wird Henry Esmond als Figur der Wende vom 17. zum 18. Jahrhundert glaubwürdig. Thackeray erleichtert seiner Figur die Aufgabe, indem er das autobiographische Schreiben durch einen besonderen Kunstgriff in Gang setzt. Henry Esmond erzählt in den allerseltensten Fällen in der Ich-Form. Wenn er überhaupt einmal direkt aus dem Geschehen heraus spricht, zieht er eher ein ›Wir‹ vor, das nicht nur die Person des Erzählers, sondern alle Beteiligten einschließt. Zumeist jedoch nimmt Henry Esmond eine distanzierte Sprechhaltung ein und wählt für seine Autobiographie die ›Er-Form‹.

Der Ich-Erzähler signiert sich gleichsam zu einer dritten Figur der Erzählung um und spricht von sich als einem ›Er‹. Er kennzeichnet sich je nachdem als ›junger‹ oder ›alter‹ Mann, als ›Henry‹ oder ›Harry Esmond‹, als ›Esmond‹, ›Harry‹ oder ›Herr Esmond‹. Wenn der Ich-Erzähler einen Ring erhält, wird er ›ihm‹ an den Finger gesteckt und wenn er in direkter Rede ein Wechselgespräch wiedergibt, dann entfremdet er sich und bezeichnet sich selbst als ›der andere‹. Ja, man kann sicherlich behaupten, daß dieser autobiographische Erzähler in nichts so geschickt ist wie im Erfinden neuer Distanzierungsformeln. Und es ist geradezu ein Formgesetz dieser Autobiographie, daß sie um so unpersönlicher erzählt wird, je emotionaler und ergreifender das geschilderte Geschehen für den Erlebenden war. (So erhalten wir von der Beichte seines Onkels auf dem Totenbett nur einen ebenso summarischen Bericht wie von der Rettung im Kriege durch seinen treuen Diener.) Solche Distanzierungen passen nicht nur gut zum Charakter des Erzählers – gleichgültig, ob man sie für echt oder vorgetäuscht hält –, sie sind geradezu Voraussetzung, um den historischen Kern des Romans zu erfassen. Würde der autobiographische Erzähler sich selbst in den Vordergrund schieben, sein Leben als ein beklagenswertes Schicksal erzählen, würde der Leser mit ihm mitempfinden, ihn bedauern oder sich mit ihm freuen. Damit würde ein Interessenwechsel stattfinden: Das Leben Henry Esmonds wäre dann nicht mehr ein Spiegel der Historie, sondern die wechselvollen Ereignisse von Politik und Geschichte unter Queen Anne würden zur bloßen Staffage, zur Dekoration und zum Hintergrund der Biographie werden. Damit würde nicht nur die für den historischen Roman in der Nachfolge Scotts zentrale Funktion des ›Erzählers als Mittler‹ (Demetz) der Geschichte aufgegeben werden; auch das Wesen der geschichtlichen Epoche ließe sich nicht mehr erfassen. Die Einnahme einer so subjektiven Perspektive ließe es dann nicht mehr zu, den Ablauf der historischen Ereignisse als objektiv notwendig darzustellen. Und dies ist nicht nur aus der Sicht Thackerays geboten, der 1852 vom Standpunkt der historischen Sieger aus schreibt, nachdem der Aufstieg des Königshauses Hannover und damit die Errungenschaften der ›Glorious Revolution‹ sich als Grundlage des modernen Englands erwiesen hatten. Auch aus der Sicht der geschilderten Epoche ist solche Objektivität notwendig. Denn: Für die englische Geschichte ist die im Roman geschilderte Lebenszeit Henry Esmonds (1671/77–1714; Thackeray irrt oder datiert bewußt das Exil Jacobs II. in Brüssel, in dessen Gefolge der Vater Henrys sich befand, im Jahre 1676 statt richtigerweise in das Jahr 1679) durch drei miteinander verbundenen Konflikte gekennzeichnet, die alles andere als zufällig in dieser Epoche ausbrachen: Diese Konflikte sind der Kampf zwischen Parlament und Krone, der zur Entwicklung einer konstitutionellen Monarchie führte; der Kampf zwischen England und Frankreich Ludwigs XIV., der im Frieden von Utrecht mit der erfolgreichen Verteidigung des Prinzips des Mächtegleichgewichts in Europa die Grundlage für die See- und Weltmacht England legte; und der Kampf zwischen den Dynastien, dem Königshaus Stuart und dem der Hannoveraner, der 1714 mit der sich als dauerhaft erweisenden Niederlage der Stuarts enden sollte. Verbunden mit diesen drei Konflikten sind die Auseinandersetzungen zwischen der katholischen und der protestantische Kirche und der Whigs und den Tories. Die Whigs, deren Name von einem schottischgälischem Schimpfwort abgeleitet ist, traten ursprünglich für den Ausschluß des (katholischen) Jacobs II. von der Thronfolge ein, während die Tories (als irisch-papistische Wegelagerer von ihren ersten politischen Gegnern so bezeichnet) für das Prinzip der Legitimität eintraten und somit das von Gott gegebene Königtum (des Hauses Stuart) zu verteidigen suchten.

Von diesen drei zentralen Konflikten der Zeit spielen im Roman vor allem der Krieg mit Frankreich und die dynastische Auseinandersetzung eine Rolle. Die Frage der konstitutionellen Einschränkung des Königtums hingegen ist für das Romangeschehen wie für das Bewußtsein der Romanfiguren nahezu bedeutungslos. Dadurch vermeidet Thackeray nicht nur eine für die Zeitgenossen Henry Esmonds nicht nachvollziehbare teleologische Interpretation der historischen Ereignisse, sondern er spitzt die Konflikte der Zeit im Roman auf einen zu: auf die Frage, was die entscheidende, die geschichtsmächtige Kraft ist: die Dynastie oder die Nation. Der Roman beantwortet in Übereinstimmung mit der Geschichte diese Frage ganz eindeutig zugunsten des nationalen Prinzips. Nicht nur der Erzieher Henry Esmond weist – an entscheidender Stelle im Roman – auf die Objektivität dieser Auseinandersetzung hin (und markiert damit zugleich die historische Zweitrangigkeit des Dynastischen): »Den Streit zwischen Euch und den Franzosen können alle Jesuiten der Welt nicht verhindern; kämpft ihn aus, ihr Herren.« Henry Esmond gelangt ja am Ende zur Einsicht, daß die dynastische Frage gegenüber dem Wohl der ganzen Nation eigentlich bedeutungslos ist. Thackeray arbeitet den Widerspruch zwischen dynastischem und nationalem Denken für den Leser erkennbar heraus, obwohl die Auseinandersetzungen, durch die Augen Henry Esmonds gesehen, oftmals nur als Folge von Eigensüchtigkeit, von Parteilichkeit oder orientierungslosem Verhalten einzelner erscheinen. Von hier aus gesehen ist die Lebensgeschichte Henry Esmonds nicht nur ein historischer Roman, weil er (weitgehend) auf einer historischen Basis beruht, sondern weil er auf das Wesen der Geschichte, über die Objektivität ihres Verlaufs dichterisch nachdenkt. Thackeray hat diese Objektivität der Geschichte ganz bewußt im Roman realisiert.

Die Vorrede der Tochter, die wie die letzten Seiten des Romans in Virginia, Nordamerika, spielt, stellt das in Europa stattfindende Geschehen in eine Art Rahmen. Diese zweite Welt in Übersee, die vom Umfang her für den Roman unwichtig erscheint, erhält durch ihre Rahmenfunktion gleiche Bedeutung wie die kontinentale. Sie ist nicht einfach der Ort, an dem Esmonds Leben in einem Nachsommer glücklich endet. Esmonds Glück erscheint nur auf den ersten Blick rein privater Natur zu sein. In Wahrheit ist sein Glück genauso historisch und politisch bestimmt, wie es seine wirren Jahre auf dem Kontinent waren. Denn das Virginia dieses Rahmens ist nicht einfach ein idyllischer Ort jenseits der Wirren des Kontinents, sondern die Keimzelle einer neuen geschichtsmächtigen Kraft. Aus Virginia stammt George Washington, der amerikanische Führer im Freiheitskrieg, in dem nicht nur die politische Unabhängigkeit der USA, sondern auch in der Verfassung der USA die Menschenrechte ans Licht der Geschichte treten. Daß Henry Esmond diesmal auf der Seite der historischen Sieger stehen würde, deutet der Erzähler an, indem er (im Rahmen seiner historischen Möglichkeiten) ihn als humanen Pflanzer feiert: »Unsere Diamanten haben wir in Pflüge und Äxte für unsere Anpflanzungen und in Neger verwandelt, die, glaube ich, die glücklichsten und fröhlichsten im ganze Lande sind.« Seine Tochter Rachel Esmond weist sogar direkt auf eine Geistesverwandtschaft mit George Washington hin, indem sie deren Ähnlichkeit im Vorwort betont. Mit diesem Hinweis soll nicht unterstellt werden, Thackeray habe 1852 schon die künftige Ablösung der Weltmacht England durch die USA gesehen. Auch spielt Thackeray hier gewiß nicht auf die Rolle an, die das Ideal der Menschenrechte später z. B. für die Französische Revolution in der großen Politik und Geschichte spielte. Thackeray ging es wohl allein um die Rückbindung des historischen Konflikts in den Roman, der wegen der eingeschränkten Perspektive Henry Esmonds im Verlauf des Geschehens nicht thematisiert werden konnte: um den Konflikt zwischen Parlament und Krone. Daß somit Thackeray im nachhinein die Verliererfigur Esmond auf die Seite des historischen Gewinners bringt, ist nur eine von vielen ironischen Brechungen, die in diesem Roman aufzuspüren Spaß macht.

Die autobiographische Form hat dem Roman große Geschlossenheit gegeben. Die Vielzahl der historischen Ereignisse wird aus einer Perspektive gezeigt, strukturiert und konzentriert. Diese Geschlossenheit wird noch erhöht, da Charakter der Mittler-Figur und ihre Interpretation der Historie zusammenpassen. Durch die distanzierende Erzählweise der Autobiographie gelingt es, den Kern der Geschichte in diesem historischen Roman herauszuarbeiten.

Die distanzierende Erzählhaltung ist in sich allerdings keineswegs einheitlich. Zum einen spaltet der Erzähler sie immer wieder in mindestens zwei Erzählinstanzen auf. Einmal ist er im Geschehen präsent mit dem jeweils erreichten Bewußtsein als Kind, junger Mann usf., zum anderen kommentiert der als Großvater für seine Enkel schreibende Esmond von der Abfassungszeit der fiktiven Autobiographie aus das Geschehen. Noch komplexer wird das Erzählgefüge, indem an vielen Stellen – mehr oder weniger deutlich erkennbar – ein auktorialer Erzähler, der über der Autobiographie steht, das Geschehen verallgemeinert oder sonstwie kommentiert. Zieht man auch noch die das Ganze herausgebende Tochter und die das Geschehen mit einigen Anmerkungen versehenden Enkel hinzu, erweist sich schnell, daß die Geschichte von Henry Esmond alles andere als eine simpel erzählte Lebensgeschichte ist. Diese Vielzahl der Erzählebenen verlangt vom Leser nicht nur hohe Aufmerksamkeit; sie eröffnet ihm eine zweite, jenseits des Historischen liegenden Ebene des Verstehens. Die verschiedenen Erzählinstanzen stellen sich gegenseitig in Frage. Ob der aus großem zeitlichen Abstand kommentierende Großvater oder der junge Henry das Richtige treffen – dies zu entscheiden wird dem Leser von keiner der Erzählinstanzen abgenommen. Daher ist es nicht nur von großem Reiz, die Kunst Thackerays zu bewundern, wie er z. B. das allmähliche Älterwerden Esmonds berücksichtigt, indem er die Erzählebene des Großvaters und die des das Geschehen Erlebenden immer näher aneinanderrückt oder wie er den Erfahrungshorizont des sein Leben lebenden Henry allmählich erweitert. Da der Leser beständig mit Selbsttäuschungen jeder Erzählinstanz rechnen muß und häufig noch nicht einmal eindeutig auszumachen ist, auf welcher Erzählebene ein Satz gesprochen wird, bekommt der Leser im Vergleich zu den meisten anderen zeitgenössischem Romanen eine größere Deutungsaufgabe. »Es war nicht die erste Tat in dieser unheilvollen Zeit, die wir ungetan wünschten, im Augenblick, da sie vollbracht war.« (3. Buch, 10. Kap.) Ob z. B. dieser Kommentar zur Szene, in der der Plan gefaßt wird, Beatrix aus London zu entfernen, vom erlebenden Henry oder vom Großvater mit zeitlichem Abstand oder von einem ironischen auktorialen, jedoch nicht mit Thackeray zu verwechselnden, Erzähler gesprochen wird, muß jeder Leser für sich entscheiden. (Für die erste Auffassung spricht der Vordersatz: ›Wir sahen uns wortlos an‹; für die zweite das wertende: ›in dieser unheilvollen Zeit‹; die dritte ließe sich damit begründen, daß das beabsichtigte, noch nicht vollzogene Wegschicken eines Mädchens gar keine ›Tat‹ ist.) Solches Deutungspotential verlangt große Konzentration vom Leser und erhöht wegen der großen Freiheit, die es ihm gibt, den Unterhaltungswert des Romans.

Welche Stellung der Leser den Figuren des Romans einräumt, welchen Charakter er ihnen zuerkennt, ob er Esmond als bigott, ernsthaft oder heuchlerisch, Beatrix als kapriziös oder eitel, erfrischend direkt oder ehrgeizig, Henrys Herrin als beschränkt oder gütig ansieht – für jede (und noch andere) Einschätzung sind Argumente zu finden. Ist auch jedes Urteil über ein historisches Detail oder einen Charakter fragwürdig, so stürzt uns Thackeray mit der Geschichte des Henry Esmond doch nicht in eine allzu modern anmutenden Sinnkrise. Denn trotz und gerade wegen der multiperspektivischem Erzählweise realisiert Thackerays Ironie, die hinter jeden Standpunkt und jede Behauptung ein Fragezeichen setzt, zugleich Verständnis für die jeweils eingeschränkte Sicht. Der Roman wirft seinen Figuren ihre historische oder charakterliche Beschränktheit niemals vor, sondern entschuldigt sie durch die erzählerische Ironie als menschlich gegeben.

Dies gilt selbstverständlich auch für den Autobiographen. Und es zählt gewiß nicht zu den schlechtesten Scherzen von Thackerays menschlich verzeihender und daher realistischer Ironie, daß er ihm in der Mitte seines Lebens sowohl partielle

Einsicht gibt, ihn sich fragen läßt: »Ist meine Treue eitel Narrheit?‹, ihn sogar ein Schauspiel ›Der treue Narr‹ verfassen läßt und ihn trotzdem ein Narr, eitel und treu bis zu seinem Ende sein läßt. Oder ist Henry vielleicht doch nichts davon, oder nur ein wenig?

Band 13 548

Candace M. Robb

Die Rose des Apothekers

Deutsche Erstveröffentlichung

England im Jahre 1363. In einer verschneiten Winternacht begibt sich der Apotheker Nicolas Wilton mit einer Arznei auf den Weg zu der Abtei St. Mary. Wenig später kommen zwei Pilger, die das Kloster aufgesucht haben, auf mysteriöse Weise ums Leben.
Da alte Geheimnisse und neue Allianzen auf dem Spiel stehen, wird Owen Archer, einst Hauptmann der Bogenschützen, von seinem Lordkanzler nach York geschickt, um Licht in das Dunkel zu bringen. Er verdingt sich als Helfer in der Apotheke – und verliebt sich ausgerechnet in die schöne Lucie Wilton, die Apothekerin. Bald begreift er, daß Lucie, die seine Liebe offenbar nicht erwidert, in dem düsteren Komplott um die Abtei eine wesentliche Rolle spielt. Archer weiß bald nicht mehr, wem er vertrauen kann – und welches dunkle Geheimnis die Apothekerin umweht, das sie beide in den Abgrund ziehen kann . . .

BASTEI LÜBBE

Sie erhalten diesen Band im Buchhandel, bei Ihrem Zeitschriftenhändler sowie im Bahnhofsbuchhandel.

Band 13 674

Chrystine Brouillet

Marie LaFlamme

Deutsche Erstveröffentlichung

Nantes, 1662: Die Hebamme Anne LaFlamme wird zum Tod auf dem Scheiterhaufen verurteilt. Mit ihren wundersamen Heilkräutern soll sie Männer und Frauen verzaubert und ruiniert haben. Auch Marie LaFlamme, die Tochter der verwitweten Hebamme, steht kurz vor der Einkerkerung. Für das vorwitzige und hübsche Mädchen gibt es nur einen Ausweg, dem Wüten der Hexenjäger zu entgehen – sie muß den reichen Reeder Geoffroy de Saint-Arnaud heiraten, so sehr sie ihn auch haßt. Lange hält es Marie an der Seite dieses selbstgerechten Intriganten nicht aus. Die Stimme des Herzens ruft sie nach Paris, wo Simon Perrot, den sie schon lange liebt, als Soldat in die Dienste des Königs getreten ist. Allerdings dringen furchterregende Gerüchte über eine sonderbare Wandlung Simons an ihr Ohr . . .

Chrystine Brouillet stürmte mit dieser großangelegten Saga um Marie LaFlamme die französischen und kanadischen Bestsellerlisten.

BASTEI LÜBBE

Sie erhalten diesen Band im Buchhandel, bei Ihrem Zeitschriftenhändler sowie im Bahnhofsbuchhandel.